RUTH RENDELL
Die Besucherin

Buch

Nur achtzehn schwarze Mitbürger leben in Kingsmarkham, und einer von ihnen ist Inspector Wexfords neuer Hausarzt: Dr. Raymond Akande. Als Melanie, die Tochter des Arztes, spurlos verschwindet, bewegt den Inspector mehr als nur berufliches Interesse an dem Fall. Melanie hatte erst vor kurzem die Universität verlassen, und da sie arbeitslos war, hatte sie mehrmals beim Arbeitsamt vorgesprochen. Seit ihrem letzten Termin dort ist sie wie vom Erdboden verschluckt. Laut ihren Eltern war Melanie zu Hause ausgesprochen glücklich. Niemand wagt den Verdacht zu äußern, daß Melanie etwas zugestoßen sein könnte. Aber dann entdeckt man die Leiche einer jungen schwarzen Frau, und Wexford bittet die Akandes, ihre Tochter zu identifizieren – doch bei der Toten handelt es sich gar nicht um die vermißte Melanie ...

Mit unvergleichlichem Gespür fürs Detail entwickelt Ruth Rendell eine mitreißende Kriminalgeschichte von höchster Aktualität, in der sie eines der brennendsten Probleme unserer Zeit anspricht: die Fremdenfeindlichkeit.

Autorin

Ruth Rendell, auch unter dem Pseudonym Barbara Vine bekannt, wurde 1930 in einem Londoner Vorort geboren und arbeitete zunächst als Journalistin, bis sie sich ganz dem Schreiben widmete. Sie gilt als »Königin der Kriminalliteratur«, ihre Bücher wurden in 22 Sprachen übersetzt und mit zahlreichen Preisen ausgezeichnet. Ruth Rendell ist verheiratet, Mutter eines Sohnes und lebt in Suffolk.

Von Ruth Rendell außerdem im Goldmann Verlag erschienen:

Leben mit doppeltem Boden. Roman (44590) · Der Herr des Moors. Roman (44566) · Die Herzensgabe. Roman (44363) · Die Werbung. Roman (42015) · Die Tote im falschen Grab. Roman (43580) · Alles Liebe vom Tod. Roman (43813) · Das geheime Haus des Todes. Roman (42582) · Der Krokodilwächter. Roman (43201) · Der Liebe böser Engel. Roman (42454) · Mord ist ein schweres Erbe. Roman (42583) · Der Kuß der Schlange. Roman (43717) · Der Mord am Polterabend. Roman (42581) · Der Tod fällt aus dem Rahmen. Roman (43814) · Die Besucherin. Roman (43962) · Die Brautjungfer. Roman (41240) · Die Verblendeten. Roman (43812) · Mord ist des Rätsels Lösung. Roman (43718) · Eine entwaffnende Frau. Roman (42805) · Phantom in Rot. Roman (43610) · Schuld verjährt nicht. Roman (43482) · Urteil in Stein. Roman (44225) · Lizzies Liebhaber. Stories (43308) · See der Dunkelheit. Roman (44910) · Mancher Traum hat kein Erwachen. Roman (44664) · Durch Gewalt und List. Roman (44978) · Das Verderben. Roman (45129) · Der Sonderling. Roman (45004) · Kein Ort für Fremde. Stories (45012)

Ruth Rendell
Die Besucherin

Roman

Aus dem Englischen
von Cornelia C. Walter

GOLDMANN

Die englische Originalausgabe erschien unter dem Titel
»Simisola« bei Hutchinson, London

Umwelthinweis:
Alle bedruckten Materialien dieses Taschenbuches
sind chlorfrei und umweltschonend.

Der Wilhelm Goldmann Verlag, München,
ist ein Unternehmen der Verlagsgruppe Random House GmbH

Einmalige Sonderausgabe Juni 2002
Copyright © der Originalausgabe 1994
by Kingsmarkham Enterprises
Copyright © der deutschsprachigen Ausgabe 1995
by Blanvalet Verlag GmbH, München, in der
Verlagsgruppe Random House GmbH
Umschlaggestaltung: Design Team München
Umschlagmotiv: J. W. Waterhouse
Druck: Elsnerdruck, Berlin
Made in Germany · Titelnummer: 45350
ISBN 3-442-45350-X

www.goldmann-verlag.de

Für Mané

I

Außer ihm saßen noch vier Leute im Wartezimmer, von denen aber keiner krank aussah. Die braungebrannte Blondine im Designer-Jogginganzug strotzte vor Gesundheit, ihr Körper war muskulös, die sehnigen Hände glänzten golden, bis auf die grellroten Fingernägel und die Nikotinflecken am rechten Zeigefinger. Sie hatte sich umgesetzt, als eine Zweijährige mit ihrer Mutter hereingekommen und auf den Stuhl neben ihr zugesteuert war. Nun saß die Blonde im Jogginganzug so weit weg wie nur möglich, zwei Sitze von ihm und drei von dem steinalten Mann entfernt, der mit zusammengepreßten Knien, seine karierte Mütze krampfhaft festhaltend, dahockte und wie gebannt auf das Schild mit den Namen der drei Ärzte starrte.

Über jedem Namen befand sich ein Lämpchen und darunter ein Haken, an dem bunte Ringe hingen: rotes Licht und rote Ringe für Dr. Moss, grün für Dr. Akande, blau für Dr. Wolf. Wexford bemerkte, daß der alte Mann einen roten Ring bekommen hatte und die Mutter des Kindes einen blauen, was genau dem entsprach, was er erwartet hätte, im einen Fall die Präferenz für den älteren Mann, im anderen für die Frau. Die Frau im Jogginganzug hatte überhaupt keinen Ring. Entweder wußte sie nicht, daß man sich am Empfang melden mußte, oder sie scherte sich nicht darum. Wexford fragte sich, wieso sie nicht Privatpatientin war und sich später am Vormittag einen Termin geben ließ, statt hier nervös und ungeduldig herumzuwarten.

Inzwischen hatte das Kind die Turnerei zwischen den Stuhlreihen satt und machte sich über die Zeitschriften her, die auf dem Tisch lagen, und fing an, die Titelseiten herunterzureißen. Wer von den beiden wohl krank war, die Kleine oder ihre übergewichtige, blasse Mutter? Niemand machte Anstalten, das Kind an seinem Zerstörungswerk zu hindern, der alte Mann starrte bloß wütend herüber, und die Frau im Jogginganzug tat das Unverzeihliche, Unerhörte. Sie griff in ihre krokodillederne Handtasche, nahm ein flaches goldenes Etui heraus, dessen Funktion den meisten Leuten unter Dreißig ein Rätsel gewesen wäre, und entnahm ihm eine Zigarette, die sie mit einem goldenen Feuerzeug anzündete.

Wexford, der sich bisher erfolgreich von seinen eigenen Sorgen hatte ablenken lassen, beobachtete sie nun vollkommen fasziniert. Unter den Schildern an der Wand befanden sich, neben den Ermahnungen, Kondome zu benutzen, seine Kinder impfen zu lassen und auf sein Gewicht zu achten, nicht weniger als drei, die auf das Rauchverbot hinwiesen. Was würde jetzt wohl passieren? Ob es vielleicht ein Warnsystem gab, das, sobald Rauch im Wartezimmer aufstieg, den Empfang oder die Ambulanz alarmierte?

Die Mutter des Kindes reagierte schließlich, jedoch nicht mit einer Bemerkung an die Frau im Jogginganzug, sondern mit einem Schnüffeln; dann zerrte sie mit der einen Hand die Kleine grob zu sich herüber und verabreichte ihr mit der anderen einen kräftigen Klaps, woraufhin ein großes Geheul ertönte. Der alte Mann begann kummervoll den Kopf zu schütteln. Zu Wexfords Überraschung wandte sich die Raucherin an ihn und sagte unvermittelt: »Ich habe den Doktor angerufen, aber er wollte nicht kommen. Unglaublich! Ich mußte wohl oder übel selbst herkommen.«

Wexford murmelte etwas von praktischen Ärzten, die heutzutage keine Hausbesuche mehr machten, außer in besonders ernsten Fällen.

»Woher will er wissen, daß es nichts Ernstes ist, wenn er nicht kommt?« Doch sie hatte Wexfords erstaunten Gesichtsausdruck wohl richtig interpretiert. »Oh, es geht nicht um *mich*«, sagte sie und fügte seltsamerweise hinzu, »es geht um eine von den Hausangestellten.«

Er hätte gern mehr erfahren, aber die Gelegenheit war vorbei, denn nun passierten mehrere Dinge gleichzeitig. Das blaue Lämpchen für Dr. Wolf leuchtete auf, die Tür öffnete sich, und die Sprechstundenhilfe kam herein. Sie sagte scharf: »Machen Sie bitte die Zigarette aus. Haben Sie das Schild nicht gesehen?«

Die Frau im Jogginganzug hatte alles noch schlimmer gemacht, indem sie die Asche auf den Fußboden hatte fallen lassen. Sicher hätte sie auch noch den Stummel dort ausgetreten, wenn die Arzthelferin ihn ihr nicht mit einem leisen ungehaltenen Knurren abgenommen und in bis dahin unverpestete Gefilde gebracht hätte. Der Frau war die Sache anscheinend überhaupt nicht peinlich. Sie zuckte nur leicht mit den Schultern und warf Wexford ein strahlendes Lächeln zu. Mutter und Kind verließen gerade das Wartezimmer, um Dr. Wolf aufzusuchen, als zwei weitere Patienten hereinkamen und Dr. Akandes Lämpchen aufleuchtete. Jetzt ist es soweit, dachte Wexford, und seine Angst war wieder da, jetzt werde ich es erfahren. Er hängte den kleinen grünen Ring hin und ging, ohne sich noch einmal umzudrehen, hinaus. Sofort war es, als hätten diese Leute nie existiert, als hätte sich nichts von alledem zugetragen.

Angenommen, er würde auf dem kurzen Weg zu Dr. Akandes Sprechzimmer hinfallen? Er war heute morgen schon zweimal gestürzt. Dann wäre ich ja am rechten Ort, sagte er sich, in der Arztpraxis – nein, verbesserte er sich, man muß mit der Zeit gehen – im Gesundheitszentrum. Es gibt keinen besseren Ort, um krank zu werden. Aber wenn es nun etwas mit dem Gehirn ist, ein Tumor, ein Blutgerinnsel... Obwohl dies nicht üblich war, klopfte er an.

Raymond Akande rief: »Herein.«

Wexford war erst zum zweiten Mal bei ihm in der Sprechstunde, seit Akande nach Dr. Crockers Pensionierung in die Gemeinschaftspraxis eingetreten war. Damals hatte er, nachdem er sich im Garten geschnitten hatte, eine Tetanusspritze bekommen. Er sonnte sich in dem Glauben, daß sie einen ganz guten Draht zueinander gefunden hätten. Gleich darauf schalt er sich für derartige Gedanken; denn er wußte verdammt gut, daß er sich um Sympathie oder Abneigung nicht gekümmert hätte, wenn Akande ein x-beliebiger anderer gewesen wäre.

Um solche Betrachtungen ging es an jenem Morgen allerdings nicht. Wexford war nur um sich selbst besorgt, war ganz mit seiner Angst und den schrecklichen Symptomen beschäftigt. Er versuchte ruhig zu bleiben und unbeteiligt zu beschreiben, wie er morgens beim Aufstehen hingefallen war, wie er das Gleichgewicht verloren hatte, wie ihm der Fußboden entgegengekommen war.

»Irgendwelche Kopfschmerzen?« fragte Dr. Akande. »Übelkeit?«

Nein, nichts dergleichen, meinte Wexford, der bei Akandes Bemerkung gleich wieder etwas Hoffnung schöpfte. Ach, ein bißchen erkältet sei er gewesen. Aber seit er vor ein paar Jahren ein Blutgerinnsel im Auge gehabt habe, hätte er immer... Nun, er sei eben immer auf der Hut vor so etwas, einem Schlaganfall womöglich, was Gott verhindern möge.

»Ich dachte, es ist vielleicht die Menièresche Krankheit«, rutschte es ihm heraus.

»Grundsätzlich halte ich ja nichts von Zensur«, meinte der Arzt, »aber wenn es nach mir ginge, würde man alle medizinischen Lexika verbrennen.«

»Na schön, ich habe nachgeschlagen«, gab Wexford zu. »Und ich habe wohl auch nicht die richtigen Symptome, abgesehen vom Hinfallen.«

»Ich schlage vor, daß Sie sich ans Gesetzbuch halten und mir die Diagnose überlassen!«

Das war ihm recht. Akande untersuchte Kopf und Brustkorb und überprüfte die Reflexe. »Sind Sie mit dem Auto gekommen?«

Wexford nickte erschrocken.

»Fahren Sie ein paar Tage lieber nicht Auto. Nach Hause können Sie natürlich noch fahren. Halb Kingsmarkham hat diesen Virus. Ich hatte ihn auch.«

»Ein Virus?«

»Ganz recht. Komische Geschichte, er greift anscheinend die Bogengänge im Innenohr an, da, wo der Gleichgewichtssinn sitzt.«

»Ist es wirklich bloß ein Virus? Ein Virus kann einen tatsächlich so umhauen, aus heiterem Himmel? Gestern bin ich im Garten draußen der Länge nach hingefallen.«

»Ist ja auch eine beachtliche Länge«, meinte Akande. »Aber irgendwelche Erleuchtungen hatten Sie dabei nicht? Niemand hat Ihnen untersagt, wider den Stachel zu löcken?«

»Sie meinen, Erleuchtungen gehören auch zu den Symptomen? Nein, ach so, ich verstehe. Wie Paulus auf dem Weg nach Damaskus. Sie wollen mir doch nicht weismachen, daß das alles war, daß der nur einen Virus hatte?«

Akande lachte. »Allgemein wird angenommen, er sei Epileptiker gewesen. Nein, machen Sie nicht so ein Gesicht. Ich kann Ihnen versichern, es ist ein Virus und kein Fall von plötzlich auftretender Epilepsie. Ich werde Ihnen auch nichts dagegen verschreiben. Das gibt sich in ein, zwei Tagen von selbst wieder. Es würde mich sogar wundern, wenn Sie sich nicht gleich besser fühlen, nachdem Sie jetzt wissen, daß es kein Gehirntumor ist.«

»Woher wissen Sie...? Ach ja, Sie sind wahrscheinlich an Patienten mit übertriebenen Ängsten gewöhnt.«

»Es ist ja kein Wunder. Wenn's nicht die medizinischen Bücher sind, dann die Zeitungen, die lassen die Leute ja nicht mal fünf Minuten ihre Gesundheit vergessen.«

Akande stand auf und streckte ihm die Hand hin. Wexford gefiel der Brauch, den Patienten die Hand zu schütteln, das war wie früher, als Ärzte noch Hausbesuche machten und Rechnungen schickten.

»Der Mensch ist doch ein seltsames Wesen«, sagte der Arzt. »Heute morgen kommt zum Beispiel eine Frau in Vertretung ihrer *Köchin*. Schicken Sie doch die Köchin, sagte ich, aber das ging anscheinend nicht. Ich habe das Gefühl – nebenbei bemerkt, völlig unbegründet, es ist nur so eine Ahnung –, daß sie mir vor Freude nicht gerade um den Hals fallen wird, wenn sie sieht, daß ich das bin, was der Chef meines Schwiegervaters als ›farbig‹ zu bezeichnen pflegte.«

Diesmal verschlug es Wexford die Sprache.

»Ist Ihnen das peinlich? Tut mir leid. Diese Dinge sind unterschwellig immer da, und manchmal kommen sie hoch.«

»Es ist mir nicht peinlich«, sagte Wexford. »Es fiel mir bloß gerade nichts ein als – äh, Entgegnung oder Trost. Ich dachte, Sie liegen mit Ihrer Vermutung wohl richtig, ich wollte das nur nicht sagen.«

Akande klopfte ihm auf die Schulter, wenigstens zielte er darauf, landete aber auf dem Oberarm. »Nehmen Sie sich ein paar Tage frei. Bis Donnerstag sind Sie wieder auf der Höhe.«

Auf dem Korridor begegnete Wexford der Blonden, die auf Akandes Sprechzimmer zusteuerte. »Bestimmt verliere ich meine Köchin, das sehe ich schon kommen«, sagte sie und hinterließ im Vorbeigehen eine Duftwolke aus Paloma Picasso und Rothman Kingsize. Wollte sie damit etwa sagen, ihre Köchin würde *sterben*?

Beschwingt stieß er die beiden Flügeltüren auf und trat ins Freie. Von den Autos auf dem Parkplatz konnte nur eines ihr gehören, und zwar der Lotus Elan mit dem Kennzeichen AK 3. Es war eines der frühesten Modelle, bestimmt hatte sie dafür ein Vermögen bezahlt. Annabelle King, spekulierte er. Anne Knight? Alison Kendall? Nicht allzu viele englische Nachnamen beginnen mit K, allerdings war sie mit Sicherheit keine Engländerin. Anna Karenina, überlegte er spaßeshalber.

Akande hatte ihm erlaubt, mit dem Wagen nach Hause zu fahren. Eigentlich wäre Wexford gern zu Fuß gegangen, die Idee gefiel ihm, weil er jetzt keine Angst mehr hatte hinzufallen. Seltsam, was der Geist mit dem Körper alles anstellen konnte. Wenn er den Wagen daließe, müßte er ihn später doch irgendwann holen.

Die junge Frau kam die flache Treppe des Gesundheitszentrums heruntergewatschelt, das Kind hüpfte hinunter. Leutselig kurbelte Wexford sein Fenster herunter und fragte, ob sie mitfahren wollten. Egal wohin, er war in der Stimmung, meilenweit irgendwohin zu fahren, auch wenn es nicht auf seinem Weg lag.

»Von fremden Leuten lassen wir uns nicht mitnehmen.« Zu dem Kind gewandt, sagte sie laut und vernehmlich: »Stimmt's, Kelly?«

Brüskiert zog Wexford den Kopf wieder ein. Sie hatte ganz recht. *Sie* hatte sich vernünftig verhalten und er nicht. Er könnte ja ein Vergewaltiger und Kinderschänder sein und sein infames Vorhaben mittels eines Arztbesuchs schlau zu verschleiern trachten. An der Ausfahrt kam ihm ein Auto entgegen, das ihm bekannt erschien: ein alter Ford Escort, den man knallig pink gespritzt hatte. Pinkfarbene Autos sah man selten. Aber wem gehörte es? Er hatte eigentlich ein ausgezeichnetes visuelles Gedächtnis, Gesichter und Stadtlandschaften prägten sich ihm in Farbe ein, nur Namen konnte er sich nicht merken.

Er fuhr auf die South Queen Street hinaus und freute sich schon darauf, Dora die gute Nachricht mitzuteilen. Dabei malte er sich aus, wie es auch hätte kommen können – den Schrecken, die Bestätigung der Befürchtungen, den Versuch, eine tapfere Miene aufzusetzen, falls er ihr hätte sagen müssen, er sei zu einer Computertomographie des Gehirns ins Krankenhaus bestellt worden. Nichts dergleichen war nötig. Ob er im Fall des Falles tapfer gewesen wäre? Oder sie *angelogen* hätte?

Dann hätte er gleich drei Leute anlügen müssen. Denn als er in die Garageneinfahrt bog, sah er Neils Auto dort stehen, vorsorglich auf der linken Seite geparkt, damit er selbst vorbeikam. Neils *und* Sylvias Auto, sollte er wohl besser sagen, denn sie teilten es sich, nachdem Sylvias Stelle gestrichen worden war und sie ihren Wagen aufgegeben hatte. Und so wie die Dinge standen, würden sie sich vielleicht bald nicht einmal mehr diesen leisten können.

Ich sollte mich eigentlich freuen, dachte er. Ich sollte mich geschmeichelt fühlen. Nicht alle Kinder kommen an die elterliche Brust geeilt, wenn sie vom Mißgeschick verfolgt werden. Seine kamen immer. Er sollte eigentlich nicht so reagieren, sich beim Anblick des Autos der Familie Fairfax nicht gleich fragen: Was ist denn nun schon wieder los?

Ein Schicksalsschlag tut manchen Ehen ganz gut. Das streitende Paar schiebt seinen Zwist beiseite und stellt sich der Welt vereint entgegen. Manchmal. Aber dazu muß eine Ehe schon ziemlich angeschlagen sein. Die Ehe von Wexfords älterer Tochter ging schon seit langem nicht mehr gut und unterschied sich von anderen schlechten Ehen vor allem darin, daß sie und Neil ihren Söhnen zuliebe unbeirrt zusammenblieben und nach immer neuen Rettungsmitteln suchten.

Zu seinem Schwiegervater hatte Neil einmal gesagt: »Ich liebe sie doch. Ich liebe sie wirklich«, doch das war schon lange her. Seither waren viele Tränen geflossen und viele Gemeinheiten ausgeteilt worden. Oft hatte Sylvia die Jungs zu Dora gebracht, und ebensooft hatte Neil sich in einem Motel an der Straße nach Eastbourne einquartiert. Es half ihnen nichts, daß Sylvia sich weitergebildet und für das Jugendamt gearbeitet hatte, und auch die luxuriösen Auslandsreisen und ihre Umzüge in immer noch größere und noch schönere Häuser konnten die Probleme nicht lösen. Wenigstens war Geld oder der Mangel daran nie ein Thema gewesen. Geld hatten sie mehr als genug.

Bis jetzt. Bis das Architekturbüro von Neils Vater (bestehend aus zwei Partnern, nämlich Vater und Sohn) die Rezession erst leise zu spüren bekam, dann voll von ihr getroffen wurde und schließlich aufgeben mußte. Inzwischen war Neil bereits seit fünf Wochen arbeitslos, Sylvia schon fast ein halbes Jahr.

Wexford schloß auf und trat ins Haus. Einen Augenblick blieb er stehen und lauschte den Stimmen: Doras gemessener, ruhiger, Neils indignierter, immer noch fassungsloser, Sylvias herrischer. Zweifellos warteten sie auf ihn, hatten eigentlich mit seiner Anwesenheit gerechnet, um sich durch seinen Gehirntumor oder seine Embolie von ihren vielfältigen Schwierigkeiten – Arbeitslosigkeit, keine Aussichten, steigende Hypothekenschulden – ablenken zu lassen.

Er öffnete die Eßzimmertür, und Sylvia stürzte ihm entgegen und warf ihm die Arme um den Hals. Sie war groß und kräftig, und wenn sie ihn umarmte, mußte sie sich nicht darauf beschränken, ihn bloß um die Hüfte zu fassen. Einen Augenblick lang dachte er, ihre Zärtlichkeit habe mit der Sorge um seine Gesundheit, um sein Leben zu tun.

»Dad«, sagte sie schluchzend, »Dad, stell dir vor, wie weit es mit uns gekommen ist! Mit *uns*. Es ist unglaublich, aber wahr. Du wirst es nicht glauben. Neil *geht auf Stütze!*«

»Nicht direkt auf Stütze, Liebling«, sagte Neil, eine zärtliche Anrede benutzend, die Wexford schon seit Jahren nicht mehr aus seinem Munde gehört hatte. »Nicht Stütze. Ich bekomme Arbeitslosengeld.«

»Ach, das läuft doch auf das gleiche hinaus. Stütze, Sozialversicherung, Arbeitslosengeld, das kommt doch aufs gleiche raus. Es ist unglaublich, furchtbar, daß das *uns* passieren muß!«

Interessant, wie Doras sanfte Stimme das schrille Geschrei zu durchdringen vermochte. Sie durchschnitt es, wie ein feiner Draht ein Stück reifen Cheddar durchschneidet. »Was hat Dr. Akande gesagt, Reg?«

»Es ist ein Virus, der anscheinend gerade umgeht. Ich soll ein paar Tage freinehmen, das ist alles.«

»Na, zum Glück«, sagte Dora schlicht. »Ein Virus.«

Sylvia schnaubte durch die Nase. »Das hätte ich dir gleich sagen können. Den hatte ich letzte Woche auch, ich konnte mich kaum auf den Beinen halten.«

»Schade, daß du es mir nicht gesagt hast, Sylvia.«

»Ich habe im Moment andere Sorgen. Ich wäre froh, wenn ich bloß mit ein bißchen Schwindelgefühl fertig werden müßte. Gut, daß du da bist, Dad, vielleicht kannst du es Neil ausreden. Ich schaffe es nicht, auf mich hört er sowieso nie.

Alle anderen haben mehr Einfluß auf ihn als seine eigene Frau.«

»Ihm was ausreden?« fragte Wexford.

»Hab' ich doch *gesagt*. Auf dieses – wie heißt es gleich? – ESJ zu gehen. Was weiß ich, was das heißen soll, jedenfalls ist da die Stütze und die Arbeitsvermittlung – nein, so heißt es gar nicht mehr, oder?«

»So heißt es schon seit Jahren nicht mehr«, sagte Neil. »Es heißt Jobcenter.«

»Wieso soll ich es ihm ausreden?« fragte Wexford.

»Weil es entsetzlich ist und erniedrigend, da gehen doch Leute wie wir nicht hin.«

»Und was tun dann Leute wie wir?« fragte Wexford in einem Ton, der sie hätte vorwarnen sollen.

»Die finden etwas unter den Stellenanzeigen der *Times*.«

Neil fing an zu lachen, und Wexford, dessen Ärger sich rasch in Mitleid verwandelte, lächelte bekümmert. Seit Wochen hatte Neil täglich die Stellenangebote studiert und, wie er seinem Schwiegervater erzählt hatte, mehr als dreihundert Bewerbungsbriefe geschrieben – alles umsonst.

»Die *Times* gibt einem aber kein Geld«, sagte Neil, und Wexford konnte im Gegensatz zu Sylvia die Verbitterung in seiner Stimme hören. »Außerdem muß ich wissen, wie ich mit unserer Hypothek dran bin. Vielleicht können sie was tun, damit die Bausparkasse das Haus nicht pfänden läßt. Ich kann es jedenfalls *nicht*. Vielleicht können sie mir raten, was ich wegen der Schule für die Kinder unternehmen soll, und wenn sie nur sagen, wir sollen sie auf die Gesamtschule von Kingsmarkham schicken. Jedenfalls bekomme ich dort Geld – einen Barscheck per Post, so läuft das wohl. Na ja, das werde ich ja erfahren. Es ist aber auch höchste Zeit, Reg. Wir haben bloß noch zweihundertsiebzig Pfund auf unserem gemeinsamen

Konto, und andere Konten haben wir nicht. Ist auch gut so, die fragen einen bestimmt, was für Ersparnisse man hat, bevor sie zahlen.«

Wexford sagte ruhig: »Soll ich euch Geld leihen? Wir könnten euch schon etwas geben.« Er dachte nach und schluckte. »Sagen wir, tausend?«

»Danke, Reg, vielen Dank, aber lieber nicht. Das würde das dicke Ende nur hinausschieben. Jedenfalls danke für dein Angebot. Geliehenes Geld sollte man zurückzahlen, und ich weiß nicht, wie ich es dir zurückzahlen könnte, jedenfalls in den nächsten Jahren nicht.« Er schaute auf seine Uhr. »Ich muß los«, sagte er. »Ich habe um halb elf einen Termin wegen dem Antrag auf Arbeitslosengeld.«

Unwillkürlich rutschte es Dora heraus: »Ach, bekommt man da einen Termin?«

Seltsam, wie ein Lächeln ein Gesicht traurig aussehen lassen konnte. Neil war nicht direkt zusammengezuckt. »Merkt ihr, wie degradierend Arbeitslosigkeit sein kann? Ich gehöre nicht mehr zu denen, die zuvorkommend behandelt werden. Ich bin jetzt einer von denen, die in der Schlange stehen und froh sein können, wenn sie überhaupt jemand empfängt, die unverrichteter Dinge nach Hause geschickt werden und gesagt bekommen, sie sollen morgen wiederkommen. Meinen Status habe ich wohl schon verloren, und meinen Nachnamen auch. Man wird mich aufrufen: ›Neil, Mr. Stanton ist jetzt frei für Sie.‹ Um zehn vor eins, obwohl ich auf halb elf bestellt war.«

»Entschuldige, Neil, ich wollte nicht...«

»Nein, natürlich nicht. Es geschieht ganz unbewußt. Oder sagen wir, das Bewußtsein verändert sich, man denkt anders über einen erfolgreichen Architekten, der so viele Aufträge hat, daß er kaum mehr nachkommt, als über jemanden, der arbeitslos ist. Ich muß gehen.«

Er ließ den Wagen da. Sylvia brauchte ihn. Er würde die halbe Meile bis zum Arbeitsamt zu Fuß gehen, und danach...

»Na, mit dem Bus fahren«, sagte Sylvia. »Wieso nicht? Muß ich ja meistens auch. Pech, wenn er bloß viermal am Tag fährt. Wir müssen auf unseren Benzinverbrauch achten. Er wird ja wohl fünf Meilen weit laufen können. Du hast selbst erzählt, daß Großvater fünf Meilen zur Schule gelaufen ist und fünf zurück, als er gerade mal zehn war.«

Der resigniert verzweifelte Unterton in ihrer Stimme machte Wexford Sorgen, obwohl er ihr Selbstmitleid und ihre Gereiztheit mißbilligte. Er hörte Doras Angebot, die Jungen über das Wochenende zu nehmen, damit Sylvia und Neil einmal rauskämen, und wenn sie nur zu Neils Schwester nach London fuhren, und unterstützte ihren Vorschlag etwas zu eilfertig.

»Wenn ich dran denke«, meinte Sylvia, die gerne in trübseligen Erinnerungen schwelgte, »wie ich geackert habe, um Sozialarbeiterin zu werden.« Sie nickte ihrem Mann zum Abschied zu und fuhr fort, während er noch in Hörweite war: »Neil hat sich nie besonders bemüht, seinen Lebensstil dem anzupassen und mir zu helfen. Ich habe jemanden suchen müssen, der die Kinder hütet. Manchmal habe ich bis Mitternacht gearbeitet. Und was hab' ich jetzt davon?«

»Es wird schon wieder, Liebes«, sagte Dora.

»Einen Job beim Jugendamt bekomme ich nie wieder, das *weiß* ich. Erinnerst du dich an die Kinder in Stowerton, Dad? Die ›allein zu Haus‹?«

Wexford überlegte. Zwei seiner Beamten hatten die Eltern in Gatwick in Empfang genommen, als sie gerade aus dem Flugzeug aus Teneriffa stiegen. Er sagte: »Hießen die nicht Epson? Er war schwarz und sie weiß...«

»Was hat denn das damit zu tun? Wieso bringst du jetzt

Rassismus ins Spiel? Das war mein letzter Auftrag bei der Fürsorge, bevor sie die Mittel gekürzt haben. Damals hätte ich mir nie träumen lassen, daß ich wieder Hausfrau sein würde, noch bevor diese Kinder wieder bei ihren Eltern sind. Willst du wirklich die Jungs übers Wochenende behalten, Mutter?«

Es war die Frau in dem pinkfarbenen Auto gewesen. Fiona Epson. Nicht, daß das wichtig wäre. Wexford überlegte, ob er nach oben gehen und sich hinlegen oder die Anordnungen des Arztes in den Wind schlagen und wieder ins Büro gehen sollte. Das Büro siegte. Beim Hinausgehen hörte er, wie Sylvia ihrer Mutter einen Vortrag über eine, wie sie es nannte, politisch korrekte Ausdrucksweise hielt.

2

Als die Akandes vor etwa einem Jahr nach Kingsmarkham gezogen waren, hatten die Besitzer der beiden Nachbarhäuser von Ollerton Avenue 27 ihre Häuser zum Verkauf angeboten. Obwohl dies für Raymond und Laurette Akande und ihre Kinder beleidigend war, hatte es praktisch gesehen doch Vorteile. Da die Rezession die Talsohle erreicht hatte, blieben die Häuser lange auf dem Markt, wobei ihr Kaufpreis stetig sank, doch als die neuen Nachbarn schließlich kamen, erwiesen sie sich als nette Leute, ebenso freundlich und liberal wie die übrigen Bewohner der Ollerton Avenue.

»Beachten Sie meine Wortwahl«, sagte Wexford. »Ich sagte ›freundlich‹ und ›liberal‹, ich habe nicht gesagt ›antirassistisch‹. In diesem Lande sind wir alle Rassisten.«

»Ach was«, sagte Detective Inspector Michael Burden. »Ich bin keiner. Und Sie auch nicht.«

Sie saßen in Wexfords Eßzimmer beim Kaffeetrinken, während die Fairfax-Jungen Robin und Ben und Burdens Sohn Mark mit Dora nebenan im Fernsehen die Tennismeisterschaften von Wimbledon anschauten. Wexford war es gewesen, der das Thema angeschnitten hatte, er wußte auch nicht, wie er darauf gekommen war. Vielleicht wegen Sylvias Anschuldigung, als sie über die Epsons gesprochen hatten. Es hatte ihn seither ziemlich beschäftigt.

»Meine Frau nicht und Ihre auch nicht«, sagte Burden, »und unsere Kinder auch nicht.«

»Wir sind alle Rassisten«, wiederholte Wexford, als habe er

ihn gar nicht gehört. »Alle, ohne Ausnahme. Bloß daß Leute über vierzig noch schlimmer sind. Sie und ich sind in dem Glauben erzogen worden, wir seien schwarzen Menschen überlegen. Gut, es wurde vielleicht nicht offen ausgesprochen, aber es war immer da. Wir wurden so konditioniert, und es ist unausrottbar in uns drin. Meine Frau hatte eine schwarze Puppe, die Negerchen hieß, und die weiße hieß Pamela. Schwarze wurden als Neger bezeichnet. Wer, von Soziologen wie meiner Tochter Sylvia einmal abgesehen, bezeichnet denn Weiße als Europide?«

»Meine Mutter nannte Schwarze sogar ›Darkies‹. Sie dachte, das wäre höflich. ›Nigger‹ war ungezogen, aber ›Darky‹ war in Ordnung. Das ist aber schon lange her. Die Zeiten haben sich geändert.«

»Nein, jedenfalls nicht sehr. Bloß, daß es heute mehr Schwarze gibt. Kürzlich sagte mein Schwiegersohn zu mir, ihm würde der Unterschied zwischen einem Schwarzen und einem Weißen gar nicht mehr auffallen. Ich sagte, dann merkst du also auch keinen Unterschied zwischen hellen und dunklen Haaren, oder? Dann merkst du auch nicht mehr, ob einer dick oder dünn ist? Wird dadurch etwa der Rassismus überwunden? Wir kommen erst weiter, wenn man einen Schwarzen meint und fragt: ›Welcher ist es?‹ und als Antwort kommt: ›Der mit der roten Krawatte.‹«

Burden lächelte. Die Jungen stürmten türenknallend herein, um ihnen mitzuteilen, daß Martina und Steffi jeweils ihren ersten Satz gewonnen hatten. Nachnamen gab es für sie und ihre Altersgenossen kaum noch.

»Kriegen wir die Schokokekse?«

»Fragt eure Großmutter.«

»Die ist eingeschlafen«, sagte Ben. »Aber sie hat gesagt, nach dem Essen dürfen wir, und jetzt ist nach dem Essen. Die Schokokekse *mit* den Schokoladenstückchen, und wir wissen, wo die sind.«

»Na, damit ihr Ruhe gebt«, sagte Wexford und fügte mit tadelndem Unterton hinzu: »Die angebrochene Packung müßt ihr aber aufessen. Ist das klar?«

»*No problem*«, sagte Robin.

Nachdem die Burdens wieder gegangen waren, nahm Wexford die Broschüre zur Hand, die ihm sein Schwiegersohn dagelassen hatte, das ES 461, den Antragsvordruck. Genauer gesagt, eine Kopie der Broschüre. Das Original hatte Neil zu seinem Termin beim Arbeitsamt mitgenommen. Neil, der seinen Mißgeschicken jeweils dadurch begegnete, daß er sich mit der größtmöglichen Selbstentwürdigung darin suhlte, hatte sich die Mühe gemacht, sämtliche neunzehn Seiten der Broschüre zu fotokopieren, die das Arbeitsamt als »Formular« zu bezeichnen beliebte. Er hatte die Kollektion türkisblauer, grüner, gelber und orangefarbener Blätter zum Copyshop von Kingsmarkham gebracht, wo es einen Farbkopierer gab, damit Wexford ein ES 461 in seiner ganzen Pracht (sein Ausdruck) bewundern konnte. Er sollte auch nachlesen können, welche Anforderungen eine wohltätige Regierung an ihre arbeitslosen Bürger stellte.

Auf der ersten Seite stand ein neugeprägtes Wort: »Jobsuche«. Bevor man das »Formular« ausfüllte, mußte man drei Seiten Anmerkungen lesen, dann kamen fünfundvierzig oft mehrteilige Fragen, bei deren Lektüre Wexford ganz schwindlig im Kopf wurde. Manche Fragen waren harmlos, manche richtig traurig, manche unheimlich. »Ist Ihre Arbeitsfähigkeit aus gesundheitlichen Gründen eingeschränkt?« lautete Frage 30, gleich nach Frage 29: »Für welchen Mindestlohn sind Sie zu arbeiten bereit?« Nicht gerade viel wurde bei der Frage verlangt: »Haben Sie irgendwelche akademischen Qualifikationen (zum Beispiel mittleren Schulabschluß, Gesellenprüfung)?«; »Haben Sie ein eigenes Transportmittel?« fragte Nummer 9. Frage 4 wollte wissen: »Falls Sie während der letzten zwölf Monate in keinem Arbeitsverhältnis standen, womit haben Sie sich beschäftigt?«

Diese Frage ärgerte ihn maßlos. Was ging das diese Berater, diese mickrigen Beamten, dieses *Regierungs*ministerium an? Er fragte sich, was sie, abgesehen von der Antwort »mit Arbeitssuche«, wohl erwarteten. Zwei Wochen Urlaub auf den Bahamas? Dinner in den Vier Jahreszeiten? Chinesisches Porzellan sammeln? Er schob die bunten Blätter beiseite und ging ins Wohnzimmer hinüber, wo sich Martina Nawratilowa auf dem Center Court immer noch tapfer schlug.

»Rutsch ein bißchen«, sagte er zu Robin, der auf dem Sofa saß.

»Pas de problème.«

Früher sagte einem der Arzt, man solle nächste Woche wiederkommen oder »wenn die Symptome verschwunden sind«. Heutzutage sind die Ärzte meistens so beschäftigt, daß sie Patienten ohne Symptome nach Möglichkeit gar nicht mehr sehen wollen. Denn es gibt zu viele andere, die eigentlich ins Bett gehören und zu Hause besucht werden sollten, jedoch gezwungen sind, sich ins Gesundheitszentrum zu schleppen und ihre Viren im ganzen Wartezimmer zu verbreiten.

Wexfords Virus hatte sich offensichtlich im gleichen Moment verflüchtigt, als Dr. Akande die magischen Worte ausgesprochen hatte. Er hatte nicht die Absicht, zu einer bloßen Nachuntersuchung noch einmal hinzugehen, und mißachtete sogar die Anordnung des Arztes, sich ein paar Tage freizunehmen. Immer wieder dachte er über die Frage nach, die sich danach erkundigte, womit das Opfer der »Jobsuche« sich beschäftigt hatte, und überlegte, wie er sie wohl beantworten würde. Wenn er zum Beispiel nicht in der Arbeit war, den Urlaub zu Hause verbrachte. Lesen, sich mit den Enkeln unterhalten, nachdenken, Geschirr abtrocknen, mit einem Freund auf ein Gläschen ins Olive and Dove gehen, lesen. Ob sie damit zufrieden wären? Oder ob sie vielleicht etwas ganz anderes hören wollten?

Trotzdem hatte er, als Dr. Akande eine Woche später anrief, erst ein schlechtes Gewissen, dann war er besorgt. Dora nahm den Anruf entgegen. Es war kurz vor neun an einem Mittwochabend Anfang Juli, und die Sonne war noch nicht untergegangen. Wexford saß in der offenen Terrassentür und las *Der Fremde* von Camus, das er vor dreißig Jahren zum ersten Mal gelesen hatte, und schlug mit dem *Kingsmarkham Courier* nach den Stechmücken.

»Was will er?«

»Das hat er nicht gesagt, Reg.«

Es konnte ja sein, daß Akande ein so gewissenhafter und sorgfältiger Arzt war, daß er sich die Mühe machte, sich sogar nach dem Befinden nur leicht erkrankter Patienten zu erkundigen. Oder aber – Wexfords Herz tat einen dumpfen Schlag – seine »Fallsucht« war überhaupt nicht die Lappalie gewesen, als die Akande sie diagnostiziert hatte, auch nicht die Folge einer allgemein verbreiteten, unbedeutenden Epidemie, sondern etwas viel Ernsteres, und bei den Symptomen handelte es sich um die Vorboten von...

»Ich komme.«

Er griff nach dem Hörer. Gleich bei Akandes ersten Worten wurde ihm klar, daß er nichts *erfahren* würde, sondern etwas *gefragt* wurde. Der Arzt verabreichte keine Belehrungen, sondern kam mit dem Hut in der Hand. Diesmal hatte er, der Polizist, die Diagnose zu stellen.

»Entschuldigen Sie, wenn ich Sie mit dieser Sache behellige, Mr. Wexford, aber ich hatte gehofft, Sie könnten mir helfen.«
Wexford schwieg abwartend.
»Wahrscheinlich hat es nichts zu bedeuten.«
Diese Worte, auch wenn er sie schon oft gehört hatte, ließen ihn immer wieder erschauern. Er hatte die Erfahrung gemacht, daß es fast immer etwas zu bedeuten hatte, und wenn er davon erfuhr, etwas Schlimmes.
»Wenn ich mir wirklich Sorgen machen würde, ginge ich zur Polizei, aber so ernst ist es nicht. Meine Frau und ich kennen nicht viele Leute in Kingsmarkham – natürlich nicht, wir sind ja noch relativ neu hier. Aber da Sie mein Patient sind...«
»Was ist passiert, Doktor?«
Ein leises, abwehrendes Lachen, ein Zögern, dann benutzte Akande eine ungewöhnliche Formulierung: »Ich versuche vergeblich, meine Tochter ausfindig zu machen.« Er hielt inne und nahm einen zweiten Anlauf. »Also, was ich sagen will, ich weiß nicht, wie ich herausfinden kann, wo sie ist. Na ja, sie ist zweiundzwanzig, eine erwachsene Frau, und wenn sie nicht zu Hause bei uns wohnen würde, sondern eine eigene Wohnung hätte, wüßte ich ja nicht einmal, daß sie nicht nach Hause gekommen ist. Ich würde nicht...«
Wexford unterbrach ihn: »Wollen Sie sagen, Ihre Tochter wird vermißt?«
»Nein, nein, das wäre zuviel gesagt. Sie ist nicht nach Hause gekommen, und da, wo sie gestern abend hätte sein sollen, ist sie nicht aufgetaucht. Aber, wie gesagt, sie ist erwachsen. Falls sie sich entschieden hat, woanders hinzugehen... nun, es wäre ihr gutes Recht.«
»Aber Sie hätten erwartet, daß sie es Ihnen sagt?«
»Eigentlich schon. Sie ist nicht sehr zuverlässig in diesen Dingen, wie alle jungen Leute, wie Sie ja wohl wissen, aber wir

haben noch nie erlebt, daß sie ... nun, es sieht so aus, als würde sie uns belügen. Sie sagt uns etwas und tut dann etwas anderes. So sehe ich das. Meine Frau allerdings macht sich Sorgen. Das ist untertrieben, sie ist äußerst beunruhigt.«

Immer sind es ihre Frauen, dachte Wexford. Sie projizieren ihre Gefühle auf ihre Frauen. Meine Frau ist ziemlich besorgt deswegen. Es beunruhigt meine Frau. Ich unternehme diese Schritte, weil, ehrlich gesagt, die Sache meiner Frau gesundheitlich zu schaffen macht. Als starke Männer, als harte Machos, wollen sie einem weismachen, sie wären über alle Ängste, Befürchtungen und Wünsche erhaben, über Sehnsüchte, Leidenschaften und Bedürfnisse.

»Wie heißt sie?« fragte er.

»Melanie.«

»Wann haben Sie Melanie zum letzten Mal gesehen, Dr. Akande?«

»Gestern nachmittag. Sie hatte in Kingsmarkham einen Termin und wollte dann mit dem Bus nach Myringham fahren, wo ihre Freundin wohnt. Die Freundin wollte ihren einundzwanzigsten Geburtstag feiern, und Melanie war eingeladen und sollte auch dort übernachten. Mit achtzehn werden sie volljährig, also feiern sie zwei Partys, eine mit achtzehn und eine mit einundzwanzig.«

Das wußte Wexford. Ihn interessierte viel mehr das von einem kläglichen Optimismus nur unzureichend überdeckte Entsetzen, das in Akandes Stimme mitschwang. »Wir haben sie erst heute nachmittag zurückerwartet. Wenn sie nicht müssen, stehen sie ja vor zwölf Uhr mittags nicht auf. Meine Frau und ich haben gearbeitet, und wir hatten eigentlich mit ihr gerechnet, als wir nach Hause kamen.«

»Kann es sein, daß sie da war und wieder weggegangen ist?«

»Das kann schon sein. Sie hat natürlich einen Schlüssel.

Aber sie war gar nicht bei Laurel – das ist die Freundin. Meine Frau hat dort angerufen. Melanie ist dort gar nicht aufgetaucht. Ich finde das nicht weiter beunruhigend. Die beiden haben sich gestritten – na, sagen wir, sie hatten eine Meinungsverschiedenheit. Ich habe gehört, wie Melanie am Telefon zu ihr sagte, ich kann mich noch genau an ihre Worte erinnern: ›Ich lege jetzt auf. Mit mir brauchst du am Mittwoch nicht zu rechnen.‹«

»Hat Melanie einen Freund, Doktor?«
»Nicht mehr. Sie haben vor etwa zwei Monaten Schluß gemacht.«
»Kann es sein, daß es eine Versöhnung gab?«
»Schon möglich.« Es klang ungehalten. Als er es wiederholte, klang es hoffnungsvoll. »Schon möglich. Meinen Sie, sie hat sich gestern mit ihm getroffen, und sie sind zusammen irgendwohin gegangen? Das würde meine Frau nicht gutheißen. Sie hat ziemlich – strikte Ansichten über diese Dinge.«

Ich nehme an, sie würde Geschlechtsverkehr Vergewaltigung oder Mord vorziehen, dachte Wexford ziemlich verärgert, sprach es aber selbstverständlich nicht aus. »Dr. Akande, wahrscheinlich haben Sie recht, wenn Sie sagen, es habe nichts zu bedeuten. Melanie ist irgendwo, wo sie keinen Zugang zu einem Telefon hat. Rufen Sie mich doch morgen früh an, ja? So früh Sie wollen.« Er zögerte. »Sagen wir, nach sechs. Egal, was los ist, ob sie nun auftaucht oder anruft oder nicht.«

»Ich habe das Gefühl, sie versucht gerade, uns zu erreichen.«
»Na, dann machen wir jetzt besser die Leitung frei.«

Um fünf nach sechs klingelte das Telefon.
Er schlief nicht mehr. Er war gerade aufgewacht. Vielleicht, weil er sich unterbewußt Sorgen um das Akande-Mädchen machte. Als er den Hörer abnahm und noch bevor Akande

etwas sagte, dachte er, ich hätte nicht warten sollen, ich hätte gestern abend gleich etwas unternehmen sollen.

»Sie ist nicht gekommen und hat auch nicht angerufen. Meine Frau ist sehr beunruhigt.«

Und Sie ja wohl auch, dachte Wexford. Wäre ich jedenfalls.

»Ich komme. In einer halben Stunde bin ich bei Ihnen.«

Sylvia hatte geheiratet, kaum daß sie mit der Schule fertig war. Er hatte gar keine Gelegenheit gehabt, sich Sorgen zu machen, wo sie war oder was ihr passierte. Aber seine jüngere Tochter Sheila hatte ihm schlaflose, schreckerfüllte Nächte bereitet. Wenn sie die Ferien von der Schauspielschule zu Hause verbrachte, hatte sie sich darauf verlegt, mit ihrem jeweiligen Freund zu verschwinden, ohne anzurufen, ohne irgendeinen Hinweis auf ihren Aufenthaltsort zu hinterlassen, um sich dann drei oder vier Tage später aus Glasgow, Bristol oder Amsterdam zu melden. Daran hatte er sich nie gewöhnen können. Um die Akandes zu beruhigen, würde er ihnen ein paar Geschichten aus seiner eigenen Erfahrung erzählen, überlegte er, während er duschte und sich anzog, aber er würde Melanie auch als vermißt melden. Sie war weiblich, sie war jung, und deshalb würde man eine Suchaktion einleiten.

An manchen Tagen ging er um der Gesundheit willen zu Fuß ins Büro, allerdings normalerweise zwei Stunden später. Es war ein diesiger Morgen, kein Lüftchen regte sich, am weißen Himmel stand eine noch weißere, hellere Sonne. Tau lag auf dem Seitenstreifen, den die Sommerhitze strohgelb verbrannt hatte. In den ersten zwei Straßen sah er keine Menschenseele, aber als er aus der Mansfield Road bog, begegnete er einer alten Frau mit einem winzigen Yorkshire-Terrier. Sonst niemandem. Zwei Autos fuhren an ihm vorbei. Eine Katze mit einer Maus im Maul ging quer über die Straße von der Ollerton Avenue 32 zur Nummer 25 und schlüpfte durch eine Klappe an der Haustür hinein.

Wexford brauchte bei Nummer 27 nicht zu klingeln. Dr. Akande erwartete ihn bereits am Eingang.

»Das ist sehr freundlich von Ihnen.«

Wexford widerstand der Versuchung, mit einer von Robins polyglotten Versionen von »Kein Problem« zu antworten, und ging ihm voraus ins Haus. Ein nettes, langweiliges, ganz gewöhnliches Haus. Er konnte sich nicht daran erinnern, schon einmal in einem der Einfamilienhäuser in der Ollerton Avenue gewesen zu sein. Die Straße war von Bäumen gesäumt, zu dieser Jahreszeit sogar von Bäumen *beschattet*. Bestimmt raubte ihr Schatten den Innenräumen des Akande-Hauses jedes Licht, bis die Sonne herüberwanderte, und im ersten Moment, als er ins Zimmer trat, sah er die Frau gar nicht, die am Fenster stand und ins Freie schaute.

Die klassische Pose, von alters her die typische Haltung der Mutter, Gattin oder Geliebten, die dasteht und wartet. »Schwester Anne, Schwester Anne, siehst du jemanden kommen? Ich sehe nur das grüne Gras und den gelben Sand...« Sie drehte sich um und kam auf ihn zu, eine hochgewachsene, schlanke Frau von etwa fünfundvierzig Jahren, die die Schwesterntracht des Stowerton Royal Hospital trug – ein kurzärmeliges marineblaues Kleid, einen marineblauen Gürtel mit reichverzierter Schnalle, zwei bis drei Ansteckschildchen über der linken Brust. Wexford hatte sie sich nicht so attraktiv vorgestellt, so ungewöhnlich gutaussehend, so elegant. *Wieso eigentlich nicht?*

»Laurette Akande.«

Sie streckte die Hand aus. Es war eine lange schmale Hand, die Innenfläche maisgolden, der Handrücken ein dunkles Kaffeebraun. Sie brachte ein Lächeln zustande. Er dachte, sie haben immer so wunderschöne Zähne, aber gleich schoß ihm das Blut ins Gesicht, wie es ihm zuletzt als Teenager passiert war. Er war also *doch* ein Rassist. Wieso dachte er, seit er dieses Zimmer betreten hatte, die ganze Zeit, sonderbar, hier ist es ja wie in anderen Häusern, die gleiche Art von Möbeln, die gleichen spanischen Wicken in der gleichen Art Vase... Er räusperte sich und sprach mit fester Stimme.

»Sie machen sich Sorgen um Ihre Tochter, Mrs. Akande?«

»Wir machen uns beide Sorgen. Wir haben auch allen Grund dazu, meinen Sie nicht? Es sind jetzt schon zwei Tage.«

Er bemerkte, daß sie weder sagte, es habe nichts zu bedeuten, noch, daß sich junge Leute eben so benähmen.

»Setzen Sie sich doch.«

Sie gab sich herrisch, ein bißchen lässig. Ihr fehlte die *englische Art* ihres Mannes, seine umgängliche, fürsorgliche Art. Geschichten über Sheilas jugendliche Eskapaden waren jetzt nicht angebracht. Laurette Akande sprach forsch: »Es wird Zeit, daß wir offizielle Schritte unternehmen, denke ich. Wir müssen sie als vermißt melden. Sind Sie nicht ein bißchen zu hoch oben für diese Dinge?«

»Das geht vorerst schon«, erwiderte Wexford. »Zunächst brauche ich ein paar Angaben von Ihnen. Fangen wir mit Namen und Adresse der Leute an, bei denen sie übernachten sollte. Den Namen ihres Freundes notiere ich auch. Ach ja, und was war das für ein Termin, den sie in Kingsmarkham hatte, bevor sie nach Myringham gefahren ist?«

»Auf dem Arbeitsamt«, sagte Dr. Akande.

Seine Frau verbesserte ihn präzise. »Im *Employment Service and Job Center* – der staatlichen Arbeitsvermittlungs- und Beratungsstelle; ESJ heißt das heute. Melanie suchte einen Job.

Sie war schon auf Stellensuche, lange bevor sie mit dem Studium fertig war«, sagte Laurette Akande. »Sie hat in Myringham studiert und diesen Sommer die Abschlußprüfung gemacht.«

»An der University of the South?« fragte Wexford.

Ihr Mann antwortete. »Nein, Myringham University, das ist das ehemalige Polytechnikum. Das sind jetzt alles Universitäten. Sie studierte Musik und Tanz, ›Darstellende Kunst‹ heißt der Studiengang. Ich war immer dagegen. Auf der Schule hat sie einen guten Abschluß in Geschichte gemacht – da hätte sie doch Geschichte studieren können!«

Wexford konnte sich denken, was er gegen Musik und Tanz einzuwenden hatte. »Es sind so wundervolle Tänzer«, »Sie haben diese herrlichen Stimmen...« Wie oft hatte er diese scheinbar wohlwollenden Bemerkungen gehört?

Laurette sagte: »Ihnen ist vielleicht bekannt, daß von allen gesellschaftlichen Gruppen in diesem Land Schwarzafrikaner die beste Ausbildung haben. Das ist statistisch erwiesen. Wir stellen hohe Erwartungen an unsere Kinder. Sie hätte sich auf einen Beruf vorbereiten sollen.« Plötzlich schien ihr wieder einzufallen, daß es bei der momentanen Krise nicht um Melanies Ausbildung oder den Mangel an derselben ging. »Gut, das gehört jetzt nicht hierher. In den Bereichen, für die sie sich interessierte, gab es keine freien Stellen. Ihr Vater hatte ihr das bereits gesagt, aber sie wollte ja nicht hören. Ich sagte, dann mußt du eben umschulen auf Betriebswirtschaft oder etwas ähnliches. Sie ging zum Arbeitsamt, um sich ein Antragsformular zu holen, und bekam für Dienstag um halb drei einen Beratungstermin.«

»Wann ist sie aus dem Haus gegangen?«

»Mein Mann hatte nachmittags Sprechstunde, und ich hatte meinen freien Tag. Melanie nahm eine Reisetasche mit und sagte, sie wolle etwa um fünf bei Laurel sein. Ich erinnere mich noch, wie ich sagte, verlaß dich nicht darauf. Wenn du um halb drei einen Termin hast, heißt das nicht, daß du gleich drankommst; es kann durchaus sein, daß du eine Stunde warten mußt. Sie ging um zehn nach zwei aus dem Haus, so hatte sie genügend Zeit. Das weiß ich, denn von hier ist es eine Viertelstunde bis zur High Street.«

Laurette Akande hätte eine bewundernswerte Zeugin abgegeben! Wexford ertappte sich dabei, wie er insgeheim hoffte, daß sie nie in diese Lage käme. Ihre Stimme klang kühl und beherrscht. Sie kam sofort zur Sache. Unter ihrem südostenglischen Akzent deutete noch etwas auf das afrikanische Land hin, aus dem sie, vielleicht als Studentin, gekommen war.

»Hatten Sie den Eindruck, sie wollte vom Arbeitsamt direkt nach Myringham fahren?«

»Sicher. Mit dem Bus. Sie wollte den Bus um Viertel nach vier noch erwischen, deshalb hatte ich sie ja gewarnt, daß sie bei der Beratung wahrscheinlich warten müßte. Eigentlich wollte sie meinen Wagen haben, aber das ging nicht, weil ich ihn am nächsten Morgen selbst brauchte. Ich mußte um acht zum Tagesdienst in der Klinik sein.« Sie sah auf ihre Uhr. »Heute auch. Bei dem Verkehr dauert eine sonst zehnminütige Fahrt eine halbe Stunde.«

Sie ging also zur Arbeit? Wexford hatte auf ein Anzeichen jener Angst gewartet, unter der sie, wie Dr. Akande versichert hatte, so sehr litt. Es kam nicht. Entweder war sie gar nicht beunruhigt, oder sie hatte sich eisern unter Kontrolle.

»Wo ist Melanie *Ihrer* Meinung nach, Mrs. Akande?«

Sie stieß ein leises kurzes Lachen aus, ein ziemlich frostiges Lachen. »Ich hoffe doch sehr, daß sie nicht da ist, wo sie höchstwahrscheinlich ist. Mit Euan zusammen in seiner Wohnung – besser gesagt, in seinem Zimmer.«

»Das würde Melanie uns nicht antun, Letty.«

»Sie würde das nicht so sehen, daß sie es *uns* antäte. Sie hat unsere Sorge um ihre Sicherheit und ihre Zukunft nie besonders wichtig genommen. Ich habe sie gefragt, ob sie eins von diesen Mädchen sein will, die die Jungs absichtlich schwängern und dann auch noch *stolz* auf diese Großtat sind? Euan hat bereits zwei Kinder von zwei verschiedenen Mädchen und ist noch nicht einmal zweiundzwanzig. Das weißt du doch, du erinnerst dich, wie sie uns von diesen Kindern erzählt hat.«

Sie hatten Wexford völlig vergessen. Er hüstelte. Dr. Akande sagte bekümmert: »Deshalb hat sie sich von ihm getrennt. Sie war genauso schockiert und erschüttert wie wir. Sie ist nicht zu ihm zurückgegangen, da bin ich sicher.«

»Dr. Akande«, sagte Wexford, »würden Sie bitte mit mir aufs Polizeirevier kommen und Melanie als vermißt melden? Ich halte die Sache für sehr ernst. Wir müssen Ihre Tochter suchen, wir müssen so lange suchen, bis wir sie finden.«

Tot oder lebendig, aber das sagte er nicht.

Das Gesicht auf dem Foto hatte nichts Europäisches an sich. Melanie Elizabeth Akande hatte eine niedrige Stirn, eine breite, ziemlich flache Nase und volle, breite Lippen. Von den klassischen Gesichtszügen ihrer Mutter zeigte sich bei ihr nichts. Ihr Vater stammte aus Nigeria, wie Wexford jetzt erfuhr, ihre Mutter aus Freetown in Sierra Leone. Ihre Augen waren riesig, das dichte schwarze Haar eine Masse kleiner Locken. Während er das Foto betrachtete, machte Wexford eine seltsame Entdeckung. Obwohl er sie nicht schön fand, verstand er, daß sie nach den Maßstäben von anderen Menschen, den Maßstäben von Millionen von Afrikanern, Leuten aus der Karibik und Afroamerikanern, wahrscheinlich als besonders hübsch galt. Wieso waren es immer die Weißen, die die Kriterien festlegten?

In der Vermißtenmeldung, die ihr Vater ausgefüllt hatte, wurde sie als einssiebzig groß, schwarzhaarig, mit dunkelbraunen Augen beschrieben, das Alter war mit zweiundzwanzig angegeben. Er mußte erst seine Frau im Krankenhaus anrufen, um daran erinnert zu werden, daß Melanie achtundfünfzig Kilo wog und, als sie zuletzt gesehen wurde, mit Bluejeans, einem weißen Hemd und einer langen, bestickten Weste bekleidet gewesen war.

»Sie haben noch einen Sohn, nicht wahr?«

»Ja, er studiert Medizin in Edinburgh.«

»Da kann er jetzt aber nicht sein. Es ist Juli.«

»Nein, soviel ich weiß, ist er in Südostasien. Er ist vor etwa drei Wochen mit ein paar Freunden im Auto losgefahren. Sie wollten nach Vietnam, aber bis dahin sind sie natürlich noch nicht gekommen...«

»Zu ihm hätte seine Schwester jedenfalls nicht gehen können«, sagte Wexford. »Ich muß Sie jetzt etwas fragen, Doktor. Was für ein Verhältnis haben Sie und Ihre Frau zu Melanie? Gab es Unstimmigkeiten?«

»Wir haben ein gutes Verhältnis«, sagte der Arzt rasch. Dann zögerte er und meinte einschränkend: »Meine Frau ist sehr streng. Das ist ja an sich nichts Verwerfliches; wir stellen zweifellos hohe Anforderungen an Melanie, die sie vielleicht nicht erfüllen kann.«

»Lebt sie gern zu Hause?«

»Es bleibt ihr eigentlich gar nichts anderes übrig. Ich bin nicht in der Lage, meinen Kindern eine Wohnung zu finanzieren, und ich glaube nicht, daß Laurette großen Wert darauf legen würde... Ich meine, Laurette erwartet von Melanie, daß sie zu Hause wohnt, bis sie...«

»Bis sie was, Doktor?«

»Nun, zum Beispiel diese Idee mit der Umschulung. Laurette erwartet von Melanie, daß sie währenddessen zu Hause wohnt und vielleicht erst dann wegzieht, wenn sie genug verdient und so verantwortungsbewußt ist, daß sie sich selbst etwas leisten kann.«

»Ich verstehe.«

Sie mußte bei ihrem Freund sein, dachte Wexford. Sie hatte ihn kennengelernt, wie ihr Vater sagte, als sie beide im ersten Semester am damaligen Polytechnikum von Myringham studierten, bevor derartige Institutionen den Status einer Universität erhielten. Euan Sinclair kam aus dem Londoner East End und hatte gleichzeitig mit Melanie die Abschlußprüfung gemacht, obwohl der mit Ärger und Beleidigungen einhergehende Streit die beiden bereits entzweit hatte. Als er und Melanie schon über ein Jahr zusammen waren, wurde eins von Euans Kindern geboren, das mittlerweile schon fast zwei Jahre alt war.

Akande kannte seine gegenwärtige Adresse und nannte sie in einem Ton, als hätte die Verbitterung sie ihm ins Herz geritzt. »Wir haben versucht, ihn anzurufen, aber der Anschluß ist nicht erreichbar. Das heißt doch, man hat ihn gesperrt, weil er die Telefonrechnung nicht bezahlt hat, nicht wahr?«

»Wahrscheinlich.«

»Der junge Mann stammt von den Antillen.« Der Snobismus feierte also auch hier seine Triumphe! »Afrokaribisch sagt man heute. Ihre Mutter hält ihn für jemanden, der Melanies Leben ruinieren könnte.«

Detective Sergeant Vine wurde nach London geschickt, um Euan Sinclair in seinem möblierten Zimmer in Stepney aufzusuchen. Akande meinte, es würde ihn nicht verwundern, wenn Euan dort mit der Mutter eines seiner Kinder hausen würde, womöglich samt dem Kind. Vine verkniff sich die Bemerkung, daß es in diesem Fall reichlich unwahrscheinlich sei, Melanie dort zu finden. Von der Polizei in Myringham war ein Beamter zu Laurel Tucker geschickt worden.

»Ich werde mir das ESJ selbst einmal ansehen«, sagte Wexford zu Burden.

»Das was?«

»Das Employment Service and Job Center.«

»Warum heißt es dann nicht ESAJC?«

»Vielleicht heißt es ja richtig Employment-Service-Job-Center, in einem Wort. Ich fürchte, diese Beamten, die unsere Sprache ummodeln, haben aus Jobcenter ein Wort gemacht, so wie ›Jobsuche‹.«

Einen Augenblick blieb Burden stumm. Er versuchte mit wachsender Fassungslosigkeit einen Handzettel zu entziffern, auf dem eine Firma damit warb, Autos garantiert einbruchsicher machen zu können.

»Es sperrt die Diebe in einen Metallkäfig. Nach zwei Minuten bleibt es stehen und läßt sich nicht mehr anlassen. Dann fängt es ohrenbetäubend zu heulen an. Stellen Sie sich das mal um halb sechs auf der Autobahn vor, das Verkehrshindernis, das Sicherheitsrisiko...« Burden blickte hoch. »Warum Sie?« fragte er. »Das könnten doch Archbold oder Pemberton machen.«

»Sicher«, sagte Wexford. »Aber die müssen oft genug dorthin, wenn jemand einen Verwaltungsangestellten angreift oder anfängt, den Laden zu demolieren. Ich gehe hin, weil ich mir das mal genau ansehen will.«

3

Es versprach ein schöner Tag zu werden, wenn einem die Feuchtigkeit nichts ausmachte. Kein Lüftchen regte sich, es war eher drückend als diesig. Man spürte den Drang, sich die Lunge mit frischer Luft füllen, aber frischere Luft als *diese* gab es nicht. Die heiße Sonne wurde durch das Wolkengeflecht gefiltert, hinter dem der Himmel tiefblau sein mußte, hier aber sah er wie ein bleicher Opal aus und war mit einem unbeweglichen, faserigen Netz aus Zirruswolken bedeckt.

Die Autoabgase blieben unter der Wolkendecke in der reglosen Luft hängen. Beim Gehen kam Wexford an Stellen vorbei, wo jemand geraucht hatte und zu einem Schwätzchen stehengeblieben war. Der Geruch von Zigaretten lag noch in der Luft, einmal von einer französischen Zigarette, ein andermal von einer Zigarre. Obwohl es erst kurz vor zehn Uhr morgens war, wehte bereits der Gestank nicht mehr ganz taufrischer Meeresfrüchte aus dem Fischgeschäft herüber. An einer Frau vorbeizugehen, deren Haut zart nach Blumen oder Moschusparfum duftete, war eine angenehme Abwechslung. Er blieb stehen, um die Speisekarte im Fenster des neuen indischen Restaurants Nawab zu studieren: Chicken Korma, Lamb Tikka, Chicken Tandoori, Prawn Biryani, Murgh Raita – das übliche, aber das konnte man ja über Roastbeef und Fisch und Pommes ebenfalls sagen. Es kam ganz auf die Zubereitung an. Er könnte mit Burden ja mal zum Lunch herkommen, wenn sie Zeit hatten. Sonst müßten sie sich eben etwas vom Moonflower China-Imbiß holen.

Das Employment Service and Job Center befand sich auf dieser Seite der Kingsbrook Bridge, ein Stückchen weit die Brook Road hinunter zwischen dem Marks & Spencer-Lebensmittelgeschäft und der Nationwide-Bausparkasse. Kein besonders sensibel gewählter Standort, dachte Wexford, dem dies früher nie aufgefallen war. Wer hierher kam, um sich arbeitslos zu melden, würde bei der Erinnerung an drückende Hypothekenschulden und rückübereignete Häuser erschreckt zusammenzucken und beim Anblick der Kunden, die auf der anderen Seite mit Einkaufstüten voller Leckerbissen ins Freie traten, die er selbst sich nicht mehr leisten konnte, sich kaum besser fühlen. Doch das hatte keiner der Verantwortlichen bedacht, und vielleicht war das Arbeitsamt ja auch zuerst dagewesen. Er wußte es nicht mehr.

Zur High Street hin lag – »Strengstens reserviert für Angestellte des Arbeitsamts« – ein Parkplatz. Eine Treppe mit abgebröckelter Steinbalustrade führte zu einer Flügeltür aus Aluminium und Glas hinauf. Im Inneren roch es muffig. Schwer zu sagen, woher der Geruch stammte, denn Wexford sah, daß zwei Schilder auf das Rauchverbot (»Strengstens verboten«) hinwiesen und niemand dagegen verstieß. Körpergeruch war es auch nicht. Wäre er jetzt phantasievoll – aber er beschloß, dies besser zu unterlassen –, hätte er gesagt, es sei der Geruch der Hoffnungslosigkeit und des Scheiterns.

Der große Raum bestand aus zwei Abteilungen: Die größere war die Leistungsabteilung, wo man unter Angabe der persönlichen Daten, der Familiensituation und der fortdauernden Arbeitslosigkeit einen Antrag auf Unterstützung stellte, die andere war die Stellenvermittlung. Allem Anschein nach gab es Jobs in Hülle und Fülle. Auf einem Mitteilungsbrett wurden Empfangsdamen gesucht, auf einem anderen Haushälterinnen und Bedienungspersonal, ein drittes bot Stellen im Einzelhandel, in der Geschäftsleitung, als Chauffeur, Barpersonal und Verschiedenes. Bei näherem Hinsehen stellte Wexford fest, daß sich in allen Fällen bloß Leute mit Berufserfahrung zu bewerben brauchten, es wurden Referenzen verlangt, ein Lebenslauf, Qualifikationen, Fertigkeiten, dennoch war es offenkundig, daß man nur an jungen Kräften interessiert war. Zwar stand auf keiner Karte ausdrücklich »Unter Dreißig«, aber bei den Voraussetzungen wurden Energie, Flexibilität und eine aktive, jugendliche Einstellung betont.

Auf drei Stuhlreihen saßen die Wartenden. Obwohl alle unter fünfundsechzig sein mußten, sahen einige älter aus. Die Jüngeren wirkten besonders hoffnungslos. Die Stühle, auf denen sie saßen, waren in einem neutralen Grauton gehalten, und nun fiel ihm auf, daß es ein Farbdesign gab: eine ziemlich mißratene Mischung aus einem hellen Buttercreme-Ton, Marineblau und eben diesem Grau. Am Ende jeder Stuhlreihe stand auf dem melierten Teppichboden eine Plastikpflanze in einer griechischen Plastikvase. Seitlich befanden sich einige Türen mit der Aufschrift »Privat«, und an einer Tür, die wahrscheinlich auf den Parkplatz hinausführte, stand »Strengstens privat«. Man schien hier eine besondere Vorliebe für das Strenge zu haben.

Offensichtlich mußte man sich beim Eintreten aus einer Art Ticketspender ein Kärtchen mit Nummer ziehen. Wenn diese Nummer an einem der Schalter in rotem Neonlicht aufleuchtete, ging man hin und bestätigte mit seiner Unterschrift, daß man immer noch arbeitslos war. Es war ein bißchen wie beim Arzt. Unschlüssig blieb Wexford zwischen dem Schalter »Jobsuchende« (wieder so ein neuer zusammengesetzter Ausdruck) und den numerierten Schreibtischen stehen. An jedem stand oder saß jemand und diskutierte seine oder ihre Probleme mit einem Mitarbeiter. Das grau-blaue Schildchen, das die ihm am nächsten sitzende Person an der Bluse trug, kennzeichnete sie als Mrs. I. Pamber, Verw.angestellte.

Der übernächste Platz war gerade frei geworden. Wexford ging auf Mrs. W. Stowlap, Verw.angestellte, zu und fragte höflich, ob er ihren Vorgesetzten sprechen könne. Sie sah hoch und erwiderte mürrisch: »Sie müssen warten, bis Sie an der Reihe sind. Wissen Sie denn nicht, daß man sich eine Karte ziehen muß?«

»Eine andere Karte als die hier habe ich nicht.« Sie hatte ihn gereizt. Er holte seinen Dienstausweis hervor und sagte barsch: »Polizei.«

Der dünnen, sommersprossigen Frau mit den hellen Augenbrauen stand es gar nicht gut zu Gesicht, daß sie jetzt rot anlief. Die rosafarbene Flut ergoß sich bis an die Wurzeln ihres blaßroten Schopfes.

»Entschuldigung«, sagte sie. »Sie wollen bestimmt den Direktor sprechen – das ist Mr. Leyton.«

Während sie ihn suchen ging, überlegte Wexford, was wohl der Grund sei für diese steifen Umgangsformen, all das Getue mit »Mrs.« und »Mr.«, die Verwendung von Initialen statt Vornamen. Das schien eigentlich gar nicht zum heutigen Stil zu passen. Nicht, daß es ihn gestört hätte; er mußte an Ben und Robin denken, die alle Leute mit Vornamen anredeten, selbst Dr. Crocker, der fast sechzig Jahre älter war als sie.

Diskret, ohne zu starren, betrachtete er die Wartenden. Ziemlich viele Frauen, mindestens die Hälfte. Bevor Mike Burden von seiner Frau deswegen heruntergeputzt und als Sexist, Chauvinist und vorsintflutlich beschimpft worden war, hatte der Detective Inspector immer behauptet, wenn diese verheirateten Frauen nicht alle arbeiten gingen, wäre die Arbeitslosenquote bloß halb so hoch. Ein Schwarzer, jemand aus Südostasien, ein paar Inder – Kingsmarkham wurde jeden

Tag kosmopolitischer. Dann bemerkte er in der hintersten Reihe die dicke junge Frau aus dem Wartezimmer im Gesundheitszentrum. Sie trug Leggings mit rotgrünem Blumenmuster und ein enges weißes T-Shirt, lümmelte breitbeinig auf dem Stuhl und stierte auf das Plakat, auf dem unter der Zeichnung eines farbenfrohen Fesselballons für den »Jobplan-Workshop« geworben wurde, der Interessenten bei »Ihrer Jobsuche Auftrieb geben« würde.

Sie starrte vor sich hin, dachte Wexford, ohne wirklich etwas zu sehen. Sie wirkte apathisch, als hätte ihr jemand mit dem Hammer auf den Kopf gehauen, stupide, nicht einmal mehr zornig, nur noch verzweifelt. Kelly, das kleine Mädchen, das auf den Stühlen herumgeturnt war und Zeitschriften zerrissen hatte, war heute nicht dabei. Wahrscheinlich hatte sie sie bei einer Mutter oder Nachbarin gelassen, so hoffte er wenigstens, und nicht in einer dieser Kindertagesstätten, wo sie die Babys in Sportwägelchen festschnallten und vor Horrorvideos setzten. Immer noch besser, als sie allein zu lassen. Neben ihr, genauer gesagt, zwei unbesetzte Stühle weiter, bot ein gepflegtes hübsches Mädchen einen grausamen Kontrast. Alles an ihr deutete auf Mittelschicht hin, von dem langen strohblonden Haar, das vor Sauberkeit glänzte und so gerade geschnitten wie ein Vorhangsaum war, der weißen Bluse und dem blauen Jeansrock bis hin zu den braunen Halbschuhen. Eine zweite Melanie Akande, dachte sich Wexford, eine frischgebackene Hochschulabsolventin, die inzwischen gemerkt hatte, daß ein akademischer Grad einem nicht automatisch zu einem Job verhilft...

»Was kann ich für Sie tun?«

Wexford drehte sich um. Der Mann war um die Vierzig, rotgesichtig, schwarzhaarig, mit groben Zügen; wahrscheinlich litt er an hohem Blutdruck. An seinem grauen Tweedjakkett war das Schildchen mit Namen und Stellung befestigt: Mr. C. Leyton, Direktor. Er hatte eine harsche, schneidende Stimme und einen nordenglischen Akzent.

»Sollen wir irgendwohin gehen, wo wir unter uns sind?«

Leyton stellte die Frage so, als erwartete er ein »Nein« oder ein »Ach nein, bemühen Sie sich nicht«.

»Ja«, sagte Wexford.

»Worum geht es eigentlich?« fragte der andere über die Schulter hinweg, während er Wexford am Schalter und den Beraterpulten vorbeiführte.

»Das kann warten, bis wir ›unter uns‹ sind.«

Leyton zuckte die Achseln. Der bullige, kahlköpfige Mann, der vor der Zimmertür stand, trat zur Seite, als sie sich näherten. In der Leistungsabteilung des Arbeitsamts war die Anwesenheit eines Sicherheitsbeamten nötiger als in den meisten Banken, und auch die Polizeistreife gab sich hier regelmäßig ein Stelldichein. Verzweiflung, Verfolgungswahn und Empörung, Auflehnung, Angst und Demütigung führen zu Gewalt, und die meisten Leute, die hierher kamen, waren entweder verärgert oder hatten Angst.

Mit einiger Verspätung stellte sich der Direktor vor: »Cyril Leyton.« Er machte die Tür hinter ihnen zu. »Was ist passiert?«

»Ich hoffe, gar nichts. Ich möchte von Ihnen wissen, ob eine gewisse... äh, Antragstellerin am Dienstag zur Beratung hier war. Am Dienstag, dem sechsten Juli, um halb drei.«

Leyton kräuselte die Lippen und zog die Brauen nach oben. Er sah aus wie der Chef des staatlichen Geheimdienstes, den ein Untergebener, etwa eine Putzfrau oder ein Fahrer, soeben um Zugang zu höchst geheimen Papieren gebeten hatte.

»Ich brauche keinen schriftlichen Beleg«, sagte Wexford ungeduldig. »Ich will lediglich wissen, ob sie hier war. Außerdem hätte ich gern den betreffenden Berater gesprochen.«

»Nun, ich...«

»Mr. Leyton, dies ist eine polizeiliche Untersuchung. Ihnen ist ja wohl klar, daß ich innerhalb von ein paar Stunden mit einem Durchsuchungsbefehl vor der Tür stehen kann. Was soll also die Verzögerungstaktik?«

»Wie heißt sie?«

»Melanie Akande. A.K.A.N.D.E.«

»Wenn sie am Dienstag hier war«, sagte Leyton verdrießlich, »müßte das jetzt im Computer sein. Warten Sie mal, ja?«

Sein Benehmen war ungehörig, kühl, indigniert, abweisend. Wexford vermutete, daß er sich besonders daran delektierte, anderen Leuten Knüppel zwischen die Beine zu werfen. Was für einen Eindruck der wohl auf die Antragsteller machte? Vielleicht bekam er sie nie zu Gesicht, vielleicht war er dafür (wie Laurette Akande es ausgedrückt hatte) zu »hoch oben«.

Der Raum war ganz in Grau, und an den Wänden standen Aktenschränke. Es gab einen grauen Stuhl von der Art, auf denen draußen die Antragsteller saßen, dazu ein graues Metalltischchen, auf dem ein graues Telefon stand. Dagegen bot der Blick aus dem Fenster dem Auge einen wahren Farbenrausch, obwohl nur das Abholfenster an der Rückseite von Marks & Spencer zu sehen war. Cyril Leyton kehrte mit einem Klemmbord in der Hand zurück, an dem mit einem Gummiband mehrere Papiere befestigt waren.

»Ihre Miss Akande war zu ihrem Termin um halb drei hier und hat ihr ES 461 eingereicht. Das ist das Formular, das...«

»Ich weiß Bescheid«, sagte Wexford.

»Genau. Ihre EAB – das ist die Erstantragsberaterin – war Miss Bystock, aber die ist krank gemeldet.« Leyton taute um zwei Grad auf. »Sie wissen doch, dieser Virus.«

»Wenn sie krank gemeldet ist, woher wissen Sie dann, daß es Miss Bystock war, die Melanie Akande beraten hat?«

»Na hier. Ihre Initialen stehen doch auf dem Antrag. Sehen Sie?«

Indem er außer der rechten unteren Ecke des Blattes ostentativ alles abdeckte, deutete Leyton auf die mit Bleistift geschriebenen Buchstaben A. B.

»Hat sonst noch jemand mit ihr gesprochen? Ein anderer Berater? Jemand von der Verwaltung vielleicht?«

»Nicht, daß ich wüßte. Wieso auch?«

Äußerst scharf fuhr Wexford ihn an: »Ich stelle hier die Fragen. Wenn Sie sich querstellen, kommen wir nicht weiter.«

Leyton schnappte verdattert nach Luft.

»Mr. Leyton, ist Ihnen eigentlich klar, daß es strafbar ist, die Polizei an ihrer Pflichtausübung zu hindern? Melanie Akande wurde als vermißt gemeldet. Sie wurde das letzte Mal beim Verlassen dieses Gebäudes gesehen. Es handelt sich um eine sehr ernste Angelegenheit. Ich nehme an, Sie lesen Zeitung und sehen fern. Wissen Sie eigentlich, was in unserer Welt los ist? Haben Sie irgendeinen Grund, diese Untersuchung zu gefährden?«

Der Mann wurde noch röter und sagte verlegen: »Das wußte ich nicht. Sonst hätte ich... äh, ich hatte ja keine Ahnung.«

»Wollen Sie damit sagen, die Art, in der Sie mich behandelt haben, ist für Sie normal?«

Leyton blieb ihm die Antwort schuldig. Dann schien er sich wieder zu fassen. »Entschuldigen Sie bitte. Ich stehe hier sehr unter Druck. Ist... ist dieser Frau etwas zugestoßen?«

»Das versuche ich gerade herauszufinden.« Wexford hielt ihm das Foto hin. »Würden Sie bitte Ihre Mitarbeiter fragen?«

Diesmal wartete er draußen vor dem stickigen, grauen Zimmer. Er mußte an die Zeile aus dem Kirchenlied denken: »Frail children of dust ...« Der Raum war wie eine enge, aus Staub gewobene Zelle. Er las die anderen Plakate; auf einem wurde für Schnupperwochen geworben, was immer das sein sollte, auf einem anderen stand die Frage: »Engagieren Sie eigentlich immer die richtige Kraft?« Er beschloß, sich ebenfalls zu engagieren und einen der herumliegenden Prospekte zu lesen.

Er war seltsam zutreffend. »Achtung«, stand da. »Sicher auf die Jobsuche.« Er schlug auf und las: »WAS SIE TUN SOLLTEN – einem Freund oder Verwandten Bescheid sagen, wo Sie hingehen und wann Sie wieder zurück sind ... sich abholen lassen, wenn das Vorstellungsgespräch außerhalb der Geschäftszeiten stattfindet ... sich vor dem Gespräch so umfassend wie möglich über die Firma informieren, vor allem, wenn aus der Stellenanzeige keine Einzelheiten hervorgehen ... dafür sorgen, daß das Vorstellungsgespräch in den Geschäftsräumen des Arbeitgebers oder an einem neutralen Ort stattfindet. WAS SIE VERMEIDEN SOLLTEN – sich für eine Stelle bewerben, bei der viel Geld für sehr wenig Arbeit angeboten wird ... auf das Angebot eingehen, das Bewerbungsgespräch bei einem Drink oder Essen fortzusetzen, auch wenn es offensichtlich gut verläuft ... zulassen, daß der Gesprächspartner private Themen zur Sprache bringt, die für den Job nicht relevant sind ... sich vom Gesprächspartner nach Hause fahren lassen ...«

Melanie hatte kein Stellenangebot bekommen, war nicht zu einem Vorstellungsgespräch geschickt worden – oder doch? Cyril Leyton kam in Begleitung der Verwaltungsangestellten Ms. I. Pamber zurück, einer hübschen, dunkelhaarigen jungen Frau Ende Zwanzig, die betörend blaue Augen hatte und einen grauen Rock und eine rosafarbene Bluse trug. Wexford war aufgefallen, daß von den Angestellten niemand Jeans trug; alle waren ordentlich und ziemlich unmodern gekleidet.

»Ich habe das Mädchen gesehen, das Sie suchen.«
Wexford nickte. »Haben Sie mit ihr gesprochen?«
»O nein. Ich hatte keinen Grund dazu. Ich war am Empfangsschalter. Ich habe bloß gesehen, daß sie mit Annette gesprochen hat... äh, mit Miss Bystock.«
»Erinnern Sie sich an die Uhrzeit?«
»Also, sie hatte den Termin um halb drei, und jeder hat nicht mehr als zwanzig Minuten. Es muß etwa zwanzig vor drei gewesen sein, so um den Dreh.«
»Vorausgesetzt, sie kam bei Miss Bystock pünktlich dran. War das der Fall? Oder mußte sie eine halbe Stunde warten?«
»Nein, bestimmt nicht. Die Berater haben um halb vier den letzten Termin, und ich weiß, daß Annette nach ihr noch drei hatte.«
In diesem Punkt hatte sich Laurette Akande also geirrt. Er bat Leyton um Annette Bystocks Adresse. Während der Direktor sie heraussuchen ging, fragte Wexford: »Haben Sie gesehen, wie sie das Gebäude verlassen hat? Haben Sie sie durch diese Tür gehen sehen?«
»Ich habe nur gesehen, wie sie mit Annette gesprochen hat.«
»Vielen Dank für Ihre Hilfe, Miss Pamber. Ach, übrigens, noch eine Frage: Heutzutage, wo überall Vornamen verwendet werden, wieso haben Sie hier alle ein Ms. oder Mr. und den Nachnamen und die Initialen auf dem Schildchen? Das ist doch ziemlich förmlich?«
»Ach, das hat damit nichts zu tun«, sagte sie. Sie hatte eine charmante Art, dachte er, herzlich und ein klein wenig kokett.
»Eigentlich nennen mich alle Ingrid. Kein Mensch sagt Ms. Pamber. Man hat uns gesagt, es sei eine Schutzmaßnahme.«
Sie sah durch ihre langen dunklen Wimpern zu ihm auf. Noch nie hatte er dermaßen blaue Augen gesehen, es war das Blau von Delfter Kacheln oder einem Sternsaphir.

»Ich verstehe Sie nicht ganz.«

»Na ja, die meisten Klienten sind ja in Ordnung, ich meine, sie sind größtenteils recht nett. Aber es gibt auch ein paar Irre – Geistesgestörte, verstehen Sie? Einmal ist einer mit Salzsäure auf Cyril losgegangen – äh, auf Mr. Leyton. Er hat ihn nicht getroffen, aber es war ziemlich knapp. Erinnern Sie sich noch?«

Wexford erinnerte sich vage daran, obwohl es während seines Urlaubs passiert war.

»Zum Glück kommt so was selten vor. Aber wenn wir den vollen Namen auf dem Schild hätten, also ›Ingrid Pamber‹ zum Beispiel, dann könnten sie uns im Telefonbuch suchen und... na ja, dann redet sich einer vielleicht ein, er sei in einen verliebt oder – was eher wahrscheinlich ist – er hasse einen. Weil wir einen Job haben und die nicht, das ist es.«

Wexford überlegte, wie viele »I. Pamber« es im Telefonbuch von Kingsmarkham und Umgebung wohl gab; wahrscheinlich nur eine einzige. Trotzdem war es klug, die Vornamen sicherheitshalber geheimzuhalten. Es kam ihm in den Sinn, daß nicht wenige Leute sich einbilden könnten, sie seien in Ingrid Pamber verliebt.

Sein Blick fiel auf ein anderes Plakat, das die Arbeitsuchenden davor warnte, jemandem für die Vermittlung einer Stelle Geld zu geben. Offensichtlich bot das System viele Möglichkeiten zum Mißbrauch.

Mit Annette Bystocks Adresse in der Tasche ging er hinaus und die Treppe hinunter. Seit er vor einer halben Stunde hineingegangen war, waren mehrere junge Männer gekommen und hatten sich auf die Steinbrüstung gesetzt. Zwei von ihnen rauchten, die anderen starrten teilnahmslos ins Leere. Sie nahmen keine Notiz von ihm. Auf dem Gehweg, wohin es vielleicht einer von ihnen geworfen hatte, lag ein ES 461, das vielfarbige Antragsformular. Es war auf Seite drei aufgeschlagen, und als Wexford sich danach bückte, sah er, daß die unsägliche Frage 4 beantwortet war: »Falls Sie während der letzten zwölf Monate in keinem Arbeitsverhältnis standen, womit haben Sie sich beschäftigt?« Sorgfältig hatte jemand in Druckbuchstaben in die dafür vorgesehene Lücke geschrieben: »Mit Wichsen.«

Das brachte ihn zum Lachen. Er versuchte, Melanie Akandes Weg nach Verlassen des Arbeitsamtes nachzuvollziehen. Laut Ingrid Pambers Aussage hätte sie den Bus nach Myringham um Viertel nach drei noch gut erreichen können, da die Bushaltestelle zu Fuß höchstens fünf Minuten entfernt war.

Wexford stoppte die Zeit, die er bis zur nächsten Haltestelle brauchte. Diese Zeiträume waren fast immer kürzer, als man annahm, und er stellte fest, daß er keine fünf Minuten brauchte, sondern nur drei. Einen noch früheren Bus hätte sie aber nicht erreichen können. Er studierte den Fahrplan, der in einem ziemlich ramponierten Rahmen hinter einer zersplitterten Glasscheibe steckte, aber noch zu lesen war. Die Busse fuhren stündlich, jeweils um Viertel nach. Sie hätte also mindestens zwanzig Minuten warten müssen.

Und genau während solcher notgedrungenen Wartezeiten, dachte er, lassen sich Frauen im Auto mitnehmen. Ob sie das getan hätte? Er mußte die Eltern fragen, ob Melanie manchmal per Anhalter fuhr. Dazu wollte er aber Vines Bericht und die Informationen aus Myringham abwarten. Inzwischen ließ sich vielleicht erfahren, ob in der Nähe der Bushaltestelle jemand etwas bemerkt hatte.

In der chemischen Reinigung hatte er kein Glück. Von der Weinhandlung aus konnte man die Straße nicht sehen, weil die Fenster zu dicht mit Flaschen und Dosen zugestellt waren. Er betrat Grovers Zeitungsladen. Es war sein Zeitungsladen, der ihn schon seit Jahren täglich mit der Zeitung versorgte. Kaum hatte ihn die Frau hinter der Theke gesehen, fing sie an, sich für die in letzter Zeit verspäteten Lieferungen zu entschuldigen. Wexford schnitt ihr das Wort ab und sagte, es sei ihm gar nicht aufgefallen, und im übrigen erwarte er von einem armen Schulkind nicht, daß es in aller Herrgottsfrühe aufstand, bloß damit er um halb sieben seinen *Independent* hatte. Er zeigte ihr das Foto.

Es war von Vorteil, daß Melanie Akande schwarz war. In einem Ort, in dem es nur wenige Schwarze gab, war sie bekannt. Selbst Leute, die noch nie mit ihr gesprochen hatten, erinnerten sich an sie. Dinny Lawson, die Zeitungshändlerin, kannte sie vom Sehen, aber soviel sie wußte, war Melanie nie im Laden gewesen. Und was Warteschlangen an der Haltestelle betraf, die bemerkte sie manchmal und manchmal nicht. Hatte Wexford etwas von Dienstag nachmittag gesagt? Eins konnte sie ihm mit Sicherheit sagen: Um Viertel nach drei war überhaupt niemand in den Bus nach Myringham eingestiegen, weder schwarz noch weiß.

»Wieso sind Sie sich da so sicher?«

»Das werde ich Ihnen sagen. Mein Mann sagte, es muß am Samstag oder Sonntag gewesen sein, er sagte, ein Wunder, daß sie den Nachmittagsbus immer noch fahren lassen, da steigt doch nie jemand ein. Morgens schon, ja, besonders der Bus um Viertel nach acht und der um Viertel nach neun, und die abends zurück, die sind immer voll. Da habe ich gesagt, paß auf, ich achte mal drauf. Also, die ganze Woche haben wir tagsüber die Ladentür offengelassen, weil's so heiß war, und ich konnte von hier aus raussehen, ohne zur Tür zu gehen. Und recht hatte er, genauso war es. Um Viertel nach zwei ist niemand eingestiegen und um Viertel nach drei und Viertel nach vier auch nicht, und zwar montags, dienstags und gestern nicht. Mein Mann wollte mit mir um fünf Pfund wetten, und ich war froh, daß ich nicht drauf eingegangen bin...«

Sie war also irgendwo zwischen Arbeitsamt und Bushaltestelle verschwunden. Nein, »verschwunden« war ein zu starker Ausdruck – noch. Ungeachtet dessen, was sie ihren Eltern erzählt hatte, hatte sie vielleicht nie die Absicht gehabt, mit diesem Bus zu fahren. Vielleicht hatte sie mit jemandem vereinbart, sie gleich nach ihrem Termin bei der Beraterin zu treffen.

Wenn das der Fall war – bestand vielleicht die Möglichkeit, daß sie dieses Treffen Annette Bystock gegenüber erwähnt hatte? Vielleicht war Annette Bystock eine warmherzige, freundliche Person, eine von denen, die von anderen ins Vertrauen gezogen werden, denen Dinge anvertraut werden, die mit dem eigentlichen Gesprächsthema in keinem offensichtlichen Zusammenhang stehen. Es war durchaus möglich, daß Annette sie gefragt hatte, ob sie vielleicht sofort Zeit für ein Vorstellungsgespräch hätte, und Melanie gesagt hatte, nein, sie wolle sich mit ihrem Freund treffen...

Oder es hatte kein Treffen mit dem Freund gegeben, nichts war anvertraut worden, weil es nichts anzuvertrauen gab, und Melanie hatte sich von einem Fremden nach Myringham mitnehmen lassen. Schließlich hatte Dinny Lawson ja nicht behauptet, es sei den ganzen Nachmittag niemand in der Nähe der Bushaltestelle gewesen; sie hatte nur niemanden in den Bus einsteigen sehen.

Dora Wexford hatte sich angewöhnt, üppige und ziemlich aufwendige Mahlzeiten zu bereiten, wenn ihre Tochter mit der Familie zum Essen kam. Ihr Mann hatte sie zwar darauf hingewiesen, daß Neil und Sylvia zwar arbeitslos, aber nicht notleidend und auf Suppenküchen angewiesen waren, doch das hatte wenig genützt. Er kam an diesem Abend gerade rechtzeitig nach Hause, um in den Genuß einer Möhren-Orangen-Suppe zu gelangen, gefolgt von einem Hauptgericht aus geschmorten Lammnieren, Spinat und Ricotta in Blätterteig, neuen Kartoffeln und grünen Bohnen. Die kleinen Löffel auf dem Tisch kündigten die spätere Ankunft jener Seltenheit an, jener Köstlichkeit, die es nie gab, wenn sie allein waren: Nachtisch.

Der bleiche, schlaksige Neil schaufelte das Essen nur so in sich hinein, als suchte er Trost. Als Wexford sich zu ihnen setzte, erzählte Neil seiner Schwiegermutter gerade von seinem erfolglosen Besuch beim Arbeitsamt. Es könnten keine Zahlungen an ihn erfolgen, da er vor seiner Arbeitslosigkeit selbständig gewesen war.

»Was macht das aus?« fragte Wexford.

»Oh, das haben die mir ganz genau erklärt. Als Selbständiger habe ich in den beiden Steuerjahren vor dem Antrag keine regulären Sozialversicherungsbeiträge bezahlt.«

»Aber du hast doch eingezahlt?«

»Ja, aber in einer anderen Klasse. Das haben sie mir auch erklärt.«

»Wer denn?« fragte Wexford. »Ms. Bystock oder Mr. Stanton?«

Neil starrte ihn an. »Wieso kennst *du* dich da aus?«

»Ich habe meine Gründe«, sagte Wexford geheimnisvoll, ließ sich dann aber entlocken: »Ich war heute wegen einer anderen Sache dort.«

»Es war Stanton«, sagte Neil.

Wexford fragte sich plötzlich, weshalb Sylvia so süffisant dreinblickte. Ängstlich auf ihr Gewicht bedacht, hatte sie zwar die Nieren gegessen, die Mehlspeise aber verschmäht und Messer und Gabel säuberlich quer auf ihren Teller gelegt.

Ein leichtes Lächeln umspielte ihre Lippen. Ben und Robin baten nacheinander um eine weitere Portion Kartoffeln.
»Versprecht aber, daß ihr aufeßt.«
»*Njet problem*«, sagte Robin.
»Was macht ihr jetzt? Die müssen doch was für euch tun.«
»Sylvia muß den Antrag stellen, ob du's glaubst oder nicht. Sie hat zwar bloß halbtags gearbeitet, aber die Stundenzahl reicht gerade aus, daß sie für sich und mich und die Jungs den Antrag stellen kann.«
Nachdem sie Ben ermahnt hatte, richtig zu kauen und sein Essen nicht so hinunterzuschlingen, sagte Sylvia mit unverhohlenem Triumph: »Ich soll mich jeden zweiten Dienstag melden. Dienstag ist A bis K dran, mittwochs L bis R und donnerstags S bis Z. Ich kriege für uns alle Arbeitslosengeld. Und die Hypothek zahlen sie *auch*. Jetzt ist Neil total sauer auf mich, stimmt's, Neil? Ihm wäre es lieber, ich ginge putzen.«
»Gar nicht wahr.«
»Doch, doch. Ehrlich gesagt, es macht mir sogar richtig Spaß. Was glaubt ihr, wie ich mich fühle! Jahrelang mußte ich mir von meinem Mann anhören, daß ich nicht in der Lage sei, Geld zu verdienen, und als ich dann welches verdiente, daß es sich nicht lohnen würde, zu arbeiten, weil sowieso alles für die Steuer draufginge.«
»Das habe ich nie gesagt.«
»Es fühlt sich *toll* an«, sagte Sylvia, ihn ignorierend. »Jetzt ist die ganze Bande von *mir* abhängig. Das Geld, es ist ganz schön viel, wird direkt an mich persönlich ausgezahlt. Soviel zum Thema Sexismus, Chauvinismus...«
»Die Hypothek zahlen sie nicht«, unterbrach sie Neil. »Fast alles, was du da redest, ist haarsträubender Quatsch. Sie zahlen die Hypotheken*zinsen*, und die Höhe der Hypothekenzahlung ist nach oben begrenzt. Wir werden das Haus verkaufen.«

»Das werden wir nicht.«

»Aber natürlich. Uns bleibt gar nichts anderes übrig. Wir verkaufen es und kaufen eine Doppelhaushälfte in der Mansfield Road – wenn wir Glück haben. Das sieht ja aus wie Eve's Pudding, Dora, eine meiner Lieblingsnachspeisen. Dadurch machst du es auch nicht besser, Sylvia, wenn du zur Verteidigung der Rechte der Frauen lauter Lügen auftischst.«

Ben sagte: »Du weißt doch, daß Männer einen Adamsapfel haben, oder?«

Wexford pries ihn im stillen für diese Ablenkung und sagte, ja, das wisse er durchaus, das sei ja wohl allgemein bekannt.

»Aber weißt du auch, warum es so heißt? Wetten, das weißt du nicht. Weil, als Eva von der Schlange den Apfel gekriegt hat, da konnte sie ihn zwar runterschlucken, aber dem Adam ist ein Bissen im Hals steckengeblieben, und darum steht bei den Männern so ein Stückchen raus...«

»Also, wenn die Geschichte nicht oberfrauenfeindlich ist, dann weiß ich auch nicht. Ißt du jetzt mal endlich deine Kartoffeln auf, Robin?«

»*No pasa nada.*«

»Das verstehe ich nicht«, sagte Sylvia gereizt.

»Ach, Mummy, das kannst du dir doch denken!«

Wexford verzichtete auf Nachtisch und Kaffee und ging in den Flur hinaus, um Detective Sergeant Vine anzurufen.

Barry Vine hatte ziemlich lang gebraucht, bis er Euan Sinclair ausfindig gemacht hatte. Er war gerade aus London zurückgekehrt. Nach dem Essen wollte er sich hinsetzen und seinen Bericht schreiben. Der wäre morgen früh um neun auf Wexfords Schreibtisch.

»Geben Sie mir schon mal eine Zusammenfassung«, sagte Wexford.

»Ich habe das Mädchen nicht gefunden.«

Zuerst war Vine zu der von Dr. Akande genannten Adresse gegangen. Das große viktorianische Haus im Londoner East End wurde von drei Generationen der Familien Sinclair und Lafay bewohnt. Die alte Großmutter sprach, obwohl seit dreißig Jahren dort ansässig, nur einen kreolischen Dialekt. Drei ihrer Töchter lebten mit vier Kindern ebenfalls im Haus, Euan allerdings nicht. Er war vor etwa drei Monaten ausgezogen.

Von tiefem Mißtrauen gegen die Polizei erfüllt, hatten die Frauen wortkarg und argwöhnisch auf seine Fragen reagiert. Euans Mutter Claudine, die mit ihrem Lebensgefährten und Vater ihrer zwei jüngeren Kinder das Erdgeschoß bewohnte, einem Mann namens Samuel Lafay, der zufällig auch der Bruder des Exmanns der älteren Schwester...

»Nun machen Sie mal halblang«, sagte Wexford.

Vine genoß es offensichtlich, sich über die komplexen Verwandtschaftsverhältnisse der weitverzweigten Sippe auszulassen. Er schien einen amüsanten Tag verbracht zu haben. Nachdem sie die rhetorische Frage gestellt hatte, weshalb sie ihm eigentlich etwas über ihren Sohn erzählen sollte, der ein braver, anständiger und ehrlicher Mensch sei, ein Intellektueller, hatte Claudine Sinclair ihn zu einer Sozialwohnung in Whitechapel geschickt. Wie sich herausstellte, wohnte dort ein Mädchen namens Joan-Anne, die Mutter von Euan Sinclairs Tochter. Joan-Anne wollte Euan nie wieder sehen, selbst wenn er eine Million gewonnen hätte, nicht einen Pfennig Alimente würde sie für Tasha annehmen, und wenn er auf den Knien angekrochen käme; sie habe jetzt einen braven Mann, der sein ganzes Leben lang nicht einen Tag ohne feste Anstellung gewesen sei. Sie gab Vine eine Adresse in Shadwell, wo Sheena wohnte (»die arme Sau, läßt sich von ihm alles bieten«), die Mutter von Euans Sohn.

Euan sei gerade auf dem Arbeitsamt, um sich rückzumelden, erfuhr er von Sheena. Donnerstag sei immer sein Tag. Danach gehe er gewöhnlich mit ein paar Freunden einen trinken, aber er würde schon irgendwann auftauchen, sie wisse nur nicht genau, wann. Nein, auf ihn warten könne Vine nicht, das wollte sie nicht. Vine merkte, daß die Vorstellung sie ganz nervös machte, wahrscheinlich wegen der Nachbarn. Die Nachbarn hatten ihn sicherlich auf diese ominöse Art erkannt, mit der manche Leute Polizisten erkennen, und würden sich genau merken, wie viele Stunden Vine in Sheenas Wohnung verbrachte. Währenddessen schrie Euans Sohn im Nebenzimmer wie am Spieß. Sheena ging hinüber, um nach ihm zu sehen, und kam mit einem hübschen, zornigen Jungen zurück, der schon jetzt viel zu groß für seine winzige Mutter wirkte.

»Hör jetzt auf zu brüllen, Scott, Schluß jetzt«, sagte sie immer wieder ziemlich vergeblich. Scott brüllte sie an und den Besucher auch. Vine ging weg und kam um vier Uhr wieder.

Sheena und ihr Sohn waren immer noch allein. Scott stimmte zwischendurch immer noch das eine oder andere Gebrüll an. Nein, Euan sei noch nicht da. Ob er angerufen hätte? Wie bitte, angerufen? Wieso sollte er? Vine gab es auf. Sheena setzte das Baby mit einer Tüte Salzchips vor ein Video, anscheinend *Miami Vice*. Solange Scott den Mund hielt, fragte Vine sie noch nach Melanie Akande, aber es war offensichtlich, daß Sheena nie von ihr gehört hatte. Während Vine genauer nachfragte, kam Euan Sinclair herein.

Er war groß, gutaussehend, sehr schlank, und Vine fühlte sich an Linford Christie, den schwarzen Leichtathleten, erinnert. Sein Haar war sehr kurz, etwa eine Woche nach einer Totalrasur, dachte Vine. Er bewegte sich mit der typischen Eleganz eines jungen Schwarzen, alle Bewegung kam aus der Hüfte, der Oberkörper blieb kerzengerade und still. Seine

Stimme jedoch überraschte Vine. Es war nicht das kreolische Englisch der zweiten Generation, auch nicht East End Cockney oder Estuary, eher ein gepflegtes Internatsenglisch.

Wexford sagte halb scherzhaft, halb im Ernst: »Dann sind Sie also nicht nur ein Rassist, Barry, sondern auch ein Snob.«

Vine wehrte sich nicht. Er sagte, er hatte den Eindruck, daß Euan Sinclair sich den Tonfall aus irgendwelchen unerfindlichen Gründen zugelegt habe. Ihm sei plötzlich der Gedanke gekommen, Euan könnte seine Bekanntschaft mit Melanie vor Sheena leugnen.

»Daran hätte ich zuallererst gedacht«, sagte Wexford.

»Hat er aber nicht. Komisch, nicht? Man konnte sehen, daß es ihr neu war und ihr gar nicht paßte. Das war ihm aber egal.«

Er hatte Melanie in der vorigen Woche getroffen. Bei der Abschlußfeier in Myringham. Sie hatten miteinander geredet und sich für den kommenden Dienstag in Myringham verabredet. Mittlerweile starrte ihn Sheena ziemlich entgeistert an. Melanie war zu Laurel Tuckers Party eingeladen, sagte Euan, und er hätte auch kommen können.

Vine fragte, wo sie sich verabredet hätten, und Euan nannte ihm ein Pub in Myringham. Ungefähr um vier. Das Wig and Ribbon in der High Street war von elf Uhr morgens bis elf Uhr abends geöffnet. Sie sei aber nicht aufgetaucht, obwohl Euan bis halb sechs gewartet hätte. Dann habe er einen Bekannten gesehen, einen ehemaligen Kommilitonen von der Uni in Myringham. Die beiden hatten sich zusammengetan, waren in ein Pub nach dem anderen gegangen, und Euan hatte bei dem Bekannten auf dem Fußboden übernachtet.

Sheena konnte sich nicht länger beherrschen. »Zu mir hast du gesagt, du wärst bei deiner Oma.«

In einem beiläufigen Tonfall, als würde er sagen, es regnet, erwiderte er: »Ich hab gelogen.«

Sheena rannte wütend zur Tür. Bevor sie sie hinter sich zuschlug, rief Euan ihr nach: »Laß mich aber nicht allein mit dem Kleinen. Ich bin kein Babysitter. Das ist Frauensache, klar?«

»Ich erkundige mich bei dem Kerl, den er angeblich getroffen hat«, sagte Vine. »Aber ich glaub's ihm. Die Adresse hat er mir anstandslos gegeben.«

»Sieht so aus, als sei Melanie nie bis nach Myringham gekommen«, meinte Wexford. »Durch irgend etwas wurde sie an der High Street in Kingsmarkham aufgehalten. Und zwar auf diesen knapp zweihundert Metern Gehweg. Wir müssen herausfinden, was es war.«

4

Die Familie Tucker, also Laurel und Glenda Tucker und deren Vater und Stiefmutter, hatte wenig Neues beizutragen. Sie waren offenkundig nicht gewillt, »da in was reinzugeraten«. Richtig war, daß Laurel am späten Nachmittag des sechsten Juli mit Melanie gerechnet hatte und sauer war, als sich herausstellte, daß sie nicht kam. Doch *überrascht* hatte sie das nicht. Schließlich hatten sie sich ja gestritten.

Der Detective Sergeant aus Myringham, der sie befragt hatte, wollte wissen, um was es dabei gegangen war.

Auf der Abschlußfeier hatte Laurel die Begegnung zwischen Melanie und Euan Sinclair beobachtet und die beiden zusammen weggehen sehen. Am nächsten Tag hatte Melanie sie angerufen und gesagt, sie wolle vielleicht zu Euan zurückkehren. Er sei einsam, seit der Trennung von ihr habe es niemanden in seinem Leben gegeben, und sie habe ihm gesagt, sie würde ihn am Dienstag zu Laurels Party mitnehmen. Ich will ihn nicht sehen, hatte Laurel gesagt, ich mag ihn nicht, ich habe ihn noch nie leiden können. Kein Wunder, daß er keine andere Beziehung hat – wer will den schon? Melanie hatte geantwortet, wenn Euan nicht auf die Party kommen könne, dann käme sie auch nicht, und sie stritten sich.

»Ihren Eltern hat sie aber gesagt, sie gehe auf die Party«, sagte Burden zu Wexford. »Sie wollte erst zu den Tuckers und dann auf die Party.«

»Na ja, sie würde ihnen ja wohl nicht sagen, daß sie mit diesem Euan verabredet war, oder? Sie können ihn nicht ausstehen, lassen kein gutes Haar an ihm. Die Mutter ist ja eine ziemlich resolute Dame, ich würde fast sagen, sie ist imstande und sperrt ihre Tochter ein. Inzwischen hatte Melanie offensichtlich beschlossen, nicht auf die Party zu gehen. Sie blieb bei dem, was sie gesagt hatte: Wenn Euan nicht eingeladen war, würde sie auch nicht kommen. Sie wollte sich mit Euan im Wig and Ribbon treffen, und höchstwahrscheinlich die Nacht mit ihm verbringen...«

»Ja, aber wo? Doch nicht etwa bei dieser Sheena. Und Leute in dem Alter nehmen sich doch kein Hotelzimmer, oder?«

Wexford lachte. »Jedenfalls nicht, wenn sie von der Stütze leben.«

»Wovon?«

»Unterhaltszahlungen. Falls Melanie das überhaupt bedacht hat, nahm sie wahrscheinlich an, sie würden nach Bow zu Euans Mutter gehen. Dort war sie bestimmt schon einmal gewesen. Und am nächsten Tag ginge sie dann nach Hause.«

»Ist doch sagenhaft, nicht?« sagte Burden indigniert. »Da haben sie keine Arbeit und leben auf wie-heißt-das-noch, Stütze, aber für Drinks und Verabredungen mit Mädchen und was weiß ich alles, für Zugfahrkarten, schmeißen sie mit Geld nur so um sich.«

»Schon gut, Mike, wir wissen jedenfalls, daß sie nicht nach London gefahren ist. Sie war nicht einmal in Myringham. Und mit Euan hat sie sich nicht getroffen, weil Euan –«, Wexford warf noch einmal einen Blick in Vines neuesten Bericht, »den Abend mit einem gewissen John Varcava im Wig and Ribbon, im Wild Goose und im Silk's Club verbracht hat, bevor sie um drei Uhr morgens in Varcavas möbliertem Zimmer in Myringham landeten. Das wurde von einem Barkeeper, einer Bardame, dem Geschäftsführer vom Silk's und von Varcavas Vermieterin bestätigt, die sich mit den beiden fast in die Haare gekriegt hätte wegen des Krachs, den sie mitten in der Nacht in ihrem Haus veranstalteten.«

»Was ist Melanie also in den paar Minuten passiert, nachdem sie das Arbeitsamt verlassen hatte? Der letzte Mensch, sagen Sie, mit dem sie gesprochen hat, war diese Annette Bystock, die Beraterin für die Erstanträge. Ob wir sie vielleicht mal befragen sollten?«

»Sie war krank gemeldet«, sagte Wexford. »Vielleicht ist sie inzwischen wieder im Büro, obwohl die Leute ihre Arbeit selten an einem Freitag wieder aufnehmen, die bleiben gleich die ganze Woche weg. Aber was reden wir, Mike? Melanie Akande soll einer wildfremden Person von ihrem heimlichen Rendezvous erzählt haben? Einer Frau, mit der sie gerade mal eine Viertelstunde gesprochen hatte, und zwar nur über ihren Antrag und die Jobaussichten? Und überhaupt, was für ein geheimes Rendezvous denn? Sie hatte doch schon eins mit Euan. Und jetzt soll sie eine Stunde vor dem Treffen mit Euan noch eins gehabt haben?«

Burden zuckte die Achseln. »Also, Sie haben das alles gesagt, nicht ich. So weit reicht meine Phantasie nicht. Ich meine lediglich, wir sollten mit Annette Bystock reden, aus dem einfachen Grund, weil sie die letzte war, die Melanie...«, er stockte, »gesehen hat.«

»Sie wollten sagen, ›lebend‹, nicht wahr?«

»All das verdanke ich allein der Gnade Gottes« war kein Spruch, den Michael Burden je zitieren würde. Er sagte ihn sich weder im stillen, wenn er im Fernsehen die Opfer einer Hungersnot sah, noch wenn er an Obdachlosen vorbeiging, die in Myringham auf der Straße schliefen. Auch jetzt sagte er ihn sich nicht, als er das Arbeitsamt betrat und die Arbeitslosen betrachtete, die auf den grauen Stühlen herumsaßen und warteten.

Daß er nicht unter ihnen war, hatte seiner Ansicht nach nichts mit der Gnade Gottes zu tun, sondern einzig und allein mit seinem persönlichen Fleiß, seiner Entschlossenheit und der harten Arbeit, die er stets zu leisten bereit war. Er war einer von denen, die Arbeitslose fragen, wieso sie eigentlich keinen Job annehmen, und Obdachlose, wieso sie sich eigentlich keine Wohnung suchen. Hätte er um 1780 in Paris gelebt, so hätte er den Hungernden, die um Brot bettelten, den Rat gegeben, doch Kuchen zu essen. Nun, angetan mit seinen makellosen beigefarbenen Hosen und dem neuen beigeblaumelierten Leinenjackett – niemand, meinte Wexford manchmal, würde ihn für einen Polizeibeamten halten –, betrachtete er die Arbeitslosen und dachte darüber nach, was für ein scheußliches Kleidungsstück so ein Nylon-Trainingsanzug doch war. Noch eine Spur schlimmer als ein Jogginganzug. Es wäre ihm nie in den Sinn gekommen, daß diese Kleidung billig ist, warm bei kaltem Wetter und kühl bei Hitze, leicht waschbar, knitterfrei und sehr bequem, und er verschwendete auch jetzt keinerlei Gedanken daran. Er wandte seine Aufmerksamkeit den Verwaltungsangestellten hinter ihren Schreibtischen zu und überlegte, wen er ansprechen sollte.

Jenny Burden behauptete von ihrem Mann, wenn er die Wahl hätte, würde er sich immer an einen Mann statt an eine Frau wenden, einen Mann nach dem Weg fragen, in einem Geschäft auf das männliche Verkaufspersonal zusteuern, sich im Zug neben einen Mann setzen. Das hatte ihm gar nicht gefallen, weil es sich anhörte, als sei er homosexuell, aber so hatte sie es nicht gemeint. Im Arbeitsamt hatte er die Wahl, denn an den Pulten saßen ein Mann und drei Frauen. Allerdings war der Mann dunkelhäutig, und auf seinem Namensschildchen stand Mr. O. Messaoud. Burden, der vehement leugnete, Rassist zu sein, lehnte Osman Messaoud dennoch (und er war sich dessen nur unterschwellig bewußt) aufgrund seiner Hautfarbe und seines Namens ab und ging auf die sommersprossige, rotblonde Wendy Stowlap zu. Sie war zufällig gerade frei geworden, und Burden hätte diese Tatsache als ausschlaggebend für seine Wahl genannt.

»Geht es um das vermißte Mädchen?« fragte sie, nachdem er sich nach Annette Bystock erkundigt hatte.

»Nur eine Formsache«, gab Burden ausdruckslos zurück. »Ist Miss Bystock wieder da?«

»Sie ist immer noch krank gemeldet.«

Er wandte sich zum Gehen und stieß beinahe mit Wendy Stowlaps nächster Klientin zusammen, einer schwergewichtigen Frau in einem roten Nylonanzug, die intensiv nach Zigaretten roch. Das Rauchen können sie sich immer leisten, sagte sich Burden. Zwei der Jungs auf der Steinbrüstung draußen rauchten ebenfalls und stocherten mit den Füßen in einem Häufchen Asche und Zigarettenkippen herum. Burden runzelte die Stirn und warf ihnen einen langen, strengen Blick zu. Seine Augen blieben an dem schwarzen Jungen mit der Rasta-Mähne hängen, den aufgetürmten, verfilzten Dreadlocks, auf denen eine in konzentrischen Farbkreisen gestrickte wollene Mütze saß. Die Art Kopfbedeckung, die er, wie sein Vater und sein Großvater vor ihm, *tam-o'-shanter*, eine Schottenmütze, nannte.

Die Jungen nahmen nicht die geringste Notiz von ihm. Es war, als wäre sein Körper durchsichtig, so daß ihre Augen durch ihn hindurchblickten auf das dahinterliegende Mauerwerk, den Gehweg und die Ecke, an der die Brook Road in die High Street mündete. Er kam sich wie unsichtbar vor. Mit einem ärgerlichen Achselzucken ging er zu seinem Wagen zurück, den er im »Streng Privat«-Bereich, der dem Personal des Arbeitsamts vorbehalten war, geparkt hatte.

Die Adresse, die Wexford ihm gegeben hatte, befand sich im Süden von Kingsmarkham. Früher war das eine der besten Gegenden gewesen; im späten neunzehnten Jahrhundert hatten sich die wohlhabendsten Bürger der Stadt dort große Häuser gebaut, jeweils mit einem riesigen Garten. Die meisten Häuser standen noch, waren aber inzwischen aufgeteilt worden, und die Gärten hatte man mit neuen Häusern und Garagenzeilen zugebaut. Mit Ladyhall Gardens war man genauso verfahren, nur daß die viktorianischen Überreste hier kleiner und in jeweils zwei bis drei Wohnungen aufgeteilt worden waren.

Irgend jemand hatte Nummer 15 den hochtrabenden Namen »Ladyhall Court« verpaßt. Es war ein spitzgiebliges, zweistöckiges Haus aus »weißem« Backstein, einem um 1890 bevorzugt verwendeten Baumaterial. Eine dichte Sykomorenhecke verbarg den Großteil des Erdgeschosses vor neugierigen Blicken. Burden nahm an, daß sich in jedem Stockwerk zwei Wohnungen befanden. Die beiden, die nach hinten hinaus gingen, erreichte man wohl durch eine Seitentür. Über der Klingel für das Obergeschoß stand auf einem Schildchen: John und Edwina Harris, über der für das Erdgeschoß: Ms. A. Bystock.

Als sich in der unteren Wohnung niemand meldete, klingelte er bei Harris. Auch dort keine Antwort. Die Haustür hatte oben und in der Mitte ein Schloß und einen mittlerweile schwarz angelaufenen Messingknauf. Ohne viel Hoffnung drückte Burden die Klinke nieder, und zu seiner Überraschung – und Mißbilligung – schwang die Tür auf.

Er trat in einen Hausflur mit Stuck an der Decke und rückhaltlos modernen PVC-Fliesen auf dem Boden. Die Treppe hatte ein Eisengeländer und graue Marmorstufen. Es gab nur eine dunkelgrüne Tür, auf die mit weißer Farbe die Zahl 1 gepinselt war. Der Türklopfer war ebenso wie der Knauf aus

Messing, diesmal blankpoliert, und der Klingelknopf glänzte wie Gold.

Burden klingelte und wartete. Vielleicht lag sie im Bett. Anzunehmen, wenn sie krank war. Er horchte auf Geräusche, die darauf hindeuteten, daß sich jemand bewegte, auf Schritte oder das Knarren von Bodendielen. Dann klingelte er noch einmal. Der kleine Klopfer richtete nichts aus, ließ nur ein hektisches Klack-Klack ertönen, wie ein Kind, das sich mit seinem leisen Stimmchen Gehör verschaffen will.

Wahrscheinlich ließ sie es einfach klingeln. Wenn er allein zu Hause im Bett liegen würde, würde er auf das Läuten eines unerwarteten Besuchs auch nicht reagieren. Es konnte natürlich sein, daß jemand nach ihr schaute, vielleicht eine Nachbarin, aber die hätte dann einen Schlüssel.

Er kniete hin und spähte durch den Briefschlitz. Im Innern schien es noch dunkler als im Hausflur. Allmählich erkannte er durch das offene kleine Rechteck einen schattigen Flur mit rotem Teppichboden, einem Garderobentischchen und Trokkenblumen in einem kleinen vergoldeten Korb.

Er stand auf, klingelte noch einmal, betätigte vehement den winzigen Klopfer, hockte sich wieder hin und rief durch die Öffnung ihren Namen: »Miss Bystock!«, und noch einmal lauter: »Miss Bystock! Sind Sie da?«

Er rief noch einmal ihren Namen, dann ging er hinten ums Haus herum und schob die Sykomorenzweige beiseite, die mit ihren ledrigen Blättern alles verdunkelten. Dieses kleine Fenster gehörte bestimmt zur Küche und das da zum Badezimmer. Hier wuchs keine Sykomore, nur Goldrute, die hüfthoch auf beiden Seiten einer asphaltierten Auffahrt stand. Am letzten Fenster neben der Seitentür waren die Vorhänge zugezogen. Aus irgendeinem Grund sah er sich um, so wie man sich umdreht, wenn man sich beobachtet fühlt. Aus dem Haus gegenüber, einem Gebäude aus der Zeit der Jahrhundertwende mit einem kleinen Vorgarten, beobachtete ihn jemand von einem Fenster im Obergeschoß aus. Das Gesicht wirkte so alt wie das Haus, zerknittert, mißtrauisch und starr.

Burden wandte sich wieder dem Fenster zu. Seltsam, daß die Vorhänge zugezogen waren. Wie krank war sie wohl? So krank, daß sie vormittags das Zimmer verdunkelte, um schlafen zu können? Plötzlich kam ihm der Gedanke, daß sie vielleicht gar nicht krank war, sondern die Arbeit schwänzte und ausgegangen war.

Es hätte ihn nicht überrascht, wenn der Alte von seinem Beobachtungsposten herunter und über die Straße gekommen wäre, um ihm auf die Schulter zu tippen. Erwartungsvoll drehte er sich wieder um. Aber das Gesicht war immer noch da, mit unverändertem Ausdruck und so reglos, daß Burden sich einen Augenblick nicht sicher war, ob es eine echte Person oder eine Art Faksimile war, die hölzerne Maske eines starr dreinblickenden, boshaften Beobachters, die der Bewohner dort aufgestellt hatte, so wie sich manche Leute eine bemalte Holzkatze in den Garten setzen, um die echten Tiere zu verscheuchen.

Aber das war ja Unsinn. Er hockte sich hin und versuchte, zwischen den Vorhängen hindurch etwas zu sehen, doch der Spalt war nur eine winzige, schmale Linie. Ohne sich darum zu scheren, was sein Zuschauer da drüben tat oder dachte, kniete er sich auf den asphaltierten Gehweg und versuchte unter dem Vorhangsaum hindurchzuspähen. Zwischen Saum und Fensterrahmen war nur ein etwa zentimeterbreiter Spalt.

Im Inneren war es dunkel, so daß er kaum etwas sehen konnte. Zuerst erkannte er fast gar nichts. Als seine Augen sich allmählich an das düstere Innere des Zimmers gewöhnten, konnte er eine Tischkante ausmachen, ein Toilettentischchen vielleicht, den polierten Holzfuß irgendeines Möbelstücks auf einem blauen Teppich, ein Stoffstück mit Blumenmuster, das den Boden berührte. Und eine Hand. Eine Hand hing vor diesen gedruckten Lilien und Rosen herunter, eine weiße, reglose Hand mit ausgestreckten Fingern.

Sie mußte aus Porzellan sein, aus Gips oder aus Plastik. Echt konnte sie nicht sein. Oder vielleicht doch, und ihre Besitzerin schlief. Was für ein Schlaf war das, der sich von dem Geschrei nicht stören ließ? Impulsiv, mögliche Zuschauer nicht in Betracht ziehend, trommelte er mit den Fingerknöcheln gegen die Scheibe. Die Hand rührte sich nicht. Die Besitzerin der Hand fuhr nicht schreiend hoch.

Burden rannte ins Haus zurück. Wieso hatte er bloß nie gelernt, wie man ein Schloß knackt? Für viele Männer und Frauen, denen er bei seiner Arbeit täglich begegnete, wäre dieses Schloß hier ein Kinderspiel. Im Kino lassen sich Türen einfach so mit der Schulter eindrücken. Er mußte jedesmal ärgerlich lachen, wenn er Schauspieler im Fernsehen auf stabile Türen zurennen und sie mit einem einzigen Stoß zertrümmern sah. Und wie geräuschlos das vor sich ging. Seine eigenen Bemühungen würden einen Höllenlärm verursachen und die Nachbarn auf den Plan rufen. Aber es mußte sein.

Er warf sich gegen die Tür und half mit der Schulter nach. Die Tür vibrierte und knirschte zwar, aber für ihn war es schmerzhafter als für die Tür. Er rieb sich die Schulter, holte tief Luft und warf sich noch einmal dagegen – einmal und noch einmal und noch einmal. Diesmal versetzte er der Tür einen kräftigen Tritt, und die Tür ächzte. Ein weiterer Stoß mit dem Fuß – seit seiner Schulzeit auf dem Fußballplatz hatte er nicht mehr so gekickt –, und die Tür flog berstend auf. Er stieg über das gesplitterte Holz und blieb erst einmal stehen, um nach Luft zu schnappen.

Der Wohnungseingang war eng und mündete um die Ecke in einen Flur. Sämtliche fünf Türen waren geschlossen. Burden ging den Flur entlang auf die Tür zu, hinter der er das Schlafzimmer vermutete, öffnete sie und sah in einen Besenschrank. Daneben mußte das Schlafzimmer sein. Die Tür war nicht geschlossen, sondern stand einen schmalen Spalt offen. Nachdem er tief durchgeatmet hatte, stieß er sie auf.

Sie lag da, als würde sie schlafen, den Kopf auf dem Kissen, das Gesicht zur Seite gewandt, von der dunklen Lockenmähne verdeckt. Eine Schulter war entblößt, die andere und der Rest ihres Körpers verschwanden unter der Bettwäsche und der blumengemusterten Steppdecke. Die nackte Schulter ging in einen fülligen, weißen Arm über, die Hand, die er gesehen hatte, hing fast bis zum Boden.

Er faßte nichts an, nicht die Vorhänge, nicht die Bettwäsche, nicht diesen eingegrabenen Kopf, nichts außer der schlaff herunterhängenden Hand. Er streckte einen Finger aus, um den Handrücken über den Knöcheln zu betasten. Sie war wie steifgefroren und eiskalt.

5

Alle drängten sich in der winzigen Wohnung: der Pathologe, die Fotografen, die Tatortspezialisten, jeder unentbehrlich, jeder mit einer speziellen Aufgabe betraut. Nachdem die Fenster fotografiert und die Vorhänge zurückgezogen worden waren, wurde es erträglicher, und als man die Leiche aus dem Haus schaffte, gingen die meisten mit hinaus. Wexford öffnete das Erkerfenster und blickte dem Wagen nach, der mit Annette Bystocks sterblicher Hülle in Richtung Leichenschauhaus verschwand.

Zwar würde die offizielle Identifizierung erst später stattfinden, doch er hatte die Tote anhand des Reisepasses, den er in einer Schublade des Frisiertischchens gefunden hatte, bereits identifiziert. Der Paß war ziemlich neu, im dunkelrot-goldenen Einband der Europäischen Gemeinschaft und vor gut einem Jahr ausgestellt. Der Name der Inhaberin war mit »Bystock, Annette Mary« angegeben, Staatsangehörigkeit »britisch«, Geburtsdatum: »22. 11. 54«. Auf dem Foto war die Tote trotz der Strangulationsspuren in ihrem Gesicht, der bläulichen Verfärbung, der Schwellungen und der zwischen den Zähnen hervorquellenden Zunge eindeutig zu erkennen. Die Augen waren dieselben. Sie hatte fast mit der gleichen entsetzten Furcht in die Kamera gesehen wie ins Gesicht ihres Mörders.

Es waren runde, dunkle Augen. Das dunkle, zerzauste Haar umrahmte ihr Gesicht wie ein dichter Busch, falls sie es nicht zu einer Frisur gebändigt hatte. Als Burden sie fand, trug sie ein pinkfarbenes Nachthemd mit weißem Blumenmuster. Auf der Steppdecke war eine weiße Strickweste ausgebreitet, die offensichtlich als Bettjäckchen gedient hatte. An den Fingern waren keine Ringe, keine Ohrringe in den Ohren. Auf dem linken Nachtkästchen befanden sich eine goldene Armbanduhr mit schwarzem Band, ein goldener Ring mit rotem Stein, wahrscheinlich einem Rubin, der wertvoll aussah, ein Kamm und ein halbleeres Fläschchen Aspirintabletten, auf dem rechten Nachtkästchen die Taschenbuchausgabe eines Romans von Danielle Steel, ein Glas Wasser, ein Päckchen Halspastillen und ein Sicherheitsschlüssel.

Auf jedem Nachtkästchen stand eine Lampe mit schlichtem weißem vasenförmigem Fuß und gefälteltem blauem Schirm. Die Lampe auf der rechten, der Zimmertür abgewandten Seite war intakt. Bei der anderen war am Fuß ein Stück abgebrochen, das Kabel herausgerissen. Dieses Kabel mitsamt dem Stecker war nun verschwunden, von Detective Constable Pemberton in einer Plastiktüte weggeschafft worden, doch als sie das Schlafzimmer betreten hatten, hatte es nur wenige Zentimeter neben Annette Bystocks herunterhängender Hand auf dem Fußboden gelegen.

»Sie ist seit mindestens sechsunddreißig Stunden tot«, hatte Sir Hilary Tremlett, der Pathologe, zu Wexford gesagt. »Sobald ich sie mir näher angesehen habe, werde ich Ihnen Genaueres sagen können. Warten Sie mal. Heute haben wir Freitag, nicht? Auf den ersten Blick würde ich sagen, sie ist Mittwoch abend gestorben, vermutlich Mittwoch vor Mitternacht.«

Er ging, gleich nachdem der Wagen mit der Leiche außer Sichtweite war. Wexford schloß die Schlafzimmertür.

»Ein selbstsicherer Mörder«, meinte er. »Und ein erfahrener Mörder, würde ich sagen. Er muß sich seiner Sache sehr sicher gewesen sein, weil er sich nicht mal die Mühe gemacht hat, eine Waffe mitzubringen, er dachte, er würde schon etwas finden. Jeder Mensch hat doch Elektrokabel im Haus, und wenn er nichts Geeignetes gefunden hätte, hätte es ja immer noch Messer, schwere Gegenstände oder einen Hammer gegeben.«

Burden nickte. »Oder er kannte sich hier aus und wußte, was vorhanden war.«

»Muß es eigentlich ein ›er‹ sein? Oder drücken Sie sich nur politisch unkorrekt aus?«

Burden grinste. »Vielleicht kann uns der alte Tremlett da weiterhelfen. Ich kann mir nicht recht vorstellen, daß eine Frau irgendwo einbricht und ein Lampenkabel rausreißt, um jemanden damit zu erdrosseln.«

»Ihre originellen Ansichten über Frauen sind ja wohlbekannt«, sagte Wexford. »Er oder sie hat aber gar nicht eingebrochen, oder? Es deutet nichts auf einen Einbruch hin. Entweder man hat sie reingelassen, oder sie hatten einen Schlüssel.«

»Es war also jemand, den sie kannte?«

Wexford zuckte die Achseln. »Wie wär's mit diesem Szenario? Am Dienstag abend fühlte sie sich plötzlich krank, ging ins Bett, am nächsten Morgen war ihr noch elender zumute, also rief sie beim Arbeitsamt an, um sich krank zu melden, und dann telefonierte sie mit einer Freundin oder Nachbarin und bat sie, ihr ein paar Sachen zu besorgen. Sehen Sie mal hier.«

Burden folgte ihm in die Küche. Für einen Tisch war es zu eng, doch auf einer schmalen Anrichte auf der linken Seite stand ein mittelgroßer Karton mit Lebensmitteln. Die Sachen darin schienen unberührt. Obenauf lag ein Kassenzettel vom Supermarkt, datiert auf den achten Juli, darunter eine Packung Cornflakes, zwei Becher Erdbeerjoghurt, eine Tüte Milch, ein kleiner Laib Vollkornbrot, in Papier eingewickelt, eine Packung Cheddarscheiben und eine Grapefruit.

»Die Freundin, die für sie einkaufen war, hat die Sachen also gestern gebracht«, sagte Wexford. »Höchstwahrscheinlich gestern abend, falls die Freundin arbeitet... Ja, Chepstow, was gibt's?«

Der Mann von der Spurensicherung sagte: »Hier drin bin ich noch nicht fertig, Sir.«

»Dann wollen wir Ihnen nicht im Weg stehen.«

»Auf dem Nachttisch liegt ein Schlüssel. Wieso hat sie der Freundin keinen gegeben?« fragte Burden, während sie in Annette Bystocks Wohnzimmer hinübergingen. »Als ich herkam, war die Haustür unverschlossen. Hatte sie ihre eigene Wohnungstür auch nur eingeklinkt? Wer tut denn so was heutzutage?« Wexfords gequälter Blick entging Burden. »Das ist doch geradezu eine Aufforderung an Einbrecher.«

»Der Freundin konnte sie keinen Schlüssel geben, wenn die Freundin nicht hereinkonnte, Mike. Der Mensch ist technisch noch nicht in der Lage, feste Gegenstände per Telefon, Radio oder Satellit zu übermitteln. Wenn sie nicht aufstehen wollte, um sie – oder ihn – hereinzulassen, konnte sie die Tür nur eingeklinkt lassen. Und wenn diese befreundete Person dann kam, konnte sie ihr den Schlüssel übergeben.«

»Dann ist aber jemand anderes hereingekommen, während die Tür eingeklinkt war?«

»Sieht ganz so aus.«

»Wir müssen die Freundin finden«, sagte Burden.

»Ja, ich frage mich, ob es jemand aus der Nachbarschaft war, oder ob sie bei ihrem Anruf im Arbeitsamt am Mittwoch morgen sozusagen zwei Fliegen mit einer Klappe geschlagen hat. Denn wenn Sie mal überlegen, Mike, wer sind denn unsere Freunde? Hauptsächlich Leute, mit denen wir auf der Schule waren, die Ausbildung gemacht haben oder die wir auf der Arbeit kennengelernt haben. Ich halte es für sehr wahrscheinlich, daß der barmherzige Samariter, der den Joghurt und die Grapefruit gebracht hat, im Arbeitsamt beschäftigt ist.«

»Karen und Barry fragen gerade bei den Nachbarn herum, aber die meisten sind in der Arbeit.«

Wexford, der die ganze Zeit über am Fenster gestanden hatte, wandte sich nun um und betrachtete den Raum. Er sah sich Annette Bystocks Bilder an der Wand an, die nichtssagende Tuschzeichnung einer Windmühle, das farbenfrohe Aquarell einer grünen Hügellandschaft mit Regenbogen, ihre gerahmten Fotos, die Schwarzweißaufnahme eines etwa dreijährigen Mädchens in Rüschenkleid und weißen Söckchen, daneben ein Foto eines jungen Paares in einem Vorgarten am Stadtrand, die Frau mit Ringellocken und glockig ausgestelltem Rock mit figurbetonter Taille, der Mann in weiten Flanellhosen und Pullover. Ein Kinderbild ihrer Mutter, dachte Wexford. Ihre frisch verheirateten Eltern.

Das Mobiliar bestand aus einer dreiteiligen Sitzgruppe, einem lackierten Couchtisch, einem scheinbar überflüssigen Etagentischchen, einem Bücherregal, das nur wenige Bücher enthielt und dessen mittlere Fächer mit Porzellantierchen vollgestellt waren. Auf dem untersten Regalbrett lagen etwa zwanzig CDs und ebenso viele Kassetten. Der rote Teppichboden vom Flur erstreckte sich bis in dieses Zimmer, aber sonst herrschten fade Beige- und Brauntöne vor. Ihre Eltern hatten wahrscheinlich ein Wohnzimmer in Beige und ein blaues Schlafzimmer. Nichts deutete darauf hin, daß Annette relativ jung, noch nicht einmal vierzig, war, es gab keinen Bruch mit der Konvention, nichts auch nur andeutungsweise Gewagtes.

»Wo ist der Fernseher?« fragte Wexford. »Und das Videogerät? Kein Radio, kein Kassettenrecorder, kein CD-Spieler? Nichts dergleichen?«

»Komisch. Vielleicht hatte sie so was nicht, vielleicht gehörte sie zu diesen Fanatikern, die von solchen Dingen nichts halten. Nein, Moment mal, sie hatte doch CDs... Sehen Sie den Tisch da? Den mit den zwei Etagen. Auf der oberen stand doch bestimmt ein Fernseher und darunter das Videogerät, meinen Sie nicht?«

Die Spuren waren deutlich zu sehen, ein staubiges Rechteck auf der polierten oberen Fläche, darunter ein etwas größeres.

»Sieht so aus, als hätte der Einbrecher die Aufforderung dankend angenommen«, sagte Wexford. »Ich frage mich, was sie sonst noch alles hatte. Einen Computer? Einen Mikrowellenherd, obwohl ich nicht wüßte, wie der noch in die Küche hätte passen sollen?«

»*Deswegen* wurde sie umgebracht?«

»Kaum. Wenn unser Täter sie wegen der Sachen in der Wohnung getötet hätte, dann hätte er die Uhr und den Ring doch auch mitgenommen. Der Ring scheint mir ziemlich wertvoll zu sein.«

»Möglicherweise sind der Fernseher und das Videogerät gerade in Reparatur.«

»O ja, möglicherweise. Möglich ist alles. Einen einzigen Fall von erfolgreicher Selbsterdrosselung kennen wir, vielleicht haben wir hier ja den zweiten. Und vorher hat sie noch die meisten ihrer Konsumgüter verkauft, um das Begräbnis bezahlen zu können. Ich *bitte* Sie, Mike.«

Im Schlafzimmer, das nun zur Begutachtung freigegeben war, öffnete Wexford die Tür des Kleiderschrankes und betrachtete die Kleidungsstücke, ohne einen Kommentar abzugeben, obwohl Burden direkt hinter ihm stand. Zwei Jeans, eine Cordhose, Baumwollstrumpfhosen, einige nicht besonders kurze Miniröcke in Größe vierzig und zwei längere Röcke in Größe zweiundvierzig. Offenbar hatte Annette in letzter Zeit zugenommen. In den Fächern daneben zusammengelegte

Pullover, Blusen, alles ganz gewöhnlich, unscheinbar, gedeckt. Hinter der anderen Tür hingen ein dunkelblauer Wintermantel, ein hellbrauner Regenmantel, zwei Jacken, eine dunkelrot, die andere schwarz. Hatte sie sich denn nie zurechtgemacht, war sie abends nie ausgewesen, nie auf eine Party gegangen?

Wexford nahm den Ring vom Nachtkästchen und hielt ihn Burden auf der flachen Handfläche hin. »Ein schöner Rubin«, sagte er. »Mehr wert als sämtliche Fernseher und Nicam-Videodinger und Kassettenrecorder zusammen.« Er zögerte. »Wer stellt die entscheidende Frage, Sie oder ich?«

»Mir liegt sie schon die ganze Zeit auf der Zunge, seit ich weiß, daß es Mord war.«

»Mir auch.«

»Okay«, sagte Burden, »also ich. Gibt es einen Zusammenhang zwischen diesem Todesfall und der Tatsache, daß sie wahrscheinlich der letzte Mensch war, der Melanie Akande lebend gesehen hat?«

Edwina Harris kam nach Hause, als sie noch dort waren. Sie stieß die Haustür auf, betrat den Eingangsflur, sah das gelbe Absperrband vor der Wohnung im Erdgeschoß und blieb ungläubig stehen, während Detective Sergeant Karen Malahyde auf sie zutrat.

»Habe ich die Haustür nicht abgeschlossen? Das mache ich eigentlich nie, wenn ich weggehe, und es ist noch nie was passiert.« Dann wurde ihr klar, was sie da gesagt hatte. »Was *ist* passiert?«

»Können wir vielleicht nach oben gehen, Mrs. Harris?«

Karen brachte es ihr behutsam bei. Sie war schockiert, aber mehr nicht. Sie und Annette Bystock waren Nachbarinnen gewesen, keine engen Freundinnen. Als sie sich wieder gefaßt hatte, erzählte sie Karen, Annettes Eltern seien tot und sie habe keine Geschwister. Sie sei anscheinend einmal verheiratet gewesen, mehr wisse sie darüber aber nicht.

Nein, in den letzten Tagen sei ihr nichts Ungewöhnliches aufgefallen. Sie wohne mit ihrem Mann in der oberen Wohnung, er habe auch nichts gehört, sonst hätte er es ihr bestimmt gesagt. Sie hatte nicht gewußt, daß Annette krank gewesen war. Sie war nicht die Freundin, die die Lebensmittel gebracht hatte.

»Ich sagte ja schon, wir waren *nicht* direkt befreundet.«

»Mit wem war sie denn befreundet?«

»Einen Freund hatte sie, soviel ich weiß, nie da.«

»Aber vielleicht Freundinnen?«

Das konnte Edwina Harris nicht sagen. Sie war nur einmal in Annettes Wohnung gewesen, konnte sich auch nicht erinnern, ob Annette einen Fernseher hatte oder nicht.

»Jeder hat doch einen Fernseher, oder nicht? Sie hatte ein Radio, so ein kleines weißes. Das weiß ich, weil sie es mir damals gezeigt hat. Sie hatte roten Nagellack darauf verschüttet und bekam ihn nicht mehr ab. Da hat sie mich gefragt, wie man ihn abkriegt, und ich sagte mit Nagellackentferner, aber das hatte sie schon probiert.«

»Da drüben wohnt jemand«, sagte Burden. Er war etwas verlegen, weil er nicht wußte, ob es sich um einen Mann oder eine Frau handelte. »Ein sehr alter Mensch«, sagte er vorsichtig und ebenso taktvoll: »Scheint alles im Blick zu haben. Ob diese Person Annette wohl gekannt hat?«

»Mr. Hammond? Der war noch nie hier. Er hat seine Wohnung seit ... na, bestimmt drei Jahren nicht mehr verlassen.«

Edwina Harris fühlte sich nicht imstande, die Leiche zu identifizieren. Sie hatte noch nie einen Toten gesehen, und dabei sollte es auch bleiben. Annette hatte irgendwo noch eine Cousine, sie hatte sie einmal von einer Cousine reden hören.

Jane Sowieso. Die Frau hatte eine Geburtstagskarte geschickt, und aus Versehen hatte der Postbote sie in ihren statt in Annettes Briefkasten gesteckt. Edwina Harris hatte von der Existenz dieser Cousine erfahren, als sie Annette die Karte brachte.

Dann stellte Wexford die Frage nach der Haustür.

»Über Nacht ist die abgeschlossen.«

»Sind Sie sicher?«

»Also, *ich* habe sie bestimmt immer abgeschlossen.«

»Ist doch komisch, oder?« sagte Burden, nachdem sie sich verabschiedet hatten. »Frauen, die im Erdgeschoß wohnen, können angeblich aus lauter Angst vor Einbrechern nicht schlafen. Sie haben Alarmanlagen, Gitter vor den Fenstern – habe ich jedenfalls gelesen.«

»Schein und Wirklichkeit«, sagte Wexford.

Ein paar Stunden später hatten sie Annettes Cousine ausfindig gemacht, die mit Mann und drei Kindern in Pomfret lebte. Jane Winster erklärte sich bereit, nach Kingsmarkham zu kommen und die Leiche zu identifizieren.

Als er erfuhr, was passiert war, mochte Cyril Leyton es zunächst nicht glauben. »Wollen Sie mich veräppeln?« hatte er unwirsch am Telefon gefragt, dann: »Ist das vielleicht ein Trick?« Als er es schließlich begriffen hatte, wiederholte er nur immer wieder: »Mein Gott, mein Gott...«

Der nächste Tag war zwar ein Samstag, aber nur auf dem Kalender, wie Wexford Burden gegenüber bemerkte. Freizeit gab es jetzt nicht, und Urlaub wurde gestrichen. Burdens Bemerkung über Frauen, die im Erdgeschoß wohnen, rief ihm das Treffen in Erinnerung, das am Samstagabend in der Gesamtschule von Kingsmarkham stattfinden sollte. Nun wußte er gar nicht, ob er die Zeit dafür erübrigen konnte. Den geplanten Vortrag hatte er bereits bei zwei früheren *Women, Aware!*-

Treffen gehalten, und es hatte ihm Spaß gemacht. Wenn es nicht unbedingt sein mußte, wollte er sich diesen Abend auf keinen Fall entgehen lassen. Es sei denn, in dem Mordfall wäre eine Festnahme erfolgt.

Die jungen Männer – Wexford haßte den Ausdruck »Jugendliche« und weigerte sich, ihn zu verwenden – hockten immer noch auf der steinernen Balustrade vor dem Arbeitsamt. Vielleicht waren es gar nicht dieselben, aber ihm kam es so vor. Diesmal sah er sie sich genauer an, um sie beim nächsten Mal wiederzuerkennen: ein kahlgeschorener Jüngling im grauen T-Shirt, einer in schwarzer Lederjacke und Trainingshosen, die dünnen Haare zu einem Pferdeschwanz zusammengebunden, ein ganz kleiner mit blonden Locken und ein schwarzer Junge mit Dreadlocks und einer von diesen großen, locker sitzenden Strickmützen. Kaum hatte er sie solchermaßen kategorisiert, merkte er, daß er genau das Burden gegenüber als rassistisch bezeichnet hatte, und änderte seine Beschreibung: ein *Junge* mit Dreadlocks und gestrickter Mütze.

Sie sahen ihn gleichgültig an, jedenfalls drei von ihnen. Der mit dem Pferdeschwanz wandte nicht einmal den Kopf. Wexford war überzeugt, beim Vorübergehen einen gemurmelten Kommentar, eine Beleidigung oder spöttische Bemerkung zu hören zu kriegen, aber es kam nichts. Er ging die Treppe hinauf und stellte fest, daß die Tür abgeschlossen war; doch da trat hinter der Glasscheibe auch schon ein junges Mädchen auf ihn zu, um aufzuschließen.

Er sah sie zum ersten Mal. Sie war klein, mit spitzen Gesichtszügen und rötlichem Haar, und das Schildchen an ihrem schwarzen T-Shirt wies sie als Ms. A. Selby, Verw.assistentin aus. Er grüßte und entschuldigte sich dann, die Mitarbeiter nach Dienstschluß noch aufhalten zu müssen, aber sie war zu schüchtern, um darauf etwas zu erwidern. Er folgte ihr zwischen den Pulten hindurch nach hinten, wo sie eine Tür öffnete, an der nicht nur »Privat« stand, sondern auch »Betreten verboten«.

So hatte er es sich eigentlich nicht vorgestellt. An Cyril Leyton – bestimmt hatte er das alles arrangiert – war offensichtlich ein Oberlehrer verlorengegangen. Die Stühle, auf denen normalerweise die Klienten saßen, bevor sie sich rückmeldeten, waren in fünf Reihen aufgestellt, vor jedem stand ein graues Metalltischchen. Auf diesen Stühlen hatten die Mitarbeiter nun Platz genommen. Es waren mehr, als Wexford gedacht hatte. Entsetzt, aber gleichzeitig belustigt registrierte er, daß Leyton sie streng nach Rangfolge plaziert hatte: die beiden Abteilungsleiter, dann der andere Erstantragsberater und alle Verwaltungsbeamten in der ersten Reihe; dahinter die Verwaltungsangestellten; dann die Assistenten, die in der Vermittlung hinten tätig waren, die Post bearbeiteten und den Kopierer bedienten. In der letzten Reihe ganz rechts außen, wahrscheinlich auf dem alleruntersten Rang, saß der kugelköpfige Sicherheitsbeamte.

Jeder Mitarbeiter hatte vor sich auf dem Tisch einen Notizblock liegen. Jetzt fehlt bloß noch die Wandtafel, dachte Wexford – und vielleicht der Rohrstock für Leyton, damit er ihnen auf die Finger klopfen kann. Der Leiter des Amtes gab sich geschäftig und wichtigtuerisch und schien die Sache, nachdem der erste Schock überwunden war, offensichtlich zu genießen. Sein rotes Gesicht glänzte fettig. Seit Wexford ihn letztes Mal gesehen hatte, hatte er sich die Haare radikal stutzen lassen, und die Schere hatte einen grimmigen, leuchtendroten Ausschlag auf seinem Nacken hinterlassen.

»Alle Mann zur Stelle«, sagte er.

Wexford nickte ihm nur kurz zu. So lächerlich diese strenge Reglementierung auch war, die Notizblöcke konnten sich durchaus als nützlich erweisen. Vorausgesetzt, die Leute begriffen, daß sie nicht das aufschreiben sollten, was *er* ihnen sagte, sondern das, was *sie* wußten.

»Ich möchte Sie gar nicht lange aufhalten«, begann er. »Sie werden inzwischen wohl alle von Miss Bystocks gewaltsamem Tod erfahren haben. Da es um halb sieben in den Lokalnachrichten gesendet wird und morgen in allen Zeitungen steht, sehe ich keinen Grund, Ihnen vorzuenthalten, daß es sich um einen Mordfall handelt.«

Er hörte, wie irgend jemand im Raum tief Luft holte. Vielleicht Ingrid Pamber, deren blaue Augen ernst auf ihn gerichtet waren, oder die schmächtige Blonde neben ihr, die bestimmt schon fünfundzwanzig war, jedoch nicht älter als fünfzehn aussah. Ihr Namensschild war so weit entfernt, daß er es nicht entziffern konnte. In der Reihe vor ihnen saß Peter Stanton, der andere Erstantragsberater; er saß da wie ein junger, wichtiger Geschäftsmann in einem Seminar, mit elegant übereinandergeschlagenen Beinen, die Ellbogen auf die Stuhllehne gestützt und den Kopf in den Nacken gelegt. Er wirkte auf eine düstere, grüblerische Art sehr attraktiv und schien die Sache offensichtlich zu genießen.

»Sie wurde in ihrer Wohnung ermordet, in Ladyhall Court, Ladyhall Avenue. Wir wissen aber noch nicht, wann. Das erfahren wir erst nach der Obduktion und den anderen gerichtsmedizinischen Untersuchungen. Wir wissen nicht, wie sie starb und wann und warum. Deshalb sind wir sehr auf die Hilfe derjenigen angewiesen, die sie kannten. Miss Bystock hatte nur wenige Verwandte und kaum Freunde. Ihre Bekannten waren die Leute, mit denen sie arbeitete, also *Sie*.

Vielleicht hat einer von Ihnen oder auch mehrere sämtliche Informationen, die wir brauchen, um Miss Bystocks Mörder zu finden und seiner – oder ihrer – gerechten Strafe zuzuführen.

Ihre Mitarbeit ist daher für uns von unschätzbarem Wert. Ich möchte Sie bitten, sich morgen von meinen Mitarbeitern befragen zu lassen, und zwar entweder bei Ihnen zu Hause oder, wenn Ihnen das lieber ist, auf dem Polizeirevier in Kingsmarkham. Sollten Sie mir allerdings jetzt schon etwas Wichtiges oder Dringendes zu sagen haben – ich werde in der nächsten halben Stunde in Mr. Leytons Büro sein und wäre Ihnen sehr verbunden, wenn Sie mir diese Informationen dort zukommen lassen würden. Ich danke Ihnen.«

Während sie in das kleine, graue Büro hinübergingen, sagte Cyril Leyton großspurig: »Ich kann Ihnen alles sagen, was Sie wissen wollen. Es gibt hier kaum etwas, das mir nicht zu Ohren kommt.«

»Ich habe doch gesagt, wer mir etwas Wichtiges zu sagen hat, kann das jetzt tun. Haben Sie mir etwas zu sagen?«

Leyton lief noch röter an. »Äh, nicht direkt, aber ich...«

»Um welche Uhrzeit hat Miss Bystock am Mittwoch angerufen, um mitzuteilen, daß sie nicht ins Büro kommt? Können Sie mir das sagen?«

»Ich? Nein, *ich* doch nicht. Ich sitze ja nicht in der Telefonvermittlung. Ich kann aber herauskriegen, wer...«

»Ja, Mr. Leyton«, sagte Wexford geduldig, »das glaube ich Ihnen, aber Ihre Mitarbeiter werden morgen sowieso alle befragt. Das haben Sie doch gehört, oder? Ich frage Sie, was *Sie* mir sagen können.«

Leyton blieb die Antwort erspart, weil es plötzlich klopfte. Die Tür ging auf, und Ingrid Pamber trat ein. Wexford, dem es – wie den meisten Männern – immer auffiel, wenn eine Frau besonders attraktiv war, hatte sie sich bereits sehr gründlich angeschaut. Frauen mit ihrem Aussehen gefielen ihm am besten, mit dieser frischen Natürlichkeit, den glänzenden Haaren, den zarten Gesichtszügen und der glatten, rosigen Haut –

sein Vater hätte »Teint« gesagt –, der hübschen Figur, schlank, aber keineswegs dem heutigen magersüchtigen Ideal entsprechend. Die Kleidung, die sie trug, schmeichelte seiner Meinung nach einer hübschen Frau am meisten; ein kurzer, schmaler Rock, ein enganliegender Strickpullover – in ihrem Fall war es ein kurzärmeliger, cremefarbener Baumwollpullover – und ausgeschnittene Pumps, die mit einem Männerschuh nichts gemein hatten.

Sie schenkte Wexford ein reuiges Lächeln, fast ein Lächeln unter Tränen. Es wirkte natürlich, war aber berechnend, fand er. Die Iris ihrer Augen schien ihr ganz eigenes, leuchtendblaues Licht zu verströmen.

»Ich war – ich habe mich immer ein bißchen um sie gekümmert«, sagte sie. »Die arme Annette.«

»Waren Sie miteinander befreundet, Miss Pamber?«

»Ich war ihre einzige Freundin.«

Ingrid Pamber sagte es ruhig, aber etwas pathetisch. Sie setzte sich Wexford gegenüber vorsichtig hin, aber ihr Rock war zu kurz, um nicht wenigstens eine Handbreit über die Knie nach oben zu rutschen. Die seitliche Pose, in der sie dasaß, die Knie und Knöchel eng aneinandergeschmiegt, schien wie geschaffen, die Beine einer Frau möglichst vorteilhaft zur Geltung zu bringen – die einer sittsamen Frau, nicht die eines Filmsternchens, das ein Bein über das andere schlägt und im hochhackigen Schuh mit dem Fuß wippt. Er schätzte Ingrid Pamber als eine Frau ein, deren Erfolg bei Männern von einer gezierten Reserviertheit abhing, einem fast schüchternen Reiz. In früheren Zeiten hätte sie sich bestimmt hervorragend auf das Manövrieren ihrer Unterröcke verstanden, um den Blick auf eine zierliche Fessel zu lenken, oder auf die geschickte Handhabung ihres Schals, der beim Heruntergleiten einen flüchtigen Blick auf das Dekolleté erlaubte.

»Sie haben also Miss Bystocks Anruf am Mittwoch morgen entgegengenommen?«

»Ja. Ja, das war ich. Sie hat sich von der Zentrale durchstellen lassen.«

»Was übrigens absolut nicht üblich ist«, sagte Leyton indigniert. »Ich werde Mr. Jones und Miss Selby deswegen zur Rede stellen. Der Anruf hätte an mich weitergeleitet werden müssen.«

»Ich habe Sie aber doch sofort informiert«, sagte Ingrid. »Ich habe Ihnen unmittelbar danach Bescheid gesagt.«

»Schon möglich, aber das ist hier nicht...«

»Mr. Leyton«, sagte Wexford, »ich wäre Ihnen sehr verbunden, wenn Sie uns allein lassen würden. Ich würde gern mit Miss Pamber unter vier Augen sprechen.«

»Na, hören Sie mal, das ist mein Büro!«

»Ich weiß, und es ist sehr freundlich, daß Sie es mir zur Verfügung stellen. Also, dann, bis später.«

Wexford erhob sich und hielt Leyton die Tür auf. Kaum war dieser verschwunden, fing Ingrid Pamber an zu kichern. Wie schwer ist es doch, so tun zu müssen, als wären wir traurig, wenn wir eigentlich glücklich sind, oder Fröhlichkeit vortäuschen zu müssen, wenn wir trauern. Zu spät fiel Ingrid wieder ein, daß sie als Annettes einzige Freundin ja eigentlich traurig zu sein hatte. Verlegen sah sie zu Boden.

Wexford wartete einen Augenblick und fragte sie dann: »Können Sie mir sagen, wann der Anruf kam?«

»Das war um Viertel nach neun.«

»Wieso sind Sie sich da so sicher?«

»Wir fangen um halb zehn an, und um Viertel nach neun sollen wir im Büro sein.« Sie sah ihn mit weitgeöffneten Augen an, und er spürte die Kraft dieses blauen Leuchtens. »Ich war in letzter Zeit öfter mal ein bißchen spät dran und... na ja, diesmal war ich froh, daß ich es pünktlich geschafft hatte. Ich sah auf die Uhr, es war Viertel nach neun, und in dem Moment kam der Anruf von Annette.«

»Was hat sie gesagt, Miss Pamber?«

»Sie dachte, sie hätte sich was eingefangen. Sie sagte, sie fühle sich schrecklich, sie könnte nicht kommen und ich sollte Cyril Bescheid sagen. Dann fragte sie mich, ob sie mir auf dem Heimweg einen halben Liter Milch mitbringen könnte, sonst nichts, Appetit habe sie keinen. Sie sagte, sie würde ihre Tür eingeklinkt lassen. An der Tür ist bloß so ein Griff... Sie wissen schon, wie an einer Zimmertür.«

Wexford nickte. Wie er vermutet hatte – das war die Freundin.

»Ich habe gesagt, das geht in Ordnung, und kaum hatte ich aufgelegt, rief ein Mann an und wollte sie sprechen. Seinen Namen hat er nicht gesagt, aber ich wußte schon, wer es war.«

Sie warf ihm einen Seitenblick zu, einen ziemlich schelmischen Blick. »Na ja, ich habe ihm gesagt, sie sei zu Hause, sie sei krank.«

»Und die Milch haben Sie ihr gebracht?«

»Ja. Etwa um halb sechs war ich dort.«

»Lag sie im Bett?«

»Ja. Eigentlich wollte ich ein Weilchen dableiben und mit ihr plaudern, aber sie meinte, ich sollte ihr nicht zu nahe kommen, damit ich mich nicht anstecke. Sie hatte mir ein paar Sachen aufgeschrieben, die ich ihr am nächsten Tag besorgen sollte, und gab mir die Liste mit. Sie sagte, sie würde mich am nächsten Morgen in der Arbeit anrufen.«

»Hat sie das getan?«

»Nein, aber das war ja nicht nötig.« Ingrid Pamber schien sich nicht im klaren zu sein, was sie da sagte. »Ich hatte ja die Liste. Ich wußte, was sie wollte.«

»Sie hatte Ihnen also einen Schlüssel gegeben?«
»Ja. Ich habe die Sachen besorgt, die Cornflakes, die Grapefruit und alles andere, und gestern abend um die gleiche Zeit habe ich es ihr gebracht. Ich habe die Sachen einfach in der Schachtel hingestellt, ich dachte mir, sie räumt sie schon selber weg.«
»Sind Sie nicht zu ihr hineingegangen?«
»Gestern abend? Nein, da nicht. Ich habe nichts gehört, und da dachte ich, bestimmt schläft sie.«
Er bemerkte den schuldbewußten Ton in ihrer Stimme. Sie mochte wohl eine Freundin sein, aber an dem Abend wollte sie sich gar nicht lange bei Annette aufhalten und hatte die Schachtel mit den Lebensmitteln einfach hingestellt und war wieder gegangen, ohne einen Blick ins Schlafzimmer zu werfen. Oder war es etwa ganz anders?
»Als Sie die Wohnung am Mittwoch abend verließen, hatten Sie doch einen Schlüssel, also haben Sie die Wohnungstür sicher nicht nur hinter sich zugezogen, sondern auch abgeschlossen?«
»O ja.«
Wie blau ihre Augen waren! Sie schienen zusehends blauer zu werden, zu leuchten, wie Neonlicht, wie phosphoreszierende Pfauenaugen, während sie ihn ernsthaft und versonnen ansah. »Und als Sie am Donnerstag abend, also gestern abend, wiederkamen, war die Tür verschlossen, und Sie haben mit Ihrem Schlüssel aufgesperrt?«
»Ja, genau.«
Er wechselte das Thema. »Ich nehme an, Miss Bystock besaß einen Fernseher und einen Videorecorder?«
»Ja.« Sie wirkte erstaunt. »Ich weiß sogar noch, wann sie den Videorecorder gekauft hat. Das war letztes Jahr, so um die Weihnachtszeit.«

»Und als Sie am Mittwoch und gestern dort waren, haben Sie da den Fernseher gesehen?«

Sie zögerte. »Ich weiß nicht, ich... ich bin sicher, am Mittwoch habe ich ihn gesehen. Bevor ich ging, bat mich Annette nämlich, die Vorhänge zuzuziehen. Damit der Teppich in der Sonne nicht ausbleiche oder so was. Komisch, nicht? Das habe ich noch nie gehört. Na, jedenfalls habe ich sie zugezogen und dabei den Fernseher und den Videorecorder gesehen.«

Er nickte. »Und gestern?«

»Ich weiß nicht. Da habe ich nichts bemerkt.« Weil sie es zu eilig gehabt hatte, dachte Wexford, rein, raus, keine langen Geschichten. Etwas in seinem Blick schien sie zu beunruhigen. »Sie meinen doch nicht... sie war tot... Sie wollen doch damit nicht sagen... daß sie da schon tot war!«

»Ich fürchte doch, Miss Pamber. Es sieht ganz danach aus.«

»O Gott, und ich habe nichts gemerkt. Und wenn ich hineingegangen wäre...«

»Das hätte auch nichts daran geändert.«

»Sie haben... sie haben sie doch nicht wegen dem Fernseher und dem Videorecorder umgebracht?«

»Es wäre nicht das erste Mal, daß so etwas passiert.«

»Die arme Annette. Das tut mir aber furchtbar leid.«

Wieso hatte er den sicheren Eindruck, daß es ihr überhaupt nicht furchtbar leid tat? Sie äußerte die konventionelle Phrase auf konventionelle Weise, und ihr Gesicht trug die konventionelle Maske der Trauer. Doch ihre Augen tanzten vor Lebenslust und Vitalität.

»Wer war der Mann, der hier anrief und nach ihr fragte? Wer, denken Sie, war es?«

Wieder log sie. Er staunte, weil sie anscheinend dachte, er merkte es nicht. »Ach, bloß ein Freund, einer von ihren Nachbarn.«

»Wer war es, Miss Pamber?« fragte er.

Sie sah ihm direkt in die Augen. »Ich weiß nicht, ich weiß es ehrlich nicht.«

»Vorhin wußten Sie es noch, und jetzt auf einmal nicht mehr? Ich frage Sie morgen noch mal danach.«

Ihr inneres Licht war erloschen. Er blickte ihr nach, als sie aus dem Zimmer ging und den beleidigten Leyton wieder hereinließ. Sie hatte ganz schön gelogen, dachte er. Er konnte den Zeitpunkt genau festmachen, an dem sie mit dem Lügen begonnen hatte: als er zum ersten Mal das Wort »Schlüssel« gesagt hatte. Über die graue Einrichtung hinweg blickte er hinaus auf die Abholrampe von Marks & Spencer, auf der der Sommerwind eine grellgrüne Plastiktüte hin und her wehte. Eine Frau war gerade dabei, ein paar große Tüten von einem Einkaufswagen in ihr Auto zu laden. Vom Typ her glich sie Annette, dunkelhaarig, kräftige, kurvenreiche Figur, gesunde Hautfarbe, wohlgeformte Beine. Warum hatte Ingrid gelogen, als es um den Anrufer ging? Warum hatte sie bei der Sache mit dem Schlüssel gelogen? Und was war daran gelogen?

Annette war bereits tot, als Ingrid am Donnerstag abend in der Wohnung war. Ingrid hatte die Tür hinter sich abgeschlossen. Doch wer hatte sie in der Nacht zuvor auf- und wieder zugeschlossen?

6

Wer jeden Tag seiner Arbeit nachgehen konnte, hatte Glück. Barry Vine überlegte, was er vor ein paar Jahren noch von dieser Behauptung gehalten hätte. Heute stimmte er ihr vorbehaltlos zu. Er reagierte mit Verwunderung, als sich herausstellte, daß die Bewohner der beiden Wohnungen auf der hinteren Seite von Ladyhall Court Arbeit hatten.

Die Greenalls waren letzte Woche allerdings nicht an ihrem Arbeitsplatz gewesen; etwa fünf Stunden, nachdem man Annettes Leiche entdeckt hatte, waren sie aus dem Urlaub zurückgekehrt. Jason Partridge, der Bewohner der anderen Wohnung, ein junger Rechtsanwalt, der erst vor einem halben Jahr vor der *Law Society* seine Prüfung abgelegt hatte, wohnte noch nicht lange dort und konnte sich nicht erinnern, Annette je gesehen zu haben. Vine wußte zwar, daß es ein Zeichen des Älterwerdens war, wenn einem die jungen Polizisten zusehends jünger vorkamen, fragte sich aber, was es wohl zu bedeuten hatte, wenn angehende Rechtsanwälte wie Abiturienten aussahen.

Gegenüber von Ladyhall Gardens befand sich ein in drei Etagenwohnungen aufgeteiltes altes Haus, daneben drei rote Backsteinbungalows, und ein unbebautes Grundstück, wo früher sechs Häuser im Stil des alten, dreistöckigen gestanden hatten, die aber mittlerweile abgerissen worden waren. Die Neubauten würde man im Trend der neunziger Jahre gestalten, einem Stilgemisch à la Port Meirion: ein mittelalterliches Schindelhäuschen im schrägen Winkel zu einem Backsteinbau, dicht daneben ein verputztes Haus im georgianischen Stil, und alle mit unterschiedlichen Traufhöhen und Fenstern in verschiedenen Formen. Bisher existierten lediglich die Fundamente, die »Infrastruktur« und etwa zwei Meter hohe Außenmauern. Dadurch war die Sicht derer, die sonst von Ladyhall Court aus die Bungalows und das alte Haus hätten überblicken können, jedoch bereits erheblich eingeschränkt.

Weil Samstag war, traf Vine die Bewohner der Bungalows zu Hause an. Er erkundigte sich bei einem jungen Paar, Matthew Ross und seiner Lebensgefährtin Alison Brown, die aber in der Nacht des siebten Juli überhaupt nicht aus dem Fenster geschaut hatten. Sie konnten ihm nichts über Annette Bystock sagen und erinnerten sich auch nicht daran, sie je gesehen zu haben.

Das Nachbarhaus bewohnten zwei Frauen, Diana Graddon, etwa Mitte Dreißig, und die zwanzig Jahre ältere Helen Ringstead. Mrs. Ringstead war eher die Untermieterin als die Freundin. Diana Graddon hätte sich die Wohnung allein gar nicht leisten können, sagte sie ganz offen, obwohl das Department of Social Security, seitdem sie arbeitslos war, die Miete zahlte. Sie war früher mit Annette befreundet gewesen und hatte ihr auch, als sie vor etwa zehn Jahren selbst in die Ladyhall Avenue gezogen war, erzählt, daß die Wohnung auf der gegenüberliegenden Straßenseite zum Verkauf stand.

»Aber dann haben wir uns aus den Augen verloren«, sagte Diana Graddon. »Das heißt, sie hat den Kontakt einschlafen lassen. Warum, weiß ich auch nicht. Fand ich eigentlich dumm, wir waren doch Nachbarinnen, aber nachdem sie hierhergezogen war, wollte sie anscheinend nichts mehr mit mir zu tun haben.«

»Wann haben Sie sie das letzte Mal gesehen?«

»Das muß Montag gewesen sein. Letzten Montag. Ich hatte

vor, für ein paar Tage zu verreisen. Als ich zum Bus ging, sah ich sie gerade von der Arbeit nach Hause kommen. Wir haben nicht miteinander gesprochen, nur kurz gegrüßt.«

Sie war bis gestern, also Donnerstag früh, verreist gewesen, und Helen Ringstead sagte, sie würde nie merken, wer draußen über die Straße ging.

Das runzlige Gesicht, das Burden zuvor verwegen für eine Maske oder einen Holzschnitt gehalten hatte, gehörte einem dreiundneunzigjährigen Mann namens Percy Hammond. Es war schon vier Jahre her, nicht drei, seit er zum letzten Mal aus seiner Wohnung im ersten Stock die Treppe heruntergekommen war; tagsüber hielt er sich meist in seinem Schlafzimmer auf, da er von dort aus die Ladyhall Avenue überblicken konnte. Er wurde von Essen auf Rädern versorgt, und zweimal pro Woche kam eine Betreuerin. Er war seit dreißig Jahren verwitwet, seine Söhne waren schon tot, und seine einzige Freundin war die Mieterin im Erdgeschoß, die zwar schon achtzig und blind war, aber jeden Tag heraufkam und ihn besuchte.

Sie war es auch, die Burden einließ. Nachdem sie sich als Gladys Prior vorgestellt hatte, zweimal nach seinem Namen gefragt und ihn dann gebeten hatte, ihn zu buchstabieren, ging sie vor ihm mit sicherem Schritt die Treppe hinauf und hielt sich mehr aus Gewohnheit denn zur Unterstützung am Geländer fest. Percy Hammond saß in einem Stuhl am Fenster und starrte auf die leere Straße hinaus. Das aus der Nähe saurierhaft wirkende Gesicht wurde Burden zugewandt, und sein Besitzer sagte: »Ich habe Sie schon einmal irgendwo gesehen.«

»Nein, hast du nicht, Percy. Da irrst du dich. Das ist ein Polizeidetektiv, der ein paar Ermittlungen anstellen will. Er heißt Burden, Inspector Burden. B.U.R.D.E.N.«

»Schon gut. Ich will ihm ja keinen Brief schreiben. Ich habe ihn aber *doch* schon mal gesehen. Was weißt denn du? Du siehst ja nichts.«

Diese im Grunde grausame Bemerkung schien Mrs. Prior eher zu amüsieren als zu ärgern. Kichernd setzte sie sich hin.

»Aber wo habe ich Sie gesehen?« sagte Percy Hammond. »Und *wann* habe ich Sie gesehen?«

»Gestern früh, drüben auf der anderen...« begann Burden, wurde aber unterbrochen.

»Ja, ja, schon gut. Merken Sie es nicht, wenn eine Frage bloß rhetorisch ist? Jetzt weiß ich auch, wer Sie sind. Sie wollten in dem Haus drüben einbrechen, dachte ich jedenfalls. Gestern früh. So etwa um zehn? Oder ein bißchen später – gegen elf? Wenn es um Uhrzeiten geht, bin ich mir nicht mehr so sicher wie früher. Aber wahrscheinlich wollten Sie nicht einbrechen, sondern *hineinschauen*.«

»Natürlich hat er nicht eingebrochen, Percy. Er ist doch *Polizist*.«

»Du bist wirklich naiv, Gladys. Ich glaube, Inspector B.U.R.-D.E.N. hat sich durch die Vorhänge hindurch unseren Mordfall beguckt.«

So konnte man es auch ausdrücken, wenn es auch etwas kaltschnäuzig klang. »Ganz richtig, Mr. Hammond. Mich würde wirklich interessieren, nicht ob Sie mich gesehen haben, sondern ob Sie irgend jemand anderen gesehen haben. Von hier oben schauen Sie sicher recht oft auf die Straße hinunter, nicht wahr?«

»Den lieben, langen Tag rührt er sich nicht vom Fenster weg«, sagte Mrs. Prior.

»Und wie ist es abends?« frage Burden.

»Zu dieser Jahreszeit ist es abends noch hell«, sagte Percy Hammond, und seine Reptilienaugen blitzten vergnügt auf.

»Da wird es erst um zehn dunkel und um vier schon wieder hell. Normalerweise lege ich mich um zehn schlafen und stehe um halb vier wieder auf. Länger kann ich in meinem Alter nicht mehr schlafen. Und wenn ich nicht im Bett bin, sitze ich am Fenster auf meinem Beobachtungsposten. Haben Sie schon einmal von Mizpa gehört?«

»Nicht direkt«, meinte Burden.

»Das ist ein Spähort über der Hochebene von Syrien. Ihr jungen Leute kennt ja leider Gottes eure Bibel nicht mehr. Dieses Fenster ist mein Mizpa.«

»Und haben Sie in den beiden vergangenen Nächten auf ihrer ... äh, Hochebene von Syrien etwas gesehen, Mr. Hammond?«

»Gestern nicht, aber die Nacht davor...«

»Kamen zwei Kater und klopften ans Tor!« krächzte Mrs. Prior und lachte.

Percy Hammond beachtete sie nicht. »Ein junger Kerl kam von Ladyhall Court heraus. Ich hatte ihn noch nie gesehen, aber ich wußte, daß er nicht dort wohnte. Ich kenne die Bewohner alle vom Sehen.«

»Wann war das denn?«

»Im Morgengrauen«, erwiderte Percy Hammond. »Um vier. Vielleicht ein bißchen später. Und dann habe ich ihn noch mal gesehen. Als er herauskam, hat er etwas getragen, so eine Art Rundfunkempfänger.«

»Rundfunkempfänger!« sagte Gladys Prior. »Ich mag ja nichts mehr sehen, aber wenigstens gehe ich mit der Zeit. Fernseher und Radio heißt das heute.«

»Er ging noch einmal hinein, und als er herauskam, hatte er wieder eine Kiste dabei. Ich konnte aber nicht sehen, was er damit dann anfing. Vielleicht hatte er seinen Wagen um die Ecke geparkt. Ich dachte mir, der macht für jemanden den

Umzug und fängt früh an, damit er fertig ist, wenn es auf den Straßen voll wird.«

»Könnten Sie ihn beschreiben, Mr. Hammond?«

»Er war jung, etwa in Ihrem Alter. Ungefähr Ihre Größe. Sah Ihnen überhaupt recht ähnlich. Es war immer noch recht dunkel, wissen Sie, es war ja vor Sonnenaufgang. Da ist alles schwarz und grau. Seine Haarfarbe könnte ich Ihnen nicht sagen...«

»Er ist eben manchmal ein bißchen verwirrt«, sagte Mrs. Prior.

»Nein, bin ich nicht, Gladys. Wie gesagt, es war so zwischen halb fünf und fünf, und ich sah ihn herauskommen und wieder hineingehen und mit diesen Kisten wieder herauskommen, ein junger Kerl, so um die Fündundzwanzig oder Dreißig, einsachtzig groß, mindestens einsachtzig.«

»Würden Sie ihn wiedererkennen?«

»Aber natürlich. Ich bin ein guter Beobachter. Es war zwar dunkel, aber ihn würde ich überall wiedererkennen.«

Percy Hammond zeigte Burden seinen normalen Gesichtsausdruck, mit dem grimmigen Blick, den heruntergezogenen Mundwinkeln, den hängenden Kinnlappen und dem intensiven Leuchten der Saurieraugen.

»Frauen, lernen Sie, sich auf der Straße klug zu verhalten«, fing der Programmtext an. »Hören Sie Experten zum Thema Selbstbewußtsein und Durchsetzungsvermögen. Im Auto, im Dunkeln auf dem Nachhauseweg, in den eigenen vier Wänden. Wie reagieren Sie, wenn Sie auf der Straße angegriffen werden? Wie schützen Sie sich, wenn Sie auf der Autobahn eine Panne haben? Wie wehren Sie einen Vergewaltiger erfolgreich ab?«

Dann folgte die Liste der Vortragenden: Chief Inspector R. Wexford von der Kriminalpolizei Kingsmarkham zum Thema

»Kriminalität auf der Straße und zu Hause«, Police Constable Oliver Adams über »Allein und sicher im Auto unterwegs«, Police Constable Clare Scott, Beraterin für vergewaltigte Frauen, über »Veränderte Verhaltensweisen bei Anzeige wegen Vergewaltigung« und Mr. Ronald Pollen, Selbstverteidigungsexperte und Träger des Schwarzen Gürtels, der einen spannenden und informativen Videofilm vorführen und über »Verteidigungstechniken« sprechen sollte. Anschließend würde sich das Expertenteam Fragen aus dem Publikum stellen. Organisation: Mrs. Susan Riding, Präsidentin der Rotarierinnen von Kingsmarkham. Vorsitzende: Mrs. Anouk Khoori.

»Hast du schon mal von dieser Anouk Khoori gehört? Komischer Name. Klingt arabisch.«

Dora wußte sofort Bescheid. »Ach, Reg, du hörst mir ja nie zu. Ich habe dir doch erzählt, daß sie beim Frauenklub einen Vortrag über Frauen in den Vereinigten Arabischen Emiraten gehalten hat.«

»Na bitte, ich hatte recht. Sie ist Araberin.«

»Sie sieht aber gar nicht so aus. Sie ist blond. Sehr attraktiv, aber ein bißchen schrill. Und steinreich, glaube ich. Ihr Mann besitzt eine große Ladenkette, Tesco oder Safeway oder wie die heißen. Nein, Crescent. Du weißt schon, die jetzt überall aus dem Boden schießen.«

»Du meinst diese Supermärkte an der Autobahn, die aussehen wie aus Tausendundeiner Nacht? Mit den Spitzbögen und den Halbmonden auf dem Dach? Was hat die denn mit Vergewaltigungen und Raubüberfällen zu tun? Will sie den Frauen etwa einreden, sie sollten den Schleier tragen?«

»Nein, sie möchte sich in der Öffentlichkeit bekannt machen, sie und ihr Mann haben dieses riesige neue Haus gebaut, da wo früher Mynford Old Hall stand. Außerdem kandidiert sie bei den Nachwahlen zum Stadtrat. Es heißt sogar, daß sie bis ins Parlament möchte, aber das geht wohl nicht, sie ist ja nicht einmal Engländerin.«

Wexford zuckte die Achseln. Er wußte es nicht, und es war ihm auch egal. Ihm graute vor der schweren Aufgabe, die ihm unmittelbar bevorstand und um die er sich gern gedrückt hätte. Auf dem Weg dorthin wollte er sich mit Burden noch kurz auf einen Drink im Olive and Dove treffen, aber dann – es ließ sich nun nicht mehr verschieben – mußte er zu den Akandes.

Das Olive hatte jetzt durchgehend geöffnet. Wenn man wollte, bekam man bereits morgens um neun einen Brandy, und eine erstaunliche Anzahl kontinentaleuropäischer Gäste wollte offensichtlich. Statt um halb drei hinauskomplimentiert zu werden, konnte man den ganzen Nachmittag und Abend hindurch bechern, bis die Bar des Olive um Mitternacht schließlich dichtmachte. Es war zehn nach elf, als Wexford dort ankam und Burden draußen an einem schattigen Plätzchen sitzen sah.

Es gab dort fast zu viele Tröge, Fässer, Vasen und Hängekörbe, aus denen Fuchsien, Geranien und andere unaussprechliche, leuchtende Blumen prächtig quollen. Doch die Pflanzen waren ohne Duft, und die Luft roch nach Autoabgasen und dem Fluß, dessen Wasser aufgrund der Trockenheit seicht, brackig und voller Algen war. Ein paar gelbe Blätter waren auf den Tisch gefallen, Vorboten des Herbstes, obwohl es jetzt im Juli noch zu früh für Herbstlaub war.

Burden hatte ein halbes Pint Adnam's in einem Krug vor sich, den sie im Olive als Humpen bezeichneten. »Das nehme ich auch«, sagte Wexford. »Nein, doch lieber ein herzhaftes Heineken. Ich muß mir ein bißchen Mut antrinken.« Burden holte es ihm und sagte dann: »Der Alte hat todsicher jemanden gesehen. Von da oben versperren einem die Bäume nämlich nicht die Sicht. Er hat den Video- und Fernsehdieb gesehen.«

»Aber nicht Annettes Mörder?«

»Nicht morgens um halb fünf, das kann nicht sein. Da war Annette ja schon seit fünf Stunden tot. Er meint, er würde ihn wiedererkennen. Andererseits behauptet er, der Mann sei etwa in meinem Alter, und dann wieder, so zwischen fünfundzwanzig und dreißig.« Burden senkte bescheiden den Blick. »Es war natürlich nicht sehr hell draußen.«

»Anzunehmen, mein lieber Dorian.«

»Sie lachen, aber falls dieser Kerl mir wirklich ähnlich sieht, haben wir doch schon mal einen Anhaltspunkt.«

»Wir suchen einen Mörder, Mike, keinen Einbrecher.« Die Sonne war inzwischen gewandert, und Wexford rückte seinen Stuhl in den Schatten. »Und wie paßt Melanie Akande in das Ganze?«

»Wir haben noch nicht nach ihrer Leiche gesucht.«

»Wo würden Sie damit anfangen, Mike? Hier auf der High Street? Im Keller des Arbeitsamtes? Falls es dort überhaupt einen Keller gibt, was ich bezweifle. Auf der Intercity-Strecke zur Victoria Station?«

»Ich habe mit den Faulenzern gesprochen, Sie wissen schon, die immer vor dem Arbeitsamt herumlungern. Es sind immer mehr oder weniger die gleichen. Was sie wohl dort hinzieht? Sie brauchen sich bloß alle vierzehn Tage zu melden, sind aber jeden Tag dort. Etwas anderes wäre es, wenn sie sich drinnen nach Arbeit erkundigen würden.«

»Tun sie vielleicht.«

»Glaube ich kaum. Das würde mich sehr wundern. Ich habe sie gefragt, ob sie das schwarze Mädchen schon mal gesehen hätten. Wissen Sie, was die gesagt haben?«

Wexford riet aufs Geratewohl: »›Keine Ahnung, kann schon sein.‹«

»Richtig, genau das haben sie gesagt. Ich sagte, sie sollten mal versuchen, sich im Geiste zum letzten Dienstag zurückzuversetzen. Ich korrigiere mich: was bei solchen Leuten als Geist gilt. Und wie das dann ablief, also der *Prozeß,* das war, als ob drei Mummelgreise sich an etwas zu erinnern versuchen. Das ging ungefähr so: ›Äh, ja, also, das war doch der Tag, wo ich, Moment, ey, also ich war hier, weil meine Mum, äh...‹ brabbel, brabbel, Kopf kratz, dann sagt einer: ›Nein, Mann, ey, total daneben, Dienstag war's, weil ich sag' doch...‹«

»Verschonen Sie mich.«

»Der Schwarze, der mit dem ganzen Kopf voller Zöpfchen, nein, verfilzte Strähnen sind das, bei dem ist es am schlimmsten, der hört sich an, als hätte er einen Dachschaden. Sie wissen ja, es gibt Alters- und Jugenddiabetes. Meinen Sie, es gibt auch so etwas wie Jugend-Alzheimer?«

»Sie wußten nichts über Melanie, stimmt's?«

»Gar nichts. Und wenn drei Saurier aus *Jurassic Park* aufgetaucht wären und ein Mädchen von der Treppe entführt hätten, die hätten nichts gemerkt. Dem Kerl mit dem Pferdeschwanz konnte ich bloß entlocken, daß er eventuell am Montag auf der anderen Straßenseite ein schwarzes Mädchen gesehen hat. Ich will Ihnen mal was sagen, wir finden keinen, der Melanie nach ihrem Besuch im Arbeitsamt gesehen hat. Den hätten wir doch sonst schon. Unser einziger Anhaltspunkt ist die Verbindung zwischen ihr und Annette Bystock.«

Die Sonne war wieder ein Stück gewandert. Wexford schob seinen Stuhl in den Schatten. »Aber wo genau liegt diese Verbindung, Mike?«

»*Genau* weiß ich auch nicht. *Genau* ist der Grund, weswegen Annette ermordet wurde, damit sie nichts mehr sagen konnte. Das ist doch offensichtlich, oder? Bevor Melanie am Dienstag nachmittag wegging, hat sie Annette etwas gesagt, und jemand hat mitgehört. Entweder das, oder sie haben ein

Treffen vereinbart, das der Mörder der beiden Mädchen um jeden Preis verhindern wollte.«

»Sie meinen jemand im Arbeitsamt hat mitgehört, einer der Angestellten?«

»Oder der Klienten«, sagte Burden.

»Aber was? Was haben sie mitgehört?«

»Keine Ahnung, das ist für uns auch nicht so wichtig. Es geht doch darum: Die- oder derjenige, der es gehört hat, bekam es mit der Angst zu tun, mehr noch, er fürchtete, sein Leben oder seine Freiheit sei dadurch bedroht. Melanie mußte sterben, und weil sie das Geheimnis preisgegeben hatte, mußte die Frau, der sie es verraten hatte, ebenfalls sterben.«

»Möchten Sie noch eins? Zum Abschied, bevor wir zu den Akandes gehen?«

»*Wir?*«

»Sie werden mich begleiten.« Wexford holte ihnen noch etwas zu trinken. Als er zurückkam, sagte er: »Wenn jemand von schrecklichen Geheimnissen spricht, brauche ich immer eine kleine Andeutung, um was es sich handeln könnte. Sie kennen mich ja, ich will immer ein Beispiel.«

Inzwischen waren sie nicht mehr allein. Ein paar andere Gäste des Olive fanden es ebenfalls angenehmer, im Freien zu sitzen. Ein amerikanischer Tourist mit einer Kamera plazierte die übrigen Mitglieder seiner Gruppe unter einem Sonnenschirm um den Tisch und fing an zu knipsen. Wexford schob seinen Stuhl ein Stückchen weiter.

»Also, dieser Mann, mit dem sie sich verabredet hatte«, hob Burden an. »Vielleicht hat sie seinen Namen Annette gegenüber erwähnt.«

»Sie wollte sich mit *noch einem* Mann treffen? Davon höre ich ja zum ersten Mal. Wer soll denn das gewesen sein, etwa ein *white slaver?*«

Burden schien recht verblüfft. »Ein was?«

»Das war vor Ihrer Zeit. Haben Sie den Ausdruck tatsächlich noch nie gehört?«

»Ich glaube nicht.«

»Der wurde wohl Anfang des Jahrhunderts verwendet, vielleicht auch noch ein bißchen später. Ein *white slaver* war ein Mädchenhändler, so eine Art Zuhälter, der Mädchen als Prostituierte ins Ausland verschickte.«

»Wieso ›white‹?«

Wexford merkte, daß er sich auf dünnem Eis bewegte. Er hob den Humpen an die Lippen und blinzelte plötzlich in ein Blitzlicht. Der Fotograf – nicht der gleiche wie vorhin – murmelte etwas, das sich wie »Danke« anhörte, und tauchte wieder ins Innere des Olive ab.

»Weil man bei Sklaven immer an Schwarze denkt. Es war kurz nach der Sklavenbefreiung im Süden der Vereinigten Staaten. Die Mädchen wurden gegen ihren Willen, also wie Sklavinnen, gefangen und im Ausland zur Sklavenarbeit gezwungen, nur eben im Bordell. Buenes Aires, hieß es allgemein, war der bevorzugte Umschlagplatz. Gehen wir? Inzwischen ist Akandes Sprechstunde sicher vorbei.«

So war es, sie trafen den Arzt zu Hause an. Er war in den letzten Tagen ziemlich gealtert. Zwar können Haare nicht durch Schock oder Angst innerhalb von ein paar Tagen ergrauen, auch wenn das aus Sensationslust immer wieder behauptet wird, und Akandes Haar war noch genauso schwarz mit grau melierten Schläfen wie am Mittwoch. Doch sein Gesicht hatte sich verändert, es war grau geworden, eingefallen und so hager, daß sich die Schädelkonturen darunter abzeichneten.

»Meine Frau arbeitet noch«, sagte er, während er sie ins Wohnzimmer führte. »Wir versuchen, ganz normal weiterzumachen. Mein Sohn hat aus Malaysia angerufen. Wir haben es ihm aber nicht gesagt, es hätte doch keinen Sinn, ihm die Reise zu verderben. Er hätte sich verpflichtet gefühlt, sofort nach Hause zu kommen.«

»Ob das eine gute Idee war?« Wexfords Blick fiel auf etwas, das er vorher noch nicht bemerkt hatte: ein gerahmtes Familienfoto auf dem Bücherregal. Es war offensichtlich im Studio aufgenommen worden, ein gestelltes, ziemlich förmliches Foto, die Kinder ganz in Weiß und Laurette Akande in einem tief ausgeschnittenen, blauen Seidenkleid und Goldschmuck; sie sah wunderschön aus, überhaupt nicht wie eine Oberschwester.

»Er hätte uns vielleicht helfen können. Womöglich hat ihm seine Schwester vor der Abreise etwas anvertraut.«

»Was denn, Mr. Wexford?«

»Daß es außer Euan Sinclair vielleicht noch einen anderen Mann in ihrem Leben gab.«

»Es gab keinen, da bin ich mir sicher.« Der Arzt setzte sich und blickte Wexford unverwandt an. Dieses beunruhigende Starren war ihm schon einmal aufgefallen, allerdings waren ihre Rollen damals vertauscht gewesen, er sozusagen der Klient und der andere der allwissende Berater. Akandes schwarze, durchdringende Augen hatten sich, als sie einander im Sprechzimmer des Arztes an dessen Schreibtisch gegenübergesessen hatten, tief in seine eigenen gebohrt. »Ich bin sicher, sie hatte nie einen anderen Freund als Euan. Das heißt, abgesehen von – ich weiß nicht recht, wie ich es sagen soll...«

»Was, Dr. Akande?«

»Meine Frau und ich... nun, wir würden es nicht gutheißen, wenn Melanie sich mit einem... äh, einem Weißen einlassen würde. Oh, ich weiß, heutzutage ändert sich ja alles, und einen Ausdruck wie ›Rassenmischung‹ benutzt man heute gar nicht mehr, und von *Heirat* war schließlich auch nie die Rede, aber trotzdem...«

Wexford konnte sich lebhaft vorstellen, daß Oberschwester Akande in diesen Dingen ebenso doktrinär dachte wie eine Dame aus dem ländlichen Großbürgertum, deren Tochter sich in einen Jamaikaner verguckt hatte. »Melanie hatte einen weißen Freund, Doktor?«

»Nein, nein, nicht direkt. Es war so, seine Schwester hat mit ihr studiert, und durch sie hat Melanie ihn kennengelernt. Sie hat uns erzählt, daß sie einmal zusammen aus waren – die Schwester war auch dabei. Ich erwähne das nur, weil er der einzige junge Mann außer Euan ist, von dem Melanie uns erzählt hat. Laurette sagte sofort, Melanie würde sich hoffentlich nicht näher mit ihm befreunden, und ich bin sicher, daß Melanie das nicht getan hat.«

Was wußte er, dieser Vater, vom Leben seiner Kinder? Was wissen Eltern überhaupt davon? »Melanie hat sich letzten Dienstag abend nicht mit Euan getroffen«, sagte Wexford. »Das wurde zweifelsfrei festgestellt.«

»Sehen Sie! Ich sagte zu meiner Frau, daß Melanie zu vernünftig sei, um sich weiter mit einem Jungen abzugeben, der sie nicht respektiert.« Akande wirkte zwar gefaßt, umklammerte die Armlehne seines Sessels jedoch so stark, daß die Knöchel an seinen Fingern weiß hervortraten.

»Haben Sie...« begann er. »Gibt es etwas Neues?«

»Wir wissen noch nichts Genaues, Sir.« Wexford las mehr aus diesem emphatischen »Sir« heraus, als sich Burden wahrscheinlich bewußt war. An der Betonung erkannte er, daß sich der Inspector rechtschaffen Mühe gab, diesen Mann genauso zu behandeln wie jeden anderen Arzt auch. Burden, der bisher sehr wenigen Schwarzen begegnet war, fühlte sich offensichtlich nicht wohl in seiner Haut, er war nicht gerade ratlos, aber nervös und unsicher, wie er sich weiter verhalten sollte. »Wir haben alles getan, um Ihre Tochter zu finden. Wir haben alles Menschenmögliche getan.«

Der Arzt fand diese Bemerkung sicher genauso bedeutungslos wie Wexford. Aufgrund seiner Kenntnisse in Psychologie, vielleicht auch seiner Erfahrungen mit Weißen, durchschaute er Burden. Wexford glaubte einen Anflug von Verachtung auf Akandes kummervollem Gesicht zu entdecken. »Was versuchen Sie mir damit zu sagen, Inspector?«

Das Verb »versuchen« mißfiel Burden. Es hatte sarkastisch geklungen. Wexford sprang etwas übereilt in die Bresche.

»Sie müssen sich auf das Schlimmste gefaßt machen, Dr. Akande.« Das kurze, bellende Lachen war in dieser Situation schockierend. Ein bloßes »Ha!«, und schon war es wieder weg, und das Gesicht des Arztes trug den gleichen bekümmerten Ausdruck wie zuvor – schlimmer noch, es wirkte verzweifelt. »Ich bin darauf gefaßt«, sagte er mit stoischer Ruhe. »Wir sind *beide* darauf gefaßt. Sie sagen mir jetzt, ich soll akzeptieren, daß Melanie tot sein muß?«

»Nicht unbedingt. Aber, doch, es ist durchaus möglich.«

Es wurde still. Akande ließ die Hände sinken und zwang sich, sie zu entspannen. Er stieß einen tiefen, schweren Seufzer aus, und zu seinem Entsetzen sah Wexford aus jedem seiner Augen eine Träne quellen. Akande schämte sich ihrer nicht. Er entfernte die Tränen mit den Zeigefingern, wischte sie sich über das Gesicht und betrachtete dann mit geneigtem Kopf seine Fingerspitzen.

Um sein Gesicht verborgen zu halten, sagte er, ohne aufzublicken, in beinahe beiläufigem Ton: »Da ist allerdings noch etwas. Seit es gestern abend im Fernsehen in den Nachrichten kam und ich es heute früh in der Morgenzeitung gelesen habe, geht es mir im Kopf herum. Die Ermordete in Ladyhall Avenue hat den gleichen Namen wie die Frau, bei der Melanie letzten Montag ihren Termin hatte: Annette Bystock. In der Zeitung stand, sie sei Beamtin, und das trifft ja wohl zu. Ist das... Zufall? Ich frage mich schon die ganze Zeit, ob es da eventuell einen Zusammenhang gibt. Um ehrlich zu sein, ich habe die ganze letzte Nacht wach gelegen und darüber nachgedacht.«

»Kannte Melanie Annette Bystock vielleicht von früher, Doktor?«

»Sicher nicht. Ich erinnere mich noch genau an ihre Worte. ›Ich muß um halb drei zu der Beraterin vom Arbeitsamt‹, sagte sie, und später sagte sie noch, ›zu einer Miss Bystock‹.«

Behutsam wandte Wexford ein, das habe der Arzt ihm aber noch nicht gesagt. Und Mrs. Akande habe es bei der bisher einzigen Gelegenheit, bei der er sie gesprochen hatte, auch nicht erwähnt.

»Kann sein. Es fiel mir wieder ein, als ich den Namen in der Zeitung las.«

Wexford hegte tiefstes Mißtrauen gegenüber Tatsachen, die den Zeugen »wieder einfielen«, wenn sie einen Namen in der Zeitung lasen. Der arme Akande bewahrte zwar die Fassung, sagte, er akzeptiere das Schlimmste, aber die Hoffnung hatte er nicht aufgegeben. Mag sein, daß Hoffnung eine Tugend ist, doch verursacht sie mehr Schmerz als die Verzweiflung, dachte Wexford. Er spielte mit dem Gedanken, den Arzt zu fragen, ob er vielleicht eine Ahnung hätte, was Melanie zu Annette Bystock gesagt haben könnte, das für beide lebensgefährlich wäre, doch dann fand er die Frage sinnlos. Natürlich wußte Akande es nicht.

Statt dessen fragte er: »Wie heißt denn der junge Mann, der Weiße, mit dem sie einmal aus war?«

»Riding. Christopher Riding. Das ist aber schon Monate her.« Während Akande sie zur Tür brachte, kämpfte er mit sich. Er wollte es nicht sagen, schließlich gab er auf und stieß mit verzerrtem Gesicht hervor: »Besteht irgendeine... besteht noch ein Funken Hoffnung, daß sie noch... am Leben ist?«

Solange wir ihre Leiche nicht gefunden haben, können wir sie nicht für tot erklären. So drückte es Wexford jedoch nicht aus. »Sagen wir, Sie müssen sich auf das Schlimmste gefaßt machen, Doktor.« Er durfte in ihm keine Hoffnungen wecken, weil er mit ziemlicher Sicherheit wußte, daß er sie ihm in ein paar Tagen würde rauben müssen.

Die Aula füllte sich allmählich; mindestens dreihundert Frauen waren es schon. Zehn Minuten vor Beginn der Versammlung strömten sie immer noch so zahlreich herein, daß die Veranstalter zusätzlich Stühle aufstellen mußten.

»Die sind aber nicht wegen uns gekommen«, flüsterte Susan Riding Wexford zu. »Bilden Sie sich das bloß nicht ein. Zu erfahren, wie man einen Vergewaltiger blendet oder verstümmelt, ist nur *ein* Teil. Nein, die sind wegen *ihr* gekommen. Um *sie* zu sehen. Es war doch eine gute Idee, sie zur Vorsitzenden zu ernennen, finden Sie nicht?«

Wexford sah über die Rednertribüne hinweg zu Anouk Khoori hinüber. Irgendwie hatte er das Gefühl, sie schon einmal gesehen zu haben, wußte aber nicht mehr, wo. Vielleicht war ihr Foto einmal in der Zeitung gewesen. Sie war ein großer Fisch in einem kleinen Teich, dachte er, und auf dem besten Weg, die First Lady von Kingsmarkham zu werden. Vermutlich legte sie es gerade darauf an. Wenn es stimmte, daß ein Großteil dieser Frauen gekommen war, um sie einmal leibhaftig zu begutachten, um zu sehen, was sie anhatte, und sie reden zu hören, dann strebten sie nicht nach dem Allerhöchsten. Sie war die Provinzausgabe jener internationalen Berühmtheiten, deren Fotos immer in die Zeitungen kommen, deren Namen jeder kennt und die mit Vorliebe zu Talkshows eingeladen werden, von denen sich aber schwer sagen läßt, was sie *tatsächlich* tun, und unmöglich zu eruieren ist, worin ihre Leistung besteht.

»Sie sieht gar nicht so aus, als ob sie aus dem Nahen Osten stammen würde«, sagte er und überlegte sogleich, ob das nun eine rassistische Bemerkung war.

Susan Riding lächelte nur. »Ihre Familie kommt aus Beirut. Anouk ist natürlich ein französischer Name. Wir haben die Khooris flüchtig kennengelernt, als wir in Kuwait waren. Als sein kleiner Neffe operiert werden mußte, hat Swithun das gemacht.«

»Und dann sind sie wegen des Golfkriegs weggezogen?«

»*Wir* sind weggezogen. Sie nicht, glaube ich. Sie haben dort ein Haus, und eins in Mentone, und eine Wohnung in New York, soviel ich weiß. Als ich erfuhr, daß sie Mynford Old Hall gekauft haben, habe ich mir ein Herz gefaßt und sie gefragt, ob sie heute abend mitmachen würde, und sie hat freundlicherweise zugesagt. Swithun ist übrigens auch hier, und er scheint heute abend der einzige Mann zu sein. Na ja, das macht ihm nichts aus, er geht mit solchen Sachen ganz locker um.«

Wexford entdeckte den Kinderarzt in der letzten Reihe. Er wirkte tatsächlich so locker und entspannt, wie seine Frau ihn beschrieben hatte. Warum legten eigentlich Frauen, wenn sie die Beine übereinanderschlugen, die Wade immer auf die Kniescheibe, während Männer den Fußknöchel auf dem Oberschenkel plazierten? Frauen taten es wohl aus Schamgefühl, doch heutzutage, wo sie ständig Hosen trugen, galt dies doch nicht mehr. Swithun Riding saß da, der Knöchel, den er mit seiner langen, eleganten Hand umfaßte, ruhte auf seinem Oberschenkel. Neben ihm saß ein Mädchen mit strohblondem Haar, das ihm so ähnlich sah, daß es seine und Susans Tochter sein mußte. Wexford erkannte sie. Das letzte Mal hatte er sie im Arbeitsamt gesehen, als sie wartete, bis sie an die Reihe käme, sich arbeitslos zu melden.

»Ihr Sohn hat es nicht über sich gebracht, seinen Vater moralisch zu unterstützen?« fragte Wexford.

»Christopher ist diese Woche gar nicht hier. Er ist mit ein paar Freunden nach Spanien gefahren.«

Soviel also zu dieser Theorie.

Von der anderen Seite des Saales war Anouk Khooris melodiöses Lachen zu hören. Ihr Gesprächspartner, ein ehemaliger Bürgermeister von Kingsmarkham, lächelte sie an und war offensichtlich bereits ganz vernarrt in sie. Sie tätschelte ihm leicht den Arm, eine entzückende, seltsam intime Geste, bevor sie an ihren Platz in der Mitte des Tisches zurückkehrte. Dort rückte sie mit der lässigen Gebärde derjenigen, die es gewohnt sind, vor Publikum zu sprechen, ihr Mikrofon zurecht.

»Ich werde Sie miteinander bekannt machen«, sagte Susan Riding.

Wexford rechnete damit, daß sie mit einem Akzent sprach, doch sie hatte keinen, nur die Satzmelodie klang leicht französisch, da sie die Stimme am Satzende hob, statt sie zu senken. »Ach, hallo, wie geht es Ihnen?« Sie behielt seine Hand einen Augenblick länger als nötig in der ihren. »Ich wußte, ich würde Sie hier treffen, ich hatte so ein Gefühl.«

Wohl kaum überraschend, dachte er, sein Name stand ja auf der Rednerliste. Ihre Augen fand er ein wenig verwirrend, sie schienen ihn abzuschätzen, ihn zu taxieren. Sie spekulierte wahrscheinlich, wie weit sie bei ihm gehen könnte, an welchem Punkt sie einen Rückzieher machen müßte. Ach, Unsinn, alles Einbildung... Ihre Augen waren tiefschwarz; bestimmt war es das, was ihn so verwirrte, diese dunklen Augen im Gegensatz zu der cremigen olivfarbenen Haut und dem hellen Haar.

»Sie werden uns bedauernswerten Geschöpfen also erzählen, wie wir uns gegen große, starke Männer wehren und schützen können?«

Ein weniger bedauernswertes Geschöpf als sie wäre kaum aufzutreiben. Sie war mindestens einsfünfundsiebzig groß, ihr Körper in dem pinkfarbenen Leinenkostüm war kräftig und sehnig, die Arme und Beine muskulös, und ihre Haut strahlte vor Gesundheit. An der Hand, die er nicht in der seinen gehalten hatte, prangte ein gigantischer Diamant, ein einziger, schlicht gefaßter Stein an einem Platinreif.

»Ich bin kein Kampfsportexperte, Mrs. Khoori«, erwiderte er. »Das überlasse ich Mr. Adams und Mr. Pollen.«

»Aber Sie werden doch reden? Ich wäre ja *so* enttäuscht, wenn Sie nichts sagen würden.«

»Nur einige kurze Worte.«

»Danach müssen wir beide uns aber unterhalten. Ich mache mir Sorgen, Mr. Wexford, ich mache mir ernstlich Sorgen über das, was in unserem Lande vor sich geht. Es werden Kinder ermordet, arme junge Mädchen überfallen, vergewaltigt, und noch Schlimmeres. Deshalb bin ich heute hier, damit sich... nun, damit dieser Strom des Unheils sich wendet. Ein jeder von uns, wir alle sollten doch unseren Teil dazu beitragen, denken Sie nicht?«

Er fragte sich, was sie mit »uns« meinte. Wie lang lebte sie eigentlich schon hier? Zwei Jahre? Er überlegte, ob er vielleicht unfair war, ihren Anspruch auf Engländertum ablehnte, während er den von Akande akzeptierte. Ihr Gatte war ein arabischer Multimillionär... Es blieb ihm erspart, auf ihre zwar ernstgemeinten, doch seltsam vagen Bemerkungen antworten zu müssen, denn Susan Riding flüsterte: »Anouk, wir können anfangen.«

Voller Selbstsicherheit stand Anouk Khoori da und sah in ihr Publikum. Sie wartete ab, bis es still war, absolut still, hob dann die Hände empor, so daß der riesige Ring im Licht funkelte, und wandte sich an ihre Zuhörerinnen.

Falls ihn jemand eine Stunde später um die Zusammmenfassung ihrer Rede gebeten hätte, hätte er sich an keines ihrer Worte erinnern können. Gleichzeitig wußte er, daß sie über jene großartige Gabe verfügte, auf der der Erfolg so vieler Politiker beruht – die Kunst, in einer langen Rede, einer fließenden Abfolge vielsilbiger Modewörter, absolut gar nichts zu sagen, voller Selbstvertrauen und in ausgefeilten, wohlklingenden Phrasen sinnlos daherzuschwafeln. Bisweilen legte sie eine Kunstpause ein, lächelte gelegentlich, schüttelte einmal den Kopf, hob ein andermal leidenschaftlich die Stimme. Als er schon dachte, sie würde noch eine halbe Stunde so weiterreden und nur mit brutaler Gewalt zum Einhalten gebracht werden können, da hörte sie auf, bedankte sich bei ihren Zuhörerinnen und wandte sich huldvoll ihm zu, um ihn vorzustellen.

Sie wußte eine ganze Menge über ihn. Eher amüsiert als verärgert hörte Wexford zu, wie sein gesamter Lebenslauf heruntergebetet wurde. Woher wußte sie eigentlich, daß er einst in Brighton auf Streife gegangen war? Und wie hatte sie herausgefunden, daß er zwei Töchter hatte?

Er erhob sich, um zu den Frauen zu sprechen. Er riet ihnen eindringlich, in der Öffentlichkeit vorsichtig zu sein, riet ihnen aber auch, kritisch abzuwägen, was sie über Kriminalität auf der Straße hörten und lasen. Mit einem etwas ungehaltenen Seitenblick auf den Reporter vom *Kingsmarkham Courier*, der in der ersten Reihe saß und sich Notizen machte, sagte er, an der Verbrechenshysterie im Lande sei hauptsächlich die

Presse schuld. Als Beispiel nannte er einen kürzlich erschienenen Bericht über Rentner in Myfleet, die sich nicht mehr aus dem Haus trauten aus Furcht vor einem Straßenräuber, der im Dorf umgehen und für eine Reihe von Überfällen auf Frauen und ältere Leute verantwortlich sein sollte. In Wirklichkeit hatte jemand einer alten Dame abends um elf auf dem Nachhauseweg von der Bushaltestelle die Handtasche weggerissen, nachdem er sie zuvor nach dem Weg gefragt hatte. Sie sollten vernünftig sein, keine Risiken eingehen, aber auch nicht paranoid werden. In den ländlichen Gegenden dieses Polizeidistrikts lag die Wahrscheinlichkeit, daß eine Frau auf der Straße angegriffen werden würde, bei eins zu neunundneunzig, daran sollten sie immer denken.

Anschließend sprachen Oliver Adams und Ronald Pollen. Es wurde ein Videofilm gezeigt, in dem zwei Schauspieler eine Konfliktsituation zwischen einer jungen Frau und einem maskierten Mann simulierten. Nachdem der Angreifer sie von hinten gepackt hatte und an Taille und Hals festhielt, führte die Schauspielerin vor, wie sie dem Mann mit ihrem hohen Absatz an der Wade entlangfuhr und ihn ihm dann in die Fußsohle bohrte. Zustimmendes Gejohle und Applaus erschollen im Publikum. Alle zuckten ein wenig zusammen, als gezeigt wurde, wie man einem Angreifer die Daumen in die Augenhöhlen drückt, doch aus erschrockener Atemlosigkeit wurden bald erleichterte Seufzer. Der ganze Saal, stellte Wexford fest, amüsierte sich großartig. Die Stimmung wurde etwas gedrückt, als Police Constable Clare Scott anfing, über das Thema Vergewaltigung zu sprechen.

Wie viele dieser Frauen würden bei einer Vergewaltigung Anzeige erstatten? Vielleicht die Hälfte. Früher waren es nicht mehr als zehn Prozent gewesen.

Die Zeiten hatten sich zwar gebessert, aber Wexford fragte

sich, ob die Fotos der gemütlichen »Suite« im neuen Beratungszentrum in Stowerton, die jetzt auf der Leinwand erschienen, den Frauen Mut machen würden, sich offen über das einzige Verbrechen zu äußern, bei dem die Behörden die Opfer meist schlechter behandelten als die Täter.

Dann klatschten alle Beifall und notierten die Fragen, die sie den vier Vortragenden stellen wollten. In dem Meer von Gesichtern entdeckte er Edwina Harris und etwa zehn Sitze weiter Wendy Stowlap. Noch eine Viertelstunde, überlegte er, dann könnte er nach Hause gehen. Auf gar keinen Fall würde er sich mit Anouk Khoori auf einen Schwatz über die Flut von Verbrechen und das gefährliche England einlassen.

Die erste Frage war an Police Constable Adams gerichtet. Angenommen, man hatte auf der Autobahn eine Panne und besaß kein Autotelefon, und ein Notruftelefon gab es auch nicht? Was sollte man tun? Nachdem Adams die Frage so gut er konnte beantwortet hatte, wurde Police Constable Scott, zuständig für Vergewaltigung, von einer offensichtlich Betroffenen eine komplizierte Frage zu »Vergewaltigung bei Verabredungen« gestellt. Clare Scott tat ihr Bestes, um eine befriedigende Antwort auf die eigentlich nicht beantwortbare Frage zu geben, woraufhin Mrs. Khoori den nächsten Zettel auseinanderfaltete und an sie weiterreichte. Sie las ihn, zuckte die Schultern und gab ihn nach kurzem Zögern Wexford.

Er las die Frage laut vor: »Was soll ich tun, wenn ich weiß, daß in meiner Familie ein Vergewaltiger ist?«

Plötzlich wurde es still. Die Frauen hatten miteinander geflüstert, hinten packten einige bereits ihre Sachen ein und wandten sich zum Gehen. Doch nun hielt alles den Atem an. Wexford sah Doras Gesicht neben Jenny in der zweiten Reihe. Er sagte: »Die offensichtliche Antwort lautet: Gehen Sie zur Polizei. Aber das wissen Sie ja sowieso.« Er zögerte und sagte dann nachdrücklich: »Ich würde gern wissen, ob das eine rein rhetorische Frage ist, oder ob die Zuhörerin, die sie gestellt hat, einen persönlichen Grund für die Frage hat.«

Stille. Sie wurde von drei Frauen aus der letzten Reihe gebrochen, die hinausgingen. Dann bekam jemand einen Hustenanfall. Wexford ließ nicht locker.

»Man hat Ihnen zugesichert, daß Ihre Anonymität gewahrt bleibt, trotzdem wüßte ich gern, wer diese Frage gestellt hat. Hinter diesem Podium befindet sich eine Tür mit der Aufschrift ›Privat‹. Police Constable Scott und ich werden nach der Veranstaltung eine halbe Stunde lang in diesem Raum sitzen. Sie brauchen nur nach hinten zu gehen und zu klopfen. Ich hoffe sehr, daß Sie es tun.«

Danach gab es keine weiteren Fragen mehr. Die jüngste Schülerin der Gesamtschule von Kingsmarkham kam ans Podium und überreichte Mrs. Khoori einen Strauß Nelken. Sie bedankte sich überschwenglich und beugte sich nach vorn, um das Kind zu küssen. Der Saal leerte sich nach und nach, einige Zuhörerinnen blieben noch in Grüppchen stehen und sprachen über das, was diskutiert worden war.

Obwohl im Saal Rauchverbot herrschte, war Anouk Khoori offensichtlich nicht in der Lage, auch nur eine Minute länger auf ihre Zigarette zu warten. Als Wexford sah, wie sie die Kingsize an die Lippen führte und mit dem Feuerzeug anzündete, fiel ihm wieder ein, wer sie war. Er erkannte sie. Damals, ungeschminkt und im Trainingsanzug, hatte sie völlig anders ausgesehen, doch es war zweifellos die Frau aus dem Gesundheitszentrum, die Dr. Akande wegen der Krankheit ihrer Köchin aufgesucht hatte.

Er ging hinaus auf den Parkplatz und sah, wie Susan Riding in einen Range Rover stieg und Wendy Stowlap ihren Schulterbeutel in den Kofferraum eines winzigen Fiat warf, dann trat er durch die Seitentür wieder in das Hinterzimmer, das als Abstellkammer für Stühle und Klapptische diente. Clare Scott stellte zwei Klappstühle auf, und sie nahmen Platz. Eine Wanduhr mit großem Zifferblatt zeigte laut tickend an, daß es fünf nach zehn war. Er unterhielt sich mit Clare über das moralische Dilemma, Familienangehörige zu verraten, um größeren Schaden abzuwenden. Sollte man aus Loyalität immer schweigen, sollte man auf keinen Fall schweigen, gab es Ausnahmesituationen? Sie waren sich darin einig, daß Vergewaltigung ein abscheuliches Verbrechen ist. Vielleicht sollte man den Täter nur verraten, falls ein Gewaltverbrechen vorlag. Die eigene Frau würde man doch nicht wegen Ladendiebstahls anzeigen, oder? Die Zeit verging, ohne daß jemand an die Tür klopfte. Sie warteten noch fünf Minuten, doch als sie den Raum um zwanzig vor elf verließen, war der Saal menschenleer. Auch draußen war niemand mehr. Das Gebäude war verlassen.

7

Sein Gesicht blickte ihm von der ersten Seite der Sonntagszeitung entgegen, einer sogenannten »anspruchsvollen« Sonntagszeitung. Und nicht nur sein Gesicht. Das Foto zeigte ihn, wie er mit Burden an einem Tisch vor dem Olive and Dove saß, wobei von Burden nicht viel zu sehen war. Nur wer ihn gut kannte, würde auf Burden tippen. Wexford selbst war dagegen hervorragend zu erkennen. Er lächelte... nun, um die Wahrheit zu sagen, er lachte und hob dabei den randvollen Humpen Heineken an die Lippen. Falls doch noch jemand Zweifel haben sollte, lautete die Bildüberschrift: *Wexford jagt Annettes Killer*, und darunter war zu lesen: *Der Chief Inspector, der im Mordfall von Kingsmarkham ermittelt, hat Zeit für ein Bier.*

Dabei hatte es keinen einzigen Augenblick gegeben, erinnerte er sich bitter, in dem er sich nicht mit Annette Bystock und ihrem Tod befaßt hatte. Doch wem könnte er das sagen, ohne daß es gleich wie eine absurde Rechtfertigung klang? Ihm blieb nichts anderes übrig, als vorzugeben, es sei ihm egal, und glücklicherweise kaufte der Deputy Chief Constable ja die *Mail on Sunday*.

Die Ankunft von Sylvia samt Mann und Kindern machte die Sache auch nicht besser. Seine Tochter hatte vergessen, welche Zeitung er bezog, und ihm ihr eigenes Exemplar des frevlerischen Blattes mitgebracht, um es ihm zu zeigen, in der Annahme, das »würde er doch sicher sehen wollen«. Die geballte Redekunst ihrer Mutter und ihres Gatten konnte sie nicht davon überzeugen, daß in der Bildunterschrift eine gewisse

Ironie lag. Sie fand das Foto »nett«, seit Jahren habe sie keine bessere Aufnahme von ihrem Vater gesehen, und ob er meine, die Zeitung würde ihr einen Abzug davon schicken?

Beim Mittagessen beherrschte Sylvia die Unterhaltung. Sie hatte sich inzwischen zu einer wahren Expertin auf dem Gebiet der sozialen Fürsorge entwickelt, die die Regierung ihren arbeitslosen Bürgerinnen und Bürgern und deren Angehörigen angedeihen ließ. Wexford und Dora mußten sich einen Vortrag zum Thema Arbeitslosenunterstützung und Leistungsberechtigung anhören, über den Unterschied zwischen ersterer und Unterhaltszahlungen, über die Vorzüge einer Einrichtung namens »Jobclub«, in den einzutreten sie für Neil alle Hebel in Bewegung setzte.

»Dort liegen sämtliche wichtigen Zeitungen aus, und man kann kostenlos das Telefon benutzen, was ja auch ein wesentlicher Aspekt ist. Außerdem stellen sie einem Briefumschläge und Marken zur Verfügung.«

»Klingt ja toll«, sagte ihr Vater säuerlich. »Mich hat einmal jemand in den Garrick-Club zum Lunch mitgenommen, dort gab es aber keine kostenlosen Briefmarken.«

Sylvia ignorierte ihn. »Wenn er noch drei Monate arbeitslos ist, kann er an einem Fortbildungskurs teilnehmen. Vielleicht am besten an einer UB...«

»Einer *was?*«

»Umschulung mit Betriebspraktikum. Ich habe mir schon überlegt, ob ich vielleicht einen Computerkurs mache. Robin, bist du mal so lieb und holst mir die Broschüren aus meiner Handtasche, bitte?«

»*Nitschewo*«, sagte Robin.

Außerstande, den Anblick der langweiligsten Broschüren aller Zeiten noch einmal über sich ergehen zu lassen, entschuldigte sich Wexford und suchte im Wohnzimmer Zuflucht. Im

Fernsehen kam fast nur Sport, und er traute sich nicht, die Nachrichten einzuschalten, falls sein eigenes Bild mysteriöserweise den Weg auf die Mattscheibe gefunden hatte. Er litt sicher unter Verfolgungswahn, wußte aber nicht, wie er ihn überwinden sollte. Er verstieg sich sogar zu der Vermutung, es könnte sich um die Rache eines Journalisten handeln, weil er am Vorabend behauptet hatte, die Presse schüre die Angst der Leute vor Gewalt.

Die Geschichte nagte immer noch an ihm, wenn auch weniger stark, als er am nächsten Morgen in aller Frühe sein Büro betrat. Die Berichte seiner Mitarbeiter erwarteten ihn bereits auf seinem Schreibtisch, und niemand würde über das Foto ein Wort verlieren. Burden hatte es gesehen. Nicht er, sondern Jenny hatte die besagte Zeitung abonniert.

»Komisch, wie man sich an manches gewöhnt«, sagte Wexford. »Ich meine, wie die Zeit alle Wunden heilt. Heute geht mir die Sache schon nicht mehr so nahe wie gestern, und morgen wird sie mir nicht mehr so nahegehen wie heute. Das Leben wäre viel einfacher, wenn wir nach dieser Devise leben könnten, anstatt diese Erfahrung immer wieder von vorne zu machen; wenn uns bewußt wäre, daß es uns nach ein paar Tagen nichts mehr ausmacht, nicht wahr?«

»Hm. Jeder Mensch ist eben, wie er ist, und damit hat es sich. Man kann seinen Charakter nicht ändern.«

»Was für eine deprimierende Philosophie!« Wexford begann die Berichte durchzusehen. »Jane Winster, die Cousine, hat die Leiche identifiziert. Eine reine Formsache. Heute oder morgen früh müßten wir eigentlich etwas vom alten Tremlett kriegen. Vine hat Mrs. Winster in ihrer Wohnung in Pomfret befragt, scheint aber nicht viel erfahren zu haben. Die beiden standen sich nicht sehr nahe. Soweit sie wußte, gab es in Annettes

Leben keine Männer, und seltsamerweise hatte sie auch keine gute Freundin. Was für ein einsames Leben! Ingrid Pamber war anscheinend der einzige Mensch, mit dem sie näher befreundet war.«

»Ja, aber ob diese Winster darüber Bescheid wußte? Sie hat Annette ja seit April nicht mehr gesehen. Das wäre noch verständlich, wenn sie, sagen wir, in Schottland wohnen würde, aber sie wohnt in *Pomfret*, ganze drei Meilen von hier. Die konnten sich bestimmt nicht besonders leiden.«

»Mrs. Winster behauptet – ich zitiere – ›Ich mußte mich um meine eigene Familie kümmern‹. Sie haben ab und zu miteinander telefoniert. Annette fuhr Weihnachten immer zu ihnen und war anscheinend auch zum zwanzigsten Hochzeitstag eingeladen. Trotzdem, wie Sie sagen, das Verhältnis schien reserviert.« Er arbeitete die Seiten durch und hielt ab und zu inne, um sich etwas noch einmal durchzulesen. »Bei dieser Mrs. Harris war er auch, wir hatten damals mit ihr gesprochen – erinnern Sie sich? Edwina Harris, die Nachbarin von oben? Sie hat in der Nacht nichts gehört, allerdings gibt sie zu, daß sie und ihr Mann einen festen Schlaf haben. Außerdem behauptet sie steif und fest, Annette habe nie Besuch von Freunden gehabt, sei nie in Begleitung aus dem Haus gegangen oder zurückgekommen.

Keiner der beiden Leiter der Leistungsabteilung, also Niall Clarke und Valerie Parker, scheint etwas über Annettes Privatleben zu wissen. Peter Stanton – das ist der andere Berater für die Erstantragsteller, der aussieht wie der junge Sean Connery – ist Pemberton gegenüber richtig gesprächig geworden und hat ihm erzählt, er sei mit Annette ein paarmal abends ausgegangen. Aber dann habe Cyril Leyton ihm gesagt, das ginge nicht. Er dulde nicht, daß Mitarbeiter ›intime Beziehungen‹ miteinander eingingen.«

»Und das hat Stanton akzeptiert?«

»Scheint ihm nichts ausgemacht zu haben. Zu Pemberton sagte er, sie hätten sowieso nicht viel Gemeinsamkeiten gehabt, was immer das heißen mag. Hayley Gordon, das ist die junge Blonde in der Verwaltung, kannte Annette kaum, weil sie erst seit einem Monat dort arbeitet. Karen hat mit Osman Messaoud und Wendy Stowlap gesprochen. Messaoud war sehr nervös. Er ist zwar hier im Lande geboren und aufgewachsen, fühlt sich aber in Gegenwart von Frauen unsicher. Er sagte zu Karen, er wolle sich nicht von einer Frau befragen lassen, sondern verlange – ich zitiere wieder – ›einen mänlichen Polizisten‹. Wenn Karen von ihm etwas über eine Frau wissen wollte, also über Annette, würde seine Frau mißtrauisch werden, meinte er. Er schien jedenfalls nichts über Annettes Leben außerhalb des Arbeitsamtes zu wissen.

Abgesehen von Ingrid Pamber ist Wendy Stowlap anscheinend die einzige Kollegin, die sonst noch in Annettes Wohnung war. Sie wohnt nicht weit von ihr, in Queens Gardens. Einmal mußte sie an einem Sonntag ein Dokument beglaubigen lassen – sie hat nicht gesagt, welche Art von Dokument –, und weil sie wohl nicht wollte, daß die Nachbarn davon erfahren, ging sie damit zu Annette. Annette schaute sich gerade einen Videofilm an und erzählte Wendy, sie habe sich kürzlich einen neuen Videorecorder gekauft, einen mit Kodierungssystem. Das war vor etwa sechs oder sieben Monaten. Diese weitschweifige Geschichte beweist nur, daß sie tatsächlich einen Videorecorder besaß. Jetzt wollen wir mal sehen, was Barry über Ingrid Pamber zu sagen hat...«

In diesem Moment kam Detective Sergeant Vine ins Zimmer. Obwohl er nicht gerade winzig war, wirkte er neben Wexford klein, und auch Burden überragte ihn um einiges. Vine besaß eine außergewöhnliche Kombination aus rötlichem Haupthaar und dunklem Schnurrbart. An Barry Vines Stelle, hatte Wexford oft überlegt, würde er sich den Schnurrbart abrasieren. Doch Vine – obwohl er nie ein Wort darüber verlor – schien dieser zweifarbige Effekt zu gefallen, wahrscheinlich fand er, er verleihe ihm ein distinguiertes Aussehen. Der Detective Sergeant war scharfsinnig, aufmerksam und pfiffig, ein Mann mit einem erstaunlichen Gedächtnis, das er mit allen Arten von mehr oder weniger nützlichen Informationen vollstopfte.

»Haben Sie sich meinen Bericht schon angesehen, Sir?«

»Ich bin gerade dabei, Barry. Diese Ingrid war tatsächlich Annettes einzige Freundin, stimmt's?«

»Nicht ganz. Was ist mit dem verheirateten Mann?«

»Welcher verheiratete Mann? Ah... Moment mal. Ingrid Pamber sagte Ihnen, Annette hätte ihr anvertraut, sie habe während der letzten *neun Jahre* ein Verhältnis mit einem verheirateten Mann gehabt?«

»So ist es.«

»Wieso hat sie mir das am Freitag nicht erzählt?«

Vine ließ sich auf der Schreibtischkante nieder. »Sie sagte, sie habe die ganze Nacht wachgelegen und überlegt, was sie nun tun solle. Sie hatte Annette nämlich hoch und heilig versprochen, es niemandem zu erzählen.«

Der Mann, der im Arbeitsamt angerufen hatte, dachte Wexford, der Mann, von dem Ingrid behauptet hatte, es sei ein Nachbar gewesen. »Schon gut. Ich bin im Bilde. Ersparen Sie uns die mädchenhaften Gewissensbisse.«

Vine grinste. »Ich habe ihr das Übliche serviert: Annette sei doch tot, der Tod entbinde einen von Versprechen, und ob sie uns denn nicht helfen wolle, den Mörder zu finden. Sie hat ein wenig erzählt, aber dann meinte sie, sie würde es lieber Ihnen sagen. Das heißt, sie würde es *nur* Ihnen sagen.«

»Wirklich? Was habe ich denn, was Sie nicht haben, Barry? Muß das Alter sein.« Wexford überspielte eine leichte Verlegenheit, indem er so tat, als lese er in dem Bericht. »Na, dann machen wir ihr doch die Freude!«

»Dachte ich mir schon, daß Sie das sagen. Ich habe sie gefragt, ob sie im Arbeitsamt zu sprechen wäre, aber dort ist sie nicht. Sie hat ab heute zwei Wochen Urlaub, und weil sie und ihr Freund es sich nicht leisten können wegzufahren, bleibt sie zu Hause.«

Burden stieg über das gelbe Plastikband, mit dem der Tatort abgesperrt war, schloß die Wohnungstür auf und ging hinein. Vom Wohnzimmer aus durchschritt er nacheinander sämtliche Räume, untersuchte jeden Gegenstand eingehend, sah aus dem Fenster auf das rotbraune Laub der Bäume, die asphaltierte Einfahrt und die Backsteinwand des Nachbarhauses. Er nahm die wenigen Bücher aus dem Regal und schüttelte sie aus, für den Fall, daß irgendwelche losen Blätter hineingelegt worden waren, suchte aber nichts Bestimmtes. Im Wohnzimmer besah er sich Annette Bystocks Musiksammlung, die in einem Fach des Bücherregals untergebracht war, die CDs für den fehlenden CD-Spieler und die Kassetten für den fehlenden Radiorecorder.

Ihr Geschmack ging in Richtung populäre Klassik und Country-music. *Eine Kleine Nachtmusik*, Bachs *h-Moll-Messe*, die seines Wissens ein klassischer Bestseller war, die Höhepunkte aus *Porgy and Bess*, die komplette Oper *Carmen Jones*, die *Mondscheinsonate* von Beethoven, das Natalie-Cole-Album *Unforgettable*, Michelle Wright, k. d. lang, Patsy Cline... Da Wexfords vorwurfsvoller Blick ihn nicht behinderte, fiel Burden sofort auf, daß Natalie Cole eine Schwarze war und sowohl *Porgy and Bess* als auch *Carmen Jones* Opern waren, in denen es um Schwarze ging. Hatte das etwas zu bedeuten?

Er versuchte, irgendeine Verbindung zwischen Annette und Melanie Akande herzustellen. In der Wohnung gab es keinen Schreibtisch. Der Frisiertisch am Schlafzimmerfenster hatte als Schreibtisch gedient. Ihren Paß hatte man mitgenommen. Burden sah die übrigen Papiere in der Schublade an, die in einer dieser durchsichtigen Plastikmappen aufbewahrt waren. Zeugnisse über Annettes mittleren und höheren Schulabschluß, ein Zeugnis oder Diplom besagte, daß sie das Studium der Betriebswirtschaft am Polytechnikum von Myringham erfolgreich abgeschlossen hatte. Dort hatte auch Melanie Akande studiert, allerdings hieß es jetzt Myringham University. Burden sah auf das Datum – 1976. 1976 war Melanie erst drei gewesen. Trotzdem gab es da vielleicht einen Zusammenhang...

Edwina Harris hatte ihnen erzählt, daß Annette möglicherweise einmal verheiratet gewesen war. In der obersten Schublade lag keine Heiratsurkunde. Burden versuchte es in der untersten und fand Scheidungspapiere, die die Auflösung der Ehe zwischen Annette Rosemary Colgate, geborene Bystock, und Stephen Henry Colgate bestätigten. Die Scheidung wurde am 29. Juni 1985 rechtsgültig.

Keine Briefe. Er hatte gehofft, Briefe zu finden. Ein brauner Umschlag in Postkartenformat enthielt das Foto eines Mannes mit hoher Stirn und dunklem, lockigem Haar. Darunter lag ein Stapel von Bedienungsanleitungen, in denen die Käufer erfuhren, wie man mit einem Panasonic-Videorecorder und einem Akai-CD-Spieler umgeht. Die mittlere Schublade enthielt Unterwäsche. Burden hatte sich ihre Garderobe bereits am Freitag genau angesehen, als er mit Wexford hier gewesen war. Sie bestand aus schlichten, langweiligen Kleidern, die Art Kleider, die eine Frau wählt, wenn sie sich nicht viele leisten kann und daher auf Wärme und Bequemlichkeit statt auf modischen Stil achtet. Die Unterwäsche überraschte ihn daher.

Burden hätte sie nicht direkt als unanständig bezeichnet. Es waren keine BHs mit raffinierten Löchern oder Höschen mit geschlitztem Zwickel dabei. Aber die ganze Wäsche – Reizwäsche sagte man wohl dazu – war entweder schwarz oder rot und überwiegend durchsichtig. Es gab zwei Strumpfgürtel, einen schwarzen und einen roten, ein paar ganz normale Büstenhalter und schwarze Büstenheben, eine davon trägerlos, ein Ding aus rotem Satin mit Spitzen, das er Korselett nannte, das Jenny aber als »Bustier« bezeichnet hätte, mehrere schwarze Strumpfhosen, einfache und Netz- und Spitzenstrumpfhosen, rote und schwarze Tangas und eine Art Bodystocking aus schwarzer Spitze.

Hatte sie dieses Zeug etwa unter den Jeans, den Pullis und dem hellbraunen Regenmantel getragen?

Statt sich, wie die Meteorologen vorhergesagt hatten, aufzuklären, verdünnte sich der Sommerdunst und verwandelte sich in Regen. Ein grauer Nieselregen setzte ein und kühlte allmählich alles ab. Vine saß am Steuer und erging sich in Mutmaßungen darüber, weshalb der Regen in England immer kalt ist, in anderen Teilen der Welt dagegen warm, und weshalb sich – und das fand er besonders betrüblich – die Luft danach nicht wie anderswo wieder erwärmte.

»Vielleicht hat es damit zu tun, daß England eine Insel ist«, sagte Wexford zerstreut.

»Malta ist auch eine Insel. Als ich letztes Jahr dort im Urlaub war, hat es geregnet, aber danach kam die Sonne wieder heraus, und fünf Minuten später waren wir trocken. Haben Sie gestern Ihr Bild in der Zeitung gesehen?«

»Ja.«

»Ich habe es extra ausgeschnitten, weil ich es Ihnen zeigen wollte, aber anscheinend habe ich es verlegt.«

»Gut.«

Vine sagte nichts mehr. Schweigend fuhren sie in die Glebe Lane, wo Ingrid Pamber mit ihrem Freund Jeremy Lang zwei Zimmer über einem Garagengebäude bewohnte. Vine äußerte die Vermutung, nachdem es ihr erster Urlaubstag und erst zehn vor zehn morgens war, würde sie bestimmt noch im Bett liegen.

Es war eines der reizloseren Viertel von Kingsmarkham. Das einzig Schöne daran war, daß sich jenseits der schäbigen, gedrungenen Gebäude und öden Flächen baumbestandene Hügel erhoben, hinter denen sich eine weitläufige, bergige Landschaft erstreckte. In der Gegend gab es auch ein paar Industrie- und Handelsbetriebe, einige der Häuschen waren zu Läden umgewandelt worden, in den meisten Gebäuden waren nun kleine Fabriken oder Werkstätten untergebracht. Aus Gärten waren Betriebshöfe geworden, vollgestellt mit gebrauchten Autos, Schrott, Ölfässern und undefinierbaren Metallteilen.

Ein Garagentor war schwarz, das andere grün gestrichen. An der Seite befand sich die Haustür zu der oberen Wohnung, die man über einen schmalen Durchgang zwischen Maschendrahtzäunen erreichte. Es gab kein Vordach, das Schutz vor Regen bot.

Nach geraumer Zeit, während derer aus dem oberen Stockwerk Türenknallen und das Knarren von Bodendielen zu hören waren, trampelten Füße die Treppe herunter, und die Tür wurde von einem jungen Mann mit wirrem, schwarzem Haar geöffnet, der außer einer Brille mit schwarzer Fassung und einem um die Taille geschlungenen Badetuch nichts anhatte.

»Oh, Entschuldigung«, sagte er bei ihrem Anblick. »Ich dachte, es wäre der Postbote. Ich erwarte nämlich ein Päckchen.«

»Kriminalpolizei Kingsmarkham«, sagte Wexford ungewöhnlich schroff. »Wir möchten Miss Pamber sprechen.«
»Alles klar. Kommen Sie doch rauf.«
Er war ziemlich klein, etwa einsfünfundsechzig, und relativ zierlich. Das Mädchen lag, wie Vine vorausgesagt hatte, zweifellos noch im Bett. Vertrauensselig machte er die Tür hinter ihnen zu.
»Sind Sie Mr. Lang?«
»Genau, aber die meisten Leuten nennen mich Jerry.«
»Mr. Lang, ist es bei Ihnen so üblich, daß Sie Fremde unbesehen in Ihre Wohnung lassen?«
Jeremy Lang starrte Wexford verblüfft an und hielt ihm das rechte Ohr hin, als habe er zu leise oder in einer fremden Sprache mit ihm gesprochen. »Sie haben doch gesagt, Sie seien von der Polizei.«
Weder Wexford noch Vine gaben darauf eine Antwort, sondern zogen ihre Dienstausweise hervor und hielten sie Lang unter die Nase. Der nickte grinsend und ging nach oben, wobei er ihnen ein Zeichen machte, ihm zu folgen. Plötzlich rief er lauthals: »He, Ing, stehst du mal auf? Die Bullen sind da.«
Im oberen Stockwerk bot sich ein überraschender Anblick. Wexford wußte nicht genau, was er erwartet hatte, jedenfalls nicht dieses hübsch eingerichtete, saubere Zimmer mit dem großen gelben Sofa, den blauen und gelben Bodenkissen, die auf einem bunten Flickenteppich lagen, mit Wänden, die unter üppig drapierten Stoffbahnen, Plakaten und einem riesigen, ausgebleichten Wandbehang verschwanden. Obwohl die Sachen offenbar entweder aus dem elterlichen Fundus stammten oder sehr billig erstanden worden waren, fügte sich das Ganze zu einem harmonischen und gemütlichen Heim zusammen. Auf dem Fußboden zwischen den beiden Fenstern stand ein gelb gestrichener Holztrog mit Zimmerpflanzen.

Die Tür zum Schlafzimmer öffnete sich, und Ingrid Pamber trat ein. Auch sie war noch nicht angezogen, wirkte jedoch keinesfalls schlampig, und man sah ihr nicht an, daß sie gerade erst aufgestanden war. Sie trug einen etwa knielangen weißen Morgenrock mit Lochstickerei. Ihre kleinen, wohlgeformten Füße waren nackt. Am Freitag, als Wexford mit ihr gesprochen hatte, war das seidige schwarze Haar von einer Spange zusammengehalten worden, nun trug sie einen roten Haarreif. Ungeschminkt wirkte ihr Gesicht noch hübscher, die Haut schimmerte, und das Blau ihrer Augen war betörend.

»Ach, hallo, Sie sind's«, sagte sie zu Wexford, offensichtlich erfreut, ihn zu sehen. Vine warf sie ein freundliches Lächeln zu. »Möchten Sie einen Kaffee? Wenn ich ihn ganz lieb bitte, macht Jerry uns bestimmt welchen.«

»Dann bitte mich mal ganz lieb«, sagte Jeremy Lang.

Sie gab ihm einen Kuß. Einen hocherotischen Kuß, dachte Wexford, obwohl sie ihn mitten auf die Wange plazierte und die Lippen dabei geschlossen hielt. Der Kuß klang nach, sie löste ihren Mund von seiner Wange und flüsterte: »Mach uns Kaffee, Liebling, bitte, bitte. Und danach will ich ein riesiges Frühstück mit zwei Eiern und Speck und Würstchen, falls welche da sind, und – und Bratkartoffeln. Das machst du mir doch, mein Schatz, ja? Bitte, bitte, hmmm?«

Vine räusperte sich eher verärgert als verlegen. Ingrid setzte sich auf eines der Kissen am Boden und sah verträumt zu ihnen hoch. Hier in ihrem eigenen Revier, fand Wexford, war sie Herrin der Lage und viel selbstsicherer.

»Ihm habe ich schon ein bißchen erzählt«, sagte sie und sah dabei Vine an. »Aber das Wichtigste habe ich für Sie aufgehoben. Es ist wirklich eine sagenhafte Geschichte.«

»Na, dann los«, sagte Wexford, und wie weiland Cocteau zu Diaghilew meinte er: »Frappieren Sie mich.«

»Ich habe es noch nie jemandem erzählt, wissen Sie. Nicht mal Jerry. Ich finde, was man versprochen hat, muß man auch halten, meinen Sie nicht?«

»Sicher«, erwiderte Wexford. »Aber nicht übers Grab hinaus.«

Offensichtlich genoß Ingrid Pamber diese Art von Unterhaltung.

»Ja, aber wenn man jemandem ein Versprechen gibt, und derjenige stirbt, dann wäre es doch unrecht, das Versprechen nicht zu halten und es den Kindern zu sagen, oder nicht? Wenn es Konsequenzen für die Kinder hat? Was ich sagen will, es könnte ja etwas sein, was die Kinder betrifft, was ihr Leben zerstören könnte.«

»Lassen wir die moralischen Aspekte einmal beiseite, Miss Pamber. Annette Bystock hatte keine Kinder. Außer einer Cousine hatte sie keine Verwandten. Ich möchte jetzt wissen, was sie Ihnen über ihre Liebesaffäre erzählt hat.«

»Aber für ihn könnte es doch Konsequenzen haben, nicht wahr?«

»Wen meinen Sie?«

»Na, Bruce. Den Mann. *Ihm* habe ich doch schon davon erzählt.«

Sie deutete mit dem Zeigefinger auf Vine.

»Keine Angst«, sagte Wexford. »Das lassen Sie mal meine Sorge sein.«

Jeremy Lang kam mit drei Tassen Kaffee zurück, und auf einem Teller hatte er – wie ein Kellner in einem besonderen Restaurant, der seinen Gästen die Zutaten ihrer Mahlzeit präsentiert – zwei rohe Eier, zwei Scheiben Speck, drei Schweinewürstchen und eine Kartoffel arrangiert.

»Danke.« Ingrid sah ihm tief in die Augen und wiederholte: »Danke, danke, sehr hübsch!« Offensichtlich hatte das für sie eine spezielle Bedeutung, denn als Antwort rollte er mit den Augen, und sie fing an zu kichern. Wexford räusperte sich. Es gelang ihm, einen ziemlich vorwurfsvollen Ton in dieses Räuspern zu legen. »Oh, Verzeihung«, sagte sie und hörte auf zu lachen. »Ich soll mich ja gut benehmen und nicht lachen. Ich bin wirklich sehr, sehr traurig wegen der armen Annette.«

»Wie lange kannten Sie sie, Miss Pamber?« fragte Vine.

»Seit ich vor drei Jahren im Arbeitsamt angefangen habe. Das habe ich Ihnen doch schon alles erzählt. Vorher war ich Lehrerin, aber das hat nicht geklappt. Ich bin mit den Kindern nicht zurechtgekommen, sie konnten mich nicht leiden.«

»Davon haben Sie mir gar nichts gesagt«, meinte Vine.

»Na, ist doch auch nicht wichtig, oder? Damals hatte ich eine Wohnung nicht weit von Annette. Das war, bevor ich Jerry kennenlernte.« Sie warf Jeremy Lang einen verliebten Blick zu und spitzte die Lippen wie zu einem Kuß. »Wir gingen immer gemeinsam nach Hause, Annette und ich, und ein paarmal waren wir auch irgendwo essen. Wenn wir keine Lust zum Kochen oder Einkaufen hatten. Ich war auch ein paarmal bei ihr in der Wohnung, aber sie kam viel öfter zu mir herüber, dabei hatte ich bloß ein Zimmer. Ich hatte den Eindruck, daß sie ungern Leute zu sich einlud.

Und dann... dann habe ich jemanden kennengelernt, und wir –« Diesmal ein reuiger Blick zu Jeremy hinüber, den dieser mit einem übertriebenen Stirnrunzeln quittierte. »Wir fingen was miteinander an. Ich habe aber nicht mit ihm zusammengelebt und so«, fügte sie hinzu, ohne zu erläutern, was »und so« bedeutete. »Ich glaube, deshalb hat Annette beschlossen, es mir zu sagen. Vielleicht auch, weil eines Abends, als ich bei ihr war, plötzlich das Telefon klingelte und *er* dran war. Damals mußte ich ihr versprechen, nie zu verraten, was sie mir gleich sagen würde.

Bevor es klingelte, war sie total fahrig gewesen. Wahrscheinlich hatte er ihr versprochen, um sieben anzurufen, und es war schon fast acht. Sie stürzte sich auf das Telefon, als ob es... als ginge es um Leben und Tod. Danach sagte sie: ›Kannst du ein Geheimnis für dich behalten?‹ und ich sagte, natürlich könnte ich das, und dann sagte sie: ›Ich habe auch jemanden. Das war er gerade‹, und dann kam alles heraus.«

»Sein Name, Miss Pamber?«

»Bruce. Sein Name ist Bruce. Bruce, weiter weiß ich nicht.«

»Das war der Mann, von dem Sie dachten, er hätte im Arbeitsamt angerufen, kurz nachdem Miss Bystock sich telefonisch krank gemeldet hatte?«

Sie nickte, ohne sich wegen ihrer früheren Lüge Gewissensbisse zu machen.

»Wissen Sie, wo er wohnt?« fragte Vine.

»Als mein Freund und ich einmal nach Pomfret fuhren, nahmen wir Annette mit. Sie wollte ihre Cousine besuchen. Das war so um Weihnachten herum, einen Tag vor Heiligabend, glaube ich. Annette saß hinten, und als wir an dem Haus vorbeifuhren, tippte sie mir auf die Schulter und sagte: ›Da, in dem Haus mit dem Mansardenfenster, da wohnt, na, du weißt schon.‹ So drückte sie sich aus: ›Na, du weißt schon.‹

Die Hausnummer weiß ich nicht, aber ich könnte es Ihnen zeigen.« Jeremys wütende, abwehrende Grimassen entgingen Wexford nicht. Ingrid bemerkte sie ebenfalls und seufzte verliebt. »Also gut, dann beschreibe ich es Ihnen. Mach doch nicht so ein Gesicht, Schatz. Geh lieber und mach mir mein Frühstück.«

»Was haben Sie mit dem Schlüssel zu Miss Bystocks Wohnung gemacht«, fragte Wexford, »als Sie am Donnerstag dort weggingen?«

Ihre Antwort kam prompt – zu prompt.

Während sie vor dem Haus in der Harrow Avenue 101, einem ziemlich großen viktorianischen Gebäude mit drei Stockwerken und einem ausgebauten Dachgeschoß mit Mansardenfenster, im Auto saßen und warteten, gab Wexford Burden eine Zusammenfassung dessen, was Ingrid Pamber ihm erzählt hatte. Sie hatten bereits einmal geklingelt, jedoch niemanden angetroffen. Das Haus war meilenweit entfernt von der Straße, in der Annette wohnte, gehörte aber noch zu Kingsmarkham. Im Wählerverzeichnis waren als Bewohner aufgeführt: Snow, Carolyn E. Snow, Bruce J. und Snow, Melissa E. Also Ehefrau, Ehemann und erwachsene Tochter, vermutete Wexford. In der Liste der Wahlberechtigten gab es natürlich keinen Hinweis darauf, wie viele Kinder die Snows sonst noch hatten.

»Sie hatte seit neun Jahren ein Verhältnis mit ihm«, sagte Wexford. »Jedenfalls hat sie das Ingrid Pamber erzählt, und ich kann mir nicht denken, weshalb selbst eine ausgemachte Lügnerin wie sie uns in dieser Hinsicht belügen sollte. Es war die typische Situation – ein verheirateter Mann redet seiner Geliebten ein, sobald die Kinder aus dem Gröbsten heraus sind, verläßt er seine Frau und kommt zu ihr. Vor neun Jahren war Bruce Snows Jüngster fünf, und ein Zyniker wie ich würde sagen, der Kerl hatte es sich gut eingerichtet.«

»Genau«, pflichtete Burden ihm von ganzem Herzen bei.

Wexford verdrehte die Augen. »Moment. Es kommt noch viel besser. Sie mußten sich ja irgendwo treffen, aber er nahm sie nie in ein Hotel mit, er behauptete, das könne er sich nicht leisten. Nachdem sie mit Ingrids Freund an dem Haus vorbeigefahren waren, fragte sie Annette, was Bruce ihr denn zu Weihnachten geschenkt hätte, und Annette erwiderte, gar nichts, er würde ihr nie etwas schenken, sie hätte noch nie etwas von ihm bekommen. Er bräuchte alles für seine Familie. Laut Ingrid hat Annette ihm das aber nicht übelgenommen, sie hat ihn nie kritisiert. Sie war ja *so* verständnisvoll.«

»Ich nehme an, danach gab es weitere vertrauliche Gespräche?«

»Natürlich. Nachdem sie erst einmal damit angefangen hatte, gab es kein Halten mehr. Jedesmal, wenn sie sich mit Ingrid traf, hieß es nur noch Bruce hier, Bruce da. Ich kann mir vorstellen, wie erleichtert die Ärmste war, endlich jemanden gefunden zu haben, der sie ihr Herz ausschütten konnte.«

Wexford warf wieder einen Blick auf das Haus, auf die offensichtlichen Zeichen von Wohlstand, das nagelneue Dachgeschoß, den frischen Anstrich, die Satellitenschüssel an einem der oberen Fenster. »Wie gesagt«, fuhr er fort, »Snow ging nie mit ihr ins Hotel, und zu ihm nach Hause konnten sie natürlich auch nicht. Sie hatte zwar die Wohnung, doch er weigerte sich, dorthin zu kommen. Angeblich, weil eine Freundin oder Verwandte seiner Frau gegenüber wohnte. Also bestellte er sie nach Dienstschluß zu sich in sein Büro.«

»Sie machen wohl Witze«, sagte Burden.

»Wohl kaum, außer Ingrid Pamber macht Witze. Ich bezweifle, daß sie dazu genügend Phantasie hat. Snow hat Annette nie geschrieben, deshalb haben wir auch keine Briefe gefunden. Er schenkte ihr nie etwas, nicht einmal ein Foto von sich. Er rief sie zu fest vereinbarten Zeiten an, ›wenn er konnte‹. Doch sie liebte ihn, verstehen Sie, und deshalb war das alles in ihren Augen in Ordnung, vernünftig und wohlüberlegt. Und schließlich mußte das alles ja nur sein, solange die Kinder noch klein waren.«

Burden benutzte das Lieblingswort seines kleinen Sohnes: »Igitt!«

»Besser könnte ich es auch nicht ausdrücken. Wenn er sich mit ihr treffen wollte, oder sagen wir, wenn er Lust auf ein

Schäferstündchen hatte...« – Wexford ignorierte Burdens gequälten Gesichtsausdruck – »bestellte er sie zu sich ins Büro. Er arbeitet bei Hawkins & Steele in der Finanzabteilung.«

»Wirklich? Die sitzen doch in der York Street, stimmt's?«

»In einem von diesen uralten Häusern mit hervorkragendem ersten Stock. Der Hintereingang geht auf die Kiln Lane, das ist doch dieses Gäßchen, das auf der anderen Seite von St. Peter in die High Street mündet. Nach Geschäftsschluß ist dort keine Menschenseele mehr, und die Kiln Lane ist bloß eine Gasse zwischen hohen Häusern. Annette schlich also hintenherum, und er machte ihr auf. Und das Tollste – oder das Übelste, wie man es nimmt – daran: Auf die Frage, weshalb er sich gerade diesen Treffpunkt ausgesucht hatte, sagte er, wenn seine Frau im Büro anrief, könne er drangehen und behaupten, er mache Überstunden.«

In den umliegenden Häusern gingen allmählich die Lichter an, doch in Nummer 101 blieb alles dunkel. Wexford und Burden stiegen wieder aus und gingen die Auffahrt entlang. Durch ein Seitentörchen gelangten sie hinten in den Garten, eine weitläufige, mit Büschen bestandene Rasenfläche, die weiter unten in einer hohen Baumgruppe endete. Der Garten verschwamm allmählich in der herannahenden Dämmerung.

»Neun Jahre hat sie das gemacht?« sagte Burden. »Wie ein Callgirl?«

»Ein Callgirl würde aber ein Bett verlangen, Mike, und wahrscheinlich einen stimulierenden Drink. Callgirls, habe ich gehört, verlangen ein Badezimmer. Und vor allem wollen sie dafür bezahlt werden.«

»Das erklärt die Unterwäsche.« Burden beschrieb ihm, was er in der Wohnung in Ladyhall Court entdeckt hatte. »Damit war sie jederzeit für ihn bereit. Ich möchte wissen, was ihm jetzt im Kopf herumgeht.«

»Ob er der Typ auf dem Foto ist, was meinen Sie? Ich frage mich, ob er vielleicht verreist ist.«

»Bestimmt nicht, Reg. Sein jüngster Sohn ist vierzehn. Er wird warten, bis das Schuljahr zu Ende ist, und das dauert noch ein paar Wochen.«

»Wir müssen mit ihm sprechen, und zwar bald.«

Burden dachte nach. »Wieso sagen Sie, diese Ingrid sei eine ausgemachte Lügnerin?«

»Mir gegenüber behauptet sie, sie hätte den Schlüssel von Annette am Donnerstag in der Wohnung gelassen. Wenn das stimmt, wo ist er dann?«

»Er lag auf dem Nachttisch«, sagte Burden, ohne zu zögern.

»Nein, da lag er nicht, Mike. Außer, sie hat gelogen, als sie sagte, am Mittwoch hätten dort zwei Schlüssel gelegen. Eine ihrer Behauptungen muß eine Lüge sein.«

8

In Annette Bystocks Wohnung waren die Fingerabdrücke von nur zwei Personen gefunden worden. Die meisten stammten von Annette selbst, die anderen Fingerabdrücke auf dem Karton mit den Lebensmitteln, an der Küchentür, der Wohnungstür und auf dem Tisch im Flur waren von Ingrid Pamber. Sonst war in der ganzen Wohnung kein anderer Abdruck gefunden worden. Annettes Heim war anscheinend nicht nur ihre Festung gewesen, sondern auch die Gefängniszelle, in der sie ihre Zeit in Einzelhaft zubrachte.

Der Dieb der elektronischen Geräte hatte Handschuhe getragen. Annettes Mörder hatte Handschuhe getragen. Bruce Snow hatte nie einen Fuß, beziehungsweise Finger, in das Heim jener Frau gesetzt, die fast zehn Jahre lang seine Geliebte gewesen war. Abgesehen von Ingrid waren nie Freunde bei ihr gewesen. Höchstwahrscheinlich hatte Annette Menschen, die Interesse an ihr bekundeten, gleich abgewimmelt, dachte Wexford. Diese Besucher hätten ihre Gespräche mit Snow mithören und etwas ausplaudern oder – was für sie noch schlimmer gewesen wäre – Snows sorgfältig ausgeklügeltes Versteckspiel durch eine Indiskretion zunichte machen können. Also führte sie um ihrer Liebe willen ein Einsiedlerdasein. Wirklich eine traurige Geschichte...

Ihre einzige Freundin hatte sie aber wohl für verschwiegen gehalten. Und wenn man Ingrid Pamber glaubte, war dieses Vertrauen nicht fehl am Platz, denn Ingrid hatte bis zu Annettes Tod niemandem etwas verraten. Annette hatte sich Ingrid etwa sieben Monate vor ihrem Tod anvertraut, und so war der Mord wohl kaum auf die Preisgabe des Geheimnisses oder weiterer Einzelheiten zurückzuführen.

Wexford seufzte. Annette war ungefähr sechsunddreißig Stunden, bevor Burden sie am Freitag entdeckte, gestorben. Nicht vor Mittwoch abend um zehn, und nicht nach ein Uhr morgens am Donnerstag. Als Ingrid Pamber die Wohnung am Donnerstag um halb sechs betrat, war Annette bereits einen Tag und eine halbe Nacht tot. Der Tod war infolge von Erdrosselung eingetreten, wobei man sich eines Hilfsmittels bedient hatte, in diesem Fall eines Stromkabels. So viel wußte er bereits, und die medizinischen Details waren ihm sowieso immer schleierhaft. Tremlett meinte, als Täterin käme auch eine kräftige Frau in Frage. Bis zu ihrem Tod war Annette eine normale, gesunde Frau ohne besondere Merkmale gewesen. An ihrem Körper waren keine Narben, Unregelmäßigkeiten oder geringfügige Mißbildungen zu sehen. Sie hatte für ihre Größe Normalgewicht und litt an keinerlei Krankheiten.

Obwohl die Wohnung sauber gewesen war, hatte man eine beträchtliche Menge an Haaren und Stoffasern vom Bett, den beiden Nachtkästchen und dem Fußboden aufgelesen. Wie so oft überlegte Wexford, ob es tatsächlich etwas nützte, wenn einer der Ermittler eine neben der Leiche liegende Zigarettenkippe aufhob, wie es in Kriminalromanen manchmal beschrieben wurde. Oder wenn ein vom Jackett des Mörders abgerissener Knopf, praktischerweise mit einem Stückchen Tweedstoff daran, in der leblosen Hand der bedauernswerten Annette gefunden worden wäre. Beweisstücke dieser Art kamen *ihm* nie unter. Es trifft natürlich zu, daß man überall, wo man hingeht, seine Spur hinterläßt und beim Verlassen des Ortes etwas von dort mit sich nimmt. Doch mit dieser Erkenntnis ließ sich nur etwas anfangen, wenn man einen Anhaltspunkt hatte, nach wem und wo man Ausschau halten sollte...

Er wollte sich gerade auf den Weg ins örtliche Fernsehstudio machen, um sich mit einem Appell zur Mithilfe an die Öffentlichkeit zu wenden, als sein Telefon klingelte. Die Zentrale teilte ihm mit, der Chief Constable wolle ihn sprechen, er rufe aus seiner Wohnung in Stowerton an. Freeborn, ein gefühlskalter Mann, kam wie immer sofort zur Sache. »Ich will keine feuchtfröhlichen Fotos von Ihnen sehen.«

»Nein, Sir. Das ist sehr bedauerlich.«

»Das ist mehr als bedauerlich, das ist ein verdammter Skandal. Noch dazu in einer *guten* Zeitung.«

»Ich verstehe nicht, wieso es in einem Boulevardblatt besser gewesen wäre«, sagte Wexford.

»Dann gehört es eben zu den vielen Dingen, die Sie verstehen sollten und nicht verstehen.« Daraufhin ließ Freeborn sich ziemlich lange darüber aus, daß Annettes Mörder unverzüglich gefaßt werden müsse, daß die Zahl der Gewaltverbrechen ansteige und daß dieses hübsche, sichere, einst so wohlbehütete Städtchen, in dem sie lebten, allmählich genauso gefährlich werde wie ein Bezirk in der Londoner Innenstadt. »Und wenn Sie sich im Fernsehen zeigen, dann bemühen Sie sich doch bitte, kein Glas in der Hand zu halten.«

Sie räumten ihm nur zwei Minuten ein, und selbst die würden noch auf dreißig Sekunden gekürzt werden. Trotzdem war es besser als gar nichts. Sein Aufruf würde bei einer Öffentlichkeit, die so gerne eine wichtige Rolle spielen wollte, alle möglichen Reaktionen hervorrufen: Behauptungen, den Killer in der Nähe der Ladyhall Avenue gesichtet zu haben, Mordgeständnisse, Angebote von Hellseherinnen, die Angabe, man sei mit Annette zur Schule oder aufs College gegangen, man sei ihr Liebhaber, ihre Mutter, ihre Schwester, man habe sie nach ihrem Tod in Inverness oder Carlisle oder Budapest gesehen, und – vielleicht – einen einzigen echten, brauchbaren Hinweis.

Er ging spät zu Bett. Doch als die Post kam, war er bereits wieder auf den Beinen. Dora kam im Morgenrock nach unten, um ihm Frühstück zu machen, eine liebevolle, doch unnötige Geste, da er bloß Haferflocken und eine Scheibe Brot aß.

»Nur ein Brief, und er ist an uns beide adressiert. Mach du ihn auf.«

Dora schlitzte das Kuvert auf und holte eine auf Büttenpapier gedruckte Karte heraus.

»Meine Güte, Reg, sie muß sich in dich verguckt haben.«

»Wer denn? Wovon redest du eigentlich?« Seltsamerweise galt sein erster Gedanke der hübschen Ingrid Pamber.

»Sylvia sagt, Einladungen zu dieser Party sind Gold wert. Sie würde *liebend* gerne hingehen.«

»Laß mal sehen.« Was war er für ein Esel! Wieso kam er in seinem Alter auf derlei absurde Gedanken? Er las den Inhalt der Karte laut vor. »›Wael und Anouk Khoori würden sich freuen, Mr. und Mrs. Reginald Wexford auf ihrer Gartenparty am Samstag, dem 17. Juli, um 15.00 Uhr begrüßen zu dürfen. Die Adresse: Mynford New Hall, Mynford, Sussex.‹« Unten war als Fußnote vermerkt: »Zugunsten von CIBACT, einer Stiftung für krebskranke Babys und Kinder«. »Besonders viel Bedenkzeit geben sie einem ja nicht gerade. Heute ist der Dreizehnte.«

»Nein, aber das meine ich ja. Wir standen offensichtlich nicht auf der Gästeliste. Und am Samstag abend hat sie dann einen Narren an dir gefressen.«

»Wetten, daß Freeborn auf der Liste steht«, sagte Wexford düster. »Bestimmt wird erwartet, daß jeder einen Zehner herausrückt, eigentlich eine Unverschämtheit, wenn man bedenkt, daß Khoori Millionär ist. Der könnte CIBACT doch ohne solche Wohltätigkeitsmarathons finanzieren. Wie dem auch sei, uns kann es egal sein, wir gehen sowieso nicht hin.«

»Ich würde aber gern gehen«, sagte Dora, als ihr Mann schon in der Tür war. Sie rief ihm nach: »Ich sagte, ich würde aber gern gehen, Reg.«

Sie bekam keine Antwort. Die Haustür fiel leise ins Schloß.

Die Leichenschau begann um zehn Uhr morgens und wurde um zehn nach zehn bis zur Erbringung weiteren Beweismaterials vertagt. Annettes Cousine Jane Winster, die nicht dazu erschienen war, erwartete Wexford bei seiner Rückkehr auf dem Revier. Irgendein Hornochse hatte sie in einen der Vernehmungsräume verfrachtet, wo sie verwirrt und etwas verschreckt auf einem Metallstuhl an einem Sperrholztisch saß.

»Sie sind gekommen, um mir etwas zu sagen, Mrs. Winster?«

Sie nickte und blickte mit verständlicher Befangenheit auf die gelblich gestrichenen Backsteinwände und das nackte Fenster.

»Na, dann kommen Sie mal mit nach oben in mein Büro«, sagte er.

Dafür müßte eigentlich ein Kopf rollen. Wofür hielten sie sie, diese kleine Frau in mittlerem Alter mit dem bis obenhin zugeknöpften Regenmantel und dem feuchten Kopftuch? Für eine Ladendiebin? Eine Handtaschenräuberin? Sie sah eher wie eine Servierin in einer Schulkantine aus, die von dem Essen, das sie austeilte, selbst eine gehörige Portion vertragen könnte. Sie hatte ein schmales, verhärmtes Gesicht und knochige, frühzeitig gealterte Hände, an denen die Venen hervortraten.

In der vergleichsweise angenehmen Atmosphäre seines mit Teppichboden und bequemen Stühlen ausgestatteten Büros rechnete er damit, daß sie sich über die Behandlung beschweren würde, doch sie sah mit dem gleichen wachsamen Blick im Raum umher. Vielleicht war ihr Leben so behütet und fest umrissen, daß alle ungewohnten Orte ihr Angst einflößten. Er bat sie, Platz zu nehmen, und wiederholte, was er unten bereits zu ihr gesagt hatte. Nachdem sie sich mit aneinandergepreßten Knien auf die Stuhlkante gesetzt hatte, machte sie zum ersten Mal den Mund auf.

»Der Polizist, der bei uns war, also, dem habe ich noch was zu sagen vergessen. Es war ein bißchen... also, ich war...« Wahrscheinlich hatte Vine sie mit seiner flotten Art eingeschüchtert. »Schon gut, Mrs. Winster. Jetzt ist es Ihnen ja wieder eingefallen, und das ist die Hauptsache.«

»Wissen Sie, es war so ein Schock. Ich meine, wir waren ja nicht direkt... wir standen uns nicht besonders nahe, Annette und ich, aber... sie war immerhin meine *Cousine*, die Tochter von meinem lieben Tantchen.«

»Ja.«

»Und als ich... als ich sie da so tot liegen sah, das war wirklich ein Schock. Ich habe so was noch nie gemacht, und ich...«

Eine Frau, die keinen Satz zu Ende brachte, weil sie an sich selbst zweifelte und wahrscheinlich nicht damit rechnete, daß jemand sie ernst nahm. Er merkte, daß das alles auf eine Entschuldigung hinauslief. Sie entschuldigte sich dafür, daß sie Gefühle hatte.

»Ich habe ihm aber gesagt, wir hätten miteinander telefoniert. Ich meine, ich sagte, wir hätten telefoniert, aber er war... er interessierte sich mehr dafür, wann ich sie zum letzten Mal gesehen habe. Seit unserm Hochzeitstag habe ich sie nicht mehr gesehen, und das war im April, am dritten April.«

»Aber Sie haben miteinander telefoniert?«

Bei ihr mußte man gewaltig nachhelfen, und zwar auf eine Art und Weise, für die Vine nicht der richtige Mann war. Sie sah ihn flehend an.

»Sie hat mich an dem Dienstag angerufen, bevor sie... äh, letzten Dienstag...«

An dem Tag hatte Melanie Akande mit ihr gesprochen. »War das abends, Mrs. Winster?«

»Ja, ungefähr um sieben. Ich machte meinem Mann gerade das Abendessen. Er mag es nicht... äh, er mag es nicht, wenn man ihn warten läßt. Ich war ein bißchen überrascht über ihren Anruf, aber dann sagte sie, ihr wäre nicht so gut, und sie wollte früh zu Bett gehen...« Mrs. Winster zögerte. »Mein Mann... mein Mann hat mir gewunken, also habe ich den Hörer kurz hingelegt, und er sagte – das hört sich jetzt bestimmt schrecklich an...«

»Bitte sprechen Sie weiter, Mrs. Winster.«

»Mein Mann – nicht, daß er direkt was gegen Annette hätte, es ist bloß, ihm liegt nicht so viel an anderen Leuten. Unsere eigene Familie reicht uns, sagt er immer. Natürlich *gehörte* Annette ja irgendwie auch zur Familie, aber er sagt immer, Cousins und Cousinen zählen nicht. Annette war noch am Apparat, und er sagte, laß dich auf nichts ein. Wenn sie krank ist, erwartet sie bloß, daß du hinfährst und für sie einkaufst und so weiter. Na ja, bestimmt hat sie das auch erwartet und deswegen angerufen. Es tat mir ja auch so leid, aber ich habe ihr gesagt, ich wäre beschäftigt und könnte jetzt nicht reden, aber ich muß mich doch nach meinem Mann richten, nicht wahr?«

Wenn das alles war, vergeudete er hier seine Zeit. Er mußte sich mit Geduld wappnen. »Haben Sie aufgelegt?«

»Nein, jedenfalls nicht gleich. Sie fragte, ob sie mich später noch mal anrufen könnte. Ich wußte nicht, was ich sagen sollte. Dann sagte sie, sie wollte mich da noch etwas fragen und vielleicht Malcolm auch – Malcolm ist mein Mann – nämlich, ob sie vielleicht zur Polizei gehen sollte.«

»Aha.« Das war es also. »Hat sie gesagt, worum es geht?«

»Nein, sie wollte mich ja noch mal anrufen. Das hat sie aber nicht getan.«

»Und Sie haben sie nicht angerufen?«

Jane Winster errötete und sah plötzlich trotzig aus. »Mein Mann mag es nicht, wenn ich unnötig herumtelefoniere. Und er hat schließlich das Sagen, oder? Er verdient ja das Geld.«

»Erzählen Sie mir genau, was Ihre Cousine gesagt hat, als sie davon sprach, zur Polizei zu gehen.«

Allmählich konnte Wexford verstehen, daß Vine dieser Zeugin gegenüber ungeduldig geworden war, und auch denjenigen, der sie in den Vernehmungsraum gesperrt hatte. Sein Wohlwollen begann rasch zu schwinden. Hier war noch so eine, die Annette Bystock abgewiesen hatte. Sie nestelte nervös an ihrer Handtasche und preßte die Lippen zusammen. Vermutlich eine Expertin in der Kunst der Selbsterniedrigung; Kritik von anderen würde sie jedoch zutiefst übelnehmen.

»Ich weiß nicht mehr genau, wie sie es ausgedrückt hat, ich kann mich nicht... ungefähr so: ›Über die Arbeit ist da was passiert. Ich sollte es vielleicht der Polizei melden, aber ich will erst mal hören, was du denkst und vielleicht Malcolm auch.‹ Das war alles.«

»Sie wollten sagen, ›in‹ der Arbeit, oder?«

»Nein. ›Über die Arbeit‹ hat sie gesagt.«

»Und dann haben Sie nicht mehr mit ihr gesprochen?«

»Sie hat sich nicht mehr gemeldet, und ich... Nein, ich hatte ja keinen Grund, sie anzurufen.«

Er nickte. Nachdem ihre Cousine ihr einen Korb gegeben hatte, hatte Annette die etwas einfühlsamere Ingrid gebeten, zu ihr zu kommen, für sie einzukaufen und ihr die kleinen Gefälligkeiten zu erweisen, auf die jemand, der an »Fallsucht« erkrankt war, angewiesen ist. Und was die Polizei betraf, so hatte sie es sich anders überlegt, oder den wichtigen Anruf auf später verschoben, wenn es ihr besser ginge. Doch es ging ihr nie wieder besser, es ging ihr sogar noch viel, viel schlechter, und dann war es zu spät.

»Hat Ihre Cousine einmal einen gewissen Bruce Snow erwähnt?«

Sie sah ihn ausdruckslos an. »Nein, wer ist das?«

»Sie werden überrascht sein zu erfahren, daß er ein verheirateter Mann ist, mit dem Miss Bystock seit einigen Jahren ein Verhältnis hatte.«

Diese Mitteilung schockierte Jane Winster mehr als der Tod ihrer Cousine, mehr als der Anblick der toten Annette im Leichenschauhaus. »Das glaube ich nicht. So etwas hätte Annette nie getan. So eine war sie nicht.« Vor Überraschung wurde sie richtig gesprächig. »Mein Mann hätte sie nie bei uns im Haus geduldet, wenn es je einen derartigen Verdacht gegeben hätte. O nein, da irren Sie sich. Annette doch nicht, so etwas hätte Annette nie getan.«

Als sie gegangen war, ließ Wexford sich mit der Firma Hawkins & Steele verbinden und verlangte Mr. Snow. Während er wartete, erklang *Greensleeves* vom Band. Er dachte über Snow nach und fragte sich, wie groß dessen Entsetzen wohl sein würde, wenn er erfuhr, wer ihn sprechen wollte. Schließlich war Annette schon letzten Freitag tot aufgefunden worden, am Freitag abend war die Nachricht im Fernsehen gekommen und hatte am Samstag dann in der Zeitung gestanden. Aber abgesehen von ihm selbst und Annette wußte ja niemand von dem

Verhältnis, und Annette war tot. Er dachte bestimmt, er sei damit noch einmal ungestraft davongekommen. Aber womit genau, fragte sich Wexford.

»Mr. Snow spricht gerade am anderen Apparat. Möchten Sie so lange dranbleiben?«

»Nein. Ich rufe in zehn Minuten noch einmal an. Sagen Sie ihm, es ist die Polizei Kingsmarkham.«

Das würde ihm Beine machen. Es hätte Wexford nicht überrascht, wenn Snow von sich aus angerufen hätte, weil er es nicht ertragen konnte, noch länger auf die schlimme Nachricht warten zu müssen, doch es kam kein Anruf. Eine Viertelstunde später wählte er die Nummer noch einmal.

»Mr. Snow ist in einer Besprechung.«

»Haben Sie ihm meine Nachricht gegeben?«

»Ja, aber er mußte gleich nachdem er aufgelegt hatte in die Besprechung.«

»Verstehe. Wie lang wird es dauern?«

»Eine halbe Stunde. Um elf Uhr fünfzehn hat Mr. Snow dann noch eine Besprechung.«

»Dann sagen Sie ihm doch bitte folgendes, ja? Sagen Sie ihm, er soll seine andere Besprechung absagen, weil Chief Inspector Wexford ihn um elf in seinem Büro aufsuchen wird.«

»Ich kann unmöglich...«

»Danke.« Wexford legte auf. Er spürte, wie die Wut in ihm hochkam, und dachte an seinen Blutdruck. Dann hatte er eine gute Idee. Schmunzelnd hob er den Hörer ab und bat Detective Sergeant Karen Malahyde herauf in sein Büro.

Karen Malahyde war der Typ neue Frau. Sie war jung und ziemlich attraktiv, bemühte sich jedoch nicht, ihr gutes Aussehen zu betonen. Sie war immer ungeschminkt, das helle Haar trug sie kurzgeschnitten, ebenso die Fingernägel. Schon weit weniger vorteilhaft aussehende Frauen hatten eine

Schönheit aus sich gemacht. Ihre ausgezeichnete Figur konnte sie allerdings nicht verbergen. Karen war hervorragend gebaut und hatte Beine, bei denen man meinen konnte, sie fingen an der Taille an. Sie war Feministin, fast von der radikaleren Sorte, dazu eine gute Polizistin, die jedoch bisweilen ermahnt werden mußte, mit Männern nicht zu hart umzuspringen und Frauen nicht bevorzugt zu behandeln.

»Ja, Sir?«

»Ich möchte, daß Sie mich zu einem Besuch bei einem schneidigen Galan begleiten.«

»Wie bitte, Sir?«

Wexford gab ihr einen kurzen Abriß von Annette Bystocks Liebesaffäre. Anstatt Snow als Schwein zu beschimpfen, wie Wexford erwartet hatte, sagte sie ziemlich nachdenklich:

»Solche Frauen sind sich oft selbst die schlimmsten Feindinnen. Hat er sie umgebracht?«

»Das weiß ich nicht.«

Sie betraten das alte Haus durch den Haupteingang in der York Street. Innen war es niedrig, eng und verschachtelt, alles echt historisch, es war eines von diesen Häusern, von denen man sagt, sie hätten Charakter. Einen Aufzug gab es nicht. Die Empfangsdame kam hinter ihrem Schreibtisch hervor und brachte sie über eine schmale, knarrende Wendeltreppe aus Eichenholz, die in einen engen Gang mündete, nach oben. Sie klopfte an eine Tür, machte auf und sagte ominös:

»Ihr Elf-Uhr-Termin, Mr. Snow.«

Der Mann von dem Foto, das Burden gefunden hatte, kam ihnen mit ausgestreckter Hand entgegen. Wexford übersah sie geflissentlich. Einen Augenblick lang dachte er schon, man hätte Snow nicht gesagt, wer seine Besucher waren. Hätte er es gewußt, wäre er wohl kaum so selbstsicher gewesen und hätte so einnehmend gelächelt.

»Ich freue mich, Ihnen mitteilen zu können, daß er wieder aufgetaucht ist«, sagte er.

Es lag offensichtlich ein Mißverständnis vor, aber welcher Art und weshalb, konnte Wexford auch nicht sagen. Wenn er sich jetzt nicht beherrschte, würde ihm die Sache richtig Spaß machen. Das könnte ja heiter werden.

»Was ist wieder aufgetaucht, Sir?«

»Na, mein Führerschein. Es gab bloß fünf Stellen, an denen er sein konnte; also habe ich gesucht, und an der fünften und letzten war er dann natürlich.« Als er merkte, daß etwas nicht stimmte, war er nur etwas beunruhigt, keinesfalls verängstigt. »Verzeihung. Weshalb wollten Sie mich sprechen?«

Karen machte ein beleidigtes Gesicht, weil man sie für eine Verkehrspolizistin gehalten hatte. Wexford fragte: »Was denken *Sie* denn, weshalb wir Sie sprechen wollen, Mr. Snow?«

Sein argwöhnischer Blick zeigte, daß es ihm allmählich dämmerte. Er zog die Brauen hoch und legte den Kopf schief. Er war ein großer, dünner Mann, dessen dichtes Haar allmählich grau wurde, nicht gerade gutaussehend, aber distinguiert. Wexford fand, er hatte einen gemeinen Zug um die Mundwinkel. »Woher soll ich das wissen?« fragte er in einem etwas schrilleren Ton als zuvor.

»Dürfen wir uns vielleicht setzen?«

Wenn Karen einmal saß, konnte sie es nicht vermeiden, viel Bein zu zeigen. Selbst in den scheußlichen braunen Schnürschuhen mit den Blockabsätzen waren ihre Beine atemberaubend. Snow bedachte sie mit einem flüchtigen, aber vielsagenden Blick.

»Ich bin überrascht, daß Sie nicht wissen, weshalb wir hier sind, Mr. Snow«, sagte Wexford. »Ich hätte gedacht, Sie erwarten uns.«

»Habe ich auch. Ich sagte doch schon, ich dachte, Sie kämen

wegen meines Führerscheins, den ich bei der Verkehrskontrolle am Samstag nicht vorweisen konnte.« Er weiß es, dachte Wexford. Würde er eisern leugnen? Snows Finger hantierten mit diversen Gegenständen auf seinem Schreibtisch herum, rückten hier ein Blatt Papier zurecht, steckten dort eine Kappe auf einen Füllfederhalter. »Worum geht es denn dann?«

»Um Annette Bystock.«

»Wen?«

Wären die rastlosen Finger nicht gewesen, die sich jetzt an der Telefonschnur zu schaffen machten, der von Panik erfüllte Blick, dann hätte Wexford vielleicht Zweifel bekommen, hätte die Tote für eine paranoide Phantastin, Jane Winster für ein *Orakel* und Ingrid Pamber für die Lügenkönigin gehalten. Er sah zu Karen hinüber.

»Annette Bystock wurde letzten Mittwoch ermordet«, sagte Karen. »Sehen Sie denn nicht fern? Haben Sie keine Zeitung gelesen? Sie hatten doch ein Verhältnis mit ihr. Sie hatten seit neun Jahren ein Verhältnis mit ihr.«

»*Was* hatte ich?«

»Sie haben mich ganz gut verstanden, Sir, aber ich wiederhole es gern. Sie hatten mit Annette Bystock seit neun Jahren ein...«

»Das ist doch absoluter Unsinn!«

Bruce Snow stand auf. Sein schmales Gesicht war dunkelrot angelaufen, und in einer bläulichen Stirnader pochte das Blut.

»Was erlauben Sie sich eigentlich, Sie kommen einfach in mein Büro und unterstellen mir diese völlig abwegigen Dinge!«

Da mußte Wexford plötzlich an Annette denken; hierher war sie gekommen, hatte sich im Durchgang versteckt, an die Hintertür geklopft und war von Snow über die Wendeltreppe in dieses Büro gebracht worden, in dem es nicht einmal ein

Sofa gab, keine Möglichkeit, sich einen Drink zu mixen oder auch nur eine Tasse Tee zu bereiten. Aber ein Telefon gab es, für den Fall, daß seine Frau anrufen sollte.

Als er aufstand, erhob sich Karen wie auf ein Stichwort ebenfalls.

»Es war sicher ein Fehler, Sie im Büro aufzusuchen, Mr. Snow«, sagte er. »Bitte verzeihen Sie.« Er beobachtete, wie Snow sich entspannte, tief durchatmete und zu einem letzten Protest ausholte. »Ich weiß, was wir machen. Wir kommen heute abend zu Ihnen nach Hause und unterhalten uns dort weiter. Sagen wir, so um acht? Dann haben Sie und Ihre Frau vorher noch genügend Zeit zum Abendessen.«

Wenn es nicht funktioniert hätte, wäre das der Beweis gewesen, daß er sich geirrt hatte, daß entweder eine oder alle beide Frauen einem Hirngespinst erlegen waren, daß er Snows Verhalten völlig falsch interpretiert hatte. Dann wäre er dran gewesen: Freeborn hätte diese Geschichte weit weniger goutiert als feuchtfröhliche Fotos in der Zeitung.

Doch es funktionierte.

Snow sagte: »Nehmen Sie bitte Platz.«

»Erzählen Sie es uns jetzt, Mr. Snow?«

»Was gibt es da groß zu erzählen? Ich bin ja nicht der erste verheiratete Mann, der eine Freundin hat. Im übrigen hatten Annette und ich beschlossen, uns zu trennen. Es war vorbei.« Snow machte eine Pause und räusperte sich. »Es hat keinen Sinn, daß meine Frau es jetzt noch erfährt. Ich kann es Ihnen genausogut gleich sagen, ich habe größte Anstrengungen unternommen, das Verhältnis vor meiner Frau geheimzuhalten. Mir lag sehr daran, ihr keinen Kummer zu bereiten. Annette hatte dafür Verständnis. Unsere Beziehung war, um es etwas salopp auszudrücken, rein körperlicher Natur.«

»Dann hatten Sie also nie vor, Ihre Frau zu verlassen und Miss Bystock zu heiraten, sobald Ihr Jüngstes aus dem Gröbsten heraus war?«

»Du meine Güte, nein!«

Karen fragte: »Wo haben Sie sich mit ihr getroffen, Mr. Snow? In Miss Bystocks Wohnung? In einem Hotel?«

»Ich verstehe nicht, wieso das relevant sein sollte.«

»Vielleicht würden Sie die Frage trotzdem beantworten.«

»Bei ihr zu Hause«, sagte Snow unbehaglich. »Wir trafen uns bei ihr zu Hause.«

»Seltsam, Sir, wir haben nämlich in Miss Bystocks Wohnung außer ihren eigenen und denen einer Freundin keinerlei Fingerabdrücke gefunden. Aber vielleicht haben Sie Ihre Abdrücke ja auch abgewischt.« Karen schien angestrengt nachzudenken. »Oder – ach ja, so wird es gewesen sein – Sie trugen Handschuhe.«

»Ich trug natürlich *keine* Handschuhe!«

Snow wurde allmählich wütend. Wexford beobachtete die pulsierende Ader, die blutunterlaufenen Augen. Trauerte er denn gar nicht um Annette Bystock? Nach all den Jahren keinen Kummer, nicht einmal so etwas wie Nostalgie, kein Bedauern? Und was verstand dieser Mensch unter einer »rein körperlichen« Beziehung? Was verstand man überhaupt unter diesem Ausdruck? Daß es keinen Gedankenaustausch gegeben hatte, keine zärtlichen Worte, keine Versprechen? Zumindest ein Versprechen hatte er der Toten abgerungen – daß sie niemandem etwas davon sagte. Und sie hatte es auch beinahe gehalten.

»Wann haben Sie sie zum letzten Mal gesehen?«

»Keine Ahnung. Da muß ich überlegen. Vor ein paar Wochen, ich glaube, es war ein Mittwoch.«

»Hier?« fragte Karen.

Er zuckte gleichgültig die Achseln und nickte. Wexford sagte: »Ich möchte jetzt von Ihnen wissen, wo Sie letzten Mittwoch zwischen acht Uhr abends und Mitternacht waren. Am Mittwoch, den siebten Juli.«

»Zu Hause natürlich. Ich bin immer um sechs zu Hause.«

»Außer wenn Sie sich mit Miss Bystock trafen.«

Als müsse er vor jedem Räuspern erst das Gesicht verziehen, schnitt Snow eine gequälte Grimasse und hustete.

»Ich kam letzten Mittwoch um sechs nach Hause und blieb auch zu Hause. Ich ging nicht noch einmal weg.«

»Sie verbrachten den Abend also zu Hause mit Ihrer Frau und – Ihren Kindern, Mr. Snow?«

»Meine ältere Tochter wohnt nicht mehr bei uns. Die jüngere, Catherine, ist... sie ist abends nicht oft da...«

»Aber Ihre Frau und Ihr Sohn waren bei Ihnen? Wir werden mit Ihrer Frau reden müssen.«

»Sie können meine Frau doch nicht mit hineinziehen!«

»Sie haben sie selbst mit hineingezogen, Mr. Snow«, sagte Wexford ruhig.

Bruce Snows Termin um elf Uhr fünfzehn hatte abgesagt werden müssen, und nun mußte er die Besprechung mit dem Steuerprüfer um zwölf Uhr dreißig auch noch verschieben. Wexford glaubte nicht, daß sein jämmerlicher Zustand auf Schuldbewußtsein zurückzuführen war, oder gar darauf, daß er sich für Annettes Tod verantwortlich fühlte. Blankes Entsetzen war es, die Angst, seine heile Welt könnte zusammenbrechen. Aber ganz sicher war sich der Chief Inspector nicht.

»Sie haben Miss Bystock also zum letzten Mal an einem Mittwoch vor ein paar Wochen gesehen. Vor wie vielen Wochen, Sir?«

»Wollen Sie es ganz genau wissen?«

»Ich bitte darum.«
»Vor drei Wochen. Es war vor drei Wochen.«
»Und wann haben Sie das letzte Mal mit ihr telefoniert?«
Snow wollte es nicht zugeben. Er kniff die Augen zusammen, als sitze er in einem verrauchten Zimmer. »Am Dienstag abend.«
»Was, an dem Dienstag vor ihrem Tod?« Karen Malahyde war verblüfft. »Am Dienstag, dem Sechsten?«
»Ich habe sie von hier aus angerufen«, fügte Snow rasch hinzu. »Ich habe sie aus dem Büro angerufen, kurz bevor ich nach Hause fuhr.« Er rieb sich nervös die Hände. »Um mich mit ihr zu verabreden, wenn Sie's genau wissen wollen. Für den nächsten Abend. Mein Gott, Sie zerren hier mein ganzes Privatleben an die Öffentlichkeit. Es war aber nichts Besonderes, sie sagte nur, ihr sei nicht gut und sie hätte sich hingelegt. Sie hätte Grippe oder so etwas.«
»Hat sie ein Mädchen namens Melanie Akande erwähnt? Oder daß sie zur Polizei gehen wollte?«
Snow schöpfte Hoffnung. Es war also noch etwas anderes im Spiel. Seine jahrelange, plötzlich so verwerfliche Affäre mit Annette stand, zumindest vorläufig, nicht mehr im Mittelpunkt. Er stieß einen tiefen Seufzer aus.
»Nein, davon weiß ich nichts. Moment mal, sagten Sie Akande? So heißt doch der Arzt, der mit meinem eine Gemeinschaftspraxis führt. Ein Farbiger.«
»Melanie ist seine Tochter«, erläuterte Karen.
»Was ist mit ihr? Darüber weiß ich nichts. Ich kenne ihn gar nicht, ich wußte nicht einmal, daß er eine Tochter hat.«
»Aber Annette wußte es. Und Melanie Akande ist verschwunden. Aber natürlich hatte Annette es Ihnen gegenüber nicht erwähnt, Ihre Beziehung war ja rein körperlicher Natur, wie Sie sagten, vollzogen unter völligem Stillschweigen.«

Snow war so elend zumute, daß er sich nicht wehrte. Aber dann wollte er wissen, wann Wexford mit seiner Frau zu sprechen gedachte.

»Ach, immer mit der Ruhe, Mr. Snow«, sagte Wexford. »Heute nicht. Vorher gebe ich Ihnen Gelegenheit, es Ihrer Frau selbst zu sagen.« Er ließ den leicht spöttischen Ton fallen und wurde ernst. »Ich schlage vor, daß Sie das so bald wie möglich tun, Sir.«

William Cousins, der Juwelier, sah sich Annette Bystocks Ring genau an, erklärte, es handele sich bei dem Rubin um ein ausnehmend schönes Stück, und schätzte ihn auf ungefähr zweitausendfünfhundert Pfund. So über den Daumen gepeilt. Das war in etwa die Summe, die er selbst für einen solchen Ring zu zahlen bereit wäre, wenn er ihm angeboten würde. Verkaufen könnte er ihn wahrscheinlich zu einem Preis, der um einiges höher lag.

Dienstag war einer der beiden Markttage in Kingsmarkham, der andere war Samstag. Sergeant Vine ließ seinen Blick routinemäßig über die Waren gleiten, die an den Ständen auf dem Marktplatz vor St. Peters zum Verkauf auslagen. Diebesgut tauchte entweder hier oder auf privaten Flohmärkten auf, die regelmäßig zum Wochenende in Gärten oder auf unbebautem Gelände stattfanden. Gewöhnlich stattete er zuerst den Ständen einen Besuch ab und holte sich dann an der Imbißbude ein Sandwich zum Lunch.

Als er bei Cousins fertig war, nahm er sich den Markt vor und entdeckte schon am zweiten Stand einen Radiorecorder. Das Gehäuse war aus weißem Kunststoff, und direkt über der digitalen Zeitanzeige befand sich am oberen Rand des Geräts ein dunkelroter Fleck, den jemand vergeblich zu entfernen versucht hatte. Im ersten Moment hielt Vine ihn für einen Blutfleck, doch dann fiel es ihm wieder ein.

9

Das Schlimmste sei, sagte Dr. Akande zu Wexford, daß sich alle Leute erkundigten, ob es Neuigkeiten von ihrer Tochter gebe. Alle seine Patienten wußten Bescheid, jeder fragte nach ihr. Ihrem Sohn hatten sie die Wahrheit schließlich nicht länger vorenthalten können; als er aus Kuala Lumpur anrief, hatte Laurette Akande es ihm erzählt. Er sagte, er würde umgehend nach Hause kommen. Sobald er einen billigen Flug hätte, käme er.

»Seit dem Tod dieses anderen Mädchens glaube ich, daß Melanie wohl auch tot ist«, sagte Akande.

»Ich würde Ihnen nur falsche Hoffnungen machen, wenn ich Ihnen riete, nicht so zu denken.«

»Trotzdem sage ich mir immer wieder, es gibt keinen Zusammenhang. Ich muß weiter hoffen.«

Wie fast jeden Morgen auf dem Weg zur Arbeit oder abends auf dem Nachhauseweg war Wexford bei ihnen vorbeigekommen. Laurette, die ihre blauweiße Schwesterntracht mit einem Leinenkleid vertauscht hatte, beeindruckte ihn durch ihr attraktives Aussehen und ihr würdevolles Auftreten. Selten war er einer Frau mit einer dermaßen aufrechten Haltung begegnet. Sie zeigte weniger Gefühle als ihr Mann, war immer beherrscht, kühl, unbeirrbar.

»Vielleicht können Sie mir sagen, was Melanie am Montag gemacht hat, dem Tag, bevor sie ... verschwunden ist«, sagte er. »Was hatte sie an dem Tag vor?«

Akande wußte es nicht. Er war in der Praxis gewesen, aber

Laurette hatte ihren freien Tag gehabt. »Sie wollte ausschlafen.« Wexford gewann den Eindruck, daß hier eine Mutter vor ihm stand, die Langschläfer mißbilligte. »Um zehn habe ich sie aus den Federn geholt. Wenn man sich das angewöhnt, bringt man es im Leben nie zu etwas. Später ging sie einkaufen, was genau, weiß ich nicht. Am Nachmittag machte sie einen Dauerlauf – Sie wissen schon, Jogging, das machen sie jetzt alle. Sie nahm immer den gleichen Weg über Harrow Avenue, Eton Grove, immer bergauf, und das bei der Hitze, aber es wäre sinnlos gewesen, darauf hinzuweisen. Um die Welt wäre es besser bestellt, wenn die Leute sich über ihre Pflichten genauso viele Gedanken machen würden wie über ihre Figur. Dann kam mein Mann nach Hause, wir drei aßen zu Abend...«

»Sie sagte, sie wolle sich einen Job suchen«, sagte der Arzt, »sie sprach über ihren Beratungstermin und daß sie vielleicht ein Stipendium für Betriebswirtschaft bekommen könnte.« Er versuchte zu lachen. »Sie war sauer auf mich, weil ich gesagt hatte, sie müsse sich überlegen, wie sie ihr Studium selbst finanzieren könnte. In Amerika tun sie das ja auch.«

»Nun, wir können es ihr jedenfalls nicht finanzieren«, sagte Laurette scharf. »Und ein Stipendium hatte sie ja schon. Ihr erster Abschluß ist zwar nichts wert, aber sie rechnen ihn ihr an. Als ich ihr das sagte, war sie eingeschnappt. Dann haben wir ein bißchen ferngesehen. Sie telefonierte, ich weiß nicht mit wem, wahrscheinlich mit diesem komischen Euan.«

»Meine Frau«, sagte Dr. Akande beinahe ehrfürchtig, »hat am University College in Ibadan ein Physikstudium absolviert, bevor sie Krankenpflege studierte.«

Wexford bekam allmählich Mitleid mit Melanie Akande, einer jungen Frau, die unter starkem Druck stand. Es lag eine gewisse Ironie in dem Umstand, daß sie sich der Bildungspflicht ebensowenig entziehen konnte, wie ein Mädchen in viktorianischer Zeit sich diese hätte erzwingen können. Und wie das viktorianische Mädchen hatte sie keine andere Wahl, als auf unabsehbare Zeit zu Hause zu wohnen.

Er brachte die Sprache wieder auf ihren nachmittäglichen Dauerlauf. »Sie hat nicht gesagt, ob sie unterwegs etwas gesehen hat, ob jemand sie angesprochen hat oder so etwas?«

»Sie hat uns überhaupt nichts gesagt«, meinte Laurette. »Das tun sie nie. Im Heimlichtun sind sie ganz groß. Man könnte meinen, sie hätten es studiert.«

Wexford setzte sich ans Steuer, doch anstatt nach Hause zu fahren, bog er in eine Straße ein, die ihn Richtung Glebe Lane führte. Er fragte sich, ob vielleicht einer der beiden Akandes schuld war an Melanies Verschwinden, oder sogar an ihrem Tod, und mußte zugeben, daß der Gedanke nicht abwegig war. Trotzdem ging er immer wieder hin, um mit ihnen zu reden. Akande eines solchen Verbrechens zu verdächtigen, hieß gleichzeitig, ihn für verrückt oder zumindest für einen Fanatiker zu halten. Der Arzt schien jedoch weder das eine noch das andere zu sein und sich im übrigen über die Verbindung zwischen Euan Sinclair und seiner Tochter nicht sonderlich aufzuregen. Wexford hatte Akandes Alibi noch nicht überprüft, wußte nicht einmal, ob er überhaupt eines *besaß*. Doch nun erkannte er, daß es zumindest einen Wagen gab, in den Melanie auf dem Weg vom Arbeitsamt zur Bushaltestelle hätte einsteigen können – den ihres Vaters.

Hatte Akande demnach gelogen? Wie Snow und sicherlich auch Ingrid Pamber? Merkwürdig – er war sich sicher, daß sie gelogen hatte, ohne daß er wußte, worin genau ihre Lügen bestanden. Er bog in die kopfsteingepflasterte Glebe Lane ein. Sie kam herunter, um ihn einzulassen, und sagte, sie sei gerade allein. Lang sei auf Besuch bei seinem Onkel, eine seltsame Ausrede, die Wexford sofort mißtrauisch machte, wenngleich er nicht wußte, wieso. Ihre Augen trafen sich. Wenn einem jemand so keck und unverwandt in die Augen blicken kann, so zeugt dies entweder von großem Selbstvertrauen oder der Fähigkeit, überzeugend lügen zu können. Sie trug einen langen, gemusterten Rock, blau mit blaßblauen Blumen, und einen seidenen Pullover. Ihr glänzendes, dunkles Haar war auf dem Kopf zu einem Dutt zusammengedreht.

»Miss Pamber, Sie denken jetzt bestimmt, ich hätte ein schlechtes Gedächtnis, aber könnten Sie mir vielleicht noch einmal erzählen, was passiert ist, als Sie letzten Mittwoch bei Annette Bystock waren? Als Sie ihr die Milch brachten und sie Sie bat, am nächsten Tag für sie einzukaufen?«

»Sie haben doch gar kein schlechtes Gedächtnis, stimmt's? Sie wollen mich bloß auf die Probe stellen, ob ich dasselbe sage.«

»Vielleicht.«

Beim Anblick ihrer Kleidung dachte er, alle blauäugigen Frauen sollten diesen Farbton tragen. Sie schmückte den Raum, weiterer Schmuck war nicht mehr nötig. »Die Milch habe ich in dem Laden an der Ecke gekauft, an der Kreuzung Ladyhall Avenue und Lower Queen Street. Habe ich das nicht schon gesagt?« Sie mußte wissen, daß sie das noch nicht getan hatte. Er schwieg. »Da kann man gut parken, wissen Sie. Es war kurz nach halb sechs, als ich bei Annette ankam. Die Haustür vorn war bisher jedesmal unverschlossen gewesen – das ist doch leichtsinnig, finden Sie nicht?«

»Allerdings.«

»Ich habe, glaube ich, schon gesagt, daß Annette ihre Tür nur eingeklinkt hatte. Ich stellte die Milch gleich in den Kühlschrank und ging ins Schlafzimmer. Zuerst habe ich aber angeklopft.« All diese Einzelheiten erwähnte sie nur, um ihn zu hänseln. Er merkte es, hatte aber nichts dagegen. In einem Fall wie diesem konnte jedes auch noch so kleine Detail von Bedeutung sein. »Sie sagte: ›Komm rein.‹ Ich glaube, sie sagte: ›Komm rein, Ingrid.‹ Sie saß halb aufgerichtet in den Kissen und sah ziemlich schlecht aus. Sie meinte, ich solle ihr lieber nicht zu nahe kommen, sie sei bestimmt ansteckend, und ob ich ihr die paar Sachen auf der Liste da besorgen könnte: einen Laib Brot, Cornflakes, Joghurt, Käse, Grapefruit und noch eine Milch.«

Wexford hörte mit unbewegter Miene zu.

»Auf dem Nachtkästchen lagen zwei Schlüssel. Einen davon gab sie mir – das war das einzige Mal, wo ich ans Bett trat. Ich wollte mir ja nichts einfangen –, und sie sagte, damit du morgen selbst aufschließen kannst. Ich sagte, ja, in Ordnung, ich würde ihr die Sachen besorgen, gute Besserung, und sie bat mich, beim Hinausgehen die Vorhänge im Wohnzimmer zuzuziehen. Das tat ich und verabschiedete mich und...« Ingrid Pamber legte den Kopf schräg und blickte ihn reuevoll an. »Ich rücke lieber gleich damit heraus. Sie werden mich ja nicht auffressen, oder?«

Hatte er etwa so ausgesehen, als würde er das am liebsten tun?

»Ich habe vergessen, abzuschließen. Ich meine, ich habe die Tür bloß hinter mir zugezogen. Ich weiß, es war schrecklich von mir, aber bei der Art von Türen passiert einem das.«

»Die Tür war also die ganze Nacht unverschlossen?«

Sie antwortete nicht sofort, sondern stand auf, ging an ein Bücherregal hinüber und kramte dort hinter den Büchern nach irgend etwas. Sie lächelte ihn über die Schulter hinweg an. Wexford wiederholte seine Frage.

»Vermutlich ja«, erwiderte sie. »Als ich am Donnerstag

wiederkam, war sie abgeschlossen. Sind Sie jetzt sehr, sehr böse?«

Sie hatte es nicht gesehen. Sie hatte keine Vorstellung von dem, was sie angerichtet hatte. Ihre Augen strahlten warm und voller Glück, als sie ihm Annette Bystocks Schlüssel aushändigt.

Carolyn Snow war nicht zu Hause. Sie brachte gerade ihren Sohn Joel zur Schule, wie Wexford von der Putzfrau erfuhr. Er beschloß, einmal um den Häuserblock zu spazieren, obwohl »Block« nicht der richtige Ausdruck war. »Park« hätte besser gepaßt, oder »Enklave«. Obwohl das Haus der Snows doppelt so groß war wie Wexfords eigenes, gehörte es in dieser Wohngegend zu den kleinsten. Die Häuser wurden immer größer und standen immer weiter voneinander entfernt, als er die Ecke erreichte, wo die Straße in den Winchester Drive einbog. Er wußte nicht mehr, wann er das letzte Mal in diesem Teil von Kingsmarkham gewesen war, es mußte Jahre her sein, aber nun fiel ihm ein, daß es die Gegend war, in der, wie Laurette Akande gesagt hatte, ihre Tochter immer joggen ging.

Es steigert den Wohnwert eines Vororts ungemein, wenn es so wirkt, als liege er in einer einsamen Waldgegend, wenn keine anderen Häuser zu sehen sind, keine Gartentore, wenn diskret in den Hecken plazierte Briefkästen der einzige Hinweis auf eine menschliche Siedlung sind. Das Viertel lag hoch oben, von der grünen, dicht mit Bäumen bestandenen Hügelkette aus konnte Wexford weit unten gerade noch den gewundenen Ringsbrook erspähen. Im Winchester Drive reichten die grünen Rasenflächen bis an die hohen Hecken und niedrigen Mäuerchen neben den Gehwegen, und dahinter, zwischen den hohen grauen Buchen, den zierlichen Weißbirken und den Ästen einer majestätischen Zeder, glaubte man, die Silhouette einer Backsteinmauer zu erahnen, weil man wußte, daß dort etwas sein mußte.

Die Gegenwart zweier Leute, einer Frau mit einem Korb voller dunkelrot glänzender Früchte und eines jungen Mannes etwa Anfang Zwanzig, der auf dem Rasen gerade eine Leiter an einen Kirschbaum lehnte, zerstörte dieses Bild unberührter Waldlandschaft schon mehr. Überrascht erkannte Wexford in der Frau Susan Riding, obwohl er sich seine Überraschung nicht erklären konnte, denn irgendwo mußte sie ja schließlich wohnen, und es hieß allgemein, sie sei recht wohlhabend. Der Junge sah seinem Vater verblüffend ähnlich, das gleiche strohblonde Haar, die nordischen Züge, die hohe Stirn, die derbe Nase und die breite Oberlippe.

Wexford wünschte einen guten Morgen.

Sie kam ihm entgegen. Wer sie nicht kannte und ihr außerhalb ihrer eigenen Umgebung begegnete, hätte sie für eine der Obdachlosen gehalten, die in Myringham auf der Straße schliefen. Sie trug einen Baumwollrock mit herunterhängendem Saum und ein T-Shirt, das ursprünglich wohl einem ihrer Kinder gehört hatte, denn auf dem ausgebleichten, roten Stoff war »University of Myringham« aufgedruckt. Ihr graublondes, gekräuseltes Haar wurde von einem Gummiband zusammengehalten.

Durch ihr Lächeln, fand er, wirkte sie wie verwandelt. Auf einmal wurde sie beinahe schön, verwandelte sich von einer Bettlerin zur Erdmutter.

»Die Vögel fressen uns die Kirschen weg. Ich hätte ja nichts dagegen, wenn sie sie ganz auffressen würden, aber sie picken bloß ein bißchen herum und lassen den Rest auf der Erde liegen.« Obwohl der Junge inzwischen in den Baum geklettert war und ihnen den Rücken zuwandte, stellte sie ihn vor: »Mein Sohn Christopher.« Er nahm nicht die geringste Notiz davon, und sie zuckte die Achseln, als hätte sie es nicht anders erwartet. »Man müßte sich wirklich von früh bis spät als Vogelscheuche hinstellen. Das haben wir letztes Jahr gemacht, aber damals hatte ich auch noch eine Hilfe. Wo bekommt man denn hierzulande noch Personal?«

»Ich weiß, es ist schwierig.«

»Selbermachen, wollen Sie damit wohl sagen? Das ist gar nicht so einfach, wenn man sechs Schlafzimmer hat und vier Kinder, die die meiste Zeit auch alle zu Hause wohnen. Mein Au-pair-Mädchen hat mich auch gerade verlassen.«

Plötzlich stieß Christopher einen seiner haarsträubenden Flüche aus, und die Wespe, die ihn belästigt hatte, schoß aus dem Baum hervor und steuerte auf Susan Riding zu. Die duckte sich und schlug mit der Hand nach dem Tier.

»Ich *hasse* diese Viecher. Wieso um alles in der Welt hat Gott eigentlich Wespen erschaffen?«

»Vielleicht, um sauberzumachen.« Ihr verwirrter Gesichtsausdruck nötigte ihn zu einer Erklärung. »Die Welt, meine ich.«

»Ach so. Ich muß mich übrigens noch herzlich bei Ihnen bedanken, daß Sie uns armen, verwundbaren Frauen Ihren Samstagabend geopfert haben. Ich habe Ihnen auch geschrieben, den Brief aber leider erst heute morgen eingeworfen.«

»Komm schon, Mum«, sagte der Junge im Baum oben. »Wir sollen die Dinger doch pflücken.«

Wexford rief zu ihm hinauf: »Kennen Sie ein Mädchen namens Melanie Akande?«

»*Was?*«

»Melanie Akande. Sie waren doch mal auf einen Drink mit ihr aus. Haben Sie sich öfter mit ihr getroffen?«

Susan Riding lachte. »Was denn, Mr. Wexford, soll das etwa ein Verhör sein? Ist sie das Mädchen, das vermißt wird?«

Christopher kam die Leiter herunter. »Vermißt? Das wußte ich gar nicht.«

Er war mindestens so groß wie Wexford. Seine Hände waren groß, seine Füße waren groß, und seine Schultern bullig.

»Melanie ist seit letztem Dienstag verschwunden«, sagte Wexford. »Haben Sie sie kürzlich gesehen?«

»Schon seit Monaten nicht mehr. Ich bin letzten Dienstag früh weggefahren. Ich kann Ihnen die Namen der Leute geben, mit denen ich unterwegs war, falls ich ein Alibi brauche. Ich kann Ihnen auch mein Flugticket zeigen, jedenfalls das, was davon übrig ist.«

»Christopher!« mahnte seine Mutter.

»Wieso fragt er ausgerechnet mich? Kann ich jetzt weiterpflücken?«

Wexford verabschiedete sich und ging. An der Ecke drehte er sich noch einmal um und konnte zwischen den Bäumen ziemlich deutlich das Haus erkennen, die Rückseite einer Villa im italienischen Stil mit weißen Wänden, grünem Dach und einem hohen Türmchen. An den Fenstern im Erdgeschoß konnte er sogar die Gitter ausmachen. Nun, als *Women, Aware!*-Frau ließ Susan Riding zweifellos Vorsicht walten. Das Haus schien eine Menge stehlenswerter Dinge zu beherbergen. Er bog in den Eton Grove ein und ging den Hügel hinunter. Für einen Moment war das Haus der Ridings von der Straße aus zu sehen und verschwand dann plötzlich hinter einer Ansammlung weiß blühender Büsche. Er trat zurück, um noch einmal einen Blick darauf zu werfen, bevor er links einbog und die paar hundert Meter bis zur Harrow Avenue ging.

Donaldson saß auf dem Fahrersitz des geparkten Wagens und las die *Sun*, die er beim Herannahen seines Vorgesetzten jedoch zusammenfaltete. Wexford vertiefte sich etwa zehn Minuten lang in seine eigene Zeitung. Ein junger Mann mit einer Kamera um den Hals tauchte an der Ecke auf, und Wexford legte die Zeitung rasch beiseite, obgleich der Passant offenbar nicht die Absicht hatte, ihn zu fotografieren, ihn nicht einmal bemerkt, geschweige denn seinen Fotoapparat aus der Bereitschaftstasche genommen hatte.

»Ich leide allmählich unter Verfolgungswahn.«
»Wie bitte, Sir?«
»Nichts. Ignorieren Sie mich einfach.«

Der Wagen tauchte plötzlich mit überhöhter Geschwindigkeit aus dem Nichts auf, bog in die Einfahrt von Hausnummer 101 ein und kam mit quietschenden Bremsen zum Stehen. Wexford sah sie sich aufmerksam an, als sie ausstieg und auf die Haustür zueilte, den Haustürschlüssel am gleichen Bund wie die Autoschlüssel. Sie war eine hochgewachsene, schlanke Frau, ein ziemlich heller Typ, in schwarzen Hosen und einem ärmellosen Oberteil. Zwei Minuten, nachdem sie hineingegangen war, klingelte er an der Haustür. Sie öffnete ihm selbst. Er hatte erwartet, daß sie älter wäre, vermutlich war sie vierzig, sah aber jünger aus. Er mußte plötzlich denken, daß sie um einiges jünger aussah als die arme Annette.

Kein Ehering. Das war eines der ersten Dinge, die ihm auffielen, auch, daß sie normalerweise einen Ring getragen hatte, denn an dem gebräunten Finger war ein schmaler Streifen weißer Haut zu sehen.

»Ich habe Sie schon erwartet«, sagte sie. »Kommen Sie doch bitte herein!«

Sie hatte eine kultivierte, angenehme Stimme, mit einem Akzent, den man vielleicht einem elitären Mädcheninternat zuordnen würde. Wexford wurde plötzlich überraschend bewußt, wie außerordentlich attraktiv sie war. Sie trug eine Frisur, die wie eine Kappe aus flachsblonden Federn wirkte, und war ungeschminkt. Ihre glatte Haut wirkte gesund und hatte einen leichten goldbraunen Schimmer. Nur um die Augen waren ein paar Fältchen. Ihr Oberteil hatte den gleichen meerblauen Ton wie ihre Augen, und die bloßen, gebräunten Arme hätten die eines jungen Mädchens sein können.

Er begann sich zu fragen, weshalb ein Mann, der ganz legitim und ehrbar so eine Frau daheim hatte, einer Annette nachstellte, doch er wußte, daß solche Fragen müßig waren. Zum einen war das Legitime, Ehrbare weniger aufregend als das Ungehörige und Verbotene, zum anderen lockte diese seltsame Sucht nach dem Schmutzigen, Ordinären, nach dem fleischgewordenen Softporno. Mrs. Snow trug garantiert keine durchsichtigen schwarzen und knallroten Mieder, sondern Calvin-Klein-Slips und Playtex-Sport-BHs.

Sie führte ihn in ein geräumiges Wohnzimmer mit grünem Teppichboden, genügend Sofas und Sesseln für zwanzig Personen und einem aus Cotswold-Stein gemauerten Kamin mit kupfernem Rauchfang. Offensichtlich wußte sie, weswegen er kam, und hatte sich ihre Antworten schon zurechtgelegt. Sie wirkte selbstbewußt, doch verbissen, ihre Bewegungen waren bedächtig, ihr Gesichtsausdruck starr und unerbittlich.

Er tastete sich langsam vor: »Sicher hat Ihnen Ihr Mann schon gesagt, daß er im Zusammenhang mit Annette Bystocks Tod vernommen worden ist.«

Sie nickte, legte ihren Ellbogen auf die Armlehne und stützte den Kopf in die Hand. Ihre ganze Körperhaltung drückte aus, daß sie sich nur mühsam im Zaum hielt.

»Am Abend des siebten Juli war Ihr Mann mit Ihnen und Ihrem Sohn hier zu Hause? Ist das richtig?«

Sie zögerte so lange mit ihrer Antwort, daß er die Frage schon wiederholen wollte. Als die Antwort schließlich kam, klang sie steif und kalt. »Wie kommen Sie denn darauf? Hat *er* das etwa behauptet?«

»Was soll das heißen, Mrs. Snow? Er war gar nicht hier?«

Der Seufzer, den sie nun ausstieß, war schwer und gedehnt wie bei einer Atemübung: tief einatmen, kräftig ausatmen.

»Mein Sohn war nicht hier. Er, das heißt mein Sohn Joel, war oben in seinem Zimmer. Da ist er unter der Woche abends immer, er hat eine Menge Hausaufgaben, er ist vierzehn. Oft sehen wir ihn dann bis zum Schlafengehen nicht mehr – und manchmal nicht einmal dann.«

Wieso erzählte sie ihm das alles? Den Jungen machte doch niemand für das Verbrechen verantwortlich!

»Sie und Ihr Mann waren also allein? Hier in diesem Raum?«

»Ich habe Sie gefragt, wie Sie darauf kommen. Mein Mann war gar nicht hier.« Ihr Gesichtsausdruck wirkte verträumt, wie in Trance, als sähe sie irgendwo in der Ferne einen herrlichen Sonnenuntergang; die Lippen hatte sie halb geöffnet. Plötzlich drehte sie sich zu ihm herum. »Mittwochs war er oft nicht hier. Mittwochs machte er Überstunden, wußten Sie das denn nicht?«

Damit hatte er überhaupt nicht gerechnet. Wenn Snow nicht zu Hause bei seiner Frau gewesen war, weshalb brachte er sie dann ins Spiel? Wenn ihm so sehr daran lag, sein Verhältnis mit Annette vor ihr geheimzuhalten, warum hatte er dann seine Frau als Alibi genannt? Wahrscheinlich hatte er keine andere Wahl gehabt... Wexford hatte keine Lust, Carolyn Snow über die amourösen Eskapaden ihres Gatten aufzuklären, doch es sah so aus, als bliebe ihm gar nichts anderes übrig. Snow hatte also kalte Füße bekommen, die Nerven verloren, hatte sich um das Geständnis gedrückt. Oder nicht. »Mrs. Snow, hat man Ihnen gesagt, daß Ihr Mann ein Verhältnis mit Annette Bystock hatte?«

Niemand kann unter einer Sonnenbräune erbleichen, doch ihre Haut zog sich zusammen und ließ sie älter aussehen. Die

Tatsache war ihr aber nicht neu. »O ja, er hat es mir gesagt.« Sie wandte sich ab. »Sie müssen wissen, bis gestern hatte ich keine Ahnung – nein, bis vorgestern. Ich wußte nichts, es wurde mir ›verheimlicht‹.« Mit einem leisen, kalten Lachen faßte sie ihre Gefühle für Männer wie Snow zusammen, für deren Wertmaßstäbe, deren Feigheit. »Er mußte es mir ja wohl sagen.«

»Hat er Sie vielleicht auch gebeten, mir zu sagen, Sie seien letzten Mittwoch mit ihm zusammengewesen?«

»Er hat mich um gar nichts gebeten«, erwiderte sie. »Davor hat er sich wohlweislich gehütet.«

Mehr war dazu vorerst nicht zu sagen. Das Ganze spielte sich völlig anders ab, als Wexford erwartet hatte. Bis zu diesem Zeitpunkt hatte er Snow nie ernsthaft verdächtigt, ihn nie als Kandidaten für die Rolle des Mörders in Betracht gezogen. Schließlich hatte Snow die Wohnung in Ladyhall Court nie betreten. Aber wenn man es so anging, war außer Ingrid Pamber und Annette selbst niemand in der Wohnung gewesen. Es gab keinerlei Hinweise auf Edwina Harris' Besuch oder – noch wichtiger – den Dieb, der irgendwann hereingekommen war und den Fernseher, das Videogerät und den Radiorecorder mitgenommen hatte. Der Dieb hatte Handschuhe getragen – Bruce Snow hätte dies auch tun können.

Er hatte am Dienstag abend mit Annette telefoniert, aber möglicherweise log er, wenn er behauptete, sie hätte gesagt, sie sei krank und könne sich am darauffolgenden Abend nicht mit ihm treffen. Sie liebte ihn, sie wies ihn niemals ab, für sie kam er immer an erster Stelle. Es war etwas anderes, nicht zur Arbeit zu gehen und Ingrid Pamber zu bitten, für sie einzukaufen, als ein ersehntes Stelldichein mit Snow auf die bloße Vermutung hin abzusagen, daß sie vierundzwanzig Stunden später immer noch krank sein würde.

Sie trafen sich aber doch immer in Snows Büro. Immer, außer vielleicht diesem einen Mal? Mir ist nicht gut, ich kann nicht aus dem Haus, hatte sie vielleicht gesagt, aber du könntest doch hierher kommen – warum kommst du nicht ausnahmsweise einmal zu mir? Und er hatte eingewilligt, war hingegangen, dageblieben, schließlich hatten sie sich gestritten, und er hatte sie umgebracht...

Bob Mole war nicht gewillt, Vine zu verraten, woher er das Radio hatte. Er rückte lediglich mit der Information heraus, daß es aus einem Räumungsposten von einem Wohnungsbrand stammte. Daß es keine Brandspuren aufwies, hieß noch gar nichts. Diese Teppiche da – hatte Vine sich die überhaupt angesehen? – waren auch nicht verkohlt. Die drei Eßzimmerstühle auch nicht. Ein Haufen anderes Zeug schon, aber so was würde ihm hier keiner abkaufen. Oder dachte Vine, er halte die Leute vielleicht für blöde?

Was das dann für ein Fleck sei, wollte Vine wissen. Da war Bob Mole überfragt. Wieso er das wissen sollte, und worauf Vine hinauswolle? Als Vine es ihm sagte, änderte sich die Lage. Das Wörtchen »Mord« war es, das ihn umdenken ließ, genauer gesagt der Mord an Annette Bystock, Kingsmarkhams hauseigener Mord, über den sogar das Fernsehen berichtete.

»War es ihr Radio?«

»Sieht ganz so aus.«

Bob Mole, kalkweiß geworden, verzog angewidert das Gesicht. »Das ist doch nicht etwa Blut, oder?«

»Nein, Blut ist es nicht.« Vine verkniff sich ein Lachen. »Das ist roter Nagellack. Sie hat ihn verschüttet. Und jetzt verraten Sie mir, woher Sie es haben.«

»Ich sag's Ihnen doch, Mr. Vine. Man hat es aus dem Feuer geholt.«

»Klar. Verstanden. Aber wer hat es den Flammen entrissen und in Ihre feuchten Hände gelegt?«

»Mein Lieferant«, sagte Bob Mole im Ton eines respektablen Einzelhändlers, der über eine landesweit geschätzte Großhandelsfirma spricht. »Sind Sie sicher, es ist das... von der toten Annette?« Er senkte die Stimme, als er ihren Namen aussprach, und sah verstohlen umher.

»Ein Fernseher und ein Video waren auch dabei«, sagte Vine.

»Die habe ich nie gekriegt, Mr. Vine, und das ist die absolute reine Wahrheit.« Er blickte noch einmal vorsichtig nach links und nach rechts, dann beugte sich Bob Mole vor zu Vine und flüsterte: »Er heißt Zack.«

»Hat er sonst noch einen Namen?«

»Schon möglich, aber den weiß ich nicht. Ich kann Ihnen aber sagen, wo er wohnt.«

Es folgte keine Adresse, sondern eine Wegbeschreibung. Die Adresse wußte Bob Mole nicht. Er sagte Vine, er solle bis ans unterste Ende der Glebe Lane gehen, bei dem Durchgang da neben der Stelle einbiegen, wo die Methodisten mal ihre Kirche hatten und wo jetzt so ein Laden drin ist, dann hintenherum an dem Schrottplatz vorbei, und im hinteren von den beiden Häuschen gegenüber von Tillers Pinselfabrik, da wohne er.

Als Burden davon erfuhr, machte er sich in Begleitung von Vine selbst auf die Jagd nach Bob Moles Zulieferer. Er erwartete etwas in der Art von Ingrid Pambers Behausung, doch im Vergleich zu dieser speziellen Ecke von Kingsmarkham wirkte deren Wohnung wie ein schickes Luxusappartment. Unsicherheit darüber, in welchem Cottage Zack wohnte, konnte kaum aufkommen, da das eine, das vorn an der Straße lag, sich als baufällig erwies und Tür und Fenster mit Brettern verbarrikadiert waren. Es sah gar nicht mehr aus wie eine menschliche

Behausung, eher wie ein Schuppen für verwahrloste Tiere, eine schmutzigbraune Hütte, auf deren zerbrochenen Dachziegeln gelbes Steinkraut wucherte.

Zacks Cottage sah kaum besser aus. Vor Jahren hatte jemand die Haustür mit rosa Farbe grundiert, sie aber nie fertig gestrichen, sondern die Oberfläche mit einem in viele verschiedene Farben getauchten Pinsel übermalt. Vielleicht das Werk eines der Arbeiter aus der kleinen Fabrik gegenüber. Ein zerbrochenes Fenster war mit Klebeband notdürftig geflickt, und an einem wackligen Spalier hingen die Ranken einer Kletterpflanze, die anscheinend schon vor Jahren abgestorben war.

»Die Gemeinde sollte sich wirklich mal um diese Bruchbude kümmern«, sagte Burden verdrießlich. »Ich möchte wissen, wofür wir eigentlich Steuern zahlen.«

Die junge Frau, die an die Tür kam, war dünn und blaß und kaum größer als eine Zwölfjährige. Auf ihrer mageren Hüfte trug sie einen brüllenden, etwa ein Jahr alten Jungen.

»Ja, was ist?«

»Polizei«, sagte Vine. »Können wir mal reinkommen?«

»Ach, halt die Klappe, Clint«, sagte sie zu dem Kind und schüttelte es halbherzig. Apathisch, voller Abneigung blickte sie von Barry Vine zu Burden und wieder zu Vine. »Erst will ich aber die Ausweise sehen, eher lass' ich Sie nicht rein.«

»Wer sind *Sie* denn überhaupt? erkundigte sich Vine.

»Kimberley. Für Sie Miss Pearson. Er ist aber nicht da.«

Die Dienstausweise kamen zum Vorschein, und sie begutachtete sie eingehend, wie um sich zu vergewissern, daß es keine Fälschungen waren. »Guck mal, Clint, das komische Foto von dem Mann«, sagte sie und drückte Vine den Kopf des Kleinen fast auf den Brustkorb.

Als Clint begriff, daß er die Fotos nicht haben durfte, begann er noch lauter zu brüllen, und Kimberley verlagerte ihn auf die andere Hüfte. Burden und Vine folgten ihr hinterher in eines, wie Burden später sagte, der übelsten Drecklöcher, die er je gesehen hatte. Den Geruch definierte er als ein Gemisch aus schmutzigen Windeln, Urin, Fett, in dem man etwa fünfzigmal Pommes frites gebraten hatte, Fleisch, das man zu lange draußen herumliegen hatte lassen, Zigarettenrauch und Hundefutter aus der Dose. Der Linoleumboden war an manchen Stellen völlig durchlöchert und mit klebrigen, haarigen Flecken und dunklen Ringen übersät. Die Asche vom letzten Winter lag um dem Kaminrost verstreut, auf dem sich Papier und Zigarettenkippen türmten. Vor einem riesigen Fernseher standen zwei Liegestühle. Das Gerät war zu groß, als daß es sich um Annettes handeln konnte, aber der Videorecorder daneben hätte ihr gehören können.

Kimberley setzte das Kind auf einem der Stühle ab und gab ihm eine Tüte Chips, die sie aus einem der zahlreichen Pappkartons zutage förderte, die überall herumstanden und als Schrank, Anrichte und Speisekammer dienten. Aus einer anderen Schachtel nahm sie sich ein Päckchen Silk Cut und Streichhölzer.

»Was wollen Sie von ihm?« fragte sie, während sie sich eine Zigarette anzündete.

»Dies und das«, sagte Vine. »Ist vielleicht was Größeres.«

»Was heißt Größeres?« sagte Kimberley. Sie hatte die blaßgrünen Augen einer weißen Katze. Haut und Haare glänzten speckig. »Der hat doch nie was Größeres gemacht.« Sie verbesserte sich. »Der hat doch nie was gemacht.«

»Wo ist er?«

»Der ist heute stempeln.«

Alle Wege, hatte Wexford gesagt, führten zum Arbeitsamt.

»Woher stammt der Videorecorder, Miss Pearson?« fragte Burden.

»Den hat mir meine Mum geschenkt«, kam die Antwort wie aus der Pistole geschossen. Das hatte aber gar nichts zu sagen.
»Mrs. Nelson heiß ich.«
»Ach so. Miss Pearson für ihn, und Mrs. Nelson für mich. Heißt er so? Nelson?«

Sie antwortete nicht. Nachdem er alle Chips vertilgt hatte, fing Clint wieder an zu brüllen. »Ach, Clint, verpiß dich«, sagte sie. Clint wurde vom Liegestuhl auf den Boden gesetzt. Dort krabbelte er zu einem der Lebensmittelkartons hinüber, zog sich daran hoch und fing an, den Karton Stück für Stück auszuräumen. Kimberley kümmerte sich nicht darum. Ohne einen Zusammenhang mit dem vorher Gesagten meinte sie plötzlich: »Die wollen das Ding hier abreißen.«

»Eine grandiose Idee«, sagte Vine.

»Ja, klar, Mann, eine grandiose Scheißidee ist das. Und was wird aus uns? Da denken Sie nicht dran, was, Sie sagen bloß...«, sie äffte ihn übertrieben nach, »›eine grandiose Idee‹.«

»Dann kriegen Sie eben eine andere Wohnung zugewiesen.«

»Von wegen! Vielleicht eine Frühstückspension. Wenn man eine andere Wohnung will, muß man sich selber eine suchen. Das Gute hier an dem Loch ist, das Department of Social Security zahlt die Miete. Aber bestimmt nicht mehr lang. Er ist doch schon paar Monate arbeitslos.«

Draußen holte Burden tief Luft, obwohl sie von den Dunstschwaden der Pinselfabrik leicht verunreinigt war. »Daß sie arbeitslos sind, hindert die Leute nicht daran, Kinder zu kriegen, was? Und Sie sehen, für Zigaretten reicht das Geld immer.«

Wenn ich in dieser Bruchbude hausen müßte, ich würde mich zu Tode paffen, dachte Vine, behielt das aber für sich.

»Haben Sie es gelesen, letzte Weihnachten stand über sie

etwas in der Zeitung. Ich erinnere mich noch an den Namen – Clint. Der Kleine hatte einen Herzfehler, im Krankenhaus in Stowerton haben sie ihn operiert. Der *Courier* war voll mit Fotos von ihm und Kimberley Pearson.«

Burden konnte sich nicht daran erinnern. Er war überzeugt, Zack Nelson würde ihnen durch die Lappen gehen, sich auf geniale Weise aus dem Staub machen. Kimberley hatte kein Telefon – also konnten sie Zack nicht erreichen, selbst wenn man Leute anrufen könnte, die im Arbeitsamt gerade Schlange standen. Burden wußte nicht, ob das möglich war, und Vine, so nahm er an, wußte es auch nicht. Aber als sie das Amt betraten, war Zack noch da.

Er war einer von etwa zwölf Leuten, die wartend auf den grauen Stühlen saßen. Burdens vermeintlich intelligente Vermutung, welcher von den sieben oder acht Männern er nun war, erwies sich als falsch. Der erste, auf den er zuging, ein etwa zweiundzwanzigjähriger Bursche mit blondem Bürstenschnitt, drei Ringen in jedem Ohrläppchen und einem im Nasenflügel, entpuppte sich als John MacAntony. Der einzige andere Mann, der Zack Nelson sein konnte, gab dies erst mit einem übertriebenen Achselzucken, dann mit einem Nicken zu.

Er war ziemlich groß und besaß von allen Männern hier die beste körperliche Verfassung. Anscheinend trainierte er mit Hanteln, denn sein Körper war sehnig und straff, und er brauchte die Arme nicht erst anzuwinkeln, um die kräftigen Muskelpakete zu zeigen, über die sich die Ärmel seines schmutzigen, roten Polohemds spannten. Sein langes Haar, ebenso fettig glänzend wie das von Kimberley, war zu einem Zöpfchen geflochten und mit einem Schnürsenkel zusammengebunden. Im Halsausschnitt seines Hemdes war unter der dunklen, gekräuselten Behaarung eine in grünlichblauer, roter und schwarzer Farbe kunstvoll ausgeführte Tätowierung zu sehen.

»Mein Freund«, sagte Burden.

»Moment, ich bin jetzt gleich dran«, erwiderte Zack, ohne sich der Ironie der Formulierung bewußt zu werden.

Burden war etwas verblüfft, aber dann sah er, daß Zack die Neonschilder an der Decke gemeint hatte. Wenn seine Nummer aufleuchtete, würde er an einen Schalter gehen und sich rückmelden.

»Wie lang wird das dauern?«

»Fünf Minuten. Vielleicht zehn.« Zack sah Burden mit dem gleichen Gesichtsausdruck an, mit dem dieser den Gestank in dem Häuschen quittiert hatte. »Was soll die Hektik?«

»Keine Hektik«, sagte Burden. »Wir haben viel Zeit.«

Sie traten beiseite und nahmen auf den grauen Stühlen Platz. Burden fummelte an einer der Zimmerpflanzen herum, die in einem Trog neben ihm stand. Das Blatt hatte die etwas klebrige, gummiartige Konsistenz von Polyäthylen.

Vine sagte mit gedämpfter Stimme: »Er sieht Ihnen tatsächlich sehr ähnlich. Ich meine, wenn Sie sich die Haare wachsen lassen und sich nicht so oft waschen würden. Der könnte glatt Ihr jüngerer Bruder sein.«

Dies erzürnte Burden, aber er sagte nichts. Doch dann fiel ihm ein, daß Percy Hammond erwähnt hatte, der Mann, den er in jener Nacht aus Ladyhall Court hatte kommen sehen, sehe ihm ähnlich. Falls das stimmte, und Vine hatte es ja eben bestätigt, sprach es sehr für die Beobachtungsgabe des Alten. Es bedeutete, daß man dem alten Mann trauen konnte.

Er sah sich in dem großen Raum um. Am Schalter saßen Osman Messaoud, Hayley Gordon und Wendy Stowlap. Letztere litt offensichtlich unter einer Allergie, denn sie wischte sich mit bunten Papiertüchern aus einer vor ihr stehenden

Schachtel dauernd die Nase ab. Alle waren mit Klienten beschäftigt. Cyril Leyton stand vor seinem Büro und war in ein angeregtes Gespräch mit dem Wachmann vertieft.

Messaouds Klientin war inzwischen fertig und machte den Platz am Schalter frei. Eine Nummer leuchtete rot auf, und der Junge mit den Ringen in Nase und Ohren trat heran. Von Burdens Platz aus waren die Berater nicht zu sehen, lediglich die Seitenwände der Schalter. Burden stand auf und begann scheinbar ziellos umherzuwandern, hütete sich jedoch davor, Leyton zu nahe zu kommen. Der Erstantragsberater neben Peter Stanton war wohl Annettes Nachfolger, saß aber so weit von Burden entfernt, daß dieser sein Namensschild nicht lesen konnte. In Anbetracht der neugewonnenen Erkenntnisse nahm Burden sich vor, Stanton noch einmal zu befragen.

Immerhin hatte er zugegeben, mit Annette ausgegangen zu sein. Hatte sie seine Gesellschaft gesucht, weil sie eine bessere Wahl als Bruce Snow anstrebte? Und wenn dem so wäre, was war schiefgegangen?

Das Geschrei einer Frau riß ihn aus seinen Gedanken, und er drehte sich um. Dies war der erste »Zwischenfall«, seit sie dem Arbeitsamt regelmäßige Besuche abstatteten. Die Frau, eine fette, ungepflegte Person, hatte sich bei Wendy Stowlap wegen eines verlorengegangenen Schecks beschwert, und Wendy hatte anscheinend gerade mittels Computer nachgeprüft, ob man ihn ihr geschickt hatte. Mit der Antwort war die Frau aber anscheinend nicht zufrieden, und so wurde aus dem Strom von Beschwerden ein Sturzbach von Beleidigungen, der in dem Aufschrei gipfelte: »Sie Hure, Sie!«

Wendy sah ungerührt hoch und entgegnete achselzuckend: »Woher wissen Sie das?«

Von Peter Stanton war ein leises Kichern zu hören, als er an ihrem Schalter vorbeiging, um sich ein Faltblatt vom Ständer zu holen. Daraufhin richtete die Frau ihre wüsten Beschimpfungen an ihn, und Burden überlegte einen Augenblick, ob er eingreifen sollte. Doch die Mitarbeiter schienen mit Schmähreden ganz gut fertig zu werden, und die Frau beruhigte sich bald wieder.

Endlich leuchtete Zack Nelsons Nummer in rotem Neonlicht auf, und er ging zu Hayley Gordon hinüber. Vine fand, daß sie ein bißchen wie Nelsons Freundin Kimberley aussah, nur sauberer, besser gekleidet und – offen gesagt – besser ernährt. Was Zack wohl bekam? Hier bestimmt gar nichts, aber wenn sein Barscheck eintraf, könnte er auf dem Postamt seine etwa vierzig Pfund Arbeitslosenunterstützung einlösen, und das Department of Social Security würde Unterhalt für Kimberley und Clint zahlen – oder bekam Kimberley Kindergeld für Clint? So etwas stand doch immer der Mutter zu, oder nicht? Vine mußte zugeben, daß er es nicht wußte. Jedenfalls waren sie bestimmt nicht arm, weil es ihnen Spaß machte.

Dies waren jedoch seine ganz privaten Gedanken, die seine Haltung Zack gegenüber, einem Dieb, wie er dachte, einem Gauner, nicht beeinflussen würden. An Ort und Stelle durften sie ihn nicht gleich verhaften, außer wenn sie von den Mitarbeitern des Arbeitsamtes dazu aufgefordert wurden. »Wir unterhalten uns im Auto weiter«, sagte er, als Zack zurückkam, nachdem für die nächsten vierzehn Tage seine Unterstützung gesichert war.

»Über was?«

»Über Bob Mole«, erwiderte Burden, »und über ein Radio, an dem Blut klebt.«

Es ging ganz leicht, sagte er später zu Wexford, so leicht, wie wenn man einem Baby ein Pfefferminzbonbon aus dem Mund nimmt, das ihm nicht schmeckt. »Das war doch kein

Blut«, sagte Zack. Sofort begriff er, was er da gesagt hatte, verdrehte die Augen und schlug sich mit der flachen Hand auf den Mund.

»Wieso kein Blut?« fragte Vine und beugte sich gespannt herüber.

»Die ist doch erdrosselt worden. Das kam im Fernsehen und stand auch in der Zeitung.«

»Dann geben Sie also zu, daß Sie in Annette Bystocks Wohnung waren und daß es ihr Radio war?«

»Hören Sie, ich...«

»Wir fahren jetzt aufs Revier, Sergeant Vine. Zack Nelson, Sie brauchen nicht zu antworten, ich mache Sie jedoch darauf aufmerksam, daß alles, was Sie sagen, zu Protokoll genommen und zur Beweisführung...«

10

»Aber nicht wegen Mord?« sagte Zack im Vernehmungsraum. Wexford antwortete ihm nicht. »Wie heißen Sie überhaupt *richtig*? Zachary? Zachariah?«

»Wie, was? Nein, Mann. Zack heiß' ich. Da war mal so ein Sänger, der hat seinen Sohn Zack genannt, von dem hat es meine Mum. Okay? Ich will wissen, ob Sie mir den Mord an der Frau anhängen wollen.«

»Sagen Sie uns, wann Sie die Wohnung betreten haben, Zack«, meinte Burden. »Das war Mittwoch abend, stimmt's?«

»Wer sagt, daß ich die Wohnung überhaupt betreten habe?«

»Sie hat Ihnen doch das Radio nicht persönlich als Geburtstagsgeschenk gebracht.«

Dies war ein Glückstreffer für Wexford, der nichts mit kluger Detektivarbeit zu tun hatte. Wenn es statt Juli Dezember gewesen wäre, hätte er eben »Weihnachtsgeschenk« gesagt. Zack starrte ihn geradezu entsetzt an, wie einen Hellseher mit erwiesenermaßen übernatürlichen Kräften.

»Woher wissen Sie, daß Mittwoch mein Geburtstag war?«

Wexford konnte nur mit Mühe ein Lachen unterdrücken. »Na, dann herzlichen Glückwunsch. Wann haben Sie die Wohnung betreten?«

»Ich will meinen Anwalt sprechen«, erwiderte Zack.

»Ja, das kann ich mir denken. Würde ich an Ihrer Stelle auch. Den können Sie später anrufen. Ich meine, Sie können sich später einen suchen und ihn anrufen.« Zack warf ihm einen argwöhnischen Blick zu. Wexford sagte: »Nun zu dem Ring.«

»Was für ein Ring?«

»Ein Rubin im Wert von zweitausend Mäusen, so über den Daumen gepeilt.«

»Keine Ahnung, von was Sie reden.«

»War sie tot, als Sie ihr den Ring vom Finger nahmen?«

»Ich habe ihr keinen Ring vom Finger genommen. Der war gar nicht an ihrem Finger, der lag auf dem Tisch!« Wieder war er in die Falle getappt. »Verdammte Scheiße«, sagte er.

»Am besten fangen Sie ganz von vorn an, Zack«, schlug Burden vor. »Sagen Sie uns alles.« Im stillen pries er das Aufnahmegerät, das alles aufgezeichnet hatte. So war nichts anzufechten.

Zack protestierte noch ein bißchen und gab schließlich klein bei. »Was ist drin für mich, wenn ich Ihnen verrate, was ich gefunden habe und was ich gesehen habe?«

»Wie wär's, wenn Sie statt am Freitag gleich morgen früh vor Gericht aussagen? Dann müssen Sie bloß eine Nacht in die Zelle. Sergeant Camb bringt Ihnen auch eine Diät-Cola als Schlaftrunk.«

»Hören Sie doch auf mit dem Scheiß. Wenn ich Ihnen sage, was ich weiß, könnte ich Ihnen ja helfen, den Killer zu finden.«

»Das werden Sie sowieso, Zack. Sie wollen doch wohl nicht wegen Behinderung der Polizei *und* wegen Einbruchdiebstahls vor Gericht.«

Zack, der, wie Wexford aus dem Computer erfahren hatte, über ein eindrucksvolles Register geringfügiger Vergehen verfügte, kannte sich aus. »Das war kein Einbruchdiebstahl. Es war gar nicht dunkel. Ich mußte nicht einbrechen, um da reinzukommen.«

»Nur so eine Redensart«, sagte Burden. »Ich nehme an, Sie fanden die Tür unverschlossen und sind einfach hineinspaziert?«

Ein schlauer Ausdruck erschien auf Zacks Gesicht, wodurch es irgendwie schief aussah. Er hatte etwas Unheimliches an sich, etwas, das man gemeinhin als böse bezeichnet. Er kniff die Augen zusammen. »Ich trau' meinen Augen nicht«, sagte er im Plauderton. »Ich probiere am Türgriff rum, und die Tür geht auf. Fand ich schon komisch.«

»Bestimmt. Einbruchswerkzeuge hatten Sie aber dabei, was, nur für den Fall der Fälle? Sie sagten gerade, es war gar nicht dunkel. Was soll das heißen?«

»Na, es war doch fünf Uhr früh! Da war's schon eine Stunde hell.«

»Mit den Hühnern aufgestanden, was, Zack?« Burden konnte sich ein Grinsen nicht verkneifen. »Sind Sie immer so früh auf den Beinen?«

»Der Kleine hat mich geweckt, da konnte ich nicht mehr einschlafen. Ich bin ein bißchen im Kombi rumgefahren, um einen klaren Kopf zu kriegen. Wie ich dort vorbeifahre, ganz langsam – Geschwindigkeitsbeschränkung, okay? –, steht die Haustür offen, und ich denke, ich schau' mal rein, was los ist.«

»Möchten Sie Ihre Aussage zu Protokoll geben, Zack?«

»Ich will meinen Anwalt sprechen.«

»Wissen Sie was? Wir nehmen das jetzt zu Protokoll, und dann suchen wir in den Gelben Seiten einen Anwalt für Sie heraus. Was halten Sie davon?«

Auf einmal gab Zack nach. Ohne Vorwarnung schien er urplötzlich zusammenzuklappen. Erst aufsässig, war er im nächsten Moment kleinlaut. »Na gut«, sagte er mit einem ausgiebigen Gähnen. »Ich bin todmüde. Ich krieg' ja nie genug Schlaf wegen meinem Kleinen da.«

Freitag, den neunten Juli, ungefähr um fünf Uhr morgens – lautete Zack Nelsons Aussage – betrat ich die vordere Erdgeschoßwohnung, Ladyhall Avenue 15, in Kingsmarkham. Ich hatte keine Einbruchswerkzeuge bei mir und brach weder die Tür noch das Schloß auf. Ich trug Handschuhe. Die Wohnungstür war unverschlossen. Es war nicht dunkel. Obwohl im Wohnzimmer die Vorhänge vorgezogen waren, konnte ich gut sehen. Ich sah einen Fernseher, einen Videorecorder, einen CD-Spieler und einen Radiorecorder. Diese Gegenstände entfernte ich aus der Wohnung, wozu ich zwei Gänge machen mußte.

Ich kehrte in die Wohnung zurück und öffnete die Tür zum Schlafzimmer. Zu meiner Überraschung lag dort eine Frau im Bett. Zuerst dachte ich, sie würde schlafen. Etwas an ihrer Haltung machte mich stutzig. Es war die Art, in der ihr Arm herunterhing. Ich näherte mich, berührte sie aber nicht, da ich sehen konnte, daß sie tot war. Auf dem Tisch neben dem Bett befanden sich ein Ring und eine Armbanduhr. Ich berührte diese Gegenstände nicht, sondern verließ rasch die Wohnung, wobei ich darauf achtete, die Tür hinter mir zu schließen. Ich trug den Fernseher, den Videorecorder und den Radiorecorder in den Kombi, den ich mir vom Vater meiner Freundin geliehen hatte, und fuhr nach Hause. Ich handle mit gebrauchten elektronischen Geräten und hatte einige derselben aus einem Fabrikfeuer geborgen. Den Radiorecorder verkaufte ich zusammen mit mehreren dieser Geräte zum Preis von sieben Pfund an Mr. Bob Mole. Der Fernseher und der Videorecorder befinden sich derzeitig in meiner Wohnung, Lincoln Cottages 1, Glebe End, Kingsmarkham.

»Mir gefällt die Tugendhaftigkeit, mit der er die Tür hinter sich geschlossen hat, Ihnen nicht?« sagte Wexford, nachdem Zack in einer der beiden Zellen untergebracht worden war, über die das Polizeirevier von Kingsmarkham verfügte. »Das erklärt zumindest, weshalb die Tür bei Miss Pambers Ankunft verschlossen war. Falls jemand vom Arbeitsamt den Bericht über die morgige Strafverhandlung liest, verliert Zack seinen Anspruch auf Arbeitslosengeld. Der *Courier* wird ihn als Händler für Elektronikgeräte bezeichnen.«

»Dort, wo Zack hingeht, wird er kein Geld brauchen«, sagte Burden.

»Nein, aber Kimberley und Clint. Ich weiß gar nicht, was in solchen Fällen passiert. Wird den Angehörigen der Unterhalt gestrichen? Na ja, mehr als ein halbes Jahr wird er nicht bekommen, und davon sitzt er vielleicht viereinhalb Monate ab.« Wexford zögerte. »Wissen Sie, Mike, irgendwas stimmt da nicht, irgendwas ist faul an der Sache.«

Burden zuckte die Schultern. »Zum Beispiel, daß er die Tür unverschlossen fand, daß ihm die ganze Wohnung offenstand? Daß er den Ring nicht mitgenommen hat?«

»Ja, aber das meine ich gar nicht. Die vordere Haustür ist ja oft nicht abgeschlossen, und wir wissen inzwischen, daß Ingrid Pamber Annettes Tür nur eingeklinkt hat. Er behauptet, er hätte sich nicht getraut, einen Ring und eine Uhr zu nehmen, die neben einer Leiche liegen, und ich glaube ihm. Was mir komisch vorkommt, ist, daß er angeblich nichts über die Wohnungen und ihre Bewohner wußte, bevor er hineinging. Nach dem, was er sagt, ist er einfach hineingeschlüpft, ohne sich die Mühe zu machen, die Tür hinter sich zu schließen. Er konnte nicht schlafen, aber dann ging er nicht zu Fuß ein bißchen hinaus, sondern fuhr in seinem Kombi herum. Und zufällig trug er auch Handschuhe. Bei einer Hitzewelle im Juli? Seiner

Aussage nach hatte er keine Einbruchswerkzeuge bei sich, aber was dachte er eigentlich, wie viele Leute es gibt, die leichtsinnige Freunde haben und nachts ihre Wohnungstür nicht abschließen?«

»Im Vorderhaus sind nur zwei Wohnungen«, sagte Burden. »Er hatte ja nichts zu verlieren. Er brauchte bloß an Annettes Tür zu rütteln und es dann oben bei den Harris' zu versuchen. Wenn beide verschlossen waren, hatte er eben Pech, für ihn war es nicht weiter schlimm.«

»Ich weiß. Das sagt er ja selbst. Unverschämtes Glück für ihn, daß schon die erste Tür unverschlossen war, nicht?«

»Vielleicht war es gar nicht die erste Tür.«

»Das behauptet er aber. Und damit wären wir bei der nächsten Unstimmigkeit. Wenn es tatsächlich so ist, wie er sagt, dann konnte er nicht wissen, ob jemand in der Wohnung war oder nicht. Was sollen wir davon halten? Von draußen hatte er gesehen – und sich erinnert, kalkuliert, kombiniert –, daß in der unteren Wohnung sämtliche Vorhänge zugezogen waren, dann hatte er die offene Haustür entdeckt und daraus gefolgert, daß niemand zu Hause war? Nach der Devise, niemand hält sich nachts in einer unverschlossenen Wohnung auf, aber es wäre möglich, daß jemand ausgeht und vergißt abzuschließen? Ziemlich wacklige Geschichte.«

»Sicher, das war sein Risiko. Aber Einbruch ist immer ein Risiko, Reg.«

Wexford wirkte nicht besonders überzeugt. Er versuchte immer, die Motive und Eigenheiten der menschlichen Natur zu ergründen, während Burden sich auf die harten Fakten konzentrierte, die er, so abwegig sie auch erscheinen mochten, niemals in Zweifel zog. Auf dem Weg zum Arbeitsamt, den er diesmal zu Fuß zurücklegte, dachte Burden daran, daß Wexford ihm einmal gesagt hatte, mit Sherlock Holmes' Methoden ließe sich kaum ein Kriminalfall lösen. Ein Paar Hausschuhe mit versengten Sohlen konnte bedeuten, daß ihr Träger unter starkem Schüttelfrost gelitten hatte, genausogut aber auch, daß er einfach kalte Füße gehabt hatte. Ebensowenig ließ sich aus der Tatsache, daß jemand eingehend ein Porträt an der Wand betrachtete, die Schlußfolgerung ziehen, er mache sich Gedanken über Leben und Karriere des Abgebildeten, da er genausogut darüber nachdenken konnte, wie sehr das Bild seinem Schwager ähnelte, schlecht gemalt war oder wieder einmal abgestaubt werden müßte. Wenn es um die menschliche Natur ging, so blieb einem nichts anderes übrig, als zu raten – und zu versuchen, richtig zu raten.

Er fing Peter Stanton auf dem Weg zur Mittagspause ab.
»Könnten wir uns ein bißchen unterhalten?«
»Wenn es mir den Appetit nicht verschlägt.«
»Ich muß auch etwas essen«, sagte Burden.
»Kommen Sie mit.« Stanton führte Burden durch die Tür mit der Aufschrift »Privat« auf den Parkplatz hinaus. Es war eine Abkürzung zur High Street.

Burdens Frau Jenny oder Wexford hätten den Mann wahrscheinlich als Byron-Typ bezeichnet. Er hatte dieses dunkle, piratenhafte gute Aussehen, das Frauen angeblich so attraktiv finden, ein schönes, aber verlebtes Gesicht – was man im allgemeinen auf zügellose Ausschweifungen zurückführen würde –, gewelltes, dunkles Haar, das Burdens persönlichem strengem Urteil nach zerzaust war, und ein Blitzen im Auge, das auf eine Neigung zu Brutalität oder auch nur Gier hindeutete. Stanton trug einen kieselgrauen, ziemlich zerknitterten Leinenanzug, seine Krawatte, die er wohl auf Geheiß von Leyton zu tragen hatte, war locker unter dem Kragen eines nicht sonderlich sauberen Hemdes geknüpft, dessen oberster Knopf offenstand. Falls es so etwas wie eine zurückgelehnte Gangart gibt, so hatte Stanton die eingelegt, lässig schlenderte er einher, die Hände tief in den unförmigen Taschen seiner verbeulten Hosen vergraben. Am Eingang einer Sandwich-Bar mit vier unbesetzten Tischen, die gegenüber der Theke an die Wand gerückt standen, machte er halt und hielt den Daumen in die Höhe.

»Hier komme ich immer her. Okay?«

Burden nickte zustimmend. Als er das letzte Mal in einem derartigen Lokal gewesen war, von denen es in Kingsmarkham mittlerweile drei gab, hatte er »1A-Süßwasserkrabben« gegessen und danach drei Tage mit einer Magen-Darm-Entzündung im Bett gelegen. Als Stanton sich ein Sandwich mit Garnelensalatfüllung aussuchte, blieb er standhaft bei Käse mit Tomate. Kommentarlos sah er zu, wie Stanton den Inhalt eines Flachmanns in sein Sprite goß.

»Ich möchte Sie danach fragen, was Sie Ihren Klienten so erzählen.«

»Nicht mal die Hälfte dessen, wozu ich Lust hätte.«

Ziemlich unterkühlt erwiderte Burden: »Insbesondere möchte ich wissen, was Annette zu Melanie Akande gesagt haben könnte.«

»Was genau meinen Sie?«

»Ich will wissen, wie das abläuft, wenn ein neuer Antragsteller das Formular abgibt – ESJ irgendwas heißt das ja oder so ähnlich, stimmt's? – und einen Termin für die Arbeitslosmeldung bekommt.«

»Sie wollen wissen, was sie zu dem Mädchen gesagt hat, wie sie sie beraten hat, und so weiter?«

Stanton klang schrecklich gelangweilt. Sein Blick war zu der jungen Kellnerin hinübergewandert, die aus der Küche kam und sich nun zu dem Mann hinter der Theke gesellte. Sie war etwa zwanzig, groß, blond und sehr hübsch. Über ihrem weit ausgeschnittenen, roten T-Shirt und dem knappen, kurzen Schlauchrock, der fest wie ein Wickelverband saß, trug sie eine weiße Schürze.

»Genau das, Mr. Stanton.«

»Okay.« Stanton nahm einen Schluck von seinem Sprite-Cocktail. »Annette hat sich wahrscheinlich das Antragsformular angesehen und kontrolliert, ob alles richtig ausgefüllt war. Man muß insgesamt fünfundvierzig Fragen beantworten, das ist ziemlich kompliziert, bis man sich mal auskennt. Es ist... na ja, sagen wir mal, normalerweise macht ein Antragsteller beim ersten Mal immer Fehler. Die Antragsteller*in*, sollte ich besser sagen. Die schmecken aber komisch, die Garnelen, irgendwie fischig.«

»Garnelen *sind* Fisch«, sagte Burden.

»Ja, aber Sie wissen schon, was ich meine, irgendwie streng, wie der Geruch von einem Fischgeschäft. Ob ich die essen soll, was meinen Sie?«

Burden gab keine Antwort. »Und weiter, was hätte Annette ihr sonst noch sagen können?«

»Hier ist öfter mal was faul mit dem Essen, aber dafür haben sie hübsche Miezen. Wahrscheinlich komme ich deswegen immer wieder.« Stanton bemerkte Burdens Basiliskenblick. »Okay, also wenn sie mit dem Antrag fertig war, wird sie der Klientin, dieser Melanie, gesagt haben, wann sie sich rückzumelden hat. Das geht immer alphabetisch. Dienstag von A bis K, Mittwoch von L bis R, Donnerstag von S bis Z. Montags und freitags keine Meldungen. Wie, sagten Sie, hieß sie? Akande? Dann war sie am Dienstag dran. Alle zwei Wochen dienstags.

Annette wird ihr erklärt haben, daß man sich regelmäßig melden muß, um nachzuweisen, daß man noch unter den Lebenden weilt, daß man nicht abgehauen ist oder gestorben, daß man arbeiten will und sich aktiv um Arbeit bemüht, und dann wird sie gesagt haben, daß man, sobald man sich arbeitslos gemeldet hat, einen Barscheck zugesandt bekommt. Der geht an die Privatadresse, und man kann ihn auf der Post einlösen oder auf sein Bankkonto einzahlen, wenn man will. Das alles wird sie ihr erklärt haben. Und dann hat sie Melanie sicher gefragt, ob sie noch irgendwelche Fragen habe. Melanie hatte nicht mehr als zwanzig Minuten bei Annette, für recht viel mehr blieb da keine Zeit.«

»Mal angenommen, sie hatte ein Stellenangebot für Melanie? Hätte das sein können? Wie wäre es dann weitergegangen?«

Stanton gähnte. Sein zweites Sandwich hatte er nicht angerührt. Er nahm nun abwechselnd Blickkontakt mit dem Mädchen im Stretchrock und einer Sandwichmamsell auf, die von irgendwo aus der Versenkung aufgetaucht war. Diese Frau hatte mahagonifarbene Haare, die ihr zur Taille reichten, und schien bis auf eine weiße Kochmütze und einen weißen Baumwollkittel, der etwa vier Zentimeter unterhalb ihrer Schamgegend endete, unbekleidet zu sein. Auf Burdens vernehmliches Räuspern hin riß Stanton den Blick nur zögernd von ihnen los und seufzte leise. »Es gibt ja keine Jobs, wissen Sie. Die sind dünn gesät. Schon möglich, daß Annette sogar was Geeignetes für diese Melanie hatte, eine Klientin mit Hochschulabschluß. Na ja, ab und zu hatte sie schon mal etwas.«

»Wo, in einer Akte? In einer Kartei?«

Stanton sah ihn mitleidig an. »Sie hätte es im Computer gefunden.«

»Und falls sie für Melanie ein Angebot hatte?«

»Dann hätte sie den Arbeitgeber angerufen und für Melanie einen Termin für ein Bewerbungsgespräch vereinbart. Hat sie aber nicht«, fügte Stanton unerwarteterweise hinzu. »Das kann ich Ihnen mit Sicherheit sagen. Die Berater für Neuanträge haben beide dieselben Sachen im Computer, und für ein zweiundzwanzigjähriges Mädchen mit einem Abschluß in Darstellender Kunst war absolut nichts dabei. Sie können es ja nachprüfen, aber ich kann Ihnen gleich sagen, daß nichts dabei war.«

»Woher wissen Sie, daß sie diesen Abschluß hatte?«

»Das hat sie mir noch kurz erzählt, bevor ich sie vergewaltigt und erdrosselt habe.« Doch dann mußte Stanton wieder eingefallen sein, daß es strafbar war, der Polizei die Zeit zu stehlen, und er sagte verdrießlich: »Okay, ich hab's in der Zeitung gelesen.«

Burden holte sich eine Tasse Kaffee. »Und mehr war da nicht?« fragte er. »Keine weitere Beratung? Sie sind doch als Berater tätig, oder nicht?«

»Das *ist* ja die Beratung, sie hat ihr gesagt, wie sie sich melden soll, und ihr das mit dem Barscheck erklärt. Was wollen Sie noch?«

Für einen kurzen Augenblick war Hoffnung in Burden aufgekeimt. Allmählich hatte sich ein mögliches Szenario herauskristallisiert: Vom Arbeitsamt aus war Melanie zu einem Bewerbungsgespräch aufgebrochen, von dem sie nie zurückgekehrt war. Nur Annette wußte, wohin sie gegangen war und weshalb und – vor allem – wen sie aufgesucht hatte. Doch seine sorgsam ausgearbeitete Konstruktion stürzte gleich wieder in sich zusammen, und als er Stanton fragte, ob Melanie Annette vielleicht etwas Vertrauliches, Heimliches oder auch Unheimliches gesagt haben könnte, womöglich etwas, das die Polizei interessieren könnte, war er nicht überrascht, daß dieser kopfschüttelnd abwinkte.

»Ich muß wieder hinüber.«

»Na gut.« Burden erhob sich.

»Ich habe selber einen Abschluß in Darstellender Kunst«,

sagte Stanton plötzlich unvermittelt. »Wahrscheinlich habe ich es mir deshalb gemerkt. Ich hatte beschlossen, ein großer Schauspieler zu werden, ein zweiter Sir Lawrence Olivier, natürlich um einiges attraktiver. Fünfzehn Jahre ist das jetzt her, und was ist aus mir geworden?«

Gelangweilt von diesem Gerede und ohne Mitgefühl meinte Burden, während sie auf die Straße hinaustraten: »Ist Annette irgendwann einmal bedroht worden?«

»Annette? Auf dem Amt? Gott segne Ihren Polizistenhelm, wenn Sie denn einen hätten, das werden wir doch andauernd. *Andauernd.* An den Schaltern ist es noch schlimmer. Was glauben Sie wohl, warum wir einen Sicherheitsbeamten haben? In neunundneunzig Prozent der Fälle passiert nichts, sie drohen bloß, sie würden ›es uns schon zeigen‹. Manche unterstellen uns, wir hätten ihre Schecks selbst eingesteckt, ihre Antragsformulare absichtlich verloren, und solche Sachen. Dann kommen sie daher und wollen ›es uns zeigen‹ oder ›uns was antun‹.

Und dann gibt es noch die, die bescheißen. Die wissen genau, daß sie sich unter mehreren verschiedenen Namen arbeitslos gemeldet haben, und denken dann, wir hätten sie den Inspektoren vom Department of Social Security gemeldet, und darum wollen sie es uns schon noch zeigen...«

Burden fiel wieder ein, daß Karen Malahyde einmal wegen eines »Zwischenfalls« ins Arbeitsamt gerufen worden war, ein andermal waren Pemberton und Archbold hingefahren. Damals hatte er nicht weiter darüber nachgedacht. Unvermittelt sagt er zu Stanton: »Sie sind ein paarmal mit ihr ausgegangen?«

»Mit Annette?« Stanton wurde plötzlich reserviert und argwöhnisch. »Zweimal, um es genau zu sagen. Das war vor drei Jahren.«

»Wieso zweimal? Warum nicht öfter? Ist etwas passiert?«
»Ich habe sie nicht gebumst, wenn Sie das meinen.« Stanton, der die ganze Zeit mit ausladenden, gemächlichen Schritten neben ihm hergeschlendert war, blieb auf einmal unschlüssig mitten auf dem Gehweg stehen, setzte sich dann auf das Mäuerchen vor einem Maklerbüro und nahm eine Schachtel Zigaretten aus einer ausgebeulten Hosentasche. »Cyril, der Quirlige, rief mich zu sich ins Büro und sagte, das müsse aufhören. Verhältnisse mit Kollegen anderen Geschlechts seien schlecht fürs Image. Ich fragte ihn, ob es in Ordnung wäre, wenn ich Osman ficke, aber er sagte bloß, ich solle nicht so ordinär sein, und damit war die Sache erledigt.«

Burdens Miene legte beredtes Zeugnis davon ab, daß er ausnahmsweise völlig mit Leyton übereinstimmte, er sagte jedoch nichts.

»Es hat mir nicht viel ausgemacht.« Stanton nahm einen tiefen Zug aus seiner Zigarette und stieß den Rauch in zwei blauen Säulen aus der Nase aus. »Ich war nicht besonders erpicht darauf, als – wie soll ich sagen? – na ja, sie hat mich bloß benutzt, um ihren Kerl eifersüchtig zu machen, damit der seine Frau verläßt und sie heiratet. Denkste, Puppe! Sie hat mir das tatsächlich erzählt – daß sie dem Burschen weismachen wollte, ich sei scharf auf sie, und wenn er sie nicht verlieren wollte, müßte er seinen Mist auf die Reihe kriegen. Nett, was?«

»Waren Sie in ihrer Wohnung?«

»Nein, war ich nie. Als ich mit ihr ins Kino ging, haben wir uns dort getroffen und danach noch einen Kaffee getrunken. Das nächste Mal waren wir bloß auf ein paar Drinks und eine Pizza im Pub und sind danach noch mit meinem Auto herumgefahren. Irgendwo auf einem Feldweg haben wir angehalten und ein bißchen rumgeknutscht, aber nichts Übertriebenes, und danach hat ja Oberaufseher Cyril sein Veto eingelegt.«

Sie gingen gemeinsam zurück ins Arbeitsamt. Burden unterhielt sich gerade mit dem Sicherheitsbeamten, fragte ihn, ob er sich vielleicht erinnern könne, daß Annette außergewöhnliche Drohungen erhalten habe, als ihn ein schriller Schrei aus Wendy Stowlaps Richtung erschreckt aufspringen ließ.

»Ich habe gesagt, ich fang' an zu schreien, wenn Sie das noch *ein* Mal sagen«, kreischte die Frau. »Wenn Sie das noch *ein* Mal sagen, lege ich mich hin und schreie.«

»Was soll ich Ihnen denn sagen? Wenn Sie Unterhalt beziehen, haben Sie Anrecht auf eine kostenlose Zahnbehandlung, aber die Rechnung vom Orthopäden wird nicht bezahlt.«

Die gutgekleidete Frau mit der wohltönenden Bühnenstimme legte sich auf dem Fußboden auf den Rücken und fing an zu schreien. Sie war jung und hatte kräftige Lungen. Ihr Geschrei erinnerte Burden an den Lärm, den Dreijährige gelegentlich in den Gängen im Supermarkt veranstalten. Er ging zu ihr hinüber, den Sicherheitsbeamten im Schlepptau. Wendy lehnte über dem Schaltertresen und schwenkte eine blaugelbe Broschüre mit der Aufschrift »Helfen Sie uns, es richtig zu machen«, und »Wie beschwere ich mich?«.

»Na, kommen Sie schon«, sagte der Sicherheitsbeamte. »Aufstehen. Das geht ja hier nicht, so ein Geschrei.«

Sie kreischte nur noch lauter. »Aufhören«, sagte Burden. Er hielt dem schreienden Gesicht seinen Dienstausweis unter die Nase. »Aufhören. Sie begehen hier öffentliche Ruhestörung.«

Der Ausweis verfehlte seine Wirkung nicht. Die Frau gehörte zur Mittelschicht, hatte daher Ehrfurcht vor der Polizei und erschrak bei der Vorstellung, sie könnte sich eines Gesetzesbruchs schuldig machen. Das Kreischen verebbte zu einem leisen Wimmern. Sie rappelte sich umständlich auf, riß Wendy die Broschüre aus der Hand und sagte vorwurfsvoll zu ihr: »Das war aber nicht nötig, daß Sie gleich die Polizei holen.«

Mann und Frau saßen Seite an Seite, allerdings nicht zu eng beieinander, in Wexfords Büro vor seinem Schreibtisch. Er hatte Carolyn Snow keinen Schreck einjagen wollen – jedenfalls *noch* nicht. Dafür war, wenn nötig, später noch Zeit. Obwohl sein Zimmer nicht gerade als Aufnahmestudio eingerichtet war, saß Detective Constable Pemberton vorab schon aktionsbereit mit einem geeigneten Gerät da.

Die beiden waren getrennt im Abstand von zwei Minuten eingetroffen. Carolyn Snow klärte ihn rasch darüber auf, daß sie in der Tat *getrennt* waren, daß sie das Haus in der Harrow Avenue behielt – »Es ist das *Heim* meiner Kinder« – und der hinausgeworfene Ehemann sich in einem Hotelzimmer einquartiert hatte. Wexford bemerkte, daß Bruce Snow noch das Hemd vom Vortag trug. Er sah auch unrasiert aus. Seine Frau hatte seine Wäsche gewaschen und nach seiner Pfeife getanzt, aber rasiert hatte sie ihn doch sicher nicht auch noch.

»Wir müssen noch klären, was Sie beide am letzten Mittwochabend, dem siebten Juli, gemacht haben. Mr. Snow?«

»Das sagte ich Ihnen ja bereits. Ich war zu Hause bei meiner Frau. Mein Sohn war ebenfalls zu Hause. Er war oben.«

»Mrs. Snow behauptet aber etwas anderes.«

»Hören Sie, das ist doch Quatsch, kompletter Unsinn. Wir haben um sieben zu Abend gegessen, wie immer. Danach ist mein Sohn nach oben gegangen, er mußte einen Hausaufsatz in Geschichte schreiben. Über den Spanischen Erbfolgekrieg.«

»Sie haben ja ein gutes Gedächtnis, Mr. Snow, wenn man bedenkt, daß Sie gar nicht wußten, daß Sie sich das merken müßten.«

»Ich habe mir eben den Kopf darüber zerbrochen. Ich konnte an gar nichts anderes mehr denken.«

»Was haben Sie den ganzen Abend gemacht? Ferngesehen? Gelesen? Mit jemandem telefoniert?«

»Dazu ist er gar nicht gekommen«, warf Carolyn gehässig ein. »Er ist um zehn vor acht aus dem Haus gegangen.«
»Das ist eine verdammte Lüge!« sagte Snow.
»Im Gegenteil, du weißt genau, daß es stimmt. Es war *dein* Mittwoch, stimmt's? Der Mittwochabend, den du alle paar Wochen damit verbracht hast, diese Prostituierte auf dem Fußboden in deinem Büro zu vögeln.«
»Nett, wie du das ausdrückst, vielen Dank, das paßt wirklich gut zu dir. Da kann ein Mann doch stolz sein, wenn seine Frau daherredet wie eine Schlampe.«
»Ha, mit denen kennst du dich ja aus, was? Aus erster Hand. Und ich bin nicht deine Frau, nicht *mehr*. Zwei Jahre noch, zwei Jahre, dann wirst du sagen müssen, ›meine Exfrau‹, und erklären, daß du deswegen in einem möblierten Zimmer wohnst, weil dir deine ›Exfrau‹ das Hemd über den Kopf gezogen hat, das Haus, den Wagen und drei Viertel deines Einkommens genommen hat...« – Carolyn Snows sonst so ruhige, sanfte Stimme schwoll bedrohlich an und zitterte vor Wut – »bloß weil du so scharf drauf warst, dieses fette Flittchen in ihren roten Höschen durchzubumsen!«

Um Himmels willen, dachte Wexford, wieviel hat er ihr denn erzählt? Alles? Weil er dachte, nur mit einem absoluten, lückenlosen Geständnis hätte er eine Chance? Er ließ ein mahnendes Räuspern hören, das jedoch nicht verhindern konnte, daß Snow seine Frau wutentbrannt anschnaubte: »Halt jetzt den Mund, du frigide Kuh!«

Langsam erhob sich Carolyn Snow, den Blick starr auf das Gesicht ihres Mannes gerichtet. Wexford schaltete sich ein. »Hören Sie bitte sofort auf damit. Einen Ehekrach dulde ich hier nicht. Setzen Sie sich, Mrs. Snow.«

»Wie komme ich denn dazu? Wieso soll ich mich hier zur Schuldigen abstempeln lassen? Ich habe nichts getan.«

»Ha!« sagte Snow und wiederholte es voller Bitterkeit. »Ha!«
»Na gut«, sagte Wexford. »Ich dachte, es würde Ihnen vielleicht leichter fallen, hier mit mir zu reden, aber ich habe mich geirrt. Detective Constable Pemberton, wir gehen jetzt hinunter in den Vernehmungsraum Zwei, und mit Ihrer Erlaubnis«, er warf den Snows einen ziemlich mißbilligenden Blick zu, wodurch er ihre Erlaubnis zu einer bloßen Formalität herabwürdigte, »wird der Rest dieser Unterredung aufgezeichnet.«

Dort unten herrschte eine ganz andere Atmosphäre. Die entfernte Ähnlichkeit mit einer Gefängniszelle war vor allem auf die unverputzten, weißgetünchten Ziegelwände und das dicht unter der Decke angebrachte Fenster zurückzuführen. Die an der Wand hinter einem Metalltisch aufgereihten elektronischen Geräte erweckten, wie Wexford manchmal beunruhigt dachte, zwar nicht gerade den Eindruck, man befinde sich in einer Folterkammer, aber doch an einem Ort, wo man die ganze Nacht unter grellen Scheinwerfern stehenbleiben mußte.

Auf dem Weg nach unten fragte er Snow scheinbar nebenbei, als seine Frau gerade außer Hörweite war, ob es stimme, daß eine Freundin oder Verwandte der Familie in Ladyhall Avenue wohnte. Snow verneinte dies. Das sei nicht der Fall, sagte er, und er habe das auch nie behauptet.

Im Vernehmungsraum wies Wexford den Snows einander gegenüberliegende Plätze zu und setzte sich selbst ans obere Tischende. Burden, inzwischen aus dem Arbeitsamt zurück, setzte sich ans andere. Die strenge, düstere Stimmung im Raum hatte, wie Wexford vorausgesehen hatte, auf Carolyn eine mäßigende Wirkung. Kaum hatten sie den Aufzug betreten, hatte sie pausenlos gestichelt und gespottet, während ihr Mann mit geschlossenen Augen dastand. Hier unten war sie still. Sie strich sich ihr helles Haar aus der Stirn und preßte die

Finger an ihre Schläfen, als hätte sie Kopfschmerzen. Snow saß zusammengesunken da, die Arme verschränkt, das Kinn auf der Brust.

Wexford sprach ins Mikrofon. »Mr. Bruce Snow, Mrs. Carolyn Snow. Ebenfalls anwesend: Chief Inspector Wexford und Inspector Burden.« An die Frau gewandt, sagte er: »Schildern Sie mir nun bitte genau, was sich am Abend des siebten Juli zugetragen hat, Mrs. Snow.«

Sie warf ihrem Mann einen berechnenden Blick zu. »Er kam um sechs nach Hause, und ich fragte, ob er denn heute abend keine Überstunden machen müsse, und er sagte, er ginge nach dem Abendessen wieder ins Büro...«

»Lüge! Noch so eine dreckige Lüge!«

»Bitte, Mr. Snow.«

»Joel fragte seinen Vater, ob er ihm vielleicht bei seinem Aufsatz helfen könnte, und sein Vater sagte, leider nicht, er müsse noch einmal weg...«

»Das habe ich nicht gesagt!«

»Ich muß noch einmal weg, sagte er, und er ging auch weg, und zwar um zehn vor acht. Ich dachte mir nichts dabei, wissen Sie, überhaupt nichts. Warum sollte ich auch? Ich vertraute ihm ja, wie ich allen Menschen vertraue. Jedenfalls rief ich im Büro an, weil Joel dann wirklich Hilfe brauchte. Ich sagte zu ihm, komm, wir rufen Daddy an, dann kannst du ihn am Telefon fragen. Doch es meldete sich niemand. Und selbst da schöpfte ich noch keinen Verdacht. Ich dachte, na ja, er meldet sich eben nicht. Ich war bereits im Bett, als er nach Hause kam. Das war nach halb elf, fast elf.«

»Ach, soll sie doch herumspinnen.«

»Ich bin ein ehrlicher Mensch, und das weiß er auch. Wogegen wir ja wissen, was *er* zusammenlügt. Überstunden! Wußten Sie, daß er sie in seinem Büro gebumst hat, damit er ans

Telefon konnte, falls ich anrief? Wenn sie nicht ihre gerechte Strafe gekriegt hätte und sich hätte abmurksen lassen – dann täte sie mir fast leid, die fette Kuh.«

»Ich darf Sie daran erinnern, Mrs. Snow«, sagte Wexford entnervt, »daß dieses Gespräch mit Ihrer Erlaubnis aufgenommen wird!«

»Das ist mir egal! Nehmen Sie es ruhig auf! Lassen Sie es über Lautsprecher in der ganzen Innenstadt ausrufen! Alle sollen es erfahren, ich sag's ihnen sowieso, ich habe es schon allen meinen Freunden erzählt. Meinen Kindern habe ich es auch erzählt, damit sie wissen, was ihr Vater für ein Dreckskerl ist.«

Nachdem sie gegangen waren, machte Burden ein ernstes Gesicht. »Sagenhaft, nicht?« sagte er kopfschüttelnd zu Wexford. »Wenn man sie auf einer Gesellschaft treffen würde, würde man sagen, eine echte Dame, ruhig, manierlich, gebildet. Wer hätte gedacht, daß eine Frau wie sie solche Kraftausdrücke überhaupt kennt?«

»Sie hört sich an wie ein Polizist in einem Kriminalroman aus den dreißiger Jahren.«

»Okay, mag sein, aber sind Sie denn gar nicht überrascht?«

»Das haben sie aus ihren modernen Romanen«, sagte Wexford. »Die haben doch nichts anderes zu tun, als den ganzen Tag zu lesen. Sind wir mit diesem Stephen Colgate eigentlich schon weiter?«

»Annettes Exmann? Der lebt in Australien, hat wieder geheiratet, aber seine Mutter wohnt in Pomfret und erwartet ihn am Sonntag mit seinen zwei Kindern zu Besuch.«

»Lassen Sie mal überprüfen, ob er tatsächlich in Australien war. Und wie steht es mit Zack Nelson?«

»Der bleibt aufgrund einer Verfügung des Krongerichts weiterhin in Untersuchungshaft. Was machen Sie denn für ein Gesicht?«

»Ich denke an Kimberley und den Kleinen.«

»Um Kimberley brauchen Sie sich keine Sorgen zu machen«, sagte Burden. »Die weiß über ihren Anspruch auf Sozialleistungen besser Bescheid als Cyril Leyton. Das ist so eine, die *summa cum laude* in der Wissenschaft der Unterhaltszahlungen hat.«

Wexford mußte lachen. »Sicher haben Sie recht. Diese Snow-Lady hat mich ganz schön ausgelaugt.« Er zögerte, dachte nach. »›Ach, weit fort will ich gehen/ins Inseltal von Avalon,/wo meinen schweren Wunden/Heilung werden soll.‹«

»Donnerblitz«, sagte Burden. »Und wo ist das in Ihrem Fall?« »Zu Hause.«

11

»Ich habe ihr gesagt, daß wir sowieso keine Orientteppiche kaufen«, sagte Dora, »und im stillen dachte ich, schön wär's, aber das habe ich nicht laut gesagt. Sie hat natürlich völlig recht, es ist ja auch schrecklich, aber sie verschreibt sich ihren neuen Projekten immer gleich mit Haut und Haaren.«

Sheila Wexford war bei »Anti-Slavery International« Mitglied auf Lebenszeit geworden. Bevor Wexford an diesem Abend nach Hause gekommen war, hatte sie ihre Mutter am Telefon eindringlich davor gewarnt, Teppiche aus dem Nahen Osten oder dem Orient zu kaufen, da diese, wie sie sagte, höchstwahrscheinlich von Kindern gewebt wurden, die elf oder zwölf oder noch jünger waren. Kleine Mädchen in der Türkei erblindeten bei der anstrengenden Arbeit in schlechtbeleuchteten Räumen. Kinder wurden gezwungen, vierzehn Stunden am Tag zu arbeiten, und bekamen keinen Lohn dafür, weil ihre Eltern sie in diese Betriebe gegeben hatten, um ihre Schulden zu bezahlen.

»Und jetzt fährt sie in die Türkei, um sich selbst davon zu überzeugen?« sagte Wexford.

»Wie kommst du darauf?«

»Ich kenne doch meine Tochter.«

»Was heißt hier eigentlich ›International‹?« fragte Sylvia in streitlustigem Ton. »International ist doch ein Adjektiv. Wieso nicht Gesellschaft oder Verein?« Daß Wexford Sheila als »meine Tochter« und nicht als »meine jüngere Tochter« bezeichnet hatte, hatte Sylvias Unmut erregt, da es ihrer Ansicht nach so klang, als habe er nur eine. Wexford wußte das. Das mit dem Adjektiv war nur ein Vorwand. »Sheila merkt es ja nicht, aber es ist genauso dumm wie ›Kollektiv‹«, sagte sie und funkelte ihren Vater an. Er beeilte sich einzulenken, indem er seiner Frage ein seltenes Kosewort hinzufügte. »Irgendwelche Anzeichen für einen Job, Liebes?«

»Nichts. Neil nimmt jetzt an einem Workshop teil, durch den er später vielleicht in ein Umschulungsprogramm kommt. Auch so ein scheußliches Wort, ›Workshop‹.«

»Und ›glaublich‹ für ›glaubwürdig‹«, sagte ihr Vater. Diese Art von Unterhaltung führte er sonst nur mit Sheila. »Und ›geschlechtsspezifisch‹ statt ›männlich‹ und ›weiblich‹ und ›Gesundheitsproblem‹ statt ›Krankheit‹.«

Sylvia war wieder versöhnt. »*Kanena provlima*, so heißt der Lieblingsausdruck meines Sohnes auf griechisch, behauptet er zumindest. Einen Vorteil hat die Arbeitslosigkeit – ich kann in den Sommerferien bei den Kindern zu Hause sein. Nächste Woche ist die Schule zu Ende.«

Es regnete in Strömen, und Glebe End stand unter Wasser. Ohne Abfluß, oder mit einem Abfluß, der längst nicht mehr funktionierte, schien Lincoln Cottages wie auf einem Sumpf dahinzutreiben. Eine breite Wasserlache überflutete den gepflasterten Weg, und ein uralter Lieferwagen, dessen hintere Türen offenstanden, stand mit den Reifen bis zur Hälfte im Wasser. In einer Pfütze vor der Haustür hüpfte ein schwarzer Plastikmülleimer auf und ab.

Barry Vine entdeckte im Inneren des Lieferwagens eine durchweichte Matratze und einen Lehnsessel ohne Sitzkissen, während Karen Malahyde an die Tür klopfte. Es dauerte einige Minuten, bis Kimberley kam und aufmachte.

»Was wollen Sie?«

»Das Zeug, das Ihr Freund geklaut hat«, erwiderte Vine.

Sie zuckte die mageren Schultern, machte die Tür aber ein Stückchen weiter auf und trat zurück. Clint saß in einem Hochstuhl und beschmierte sich gerade Gesicht und Oberkörper mit einer klebrigen, braunen Masse aus einer angeschlagenen Schüssel. Der Hochstuhl, auf den Häschen und Eichhörnchen gemalt waren, sah einigermaßen respektierlich aus, vielleicht ein Geschenk relativ wohlhabender Großeltern.

Mit dem Daumen in die Richtung deutend, aus der er gekommen war, sagte Vine: »Ziehen Sie hier aus?«

»Na, und wenn?«

»Sie hatten doch angedeutet, Sie hätten keine Hoffnung auf eine neue Unterkunft.«

Kimberley nahm einen schmutzigen Lappen aus einem ihrer Pappkartons und begann, Clints Gesicht damit abzuwischen. Das Kind wehrte sich schreiend. Vine ging die Treppe hinauf nach oben und holte den Fernseher. Karen trug den Videorecorder zum Auto. Kimberley setzte Clint auf den Fußboden und rückte ausnahmsweise freiwillig mit einer Information heraus: »Meine Granny ist gestorben.«

Unschlüssig, was er davon halten sollte, sagte der gutmütige Vine erst: »Das tut mir aber leid«; nachdem bei ihm der Groschen gefallen war, fügte er hinzu: »Das heißt, Sie können sich in ihrer Wohnung einquartieren?«

»Genau. Sie sagen es. Meine Mum will sie nicht. Sie meint, wir können sie haben.«

»Wann war das?«

»Was, daß meine Granny gestorben ist, oder daß meine Mum gesagt hat, wir können die Wohnung haben?« Sie wartete die Antwort gar nicht erst ab. »Mum war am Mittwoch hier, und wie ich ihr das mit Zack erzählt habe, hat sie gesagt, hier kannst du nicht bleiben, und ich, na logisch, und dann hat sie gemeint, ich soll doch in Grannys Wohnung ziehen. Zufrieden?«

»Es ist in jedem Fall eine Wendung zum Besseren.«

»Clint«, sagte Kimberley, »laß die Flaschen in Ruhe, sonst kriegst du eine gescheuert, aber wie.«

Als Vater, noch dazu als verantwortungsbewußter, lehnte Vine jede körperliche Bestrafung ab; er hatte, wie er selbst sagte, »prinzipiell etwas dagegen«, außerdem war Clint noch sehr klein.

»Ist er denn ganz in Ordnung?« fragte er.

»Was soll das heißen, in Ordnung? Sie meinen, er sollte lieber nicht in diesem Dreckloch wohnen? Stimmt genau, ganz meine Meinung. Er zieht ja auch aus, oder? Sie sind wohl auf einmal von der Fürsorge?«

»Ich wollte wissen«, meinte Vine, »ob er sich von der Operation gut erholt hat.«

»Mann, das war doch schon vor einem Jahr.« Sie geriet plötzlich in Rage, ihr Gesicht lief rot an, Schultern und Arme zitterten. »Das geht Sie doch einen Scheißdreck an! Klar hat er sich erholt – sehen Sie ihn doch an. Der ist ein Prachtkerl, der ist ganz *normal*, als ob er so auf die Welt gekommen wäre. Das *sieht* man doch!« Sie zitterte. »Warum nehmen Sie nicht einfach das Zeug und hauen ab?«

Sie knallte die Tür hinter ihnen zu. Vine tappte in die Pfütze und fluchte.

»Ich muß zu dem anderen Kind«, sagte Karen im Wagen. »Aber das werde ich mir vorknöpfen, soviel ist sicher.«

Wexford fand die Vorstellung ziemlich abscheulich – einen kleinen Jungen über seinen eigenen Vater auszufragen. Es erinnerte ihn irgendwie an die Frage, die ihm bei dem *Women Aware!*-Treffen gereicht worden war. Joel von Karen befragen zu lassen, einer hübschen, jungen Frau mit einer sachlichen, nüchternen Art, schien ihm die beste Lösung. Es war anzunehmen, daß sich ihre Aggressivität, die sie bei der Vernehmung von Männern an den Tag legte, nicht auch auf vierzehnjährige Jungen erstreckte.

Wexford begleitete sie und unterhielt sich solange mit der Mutter, während Karen mit Joel in einem possierlicherweise als Spielzimmer bezeichneten Raum saß, wo es überhaupt keine Spielsachen gab, dafür eine Unmenge von Lehrmaterial. Joel besaß eine eindrucksvolle Sammlung an Schulbüchern und Wörterbüchern, einen Computer und einen Kassettenrecorder. Auf den Postern an den Wänden ging es um pädagogisch wertvolle Dinge: das Leben eines Baumes, das menschliche Verdauungssystem, das Erdklima.

Joel sah seinem Vater sehr ähnlich – dunkel, schmal, relativ groß für sein Alter –, das kühle Auftreten hatte er jedoch von seiner Mutter geerbt. Vielleicht war auch er zu heftigen Wutausbrüchen fähig. Er wandte sich an Karen, noch bevor sie dazu kam, etwas zu sagen.

»Meine Mutter hat mir schon gesagt, warum Sie hier sind. Sie brauchen mich gar nicht erst zu fragen, ich weiß nämlich nichts.«

»Joel, ich will nur wissen, ob du gemerkt hast, daß dein Vater kurz vor acht aus dem Haus gegangen ist. Warst du hier in deinem Zimmer?«

Der Junge nickte. Er wirkte entspannt, doch sein Blick war argwöhnisch.

»Du warst also in diesem Zimmer, das ja über der Garage liegt? Wenn ein Auto wegfährt, würdest du es hören.«

»Meine Mutter fährt ihres immer in die Garage. Seins steht draußen.«

»Trotzdem. Du hast doch gute Ohren, stimmt's? Oder hast

du dich sehr auf deinen Aufsatz konzentriert?« Ihr war aufgefallen, daß er Snow vorhin nicht als »mein Vater« bezeichnet hatte. Sie wagte einen Vorstoß. »Hat dir deine Mutter gesagt, worum es geht?«

»Bitte«, sagte er. »Ich bin kein kleines Kind mehr. Er hat Ehebruch begangen, und jetzt hat jemand die Frau umgebracht.«

Karen sah ihn fassungslos an. Sie war total verblüfft. Sie holte tief Luft und fing noch einmal mit dem Wagen, der Garage, der Uhrzeit an. Im Erdgeschoß fragte Wexford Carolyn Snow gerade, ob sie ihre Aussage bezüglich des Aufenthalts ihres Mannes am Abend des siebten Juli eventuell korrigieren wolle.

»Nein. Wieso sollte ich das?« Sie war nicht geschminkt, und ihr Haar sah aus, als hätte sie es nicht mehr gewaschen, seit sie von der Geschichte mit Annette Bystock erfahren hatte. Ihre Kleidung war zwar teuer und gepflegt, aber wahrscheinlich nur deswegen, weil sie nichts anderes hatte. Plötzlich sagte sie: »Es gab vor ihr schon einmal eine. Eine Diana Soundso. Das ging aber nicht lange.« Sie legte eine Hand an ihr Haar. »Stimmt es, daß eine Ehefrau nicht gegen ihren Mann aussagen kann?«

»Eine Ehefrau kann nicht *gezwungen* werden, gegen ihren Mann auszusagen«, sagte Wexford. »Das ist etwas anderes.«

Sie dachte darüber nach, und der Gegenstand ihrer Überlegungen schien sie zu erfreuen. »Sie werden wohl nicht mehr mit mir sprechen wollen, oder?«

»Vielleicht doch. Das ist durchaus möglich. Sie haben hoffentlich nicht vor zu verreisen?«

Sie kniff die Augen zusammen. »Weshalb fragen Sie?«

Er sah, daß sie genau das vorhatte. »Nächste Woche fangen die Schulferien an. Ich möchte vorerst nicht, daß Sie verreisen,

Mrs. Snow.« An der Haustür blieb er stehen. Sie stand hinter ihm, ließ ihn die Tür jedoch selbst öffnen. »Sie haben eine Verwandte in der Ladyhall Avenue, nicht wahr?«

»Aber nein, wie kommen Sie denn darauf?«

Er hatte nicht vor, ihr zu sagen, daß ihr Mann das angeblich behauptet hatte oder daß der Wohnort dieser Person der Grund dafür gewesen war, daß Snow nie in Annettes Wohnung gewesen war. »Oder eine Freundin?«

»Auch nicht.« Sie schüttelte nachdrücklich den Kopf. »Meine Familie kommt aus Tunbridge Wells.«

Beim Gehen überlegte er: Falls Annette damit gedroht hatte, die Heirat mit Snow dadurch zu erzwingen, daß sie Carolyn alles verriet, wäre dies Snows Mordmotiv. Carolyns Reaktion auf die Eröffnung, ihr Gatte sei ihr jahrelang untreu gewesen, war nun ganz offensichtlich. Sie war genauso unerbittlich und rachsüchtig, wie Snow erwartet hatte. Er mußte es ja wissen, schließlich hätte er an jenem Mittwochabend auch bloß nach Ladyhall Court fahren können, um Annette zu bitten, es nicht zu verraten. Vielleicht hatte er ihr alle möglichen Zugeständnisse und Versprechungen gemacht. Sie zunächst einmal abends zum Essen auszuführen, dachte Wexford. Oder gemeinsam in Urlaub zu fahren oder ihr auch nur etwas zu schenken. Es hatte nichts genützt. Sie war durch nichts zufriedenzustellen, außer er verließ Carolyn und kam zu ihr. Sie stritten, er riß das Kabel der Nachttischlampe aus der Wand und erdrosselte sie... Nein, daß er das Elektrokabel herausriß, paßte nicht hinein, dachte Wexford. Dazu wäre ziemlich viel Kraftaufwand nötig gewesen. Hätte er ihr in seiner Wut nicht einfach die bloßen Hände um den Hals gelegt?

Er ging zu seinem Wagen, wo Karen bereits am Steuer saß; mehr Bewegung würde er sich an dem Tag nicht verschaffen können. Dr. Crocker, und letzthin auch Dr. Akande, hatten ihm geraten, öfter zu Fuß zu gehen (die beste Übung für Herz und Gefäße, hatten sie unisono betont), und er überlegte schon, ob er Karen bitten sollte, allein zurückzufahren und ihn die paar Meilen zu Fuß gehen zu lassen, als ihm der Arzt just entgegenkam. Wexford wurde sich des feigen Impulses sofort bewußt, der einen veranlaßt, so zu tun, als sähe man jemanden nicht, und mit abgewandtem Blick die Straße zu überqueren, weil man befürchtet, daß die bevorstehende Begegnung eine Rüge oder Anschuldigung mit sich bringen könnte. Er hatte sich Dr. Akande gegenüber nichts zuschulden kommen lassen, im Gegenteil – er und seine Mitarbeiter hatten alles getan, was in ihrer Macht stand, um seine vermißte Tochter zu finden. Trotzdem schämte er sich. Schlimmer, er wollte die Begegnung mit einem so unglücklichen und verzweifelten Menschen wie dem Doktor vermeiden. Und doch machte er keine Anstalten dazu. Ein Polizeibeamter muß allen Widrigkeiten trotzen oder sich nach einem anderen Job umsehen (umschulen – wie es im Jargon des Arbeitsamts hieß). Diese Maxime hatte er sich vor etwa dreißig Jahren zu eigen gemacht.

»Wie geht es Ihnen, Doktor?«

Akande schüttelte den Kopf. »Ich komme gerade von einer Patientin, die in zwei Jahren hundert wird«, sagte er. »Selbst die hat mich gefragt, ob es etwas Neues gibt. Sie sind alle so besorgt, so nett. Ich sage mir, es wäre noch schlimmer, wenn sie nicht mehr nachfragen würden.«

Wexford wußte nicht, was er darauf sagen sollte.

»Ich überlege die ganze Zeit, was Melanie wohl getan hat, wohin sie gegangen ist. Ich kann eigentlich an gar nichts anderes mehr denken. Es geht mir unaufhörlich im Kopf herum. Inzwischen frage ich mich sogar, ob wir jemals ihren Leichnam bekommen. Ich konnte bisher nie begreifen, daß Leute, deren Söhne im Krieg gefallen sind, unbedingt ihre – ihre sterblichen

Überreste haben wollen. Oder zumindest wissen wollen, wo sie begraben liegen. Ich dachte immer, wozu denn? Es kommt einem doch auf den Menschen an, das lebendige, geliebte Wesen, nicht auf die – die äußere Hülle. Jetzt begreife ich es.«

Bei dem Wort »geliebt« hatte seine Stimme versagt, wie die Stimme unglücklicher Menschen bei diesem bestimmten Auslöser immer versagt. Er sagte: »Sie müssen mich entschuldigen, ich versuche eben, so gut es geht weiterzumachen«, und wie blind lief er weiter. Wexford sah, wie er mit dem Schlüssel umständlich an seiner Autotür hantierte, wahrscheinlich standen ihm die hellen Tränen in den Augen.

»Der arme Mann«, sagte Karen. Wexford überlegte, ob sie dieses Adjektiv jemals zusammen mit diesem Substantiv gebraucht hatte.

»Ja.«

»Wohin fahren wir, Sir?«

»In die Ladyhall Avenue.« Nach einer Weile meinte er: »Ingrid Pamber hat uns etwas gesagt, das im allgemeinen Schock über Snows Verhalten wohl untergegangen ist. Wissen Sie, worauf ich anspiele?«

»Hat es etwas mit Snow zu tun?«

»Es muß natürlich nicht unbedingt stimmen. Wir wissen ja, daß sie lügt und die Dinge auch noch ausschmückt.«

»Geht es um die Verwandte seiner Frau, die angeblich gegenüber von Ladyhall Court wohnen soll?«

Wexford nickte. Über Queens Gardens, wo Wendy Stowlap wohnte, fuhren sie an dem Laden an der Ecke vorbei, in dem Ingrid für Annette eingekauft hatte. Ein Mann hämmerte wütend an die Scheibe einer Telefonzelle, in der eine Frau ungeniert weitersprach.

Sie wurden von einer blinden Frau ins Haus gelassen. Ihre Augäpfel, die in einem Kranz von Runzeln lagen, sahen aus wie

Glas, das von zu häufigem Gebrauch rissig geworden ist. Wexford sprach sie sanft an.

»Chief Inspector Wexford von der Kriminalpolizei Kingsmarkham, und das hier ist Sergeant Malahyde.«

»Eine junge Dame, nicht wahr?« sagte Mrs. Prior und starrte in die ungefähre Richtung.

Karen bestätigte es.

»Ich kann Sie nämlich riechen. Ein feiner Duft. Das ist Roma, nicht wahr?«

»Stimmt. Sie kennen sich aber aus.«

»Ach, ich erkenne alle die Parfums, so kann ich nämlich eine Frau von der anderen unterscheiden. Ihre Ausweise brauchen Sie mir gar nicht zu zeigen, ich kann sie sowieso nicht sehen, und ich nehme nicht an, daß *die* riechen.« Gladys Prior kicherte über ihren eigenen Witz. Sie führte sie zur Treppe und ging ihnen voran nach oben. »Was ist eigentlich aus dem jungen Kerl geworden, diesem B.U.R.D.E.N.?« Offensichtlich handelte es sich um einen Scherz für Eingeweihte, denn sie mußte wiederum lachen.

»Er hat heute anderweitig zu tun«, erwiderte Wexford.

Percy Hammond sah nicht aus dem Fenster, sondern schlief. Doch sein Schlaf war, wie bei sehr alten Menschen üblich, leicht, und er wachte gleich auf, als die drei das Zimmer betraten. Wexford fragte sich, wie er wohl als junger Mann ausgesehen haben mochte. In dem faltigen, ausgeleierten Runzelgesicht mit den Hängebacken deutete nichts auf die Züge eines Menschen mittleren, geschweige denn jugendlichen Alters hin. Es wirkte eigentlich kaum noch menschlich. Lediglich das weiße Gebiß mit dem rosigen Gaumen, das sich beim Lächeln zeigte, erinnerte an echte, vor fünfzig Jahren verlorene Zähne.

Er trug einen gestreiften Anzug mit Weste und kragenlosem

Hemd. Die graue Wolldecke wurde von den Knien wie von einem scharfkantigen Metallrahmen emporgehalten, und die Hände, die darauf lagen, sahen aus wie die Zehen einer Taube. »Brauchen Sie mich für die Gegenüberstellung?« fragte er. »Soll ich ihn aus einer Reihe heraussuchen?«

Wexford verneinte. Während er Mr. Hammond im stillen zu seiner scharfsinnigen Vermutung beglückwünschte, sagte er laut, mittlerweile bestehe kein Zweifel mehr darüber, wer Annettes Wohnung ausgeraubt habe, und sie hätten bereits jemanden gefunden, der ihnen bei den Ermittlungen in dieser Sache zur Seite stehe.

»Du hättest sowieso nicht hingehen können«, sagte Mrs. Prior. »In deinem Zustand.« Sie wandte sich an Karen, die sie anscheinend ins Herz geschlossen hatte. »Er ist nämlich zweiundneunzig, wissen Sie.«

»Dreiundneunzig«, erwiderte Mr. Hammond und bestätigte damit ein Wexfordsches Gesetz, das besagte, daß nur Menschen unter Fünfzehn und über Neunzig ein höheres Alter als ihr tatsächliches angeben. »Nächste Woche dreiundneunzig, und ich hätte doch hingehen können. Ich habe jetzt vier Jahre lang nicht mehr versucht auszugehen, woher willst du also wissen, daß ich es nicht kann?«

»Eine schlaue Vermutung«, sagte Mrs. Prior mit einem Kichern in Karens Richtung.

»Mr. Hammond«, begann Wexford, »Sie haben Inspector Burden bereits gesagt, was Sie letzten Donnerstag in aller Frühe hier gegenüber beobachtet haben. Haben Sie am Abend vorher auch aus dem Fenster gesehen?«

»Ich sehe immer aus dem Fenster. Außer, wenn ich schlafe oder wenn es dunkel ist. Manchmal sogar in der Dunkelheit – mit Hilfe der Straßenlampen kann man gut sehen, wenn man das Zimmerlicht ausmacht.«

»Machen Sie denn manchmal Ihr Licht aus, Mr. Hammond?« fragte Karen.

»Ich muß doch an die Stromrechnung denken, Missy. Letzten Mittwoch abend war mein Licht ausgeschaltet, wenn Sie das meinen. Wollen Sie wissen, was ich gesehen habe? Ich habe viel darüber nachgedacht, immer wieder habe ich überlegt. Ich wußte, Sie würden wiederkommen.«

Dieser Zeuge war ein wahrer Himmelssegen, dachte Wexford voller Dankbarkeit. »Sagen Sie mir bitte, was Sie gesehen haben, Sir!«

»Ich beobachte sie immer, wenn sie von der Arbeit nach Hause kommen. Ein paar waren allerdings im Urlaub. Die meisten ignorieren mich, aber dieser eine Bursche, Harris, der winkt immer herauf. Der kam ungefähr um zwanzig nach fünf nach Hause, und zehn Minuten später fuhr ein Mädchen her und parkte drüben vor dem Haus. Die gelbe Linie bedeutet zwar, daß man dort erst wieder ab halb sieben parken darf, aber darum hat sie sich nicht geschert. Ich hatte sie noch nie gesehen. War ein hübsches Ding, ungefähr achtzehn.«

Ingrid hätte sich geschmeichelt gefühlt. Allerdings – wenn man erst einmal dreiundneunzig geworden ist, dachte Wexford, kommen einem Leute mit fünfzig wie dreißig vor und die in den Zwanzigern wie Kinder. »Sie ging also drüben ins Haus?«

»Und kam nach fünf Minuten wieder raus. Na, sagen wir, sieben Minuten. Bei der Zeit verschätze ich mich oft, aber bei ihr habe ich genau aufgepaßt, keine Ahnung, wieso. Nur so zum Spaß. Das mache ich manchmal, das ist so ein Spiel von mir. Ich wette mit mir selbst: zehn Schilling, Percy, daß sie keine zehn Minuten drinbleibt.«

»Die junge Dame weiß doch nicht, was zehn Schilling sind, Percy. Du lebst wirklich in einer Traumwelt. Fünfzig Pence, meine Liebe, zwanzig Jahre sind es schon seit der Umstellung, aber für ihn ist es wie gestern.«

Wexford unterbrach sie. »Und was geschah dann?«

»Gar nichts. Sie meinen, ob irgendwelche Fremden hineingegangen sind? Mrs. Harris kam heraus und holte sich die Abendzeitung. Dann habe ich gegessen, Butterbrot, dazu ein Glas Guinness, wie immer. Dann habe ich den Wagen gesehen, der Gladys immer zu ihrem Blindenkreis bringt.«

»Punkt sieben«, sagte Mrs. Prior. »Und um halb zehn war ich wieder da.«

»Während Sie gegessen haben, Mr. Hammond«, sagte Wexford, »saßen Sie an dem Tisch dort drüben? Haben Sie ferngesehen?«

Der alte Mann schüttelte den Kopf und deutete zum Fenster. »Das ist mein Fernseher.«

»Da kriegst du aber nicht viel Sex und Gewalt geboten, was, Percy?« Gladys Prior krümmte sich vor Lachen.

»Sie saßen also hier und sahen hinaus, Mr. Hammond? Was geschah, nachdem Mrs. Prior gegangen war?«

Percy Hammond verzog sein schiefes Gesicht noch mehr. »Leider nicht viel.« Er warf Wexford einen schlauen Blick zu. »Was hätte ich denn *Ihrer* Meinung nach sehen sollen?«

»Nur das, was Sie gesehen haben«, sagte Karen.

»Mich interessiert vor allem die Zeit um acht Uhr herum, Mr. Hammond«, sagte Wexford. »Ich will Sie ja nicht beeinflussen, aber haben Sie zwischen fünf vor und Viertel nach acht einen Mann in Ladyhall Court hineingehen sehen?«

»Nur den Burschen mit seinem Hund. Ich weiß seinen Namen nicht, und Gladys auch nicht. Er hat einen Spaniel, mit dem geht er abends immer Gassi. *Den* habe ich gesehen. Ich würde denken, daß was faul wäre, wenn ich den nicht sehen würde.«

Etwas war *tatsächlich* faul, dachte Wexford, sehr faul sogar.
»Sonst niemanden?«
»Absolut niemanden.«
»Keinen Mann oder eine Frau? Sie haben niemanden um etwa acht Uhr hineingehen und zwischen zehn und halb elf wieder herauskommen sehen?«
»Ich sagte ja schon, daß ich mich bei der Zeit oft verschätze. Aber ich habe keine Menschenseele gesehen, bis der junge Kerl kam, von dem ich Mr. – wie heißt er gleich? – erzählt habe.«
»B.U.R.D.E.N.«, sagte Mrs. Prior unter einer Woge von Gekicher.
»Aber da war es bereits dunkel. Ich war im Bett, ich hatte schon geschlafen, aber dann bin ich noch einmal aufgestanden – wieso bin ich aufgestanden, Gladys?«
»Was fragst du mich, Percy? Weil du vielleicht mal mußtest.«
»Ich machte kurz Licht, aber weil es so grell war, habe ich es gleich wieder ausgeschaltet. Ich schaute aus dem Fenster, und da sah ich den jungen Kerl mit einer Kiste unterm Arm herauskommen – oder war das später?«
Karen half ihm. »Das war morgens, Mr. Hammond. Sie haben ihn morgens gesehen, erinnern Sie sich? Das ist der, den Sie gemeint haben, als Sie uns fragten, ob Sie ihn bei einer Gegenüberstellung identifizieren sollen.«
»So war's. Ich sage ja, wenn es um die Uhrzeit geht, verschätze ich mich oft...«
»Sie sind jetzt sicher müde, Mr. Hammond«, sagte Wexford. »Sie waren uns wirklich eine große Hilfe, nur eins noch: Sind Sie oder Mrs. Prior vielleicht mit einer Familie namens Snow in der Harrow Avenue in Kingsmarkham verwandt?«
Zwei enttäuschte alte Gesichter wandten sich ihm zu.

Beide liebten die Aufregung, beide haßten es, ihr Nichtwissen eingestehen zu müssen. »Nie gehört«, sagte Mrs. Prior schroff.

»Sie kennen doch hier alle Leute vom ... äh, in dieser Straße, nicht wahr?« fragte Wexford sie beim Hinuntergehen.

»Sie wollten sagen ›vom Sehen‹, stimmt's? Ach, mein Guter, das hätte mir doch nichts ausgemacht. Obwohl es eher heißen müßte, ›vom Riechen‹.« Sie wartete, bis sie die unterste Stufe erreicht hatte, bevor sie in helles Gelächter ausbrach. »Hier wohnen viele alte Leutchen, wissen Sie, die Häuser sind ja auch alt. Manche wohnen schon vierzig, fünfzig Jahre hier. Soll das ein alter oder ein junger Mensch sein, mit dem diese Mrs. Soundso verwandt ist?«

»Ich habe keine Ahnung«, sagte Wexford. »Ich habe nicht die geringste Ahnung.«

12

Das Haus war neu, gerade fertig geworden, die letzte Farbschicht hatte man vielleicht erst vor knapp einer Woche aufgetragen. Trotzdem hatte Wexford das Gefühl, auf Zeitreise geschickt worden zu sein. Nicht, daß er Mynford New Hall alt gefunden hätte, er kam sich vielmehr vor, als hätte man ihn um zweihundert Jahre zurückversetzt, als wäre er eine Figur in einem Roman von Jane Austen, die hierher verfrachtet worden war, um ein nagelneues Herrenhaus in Augenschein zu nehmen.

Es war im georgianischen Stil erbaut, mit einem Säulenportiko und einer Balustrade, die an dem flachen Dach entlang verlief, ein großes, elfenbeinfarbenes Haus mit perfekt proportionierten Fenstern und Pfeilern, die sich nach oben hin verjüngten. In den Nischen zu beiden Seiten der Eingangstür standen mit Stuckgirlanden verzierte Vasen, in denen sich echter Efeu und Venushaarfarn rankten. Ein Kiesweg hätte besser hierhergepaßt als die asphaltierte Auffahrt. Dicht nebeneinander standen dort Kübel und Tröge mit Lorbeerbäumchen und Zierzypressen, üppig blühenden, roten Fuchsien, orange- und cremefarbenen Erdbeerbäumchen und pinkfarbenen Pelargonien. Die Blumenbeete waren dagegen unbepflanzt, nur umgegrabene Erde ohne ein Spur von Unkraut.

»Laß ihnen ein bißchen Zeit«, flüsterte Dora. »Sie sind ja gerade erst eingezogen. Die Tröge haben sie sicher extra für die Party gemietet.«

»Wo haben sie eigentlich vorher gewohnt?«

»Im Nebenhaus, dem Witwensitz da unten am Hang.«

Bei dem Hang handelte es sich um eine sanft abfallende Rasenfläche, die in ein bewaldetes Tal mündete. Zwischen den Bäumen war ein graues Hausdach auszumachen. Wexford erinnerte sich an das ehemalige Herrenhaus oben auf dem Hügel, ein stuckverziertes viktorianisches Gebäude, das weder alt noch außergewöhnlich genug gewesen war, um unter Denkmalschutz gestellt zu werden. Offensichtlich hatte die Planungsbehörde den Khooris keinerlei Schwierigkeiten gemacht, es abzureißen und das neue Haus an seine Stelle zu setzen.

Auf dem weitläufigen Rasen, in dessen Mitte ein großes, gestreiftes Festzelt stand, drängten sich die Gäste. Wexford hatte es lakonisch als »Imbißzelt« bezeichnet, ein Ausdruck, den Dora respektlos fand, fast eine Majestätsbeleidigung. Ihr Gatte hatte eigentlich gar nicht kommen wollen. Erst hatte sie nicht ganz wahrheitsgemäß gesagt, er habe es ihr aber versprochen, dann, daß es ihm sicher guttun und ihn ein bißchen ablenken würde. Schließlich hatte er sich erweichen lassen, weil sie sagte, ohne ihn würde sie nicht gehen.

»Siehst du hier irgendwelche Bekannten? Wenn nicht, können wir ja spazierengehen. Ich hätte nichts dagegen, mir mal den alten Witwensitz anzusehen.«

»Nein, psst. Das ist unsere Gastgeberin, und wenn mich nicht alles täuscht, kommt sie geradewegs auf *dich* zu.«

Anouk Khoori war ein höchst wandelbares Geschöpf. Im Geiste sah er sie immer noch in ihrem Trainingsanzug vor sich, das Gesicht *au naturel*, mit wippendem Pferdeschwanz, dann wieder als champagnerglasschwenkende Sozialarbeiterin, engagierte Wahlkämpferin und politische Aspirantin, karrierebewußt gekleidet, auf hohen Absätzen, mit ihren preziösen Preziosen, allen voran dem riesigen Diamanten, geschmückt.

Letzterer befand sich auch jetzt an ihrem Finger, jedoch in Gesellschaft zahlreicher Begleiter, die weiß und blau an ihren Händen funkelten, während sie auf sie zusteuerte. Und wieder war sie völlig verwandelt, nicht nur ein anderer Frauentyp, weil sie andere Kleidung und eine andere Frisur trug, sondern gar nicht wiederzuerkennen. Wäre er ihr außerhalb ihrer eigenen Umgebung begegnet, wäre Dora nicht dabeigewesen, um sie zu identifizieren, dann hätte Wexford Anouk Khoori vermutlich überhaupt nicht erkannt. Diesmal war sie Schloßherrin im gelben Chiffonkleid und einem riesigen Strohhut, auf dem sich Maßliebchen türmten; ihre goldenen Locken ringelten sich über die Stirn und hingen ihr bis auf die Schultern.

»Mr. Wexford, ich *wußte* ja, daß Sie kommen würden, aber was für eine Freude! Und das ist Mrs. Wexford? Guten Tag! Haben wir nicht Glück mit diesem prächtigen Wetter? Sie müssen unbedingt meinen Mann kennenlernen.« Sie sah umher und ließ den Blick über den Horizont schweifen. »Im Moment sehe ich ihn allerdings nicht. Ach, kommen Sie mit, ich möchte Sie ein paar sehr lieben Freunden von uns vorstellen, die Ihnen *sicher* gefallen werden.« Sie war eine jener Frauen, die sich nie sonderlich um andere Frauen bemühen, daher wandte sie sich ausschließlich Wexford zu und schenkte ihm ihr schönstes Lächeln, das die geranienrot geschminkten, zart gepuderten Lippen und die perlweiß polierten Zähne aufleuchten ließ. »Und denen *Sie* gefallen werden«, fügte sie hinzu.

Die sehr lieben Freunde entpuppten sich als ein ältliches, runzlig zusammengeschrumpftes Männchen, das ein Gesicht wie ein alter Guru hatte, dazu aber Jeans und Westernstiefel trug, und eine etwa fünfzig Jahre jüngere Frau. Anouk Khoori, ein Genie in der Kunst, sich einmal aufgeschnappte Namen zu merken und Nachnamen kurzerhand wegzulassen, sagte:

»Reg und Dora, ich wollte Ihnen schon immer einmal Alexander und Cookie Dix vorstellen. Cookie, meine Süße, das ist Reg Wexford, ein ganz, ganz wichtiger Polizeichef.«

Cookie? Wie um alles in der Welt kam man denn zu so einem Namen? Sie war gut dreißig Zentimeter größer als ihr Mann, gekleidet wie Prinzessin Di beim Pferderennen in Ascot, jedoch mit langem schwarzem Haar, das ihr bis an die Taille reichte. »Ist das so eine Art Sheriff?« fragte sie.

Anouk Khoori stieß ein perlendes, glockenhelles Gelächter aus und schwebte daraufhin, wie auf ihr eigenes Stichwort, davon. Wexford staunte über sich selbst – er hegte gegen sie eine geradezu körperliche Abneigung. Aber wieso eigentlich? Sie war, zumindest im landläufigen Sinn, schön, gesund, frisch und fast übertrieben gepflegt, deodoriert, gepudert und parfümiert. Dennoch schauderte ihn bei der Berührung ihrer Hand, und ihr Duft wirkte auf ihn wie Gestank.

Dora bemühte sich redlich, mit Cookie Dix eine Unterhaltung in Gang zu bringen. Wohnte sie hier in der Nähe? Wie fand sie denn die Wohngegend? Auch Wexford konnte Small talk betreiben, sah aber keinen Sinn mehr darin. Der Hutzelgreis stand stumm herum und machte ein etwas grimmiges Gesicht. Bei seinem Anblick mußte Wexford an einen Gruselfilm denken, den er einmal gesehen hatte, als er abends nicht einschlafen konnte. In dem Film hatte ein Wissenschaftler eine Mumie ausgepackt, sie mehr oder weniger wieder zum Leben erweckt und auf eine Gartenparty wie diese hier mitgenommen.

»Haben Sie Anouks Klunker gesehen?« fragte Cookie plötzlich.

Dora, die gerade ganz harmlos über das Wetter im Juli gesprochen hatte und daß es in England doch vor Juli nie richtig warm wurde, schwieg verblüfft.

»Die, die sie *heute* trägt, kosten allein schon hunderttausend, das können Sie mir glauben. Und im Haus liegt noch mal eine Million.«

»Du meine Güte«, sagte Dora.

»Das können Sie laut sagen.« Sie beugte sich vor, wozu sie sich notwendigerweise bücken mußte, um ihr Gesicht direkt vor das von Dora zu schieben, doch anstatt zu flüstern, sagte sie laut und vernehmlich: »Das Haus ist schauderhaft, finden Sie nicht? Wirklich scheußlich, und sie glauben, es wäre einem originalen Nash-Design nachempfunden, ist es aber gar nicht, hab' ich recht, Schnucki?«

Die Mumie bellte. Genau wie in dem Gruselfilm, nur daß dort die Leute dann kreischend auseinandergestoben waren.

»Mein Mann ist ein berühmter Architekt«, sagte Cookie. Sie reckte den Hals und hielt ihr Gesicht Wexford entgegen. »Wenn wir in einem Roman wären, wäre das jetzt ein *heißer Tip*, daß ich Ihnen von den Diamanten erzählt habe. Während wir alle hier draußen sind, findet im Haus ein Raubüberfall statt, und Sie müßten sämtliche Gäste verhören. Fünfhundert Leute sind hier, wußten Sie das?«

Wexford lachte. Eigentlich gefiel ihm Cookie Dix mit ihrer naiven Art und den endlosen Beinen. »Mindestens. Trotzdem glaube ich nicht, daß sie das Haus unbewacht lassen.«

»Doch, außer Juana und Rosenda ist da niemand.«

Aus heiterem Himmel stimmte die Mumie mit brüchiger Tenorstimme ein Lied aus der Operette *Mikado* an: »Zwei kleine Philippininnen, die eine kaum aus den Kinderschuh'n...«

»Ich hätte gedacht, sie haben jede Menge Hausangestellte«, sagte Dora leise.

»Früher hatten sie noch eine dritte, übrigens die Schwester der einen, aber reiche Leute sind ja so geizig, ist Ihnen das noch nie aufgefallen? Nur nicht mein süßer Alexander, und dabei ist er weiß Gott stinkreich.« Das Gesicht der Mumie bekam Risse. Angesichts dieses gespenstischen Grinsens hatten die Frauen im Film zu kreischen begonnen. »Das Essen lassen sie ja meistens kommen«, sagte Cookie. »Ihre Dienstboten bleiben nie lange. Bis auf die beiden. Die Bezahlung ist mies, aber sie müssen das Geld ja nach Hause schicken.« Auf einmal senkte Cookie die Stimme. »Bei Filipinos ist das so.«

»Filip*inas*«, sagte die Mumie.

»Danke, mein Süßer. Was bist du für ein Kümmelspalter! Ich nenne ihn manchmal Kümmelspalter. Gehen wir hinüber und holen uns etwas zu essen?«

Gemeinsam schlenderten sie den grünen Abhang hinunter und ließen sich von ihrem Vorhaben durch allerlei Attraktionen ablenken, die bei dieser Art von Wohltätigkeitsveranstaltung üblich sind. Eine hübsche, dunkelhaarige Frau in knöchellangem, weißem Strickkleid verkaufte Tombolalose, mit denen man Geschenkkörbe von einem eleganten Feinkostgeschäft gewinnen konnte. Ein junger Mann im Malerkittel und mit Pinsel und Palette fertigte für fünf Pfund pro Stück Schnellporträts an. Unter einem langen, gelben Transparent mit der schwarzen Aufschrift CIBACT präsentierte ein Mann seine Zwillingstöchter, zwei kleine, blonde Mädchen in weißen Rüschenkleidchen und schwarzen Riemchenlackschuhen. Wer mitspielen wollte, mußte Phyllidas und Fenellas Alter erraten, und wer dem richtigen Geburtsdatum am nähesten kam, würde den überdimensionalen, weißen Teddybären gewinnen, der zwischen den beiden auf dem Tisch saß.

»Vulgär sind sie, verstehen Sie«, sagte Cookie. »Das ist ihr Problem. Sie wissen es nicht besser.«

Dora warf einen Blick auf die artig dasitzenden Kinder. »Sie finden, die Tombola ist in Ordnung, und der Künstler geht vielleicht auch noch, aber das mit dem Teddybär ist zuviel?«

»Genau. Genau das meine ich. Traurig, nicht, bei Leuten, die alles haben!«

Endlich äußerte sich auch Alexander Dix in Worten und nicht nur singend. Wexford fand, seine Stimme hörte sich an wie die eines Franzosen, der bis zum Alter von dreißig Jahren in, sagen wir, Casablanca gewohnt und den Rest seines Lebens in Aberdeen zugebracht hatte. »Was kann man schon erwarten von einem Gassenjungen aus Alexandria?«

Damit meinte er offensichtlich Wael Khoori. Wexford wollte gerade interessiert weiterfragen, als das geschah, was auf jeder Party passiert. Von irgendwoher tauchte ein Paar auf und stürzte sich mit Ausrufen der Verwunderung und großem Hallo auf die beiden Dixens, so daß diese, wie auf Partys ebenfalls üblich, ihre bisherigen Begleiter vergaßen. Wexford und Dora wurden, immer noch vor Phyllida, Fenella und dem Teddybär stehend, im Stich gelassen.

»Na, dann wollen wir mal etwas für CIBACT tun«, sagte Wexford und zog eine Zehn-Pfund-Note aus der Tasche. »Was meinst du? Ich würde sagen, sie sind fünf und haben am ersten Juni Geburtstag.«

»Ich will gar nicht so genau hinsehen. Das sind doch keine Tiere im Zoo. Ich verstehe schon, was Cookie gemeint hat. Also gut, ich würde sagen, sie sind fünf und werden im September sechs, am fünften September.«

»Älter«, ließ sich eine Stimme hinter Dora vernehmen. »Die sind doch schon sechs. Wahrscheinlich sechseinhalb.«

Wexford drehte sich um und bemerkte Swithun Riding. Neben ihm wirkte seine Frau richtig klein. Zwischen den beiden bestand ein markanterer Größenunterschied als zwischen Wexford und Dora oder, wenn man schon bei Größenunterschieden war, zwischen Cookie Dix und dem zwerghaften Architekten.

Susan sagte: »Kennen Sie meinen Mann bereits?«
Man stellte sich einander vor. Im Gegensatz zu seinem Sohn erwiderte Swithun Riding den Gruß. Er lächelte und murmelte die übliche Phrase, mit der man sich früher einmal nach dem Befinden seines Gegenübers erkundigt hatte.
»Wie geht es Ihnen?«
Wexford gab dem Vater der Zwillinge sein Geld und wiederholte seine eigene Schätzung.
»Ach, Unsinn«, sagte Riding. »Haben Sie denn keine Kinder?«
Die Frage klang gleichermaßen indigniert wie arrogant. Schon waren alle guten Manieren von ihm abgefallen, und Riding schien in Wexford einen schamlosen, unsozialen Verfechter der totalen Geburtenverhütung entdeckt zu haben.
»Er hat zwei«, gab Dora ziemlich scharf zurück. »Zwei *Mädchen*. Außerdem hat er ein gutes Gedächtnis.«
»Und Swithun ist immerhin Kinderarzt«, sagte dessen Frau mit einem tadelnden Unterton.
Ihr Mann beachtete sie gar nicht. Ein Zwanzig-Pfund-Schein wurde übergeben, zweifellos zum Zeichen seiner gesellschaftlichen und vielleicht auch elterlichen Überlegenheit, und Swithun Riding gab als Schätzung sechseinhalb an.
»Sie wurden am zwölften Februar sechs«, riet er aufs Geratewohl, doch so nachdrücklich, als wollte er klarstellen, daß dieses Datum, wann immer Phyllidas und Fenellas offizieller Geburtstag auch sein mochte, ihr tatsächlicher Geburtstag zu sein hatte.
Die Ridings, zu denen sich inzwischen der stämmige, in Shorts und Polohemd gekleidete Christopher und ein blondes, etwa zehnjähriges Mädchen gesellt hatten, gingen in Richtung eines Blumenstandes weiter. Das genügte Dora, um sich in die entgegengesetzte Richtung zum Imbißzelt zu wenden. Es wa-

ren reichlich Erfrischungen aufgedeckt, zwanzig verschiedene Arten Sandwiches, Hörnchen mit Himbeermarmelade und dicker Sahne, Schokoladenkuchen, Mokka-Walnuß-Torte, Passionsfruchttorte, Pekannußkuchen, Eclairs, Cremeschnittchen, Brandyplätzchen und Erdbeeren mit Schlagsahne.

»Genau nach meinem Geschmack«, sagte Wexford und stellte sich hinten an.

Die Schlange war ziemlich lang und wand sich an der Innenseite des gelbweißgestreiften Zeltes entlang. Eine derartige Schlange bekam man selten zu Gesicht, war sie doch völlig anders als die Reihe niedergeschlagener, schlechtgekleideter Gestalten, die an einer Bushaltestelle warteten, oder schlimmer noch, wie Wexford kürzlich in Myringham gesehen hatte, vor einer Suppenküche für Obdachlose. Das Dinnerzelt beim Opernfestival in Glyndebourne kam diesem hier wohl noch am nächsten. Er war einmal dort gewesen und hatte sich, wie hier, nach den Räucherlachs-Sandwiches angestellt und sich im Smoking um vier Uhr nachmittags recht unwohl gefühlt. Dort hatten allerdings die meisten ebenfalls ihre alte Abendgarderobe getragen, Smokings aus den ersten Nachkriegsjahren, die alten Damen in schwarzer Spitze aus den Vierzigern, während es hier aussah wie in einem Videofilm mit Modellen aus *Vogue*. Dora erklärte ihm, daß die Frau vor ihnen ein Modellkostüm von Lacroix trug, während es Caroline-Charles-Kleider wie Sand am Meer gab. So ganz nebenbei ließ sie die Bemerkung fallen: »Die dicke Sahne ißt du aber nicht, Reg.«

»Das hatte ich auch gar nicht vor«, schwindelte er. »Aber ein Stückchen von dem Pekankuchen darf ich mir doch nehmen? Und ein paar Erdbeeren?«

»Selbstverständlich, aber du weißt, was Dr. Akande gesagt hat.«

»Der arme Teufel hat im Moment andere Sorgen als meine Cholesterinwerte.«

Im Festzelt waren alle Tische besetzt. Wie Wexford bereits geahnt hatte, war auch der Chief Constable anwesend und saß mit seiner dürren, rothaarigen Frau und zwei Freunden an einem der Tische. Wexford verdrückte sich rasch aus seinem Blickfeld, und er und Dora brachten ihre Tabletts nach draußen. Sie mußten mit einem niedrigen Mäuerchen als Sitzgelegenheit und der Oberfläche einer Balustrade als Tisch vorliebnehmen und wollten gerade ihre Sachen abstellen, als eine Stimme hinter Wexford sagte: »Ich dachte mir doch, daß Sie es sind! Wie schön, daß Sie auch da sind, wir kennen nämlich überhaupt niemanden.«

Ingrid Pamber. Und hinter ihr der zerzauste Jeremy Lang mit einem Tablett, das sich unter der Last der Sandwiches, Kuchen und Erdbeeren förmlich bog.

»Ich weiß, was Sie denken«, sagte Ingrid. »Sie denken, was machen denn *die beiden* hier unter all den noblen Leuten.« Zum Glück wußte sie nicht, was er dachte. Hätte er es sich nicht schon vor Jahren zur Regel gemacht, in Gegenwart seiner Frau niemals andere Frauen zu bewundern, nicht einmal in Gedanken, dann hätte er sich jetzt genießerisch in den Anblick ihrer rosigen Haut versenkt, ihres glatten Haares, so seidig wie das Fell eines Rennpferdes, ihrer Figur und des reizend geschwungenen Mundes. So aber dachte er bei sich nur, daß sie in ihrem weißen Oberteil und dem Baumwollrock zehnmal hübscher war als Anouk Khoori oder Cookie Dix oder die Frau mit der Tombola. Dann verbannte er seine heimliche Bewunderung und erwiderte, diese Frage habe er zwar nicht im Sinn gehabt, aber – wieso *sei* sie denn nun hier?

»Jerrys Onkel ist mit Mr. Khoori befreundet. Sie wohnen in London nebeneinander.«

Der Onkel. Den Onkel gab es also tatsächlich. »Ich verstehe.« Da Khooris London wahrscheinlich nicht zu weit von den vornehmen Gegenden Mayfair, Belgravia oder Hampstead entfernt war, mußte der Onkel ein reicher Mann sein.

Zu weiterem Gedankenlesen aufgelegt, diesmal jedoch mit größerer Genauigkeit, sagte Ingrid: »Eaton Square«, und fügte hinzu: »Dürfen wir uns zu Ihnen setzen? Es ist so nett, wenn man mit jemandem reden kann.«

Er stellte Dora vor, die liebenswürdig anbot: »Teilen Sie doch das Mäuerchen mit uns.«

Ingrid fing an zu plaudern, wie toll es doch sei, zwei Wochen nicht zur Arbeit zu müssen, wo sie und Jeremy überall gewesen seien, bei einem Rockkonzert und in Chichester im Theater. Es gelang ihr, sich während des Redens eine gewaltige Menge Essen einzuverleiben. Warum konnten die Dünnen eigentlich so viel essen, ohne daß es anschlug? Mädchen wie Ingrid und Jungen wie dieser knochige Jeremy schaufelten die Hörnchen, auf denen sich die dicke Sahne türmte, nur so in sich hinein. Sie dachten anscheinend nie darüber nach, sondern spachtelten einfach drauflos.

Jedenfalls tat er besser daran, Betrachtungen über das Essen und dessen Folgen anzustellen statt über dieses charmante Mädchen, das Dora nun reizende und höfliche Komplimente über ihr Kleid machte. An diesem Nachmittag schienen ihre Augen so strahlend blau wie nie zuvor, fast wie das Gefieder eines Eisvogels. Sie wollte wissen, ob sie beim Rätselraten um das Alter der Zwillinge auch mitgemacht hätten. Jeremy hatte es erst dumm gefunden, aber sie hatte ihn herumgekriegt, weil sie den Teddybären gewinnen wollte.

Sie legte ihre Hand auf Wexfords Ärmel. »Ich bin ganz verrückt nach Kuscheltieren. Ich weiß gar nicht mehr – sind wir damals, als Sie zu mir kamen, ins Schlafzimmer gegangen?«

Die Schlange, die sich im Garten genüßlich räkelt, so kam es ihm vor. Sie mochte reizend und höflich sein, doch das Gift war da, in einem winzigen Säckchen unter ihrer Zunge. Dora schien etwas überrascht, aber mehr nicht. Jeremy nahm sich den zweiten Teller mit Passionsfruchttorte und sagte: »Er war natürlich nicht im Schlafzimmer, Ing. Wieso auch? Da drin ist ja nicht mal genug Platz zum Umfallen.«

»Oder für einen Teddybären.« Ingrid kicherte. »Ich habe einen goldenen Spaniel, den mir mein Dad in Paris gekauft hat, als ich zehn war, und ein rosa Schweinchen und einen Dinosaurier aus Florida. Man meint zwar nicht, daß ein Dinosaurier knuddelig sein könnte, aber er ist es, ich finde ihn eigentlich am knuddeligsten, was, Jerry?«

»Aber nicht so knuddelig wie mich«, versetzte Jeremy und griff nach einem Brandyplätzchen. »Haben Sie schon Onkel Wael kennengelernt?«

»Noch nicht. Wir haben mit Mrs. Khoori gesprochen.«

»Ich nenne ihn immer noch Onkel. Weiß auch nicht, wieso. Ich habe ihn mit achtzehn zum letzten Mal gesehen, und dann erst vor ein paar Tagen wieder. Wenn Sie wollen, mache ich Sie mit ihm bekannt.«

Weder Wexford noch Dora legten Wert darauf, konnten das aber wohl kaum sagen. Jeremy wischte sich die Krümel von den Jeans und stand auf. »Bleib ruhig sitzen, Ing«, sagte er zärtlich, »und iß die Eclairs auf. Die magst du doch so gern.«

Es dauerte ziemlich lang, bis sie Wael Khoori fanden, sie mußten das ganze Haus umrunden. Wexford erspähte wieder einmal den Chief Constable, der diesmal auf ein paar sehr aufwendig gestaltete Wurfbuden zusteuerte. Wahrscheinlich würde ihm eine Begegnung doch erspart bleiben. Jeremy erzählte unterdessen, als sie am Nachmittag angekommen waren, hatte er eigentlich ein Haus im Stil der Supermärkte seines Onkels Wael erwartet, mit, wie er es ausdrückte, »so Minaretten«, oder etwas in der Art des Flughafens von Abu Dhabi. Statt dessen war es ein langweiliges georgianisches Bauwerk. Ob Mr. und Mrs. Wexford schon mal den Flughafen von Abu Dhabi gesehen hätten? Während Dora der Beschreibung dieses Wunders aus Tausendundeiner Nacht, einer veritablen Touristenfalle, lauschte, sah Wexford in der vagen Hoffnung, Juanas oder Rosendas Gesicht zu erspähen, zu den Fenstern des neuen Hauses hinauf.

Dafür, daß es von zwei jungen Frauen in Schuß gehalten werden mußte, war das Haus wirklich groß. Mrs. Khoori sah nicht aus wie jemand, die ihr Bett selbst machte oder das Frühstücksgeschirr abwusch. Es gab bestimmt zwanzig Schlafzimmer und die dazugehörigen Badezimmer. Was mochte es wohl für ein Gefühl sein, um die halbe Welt reisen zu müssen, um seine Kinder zu ernähren?

Allmählich begann sich der Himmel zu bewölken, und die sanften Hügel hatten sich inzwischen violett verfinstert. Eine leichte Brise wehte von dem Waldstück herüber, als sie den Hang hinuntergingen. Wexford behagte der Gedanke nicht, daß er ihn später wieder hinaufsteigen mußte, und es ärgerte ihn zusehends, daß sie dem Gastgeber nachlaufen mußten – eigentlich hätte *der* sich um sie bemühen sollen. Gerade als er dies, wenn auch in höflicheren Worten, sagen wollte, drehte sich Jeremy um und winkte den hinter ihnen Gehenden zu. Es waren drei Männer, zwei von ihnen Arm in Arm. Es hätte weniger merkwürdig gewirkt, dachte Wexford, wenn sie in Burnus und Djellabah dahergekommen wären, doch sie trugen westliche Kleidung, und einer von ihnen, ein rosahäutiger, heller Typ mit Glatze, war unzweifelhaft angelsächsischer Herkunft. Die beiden anderen waren übergewichtig und groß, noch größer als Wexford. Beide hatten das gutgeschnittene, semitische Gesicht mit Hakennase, schmalen Lippen und engstehenden Augen. Es handelte sich ganz offensichtlich um Brüder, der Jüngere mit einem von Pockennarben entstellten, braunen Gesicht, der andere kaum dunkler als ein sonnengebräunter Engländer, während sein üppiges, ziemlich langes Haar schneeweiß war. Er schien etwa zehn Jahre älter als seine Frau zu sein; aber vielleicht war sie ja auch älter, als sie aussah.

Das letzte, was Wael Khoori in diesem Moment wollte – er befand sich vielleicht gerade mitten in einer geschäftlichen Besprechung –, war, von seinem Nenn-Neffen mit Beschlag belegt und Leuten vorgestellt zu werden, die ihn nicht im geringsten interessierten. Das ließ sich deutlich an seiner erst zerstreuten und dann leicht irritierten Miene ablesen. Jeremy kannte er allerdings ziemlich gut, das war also keine Übertreibung gewesen, obwohl Wexford vom Gegenteil auch nicht überrascht gewesen wäre. Er nannte ihn »mein lieber Junge«, wie ein etwas altmodischer Patenonkel.

Vorgestellt wurden sie Khoori als »Reg und Dora Wexford, Freunde von Ingrid«, was Dora, wie sie ihm später verriet, ein ziemlich starkes Stück fand. Khoori verhielt sich so, wie man es Mitgliedern der königlichen Familie nachsagt, wenn sie Fremden begegnen. Die Art, in der er seine banalen Fragen stellte, war jedoch eher ungeduldig als huldvoll, er hatte es eilig, von ihnen wegzukommen.

»Kommen Sie von weit her?« »Wir leben hier im Ort«, sagte Wexford.

»Schön hier, nicht? Hübsches Fleckchen, so grün. Haben Sie schon gegessen? Holen Sie sich doch etwas, meine Frau sagt, es sei tipptopp.«

»Stimmt«, sagte Jeremy, »ich nehme mir vielleicht noch was.«

»Tu das, mein lieber Junge. Und grüß deinen Onkel schön,

wenn du ihn siehst.« Wexford und Dora fertigte er mit der abgedroschenen Phrase ab: »Hat mich gefreut, Sie kennenzulernen. Kommen Sie mal wieder.«

Dann hakte er sich bei seinen beiden Gefährten unter, von denen keiner vorgestellt worden war, und bugsierte sie ins Gebüsch, das so verschlungen wie ein Labyrinth war. Während sie zum Festzelt zurückgingen, meinte Jeremy vertraulich: »Eine komische Stimme hat er, finden Sie nicht? Ist Ihnen das aufgefallen? Spricht Estuary-Englisch, diesen schicken, südostenglischen Akzent, glaube ich, mit einer Spur Cockney drin.«

»Das kann aber doch nicht sein.«

»Doch, doch. Sein Bruder Ismail spricht genauso. Sie hatten ein englisches Kindermädchen, *er* behauptet, aus Whitechapel.«

»Er ist also gar kein Gassenjunge aus Alexandria?« fragte Dora.

»Wie kommen Sie denn darauf? Seine Eltern waren richtige Aristokraten, sagt Onkel William. Sein Dad war ein Bey oder ein Khalif oder so was ähnliches, und außerdem war es in Riad. Hallo, Ing, entschuldige, daß es so lange gedauert hat.«

»Sie haben die Ergebnisse des Wettbewerbs bekanntgegeben«, sagte Ingrid. »Ich habe den Bären nicht gewonnen und du auch nicht. Die 368 hat ihn gekriegt. Nicht direkt, es hat sich nämlich niemand gemeldet. Warum machen die Leute bloß bei so etwas mit, wenn sie sich nachher nicht drum kümmern, ob sie gewonnen haben?«

Dora sagte, sie müsse jetzt aber gehen und, in Abwandlung von Khooris Phrase, sie habe sich sehr gefreut, sie kennenzulernen. Wexford verabschiedete sich ebenfalls.

»Wir hätten ihnen anbieten sollen, sie mitzunehmen. Jeremy sagte, sie hätten gerade kein Auto, es sei in der Werkstatt.«

»Das kann ich mir vorstellen«, sagte Wexford.

Das wäre ja noch schöner, sie nach Kingsmarkham zurückzuchauffieren, womöglich noch auf eine Tasse Tee hereingebeten zu werden, damit Dora sie dann in aller Unschuld für nächste Woche zum Abendessen einlud. »Sie müssen unbedingt meine Tochter Sylvia kennenlernen...« Er konnte es sich lebhaft vorstellen. Liebevoll nahm er den Arm seiner Frau. Sie hatte ihre Nummer hervorgeholt und sah gerade darauf, als sie an dem Stand mit den Zwillingen vorbeikamen. Die Kinder waren bereits verschwunden, doch ihr Vater – und der Teddybär – saßen noch da.

»Drei-sechs-sieben«, sagte sie. »Um eine Zahl verpaßt.« Sie drehte sich zu Wexford um. »Reg, du mußt drei-sechs-sechs oder drei-sechs-acht haben.«

Natürlich hatte er die Gewinnzahl, das mußte ja so kommen. Seit Ingrids Ankündigung hatte er das befürchtet. Die richtige Antwort auf die Frage nach dem Geburtsdatum der Zwillinge lautete: erster Juni – Phyllida wurde an diesem Tag vor fünf Jahren um zwei Minuten vor Mitternacht geboren – und zweiter Juni – Fenella kam zehn nach zwölf. Darauf war niemand gekommen, und Wexford lag mit dem ersten Juni am nächsten.

»Ich gebe ihn zurück. Sie können ihn für einen guten Zweck verlosen.«

»O nein, mein Herr«, sagte der Zwillingsvater boshaft. »Ich kann das blöde Ding nicht mehr sehen. Sie nehmen ihn jetzt mit, oder ich schmeiße ihn in den Fluß und verschmutze die Umwelt damit.«

Wexford nahm ihn. Der Teddybär war etwa so groß wie ein zweijähriges Kind. Wexford war klar, was er damit zu tun hatte, er wollte es tun, und dann doch wieder nicht. Dora sagte: »Du könntest ihn doch...«

»Ja, ich weiß. Das werde ich auch tun.«

Die beiden saßen schon wieder beim Essen; sie hatten Khooris Ratschläge befolgt und sich noch etwas geholt. Da die meisten Gäste sich allmählich verabschiedeten, hatten sie sich den besten Tisch unter einem Maulbeerbaum vor dem Festzelt gesichert. Wexford setzte den Teddybär auf den leeren Stuhl zwischen den beiden. Ingrids leuchtende Augen weiteten sich begehrlich und sehnsuchtsvoll. Wie konnten Augen, die doch Licht absorbierten und es nie abgaben, ein solch strahlendes Pfauenblau produzieren? Oder war es tiefes Eisblau?

»Er gehört Ihnen, wenn Sie ihn möchten.«

»Das ist doch nicht Ihr Ernst!«

Sie war aufgesprungen. »Oh, Sie sind wundervoll! Sie sind so lieb! Ich werde sie Christabel nennen!«

Hat man je von einer Teddybärin gehört? Er konnte sich denken, was als nächstes passieren würde. Es geschah – bevor er entrinnen konnte. Sie warf ihm die Arme um den Hals und küßte ihn. Dora sah mit rätselhafter Miene zu. Jeremy aß ungerührt seinen Walnußkuchen. Ingrids Körper, der auf so entzückende, verwirrende Weise üppig und gleichzeitig schlank war, drückte sich eine Spur zu lange und ein wenig zu eng an den seinen. Er nahm ihre Hände, entfernte sie sanft von seinem Hals und sagte: »Na, wenn ich Ihnen damit eine Freude machen kann.«

Da es nicht in der Natur der Dinge lag, daß sie sich zu ihm hingezogen fühlen sollte – er war weder reich wie Alexander Dix noch jung wie Jeremy, noch gutaussehend wie Peter Stanton – und da Nymphomanie ein Mythos war, gab es nur noch eine Möglichkeit: Sie war kokett. Eine Charmeurin mit den blauesten Augen der Welt. »Und hundert Jahre preis' ich deine Augen und weide mich an deiner holden Stirn...« Er würde ihr *nicht* anbieten, daß sie mitfahren könnte.

»Aber vielleicht ist es ja doch ein Junge«, sagte Ingrid. »Ich weiß – Sie heißen doch mit Vornamen Reg, stimmt's?«

Wexford lachte. Er verabschiedete sich ein zweites Mal und sagte über die Schulter hinweg: »Der steht für Teddybären aber nicht zur Verfügung.«

Es gab noch eine zweite Möglichkeit. Sie fiel ihm erst jetzt ein. Sie war eine Lügnerin, das wußte er bereits, aber war sie auch eine Mörderin? War sie nett zu ihm, oder was sie für nett hielt, um ihn für sich einzunehmen? Sie waren bereits auf dem zum Parkplatz umfunktionierten Acker angekommen, als Dora endlich etwas sagte. Die ersten Regentropfen waren bereits gefallen. Aus der leichten Brise war ein scharfer Wind geworden, und vor ihnen mußte sich eine Frau, die einen Hut von der Größe eines Wagenrads und ein durchsichtiges Kleid trug, den Rock festhalten.

»Die hat sich aber an dich rangeschmissen, dieses Mädchen«, sagte Dora.

»Ja.«

»Wer ist sie überhaupt?«

»Eine Mordverdächtige.«

Mehr sagte er ihr nie über seine Fälle. Sie sah ihn belustigt an.

»Tatsächlich?«

»Tatsächlich. Komm ins Auto, sonst wird dein Hut naß.«

Die Schlange an der Ausfahrt war nicht besonders lang. Alle Autos mußten durch ein Gattertor, und da es sich hauptsächlich um Rolls Royces, Bentleys und Jaguars handelte, ging es nur langsam voran. Nur noch zwei Autos mußten sich vor ihm zwischen den Türpfosten durchlavieren, als plötzlich sein Telefon klingelte. Er nahm den Hörer. Es war Karens Stimme.

»Ja«, sagte er, »ja. Verstehe.«

Dora konnte zwar Karens Stimme hören, verstand aber nicht, was sie sagte. Der Wagen zwängte sich rutschend durch die enge Lücke. Wexford fragte: »Wo, sagten Sie? Ich fahre sofort hin. Ich bringe nur noch meine Frau nach Hause.«

»Was ist los, Reg? Ach, Reg, doch nicht etwa Melanie Akande?«

»Anscheinend doch. Ich fürchte, ja.«

»Ist sie tot?«

»Ja«, sagte er. »Sie ist tot.«

13

Kingsmarkham liegt in dem Teil von Sussex, den einst der von den Römern Regnenser genannte keltische Stamm bewohnte. Die Kolonisatoren sahen in dem Landstrich einen angenehmen Ort zum Leben, die Gegend war hübsch und nicht allzu unwirtlich, und die einheimische Bevölkerung konnte man zur Sklavenarbeit heranziehen. Die sterblichen Überreste zahlreicher weiblicher Säuglinge, die Archäologen unweit von Pomfret Monachorum ausgegraben hatten, deuteten darauf hin, daß die Römer unter den Regnensern systematisch Kindesmord verübten, um die Anzahl der männlichen Arbeitskräfte zu stabilisieren.

Neben dieser grausigen Tatsache wurde auch ein Schatz entdeckt. Niemand wußte, wer dieses riesige Geheimversteck an Goldmünzen, Statuetten und Schmuck auf den Feldern unweit von Cheriton angelegt hatte, doch deutete einiges darauf hin, daß dort einmal eine römische Villa gestanden hatte. Man kam auf den ziemlich romantischen Gedanken, daß die römische Familie, die Anfang des fünften Jahrhunderts dort gewohnt hatte, fliehen mußte und all ihre Wertgegenstände dort vergrub in der Hoffnung, eines Tages zurückzukehren und sie zu holen. Doch die Römer waren nie wiedergekommen, und statt dessen begann das finstere Mittelalter.

Ein Bauer hatte den Schatz auf seinem eigenen Land gefunden, als er einen Teil eines bis dahin als Schafweide genutzten Feldes umgepflügt hatte, um darauf Mais zur Fasanenmast anzupflanzen. Der Wert wurde mit etwas über zwei Millionen

Pfund angegeben, wovon der Bauer den größten Teil erhielt. Er gab daraufhin seine Landwirtschaft auf und wanderte nach Florida aus. Die Goldstatuette einer säugenden Löwin mit ihren zwei Jungen und die beiden goldenen Armreifen, den einen mit der fein ziselierten Darstellung einer Wildschweinjagd, den anderen mit einem brünstigen Hirsch, kann man heute als »Hort von Framhurst« im Britischen Museum in London bewundern.

Das führte dazu, daß sich die Schatzsucher einfanden. Aus der Ferne sah es aus, als durchkämmten sie das Heideland und das grüne Tal mit Staubsaugern. Sie kamen mit ihren Metalldetektoren und arbeiteten stundenlang geduldig und schweigend. Die Bauern hatten nichts dagegen – in dieser Gegend gab es kaum urbares Ackerland –, und solange die Leute keinen Schaden anrichteten und die Schafe nicht verschreckten, waren sie nicht nur harmlos, sondern vielleicht sogar ein Quell ungeahnten Reichtums. Jeder erfolgreiche Schatzsucher würde seine Beute nämlich mit dem Landbesitzer teilen müssen.

Bisher hatte man jedoch nichts mehr gefunden. Das Geheimversteck mit der Löwin und den Armreifen war einmalig gewesen. Doch die Schatzsucher kamen weiterhin, und einer von ihnen war es auch, der etwas außerhalb des sonst abgesuchten Gebiets mehrmals mit seinem Detektor über eine Stelle mit kreidehaltigem Geröll gefahren war. Zuerst war er auf eine Münze gestoßen, und dann auf die Leiche eines Mädchens.

Es war an der Stelle zwischen Cheriton und Myfleet, wo das flache Hügelland begann. Eine schmale, weiße Straße ohne Zaun, Mauer oder Hecke verlief zwischen den Hügeln, und etwa zwanzig Meter vom linken Straßenrand, dort, wo der Wald begann, hatte man sie am Rand einer Baumgruppe vergraben. Das Wetter war schön gewesen, als Colin Broadley seinen Metalldetektor geführt hatte, der Boden war vom kürzlich heruntergegangenen Regen zwar noch feucht, aber nicht mehr naß. Die Bedingungen zum Graben waren ideal gewesen, und Broadley hatte nach dem Fund der Münze, wegen der sein Detektor so wild ausgeschlagen hatte, einfach weitergegraben.

»Warum haben Sie denn nicht aufgehört«, fragte ihn Wexford, »als Sie merkten, was Sie da gefunden hatten?«

Broadley, ein wuchtiger Mittvierziger mit einem Bierbauch, zuckte die Achseln und sah verschlagen drein. Er war kein Archäologe, sondern ein arbeitsloser Klempner, getrieben von Habsucht und Hoffnung. Nicht er hatte die Polizei gerufen, sondern ein Autofahrer, der zufällig vorbeigekommen war, beim Anblick der gewaltigen Ausgrabungsstelle Verdacht geschöpft und seinen Wagen abgestellt hatte, um sich die Sache genauer anzusehen. Der Bürger mit dem ausgeprägten Gemeinsinn, ein gewisser James Ranger aus Myringham, bezahlte nun den Preis für sein soziales Verhalten, indem er am Tatort im Auto sitzen bleiben mußte, wo er bereits die letzten zwei Stunden zugebracht hatte.

»Sind Sie sich denn nicht komisch vorgekommen?« Wexford ließ nicht locker.

»Sie *mußte* doch ausgegraben werden«, sagte Broadley schließlich. »Einer mußte es ja tun.«

»Das wäre Sache der Polizei gewesen«, gab Wexford zurück. Die Polizei hatte die Arbeit dann auch zu Ende geführt. Wexford wußte natürlich genau, was Broadley im Schilde geführt hatte. Nachdem er die Münze gefunden hatte, hatte er, da er nicht gerade ein empfindlicher oder zimperlicher Mensch war, in der Hoffnung, darunter auf weitere Geldstücke und vielleicht Schmuck zu stoßen, einfach weitergegraben.

Er hatte aber nichts gefunden. Die Leiche war nackt. Auch

ließ sich zu diesem Zeitpunkt nicht sagen, ob zwischen ihr und der Münze ein Zusammenhang bestand oder nicht. In Broadleys Augen war diese Münze die erste aus einem römischen Schatz gewesen, doch bei näherer Betrachtung stellte Wexford fest, daß es sich um einen Victoria-Halfpenny handelte, auf dem der Kopf der jungen Königin abgebildet war. Ihre Frisur hatte eine gewisse Ähnlichkeit mit denen von Schauspielerinnen in einem Kostümfilm über das Alte Rom. Wexford schickte Broadley mit Pemberton weg und sagte, er sollte sich mit ihm in einen der Polizeiwagen setzen.

Da es noch immer ununterbrochen regnete, hatte man zum Schutz eine Plane über das Grab und die Bäume gelegt. Darunter war der Pathologe gerade dabei, die Leiche zu untersuchen. Nicht Sir Hilary Tremlett und auch nicht Wexfords Intimfeind Dr. Basil Sumner-Quist, die beide auf Urlaub waren, sondern irgendein Assistent oder Vertreter, der sich als Mr. Mawrikiew vorgestellt hatte. Wexford stand unter einem der insgesamt zehn Schirme, die man unter den tropfenden Bäumen aufgespannt hatte. Die Münze hatte er in einem Plastiksäckchen bei sich. Allerdings war kaum damit zu rechnen, daß sich auf der Münze Fingerabdrücke befanden, nachdem sie in der feinen, kalkigen, rauhen Erde gelegen hatte, von der sich winzige Körnchen auf der geprägten Oberfläche festgesetzt hatten. Sobald Mawrikiew fertig war und sie alles fotografiert hatten, stand Wexford eine äußerst unangenehme Aufgabe bevor: in die Ollerton Avenue zu fahren und es den Akandes mitzuteilen.

Er mußte es persönlich tun, das war klar. Er konnte doch nicht Vine hinschicken, nicht einmal Burden konnte ihm die Sache abnehmen. Seit Melanie als vermißt gemeldet war, hatte er den Arzt und seine Frau täglich besucht, außer an dem Tag, an dem er Akande zufällig auf der Straße begegnet war. Er hatte sich zum Freund der Familie gemacht, und ihm war klar, daß er es getan hatte, weil sie schwarz waren. Ihre Rasse und Hautfarbe verdienten diese besondere Aufmerksamkeit, doch eigentlich sollte es nicht so sein. Im Idealfall hätte er sie, wenn er tatsächlich vorurteilslos gewesen wäre, genauso behandelt wie die Eltern anderer vermißter Kinder. Die Rechnung würde ihm demnächst präsentiert werden.

Mawrikiew hob einen Zipfel der Plane hoch und trat heraus. Er hatte einen Assistenten dabei, der ihm den Schirm hielt. Es war unglaublich, Wexford mochte seinen Augen kaum trauen, aber der Pathologe schien nicht die Absicht zu haben, mit ihm zu sprechen, sondern steuerte geradewegs auf seinen wartenden Jaguar zu.

»Dr. Mawrikiew!« sagte er. Der Mann war ziemlich jung, blond, mit diesem verblichenen nordischen Aussehen. Wahrscheinlich stammten seine Vorfahren aus der Ukraine, riet Wexford, als der andere sich umdrehte und sagte: »*Mister*. Mister Mawrikiew.«

Wexford schluckte seinen Zorn hinunter. Wieso waren diese Burschen eigentlich immer so unhöflich? Der hier war der schlimmste von allen. »Können Sie mir ungefähr sagen, wann sie gestorben ist?«

Mawrikiew sah aus, als wollte er Wexford gleich nach seinem Ausweis fragen. Er schob die Lippen vor und machte ein finsteres Gesicht. »Vor zehn Tagen. Vielleicht mehr. Ich bin kein Hellseher.«

Nein, aber ein blöder Hund... »Und die Todesursache?«

»Erschossen wurde sie nicht. Auch nicht erdrosselt. Und lebendig begraben auch nicht.«

Er bückte sich, stieg ein und knallte die Wagentür zu. Hatte bestimmt keine Lust, an einem nassen Samstagabend herausgerufen zu werden. Wer hatte das schon? Hatte vermutlich auch keine Lust, an einem Sonntag eine Obduktion zu machen, aber das war sein Pech. Durch das rutschige, nasse Gestrüpp kam Burden angestolpert, den Kragen hochgeklappt, die Haare tropfnaß, ohne Schirm.

»Haben Sie sie gesehen?«

Wexford verneinte kopfschüttelnd. Es machte ihm nichts mehr aus, sich die gewaltsam zu Tode Gekommenen anzusehen, auch nicht die bereits verwesenden Toten. Er war daran gewöhnt, man gewöhnte sich an alles. In gewisser Hinsicht hatte er Glück, denn sein Geruchssinn war nicht mehr das, was er einmal gewesen war. Er kroch unter die Plane und warf einen Blick auf die Tote. Niemand hatte sich die Mühe gemacht, ihre Blöße mit einem Tuch zu bedecken; sie lag ausgestreckt auf dem Rücken, immer noch in relativ guterhaltenem Zustand. Insbesondere ihr Gesicht war beinahe völlig intakt. Noch im Tode, nachdem sie seit Tagen tot und vergraben war, sah sie sehr jung aus.

Die schwarzen Flecken auf ihrer dunklen Haut, vor allem die verklebten, schwarzen Stellen an ihren Schläfenhaaren, hätten von der Verwesung oder auch von Prellungen herrühren können. Er wußte es nicht, aber Mawrikiew könnte es sagen. Einer ihrer Arme lag seltsam angewinkelt da, und er fragte sich, ob er vielleicht vor ihrem Tod gebrochen worden war. Wieder draußen im Regen, holte er tief Luft.

»Er sagte, zehn Tage oder mehr«, sagte Burden. »Das käme ungefähr hin.«

»Ja.«

»Dienstag vor elf Tagen ist sie verschwunden. Falls derjenige, der sie hierhergebracht hat, im Wagen kam, ist er jedenfalls nicht von der Straße abgefahren. Es ist natürlich möglich, daß sie da noch lebte. Er hat sie vielleicht hier umgebracht. Wollen Sie mich bei der Obduktion dabeihaben? Er sagte, morgen früh um neun. Ich komme, wenn Sie möchten. Mit diesem Mawri-soundso rede ich aber kein Wort, außer er will was von mir wissen.«

»Danke, Mike«, sagte Wexford. »Ich würde lieber zu einer Leichenöffnung gehen als das tun, was mir heute abend bevorsteht.«

Um zehn vor neun war es immer noch taghell und so trostlos, so hoffnungslos, wie es nur ein nasser Sommerabend in England sein kann. Es war schwer zu sagen, ob es regnete oder ob nur das Wasser von den Bäumen tropfte. Die Feuchtigkeit hing wie kalter, weißer Dampf in der reglosen, schweren Luft. Im Haus brannte kein Licht, doch das hatte nichts zu bedeuten. Langsam setzte die Dämmerung ein. Wexford klingelte, und beinahe gleichzeitig gingen im Hausflur und draußen am Eingang über seinem Kopf die Lichter an. Den jungen Mann, der ihm öffnete, erkannte er sofort als den Sohn der Akandes, der auf dem Foto mit Melanie zu sehen gewesen war.

Wexford stellte sich vor. Die Anwesenheit des Jungen machte die Sache noch schwerer, dachte er. Aber vielleicht war es besser für die Eltern, wenn ein Kind da war, das sie trösten konnte.

»Ich heiße Patrick. Meine Eltern sind hinten, wir sind nämlich noch beim Abendessen. Ich bin erst heute zurückgekommen. Ich habe die ganze Zeit geschlafen und bin erst vor einer Stunde aufgewacht.«

Ob er ihn vorwarnen sollte? »Ich fürchte, ich habe eine schlimme Nachricht für Sie.«

»Oh.« Patrick sah ihn an und wandte dann den Blick ab. »Ja, dann bringe ich Sie jetzt zu meinen Eltern.«

Beim Geräusch ihrer Stimmen war Raymond Akande vom Tisch aufgestanden und blickte erwartungsvoll zur Tür. Laurette Akande blieb sitzen, kerzengerade aufgerichtet saß sie da, die Hände auf dem Tischtuch rechts und links von ihrem Teller, auf dem Orangenschnitze lagen. Keiner sagte etwas.

»Ich habe eine schlimme Nachricht für Sie, Dr. Akande, Mrs. Akande.«

Der Arzt holte hörbar Luft. Seine Frau wandte den Kopf schweigend in Wexfords Richtung.

»Bitte, setzen Sie sich doch wieder, Doktor! Sie können sich wohl denken, weshalb ich gekommen bin.«

Das unmerkliche Zögern von Akandes Kopf sollte ein Nikken andeuten.

»Man hat Melanies Leiche gefunden«, sagte Wexford. »Das heißt, wir sind uns so sicher, wie man ohne eine positive Identifizierung sein kann, daß es sich um Melanie handelt.«

Laurette winkte ihren Sohn zu sich her. »Komm, setz dich doch wieder, Patrick.« Ihre Stimme war relativ fest. Zu Wexford sagte sie: »Wo hat man sie gefunden?«

Wie sehr hatte er gehofft, sie würden nicht danach fragen! »In den Framhurst Woods.«

Laßt es dabei bewenden, fragt nicht weiter. »War ihre Leiche vergraben?« fragte Laurette unnachgiebig. »Woher wußten sie, wo sie graben müssen?«

Patrick legte eine Hand auf den Arm seiner Mutter. »Mum, hör auf.«

»Woher wußten sie, wo sie graben müssen?«

»Oft gehen Leute mit Metalldetektoren dort herum, um nach Schätzen wie dem Hort von Framhurst zu suchen. Einer davon hat sie entdeckt.«

Er dachte an die Prellungen und den gebrochenen Arm, die verklebte, schwarze Stelle am Schädel, doch sie stellte die bewußte Frage nicht, und so brauchte er auch nicht zu lügen. Statt dessen sagte sie: »Uns war klar, daß sie tot sein muß. Nun wissen wir es sicher. Wo liegt der Unterschied?«

Der Unterschied lag darin, daß es nun keine Hoffnung mehr gab. Das war allen Anwesenden klar. Wexford zog den vierten Stuhl heran und setzte sich. Er sagte: »Es ist wahrscheinlich nur eine Formalität, doch ich muß Sie bitten, die Leiche zu identifizieren. Am besten Sie, Doktor.«

Akande nickte. Er sagte zum ersten Mal etwas, und seine Stimme war nicht wiederzuerkennen. »Ja. In Ordnung.« Er ging zu seiner Frau hinüber und stellte sich neben ihren Stuhl, berührte sie aber nicht.

»Wo?« fragte er. »Wann?«

Jetzt gleich? Sie sollten lieber vorher noch eine Nacht schlafen. Mawrikiew wollte mit der Obduktion früh anfangen, aber es könnte sich auch hinziehen. »Wir schicken Ihnen einen Wagen. Sagen wir um halb zwei?«

»Ich würde sie gerne sehen«, sagte Laurette.

Lieber nicht, dies ist ein Schmerz, dem keine Mutter sich aussetzen sollte – solche Worte konnte man zu einer Frau wie ihr ebensowenig sagen wie zu einer Medea oder Lady Macbeth. »Wie Sie möchten.«

Sie erwiderte nichts darauf, sondern wandte ihr Gesicht Patrick zu, der darin ein seltenes Anzeichen von Schwäche bemerkt oder eine Vorwarnung gespürt haben mußte, daß sie nun gleich die Fassung verlieren würde, denn er legte den Arm um seine Mutter und drückte sie an sich. Wexford ging aus dem Zimmer und verließ das Haus.

Wären diese markanten, rohen Züge nicht so unverkennbar gewesen, Wexford hätte den Pathologen nicht wiedererkannt. Das lag jedoch nicht an dessen grausiger Verkleidung mit Kittel und Kappe aus grünem Gummimaterial. Mawrikiew war wie ausgewechselt. Ein derart krasser Stimmungsumschwung kommt bei normalen Menschen selten vor, und Wexford fragte sich, was für ein vernichtendes Ereignis ihn am Vorabend so verdrossen oder welche glückliche Wendung des Schicksals ihn jetzt so fröhlich gemacht hatte. Seltsamerweise tat er so, als begegne er den beiden Polizeibeamten zum ersten Mal.

»Guten Morgen, guten Morgen. Andy Mawrikiew. Wie geht es Ihnen? Es wird wahrscheinlich nicht lange dauern.«

Er machte sich an die Arbeit. Wexford hatte keine Lust, näher hinzusehen. Das Geräusch der Säge am Schädel und der Anblick beim Entnehmen der inneren Organe führten zwar nicht dazu, daß ihm übel wurde, waren aber auch nicht sonderlich interessant. Burden sah ganz genau zu, so wie er Sir Hilary Tremletts Einsatz bei Annette Bystock beobachtet hatte, und überschüttete Mawrikiew mit Fragen, die dieser bereitwillig beantwortete. Mawrikiew redete ununterbrochen, und zwar nicht ausschließlich über die sterblichen Überreste auf dem Seziertisch.

Er bot es nicht direkt als Erklärung für seinen Stimmungswechsel dar, doch es *war* in der Tat eine Erklärung. Am Vortag hatten bei seiner Frau morgens um fünf die Wehen eingesetzt: ihr erstes Kind. Man rechnete mit einer schwierigen Entbindung, und Mawrikiew hatte gehofft, die ganze Zeit bei ihr bleiben zu können. Er wurde gerade dann nach Framhurst Heath gerufen, als man erörterte, ob man in der Hoffnung auf eine normale Geburt noch etwas abwarten oder gleich einen Kaiserschnitt machen solle.

»Ich war nicht gerade begeistert, das können Sie sich ja denken. Trotzdem, ich war gerade rechtzeitig wieder dort, um dafür zu sorgen, daß Harriet eine Betäubungsspritze bekam und von einem gesunden Baby entbunden wurde.«

»Herzlichen Glückwunsch«, sagte Wexford. »Was ist es denn?«

»Ein hübsches, kleines Mädchen. Nun, ein hübsches, großes

Mädchen, beinahe zehn Pfund. Sehen Sie mal her! Wissen Sie, was das ist? Das ist ein Milzriß, und was für einer.«

Als er fertig war, sah die Leiche auf dem Metalltisch – besser gesagt, ihr Gesicht, denn der arme ausgeweidete Körper war inzwischen völlig mit einem Plastiktuch bedeckt – um einiges besser aus als dort draußen, nachdem man sie frisch ausgegraben hatte. Es sah sogar aus, als sei die Verwesung weniger weit fortgeschritten, denn Mawrikiew hatte sich nicht nur als Pathologe betätigt, sondern die Leiche auch präpariert. Das würde die schlimme Konfrontation, die die Akandes erwartete, weniger qualvoll gestalten.

Er streifte die Handschuhe ab. »Lassen Sie mich meine Feststellung von gestern abend korrigieren. Ich sagte, zehn Tage oder ein bißchen drüber, nicht wahr? Ich kann es sogar noch genauer sagen. Mindestens zwölf Tage.«

Wexford nickte; er war nicht überrascht. »Woran ist sie gestorben?«

»Ich sagte Ihnen ja schon, die Milz ist gerissen. An der Ulna ist eine Fraktur, am Radius auch – also, Ellen- und Speichenbruch links, am linken Arm. Daran ist sie aber nicht gestorben. Sie war sehr dünn, vielleicht magersüchtig. Am ganzen Körper Prellungen. Außerdem eine massive Zerebralembolie – was Sie ein Blutgerinnsel im Hirn nennen würden. Ich vermute, der Kerl hat sie zu Tode geprügelt. Ich glaube nicht, daß er es mit einem Gegenstand getan hat, wahrscheinlich mit den bloßen Fäusten und vielleicht mit Fußtritten.«

»Kann man jemanden mit Fäusten umbringen?« fragte Burden.

»Klar. Ein großer, kräftiger Bursche schafft das schon. Denken Sie mal an Boxer. Und dann stellen Sie sich vor, ein Boxer macht mit einer Frau das, was er sonst mit dem Gegner macht, bloß ohne Handschuhe. Verstehen Sie?«

»O ja.«

»Sie war fast noch ein Kind«, sagte Mawrikiew. »So etwa achtzehn bis neunzehn?«

»Älter«, sagte Wexford. »Zweiundzwanzig.«

»Wirklich? Das überrascht mich. Na ja, ich muß mich jetzt umziehen und dann los; ich bin nämlich mit Harriet und Zenobia Helena zum Lunch verabredet. Meine Herren, hat mich gefreut, Sie kennenzulernen. Sie bekommen meinen Bericht *subito*.«

Als er weg war, meinte Burden: »Zenobia Helena Mawrikiew. Wonach hört sich das an?«

Die Frage war rein rhetorisch, doch Wexford beantwortete sie trotzdem. »Nach einem Dienstmädchen in einer Erzählung von Tolstoj.« Er sah genervt aus. »Besser als gestern abend, was? Aber ein gefühlloser Bursche ist das! Mein Gott, ich fand das eigentlich ein ziemlich starkes Stück, wie der in einem Atemzug von *seiner* Tochter und von dem Milzriß der jungen Akande geredet hat.«

»Wenigstens macht er keine makabren Witze wie Sumner-Quist.«

Wexford fand sich außerstande, etwas zu Mittag zu essen. Dieser seltene Appetitmangel schien Dora zu gefallen, die mit mehr oder weniger subtilen Tricks ständig versuchte, ihn dazu zu bringen, weniger zu essen, rief jedoch verwunderte Kommentare bei Sylvia und ihrer Familie hervor, die sich zum Mittagessen eingeladen hatten, was sie sonntags in letzter Zeit immer öfter zu tun pflegten. Heute hätte er auf ihre Gesellschaft gern verzichtet.

Jetzt, da die Tatsache, daß sie sozusagen die Ernährerin der Familie geworden war, allmählich an Spannung verlor, hatte Sylvia die irritierende Angewohnheit angenommen, ständig auf bestimmte Gegenstände auf dem Tisch oder im Zimmer, wie zum Beispiel Blumen oder Bücher, zu deuten und darauf hinzuweisen, daß diese Dinge die finanziellen Mittel derjenigen überstiegen, die von vierundsiebzig Pfund die Woche leben mußten. Dies war die Summe von Arbeitslosenunterstützung und Unterhaltszahlungen, die das Arbeitsamt und das Department of Social Security der Familie Fairfax zubilligten. Wie schnell hatte sie nach dieser Waffe der Benachteiligten gegriffen, um damit die Wohlhabenderen an einer empfindlichen Stelle zu treffen! Ihr Vater fragte sich manchmal, von wem sie diese Vielzahl an nervtötenden Angewohnheiten eigentlich hatte.

Den meisten Bemerkungen ging ein schepperndes Lachen voraus. »Das ist dicke Sahne, Robin, die kannst du dir auf die Himbeeren tun. Du mußt dich ranhalten, zu Hause wirst du so was nicht kriegen.«

Robin erwiderte natürlich, das sei kein Problem. »*Koi qull knee.*«

»Ich würde an deiner Stelle aufhören, so viel Wein zu trinken, Neil. Wie schnell gewöhnt man sich ans Trinken, und eine so teure Angewohnheit können wir uns in unserer Situation nicht leisten.«

»Wenn es keinen Wein gibt, kann ich auch keinen trinken, oder? Aber hier *ist* welcher, und ich halte mich ran, so wie du zu den Kindern gesagt hast, sie sollen sich bei der dicken Sahne ranhalten. Stimmt's?«

»*Mafesch*«, sagte Robin aus vollem Herzen.

Wexford hatte plötzlich das Gefühl, daß er sein Leben damit verbrachte, vor den Dingen davonzulaufen, vor unangenehmen Situationen, dem Unglück anderer Leute, traurigen Ereignissen. Es regnete schon wieder. Er fuhr zum Leichenschauhaus, nachdem er der masochistischen Versuchung widerstanden hatte, die Akandes selbst abzuholen.

Sie wurden um zehn nach zwei von einem Wagen gebracht, alle beide. Ungewohnt gebieterisch sagte Akande zu seiner Frau: »Ich gehe zuerst hinein. *Ich* tue es.«

»Ja, gut.«

Laurette sah hohläugig aus. Ihre Züge schienen noch größer als sonst, und ihr Gesicht kleiner. Aber ihr glänzendes Haar war wie immer sorgfältig frisiert, kunstvoll gedreht und am Hinterkopf festgesteckt. Sie war wie immer gut angezogen. In ihrem schwarzen Kostüm und der schwarzen Bluse sah sie aus, als ginge sie zu einer Beerdigung. Raymond Akandes Gesicht war schon seit einiger Zeit grau; seit dem Verschwinden seiner Tochter hatte er ständig abgenommen. In den zwei Wochen hatte er zehn Pfund verloren.

Wexford führte ihn in die Leichenhalle, den kühlen Aufenthaltsort, den sich mittlerweile zwei Tote teilten. Er hob das Laken mit beiden Händen an den Ecken hoch und zeigte ihm das Gesicht. Akande zögerte einen Augenblick und trat näher. Er beugte sich hinunter, sah in das Gesicht und wich zurück.

»Das ist nicht meine Tochter! Das ist nicht Melanie!«

Wexfords Mund wurde trocken. »Dr. Akande, sind Sie sicher? Bitte sehen Sie noch einmal genau hin.«

»Natürlich bin ich mir sicher. Das ist nicht meine Tochter. Glauben Sie, ein Mann erkennt sein eigenes Kind nicht?«

14

Schock setzt alles außer Kraft. Man denkt nicht mehr, Reaktionen, Bewegungen, sogar Worte kommen automatisch, mechanisch. Wexford folgte Akande aus der Leichenhalle, sein Kopf war völlig leer, sein Körper gehorchte lediglich den motorischen Befehlen.

Laurette saß mit dem Rücken zu ihnen da. Sie hatte sich mit Karen Malahyde unterhalten, oder es jedenfalls versucht. Beim Geräusch ihrer Schritte erhob sie sich langsam. Ihr Mann ging auf sie zu. Sein Gang war etwas unsicher, und als er die Hand nach ihr ausstreckte, schien er Halt zu suchen.

»Letty«, sagte er, »es ist nicht Melanie.«

»*Was?*«

»Sie ist es nicht, Letty.« Seine Stimme zitterte. »Ich weiß nicht, wer es ist, aber es ist nicht Melanie.«

»Was sagst du da?«

»Letty, es ist nicht Melanie.«

Er stand dicht neben ihr und ließ den Kopf an ihre Schulter sinken. Sie legte die Arme um ihn und drückte seinen Kopf an ihre Brust. Über seine Schulter hinweg starrte sie Wexford an.

»Ich verstehe nicht.« Sie war kalt wie Stein. »Wir haben Ihnen doch ein Foto gegeben.«

Das Ausmaß dessen, was soeben geschehen war, die Erkenntnis der Ungeheuerlichkeit, gewann Oberhand über den Schock. Wexford sagte: »Ja. Ja, das stimmt.«

Ihre Stimme schwoll an. »Ist – das tote Mädchen – schwarz?«

»Ja.«

Karen Malahyde, die Wexfords Gesicht gesehen hatte, sagte: »Mrs. Akande, wenn Sie bitte...«

Leise, als hielte sie ein Baby im Arm, das sie nicht stören wollte, flüsterte Laurette Akande: »Wie können Sie uns so etwas antun!«

»Mrs. Akande«, sagte Wexford, »es tut mir außerordentlich leid, daß das passiert ist.« Er fügte hinzu, und es klang wie eine Lüge: »Niemand bedauert es mehr als ich.«

»Wie können Sie uns so etwas antun?« schrie Laurette Wexford an. Das Baby an ihrer Brust war vergessen. Ihre Hände hatten aufgehört, es zu streicheln. »Wie können Sie es wagen, uns so zu behandeln? Sie sind genauso ein Rassist wie alle anderen. Da kommen Sie in unser Haus und tun gönnerhaft, der große weiße Mann läßt sich herab, so großmütig und so liberal...!«

»Letty, bitte«, flehte Akande sie an. »Bitte, nicht.«

Sie ignorierte ihn. Mit erhobenen Fäusten trat sie auf Wexford zu. »Es ist, weil sie schwarz ist, habe ich recht? Ich habe sie nicht gesehen, aber ich weiß es, ich kann es mir genau vorstellen. Für Sie sieht eben ein schwarzes Mädchen wie das andere aus, was? Eine *Negerin. Nigger, Darkie*...«

»Mrs. Akande, es tut mir leid. Es tut mir aufrichtig leid.«

»*Ihnen* tut es leid. Sie verdammter Heuchler! Sie haben keine Vorurteile, was? O nein, Sie sind kein Rassist, in Ihren Augen sind Schwarz und Weiß alle gleich. Aber wenn Sie ein totes, schwarzes Mädchen finden, dann muß es *unser* Kind sein, weil wir schwarz sind!«

Akande schüttelte den Kopf. »Sie sieht ihr überhaupt nicht ähnlich«, sagte er. »Absolut nicht.«

»Aber schwarz. Schwarz ist sie, stimmt's?«

»Das ist das einzige, Letty. Sie ist schwarz.«

»Und wir tun die ganze Nacht kein Auge zu. Unser Sohn bleibt die ganze Nacht wach, und was tut er? Er weint. Stundenlang weint er. Das hat er seit zehn Jahren nicht getan, aber gestern nacht hat er geweint. Und wir sagen es den Nachbarn, unseren netten weißen Nachbarn, die so großherzig sind, daß sie Mitleid haben mit Eltern, deren Tochter umgebracht worden ist, *obwohl sie bloß eine Farbige war, eine von diesen Schwarzen.*«

»Glauben Sie mir, Mrs. Akande«, sagte Wexford. »Dieser Fehler ist schon oft gemacht worden, und es handelte sich bei den Toten um Weiße.« Das traf zwar zu, aber sie hatte trotzdem recht, er wußte, daß sie recht hatte. »Ich kann mich nur noch einmal entschuldigen. Es tut mir sehr leid, daß das passiert ist.«

»Komm, gehen wir nach Hause«, sagte Akande zu seiner Frau.

Sie sah Wexford an, als wollte sie ihn gleich anspucken. Sie tat es aber nicht. Die Tränen, die sie nicht vergossen hatte, als sie geglaubt hatte, die Tote dort drinnen sei ihre Tochter, strömten jetzt über ihr Gesicht. Schluchzend hängte sie sich mit beiden Händen bei ihrem Mann ein, und er führte sie zu dem wartenden Auto hinaus.

Eine heilsame Lektion. Wir glauben uns selbst zu kennen, doch das ist ein Irrtum, und Selbsterkenntnis bei dieser Art von Ignoranz ist besonders bitter. Er hatte zu Laurette Akande gesagt, daß ihnen eine derartige Verwechslung auch bei den Leichen weißer Menschen unterlief, was zwar faktisch korrekt war, aber nicht eigentlich stimmte. Er hatte *tatsächlich* angenommen, die Leiche des schwarzen Mädchens sei die Leiche des *vermißten* schwarzen Mädchens, und er hatte es gedacht, *weil sie schwarz war*. Melanie Akandes Foto hatte er dabei nicht zu Rate gezogen. Die Körpergröße der Vermißten war mit der

Toten nicht verglichen worden. Mit einem unguten Gefühl erinnerte er sich daran, wie Mawrikiew an diesem Morgen, vor lediglich drei Stunden also, überrascht reagiert hatte, als er erfuhr, daß die Tote auf dem Seziertisch zweiundzwanzig sein sollte und nicht achtzehn oder neunzehn. Nun fiel ihm ein, daß er einmal in einem gerichtsmedizinischen Bericht gelesen hatte, daß bestimmte, für die weibliche Anatomie wichtige Knochenfusionen im Alter von zweiundzwanzig bereits stattgefunden haben....

Das Schlimmste an diesem Erlebnis war, daß es ihm gezeigt hatte, wie sehr er sich in sich selbst getäuscht hatte. Sein Irrtum war die Folge von Vorurteilen, Rassismus und vorschnellen Schlüssen, die er nie gezogen hätte, wenn das vermißte Mädchen und die Tote weiß gewesen wären. In diesem Fall hätte er nur angenommen, daß es sich bei der Toten wahrscheinlich um die Vermißte handelte, jedoch eine viel sorgfältigere Überprüfung der äußeren Erscheinung und technischen Daten angestellt, bevor er die Eltern zur Identifizierung bestellt hätte. Laurettes Vorwürfe waren zwar äußerst heftig, aber gerechtfertigt.

Nun, es war eine Lehre, und als solche mußte er es betrachten. Auf keinen Fall würde er seine Besuche bei den Akandes einstellen. Lediglich der erste würde unangenehm für alle Beteiligten sein. Außer sie sorgten dafür, daß der erste auch der letzte sein würde. Er hatte sich entschuldigt, und zwar weit demütiger, als es sonst seine Art war. Er würde nicht noch einmal sagen, daß es ihm leid tue. Er merkte – und der Gedanke quälte und belustigte ihn gleichermaßen –, daß die Lektion bereits Wirkung zeigte, denn ab morgen würde er die Akandes nicht mehr wie Mitglieder einer benachteiligten Minderheit behandeln, die besondere Nachsicht verdienten, sondern wie ganz gewöhnliche Menschen.

Aber wenn das tote Mädchen nicht Melanie war, wer war sie dann?

Ein schwarzes Mädchen wurde vermißt, und die Leiche eines schwarzen Mädchens war gefunden worden, doch es gab offensichtlich keine Verbindung zwischen den beiden.

Burden, der im Gegensatz zu Wexford nicht von Zartgefühl und Skrupeln geplagt wurde, meinte, nun dürfe es ja nicht schwierig sein, die Tote zu identifizieren, da die Polizei über eine landesweite Vermißtenliste verfügte. Daß sie schwarz war, würde die Sache zusätzlich erleichtern. Im Gegensatz zu London oder Bradford lebten in dieser Gegend von Südengland nur wenige Schwarze, und noch weniger wurden vermißt. Im Laufe des Montagvormittags hatte er allerdings bereits festgestellt, daß im Polizeidistrikt von Mid-Sussex niemand vermißt wurde, auf die die im Computer gespeicherte Beschreibung des Mädchens auch nur annähernd zutraf.

»Seit Februar wird eine Tamilin vermißt. Sie und ihr Mann haben das Kandy-Palace-Restaurant in Myringham betrieben. Die ist aber schon dreißig, und obwohl sie rein formal gesehen schwarz ist, diese Tamilen sind ja sehr dunkel...«

»Lassen wir dieses Thema lieber«, unterbrach ihn Wexford.

»Ich sehe mir mal die landesweite Liste an«, sagte Burden. »Vielleicht hat man sie, ob tot oder lebendig, aus South London oder anderswo hierhergebracht, da werden sicher tagtäglich irgendwelche Mädchen als vermißt gemeldet. Was wird jetzt eigentlich aus unserer Theorie, daß Annette wegen etwas getötet wurde, das Melanie ihr gesagt hat?«

»Gar nichts«, sagte Wexford bedächtig. »Die Leiche dieses Mädchens hat mit Melanie nichts zu tun. Sie ist dafür völlig irrelevant. Am *status quo* hat sich nichts geändert. Melanie tut etwas, sagt etwas, ihr Mörder will nicht, daß es herauskommt, und bringt Annette um, weil Annette, und höchstwahrscheinlich nur sie, das Geheimnis kennt. Daß dieses Mädchen tot ist, muß ja nicht heißen, daß Melanie lebt. Melanie ist auch tot, wir haben nur ihre Leiche noch nicht gefunden.«

»Sie denken doch nicht, dieses Mädchen – wie sollen wir sie nennen? Wir müssen ihr einen Namen geben.«

»Einverstanden, aber kommen Sie mir bitte um Himmels willen nicht mit etwas aus *Onkel Toms Hütte* daher.«

Verwirrt sagte Burden: »Das habe ich nie gelesen.«

»Wir nennen sie Sojourner«, schlug Wexford vor, »nach Sojourner Truth, der Dichterin von *Ain't I a woman?*. Und vielleicht, na ja, ... ich sehe sie als unstet, heimatlos, allein. ›Ich bin bei dir eine Fremde, nur eine Besucherin‹, verstehen Sie?«

Burden verstand nicht. Er machte sein besonders argwöhnisches, beunruhigtes Gesicht. »Sodschernah?«

»Ganz recht. Was wollten Sie gerade sagen? Sie sagten, daß dieses Mädchen...?«

»Ach ja. Sie denken doch nicht, daß *sie* – ich meine, diese Dings, diese Sojourner – denken Sie, *die* hat Annette etwas Wichtiges erzählt?«

Wexford horchte auf. »Sie meinen, auf dem Arbeitsamt?«

»Wir haben zwar keine Ahnung, wer sie ist, aber sie könnte sich doch arbeitslos gemeldet oder einen Antrag auf Stütze gestellt haben. Das wäre eine Möglichkeit, sie zu identifizieren. Wir können ja mal nachfragen, ob sie eine Antragstellerin haben, auf die die Beschreibung zutrifft.«

»Annette wurde am Mittwoch, den siebten getötet, und Sojourner auf jeden Fall davor, vielleicht am fünften oder sechsten. Das paßt, Mike. Eine gute Idee. Sehr schlau von Ihnen.«

Burden sah zufrieden aus. »Wir könnten auch nachsehen, welche Einwanderer bei uns registriert sind. Ich gehe gleich mal zum Arbeitsamt hinüber. Ich nehme Barry mit. Wo steckt Barry überhaupt?«

Sergeant Vine klopfte an und trat ins Zimmer, noch bevor Wexford antworten konnte. Er war in Stowerton gewesen und hatte mit James Ranger gesprochen. Ranger war ein verwitweter Rentner, ein Einzelgänger, der Broadley von seinem Wagen aus beim Graben gesehen hatte, als er gerade auf dem Weg zu seinen Enkelsöhnen war, die er am Samstagabend hüten sollte.

»Er sagte, so was würde er nicht noch einmal machen«, sagte Vine. »Seine Tochter und ihr Mann haben anscheinend ihren Ballabend verpaßt. Er sagt, wenn er das nächste Mal irgendeinen Bauern sieht, der, ich zitiere, ›die Umwelt schändet‹, dann gibt er Gas und fährt einfach weiter. Wissen Sie, was er dachte? Sie werden es nicht glauben. Er dachte, Broadley hätte Orchideen ausgegraben! Anscheinend wächst dort oben eine seltene Orchideenart, und Ranger ist ihr Beschützer von eigenen Gnaden.«

»Ranger heißt er, und zum Ranger wurde er geboren«, sagte Wexford. »Trotzdem merkwürdig, finden Sie nicht? Ein ruhiger, älterer Herr, beflissener Artenschützer, Babysitter, Besitzer eines zehn Jahre alten, aber tadellosen 2CV – und der hat ein Autotelefon? *Wofür?* Um die botanische Polizei zu alarmieren, wenn er jemanden eine Primel pflücken sieht?«

»Ich habe ihn gefragt. Er sagte, zum Glück hatte er eins, sonst hätte er uns nicht anrufen können.«

»Das beantwortet aber Ihre Frage nicht.«

»Nein. Als ich nachbohrte, meinte er – und jetzt kommt's –, er hätte es angeschafft, falls er mal nachts auf der Autobahn eine Panne hätte.«

»Da gibt es aber doch Straßentelefone, außerdem darf er mit dem 2 CV gar nicht auf die Autobahn.«

Vine lachte. »Er steht ganz oben auf meiner Liste der Verdächtigen. Und als ich weggegangen bin – den Wagen mußte ich wieder mal eine halbe Meile weiter parken –, wen sehe ich da aus den Mietshäusern in der High Street – irgendwas mit Court, Clifton Court – herauskommen? Kimberley Pearson!«

»Haben Sie mit ihr gesprochen?«

»Ich fragte sie, wie es ihr denn in der neuen Wohnung gehe. Clint war auch dabei, wie aus dem Ei gepellt, im nagelneuen Babyanzug in einem todschicken Buggy. Sie selbst war auch ganz schön aufgetakelt, in roten Leggings und so einem Bustier und Schuhen mit solchen Absätzen.« Vine hielt Daumen und Zeigefinger zwölf Zentimeter auseinander. »Eine völlig verwandelte Frau. Mir hat sie erzählt, sie würde in die Wohnung ihrer verstorbenen Granny ziehen. Danach sah mir das aber nicht aus. Es war ein ziemlich feiner Wohnblock, lauter Neubauwohnungen.«

Burden warf Wexford einen Seitenblick zu. »Dann können Sie ja beruhigt sein«, sagte er ziemlich boshaft. »Sie hatten doch schon richtig Angst um sie.«

»›Angst‹ ist ein starkes Wort, Inspector Burden«, fuhr Wexford ihn an. »Die meisten Leute, die nicht ganz herzlos sind, wären ziemlich besorgt, wenn sie ein Kind unter solchen Umständen aufwachsen sehen.«

Einen Augenblick lang herrschte betroffenes Schweigen. Dann sagte Vine: »Sie scheint ohne Zack ganz gut zurechtzukommen. Ist wahrscheinlich froh, daß sie ihn los ist.«

Wexford sagte nichts. Er hatte noch ein Treffen mit den Snows zu vereinbaren. Würde Sojourners Tod sein Verhalten ihnen gegenüber beeinflussen? Vielleicht seine Einstellung völlig verändern? Plötzlich hatte er das Gefühl, sich in einem dunklen Wald verirrt zu haben. Warum hatte er Mike eigentlich vorhin so angeschnauzt? Er nahm den Hörer ab und bestellte Bruce Snow für fünf Uhr zu sich aufs Revier.

»Ich kann aber erst um halb sechs hier weg.«

»Um fünf, bitte, Mr. Snow. Und Ihre Frau möchte ich auch hier haben.«

»Viel Glück«, sagte Snow. »Sie verreist heute abend mit den Kindern nach Malta oder Elba, was weiß ich.«

»Nein, das tut sie nicht«, sagte Wexford. Als er die Nummer des Hauses in der Harrow Avenue gewählt hatte, meldete sich eine Mädchenstimme.

»Mrs. Snow, bitte.«

»Ihre Tochter ist am Apparat. Wer ist da?«

»Chief Inspector Wexford, Kriminalpolizei Kingsmarkham.«

»Ja, okay. Einen Moment.«

Der Moment dauerte ziemlich lang; allmählich wurde er wütend. Als sie schließlich ans Telefon kam, war sie wieder ganz kühl. Die Eisprinzessin war wieder im Dienst.

»Ja, was ist?«

»Ich möchte Sie bitten, um fünf aufs Polizeirevier zu kommen, Mrs. Snow.«

»Tut mir leid, aber das wird nicht möglich sein. Um zehn vor fünf geht mein Flug nach Marseille.«

»Dann geht er eben ohne Sie. Haben Sie vergessen, daß ich Sie gebeten hatte, nicht wegzufahren?«

»Nein, das habe ich nicht, aber ich habe es nicht ernst genommen. Das ist doch absurd – was habe ich denn damit zu tun? Ich bin doch die Leidtragende. Ich bringe meine armen Kinder fort von dem allem hier. Das Benehmen ihres Vaters hat ihnen das Herz gebrochen.«

»Ihre Herzen können noch ein paar Tage warten, bis sie geflickt werden, Mrs. Snow. Ich nehme an, Sie legen keinen Wert auf eine Anzeige wegen Behinderung der polizeilichen Ermittlungen, nicht wahr?«

Er hätte etwas darum gegeben, die Leute zu verstehen. Wieso

hatte es beispielsweise diese Frau nötig, zu lügen? Sie war doch, wie sie gerade gesagt hatte, die Leidtragende. Die Ehefrau über einen Zeitraum von *neun Jahren* mit einer Geliebten zu betrügen, hieß, sie empfindlich zu verletzen, denn es demütigte sie und tat ihr weh, machte sie lächerlich. Was Snow betraf, so würde Wexford das Verhalten dieses Mannes nie begreifen. Er hätte es sicher nicht geglaubt, wenn ihm jemand erzählt hätte, daß sich im England der Neunziger ein Mann über Jahre hinweg der sexuellen Gunstbezeugungen einer Frau erfreuen konnte, ohne dafür zu bezahlen, ohne ihr Geschenke zu machen oder sie auszuführen, ohne Hotelzimmer oder wenigstens ein Bett, sondern auf dem Fußboden in seinem Büro, damit er für seine Frau jederzeit telefonisch erreichbar war.

Und wenn er das schon nicht begriff, wie sollte er dann die anderen Aspekte von Snows Verhalten begreifen? Es kam ihm absurd vor, daß der Mann Sojourner töten sollte, weil Annette ihr vielleicht von ihrem Verhältnis erzählt hatte. Aber ihm waren *alle* Aktionen der Snows unverständlich. Hatte er sie vielleicht totgeschlagen und draußen in den Framhurst Woods vergraben? Hatte er Annette und die Frau, der Annette es verraten hatte, getötet, um zu verhindern, daß das Ganze seiner Frau zu Ohren kam? Nun, inzwischen hatten sie ja erlebt, was geschehen würde, wenn es seiner Frau zu Ohren kam... Sojourner hatte ihn vielleicht erpreßt. Vielleicht nur um eine kleine Summe. Es würde ihm ja nichts ausmachen, ihr ab und zu etwas Geld zu geben, damit sie es seiner Frau nicht sagte. Aber dann verlangte sie mehr, vielleicht einen pauschalen Betrag. Wexford waren solche Gedanken unangenehm, merkte er. Unterbewußt war Sojourner für ihn ein guter Mensch. Sojourner – das unschuldige Opfer gemeiner Männer, die sie ausbeuteten und mißbrauchten, während sie selbst tugendhaft und sanftmütig war, Geheimnisse nicht preisgab, sondern für sich behielt, eine furchtsame, naive, zutrauliche Seele.

Natürlich war das reine Gefühlsduselei. Was war eigentlich aus der Lehre geworden, die er hätte ziehen sollen und aus der Sache mit den Akandes gezogen zu haben glaubte? Er wußte nichts über das Mädchen, kannte weder ihren richtigen Namen noch ihr Herkunftsland, noch ihre Familie, falls sie eine hatte, nicht einmal ihr Alter. Und Mawrikiews forensischer Bericht würde ihm darüber herzlich wenig mitteilen. Er wußte nicht einmal, ob sie überhaupt jemals einen Fuß ins Arbeitsamt gesetzt hatte.

Bruce Snow saß mit Burden im Vernehmungsraum Eins, seine Frau mit Wexford im Vernehmungsraum Zwei. Als man sie beim letzten Mal in den gleichen Raum gesetzt hatte, hatte das in einer Orgie von Beschimpfungen geendet, die Wexford nicht noch einmal erleben wollte. Er saß einer mürrischen Carolyn Snow gegenüber, Karen Malahyde stand hinter ihr und trug einen Ausdruck unverhohlener Abneigung zur Schau – gegen alles, was mit Mrs. Snow zu tun hatte, dachte Wexford, ihren Lebensstil, ihren Status als Ehegattin ohne Job und eigenes Einkommen und nun leider auch ihre neue Situation als betrogene, verratene Frau.

»Ich möchte hiermit zu Protokoll geben«, sagte Carolyn gerade, »daß ich es eine Unverschämtheit finde, an meiner Urlaubsreise gehindert zu werden. Das ist ein ungerechtfertigter Eingriff in meine persönliche Freiheit. Und meiner armen Kinder – was haben die eigentlich getan?«

»Es geht nicht darum, was Ihre Kinder getan haben, sondern was Sie getan haben, Mrs. Snow. Oder vielmehr *nicht* getan haben. Sie können zu Protokoll geben, was Sie wollen. Trotz

Ihrer großspurigen Behauptung, Sie würden nie lügen, haben Sie mir gegenüber nicht die Wahrheit gesagt.«

Im anderen Zimmer wurde Bruce Snow gerade von Burden gefragt, ob er seine Aussage ändern oder ihr etwas hinzufügen wollte. Ob er Burden nicht vielleicht doch verraten wolle, was er am Abend des siebten Juli gemacht hatte.
»Ich war zu Hause. Ich war schlicht und einfach zu Hause. Vielleicht habe ich gelesen, ich weiß es nicht mehr. Vielleicht saß ich mit meiner Frau vor dem Fernseher. Es hat aber keinen Sinn, mich zu fragen, was ich gesehen habe, daran kann ich mich nämlich nicht mehr erinnern.«
»Haben Sie dieses Mädchen schon einmal gesehen, Mr. Snow?« Burden zeigte ihm ein Foto von Sojourners zwölf Tage totem Gesicht. Die Aufnahme war zwar gekonnt gemacht, trotzdem sah es aus wie das Bild eines toten Gesichts, das noch dazu schlimm zugerichtet war. Snow wich zurück.
»Ist das Akandes Tochter?«
Der gleiche Fehler.... Aber Burden würde nicht darüber hinweggehen. »Wie kommen Sie denn darauf?«
»Ach, hören Sie doch auf. Ich habe sie jedenfalls noch nie gesehen.«

Mit tragischem Augenaufschlag, als habe Sie einen persönlichen Trauerfall zu beklagen, bat Carolyn Snow den Chief Inspector, sie in Urlaub fahren zu lassen. Die Reise war schon vor einem halben Jahr gebucht worden. Ursprünglich hätte Snow mitfahren sollen, aber nun hatte seine älteste Tochter sich bereit erklärt, an seiner Stelle zu reisen. Im Hotel würde man sie nächste Woche nicht mehr unterbringen können, es gäbe bestimmt keine Plätze mehr im Flugzeug, und die Buchungsgebühr des Reisebüros wurde nicht rückerstattet.

»Das hätten Sie sich früher überlegen sollen«, sagte Wexford und zeigte ihr das Foto von Sojourner, die geschlossenen Augen, die zerschundene Haut, die bloßen Stellen an Stirn und Schläfen, wo das Haar schon ausgefallen war. »Kennen Sie sie?«

»Ich habe sie noch nie im Leben gesehen.« Statt erschrocken zurückzuweichen, sah Carolyn aufmerksam hin. »Ist es eine Farbige? Ich kenne keine Farbigen. Na ja, mein Flugzeug habe ich jetzt verpaßt, aber die Dame im Reisebüro meinte, sie könnte für uns vielleicht in der Maschine morgen früh um zehn Uhr fünfzehn Plätze buchen.«

»Tatsächlich? Es ist doch erstaunlich, wie die Fluggesellschaften den Bedürfnissen ihrer Kunden heutzutage entgegenkommen.«

»Sie sind ekelhaft! Sie Sadist. Das hier macht Ihnen Spaß, stimmt's?«

»Mein Job verschafft mir tatsächlich beachtliche Befriedigung«, erwiderte Wexford und überlegte, ob das Ministerium für Arbeit und Soziales daraus den Ausdruck »Jobbefriedigung« machen würde. »Ich muß ja schließlich auch etwas davon haben.« Er sah auf die Uhr. »Lange Arbeitszeiten, unbezahlte Überstunden. Ich wäre jetzt lieber zu Hause bei meiner Frau, als hier herumzusitzen und zu versuchen, die Wahrheit aus Ihnen herauszuquetschen.«

»Dann führen Sie also eine gute Ehe, Chief Inspector? Diese ganze Geschichte hat *meine* ruiniert, darüber sind Sie sich hoffentlich im klaren.«

»Das haben Sie Ihrem Mann zu verdanken, Mrs. Snow. Rächen Sie sich meinetwegen an ihm. Sich an uns zu rächen, führt zu nichts.«

»Was soll das heißen, rächen?«

Wexford zog seinen Stuhl näher heran und stützte die Ellbogen auf den Tisch. »Na, das tun Sie doch, oder? Sie rächen sich an ihm für seine Affären mit zwei Frauen. Sie leugnen, daß er an dem Abend zu Hause war, Sie behaupten steif und fest, er sei gegen acht Uhr weggegangen und zweieinhalb Stunden fortgewesen, und vielleicht schlagen Sie damit nicht nur Ihr Haus und einen schönen Batzen Einkommen heraus, sondern auch noch die Genugtuung, ihn wegen Mordes vor Gericht stehen zu sehen.«

Er hatte den Nagel auf den Kopf getroffen, das konnte er ihr an den Augen ablesen.

»Hat sie Sie erpreßt, Mr. Snow?« fragte Burden auf der anderen Seite der Wand.

»Unsinn. Ich habe sie noch nie im Leben gesehen.«

»Wir wissen, was passiert, wenn Ihre Frau erfährt, daß Sie sie betrogen haben. Wir haben es ja gesehen. Ein nachsichtiger Mensch ist sie nicht, stimmt's? Sie hätten bestimmt bereitwillig gezahlt, damit sie nichts erfährt, und das über einen langen Zeitraum hinweg.« Er wagte sich noch weiter vor. »Was hatte Annette Bystock denn eigentlich an sich, daß Sie es so lange ausgehalten haben?« Statt einer Antwort erntete er nur einen finsteren Blick. »Trotzdem, Sie haben weitergemacht. Hatten Sie es satt, zahlen zu müssen? Haben Sie erkannt, daß diese Erpressungen nie ein Ende haben würden, selbst wenn Sie mit Annette Schluß machten? Gab es denn keinen anderen Ausweg, als die Erpresserin zu töten?«

Hinter der Trennwand sagte Carolyn Snow: »Was ich gesagt habe, war die Wahrheit, aber – ja doch, ich möchte ihn leiden sehen – wieso nicht? Ich möchte sehen, daß er mit einer jahrelangen Gefängnisstrafe für diese beiden Frauen bezahlt.«

»Wenigstens sind Sie ehrlich«, sagte Wexford. »Und was ist

mit Ihnen, Mrs. Snow? Wollen Sie denn für Ihre Rache bezahlen?«

»Ich verstehe nicht, was Sie damit sagen wollen.«

»Sie sehen die Sache anscheinend völlig verkehrt. Sie dachten die ganze Zeit, wir hätten Sie nur vernommen, um die Aussagen Ihres Mannes über seinen Aufenthaltsort zu bestätigen oder zu widerlegen. Sie dachten, Ihr *Mann* sei der Verdächtige, Ihr *Mann* sei der einzige, der als potentieller Mörder von Annette Bystock in Frage käme. Aber Sie irren sich gewaltig. Da sind nämlich noch Sie.«

Sie wiederholte es, diesmal jedoch in ängstlichem Ton. »Ich verstehe nicht, was Sie damit sagen wollen.«

»Wir haben nur Ihr Wort, daß Sie erst erfahren haben, welche Rolle Annette im Leben Ihres Mannes spielte, nachdem sie tot war. Aber wir wissen ja, was Ihr Wort wert ist, Mrs. Snow. Sie hatten ein besseres Motiv als er, sie zu töten, Sie hatten ein besseres Motiv als irgend jemand sonst.«

Sie stand auf. Sie war leichenblaß geworden. »Natürlich habe ich sie nicht umgebracht! Sind Sie verrückt? Natürlich nicht!«

Wexford lächelte. »Das sagen sie alle.«

»Ich schwöre Ihnen, ich habe sie nicht umgebracht!«

»Sie hatten ein Motiv. Sie hatten die Mittel dazu. Und Sie haben für den Mittwochabend kein Alibi.«

»Ich habe sie nicht umgebracht! Ich kannte sie ja überhaupt nicht!«

»Vielleicht möchten Sie jetzt aussagen, Mrs. Snow. Mit Ihrer Erlaubnis werden wir die Aussage auf Tonband mitschneiden. Und dann kann ich nach Hause.«

Sie setzte sich. Sie atmete in kurzen, raschen Zügen, ihre Stirn war gerunzelt, der Mund verzerrt. Indem sie die Fäuste ballte und die Fingernägel in die Handflächen grub, faßte sie sich wieder etwas. Sie begann, dem Aufnahmegerät zu erzählen, was geschehen war, daß sie abgesehen von ihrem Sohn, der im oberen Stockwerk war, in der Harrow Avenue allein gewesen war, daß ihr Mann um acht aus dem Haus gegangen und um halb elf zurückgekommen war, doch dann brach sie plötzlich ab und wandte sich direkt an Wexford.

»Kann ich morgen verreisen?«

»Ich fürchte, nein. Ich möchte nicht, daß Sie außer Landes gehen. Sie können ja für ein paar Tage an die Küste nach Eastbourne fahren, dagegen ist nichts einzuwenden.«

Carolyn Snow fing an zu weinen.

Dienstag, den zwanzigsten Juli

In der Vergangenheit hatte Sergeant Vine manch lange Stunde hinter einem dieser Schreibtische im hinteren Teil des Amtes verbracht und sich bemüht, wie ein Verwaltungsangestellter auszusehen, während er darauf wartete, daß die Person, der er gerade auf der Spur war, dort auftauchte, um sich arbeitslos zu melden. Gewöhnlich war das ein kleiner Gauner, und er konnte ziemlich sicher sein, ihn hier dingfest zu machen. Ganz gleich, was sie mit Diebstahl, Handtaschenraub, Hehlerei oder Ladendiebstahl einnahmen, auf ihre Arbeitslosenunterstützung wollten sie nicht verzichten.

Während Wexford und Burden in der Leistungsabteilung des Arbeitsamtes Neulinge waren, war es für Vine vertrautes Territorium. Mit Cyril Leyton kam keiner gut aus, und Osman Messaoud war im allgemeinen unzugänglich, aber zu Stanton und den Frauen hatte Vine ein ungezwungenes Verhältnis. Burden, der sich bei Leyton und dem Sicherheitsbeamten verschanzt hatte, überließ ihm die Sache. Während er darauf wartete, daß Wendy Stowlaps Schalter frei wurde, ließ er seinen Blick über die wartenden Antragsteller schweifen und erspähte dabei zwei Bekannte. Einer davon war Broadley, der Sojourners Leiche entdeckt hatte, die andere Wexfords ältere Tochter. Er überlegte gerade, wie sie hieß, ihr Name mußte mit einem Buchstaben zwischen A und G anfangen, als Wendys Klient am Schalter Platz machte.

Sie blickte auf. »Lauter Ausländer hier, Italiener, Spanier, was weiß ich. Wieso sollen wir die alle durch unsere Steuern unterstützen? Das hat uns die Europäische Gemeinschaft eingebrockt.«

»Sie haben aber bestimmt nicht sehr viele schwarze Antragsteller, oder?« erkundigte er sich. »Ich meine, hier auf dem Land doch nicht.«

»Bei den Hinterwäldlern, wollten Sie sagen, stimmt's?« Als gebürtige Bewohnerin von Kingsmarkham ließ Wendy nichts auf ihre Heimatstadt kommen und verteidigte sie vehement. »Wenn es Ihnen hier nicht paßt, dann gehen Sie doch wieder nach Berkshire oder wo Sie sonst herkommen, wenn es dort so toll und aufregend ist!«

»Schon gut, tut mir leid, aber haben Sie welche?«

»Sie meinen, farbige Antragsteller? Sie würden sich wundern. Mehr als vor zwei Jahren. Na ja, wir haben ja auch mehr *Antragsteller* als vor zwei Jahren, sogar viel mehr. Die Rezession mag ja vorbei sein, aber die Arbeitslosigkeit ist immer noch ein ernstes Problem.«

»Besonders auffallen würde ein schwarzes Mädchen also nicht?«

»Frau«, verbesserte ihn Wendy. »Ich bezeichne Sie ja auch nicht als Jungen.«

»Ich würde mich glücklich schätzen«, meinte Sergeant Vine.

»Na, jedenfalls habe ich nie eine schwarze *Frau* speziell mit Annette sprechen sehen. Wie ich schon sagte, diese Melanie ist mir nie aufgefallen. Offen gesagt, ich habe hier am Schalter so viel am Hals, daß ich mich nicht auch noch drum kümmern kann, was die anderen tun.« Wendy drückte auf den Knopf, und die nächste Nummer leuchtete auf. »Wenn Sie mich jetzt bitte entschuldigen, ich kann meine Klienten nicht länger warten lassen.«

Peter Stanton wollte wissen, ob Sojourner attraktiv gewesen sei. Er sagte freimütig, daß er schwarze Frauen sehr anziehend finde, sie hätten so phantastisch lange Beine. Ihm gefielen ihre langen, schwarzen Schwanenhälse und die schmalen Hände. Und ihr Gang, als trügen sie einen schweren Krug auf dem Kopf.

»Ich habe sie erst gesehen, als sie tot war«, sagte Vine.

»Wenn sie einen Antrag gestellt hat – das heißt, wenn sie das ES 461 aufgefüllt hat, dann finden wir sie. Wie heißt sie?«

Auch Hayley Gordon fragte nach Sojourners Namen. Die beiden Abteilungsleiter stellten eine Menge unsinniger Fragen – ob sie Arbeitslosenunterstützung oder Unterhaltszahlungen beantragt habe, ob sie schon einmal eine Stelle gehabt habe, und was für einen Job sie suche. Osman Messaoud, der diese Woche nicht vorn am Schalter, sondern hinten an Vines üblichem Stammplatz Dienst tat, behauptete, er würde bei jungen Antragstellerinnen seinen Geist verschließen und manchmal auch die Augen zumachen. Wenn er ihrer ansichtig wurde, zwang er sich, nicht hinzusehen.

»Ihre Frau traut Ihnen nicht für zehn Pence, stimmt's?«

»Eine Frau hat das Recht, eifersüchtig zu sein«, sagte Osman.

»Das ist Ansichtssache.« Plötzlich hatte Vine eine Idee. Er tastete sich behutsam vor und versuchte, die Frage vorsichtig zu formulieren. »Ist Ihre Frau..., äh, ebenfalls indischer Abstammung?«

»Ich bin britischer Staatsbürger«, gab Osman kühl zurück.
»Oh, Verzeihung. Und woher kommt Ihre Frau?«
»Aus Bristol.«
Dem Kerl machte die Sache richtig Spaß, dachte Vine. »Und woher stammt ihre Familie?«
»Worauf wollen Sie eigentlich hinaus? Verdächtigen Sie mich etwa des Mordes an Miss Bystock? Oder meine Frau?«
»Ich möchte nur wissen...« Vine gab auf und sagte brutal, »ob sie auch farbig ist.«
Messaoud lächelte genüßlich in die Ecke, in die er den Sergeanten getrieben hatte. »Farbig? Was für ein interessanter Ausdruck. Rot vielleicht, oder blau? Meine Frau, Detective Sergeant Vine, ist eine afrokaribische Dame aus Trinidad. Aber sie lebt nicht von der Stütze und hat auch noch nie einen Fuß in dieses Amt gesetzt.«
Schließlich bekam Vine mühevoll und unter Befragung sämtlicher Angestellter des Arbeitsamtes heraus – wobei alle Beteiligten den Versuch, sich gesellschaftlich korrekt auszudrücken, ziemlich schnell aufgaben –, daß es insgesamt vier schwarze Antragsteller gab: zwei Männer und zwei Frauen. Eine der beiden Frauen war Melanie Akande, und die andere war über dreißig Jahre alt.

15

Ob er wisse, fragte Sheila am Telefon, daß die BNP für die Nachwahl zum Stadtrat von Kingsmarkham einen Kandidaten aufgestellt hatte?

»Aber das ist doch schon nächste Woche«, sagte Wexford, während er überlegte, wer oder was die BNP war.

»Ich weiß. Ich habe es aber gerade erst erfahren. In einem Stadtrat haben sie schon einen Sitz.«

Da fiel es ihm wieder ein. Die BNP war die British National Party, die sich einem Großbritannien nur für Weiße verschrieben hatte. »Ja, aber in East London«, sagte er. »Hier draußen sieht es ein bißchen anders aus. Die Torys werden haushoch gewinnen.«

»Im letzten Jahr ist die Anzahl der rassistischen Übergriffe in Sussex um das Siebenfache gestiegen, Pop. Das sind Fakten. Die Statistik kannst du nicht anfechten.«

»Moment mal, Sheila. Du glaubst doch nicht, ich bin dafür, daß ein Haufen Faschisten in den Stadtrat einzieht?«

»Dann gib deine Stimme den Liberal Democrats – oder Mrs. Khoori.«

»Sie kandidiert also tatsächlich?«

»Ja, als Independent Conservative.«

Wexford erzählte ihr von seinen diversen Begegnungen mit Anouk Khoori und von der Gartenparty. Sie wollte wissen, wie es Sylvia und Neil ging. Zum ersten Mal seit Jahren gab es in Sheilas Leben keinen Mann. Dadurch schien sie ruhiger und trauriger geworden zu sein. Auf dem Festival von Edinburgh sollte sie in Ibsens *Nora oder Ein Puppenheim* die Hauptrolle spielen. Ob er und Mutter vielleicht kommen könnten? Wexford dachte an Annette und Sojourner und die verschollene Melanie und erwiderte, leider nicht, es täte ihm wirklich leid, aber es sei nicht möglich.

Bevor er die Akandes nach jener Szene im Leichenschauhaus zum erstenmal wieder besuchte, nahm er sich fest vor, nicht feige zu sein und ihnen mutig entgegenzutreten; schließlich hatte er nach bestem Wissen, wenn auch unvorsichtig gehandelt. Trotzdem brachte er zum Frühstück außer Kaffee nichts hinunter. Ein Zitat von Montaigne kam ihm in den Sinn: »Wie es in einem alten griechischen Sprichwort heißt: Nicht die Dinge bringen die Menschen in Verwirrung, sondern die Ansichten über die Dinge.« Wer konnte sagen, ob er die richtigen Ansichten hatte?

Nach den Regenstürmen am Wochenende herrschte nun wärmeres, weniger drückendes Wetter. Es war ein heißer Tag, die Luft glasklar, der Himmel von einem leuchtenden, kräftigen Blau. Im Vorgarten der Akandes waren rosa und weiße Lilien erblüht. Er hatte ihren Beerdigungsduft schon draußen vor dem Gartentor riechen können. Laurette Akande machte ihm auf. Wexford wünschte einen guten Morgen und rechnete damit, daß sie ihm die Tür gleich wieder vor der Nase zuschlagen würde.

Statt dessen bat sie ihn, wenn auch nicht gerade freundlich, herein. Sie schien sich beruhigt zu haben. Im Haus war es still. Patrick, der Sohn, war sicher noch nicht aufgestanden – es war erst kurz nach acht. Der Arzt stand am Küchentisch und trank aus einem Becher Tee. Er stellte den Becher hin, trat auf Wexford zu und schüttelte ihm aus unerfindlichen Gründen die Hand.

»Es tut mir leid, was am Sonntag passiert ist«, sagte er. »Es war offensichtlich wirklich ein Irrtum Ihrerseits. Wir hatten gehofft, daß Sie uns auch weiterhin besuchen kommen, nicht wahr, Letty?«

Laurette Akande sah schulterzuckend zur Seite. Wexford überlegte, ob er daraus eines seiner persönlichen Gesetze machen sollte; er hatte im Geiste eine ganze Sammlung davon, das erste Wexfordsche Gesetz, das zweite, und so weiter: Wenn man sich einige Male bei jemandem entschuldigt, den man beleidigt hat, und dann damit aufhört, wird der andere anfangen, sich bei einem *selbst* zu entschuldigen.

»Ehrlich gesagt«, fuhr Akande fort, »hat es uns eher Auftrieb und neue Hoffnung gegeben. Die Tatsache, daß dieses Mädchen nicht Melanie war, hat uns Anlaß zu der Hoffnung gegeben, daß Melanie noch lebt. Sie denken vielleicht, das ist töricht?«

So war es, doch das würde er nicht laut sagen. Die beiden befanden sich in der denkbar schlimmsten Lage, in die Eltern kommen konnten, es war für sie schlimmer als für Eltern, die wußten, daß ihr Kind tot ist, schlimmer als für Sojourners Eltern, falls sie welche hatte. Sie waren Eltern, deren Kind verschwunden war und die vielleicht nie erfahren würden, was aus ihr geworden war, was für Qualen sie durchgestanden hatte und wie sie umgekommen war.

»Ich kann Ihnen nur sagen, daß ich heute genausowenig weiß, was mit Melanie geschehen ist, wie vor zwei Wochen. Wir suchen natürlich weiter nach ihr. Wir werden die Suche niemals aufgeben. Was Ihre Hoffnung angeht ...«

»Verschwendete Zeit und Energie«, sagte Laurette schroff. »Sie entschuldigen mich, ich muß jetzt zur Arbeit. Die Patienten müssen versorgt werden, auch wenn Schwester Akande ihre Tochter verloren hat.«

»Haben Sie Nachsicht mit meiner Frau«, bat der Arzt, als sie gegangen war. »Das alles hat sie sehr mitgenommen.«
»Ich weiß.«
»Ich bin so dankbar für dieses irrationale Gefühl, daß Melanie noch lebt. Es klingt vielleicht lächerlich, aber ich bin mir fast *sicher*, daß ich eines Tages von meinen Hausbesuchen heimkomme, und sie sitzt da und hat eine absolut vernünftige Erklärung, wo sie gesteckt hat.«
Welche denn? »Es wäre falsch von mir, Sie in Ihren Hoffnungen zu bestärken«, sagte Wexford, der sich an seinen Vorsatz erinnerte, die Akandes wie alle anderen zu behandeln.
»Wir haben keinen Grund anzunehmen, daß Melanie noch am Leben ist.«
Akande schüttelte den Kopf. »Wissen Sie, wer das... das andere Mädchen ist, von dem Sie dachten, es sei Melanie? Ich sollte ja eigentlich nicht fragen, Sie fragen mich ja auch nicht über meine Patienten aus.«
»Das wollte ich gerade. Ich wollte Sie gerade fragen, ob Sie sie schon einmal gesehen haben.«
»Dazu sind Sie letzthin gar nicht gekommen, nicht wahr? Wir hätten erleichtert sein sollen, aber wir waren nur wütend. Ich habe sie noch nie gesehen. Es wird aber doch sicher nicht schwer sein herauszufinden, wer sie ist. Es gibt hier schließlich nicht allzu viele von uns. Nur eine meiner Patientinnen ist schwarz.«

Ob zwischen den beiden Todesfällen ein Zusammenhang bestand oder nicht – nach diesem zweiten stand jedenfalls fest, daß alle in Frage kommenden Zeugen des ersten Falles noch einmal vernommen werden mußten. Falls jemand Sojourner irgendwann gesehen hatte, ihr Gesicht erkannte, sich wenn auch nur vage an sie erinnerte, ergab sich daraus möglicherweise das fehlende Verbindungsglied, nach dem sie suchten. Eventuell ließe sich dadurch ihre Identität feststellen. Schlimmstenfalls war Sojourners Leiche Hunderte von Meilen im Auto hergeschafft worden, vielleicht aus einer Großstadt im Norden, wo Prostituierte ebensogut schwarz wie weiß sein konnten, keine Vergangenheit und ganz sicher keine Zukunft hatten, und deren Verschwinden möglicherweise niemandem auffiel.

Er merkte, daß er wieder liebevoll an sie dachte, auch der gerichtsmedizinische Befund konnte dieses Gefühl von Zärtlichkeit nicht mindern. Laut Mawrikiew war sie höchstens siebzehn gewesen. Man hatte sie furchtbar zugerichtet – außer dem Arm waren auch noch zwei Rippen gebrochen; Prellungen an der Innenseite der Schenkel und alte, bereits verheilte Verletzungen an den Genitalien deuteten auf wiederholte sexuelle Gewaltanwendung hin. Der Pathologe vermutete, daß sie mit einem heftigen Faustschlag zu Boden gestoßen worden war und sich beim Fallen den Kopf an einem harten, scharfen Gegenstand angeschlagen hatte. Das hatte zu ihrem Tod geführt.

Ein paar Stoffasern, die man in der Kopfwunde gefunden hatte, waren inzwischen zur Untersuchung ins Labor geschickt worden. Mawrikiews Ansicht nach handelte es sich um Wollfasern aus einem Pullover, nicht von einem Teppich; da er auf diesem Gebiet jedoch kein Spezialist war, wollte er sich nicht näher festlegen. Wexford las den Laborbericht, der die Vermutung bestätigte. Es handelte sich um Schafwoll- und Mohairfasern, typische Komponenten von Strickgarn. Weitere Fasern dieser Art waren unter ihren Fingernägeln gefunden worden, außerdem Erdkrümel vom Boden, in dem sie begraben gewesen war. Doch Blut war nicht unter den Nägeln. Sie hatte im Kampf um ihr Leben niemanden gekratzt.

Alle afrikanischen Staaten hatten ihre Botschaften oder *High Commissions*, die Botschaften der *Commonwealth*-Staaten. Karen Malahyde stellte Nachforschungen bei Schulen und anderen Bildungseinrichtungen an, von denen viele inzwischen über die Ferien geschlossen waren, und wandte sich an Schulleiter, Schulverwaltungen, College-Rektoren und Wohnheimleiter. Wenn Sojourner erst siebzehn war, hatte sie vielleicht noch die Schule besucht. Die Wahrscheinlichkeit war gering, daß sie unmittelbar vor ihrem Tod im Hotel übernachtet hatte, doch mußten sie alle überprüft werden, vom Olive and Dove bis hinunter zur bescheidensten Frühstückspension in der Glebe Road.

Zu ihrer Cousine hatte Annette gesagt, sie müsse vielleicht zur Polizei gehen, und Wexford überlegte, weshalb sie es Bruce Snow gegenüber nicht erwähnt hatte, als er sie an jenem Dienstagabend, dem Vorabend ihres Todes, anrief. Er dachte an die Verwandte in der Ladyhall Avenue, deren Existenz beide Snows leugneten. Und er fragte sich, was ein so junges, so verletzliches und, wie es schien, heimatloses Mädchen wie Sojourner getan haben könnte, daß jemand sie zu Tode prügelte. Oder war es vielleicht genau umgekehrt? Könnte es sein, daß nicht Annette getötet worden war, weil jemand etwas zu ihr gesagt hatte, sondern daß Sojourner getötet worden war, weil Annette etwas zu *ihr* gesagt hatte? Verwahrte Annette vielleicht selbst ein Geheimnis, von dem weder Snow noch Jane Winster oder Ingrid Pamber wußten?

Als er sich mit Burden vor dem Nawab traf, sagte er: »Zum Frühstück habe ich heute morgen nichts heruntergebracht, doch jetzt verspüre ich diese nicht unangenehme Leere, der Seele stillen Gong zum Mittagsmahl.«

»Das ist von P. G. Wodehouse.«

Wexford sagte nichts. Soweit er sich erinnerte, war dies das erste Mal, daß Burden die Quelle eines seiner Zitate erraten hatte. Ein herzerwärmendes Gefühl, über das der Inspector aber sofort einen Kübel kaltes Wasser goß. In dem boshaften Ton, dessen er sich manchmal befleißigte, sagte er: »Messaoud hat eine karibische Frau.«

»Und ich habe eine englische Frau«, sagte Wexford, als sie im Restaurant waren, »das heißt noch lange nicht, daß sie Annette Bystock kannte.«

»Das ist etwas ganz anderes. Das wissen Sie genau.«

Wexford zögerte und nahm sich von dem Röstbrot, das vor ihm stand. »Okay, ja, ich weiß, daß es etwas anderes ist. Es tut mir leid. Ich muß mich übrigens auch wegen gestern entschuldigen. Ich hätte nicht in diesem Ton mit Ihnen sprechen dürfen.«

»Schon gut.«

»Nicht in Barrys Gegenwart, das hätte ich nicht tun sollen. Tut mir leid.« Wexford erinnerte sich an sein neues Gesetz und wechselte das Thema. »Ich mag indisches Brot, Sie nicht?«

»Jedenfalls lieber als Inder. Tut mir leid, aber dieser Messaoud geht mir wirklich auf den Wecker. Ich werde mich aber mal mit seiner Frau unterhalten!«

Sie bestellten »Quickie Thali«, ein Mittagsgericht für Geschäftsleute, das tatsächlich sehr schnell kam. So ziemlich alles, was man sich unter indischer Küche vorstellte, war rund um ein Häufchen Reis auf einem großen Teller arrangiert und wurde mit *Pappadam* serviert. Wexford schenkte sich ein Glas Wasser ein.

»Wenn sie auf dem Bild nur nicht so tot aussehen würde, schon so *lange tot*, aber da ist nichts zu machen. Es kann bestimmt nicht schaden, es in der Ladyhall Avenue herumzuzeigen. Wir probieren es auch mal bei den Ladeninhabern in der High Street und in den Einkaufszentren und an den Supermarktkassen.«

»Und am Bahnhof«, sagte Burden, »und am Busbahnhof. Was ist mit Kirchen?«

»Schwarze sind eifrigere Kirchgänger als Weiße, warum also nicht?«

»Und im Industriegebiet von Stowerton? Die wären froh, wenn dort jemand verlorenginge – dann bräuchten sie ihn schon nicht mehr zu entlassen. Entschuldigung, ein geschmackloser Witz. Aber einen Versuch wäre es doch wert, oder?«

»Alles ist einen Versuch wert, Mike.«

Wexford seufzte. Mit »alles« hatte er nicht gemeint, daß sie mit jedem einzelnen schwarzen Bewohner der Britischen Inseln sprechen sollten. Er hatte sagen wollen, sie sollten ebenso verfahren, als wäre Sojourner ein weißes Schulmädchen gewesen. Plötzlich war ihm klar, daß das nicht ging, so moralisch einwandfrei es auch gewesen wäre.

Ein kurzer Blick auf das Fax der Polizei von Myringham, das ihn auf seinem Schreibtisch erwartete, und er wußte, daß keine der Beschreibungen auf Sojourner zutraf. Die vermißten Frauen waren nach ihrer ethnischen Zugehörigkeit geordnet, aber war eine derartige Klassifizierung in so einem Fall nicht unvermeidlich? Er erinnerte sich an ein Gespräch mit Superintendent Hanlon von der Kriminalpolizei Myringham, bei dem es um das Thema *political correctness* gegangen war.

»Was mich betrifft«, hatte Hanlon gesagt, »bedeutet PC Police Constable.«

Vier Frauen, deren Vorfahren vom indischen Subkontinent stammten, und eine Afrikanerin standen auf der Liste. Myringham mit seinen – inzwischen allerdings ziemlich reduzierten

– Industriebetrieben hatte weit mehr Einwanderer angezogen als Kingsmarkham oder Stowerton, und die beiden Universitäten der Stadt wurden von Studenten aus der ganzen Welt besucht. Melanie war nicht die einzige Absolventin des früheren Polytechnikums von Myringham, die vermißt wurde. Ebenfalls auf der Liste stand Demsie Olish aus Gambia, eine Soziologiestudentin, die in einer Stadt namens Yarbotendo zu Hause war. Eine der Inderinnen, Laxmi Rao, war nun in einem Magisterstudiengang an der University of the South eingeschrieben. Sie war seit Weihnachten nicht mehr gesehen worden, jedoch offenbar nicht in ihre Heimat zurückgekehrt. Dann die verschollene Gastwirtin aus Sri Lanka, von der Burden ihm schon erzählt hatte. Die Frau aus Pakistan, eine Witwe namens Naseem Kamar, war als Näherin in einer Kleiderfabrik beschäftigt gewesen, bis die Gesellschaft, der die Fabrik gehörte, im April Konkurs angemeldet hatte. Als sie ihren Arbeitsplatz verlor, verschwand Mrs. Kamar. Darshan Kumari, so vermutete die Polizei von Myringham, war mit dem Sohn vom besten Freund ihres Mannes davongelaufen. Sie mutmaßten auch, daß Surinder Begh von ihrem Vater und ihren Onkeln umgebracht worden war, weil sie sich geweigert hatte, den Mann zu heiraten, den sie für sie ausgesucht hatten, hatten jedoch keine Beweise für diese Theorie.

Die nächsten Angehörigen all dieser Frauen würde man zur Identifizierung der Toten ins Leichenschauhaus bestellen müssen. Außer denen von Mrs. Kamar. Sie war sechsunddreißig. Und Laxmi Raos Alter, zweiundzwanzig, erinnerte ihn an den peinlichen Fehler, der ihm schon einmal unterlaufen war. Die wahrscheinlichste Kandidatin war Demsie Olish. Sie war neunzehn, war im April nach Gambia gefahren und von dort wieder zurückgekehrt, von ihrer Vermieterin, den beiden anderen Studentinnen im Haus und mehreren Studenten aus ihrem Semester gesehen worden – und nach dem vierten Mai spurlos verschwunden. Erst nach einer Woche wurde sie als vermißt gemeldet, weil alle, die sie kannten, annahmen, sie sei vielleicht verreist. Ihrer Identifizierung als Sojourner stand nur ihre Größe entgegen, die mit einsfünfundsechzig angegeben war. Sobald feststand, daß diese Frauen nichts mit ihrem Fall zu tun hatten, würden sie das Netz weiter spannen...

Um fünf Uhr berief Wexford ein Arbeitstreffen zur Besprechung der bisherigen Ermittlungen ein, bei dem er Demsie Olish zur Sprache brachte. Ein Mädchen, das mit ihr befreundet gewesen war und in Yorkshire wohnte, sollte sie sich am nächsten Tag ansehen. Falls die Identifizierung negativ ausfiel, würde man für alle Fälle Dilip Kumari herbitten. Seine Frau war erst achtzehn.

Claudine Messaoud war ebenso hilfsbereit gewesen wie ihr Mann hinderlich. Anscheinend hatte Burden sie recht nett gefunden – ein Triumph für die Verständigung zwischen den Rassen. Sie kannte zwar keine möglicherweise verschollene Schwarze im Alter zwischen sechzehn und zwanzig, wies Burden jedoch auf die Kirche hin, die sie persönlich besuchte und die auch von anderen Schwarzen frequentiert wurde. Es handelte sich um die Baptistengemeinde von Kingsmarkham. Vom Priester erfuhr Burden, daß die meisten in Kingsmarkham ansässigen schwarzen Familien dort vertreten waren, normalerweise durch eine Frau mittleren Alters. Es waren aber nur wenige.

»Laurette Akande geht auch dort zur Kirche«, sagte er. »Es bleiben also nur vier Familien übrig. Mit einer habe ich gesprochen, junge Leute, ihre Kinder sind erst zwei und vier. Ich dachte, vielleicht will Karen mit den anderen reden.«

»Karen?« Wexford sah sie fragend an.

»Klar. Das mache ich gleich heute abend. Mit zwei von

ihnen habe ich aber, glaube ich, schon gesprochen, das sind die, deren Kinder die Gesamtschule besuchen. Zwei sechzehnjährige Mädchen und ein Junge mit achtzehn; sie wohnen alle zu Hause und sind bereits befragt worden.«

»Dann bleiben bloß noch die Lings übrig«, sagte Burden. »Mark und Mhonum, M.H.O.N.U.M., in der Blakeney Road. Er stammt aus Hongkong und betreibt das Moonflower-Restaurant, sie ist schwarz. Alter der Kinder ist nicht bekannt, auch nicht, ob sie welche haben. Sie ist Doktor Akandes einzige schwarze Patientin.«

Pemberton hatte sich in der diplomatischen Vertretung von Gambia erkundigt. Dort war man über das Verschwinden der Staatsbürgerin Demsie Olish informiert und »behielt die Sache genau im Auge«. Die zahlreichen anderen afrikanischen Botschaften waren noch unergiebiger. Er hatte die Anzahl der Frauen im polizeilichen Melderegister, die Sojourners Beschreibung am ehesten entsprachen, auf fünf eingegrenzt. Die nächsten Angehörigen oder – falls das nicht klappte, was oft der Fall war – Freunde würden nach Kingsmarkham bestellt werden müssen, um sich der quälenden Aufgabe der Identifizierung zu unterziehen.

Wexfords Berechnungen zufolge lebten achtzehn Schwarze in Kingsmarkham und vielleicht ein weiteres halbes Dutzend in Pomfret, Stowerton und den umliegenden Dörfern. Diese Zahl schloß die drei Akandes mit ein, außerdem Mhonum Ling, die drei Kirchengängerfamilien, insgesamt neun Leute, dann eine Mutter mit Sohn, wobei der Sohn einer der beiden männlichen Empfänger von Arbeitslosenunterstützung war, und Melanie Akande und die Schwester eines der Baptisten die beiden weiblichen Klientinnen.

Die Epsons aus Stowerton waren die Familie, deren Kinder Sylvia damals in Fürsorge genommen hatte. Er war schwarz, sie weiß. Vor einem Jahr waren sie nach Teneriffa in Urlaub gefahren und hatten ihr Fünfjähriges in der Obhut des Neunjährigen zurückgelassen. Jetzt waren sie anscheinend wieder verreist, doch als Karen dort anrief, meldete sich ein Babysitter. Die Frau klang aufgeregt und genervt, wußte aber nichts von einer siebzehnjährigen Schwarzen, die vermißt wurde.

»Die jungen Kerle, die vor dem Arbeitsamt herumlungern, sind ja wahrscheinlich nicht immer dieselben, aber an dem Tag, als wir Annettes Leiche gefunden hatten, war auch ein Schwarzer dabei. Mit Dreadlocks und einer großen Strickmütze. Wenn wir schon sämtliche Schwarzen in Kingsmarkham ausfindig machen und einordnen – ich tue das ungern, aber es muß wohl sein –, was ist dann mit ihm? Wo gehört er hin?«

»Der war heute nicht dort«, sagte Barry, und zu Archbold: »Der war doch nicht dort, Ian, oder?«

»Ich habe ihn nicht gesehen. Auf der Liste steht doch eine Mutter mit Sohn – vielleicht ist er der Sohn.«

»Höchstwahrscheinlich mein Achtzehnjähriger«, sagte Karen.

»Aber nicht, wenn Ihrer noch zur Schule geht. Außer er ist ein notorischer Schulschwänzer. Wir müssen ihn finden.«

Wexford ließ den Blick von einem zum anderen wandern und fühlte sich plötzlich uralt. Was er gerade hatte sagen wollen, lag ihm auf der Zunge, doch er behielt es für sich. Gar nicht so einfach, was? Nicht jeder hat eine Mutter, die zur Kirche geht. Die meisten bleiben nicht auf der Schule oder machen eine weiterführende Ausbildung. Und was die Botschaften betrifft, so vergessen wir natürlich wieder einmal, daß die meisten von ihnen Briten sind, rechtlich gesehen so britisch wie wir. Sie sind nicht registriert, in keiner Akte verzeichnet, haben keinen Personalausweis. Und schlüpfen auf diese Weise durchs Netz.

Sie war sehr jung und sah trotz ihrer dunklen, matt schimmernden Haut und trotz des langen, schwarzen Haares zerbrechlich aus. Demsie Olishs Collegefreundin Yasmin Gavilon aus Harrogate schien nicht recht zu wissen, was von ihr erwartet wurde, und war schrecklich schüchtern. Wexford hätte lieber einen anderen mit hineingeschickt, doch dies war eine Aufgabe, die er nicht delegieren konnte. Er erinnerte sich noch sehr lebhaft daran, was beim letzten Mal passiert war. Und dieses Mädchen sah so jung aus, sie wirkte um einiges jünger als zwanzig.

Er hatte ihr nun schon dreimal erklärt, daß es vielleicht gar nicht Demsie war, daß es sogar höchstwahrscheinlich nicht Demsie war. Sie sollte sie nur anschauen und ihm die Wahrheit sagen. Doch als er in ihr vertrauensvolles, verwirrtes Gesicht hinuntersah, das so unschuldig, so unerfahren wirkte, war er drauf und dran, sie mit dem nächsten Zug wieder nach Hause zu schicken und jemanden anders zu finden, der Sojourners Leiche ansehen sollte.

Der Geruch des Desinfektionsmittels war stechend wie Gas. Das Plastiktuch wurde zurückgeschlagen, das Laken entfernt. Yasmin sah hin. Ihr Gesichtsausdruck veränderte sich ebensowenig wie vorhin, als sie in Wexfords Büro gebracht und ihm vorgestellt worden war. Sie hatte gemurmelt: »Hallo«, und jetzt murmelte sie in demselben Tonfall: »Nein. Nein, das ist sie nicht.«

Wexford begleitete sie hinaus. Er fragte sie noch einmal. »Nein«, sagte sie. »Nein, es ist nicht Demsie. Ich bin froh, daß sie es nicht ist.« Sie versuchte zu lächeln, doch ihr Gesicht hatte eine grünliche Blässe angenommen, und sie sagte hastig: »Kann ich bitte mal auf die Toilette?«

Nachdem sie heißen, gezuckerten Tee bekommen hatte und zum Bahnhof gefahren worden war, kam Dilip Kumari an.

Wäre Wexford ihm auf der Straße begegnet, ohne seinen Namen zu kennen oder seine Stimme gehört zu haben, er hätte ihn für einen Spanier gehalten. Kumari sprach das melodiöse, walisisch klingende, aber perfekte Englisch des in Indien geborenen Inders. Er war der stellvertretende Leiter der Zweigstelle der NatWest Bank im Zentrum von Stowerton und weit über Vierzig.

»Ihre Frau ist sehr jung«, sagte Wexford.

»Wollen Sie damit sagen, zu jung für mich? Da haben Sie recht. Aber damals kam es mir nicht so vor.« Er wirkte philosophisch gelassen, fatalistisch, fast unbeschwert. Man sah sofort, daß er sich, ohne sie gesehen zu haben, so gut wie sicher war, daß Sojourner nicht Darshan Kumari war. »Ich bin der festen Überzeugung, daß sie mit einem Zwanzigjährigen davongelaufen ist. Mal angenommen, sie ist es, was ich stark bezweifle, dann spare ich mir wenigstens den Ärger und die Kosten einer Scheidung.«

Er lachte, wohl um Wexford zu zeigen, daß er es nicht ganz ernst meinte. Sie gingen hinein, und Sojourner wurde wieder vorgeführt. »Nein«, sagte er. »Nein, bestimmt nicht«, und wieder draußen: »Vielleicht klappt es ja beim nächsten Mal. Wissen Sie zufällig, ob man sich von einer Frau scheiden lassen kann, die unauffindbar ist? Vielleicht erst nach fünf Jahren, o Schmerz. Ich frage mich, was das Gesetz in so einem Fall sagt? Ich werde mich mal informieren.«

Durch welches Netz war sie wohl geschlüpft? Vielleicht durch das gleiche wie der Junge mit den Dreadlocks und der bunten Mütze, der aber nicht vor dem Arbeitsamt saß, als Wexford zehn Minuten später dort eintraf. Der kahlgeschorene Junge war dort, diesmal in einem dermaßen verwaschenen T-Shirt, daß der Dinosaurier darauf nur mehr ein Schatten seiner selbst war, und der Junge mit Pferdeschwanz und in Trainingshosen, der ununterbrochen rauchte. Zu den beiden hatten sich ein stämmiger, etwas kleinerer Junge mit goldblonden Locken gesellt, die er sich hochgekämmt hatte, um größer zu wirken, sowie ein unscheinbarer, pickeliger Junge in Shorts. Doch der schwarze Junge mit der Rastafrisur war nirgends zu sehen.

Zwei saßen auf der rechten Seite der abgebröckelten, fleckigen, rauhen Balustrade, die zwei anderen links neben einem kleinen Abfalleimer mit leeren, zerbeulten Coladosen und zerdrückten Zigarettenschachteln. Der Junge mit dem Pferdeschwanz rauchte eine selbstgedrehte Zigarette. Der pickelige Junge, die beiden Füße in den schwarzen Leinenschnürstiefeln in einem Haufen Zigarettenkippen, zog mit der Fußspitze nervös ein Muster aus Kreisen und Bögen in die Asche und kaute dabei an den Nagelhäuten herum. Sein Gegenüber mit dem blassen Dinosaurier auf der Brust kam, als Wexford sich näherte, auf die glorreiche Idee, den Dosenhaufen mit einer Handvoll Kies zu bewerfen, wobei er es wohl darauf abgesehen hatte, die oberste so zu treffen, daß sie herunterrollte.

Weder er noch die anderen nahmen von Wexford Notiz. Erst als der Chief Inspector zweimal gesagt hatte, wer er war, wurden sie auf ihn aufmerksam, und selbst dann hob nur der kleine Junge den Blick, wahrscheinlich, weil er als einziger nicht anderweitig beschäftigt war.

»Wo ist denn Ihr Freund?«

»Eh, was?«

»Wo Ihr Freund ist. Der mit der gestreiften Mütze.« Es war eine Möglichkeit, ihn nicht durch seine ethnische Zugehörigkeit zu charakterisieren. Gleich darauf gebot er sich, doch um Gottes willen nicht unnötig zartfühlend zu sein. »Der Schwarze mit den Zöpfchen.«

»Keine Ahnung, von was Sie reden.«

»Der meint Raffy.« Ein Stein traf sein Ziel, die Büchse wakkelte und fiel herunter. »Der meint bestimmt Raffy.«
»Genau. Wissen Sie, wo er ist?«
Keine Antwort. Der Raucher rauchte so konzentriert, als sei er in eine komplizierte Studie vertieft, die ihm Erinnerungsvermögen, ja sogar analytische Kräfte abverlangte. Der Nagelhautkauer kaute an seinen Nagelhäuten herum und malte mit den Fußspitzen weiter Kreise in die Aschehäufchen. Der Steinewerfer warf seine Handvoll Kieselsteine über die Schulter und zog ein Päckchen hervor, aus dem er eine Zigarette nahm. Nachdem der dicke, goldblonde Jüngling Wexford einen Blick zugeworfen hatte, als sei dieser ein gefährlicher, aber momentan friedlicher Hund, rutschte er vom Mäuerchen herunter und ging ins Arbeitsamt.
»Ich habe gefragt, ob Sie wissen, wo er ist?«
»Kann schon sein«, sagte der Steinewerfer im Dinosaurier-T-Shirt.
»Und?«
»Wir wissen vielleicht, wo seine Mum ist.«
»Na, das ist doch schon mal was.«
Wexford bekam die Auskunft vom Nagelhautkauer. Der redete, als könnte diese Tatsache nur einem Verrückten, der in seiner eigenen schizophrenen Phantasiewelt lebte, nicht bekannt sein.
»Die hilft doch den Kindern in der Thomas Proctor drüben über die Straße, oder?«
Aus diesem Satz, so obskur er auch klingen mochte, schloß Wexford sofort, ohne lange herumrätseln zu müssen, daß es sich bei Raffys Mutter um die Schülerlotsin handelte, die die Kinder der Thomas-Proctor-Grundschule jeweils um neun und um halb vier über die Straße begleitete.
Er fragte den Steinewerfer: »Hat er eine Schwester?«

Die schmalen Schultern hoben und senkten sich sogleich.
»Vielleicht eine Freundin?«

Sie sahen sich an und fingen an zu lachen. Der goldblonde Junge kam wieder heraus, der Nagelhautkauer flüsterte ihm etwas zu, worauf er ebenfalls lachte, und bald hatten sich alle angesteckt und bogen sich vor Lachen. Wexford schüttelte den Kopf und ging denselben Weg zurück, den er gekommen war.

16

Ein Vollmond hing in den knorrigen Zweigen eines Kirschbaums, dessen Blüten von einem ungewöhnlich grellen Pink waren. Das auf Bambusrollen gemalte Bild wiederholte sich über die ganze Wand des Vorraums im Moonflower-Imbißrestaurant. Es war das einzige Lokal, hatte Wexford einmal gesagt, das er kannte, wo Radio und Fernseher gleichzeitig liefen. Die Kunden, die hier auf ihren gebratenen Reis und ihr Zitronenhuhn warteten, warfen nie einen Blick auf die Gemälde mit Mond und Kirschblüten und sahen nur dann auf den Bildschirm, wenn eine Sportsendung lief.

Heute zur Mittagszeit sang Michelle Wright »Baby, Don't Start With Me«, und im Fernsehen wurde eine Wiederholung von *South Pacific* gezeigt. Karen Malahyde betrat das Moonflower in dem Moment, als Mitzi Gaynor in wild entschlossener Konkurrenz zur Countrysängerin gerade damit angefangen hatte, sich »den Kerl abzuschminken«. Karen trat an die Theke, wo eine Frau die bestellten Speisen austeilte, die aus der Küche gekommen waren.

Aufgrund der offenen Raumaufteilung konnte man Mark Ling in der blitzenden Stahlküche mit einem halben Dutzend Woks hantieren sehen, während sich sein Bruder mit ihm unterhielt und dabei einen Sack Reis umfüllte.

Mhonum Ling war eine kleine, kräftige Frau mit kaffeebrauner Haut und geglättetem, aber immer noch leicht gekräuseltem Haar, das wie Brikettkohle glänzte. In einer Art Doktorkittel gekleidet, teilte sie die Aluminiumbehälter mit Chow

Mein und süßsaurem Schweinefleisch an die Kunden aus, deren Nummern in rotem Neonlicht über ihr aufleuchteten. Das Ganze wirkte wie eine etwas fröhlichere Version des Arbeitsamts, wobei die Kunden des Moonflower allerdings auf Korbstühlen saßen und *Today* und *Sporting Life* lasen.

Als Karen ihr den Grund ihres Kommens mitgeteilt hatte, zitierte Mhonum Ling ihren Schwager mit einer ziemlich herrischen Kopfbewegung zur Theke. Er kam sofort.

Sie sah sich das Foto an. »Wer ist das?«

»Das wissen Sie nicht? Sie haben sie noch nie gesehen?«

»Nie im Leben. Was hat sie angestellt?«

»Nichts«, sagte Karen zögernd. »Nichts hat sie angestellt. Sie ist tot. Haben Sie es nicht im Fernsehen gesehen?«

»Wir arbeiten hier«, sagte Mhonum von oben herab. »Wir haben keine Zeit für so was.« Mit ihrem langen, pflaumenroten Fingernagel stieß sie ihren Schwager in die Seite, der mit einem Kunden geschwatzt und den gebratenen Reis mit Bambussprossen nicht gesehen hatte, der hinter ihm aufgetaucht war. Sie warf den Kunden einen strengen Blick zu. »Und zum Zeitunglesen auch nicht.«

»Okay, Sie kennen sie also nicht. Dieser Junge mit der Rastafrisur, so etwa achtzehn, der immer so eine bauschige Mütze trägt, er ist eigentlich der einzige hier in der Gegend, der so aussieht, der ist nicht zufällig Ihr Sohn?«

Einen Augenblick dachte Karen, sie würde jetzt gleich sagen, zum Kinderkriegen hätte sie keine Zeit. »Raffy?« sagte sie statt dessen. »Hört sich an wie Raffy. Vergiß die Glücksplätzchen nicht, Johnny. Die wollen sie unbedingt mithaben.«

»Ist er vielleicht verwandt mit Ihnen?«

»Raffy?« sagte sie. »Raffy ist mein Neffe, der Sohn meiner Schwester. Der ist vor zwei Jahren von der Schule runter, hat aber nie eine Arbeit gehabt. Kriegt er auch nicht, es gibt ja keine Jobs. Meine Schwester Oni wollte, daß Mark ihm hier einen Job gibt, als Aushilfe in der Küche, meinte sie, ihr könntet doch noch jemand brauchen, aber was sollen wir mit ihm? Wir brauchen keine Hilfe mehr, und von der Wohlfahrt sind wir auch nicht, wir sind ja keine Entwicklungshelfer in Afrika.«

Karen erkundigte sich nach der Adresse von Mhonums Schwester und bekam sie. »Aber die wird jetzt nicht zu Hause sein, die wird arbeiten. *Die* hat Arbeit.«

In der Hoffnung, Raffy dort anzutreffen, ging Karen zum Castlegate hinüber, dem einzigen Mietshochhaus von Kingsmarkham, wo Oni und Raffy Johnson in Nummer vierundzwanzig wohnten. Es war eigentlich gar kein richtiges Hochhaus, nur acht Stockwerke hoch, sozialer Wohnungsbau. Der Stadtrat hätte das Gebäude gern an die Mieter verkauft, wenn diese sich das hätten leisten können. Wexford hatte vorausgesagt, daß ihnen bestimmt bald nichts anderes mehr übrigbleiben würde, als es abzureißen und etwas Neues hinzubauen. Nummer vierundzwanzig befand sich im sechsten Stock, und der Aufzug war natürlich kaputt. Als sie schließlich oben ankam, war Karen überzeugt, daß Raffy nicht zu Hause war. Sie hatte recht.

Wie kam Wexford darauf, daß dieser Raffy ihnen helfen könnte? Er hatte keinerlei Anhaltspunkte dafür, nicht den geringsten Beweis, lediglich eine Ahnung. Man konnte es Intuition nennen, und manchmal – das wußte sie – zeitigte seine Intuition spektakuläre Ergebnisse. Sie mußte nur darauf vertrauen und sich sagen, wenn Wexford der Ansicht war, daß es sich lohnte, Raffy ausfindig zu machen, weil die Lösung bei ihm lag, dann war es wahrscheinlich auch so. Irgendeine, vielleicht nur ganz indirekte Verbindung bestand zwischen Sojourner und diesem Jungen, von dem seine Tante so verächtlich sprach.

Als sie aufs Revier zurückkam, fuhr gerade Kashyapa Beghs Jaguar auf den Hof. Wexford bat sie, ihn ins Leichenschauhaus zu begleiten. Kashyapa Begh war ein runzeliger, weißhaariger älterer Mann in Nadelstreifenanzug und schneeweißem Hemd. An seiner roten Krawatte steckte eine Nadel mit einem großen Rubin und zwei kleinen Diamanten. Karen ärgerte sich maßlos über seine Frage, weshalb er sich bei dieser ernsten Angelegenheit von einer Frau begleiten lassen sollte. Sie sagte aber nichts und erinnerte sich nur, daß dieser Mann und seine männlichen Anverwandten höchstwahrscheinlich ein Mädchen umgebracht hatten, um sie daran zu hindern, den Mann ihrer Wahl zu heiraten.

Mit einem unverhohlen angewiderten Blick auf die Tote sagte Kashyapa Begh voller Entrüstung: »Das war totale Zeitverschwendung für mich.«

»Tut mir leid, Mr. Begh. Wir müssen eben schrittweise alle Möglichkeiten durchspielen.«

»Sie spielen höchstens verrückt«, gab Kashyapa Begh zurück und stolzierte aufgebracht zu seinem Wagen.

Kaum war er außer Sichtweite, als ein Polizeiauto mit Festus Smith angefahren kam, einem jungen Mann aus Glasgow, dessen siebzehnjährige Schwester seit März vermißt wurde. Er reagierte beim Anblick der Toten ähnlich wie Begh, wenngleich er nicht sagte, die Reise von vierhundert Meilen sei für ihn Zeitverschwendung gewesen. Ihm folgte Mary Sheerman aus Nottingham, Mutter einer als vermißt gemeldeten Tochter. Carina Sheerman war an einem Freitag im Juni verschwunden. Sie war sechzehn und kurz vor ihrem vierzehnten Geburtstag schon einmal als vermißt gemeldet worden, doch das tote Mädchen in der Leichenhalle war sie nicht.

Auf dem Weg zu Carolyn Snow sagte sich Wexford, Sojourner stammte bestimmt hier aus dem Ort, hatte in der Stadt oder in der näheren Umgebung gewohnt. Sie war nicht etwa durch ein Netz geschlüpft – ihr Verschwinden war überhaupt nie gemeldet worden. Weil niemand davon wußte? Oder weil derjenige, der davon wußte, wer immer das auch sein mochte, ihr Verschwinden ebenso geheimhalten wollte wie zuvor ihre Existenz?

Carolyn Snow saß im Garten hinter dem Haus in einem gestreiften Liegestuhl bei genau der Art von Lektüre, aus der sie, wie er zu Burden gesagt hatte, ihre Kenntnis obszöner Ausdrücke bezog. Ihr Sohn Joel führte ihn zu ihr. Wexford dachte, daß er schon lange nicht mehr einen dermaßen verwirrten und verzweifelten Jungen gesehen hatte.

Carolyn Snow hob kaum den Blick. »Ja?« sagte sie. »Was ist denn nun schon wieder?«

»Ich wollte Ihnen die Gelegenheit geben, endlich die Wahrheit zu sagen, Mrs. Snow.«

»Ich weiß gar nicht, wovon Sie reden.«

Ein weiteres Wexfordsches Gesetz besagte, daß kein ehrlicher Mensch jemals diese Bemerkung macht. Sie ist ausschließlich die Domäne von Lügnern.

»Ich hingegen weiß sehr gut, daß Sie mir nicht die Wahrheit gesagt haben, als Sie behaupteten, Ihr Mann sei am Abend des siebten Juli weggegangen. Ich weiß, daß er den ganzen Abend hier war. Aber Sie haben behauptet, er sei weggegangen, außerdem haben Sie Ihren Sohn, einen vierzehnjährigen Jungen, dazu angestiftet, diese Lüge zu bestätigen.«

Sie legte ihr Buch umgekehrt auf den Stuhl neben sich. Wexford blieb stehen. Sie blickte zu ihm hoch, und eine leichte Röte huschte über ihr Gesicht. Ihre zuckenden Lippen brachten beinahe ein Lächeln zustande.

»Nun, Mrs. Snow?«

»Ach, was soll's?« sagte sie. »Zum Teufel damit. Ich habe ihm ein paar schlaflose Nächte bereitet, was? Das war die Strafe. Selbstverständlich war er an dem Abend zu Hause. Es war nur ein Witz, zu sagen, daß er nicht da war, und alle haben sich ganz leicht täuschen lassen. Ich habe Joel genau erzählt, was er getan hat *und* was mit dieser Diana war. Er hätte alles bestätigt, um mich zu unterstützen. Ein *paar* Menschen gibt es nämlich, die sich etwas aus mir machen, wissen Sie.« Diesmal war ihr Lächeln echt, ein breites, sonniges, leicht irres Lächeln. »Er ist völlig fertig, er denkt tatsächlich, er könnte für den Mord an dieser Schlampe eingelocht werden.«

»Wird er aber nicht«, sagte Wexford. »Statt dessen werde ich Sie wegen Irreführung der Polizei anzeigen.«

Er hatte sich in einen Australier verwandelt und bereits einen starken australischen Akzent angenommen. Kaum hatte Vine ihm die Hand geschüttelt und »Guten Morgen, Mr. Colgate« gesagt, als der Mann auch schon eine Tirade gegen die Königliche Familie vom Stapel ließ und sich für die Vorzüge der republikanischen Staatsform aussprach.

Seine Mutter, in deren Haus in Pomfret sich dies abspielte, streckte den Kopf herein, um Vine zu fragen, ob er gern einen Tee hätte. Stephen Colgate sagte, bitte keinen Tee, und was sie eigentlich gegen Kaffee habe?

»Für mich gar nichts«, sagte Vine.

Zwei Kinder kamen ins Zimmer gerannt und sprangen, dicht gefolgt von einem Scotchterrier, kreischend und mit hocherhobenen Armen auf die Couch. Colgate betrachtete sie voller Genugtuung. »Meine Töchter«, sagte er. »Ich habe in Melbourne wieder geheiratet. Meine Frau konnte nicht mit, hat sich von ihrem Job nicht loseisen können. Aber ich hatte meiner Mutter versprochen, daß ich dieses Jahr komme, und was ich verspreche, halte ich auch. Bring das Hundchen in den Garten raus, Bonita.«

»Dann sind Sie also gar nicht wegen der Beerdigung Ihrer Exfrau gekommen?«

»Ach wo. Als ich Annette losgeworden bin, war das auf ewig.« Er lachte laut. »Im Leben, im Tode und über das Grab hinaus.«

Vine kam der Gedanke, daß Annette Bystock in bezug auf Männer keinen besonders guten Geschmack gehabt hatte. Die beiden kleinen Mädchen sprangen von der Couch und flohen, wobei die jüngere versuchte, dem Hund im Vorbeilaufen einen Tritt zu verpassen.

»Wann sind Sie in England eingetroffen, Mr. Colgate?«

»Na, hören Sie mal, wieso hätte *ich* Annette umbringen sollen?«

»Wenn Sie mir bloß sagen würden, wann Sie angekommen sind, Sir.«

»Na klar. Ich habe nichts zu verbergen. Letzten Samstag. Ich bin mit Qantas geflogen, keine zehn Pferde würden mich in eine Scheißtommy-Maschine kriegen, habe in Heathrow einen Wagen gemietet, die Kinder haben die ganze Fahrt über geschlafen. Das kann ich alles beweisen. Wollen Sie mein Ticket sehen?«

»Das ist nicht nötig«, sagte Vine und zeigte ihm Sojourners Foto, doch an Colgates gleichgültigem Blick ließ sich ablesen, daß er sie noch nie gesehen hatte. Dann wurde der Kaffee von einer ängstlichen Frau hereingebracht, die nicht daran gewöhnt war, welchen zu kochen.

Stephen Colgate sagte: »Ich bin erst Samstag hergekommen, stimmt's, Mum?«

»Ja, leider. Dabei hast du gesagt, du kommst am sechsten. Ich weiß bis heute nicht, wieso du es dir anders überlegt hast.«
»Das habe ich dir doch gesagt. Es ist was dazwischengekommen, und ich konnte nicht weg. Wenn du so was sagst, denkt er, ich bin früher angekommen und habe mich irgendwo versteckt, um Annette zu erdrosseln.«
Mrs. Colgate stieß einen schrillen Schrei aus: »Ach, Stevie!« Sie holte tief Luft, während ihr Sohn naserümpfend die Flöckchen entfernte, die auf der dünnen, braunen Flüssigkeit in seiner Tasse schwammen. »Ich weiß, man soll über Tote nichts Schlechtes sagen«, sagte sie, und während sie noch dabei war, genau das zu tun, Annettes Charakter und darüber hinaus den ihrer Eltern zu zerpflücken, stahl Vine sich leise davon.

Bei den örtlichen Wahlen in Kingsmarkham war es absolut unüblich, Plakate aufzustellen, auf denen die Kandidaten abgebildet waren. Weil sie so häßlich sind, hatte Dora unbarmherzig gesagt, und Wexford mußte ihr recht geben. Der stiernackige, rotgesichtige Vertreter der British National Party war mit seinem graustoppeligen Schädel und den Schweinsäuglein keine Schönheit, und der Liberal Democrat mit seinem Geiergesicht, der Hakennase und den schlaffen Lidern war nicht viel ansehnlicher. Die meisten Leute waren jedoch der Ansicht, Anouk Khoori wäre eine Zierde für jedes Amt, das sie bekleiden würde, und ihr Wahlplakat die denkbar beste Werbung.
Wexford blieb stehen, um eines davon in Augenschein zu nehmen, das auf eine Reklamewand in der Glebe Road gekleistert worden war. Bis auf ihren Namen und ihre politische Zugehörigkeit war nur ihr Foto darauf. Sie sah mit einem Lächeln, dem sorgfältig alle dadurch hervorgerufenen Falten wegretuschiert worden waren, auf ihn hinunter. Für die Auf-

nahme war ihr Haar in Ringellöckchen frisiert worden. Ihr Blick war klar, ehrlich, ernst. Nächste Woche sollte die Thomas-Proctor-Schule zum Wahllokal umfunktioniert werden, und das Plakat war genau im richtigen Abstand davor aufgestellt, um einem im Gedächtnis haftenzubleiben.

Obwohl er früh dran war, standen schon einige Autos wartend am Straßenrand, um die Kinder nach Schulschluß abzuholen. Die Schule hatte einen guten Ruf und wurde von relativ wohlhabenden Eltern bevorzugt, die sich sonst für eine Privatschule entschieden hätten. Die Person, auf die er es abgesehen hatte, kam vom Seiteneingang der Schule her, in der Hand das Stopptäfelchen. Offensichtlich hatte es auch Karen Malahyde auf sie abgesehen. Karen mußte auf einem anderen Weg zu dieser Schule und diesem Übergang gekommen sein, denn er sah sie plötzlich aus einem Wagen steigen, den er erst für den von Schülereltern gehalten hatte, und auf die Frau zugehen, die inzwischen den Gehweg erreicht hatte.

Sie wandte sich um, als sie ihn bemerkte. »Große Geister, Sir«, sagte sie.

»Ich hoffe, die großen Geister denken nicht bloß *gleich*, sondern auch *klug*, Karen. Ihr Sohn heißt Raffy. Wissen Sie den Nachnamen?«

»Johnson. Sie heißt Oni Johnson.« Sie riskierte die Frage. »Wieso glauben Sie, daß Raffy die Tote identifizieren könnte?«

Er zuckte mit den Schultern. »Wir haben nicht mehr Grund anzunehmen, daß Raffy sie kannte, als Begh, der alte Schurke. Oder – sagen wir – Dr. Akande. Vielleicht, weil ich sie beide als ... Außenseiter sehe. Entbehrliche Menschen, um die sich keiner schert.«

»Ist das unsere letzte Chance?«

»Eine letzte Chance gibt es in unserem Beruf nicht, Karen.« Das Schultor ging auf, und die Kinder strömten heraus. Die meisten trugen außer ihren Ranzen noch Taschen und Päckchen. Es war ihr letzter Schultag, bis die Schule im September wieder anfing. Oni Johnson, eine stämmige Schwarze von etwa vierzig Jahren in einem engen, marineblauen Rock, trug über der weißen Bluse eine reflektierende, gelbe Weste und auf dem Kopf eine spitze, blaue Kappe. Sie stand an der Bordsteinkante wie eine Schafhirtin, die ihre Herde ohne die Hilfe eines Hundes zusammentreiben mußte. Doch die Kinder waren geduldige Schäfchen, sie kannten die Prozedur, machten sie täglich mit.

Sie sah erst nach rechts, dann nach links, und noch einmal nach rechts, dann trat sie mit hocherhobener Signaltafel entschlossen auf die Straße. Die Kinder strömten hinter ihr her. Wexford erkannte das jüngste Kind der Ridings, das kleine Mädchen, das mit ihrem Bruder auf der Gartenparty gewesen war. Nicht weit entfernt wurde ein schwarzhaariges Mädchen mit goldenen Ohrringen von einer Frau, möglicherweise Claudine Messaoud, in ein Auto verfrachtet. In letzter Zeit sah Wexford auf Schritt und Tritt Schwarze. Diesmal war es ein acht- oder neunjähriger Junge an der Tür eines Wagens, den er als den der Epsons erkannte. Allerdings konnte er nicht sehen, wer am Steuer saß. Das Kind war nicht direkt schwarz, eher hellbraun mit hellbraunem Kraushaar, also schwarz nur in den Augen einer unerbittlichen Welt.

Mit erhobener Hand bedeutete Oni Johnson einer neuen Kinderschar, die am Straßenrand drüben wartete, stehenzubleiben. Dann ging sie mit gemächlichen Schritten zu ihnen hinüber, trat auf die Bordsteinkante, und auf ihr Handzeichen hin bewegte sich der Verkehr weiter. Die kleine Riding sprang in den elterlichen Range Rover. Das Auto, das vermutlich den Messaouds gehörte, fuhr in südlicher Richtung davon, gefolgt von einem dichten Verkehrsstrom. Wexford trat auf Oni Johnson zu und zeigte ihr seinen Ausweis.

»Keine Sorge, Mrs. Johnson. Nur eine Routineangelegenheit. Wir würden gern mit Ihrem Sohn sprechen. Gehen Sie gleich nach Hause, wenn Sie hier fertig sind?«

Ihr Blick wurde unruhig. »Mein Raffy – hat er was getan?«

»Soweit ich weiß, nein. Wir möchten ihn in einer anderen Sache sprechen, er kann uns vielleicht Auskunft geben.«

»Ah, gut. Ich weiß nicht, wann er daheim ist. Der kommt heim zum Essen. Ich geh gleich, wenn ich hier fertig bin.« Sie ließ einen Wagen passieren und trat dann mit erhobenem Stoppschild auf die Straße, diesmal allerdings, stellte Wexford fest, weniger entschlossen.

Am Steuer des ersten Autos, das wartend dastand, während sie die Kinder hinüberführte, bemerkte er Jane Winster. Sie sah ihn an und wandte dann den Blick ab. Das Kind neben ihr war schon sechzehn und ging sicher auf eine andere Schule, wahrscheinlich auf die Gesamtschule.

Sein Haus war nicht weit von hier. Schnell eine Tasse Tee, dann würde er sich mit Karen am Hochhaus treffen. Als letzter Wagen fuhr ein Rolls Royce vorbei, am Steuer Wael Khoori.

Sylvia und ihre Söhne waren da und saßen mit Dora um den Küchentisch. Auch für Ben und Robin war es der letzte Schultag gewesen. »Ich überlege mir, ob ich einen Fortbildungskurs machen soll. Damit könnte ich *counsellor* in einem Gesundheitszentrum werden.«

»Das mußt du mir erklären«, bat ihr Vater.

»Bei Akande ist doch auch eine, Reg«, sagte Dora. »Eine Gesundheitsberaterin. Hast du auf dem Flur neben seinem Sprechzimmer denn nicht die Tür mit der Aufschrift *counsellor* gesehen?«

Robin ließ sich kurz von seinem Videospiel ablenken. »In Amerika ist ein *counsellor* ein Rechtsanwalt.«

»Ja, schon gut, aber hier nicht. Sie schicken Patienten zur Beratung zu mir, als Alternative zum Verschreiben von Beruhigungsmitteln, das ist der Sinn der Sache. Und du behältst deine Schlaumeiereien für dich, Robin. Mach lieber mit deinem Puzzle weiter.«

»*Ko se wahala*«, sagte Robin.

Längst hatten die übrigen Familienmitglieder es aufgegeben, Robin nach seinen »Kein Problem«-Sätzen zu fragen. Sylvias Theorie besagte, wenn man ihn einfach ignorierte, würde es sich mit der Zeit schon geben. Diese spezielle Phase dauerte allerdings schon ziemlich lange, und nichts deutete darauf hin, daß sie bald aufhören würde. Seit Monaten hatten Eltern, Großeltern oder Bruder schon nicht mehr darüber gelacht, Kommentare abgegeben oder nachgefragt, aber nun sagte Wexford:

»Was ist das für eine Sprache, Robin?«

»Yoruba.«

»Und wo wird das gesprochen?«

»In Nigeria«, sagte Robin. »Klingt doch gut, findest du nicht? *Ko se wahala*. Besser als *nao problema*, das klingt ja fast wie Englisch.«

»Hast du das aus der Schule?« fragte Wexford voller Hoffnung, wußte allerdings nicht recht, worauf.

»Ja. Das habe ich von Oni.« Robin schien sehr erfreut über die Frage. »Oni George. Die kommt im Alphabet gleich hinter mir.«

Oni war also ein nigerianischer Name... Raymond Akande war Nigerianer. Plötzlich war sich Wexford sicher, ohne rechten Grund, rein instinktiv, daß Sojourner ebenfalls von dort stammte. Die andere Oni, Oni Johnson, hatte gesagt, sie wäre um fünf Uhr zu Hause. Er hatte das untrügliche Gefühl, eine beinahe aufgeregte Intuition, kurz vor des Rätsels Lösung zu stehen, er würde herausfinden, wer Sojourner war, welche Verbindung zwischen ihr und Annette bestand, und weshalb sie beide umgebracht worden waren. Der Junge war die Lösung, der Junge mit der bunten Kappe namens Raffy, der den ganzen Tag nichts anderes zu tun hatte, als zu beobachten, Dinge zu sehen und sie sich zu merken – oder aber blind durch seine leeren Tage zu tappen!

Als er um fünf nach fünf im Castlegate eintraf, wartete Karen bereits auf ihn. Die Reklamewand vor dem Häuserblock war mit Plakaten von Anouk Khoori bedeckt, nicht weniger als zehn klebten dort nebeneinander. Er bahnte sich mit Karen einen Weg über den rissigen Asphaltbelag des Hofes. Ein Hund oder ein Fuchs – oder heutzutage vielleicht auch ein Mensch – hatte einen der vollen, schwarzen Plastiksäcke, die sich neben dem Hauseingang türmten, aufgerissen und ein heilloses Durcheinander von Hühnerknochen, leeren Imbißschalen und Verpackungen von Tiefkühlgemüse angerichtet. Im Laufe des Tages war es wärmer geworden, und den Säcken entwich ein fast chemischer Zersetzungsgeruch.

Wexford konnte sich noch daran erinnern, daß an dieser Stelle früher ein altmodisches, neogotisches Haus gestanden hatte, mit Türmchen und Zinnen, nicht besonders schön, eigentlich eher grotesk, aber recht interessant. Und der Garten war ein Arboretum seltener Bäume gewesen. Das alles wurde in den sechziger Jahren abgerissen, und trotz einhelliger Mißbilligung, Petitionen und sogar einer Demonstration war an dieser Stelle das Hochhaus gebaut worden. Selbst denen, die andernfalls obdachlos gewesen wären, mißfiel es. Als Wexford die Eingangstür aufstieß, klirrten die Scheiben.

»Der Aufzug funktioniert nicht«, sagte Karen.

»Und das sagt sie mir jetzt. In welchem Stockwerk ist es?

Wenn der Junge nicht da ist, können wir ja hier draußen auf ihn warten.«

»Nur sechs Treppen, Sir. Wenn Sie möchten, gehe ich rauf und sehe mal nach...«

»Nein, nein, lassen Sie mal. Wo ist die Treppe?«

Die kahlen Wände waren cremefarben gestrichen und blätterten bereits ab, der Boden bestand aus graugemusterten Fliesen, die so abgetreten waren, daß sie die Farbe von Kohlenstaub angenommen hatten. An die Wand, hinter der der kaputte Aufzug lag, hatte ein Graffitikünstler »Gary ist das letzte Arschloch« gesprüht.

»Es wird bald abgerissen«, sagte Karen, als sei es ihre Pflicht, sich für die Mängel im Castlegate zu entschuldigen, für den schäbigen, heruntergekommenen Zustand wie in einem Gebäude in einem Londoner Innenstadtbezirk. »Bis auf die Johnsons und noch eine Familie sind alle Bewohner inzwischen anderswo untergebracht worden. Hier herüber, Sir. Die Treppe ist auf der linken Seite.«

Sie unterdrückte einen Schrei, hielt sich die Hand vor den Mund. Nur der Bruchteil einer Sekunde, und Wexford sah ebenfalls, was sie gesehen hatte.

Am Fuß der nackten Treppe lag über die Fliesen ausgestreckt eine Frau, oder die Leiche einer Frau, den Kopf in einer Blutlache. Oni Johnson hatte ihre Wohnung nicht mehr erreicht.

17

Auf der Intensivstation des Stowerton Royal Hospital kämpfte Oni Johnson die ganze Nacht um ihr Leben. In dieser kleinen Welt befand sie sich in der Obhut von Schwester Laurette Akande, die der Station seit einem Jahr vorstand. Nicht alle ihre Verletzungen rührten von dem Sturz her, obwohl sie anscheinend sämtliche sechs Treppen hinuntergefallen war. Da sie an der linken Schläfe eine Prellung hatte, aber mit der rechten Seite auf dem Boden aufgeschlagen war, hatte man vorsichtshalber rund um die Uhr einen Wachpolizisten vor ihrer Tür stationiert, und Wexford ermittelte wegen versuchten Mordes.

Wegen Mordes, für den Fall, daß sie sterben sollte. Laurette Akande äußerte ihm gegenüber Zweifel, daß Oni Johnson ihre Verletzungen überleben würde. Beide Beine sowie der linke Knöchel waren gebrochen, sie hatte eine Beckenfraktur, drei Rippen sowie die rechte Speiche waren gebrochen, doch die schlimmste Verletzung war der Schädelbruch. Um ihr Leben zu retten, war eine Schädeloperation erforderlich, die am Freitag nachmittag von Mr. Algernon Cozens, dem Neurochirurgen, durchgeführt wurde. Der Junge, der stundenlang an ihrem Bett gesessen und ins Leere gestarrt hatte, wobei ihm ungehindert die Tränen übers Gesicht strömten, hatte die Einwilligungserklärung mit den trägen Bewegungen eines Roboters unterschrieben, dessen Mechanismus allmählich nachläßt.

»Aber wieso fand der Überfall genau vor unserem Eintreffen statt?« wollte Karen von Wexford wissen.

Er schüttelte den Kopf.

»Wissen wir schon, was für eine Waffe benutzt wurde?«

»Vielleicht nur die bloßen Hände. Wer immer es war, wartete oben an der Treppe, bis sie kam, und verpaßte ihr einen Schlag ins Gesicht, daß sie die Treppe hinunterfiel. Dann brauchte er ihr nur noch nachzugehen, sie hinunterzustoßen und sich zehn Minuten vor unserer Ankunft aus dem Staub zu machen.«

»Bei Sojourner waren es auch die bloßen Hände«, sagte Burden. »Ich werde nie vergessen, wie Mawrikiew mir erklärte, daß man jemanden mit den bloßen Fäusten umbringen kann.«

»Ja. Das ist die einzige Verbindung, die wir haben. Nicht gerade viel.«

»Wo war der Junge?«

»Zur Tatzeit? Der weiß anscheinend nie recht, wo er zu einem bestimmten Zeitpunkt ist. Im Hochhaus war er jedenfalls nicht. Die Knaben, die vor dem Arbeitsamt herumlungern, behaupten, er sei nachmittags zeitweilig bei ihnen gewesen, aber wann, wissen sie auch nicht. Die haben keine Ahnung. Er zieht herum und bettelt.«

»Er *bettelt*?«

»Das tun sie alle, Mike, wenn sie einen potentiellen Wohltäter sehen. Mich hat er auch für einen gehalten. Vielleicht sollte ich mich geschmeichelt fühlen. Wir haben nach ihm gesucht – Sie erinnern sich? –, als seine Mutter ins Krankenhaus gebracht wurde, und da bin ich ihm auf der Queen Street begegnet, er war auf dem Weg nach Hause. Er streckte die Hand aus und sagte: ›Mann, hätten Sie vielleicht bißchen Geld für 'ne Tasse Tee?‹ Als ich ihm sagte, wer ich bin und was passiert ist, dachte ich, er wird ohnmächtig.«

Drei Stunden später hatten er und Raffy Johnson ihre Unterredung beendet. Allerdings hatte der Junge in Kingsmarkham nie schwarze Mädchen gesehen. »Nur alte Frauen«, sagte er zu Wexford. Und Melanie Akande, erkundigte sich Wexford, hatte er sie vielleicht schon einmal gesehen?

Ein seltsamer Ausdruck, teils beschämt, teils verächtlich, trat auf Raffys Gesicht, und Wexford wußte, bevor der Junge noch den Mund aufmachte, daß diese Immigrantenkinder bereits mit der Englischen Krankheit infiziert waren. Ihre schwarze Hautfarbe hatte sie nicht davon bewahrt.

»Die ist doch ... na ja, aus einer anderen Schicht, oder?« sagte Raffy. »Ihr Dad ist Arzt und so.«

Rasse, Armut und ein hierarchisches System hatten ihn zu seiner einsamen, zölibatären Existenz verdammt, denn er war offensichtlich nie auf die Idee gekommen, ein weißes Mädchen anzusprechen, geschweige denn sich mit einem anzufreunden.

»Ihre Mutter kommt doch aus Nigeria, stimmt's?«

»Genau.«

Er sah Wexford verständnislos an. Raffy hatte seine Mutter offenbar nie nach ihrem Heimatland gefragt und folglich auch nie Näheres darüber erfahren. Er wußte nur, daß sie mit ihrer Schwester hierhergekommen war, als die beiden noch junge Mädchen waren und ihre Schwester gerade einen Chinesen geheiratet hatte. Für die Identität von Raffys Vater interessierte sich Wexford nicht; vermutlich kannte ihn der Junge überhaupt nicht. Er schien so unwissend und uninteressiert, ohne irgendwelche Fertigkeiten, ohne Ehrgeiz und Hoffnung einfach in den Tag hineinzuleben; sein einziger Daseinszweck schien darin zu bestehen, in einer Stadt herumzustromern, die ihm nichts zu bieten hatte.

»Ich fragte ihn«, sagte Wexford, »ob er vielleicht wisse, wieso jemand versuchen sollte, seine Mutter umzubringen. Ich rechnete mit Empörung oder Bestürzung, aber nicht mit diesem nervösen Lächeln. Er sah mich an, als ob er dächte, ich wollte ihn auf den Arm nehmen. Als sei es ihm fast peinlich.«

»Aber jetzt nimmt er die Sache doch ernst?«

»Na, ich weiß nicht. Ich wollte ihm klarmachen, daß jemand versucht hat, seine Mutter umzubringen. Er sieht doch weiß Gott jeden Tag haufenweise Morde im Fernsehen, aber für ihn ist das Fernsehen Phantasie und das Leben Realität – so wie es sein soll, bloß daß man uns dauernd einredet, die Jugend könnte beides nicht auseinanderhalten.«

Zögernd sagte Karen: »Könnte es sein, daß sich der Täter geirrt und Oni mit Raffy verwechselt hat? Es war ja nicht gerade sehr hell dort oben.«

»Selbst in der Dunkelheit könnte niemand Oni mit ihrem Sohn verwechseln. Zunächst einmal ist er ein ganzes Stück größer. Er ist dünn wie eine Bohnenstange, sie dagegen ziemlich mollig. Nein, unser Mörder hatte es auf Oni abgesehen, und ich habe nicht die leiseste Ahnung, warum.«

Die einzigen anderen Bewohner des Hochhauses, ein Ehepaar, waren zur Tatzeit in der Arbeit. Auch die öden Parkplätze, die den Wohnblock umgaben, waren menschenleer. Es sah fast so aus, als hätte man ihn der Abrißfirma bereits überlassen und ganz vergessen, daß dort immer noch vier Menschen wohnten. Oni Johnsons Angreifer hätte sich kaum einen günstigeren Ort für einen lautlosen, hinterhältigen Mord aussuchen können.

Karens Vermutung mußte am darauffolgenden Tag endgültig verworfen werden, als auf Oni Johnson ein zweiter Anschlag verübt wurde.

Archbold hatte die ganze Nacht vor ihrer Tür gesessen, bis Pemberton ihn morgens abgelöst hatte. Niemand hätte unbemerkt hineingehen können, und sie hatten nur Krankenhauspersonal gesehen – Ärzte, Krankenschwestern, Techniker. Und Raffy. Wexford erfuhr es von der Schwester, einer jungen Frau namens Stacey Martin. Sie kam ihm entgegen, als er um neun die Station betrat und auf die Tür zu Onis Zimmer zusteuerte, wo Pemberton ihn bereits erwartete.

»Würden Sie bitte hier hereinkommen?«

Sie führte ihn in das Büro, an dessen Tür »Schwesternzimmer« stand. »Ich kam heute morgen um acht in den Dienst«, sagte sie. »Um acht ist nämlich Schichtwechsel vom Nachtdienst. Die Oberschwester hatte schon angefangen. Ich bin gleich hinüber, um nach Oni zu sehen, und es kam mir komisch vor, daß das Laken über ihre Hand gezogen war.«

»Ich verstehe Sie nicht ganz«, sagte Wexford.

»Da drin ist es ziemlich heiß, wie Sie vielleicht gemerkt haben. Wir heizen immer ein, damit die Patienten nicht zugedeckt werden müssen. Das Laken lag über ihrer Hand, wo der Infusionsschlauch eingeführt wird. Als ich es wegschob, war der Schlauch nicht mehr drin. Jemand hatte ihn herausgezogen und eine Klemme drangemacht, damit nicht alles übers Bett lief.«

Er sah sie an und bemerkte, daß ihr der Schreck noch in den Knochen saß. »Sie sagen, ›jemand‹ hat ihn herausgezogen. Kann es sein, daß sie es selbst gemacht hat?«

»Kaum. Ich meine, es ist natürlich möglich... aber wieso sollte sie?«

Noch bevor er antworten konnte, falls ihm überhaupt eine Antwort eingefallen wäre, ging die Tür auf, und Laurette Akande trat ein. Sie sah ihn an, wie eine Oberlehrerin einen ungezogenen Schüler ansieht. Zum ersten Mal wurde ihm klar, wie tief ihre Abneigung gegen ihn war.

»Mr. Wexford«, sagte sie in frostigem Ton. »Kann ich etwas für Sie tun?«

»Sie können mir sagen, was durch den... äh, Tropf an Onis Arm durchfließt.«

»Den Infusionsschlauch? Medikamente. Eine ziemlich wilde Mischung. Wieso interessiert Sie das? Ach, ich verstehe. Schwester Martin hat Ihnen von ihrem lächerlichen Verdacht erzählt, habe ich recht?«

»Aber der Schlauch war doch herausgezogen, nicht wahr, Mrs. Akande?«

»Schwester. Leider ja. Das heißt, er ist *herausgerutscht*. Es ist nichts passiert, Mrs. Johnsons Zustand hat sich nicht verschlechtert...« Plötzlich schlug sie einen anderen Ton an und warf Stacey Martin ein strahlendes Lächeln zu. »Dank Schwester Martins beherztem Einschreiten.« Ihr Tonfall wurde leicht ironisch. »Wir alle sind ihr sehr zu Dank verpflichtet. Kommen Sie, ich bringe Sie zu Mrs. Johnson.«

Sie war allein im Zimmer. In einem weißen Kittel und nur bis zur Taille mit einem Laken bedeckt, lag sie nicht flach auf dem Rücken, sondern saß von Kissen gestützt im Bett. Eines von Raffys Comic-Heftchen lag auf dem Nachttisch, Raffy selbst war jedoch nicht bei ihr.

»Ist sie schon bei Bewußtsein?« fragte Wexford. »Kann sie sprechen?«

»Sie schläft«, sagte Laurette Akande.

»War es vielleicht der Junge?«

»Niemand war es, Mr. Wexford. Niemand hat etwas getan. Der Infusionsschlauch ist herausgerutscht. Ein bedauerlicher Zwischenfall, aber es ist nichts passiert. Zufrieden?«

Man würde eine klinikinterne Untersuchung anordnen, dachte er, falls er oder Schwester Martin etwas verlauten ließen. Selbstverständlich hatte Oberschwester Akande nicht die Absicht, es jemandem zu sagen, denn dann wäre ihr Job gefährdet. Und was würde es jetzt noch bringen?

»Ich würde gern hierbleiben«, sagte er. »Hier im Zimmer.«
»Das geht aber nicht. Sie haben doch einen Beamten da draußen, das ist das übliche Verfahren.«
»Ich kann wohl am besten beurteilen, was das übliche Verfahren ist«, gab er zurück. »Das Bett hat Vorhänge. Falls ich etwas nicht sehen soll, können Sie ja die Vorhänge zuziehen.«
»In all den Jahren, die ich jetzt Krankenschwester bin, habe ich noch nie gehört, daß ein Polizist in einem Krankenzimmer auf der Intensivstation sitzt.«
»Dann ist es eben jetzt das erste Mal«, sagte Wexford. Er vergaß seinen Vorsatz, höflich zu sein und die Gefühle dieser Frau zu schonen, er vergaß sogar seinen schrecklichen Fauxpas in der Leichenhalle. »Ich werde einen Präzedenzfall schaffen. Wenn es Ihnen nicht paßt, kann ich Ihnen auch nicht helfen. Oder ich hole mir bei Mr. Cozens die Genehmigung.«
Sie kniff die Lippen zusammen. Sie verschränkte die Arme und schlug die Augen nieder, um ihren Jähzorn, von dem er bereits eine Kostprobe erhalten hatte, im Zaum zu halten. Dann trat sie ans Bett und sah Oni Johnson prüfend an. Sie schüttelte kurz den Infusionsschlauch, sah auf den Monitor und ging dann hocherhobenen Hauptes hinaus, ohne ihn eines weiteren Blickes zu würdigen.
Entweder er oder Burden mußten hierbleiben, dachte er. Oder Barry Vine und Karen Malahyde. Sonst niemand. Bis sie sprechen und ihnen sagen konnte, was sie wußte, durfte sie nie allein gelassen werden. Er setzte sich auf den unbequemen Stuhl, und eine halbe Stunde später kam eine Schwester, die er noch nie gesehen hatte, eine Thailänderin oder Malayin, und brachte ihm eine Tasse Tee. Später wurden die Vorhänge an Onis Bett zugezogen, und um eins kam Algernon Cozens mit einem Gefolge von Assistenzärzten, Stationsärzten, Schwester Martin und Oberschwester Akande herein.

Niemand nahm von Wexford Notiz. Bestimmt hatte Laurette Akande vorher eine Erklärung für seine Anwesenheit gegeben, wobei er gewettet hätte, daß es nicht die richtige war. Er rief Burden von seinem Mobiltelefon aus an, und um drei kam der Inspector, um ihn abzulösen. Gleichzeitig mit ihm trat eine sehr elegant gekleidete Mhonum Ling ins Zimmer. Schon ihre engen, hochhackigen Schuhe fügten ihrer Körpergröße einige Zentimeter hinzu, und mit der kunstvoll hochtoupierten Frisur war eine ziemlich große Frau aus ihr geworden.

Sie hatte die obligatorischen Weintrauben mitgebracht, mit denen Oni, die immer noch intravenös ernährt wurde, nichts anfangen konnte. Sie schien über Burdens Anwesenheit sehr erfreut, er war jemand, mit dem sie reden und sich die Weintrauben teilen konnte, obwohl Burden das Angebot kopfschüttelnd ablehnte.

Nein, sie habe keine Ahnung, sagte sie auf Burdens Frage – weshalb sollte jemand ihre Schwester umbringen wollen? Wie Raffy schien ihr die Frage eher peinlich zu sein, und sie ging schnell darüber hinweg, um mit einer Aufzählung von Onis Schicksalsschlägen und Fehlern zu beginnen; seit ihrer gemeinsamen Ankunft hier im Lande sei sie vom Pech verfolgt und im Leben immer auf der Verliererseite gewesen. Sie wußte nicht, wie ihre Schwester es schaffte, trotzdem so fröhlich zu bleiben. Mhonum hatte keine Kinder, vielleicht sah sie deshalb in Raffy den Hauptgrund für Onis Schwierigkeiten, vom Tag seiner Geburt an sei er ein Problem gewesen – ja, schon *vor* seiner Geburt, denn sein Vater hatte, kaum daß Oni ihm eröffnet hatte, daß sie schwanger war, das Weite gesucht. Raffy war in der Schule eine Niete gewesen, hatte dauernd geschwänzt. Er war zu rein gar nichts imstande, konnte kaum seinen eigenen Namen schreiben. Er würde nie einen Job kriegen und sein

Leben lang auf Sozialhilfe angewiesen sein. Die fleißige, wohlsituierte Mhonum schüttelte den Kopf über Raffy und meinte, das einzig Positive, das sie über ihn sagen könne, sei, daß er keiner Fliege etwas zuleide tun würde.

»Hat Ihre Schwester irgendwelche Feinde?« fragte Burden, indem er seine Frage anders formulierte.

Mhonum schob sich eine Weintraube in den Mund. »Feinde? Oni? Die hat ja nicht mal Freunde.« Während sie das sagte, sah sie über die Schulter hinweg zu der mit Schlafmitteln betäubten Frau hinüber. »Nur Mark und mich, und wir sind ja so beschäftigt. Wir müssen schließlich zusehen, daß unser Laden läuft, oder?« Ihre Stimme senkte sich zu einem Flüstern. »Einmal hatte Oni einen Freund, aber der ist bald wieder abgehauen, den hat sie verscheucht. Ach, Sie glauben gar nicht, wie sie ihn vereinnahmt hat, er sollte nur ihr gehören! Der ist ihr aber davongelaufen wie Raffys Daddy, es war genau die gleiche Geschichte.«

»Können Sie sich irgendeinen Grund vorstellen, aus dem jemand Mrs. Johnson umbringen sollte?«

Sie leckte ihre Fingerspitzen genüßlich ab. Burden begutachtete ihre Kleidung und schätzte den türkisblauen, seidenen Hosenanzug und die cremefarbenen Bruno-Magli-Schuhe auf etwa fünfhundert Pfund.

»Niemand wollte sie umbringen«, sagte sie. »Solche Leute töten einfach. Die sind so. Sie war zufällig da, das sind Killer, und das ist alles.«

Als ob er das nicht wüßte, als ob er auf diesem Gebiet belehrt werden müßte.

Abends wurde Burden von Barry Vine abgelöst. Er hatte sich ein Computerspiel seines Sohnes und ein Spanischlehrbuch mitgebracht. Sooft es ging, besuchte er den Abendkurs, um

Spanisch zu lernen. Wexford fuhr, einer gebieterischen Aufforderung folgend, nach Stowerton, um den Chief Constable aufzusuchen. In den frühen Abendstunden war der Verkehr am dichtesten. Er befand sich gerade auf einer langsamen Spur, die sich dem Kreisverkehr näherte, als er im Rückspiegel hinter sich das pinkfarbene Auto der Epsons sah. Vom Gesicht des Fahrers konnte er jedoch nur einen schwachen Schimmer erhaschen. Eine gute Viertelstunde später war er bei Freeborn.

Burden gegenüber hatte er das Haus einmal als das einzige auch nur annähernd ansehnliche Haus in diesem häßlichen Nest Stowerton bezeichnet. Früher war es das Pfarrhaus gewesen, ein weitläufiges Anwesen mit mehreren Morgen Land.

»Wie lange soll das denn noch dauern, Reg?« wollte Freeborn wissen. »Zwei Mädchen tot, und nun auch noch diese Frau an der Schwelle des Todes.«

»Oni Johnson geht es schon besser«, sagte Wexford.

»Mehr durch Glück als durch Ihr Zutun. Im übrigen ist sie ja erst durch eben jenes Zutun in diese Lage geraten.«

Wexford dachte nach. Er hätte erwidern können, wenn er und Karen weniger prompt dort eingetroffen wären, wäre sie kurz darauf in ihrem eigenen Blut auf dem nackten Fußboden gestorben. Er tat es aber nicht. Ein willkürliches Datum kam ihm in den Sinn, und er sagte, bis Ende nächster Woche hätte er die ganze Angelegenheit gelöst. Nur eine Woche brauche er noch.

»Inzwischen hat Sie doch wohl keiner mehr fürs Verbrecheralbum fotografiert, hoffe ich?« Freeborn ließ ein unangenehmes Lachen hören. »Ich traue mich gar nicht mehr, die Zeitung aufzuschlagen.«

Barry saß die ganze Nacht in Onis Zimmer. Wexford löste ihn am nächsten Morgen ab. Von seinem Platz aus sah er, wie ein

Arzt hereinkam und den Vorhang zuzog und eine andere Schwester den Infusionsschlauch schüttelte. Wie konnte er wissen, wer gegen Oni Böses im Schilde führte? Woher wußte er, ob die Spritze, die Oni auf Weisung des Oberarztes verabreicht wurde, ihr half – oder den Tod brachte? Ihm blieb nichts anderes übrig, als *anwesend* zu sein und zu hoffen, daß es bald soweit war und sie sprechen konnte.

Am späten Vormittag kam Raffy, wie üblich die Strickmütze auf dem Kopf, obwohl es draußen heiß war und auf der Station noch viel heißer. Er guckte sich die Bilder in seinem Comic-Heft an, zog dann seine Zigaretten hervor, die er aber, nachdem er gemerkt hatte, daß Rauchen hier wohl eine Todsünde wäre, wieder wegsteckte. Eine halbe Stunde blieb er sitzen und schlich dann wieder hinaus. Wexford hörte ihn draußen den Flur entlanglaufen. Nachmittags kam Karen zur Ablösung, ihre Ankunft fiel mit Raffys Rückkehr zusammen, der mit einer fettigen Tüte Pommes frites wieder hereinkam.

»Wenn sie zu sich kommt, wenn sie anfängt zu sprechen, rufen Sie mich sofort.«

»Selbstverständlich, Sir«, versicherte Karen.

Am Sonntag, als Vine auf der Station Wache hielt, war es soweit. Als sich Onis Augen öffneten, fiel ihr erster Blick auf Raffy. Sie streckte die Hand aus, griff nach seiner und drückte sie fest. So fand Wexford die beiden – der Junge verwirrt und etwas verlegen, während Oni seine langen Finger fest in ihrem molligen Patschhändchen hielt. Sie lächelte Wexford an und begann zu reden.

Kaum hatte sie angefangen, redete sie wie ein Wasserfall, über das Zimmer, in dem sie lag, die Schwestern, die Ärzte; sie sprach mit Raffy auch über die Möglichkeit, eine Stelle als Krankenpfleger zu bekommen. An das, was oben an der

Treppe im Hochhaus passiert war, konnte sie sich nicht erinnern.

Er hatte es nicht anders erwartet. Der Geist hat Mitleid mit dem Körper und läßt ihn ohne die Rückschläge heilen, die schmerzliche oder schreckliche Erinnerungen hervorrufen könnten. Er wagte es jedoch nicht, sie allein zu lassen, bis sie ihm alles erzählt hatte, was sie wußte. Wenn sie nur wüßte, was das war. Wie entsetzlich, wenn ihr das, was sie wußte, trivial oder nebensächlich vorkam, sie es womöglich vergessen hatte. Es stellte sich heraus, daß sie recht munter und kooperativ war und bereitwillig über sich, ihr Leben und ihren Sohn Auskunft gab, daß ihr Gedächtnis aber nun aus zwei Hälften bestand – die eine enthielt Erinnerungen an das Krankenhaus, die bis zu ihrem Aufwachen samstags auf der Station zurückreichten, die andere Erinnerungen an ihr früheres Leben, die beim Betreten des Hochhauses am Donnerstag nachmittag abrupt endeten, als sie am kaputten Aufzug vorbei die Treppe hochgehen wollte.

»Der Aufzug, immer außer Betrieb«, sagte Oni. »Aber, ich sage Ihnen, ich gebe die Hoffnung nicht auf. Ich sage mir, Oni, vielleicht richten sie ihn ja mal, und dann segelst du wie ein Vogel nach oben. Ach wo, auf den eigenen Füßen muß ich raufllaufen. So stellt uns der Herrgott auf die Probe, sage ich mir, und auf einmal wird mir schwarz vor Augen und der Boden kommt hoch und ich wache hier auf.«

»Können Sie sich erinnern, jemanden gesehen zu haben, bevor Sie ins Haus gingen? War draußen vielleicht jemand?«

»Keine Menschenseele. Der hat da oben gewartet, was, wollte mir eins draufgeben mit Riesenboxerfäusten.«

»Sie können sich nicht denken, wer dieser ›er‹ sein könnte?«

Sie schüttelte den Kopf unter dem dicken weißen Verband. Ihr eigener Ausdruck »Riesenboxerfäuste«, den sie schon mehrmals verwendet hatte, brachte sie wieder zum Lachen. Wie viele Afrikaner und Schwarze aus der Karibik hatte sie die merkwürdige, für einen Europäer fast unbegreifliche Angewohnheit, über tragische oder schreckliche Ereignisse herzhaft zu lachen. Ihr Gelächter brachte das Bett zum Wackeln, so daß Wexford sich besorgt umsah, weil er befürchtete, dies könnte eine Schwester auf den Plan rufen, die Onis Aufregung zum Anlaß nehmen würde, der Unterredung ein Ende zu setzen und sie auf einen anderen Tag zu verschieben.

»Hat jemand Sie bedroht? Hatten Sie mit jemandem Streit?« Seine Fragen riefen ein Kichern hervor, dann einen treuherzigen Augenaufschlag. Sie sah aus wie ihr Sohn, als man ihn gefragt hatte, wer wohl seine Mutter umbringen wollte: verlegen, voller Argwohn, daß man sich über sie lustig machen könnte, und fest entschlossen, die Situation nicht ernst zu nehmen.

Einer plötzlichen Eingebung folgend, fragte Wexford: »Sind Sie vielleicht mit einem Autofahrer aneinandergeraten, jemandem, den Sie an der Kreuzung angehalten haben?«

Der Gedanke, jemand könnte aus einem derartigen Grund versuchen, einen Menschen umzubringen, war wahnwitzig. Früher hätte er ihn jedenfalls für wahnwitzig gehalten. Inzwischen wußte er, daß Menschen dazu imstande waren. Normal wirkende, ganz gewöhnliche Männer, die auf den Straßen dieser und jeder beliebigen Stadt herumfuhren und sich, von einem Verkehrspolizisten zurechtgewiesen, gnadenlos rächen würden – besonders wenn es sich bei der Person, die es gewagt hatte, sie zu tadeln, um eine Frau handelte. Und ganz besonders, wenn die Frau eine Schwarze war. Doch in Onis Vergangenheit hatte es offensichtlich keinen derartigen Irren gegeben.

Wie ihre Schwester sagte sie: »Ein richtiger Killer, stimmt's?

Der braucht dazu keinen Grund. Der tötet eben so, einfach so.« Und diese knappe Zusammenfassung der sinnlosen Bosheit der Menschen bot ihr so viel Anlaß für erneutes Gelächter, daß die Schwester tatsächlich herüberkam und meinte, für heute sei es nun aber genug.

Womöglich war es für immer genug. Nachdem er sich von Barry Vine auf der Station verabschiedet hatte und den Korridor entlang in Richtung Aufzug ging, fragte sich Wexford, ob aus Oni überhaupt noch mehr herauszubekommen war, oder ob sie und Mhonum Ling vielleicht doch recht hatten und es sich tatsächlich um den unmotivierten Angriff eines Psychopathen handelte; eines Menschen, der etwas gegen Schwarze hatte oder gegen Frauen, Mütter, Hochhausbewohner oder einfach gegen seine Mitmenschen. Vielleicht hatte der Vorfall gar nichts mit Raffy, mit dem Arbeitsamt und mit Annette zu tun, vielleicht gab es gar keinen Zusammenhang zwischen Oni und Annette oder – was näher lag – zwischen Oni und Melanie Akande. Möglicherweise hatte Raffy den Infusionsschlauch herausgezogen, weil er ihm angst machte oder er dachte, er würde Oni weh tun, oder vielleicht wollte er ihn bloß schütteln, wie er es beim Krankenhauspersonal beobachtet hatte. Wurden die meisten Tötungen denn nicht aus Motiven heraus begangen, die gewöhnlichen Sterblichen unverständlich waren, oder überhaupt ohne irgendein offensichtliches Motiv?

Er war so tief in Gedanken versunken, daß er den Ausgang verpaßte und statt dessen die vor ihm liegende Treppe hinunterging. Dadurch verlor er jedoch völlig die Orientierung, er befand sich nun in einem Teil des Krankenhauses, in dem er noch nie gewesen war. Als er die Aufschrift »Pädiatrie und Kinderklinik« über der Flügeltür vor ihm bemerkte, ging links neben ihm eine Tür auf, und Swithun Riding trat im offenen, weißen Kittel über einem hellbraunen, flauschigen Pullover mit einem Baby auf dem Arm heraus.

Wexford rechnete damit, ignoriert zu werden, doch Riding lächelte ihn freundlich an und meinte, er freue sich, ihn zu sehen, er habe sich vorgenommen, ihm beim nächsten Treffen zu gratulieren, weil er damals auf der Gartenparty das richtige Alter der Zwillinge erraten hatte.

»Meine Frau hat es mir erzählt. Soviel zu *meiner* Sachkenntnis, sagte sie. Was machen Sie denn mit dem Teddybären? Werden Sie wieder zum Kind und kuscheln sich abends damit ins Bett?«

Wexford war dermaßen fasziniert von der Art, wie Riding mit dem Baby umging, daß ihm keine schlagfertige Antwort einfiel. So sagte er nur: »Ich habe ihn verschenkt«, während er bewundernd zusah, wie behutsam der Kinderarzt das Kind hielt, mit einem für einen so großen Mann erstaunlichen Zartgefühl, sanft, aber bestimmt, obwohl er es in jeder seiner riesigen Hände wie in einer Wiege hätte halten können. Und Ridings Gesichtsausdruck, sonst so überheblich und arrogant – die Miene eines Mannes, der sich einiges auf seinen überlegenen Intellekt und seinen Körper einbildet –, wurde weich und fast weiblich, als er auf das winzige, runde Gesichtchen mit den großen, blauen Augen hinuntersah.

»Es ist doch alles in Ordnung mit ihm, hoffe ich?« wagte Wexford zu sagen.

»Bloß ein Nabelbruch, und den haben wir schon versorgt. Es ist übrigens kein Er, sondern eine süße, kleine Lady. Finden Sie sie nicht herrlich, diese Kleinen? Sind sie nicht wunderbar?«

Genauso hätte eine Frau sprechen können, und die in einer kräftigen Baritonstimme hervorgebrachten Worte, die eigentlich grotesk sein sollten, klangen einfach bezaubernd. Riding war wie verwandelt, einen Augenblick lang ein »netter«

Mensch. Und so erachtete Wexford es für möglich, ihn nach dem Weg nach draußen zu fragen, ohne sich eine niederschmetternde Abfuhr einzuhandeln.

»Zurück, wo Sie hergekommen sind, und dann links«, sagte der Kinderarzt. »Jetzt muß ich das kleine Goldstück aber wieder zu Mutti bringen, sonst jammert die noch, was ich ihr nicht verdenken könnte.«

Als er Dora später davon erzählte, war Wexford einigermaßen überrascht zu hören, daß es *sie* überhaupt nicht überraschte.

»Sylvia wurde doch mit Ben zu ihm überwiesen, erinnerst du dich nicht mehr? Als er sich den Arm gebrochen hat und es die Komplikationen gab. Ach, das war bestimmt schon vor drei Jahren, kurz nachdem die Ridings hierhergezogen sind.«

»Oft beurteilt man Menschen nach einer einzigen mißglückten Begegnung. Schlimm, aber so ist es nun mal.«

»Sie fand ihn hervorragend, und Ben hatte einen richtigen Narren an ihm gefressen.«

Vor drei Jahren, als Sylvia einen Job hatte und Neil einen Job hatte und Dora sich beklagte, man würde sie ja nie sehen. »Sie werden doch hoffentlich nicht für heute abend erwartet. Keiner von ihnen, meine ich.«

»Nein, direkt *erwartet* werden sie nicht. Aber wir sollten doch nicht so über unsere Tochter sprechen. Das ist nicht recht. Ich denke immer, vielleicht fordere ich die Vorsehung heraus und etwas Furchtbares passiert, und dann stell dir einmal meine Schuldgefühle vor.«

Wexford wollte gerade sagen, die Vorsehung sei schon oft genug herausgefordert worden und habe sich inzwischen wohl zu behaupten gelernt, als es plötzlich an der Haustür klingelte. Sylvia hatte zwar einen Schlüssel, besaß jedoch genug Taktgefühl, ihn nicht zu benutzen, wenn sie unerwartet hereinschneite. »Ich gehe schon«, sagte er und malte sich auf dem Weg zur Tür einen weiteren Abend mit Beraterfortbildung, Selbsthilfegruppe und polyglotten Versionen von »Kein Problem« aus.

Es war aber nicht Sylvia mit Familie. Es war Anouk Khoori.

Auch diesmal mußte er zweimal hinsehen, um sich zu vergewissern, daß sie es war. Ihr blondes Haar war streng zurückgekämmt, sie war nur ganz dezent geschminkt und trug die bei Politikerinnen beliebten Perlenohrstecker. Der Rocksaum ihres dunkelblauen Leinenkleides endete weit unter dem Knie. Ihr Auftreten war schlicht und entwaffnend. Auf den ersten Blick schien es die beste, unaufdringlichste Taktik, deren sich eine Frau von ihrer Sorte und ihrem Äußeren befleißigen konnte. Unaufgefordert trat sie ein. »Sie hatten es sicher schon vermutet. Ich komme, weil ich Sie darum bitten möchte, mir Ihre Stimme zu geben.«

Er hatte es tatsächlich schon vermutet, allerdings erst vor einigen Sekunden. Sie erinnerte ihn plötzlich an Ingrid Pamber, eine kultivierte, hochgebildete Version von Ingrid. Seltsam, sie wirkte auf ihn nämlich alles andere als attraktiv, während Ingrid... Zu seiner Überraschung und gegen seinen Willen hakte sich Anouk Khoori bei ihm unter und führte ihn treffsicher quer durch sein eigenes Haus zu Dora.

»Dora, meine Liebe«, sagte sie, »ich muß heute abend noch die ganze Straße abklappern und die nächste auch – die Politik ist ein *hartes* Brot –, aber ich bin zuerst zu Ihnen gekommen, zuallererst, weil ich das Gefühl habe, daß wir drei etwas ganz Besonderes sind, nämlich das, was alle außer den Engländern als *sympathisch* bezeichnen.«

Den Ausdruck auf dem Gesicht seiner Frau kannte er gut, das Lächeln, das nervöse Augenzwinkern, dann nur noch das Lächeln mit zusammengepreßten Lippen und erhobenem

Kopf. Hervorgerufen wurde diese Miene durch Anmaßung und selbstherrliche Vertraulichkeit seitens wildfremder Menschen. Anouk Khooris Hand, eine blasse, gelbliche Hand mit violetten Venen und violett lackierten, langen Fingernägeln, lag auf seinem Arm und sah in seinen Augen aus wie ein exotisches Krustentier. Es kam ihm so vor, als hätte er seinen Arm ins Wasser getaucht, und als er ihn wieder herauszog, hing dieses Ding dran, ein Polyp oder eine Seeanemone mit Fangarmen. Wenn er beim Schwimmen tatsächlich ein solches Getier angelockt hätte, so hätte er es abschütteln können. Hier jedoch blieb ihm dieser Ausweg verwehrt, und seine frühere Abneigung gegen diese Frau, sein unbewußter Widerwille kehrten mit einem Schauder zurück.

Doch sie mußte sich ja setzen, und das konnte sie schlecht, solange sie an ihn geklammert war. Dora bot ihr einen Drink an, oder vielleicht lieber eine Tasse Tee? Lächelnd und mit übertriebener Dankbarkeit lehnte Anouk Khoori ab und legte mit ihrem Wahlappell los. Anfangs sah es aus, als führte sie eine ausschließlich defensive Kampagne. Die Vorstellung, der Faschismus, der ja heutzutage mit Rassismus gleichzusetzen sei, könne in einem Ort wie Kingsmarkham Einzug halten, sei in höchstem Maße entsetzlich. Sie selbst sei zwar relativ neu in der Gemeinde, fühle sich aber bereits so heimisch wie eine waschechte Bewohnerin von Kingsmarkham, so tief sei ihr Verständnis für die Hoffnungen und Ängste seiner Einwohner. Rassismus finde sie abstoßend, ebenso jegliche, möglicherweise grassierende Ideen von einem rein weißen Kingsmarkham. Um jeden Preis müsse verhindert werden, daß die British Nationalists in den Stadtrat einzögen.

»Ich würde nicht behaupten, Sie zu wählen, hieße, ›um jeden Preis‹ aktiv zu werden, Mrs. Khoori«, sagte Dora sanft. »Ich hätte Ihnen sowieso meine Stimme gegeben.«

»Ich wußte es! Ich wußte, daß Sie so denken. Ehrlich gesagt, schon draußen an Ihrer Tür habe ich mir gesagt – Sie wissen ja, noch bevor ich irgendwo anders war – ich sagte mir, *hier* vergeude ich meine Zeit, sie brauchen es nicht, sie unterstützen mich sowieso, aber dann dachte ich, nein, *ich* brauche ihren Ansporn, und *sie* brauchen ... ach, sie müssen mich einfach sehen! Damit sie wissen, daß ich sie sehr schätze und daß mir *sehr* an ihnen liegt.«

Sie schenkte Wexford ihr strahlendstes Lächeln und hob die Hand, um sich mit einer unvermeidlichen, koketten Geste ihr sorgfältig frisiertes Haar glattzustreichen. Ihr skeptischer Blick und der fragend schräggelegte Kopf bedeuteten, daß sie, ungeachtet des bisher Gesagten, auch von ihm eine ähnliche Zusage erwartete. Doch Wexford hatte nicht die Absicht, sich festzulegen. Die Wahl war geheim und seine Stimmabgabe Privatsache. Er erkundigte sich, an welche konkreten Maßnahmen sie im Fall eines Wahlsieges gedacht habe, und war einigermaßen belustigt über ihre offenkundige Ignoranz.

»Keine Sorge«, sagte sie. »Als erstes werde ich mich dafür einsetzen, daß dieses schreckliche Hochhaus, dieses Castlegate, abgerissen wird, wo die arme Frau zusammengeschlagen wurde. Und dann bauen wir dort mit den Einnahmen aus Privatverkäufen schöne, neue Sozialwohnungen hin.«

Wexford korrigierte sie freundlich. »Die Mittel für den sozialen Wohnungsbau sind im Moment aber eingefroren und werden es bis auf weiteres auch bleiben.«

»Ach, das sollte ich eigentlich wissen, weiß ich ja auch.« Sie ließ sich nicht so leicht aus dem Konzept bringen. »Ich sehe schon, ich muß noch eine Menge Hausaufgaben machen. Aber die Hauptsache ist doch, daß ich erst einmal gewählt werde, finden Sie nicht?«

Wexford weigerte sich, das zu finden. Als sie nicht lockerließ – die Hand lag, als er sie zur Tür begleitete, schon wieder auf seinem Arm –, sagte er, ihr sei ja sicher bekannt, daß seine Stimmabgabe eine private Angelegenheit zwischen ihm und seinem Gewissen sei. Sie war völlig seiner Meinung, blieb aber zäh; sie sei ja so kämpferisch, behauptete ihr Mann, es sei eben Teil ihres Charakters, der Wahrheit nicht auszuweichen, auch wenn sie schwer verdaulich sei. Mittlerweile hatte Wexford überhaupt keine Ahnung mehr, wovon sie redete, verabschiedete sie jedoch noch relativ freundlich mit dem üblichen Zusatz, es sei nett gewesen, daß sie vorbeigekommen war.

Offenbar hatte sie den Akandes später eine ähnliche Therapie verabreicht, denn als Wexford am nächsten Morgen dort seinen Besuch machte, ging Laurette sogar so weit aus sich heraus, sich bei ihm über die Bemerkung der Kandidatin zu beklagen, Schwarze seien ihre ganz besonderen Freunde, und sie empfinde ihnen gegenüber eine große Nähe.

»Wissen Sie, was sie zu mir sagte? ›Meine Haut ist zwar weiß‹, sagte sie, ›doch meine Seele, oh, die ist schwarz.‹ Ich dachte mir, na, du hast vielleicht Nerven.«

Wexford mußte unwillkürlich lachen, doch er tat es leise und sehr diskret. Heiterkeit war in diesem Haus nicht angebracht. Doch Laurette hatte die Auseinandersetzung über den Infusionsschlauch anscheinend schon vergessen. Sie behandelte ihn freundlicher denn je und bot ihm zum ersten Mal etwas zu trinken an. Ob er vielleicht gern einen Kaffee hätte? Sie könnte aber auch Tee machen.

»Mrs. Khoori wird nicht weit damit kommen, wenn das ihr ganzes Wahlprogramm ist«, meinte der Arzt. »Wir sind hier doch bestimmt nicht mehr als ein halbes Dutzend.«

»Achtzehn sind es genau«, sagte Wexford. »Nicht Familien, sondern Einzelpersonen.«

Er fuhr zum Krankenhaus und stellte seinen Wagen auf dem einzigen freien Parkplatz neben der fahrbaren Bücherei ab. Das Auto auf der anderen Seite hatte einen merkwürdigen lila Farbton, und ihm fiel wieder das Auto der Epsons ein. Plötzlich wußte Wexford, was ihm seit seiner Fahrt zum Haus des Chief Constable im Kopf herumspukte. Der pinkfarbene Wagen hinter ihm war von einem Weißen gefahren worden. Sein Gesicht hatte er zwar nicht sehen können, wohl aber, daß der Mann weiß gewesen war. Die Epsons waren ein gemischtrassiges Paar – zweifellos Anwärter auf Laurette Akandes Mißfallen –, doch *Fiona Epson war weiß, und ihr Mann schwarz.* Hatte das etwas zu bedeuten? War es wichtig? Er hatte oft behauptet, in einem Mordfall sei alles wichtig...

Der Bücherdienst war eine ehrenamtliche Privatinitiative, und letztes Jahr hatte Dora ihn überredet, ein paar Bücher zu spenden, die sie als »überflüssig« bezeichnete. Zu seiner Überraschung sah er Cookie Dix vom Fahrersitz des Büchereiwagens klettern. Noch erstaunlicher war, daß sie ihn erkannte.

»Hallo«, sagte sie. »Wie geht's? War das nicht eine tolle Party bei den Khooris? Mein Schatz Alexander fand es super, seither läßt es sich mit ihm ganz erträglich leben.«

Sie redete mit ihm wie mit einem alten, vertrauten Freund, der über die Details ihres zweifellos problematischen Ehelebens bestens informiert war. Wexford fragte, ob er ihr helfen könne, die Bücher auf den Handwagen zu laden. Obwohl sie fast so groß war wie er, wirkte sie mit ihren dünnen Gliedmaßen, dem Elfengesicht und der Wolke schwarzen Haares zerbrechlich.

»Das ist aber nett.« Sie trat beiseite, damit Wexford den Handwagen hinten herausholen konnte. »Ich hasse Montag und Samstag früh, ehrlich, aber das hier ist meine einzige gute

Tat, und wenn ich es aufgebe, besteht mein Leben nur noch aus ungezügeltem Hedonismus.«

Wexford lächelte und fragte, wo sie wohnte. »Ach, das wissen Sie nicht? Ich dachte, jeder kennt das Haus, das Dix gebaut hat. Den Glaspalast mit den Bäumen drin? Ganz oben an der Ashley Grove?«

Eine der Monstrositäten in dieser Stadt, ein Haus, das alle Besucher anglotzten, nach dem alle neugierig fragten. Er half ihr, die Bücher auf den Handwagen zu laden, und fragte, woher sie stammten und wer sie auswähle. Ach, das tue sie, alle ihre Freunde gäben ihr Bücher. Er solle auch an sie denken, wenn er das nächste Mal aussortierte.

»Alle denken an Liebesromane und Krimis«, sagte sie, als er sich am Eingang von ihr verabschiedete, »aber ich habe festgestellt, daß Horrorstories am populärsten sind.« Sie schenkte ihm ein strahlendes Lächeln. »Genauer gesagt, Verstümmelungen und Kannibalismus. Wenn man sich wirklich lausig fühlt, ist das genau das richtige.«

Vine hatte die ganze Nacht bei Oni Johnson gewacht. Jetzt schlief sie, die Vorhänge um ihr Bett waren zugezogen.

Wexford sagte leise: »Ich weiß, Sie haben jetzt Dienstschluß. Nur eins noch: Dreimal hat Carolyn Snow mir erzählt, daß Snows frühere Freundin Diana hieß. Wenn Ihnen diesbezüglich ein Licht aufgehen sollte, denken Sie mal darüber nach, ja?«

Eine halbe Stunde, nachdem er Vines Platz eingenommen hatte, kam Raffy herein, gab seiner Mutter einen Kuß, worauf sie aufwachte, und hockte sich mit seinem Comic-Heftchen hin. Es war wahrscheinlich Laurette Akandes freier Tag, denn die Oberschwester auf der Intensivstation war eine rothaarige Irin. Sie brachte Tee, den Raffy mißtrauisch beäugte. Dann fragte er, ob er eine Cola haben könne.

»Meine Güte, junger Mann, holen Sie sich doch selber eine aus dem Automaten. Das fehlte noch!«

»Ich mag es gern, wenn er hier neben mir sitzt«, sagte Oni, als Raffy hinausgegangen war, nachdem er sich zuvor ein paar Münzen aus ihrer Handtasche genommen hatte, die auf dem Nachttisch stand. »Ich will Bescheid wissen, was er macht.« Wexford fiel wieder ein, was ihre Schwester über Onis besitzergreifende Art gesagt hatte. »Über was reden wir heute?«

»Sie sehen schon viel besser aus«, sagte Wexford. »Der Verband ist auch viel kleiner.«

»Kleiner Verband für kleines Hirn, hä? Vielleicht ist mein Hirn jetzt kleiner, wo Doktor dran rumgeschnippelt hat?«

»Mrs. Johnson, ich werde Ihnen sagen, worüber wir uns heute unterhalten. Ich möchte, daß Sie sich um ein paar Wochen zurückerinnern, sagen wir Donnerstag vor drei Wochen, und mir sagen, ob Ihnen irgend etwas Ungewöhnliches widerfahren ist.«

Sie sah ihn wortlos an.

»War vielleicht irgend etwas merkwürdig oder anders, zu Hause, auf der Arbeit, vielleicht mit Ihrem Sohn, sind Sie neuen Menschen begegnet? Lassen Sie sich ruhig Zeit. Denken Sie an Anfang Juli und überlegen Sie, ob Ihnen etwas Ungewöhnliches passiert ist.«

Raffy kam mit einer Dose Cola wieder ins Zimmer. Jemand hatte den Fernseher eingeschaltet, und er zog den Stuhl näher an den Apparat. Oni konnte seine Hand nicht erreichen und legte ihre Hand auf seinen Arm. Sie sagte zu Wexford: »Sie meinen, hat jemand an der Kreuzung mit mir gesprochen? Oder ist an die Haustür gekommen? Jemand Fremdes?«

»Alles«, sagte Wexford. »Ganz egal.«

»Jemand hat so ein Ding an unsere Tür gemalt, aber Raffy hat es wieder abgemacht. So ein Kreuz mit Ecken.«

»Ein Hakenkreuz.«

»Das war an dem Tag, wo sie im Jobcenter eine Stelle für Raffy hatten. Er ist gleich hin, es war aber nichts. Und Mhonum, das ist meine Schwester, die hatte Geburtstag, zweiundvierzig, sieht aber jünger aus, und da waren wir im Moonflower zum Geburtstagsessen. Ich habe noch einen Job – wissen Sie das? Putzen in der Schule, dreimal die Woche. Einmal bin ich beim Putzen und finde einen Zehnpfund-Schein, die kriegen Haufen Taschengeld, die Kinder. Den gebe ich der Lehrerin, denke, jetzt gibt's eine Belohnung, aber von wegen. So stellt uns der Herrgott auf die Probe, was? Ist es das, was Sie wissen wollen?«

»Genau das«, erwiderte Wexford, obwohl er sich aufschlußreichere Informationen erhofft hatte.

»Das war alles Anfang Juli, ja? Am Sonntag kommt eine Lady an die Tür, mit so langen, blonden Haaren, und sagt, wählen Sie mich in Stadtrat, aber ich sage, vielleicht, weiß noch nicht, mal überlegen. Kann aber sein, das war am nächsten Sonntag. Am Montag danach war was, das weiß ich, was war der erste Montag für ein Tag?«

»Der fünfte Juli?«

Raffy lachte über irgend etwas im Fernsehen. Er stellte seine leere Coladose auf den Boden. Seine Mutter sagte: »Komm mal her, Raffy. Ich will deine Hand halten.« Der Junge schob seinen Stuhl ein wenig näher heran, ohne den Blick vom Bildschirm zu lösen. Oni griff nach seiner Hand, hielt sie ganz fest, obgleich sie dazu den Arm ausstrecken mußte.

»Was ist an dem Montag passiert?« fragte Wexford.

»Nicht viel. Nur nachmittags war was, wo ich an der Kreuzung war. War aber vielleicht nicht der Montag, war vielleicht der nächste. Ich weiß noch, es war der Tag nach dem, wo die Lady da war. Ich dachte, schade, daß Raffy nicht da ist. Der bringt dich hin, armes Mädchen, du verirrst dich nicht, wenn Raffy dich hinbringt.«

Wexford begriff nichts. »Ich kann Ihnen nicht ganz folgen, Mrs. Johnson.«

»Ich sage doch, ich stehe an der Kreuzung, bevor die Kinder rauskommen, ich stehe da, und kommt ein Mädchen und bleibt vor mir stehen, mitten auf dem Gehweg, direkt vor mir, und sagt was in Yoruba zu mir. Ich bin so überrascht, vom Donner gerührt, ja. Ich habe zwanzig Jahre kein Yoruba gehört, bloß von meiner Schwester, die ist aber zu fein dafür. Aber das Mädchen ist von Nigeria, und die sagt zu mir in Yoruba, wohin geht es, wo sie einem die Jobs geben? *Mo fé mò ibit'ó gbé wà – ich will wissen, wo es ist.*«

18

Nach vier Stunden tiefem Schlaf war Barry Vine wieder auf den Beinen, hatte kalt geduscht und rief Wexford an. Der Chief Inspector sagte zu ihm etwas Unverständliches in einer afrikanischen Sprache. Die Übersetzung genügte, und schon war Vine auf dem Weg ins Arbeitsamt.

Ingrid Pambers Urlaub war zu Ende, seit zwei Tagen war sie wieder im Büro und saß am Schalter zwischen Osman Messaoud und Hayley Gordon. Sie richtete das blaue Strahlen ihrer Augen auf Vine und lächelte ihn an wie einen lang vermißten Liebhaber, der gerade aus dem Krieg zurückgekehrt war. Ungerührt hielt er ihr das Bild mit Sojourners totem Gesicht und ein Foto von Oni Johnson hin, das Raffy in der Wohnung in Castlegate aufgetrieben hatte. Zu Sojourner fiel ihr nichts ein, doch Oni erkannte sie.

Auf Vines Gleichgültigkeit ihren weiblichen Reizen und ihrem Lächeln gegenüber reagierte sie pikiert. »Das ist doch die Schülerlotsin, stimmt's? Die würde ich überall erkennen. Ich glaube, die hat was gegen mich. Ich brauche bloß mal spät dran zu sein, wenn ich die Glebe Road runterkomme, und schon hält sie mir ihr Signaltäfelchen vor die Nase.«

»Hat Annette sie gekannt?«

»Annette? Woher soll ich das wissen?«

Von der gesamten Belegschaft des Arbeitsamtes unterließ nur Ingrid die Frage, was mit Oni passiert sei und weshalb er sich erkundige. Andererseits hatte sie sie als einzige erkannt. Soweit sie sich erinnern konnten, hatte keiner Sojourner jemals gesehen. Valerie Parker, eine der Abteilungsleiter, faßte schließlich in Worte, was sich die anderen vielleicht nur nicht zu sagen trauten.

»Ich fürchte, für mich sehen alle Schwarzen ziemlich gleich aus.«

Osman Messaoud, der gerade auf dem Weg zu einem der Computer an ihr vorbeikam, meinte gehässig: »Komisch. Und für Schwarze sehen alle Weißen ziemlich gleich aus.«

»Mit Ihnen rede ich ja gar nicht«, gab Valerie zurück.

»Nein, das kann ich mir denken. Ihre rassistischen Bemerkungen reservieren Sie für Gleichgesinnte.«

Ein momentanes Zögern – sollte er sie unterstützen und Farbe bekennen? Sollte er die Unterstellung vehement zurückweisen? –, dann überließ Vine die beiden ihrem Wortgefecht, das sich zu einem gedämpften Zischkonzert auswuchs. Niall Clark, der andere Abteilungsleiter, ein Möchtegern-Soziologe, sagte: »Ich glaube, in einer Gesellschaft wie der unseren kennen Weiße gar keine Schwarzen. Ich meine, in einer ländlichen Kleinstadt wie Kingsmarkham. Immerhin gab es hier bis vor etwa zehn Jahren überhaupt keine Schwarzen. Man hat sich umgedreht und geglotzt, wenn man auf der Straße einen sah. Als ich noch in der Schule war, gab es gar keine schwarzen Schüler. Ich glaube nicht, daß hier bei uns mehr als drei oder vier Schwarze arbeitslos gemeldet sind.«

Valerie Parker, nach Messaouds Anschnauzer noch ziemlich rosa im Gesicht, fragte: »Wie hieß sie noch gleich?«

»Wenn ich das wüßte.«

»Sonst könnten wir ja im Computer nachsehen, wenn wir wüßten, wie sie heißt. Es gibt wahrscheinlich Hunderte mit diesem Namen, aber wir könnten...«

»Ich weiß nicht, wie sie heißt«, sagte Vine, und er hatte das dumpfe Gefühl, das er das wohl nie herausfinden würde.

Aber auch ohne den Namen sollte es in einer Stadt wie Kingsmarkham mit überwiegend weißer Bevölkerung eigentlich kein Problem sein, ein vermißtes, schwarzes Mädchen zu identifizieren und ausfindig zu machen, doch es war ein Problem. Man hatte ihr den Weg hierher gewiesen, sie war vermutlich losgegangen, unterwegs jedoch irgendwo verschwunden. Oder sie war hier angekommen, und keiner hatte von ihr Notiz genommen. Persönlich vermutete Vine, daß sie gar nicht erst angekommen war. Bevor er diese Möglichkeit jedoch weiterverfolgte, mußte er von Oni Johnson Näheres erfahren. Auf dem Weg zur Tür kam er an dem Schalter vorbei, an dem Peter Stanton gerade eine neue Antragstellerin beriet, und sah, daß es Diana Graddon war.

Bisher hatte er sich noch nicht entschieden, ob er mit ihr sprechen sollte oder nicht. Es kam ihm unnötig, ja anzüglich vor. Selbstverständlich war ihm bei Wexfords Bemerkung ein Licht aufgegangen, natürlich hatte er vor dem Einschlafen und gleich nach dem Aufwachen darüber nachgedacht. Doch was scherte es ihn oder sonst irgend jemanden, daß diese Frau einmal Snows Freundin gewesen und von Annette Bystock abgelöst worden war? Inwiefern war diese Tatsache für die beiden Mordfälle und den versuchten Mord relevant? Aber nun, da er sie gesehen hatte, setzte sich Vine auf einen Stuhl neben einer Zwergpfefferpflanze aus Plastik und wartete.

Was für einen Eindruck machte dieser Stanton eigentlich auf Frauen, wenn er sie so lüstern ansah und dabei die Augen verdrehte? Diana Graddon war zugegebenermaßen ziemlich attraktiv, aber Vine hatte das Gefühl, Stanton interessierte sich einzig und allein deswegen für sie, weil sie relativ jung und weiblich war. Er zog ein Faltblatt mit der Aufschrift »Unterhaltszahlung – Sind Sie berechtigt?« aus dem Ständer und vertrieb sich mit dessen Lektüre die Zeit.

Es dauerte keine zwanzig Minuten, bis Burden mit dem Foto von Sojourner im Krankenhaus war. Oni Johnson erkannte sie sofort.

»Das ist sie. Das Mädchen, was vor der Schule mit mir gesprochen hat.«

Es muß der fünfte Juli gewesen sein, dachte Wexford. Und am Abend war sie tot. Laut Mawrikiew war sie schon mindestens zwölf Tage tot gewesen, als man sie am Siebzehnten gefunden hatte. Und Oni Johnson hatte wenige Stunden, bevor sie starb, mit ihr gesprochen.

»Ich nehme an, ihren Namen hat sie Ihnen nicht gesagt?« fragte Burden.

»Hat sie nicht gesagt. Wieso auch? Hat auch nicht gesagt, woher sie kommt, nein. Bloß wo sie hin will, zum Jobcenter, um einen Job zu kriegen. Das ist alles. *Mo fé ibit'ó gbé wà?*«

»Können Sie sie beschreiben?«

»Jemand hatte sie geschlagen, das habe ich gesehen. Das kenne ich doch *gleich*. Ihre Lippe war aufgeschlagen, und ihr Auge, so Flecken kriegt man nicht, wenn man in eine Tür rennt, nein. Also sage ich ihr, wo das Amt ist, die Straße runter und rechts und wieder rechts, zwischen Nationwide und Marks & Spencer, und dann habe ich gefragt, wer hat dich denn geschlagen?«

»Haben Sie das auf Englisch oder auf Yoruba gesagt?«

»Auf Yoruba. Und sie sagte: ›*Bi ojú kò bá kán e ni, m̀ bá là òràn náà yé e.*‹ Ich sage Ihnen, was das heißt. ›Wenn Sie nicht eilig haben, erkläre ich Ihnen.‹«

Wexfords Herz machte einen kleinen Sprung. »Und hat sie das getan?«

Oni schüttelte heftig den Kopf. »Ich sage, ja, ich habe Zeit, die Kinder kommen erst in fünf oder zehn Minuten raus, aber wie ich das sage, fährt ein Auto ran, da, wo ich stehe, eine

Mutter im Auto, ja? Die will ihr Kind abholen, da sage ich, nein, hier können Sie aber nicht parken, weiter unten an der Straße da, und wie ich fertig bin, drehe ich mich um, und das Mädchen ist weg.«

»Was, spurlos verschwunden?«

»Ich habe sie gesehen, schon ganz weit weg die Straße runter.«

»Sagen Sie mir, was sie anhatte.«

»Ein Tuch hatte sie um den Kopf, so aus blauem Stoff. Ein Blumenkleid, weiß mit rosa Blumen, und Schuhe wie Raffy anhat.«

Beide Polizisten sahen auf Raffys Füße, die um die Stuhlbeine geschlungen waren. Schwarze Leinenstiefel zum Schnüren mit Gummirand und Gummisohlen, wahrscheinlich das billigste Schuhwerk, das im anspruchslosesten Schuhladen von Kingsmarkham zu haben war.

»Erinnern Sie sich, aus welcher Richtung sie kam, Mrs. Johnson?«

»Ich habe sie erst gesehen, wie sie da war und mir ins Ohr geflüstert hat. Ich habe sie nicht von der High Street kommen sehen, vielleicht aus der anderen Richtung? Vielleicht von Glebe Lane, wo unten die Felder sind? Oder aus dem Hubschrauber auf ein Feld gefallen, hä?«

»Sie hat Sie auf Yoruba angesprochen«, sagte Wexford. »Aber konnte sie auch Englisch?«

»Ja, klar. Bißchen. Wie ich, wann ich hergekommen bin. Ich sage zu ihr, geh da ein Stück runter, dann kommst du zur High Street. Da gehst du rechts, und bißchen weiter wieder rechts, und dann kommt das Amt zwischen Nationwide und Marks & Spencer. Alles englische Wörter, also habe ich es auf Englisch gesagt.Und sie hat so genickt...« Oni Johnson bewegte ihren verbundenen Kopf heftig auf und ab, »und sagt, was ich gesagt habe, hier runter und rechts und wieder rechts, und dann ist es zwischen Nationwide und Marks & Spencer. Und dann habe ich gefragt, wer sie so geschlagen hat.«

»Mrs. Johnson, können Sie sich daran erinnern, in welcher Verfassung sie war? Wie sie war? War sie außer Atem? Ist sie gerannt? War sie fröhlich oder traurig? War sie nervös?«

Das Lächeln, das inzwischen auf Onis Gesicht getreten war, verflog allmählich. Sie runzelte angestrengt die Stirn und nickte erneut, diesmal allerdings weniger nachdrücklich. »Es war, als wäre jemand hinter ihr her«, sagte sie, »als ob jemand sie verfolgt. Sie hatte Angst. Aber wie sie weg war, sehe ich, alles leer, keiner hinter ihr her, keiner verfolgt sie. Aber ich kann Ihnen sagen, sie hatte wirklich Angst.«

»Das mit dem Hubschrauber können wir übergehen«, sagte Wexford im Wagen. »Obwohl es mir diese Idee wirklich angetan hat. Sie kam von irgendwo aus der näheren Umgebung, vielleicht Glebe Road, Glebe Lane, Lichfield Road, Belper Road...« Er überlegte, vergegenwärtigte sich die Gegend vor seinem geistigen Auge. »Harrow Avenue, Wantage Avenue, Ashley Grove...«

»Oder über die Felder hinter Glebe End.«

»Was – von Sewingbury oder Mynford?«

»Wieso nicht? Von dort ist es auch nicht weit.« Burden dachte nach. »Bruce Snow wohnt in der Harrow Avenue, besser gesagt – wohnte. Jedenfalls wohnte er am fünften Juli dort.«

»Ja. Aber wenn Sie sich einen Grund denken können, weshalb Bruce oder Carolyn Snow um halb vier Uhr nachmittags ein verängstigtes, schwarzes Mädchen die Glebe Road hinunterjagen sollten, dann ist Ihr Vorstellungsvermögen größer als meines. Mike, es ist immer noch ein ziemlich kleiner Ort.

Nördlich der High Street hätte sie von überall her kommen können, und das schließt Ihr Haus und meines ein.«

»Und das der Akandes«, sagte Burden.

»Die Sache mit den Schuhen«, fuhr er fort, »meinen Sie, es hat einen Sinn, in allen Schuhgeschäften nachzufragen, ob eine schwarze Frau dort in letzter Zeit solche Schuhe gekauft hat?«

»Kann nicht schaden«, sagte Wexford, »obwohl sie wohl kaum ihren Namen und ihre Adresse auf der Kundenliste hinterlassen hat!«

»Inzwischen haben wir zwar lauter neue Anhaltspunkte, wissen aber immer noch nicht, wer sie war, stimmt's?«

»Vielleicht sind wir der Sache näher, als wir denken. Wir wissen zum Beispiel, welches Motiv hinter dem Überfall auf Oni steckt. Jemand wollte verhindern, daß wir von ihr etwas über Sojourner erfahren.«

»Warum hat er dann nicht schon vor zwei Wochen zugeschlagen?« wandte Burden ein.

»Höchstwahrscheinlich, weil er, wer immer es ist, zwar wußte, daß Oni Johnson diese Informationen hatte, jedoch nie auf die Idee gekommen wäre, wir könnten sie aufstöbern. Er hat nie damit gerechnet, daß wir auf eine Person stoßen, deren flüchtiger Kontakt zu Sojourner ja lediglich darin bestand, daß sie sie zufällig auf der Straße nach dem Weg fragte. Aber letzten Donnerstag stellte er fest, daß er sich geirrt hatte. *Er sah nämlich Karen und mich vor der Schule mit Oni sprechen.*«

»Er?«

»Er oder sie, oder sagen wir, sein oder ihr Spitzel. Jemand, der eingeweiht war, hat uns gesehen. Den Rest konnte er sich zusammenreimen, und dann blieb ihm noch ungefähr eine Stunde Zeit, um zum Hochhaus zu gehen und oben an der Treppe zu warten. Wir werden systematisch in allen Häusern nachfragen, Mike. Wir werden jeden Haushalt von Kingsmarkham nördlich der High Street befragen.«

In der Leistungsabteilung des Arbeitsamtes mußten sie nun noch einmal die gleichen Fragen stellen, die Barry Vine eine Stunde vorher bereits gestellt hatte. Doch Barry hatte lediglich vermutet, daß Sojourner dort gewesen war, ohne genau zu wissen, wann. Wexford war sich nun beinahe sicher, daß sie das Gebäude am Montag, den fünften Juli, nicht später als vier Uhr nachmittags betreten hatte.

»Um sich nach Arbeit zu erkundigen«, hatte er zu Ingrid gesagt.

»Tun sie das nicht alle?« Ingrid richtete ihre strahlendblauen Augen auf ihn und zog die Schultern hoch. »Ich *wünschte*, ich hätte sie gesehen, wirklich.« Unterschwellig wollte sie damit wohl sagen, daß sie es um seinetwillen wünschte, um *ihm* zu gefallen. »Aber ich würde mich *sicher* daran erinnern, weil ich ja am nächsten Tag Melanie Akande gesehen hatte. Ich hätte mir nämlich gedacht, aha, schau mal an, komisch, noch ein schwarzes Mädchen, das ich hier noch nie gesehen habe.« Sie lächelte ihn bedauernd an. »Aber ich habe sie nicht gesehen.«

»Vielleicht hat sie in Ihrer Nähe gewohnt.« Wexford ließ nicht locker. »In der Glebe Road oder in Glebe End. Wenn Sie sie hier nicht gesehen haben, dann vielleicht irgendwann einmal in Ihrer Gegend? Auf der Straße vielleicht. Wie sie aus dem Fenster schaute? Oder in einem Laden?«

Sie sah aus, als hätte sie Mitleid mit ihm. Er mußte diese beschwerliche Aufgabe vollbringen, diese Nachforschungen anstellen, diese Arbeit tun, und er tat ihr so leid ... Wenn sie ihm nur helfen könnte, wenn sie ihm seine Bürde nur irgendwie erleichtern könnte. Sie hielt den Kopf ein wenig geneigt, eine typische Geste. Er malte sich aus, wie es wäre, wenn er noch einmal fünfundzwanzig wäre und immer wieder dieses Mädchen treffen müßte, ein Mädchen, das so gut wie verlobt war, aber eben nur so gut wie, und er fragte sich, wie er es wohl angestellt hätte, diesen Jeremy Lang auszuschalten. Nicht »ob«, sondern »wie«, denn versucht hätte er es sicherlich, und wenn auch nur um der blauesten Augen der Welt willen...

»Ich habe sie noch nie im Leben gesehen«, sagte Ingrid und drückte plötzlich forsch auf die Knöpfe ihrer Maschine, so daß über ihnen die Nummer des nächsten Klienten aufleuchtete.

In Gedanken versunken ging Wexford durch das Jobcenter und an der Tafel mit den Stellenanzeigen vorbei, auf der potentielle Arbeitgeber offene Stellen anboten. In den meisten Anzeigen waren keine Namen oder Adressen genannt, nur erbärmlich niedrige Löhne und sonderbare Tätigkeiten, von denen er teilweise noch nie gehört hatte. Einen Augenblick lang ließ er sich ablenken und überflog die aufgehängten Kärtchen. Tatsächlich gab es nur wenige Jobs, um die sich jemand, und wäre er noch so verzweifelt, bewerben würde, und ihm fiel der Spruch ein: »notleidender Niemand, stets frohgemut...« Völlig indiskutable Gehälter wurden denjenigen angeboten, die gewillt waren, einen Vollzeitjob als Babysitter für drei Kleinkinder zu akzeptieren oder halbtags als Aushilfe im Tierheim zu arbeiten und gleichzeitig die Hausarbeit für eine fünfköpfige Familie zu übernehmen.

Er wußte eigentlich nicht recht, weshalb ihm ausgerechnet das Stellenangebot für ein Kindermädchen (keine Vorkenntnisse erforderlich), das wegen einer Geschäftsreise der Eltern gesucht wurde, so bekannt vorkam. Doch da ihn seine Intuition gewöhnlich nicht trog, durchforstete er sein Gedächtnis nach einer Verbindung, während er hinausging, um nach Burden zu sehen.

Den jungen Männern draußen auf dem Mäuerchen hatte Barry Vine Sojourners Foto bereits gezeigt. »Der andere Typ«, war der Ausdruck, mit dem ihn der goldgelockte, kleine Junge beschrieb. Der Junge mit dem Pferdeschwanz war anscheinend nach Kräften bemüht, bis zur Mittagszeit sämtliche zwanzig Zigaretten in seiner Schachtel aufzurauchen, denn schon jetzt lagen elf Kippen in dem Aschehäufchen zu seinen Füßen. Burden setzte seine ganze Hoffnung auf ihre Fähigkeit, sich nun genauer erinnern zu können.

»An einem Montag nachmittag«, sagte er. »Am ersten Montag im Juli. Etwa um vier.«

Der kahlgeschorene Jüngling mit der breiten Palette an T-Shirts – heute trug er ein verwaschenes, rotes Exemplar mit dem Gesicht von Michael Jackson darauf – besah sich das Foto. Mit diesen neuen Details gewappnet, sagte er in einem Ton, als quetschte er sich die Bemerkung regelrecht ab, als wäre sie das Ergebnis erheblicher geistiger Anstrengung: »Vielleicht schon.«

»Sie haben sie vielleicht gesehen? Sie haben sie vielleicht ins Amt hineingehen sehen?«

»Das hat der andere Typ auch gefragt. Das meine ich nicht. Ich habe gesagt, ich habe sie nicht reingehen sehen.«

Wexford fuhr dazwischen: »Aber gesehen haben Sie sie.«

Ein Seitenblick auf den mit dem Pferdeschwanz, dann: »Was meinst du, Danny? Ist schon lange her.«

»Nie gesehen, Mann«, sagte Danny, drückte seine Zigarette aus und hustete. Da er nun nichts mehr in den Fingern hatte, fing er an, an seinen Nagelhäuten herumzuzupfen.

Der Goldgelockte sagte: »Ich habe die auch nie gesehen. Und du, hast du die vielleicht gesehen, Rossy?«

»Kann schon sein«, sagte der im T-Shirt. »Vielleicht auf der anderen Straßenseite drüben. Die stand drüben und hat rübergeguckt. Wir waren hier, also Danny und Garry und ein paar andere Jungs, weiß auch nicht, wie die heißen, wir waren alle da auf der Treppe so wie jetzt, bloß mehr, und die war drüben und hat rübergeguckt.«

Das hatte er doch schon einmal gesagt. Jetzt erinnerte sich Burden wieder. Ganz am Anfang der Suche nach Melanie Akande hatte er erwähnt, an jenem Montag ein schwarzes Mädchen gesehen zu haben. »Und das war nachmittags am fünften Juli?« fragte er hoffnungsvoll.

Ob es an jenem Montag gewesen war, hatte er inzwischen vergessen. »Welcher Tag oder welche Uhrzeit, das weiß ich nicht mehr. Bloß noch, daß es heiß war. Ich habe mein Hemd ausgezogen, um bißchen Sonne abzukriegen, da kommt so eine alte Schachtel an und sagt, so kriegt man aber Hautkrebs, junger Mann. Ich habe ihr gesagt, sie kann mich mal, die blöde alte Schnalle.«

»Das Mädchen auf der anderen Straßenseite, meinen Sie, die wollte ins Arbeitsamt?«

Danny zupfte immer noch an seinen Nagelhäuten herum: »Wenn sie wollte, warum ist die dann nicht über die Straße? Die hätte doch bloß über die Straße müssen.«

»Aber Sie haben sie nicht gesehen, oder?« fragte Burden.

»Ich? Nö, nie gesehen. Aber ist doch logisch, die hätte doch bloß über die Straße müssen.«

»Ist sie aber nicht«, sagte Rossy; dann hatte er genug und meinte: »He, Dan, gib mal eine Kippe rüber.«

An derselben Stelle hatte Diana Graddon vor einer halben Stunde zu Vine gesagt: »Stört es Sie, wenn ich rauche?« Sie wollten gerade in seinen Wagen steigen.

»Es wäre mir lieber, Sie warten, bis wir Sie nach Hause gebracht haben.«

Sie zuckte die Achseln und kniff die Lippen zusammen. Ihre Ähnlichkeit mit Annette Bystock war frappierend. Die beiden hätten Schwestern sein können. Zwar war diese Frau einige Jahre jünger und etwas schlanker als Annette, weniger sinnlich, doch beide hatten dunkles gelocktes Haar, ausgeprägte Gesichtszüge, einen breiten Mund, eine kräftige Nase und runde, dunkle Augen, nur daß Annettes Augen braun gewesen waren, wogegen diese Frau blaugraue hatte.

Als man sie nach Snow fragte, hatte sie ihre Beziehung zu ihm nicht zu leugnen versucht, sich jedoch einigermaßen überrascht gezeigt. »Das war vor zehn Jahren!«

»Mich würde interessieren, ob Sie es waren, die ihn mit Annette Bystock bekannt gemacht hat?«

Erneute Überraschung. Sie sah ihn ungläubig an. »Woher wissen Sie *das* denn?«

Vine war im Abblocken derartiger Fragen natürlich wohlgeübt.

»Die Beziehung hat vermutlich nicht lange gedauert.«

»Ein Jahr«, erwiderte Diana Graddon. »Ich hatte herausbekommen, daß er Kinder hat. Das jüngste war erst drei. Komisch, jetzt fällt mir alles wieder ein. Seit Jahren habe ich nicht mehr daran gedacht.«

»Sie haben sich daraufhin nicht getrennt?«

»Wir fingen an, uns zu streiten. Wissen Sie, ich war erst fünfundzwanzig und wußte eigentlich nicht, warum ich mich damit abfinden sollte, daß er abends für ein Stündchen auftauchte und dann eine Woche lang nichts von sich hören ließ bis zum nächsten Anruf, und wieder eine schnelle Nummer, na, herzlichen Dank. Sicher, er ist auch ab und zu mit mir ausgegangen, aber bloß alle Jubeljahre mal. Ich wollte ihn gar nicht ständig um mich haben, ich dachte nicht etwa ans Heiraten oder so etwas. Ich war zwar jung, aber nicht blöd. Ich konnte mir lebhaft vorstellen, wie es wäre, mit einem Mann zusammenzuleben, der drei Kinder und eine Frau am Hals hat, noch dazu eine, die ihn derart vereinnahmt.« Sie holte tief Luft, und während Vine vor dem Haus in der Ladyhall Avenue vorfuhr und sich fragte, wieviel er überhaupt noch hören wollte, sagte sie plötzlich: »Er kam eines Abends zu Besuch, als Annette gerade bei mir war. Oh, ich wußte Bescheid, er rief ja vorher immer an, aber ich dachte, was soll's? Dann findet eben zur Abwechslung mal ein *geselliger* Abend statt, vielleicht schaffen wir es tatsächlich einmal, uns zu treffen, ohne miteinander zu schlafen, mal sehen, was er davon hält, obwohl ich es mir schon denken konnte. Komisch, daß einem das alles wieder einfällt, nicht? Annette hatte keine Ahnung, wer er war oder... na ja, was wir einander bedeuteten, sozusagen.« Plötzlich schien ihr ein unangenehmer Gedanke in den Sinn zu kommen. »Sie glauben doch nicht etwa, daß er es war? Ich meine, daß er sie umgebracht hat?«

Vine lächelte. »Gehen wir ins Haus, Miss Graddon?«

»Oh, ja, natürlich.« Sie schloß auf. Helen Ringstead war anscheinend nicht zu Hause. Sie gingen ins Wohnzimmer. »Also nein«, sagte sie. »Er und Annette, die kannten sich doch kaum. Ich glaube nicht, daß sie sich danach noch mal begegnet sind.«

Sie wußte es also nicht... er mußte unwillkürlich schmunzeln. Snow mochte ein noch so widerlicher Kerl sein – eins mußte man ihm lassen, er hatte sich alles sehr schön zurechtgelegt. Vine wollte gerade eine Frage stellen, aber sie kam ihm zuvor.

»Bald darauf hat er Schluß gemacht. Er sagte zu mir, seine Frau sei dahintergekommen. Eine Bekannte von ihr hätte uns zusammen in einem Restaurant gesehen, bei einer seiner seltenen Einladungen zum Abendessen. Diese Frau hätte gehört, wie er mich Diana nannte. Er gestand ihr alles, flehte sie um Vergebung an, jedenfalls hat er das behauptet.«

»Und ungefähr zu der Zeit haben Sie Annette erzählt, daß gegenüber eine Wohnung zu verkaufen sei?«

»Wahrscheinlich. Sie hatte sich kurz zuvor scheiden lassen. Damals waren wir noch befreundet.« Diana Graddon zündete sich die Zigarette an, die Vine ihr im Wagen versagt hatte, und nahm einen tiefen Zug. »Eigentlich weiß ich gar nicht, wieso die Freundschaft plötzlich auseinanderging. Man hätte doch erwarten können, wir würden einander ständig besuchen, nachdem wir ja mehr oder weniger direkte Nachbarinnen waren, aber wir lebten uns auseinander. Ich glaube, es lag vor allem an ihr. Sie zog sich irgendwie zurück. Außerdem hat sie, glaube ich, seit ihrer Trennung von Stephen keine Beziehung mehr gehabt. Es wundert mich wirklich sehr, wenn Sie sagen, Sie hätten Bruce im Verdacht.«

Das hatte er nicht gesagt. Vine staunte über Snows Lügengebäude und Täuschungsmanöver. Sosehr er Snows Verhalten als Mensch mißbilligte, als Mann konnte er nicht umhin, seine Winkelzüge zu bewundern. Er hatte die Affäre mit Diana vor Annette verheimlicht, und die Affäre mit Annette vor Diana, und wenn es ihm auch nicht gelungen war, Diana vor seiner Frau zu verheimlichen, so hatte er Carolyn doch neun Jahre lang in dem Glauben gewiegt, ihre Ehe sei unantastbar. Hatte es ihm mißfallen, daß Annette direkt gegenüber von Diana in Ladyhall Court eingezogen war? Oder hatte es ihm den perfekten Vorwand dafür geliefert, sein neues Verhältnis auf dem Niveau eines simplen, sich ständig wiederholenden, sexuellen Handels zu belassen? Da es offensichtlich unklug war, eine Freundin zum Essen auszuführen, und indiskret, zu ihr nach Hause zu gehen, war er gegen jegliches nähere Engagement gefeit.

Was hatte er zu Annette gesagt? Laß dich nicht so auf diese Freundschaft mit Diana ein, sie kennt meine Frau? Oder gar, sie ist imstande und setzt sich mit meiner Frau in Verbindung? Die besten Lügner halten sich so ~ng an die Wahrheit, wie ihre Verlogenheit es zuläßt.

»Ich meine, dazu hätte Bruce sie doch näher kennen müssen«, sagte Diana hartnäckig. »Er hätte doch ein Motiv haben müssen, oder nicht? Glauben Sie mir, ich hätte ihn bestimmt gesehen, falls er sie hier mal besucht hätte, aber das war nie der Fall. Ich habe alle Bekannten von Annette gesehen, bestimmt jeden, der sie besucht hat.« Sie zögerte und hustete ein wenig. Die Zigarette bebte zwischen ihren Fingern. »Seltsam, aber ich war irgendwie fasziniert von ihr. Ich frage mich, woran das lag? Ich weiß auch nicht, warum ich Sie das frage, Sie sind ja kein Psychologe. Ein Psychologe würde vielleicht sagen, es lag daran, daß sie ... na ja, daß sie mich regelrecht zurückgestoßen hat, nicht wahr?«

Vine, der Wexfords Methoden kannte, wartete schweigend ab.

Er war vielleicht kein Psychologe, doch wußte er, wie Psychotherapeuten arbeiteten. Sie legten den Patienten oder Klienten oder wen auch immer auf eine Couch und hörten zu. Ein Wort zum falschen Zeitpunkt konnte sich als verheerend erweisen. Er würde zuhören, obgleich er nicht wußte, was er erwartete. Freud wußte es auch nicht, dachte er.

»Ich glaube, das habe ich ihr übelgenommen. Ich sagte mir immer, für wen hält die sich eigentlich, daß sie mir die kalte Schulter zeigt? Ab und zu sah ich sie mit der hübschen jungen Frau herkommen, der vom Arbeitsamt, mit der sie zusammen gearbeitet hat, und mit Edwina Sowieso war sie auch locker befreundet. Aber mehr war da wohl nicht. Ach ja, ein paarmal habe ich ihre Cousine gesehen, eine Mrs. Winster, den Vornamen weiß ich nicht mehr. Joan, Jean, Jane. Kein Mann hat je einen Fuß in ihre Wohnung gesetzt, es war wie ein Nonnenkloster. Also, die Vorstellung, daß Bruce dagewesen sein könnte, das ist wirklich zum Lachen.« Sie lächelte ein bißchen über diese absurde Idee. »Ach, der alte Bruce«, sagte sie. »Was der wohl so treibt? Abgesehen davon, daß er Frauen umbringt, die er nicht kennt?« Das Lächeln wurde zu Gelächter.

Enttäuscht ließ Vine die Schultern hängen. Sie hatte ihm nichts zu sagen. Es war vorbei. Er spielte mit dem Gedanken, ihr alles zu erzählen, in der Hoffnung, ihr ungläubiges Staunen, das allmähliche Heraufdämmern der Erleuchtung, die nachfolgende Wut würden weitere Offenbarungen zeitigen. Wenn es aber nichts zu offenbaren gab?

Schon zum Gehen gewandt, sagte er ganz nebenbei: »Sie sagten, Sie hätten sie am Montag abend zum letzten Mal gesehen?«

»Ja, ich hatte vor, für ein paar Tage zu meinem Freund nach Pomfret zu fahren.« Sie warf ihm einen Seitenblick zu und lächelte, froh über die Gelegenheit, ihm mitzuteilen, daß Snow einen Nachfolger hatte. »Es war immer ein bißchen peinlich, das können Sie sich ja denken. Annette und ich, wir gingen uns irgendwie aus dem Weg, aber zufällig schauten wir damals beide gleichzeitig über die Straße. Sie grüßte mich, ich grüßte zurück, und dann fiel mir ein, daß ich einen Pullover vergessen hatte, den ich mitnehmen wollte, und ging noch einmal hinein.

Als ich wieder herauskam – ach, bestimmt keine zwei Minuten später, wenn überhaupt –, war sie ins Haus gegangen, und vor der Tür stand dieses Mädchen, vor der Haustür von Ladyhall Court.

Annette mußte direkt in ihr Schlafzimmer gegangen sein, um das Fenster aufzumachen. Sie lehnte sich hinaus und sah das Mädchen, und das Mädchen – übrigens eine Schwarze – ging zum Fenster hinüber und sagte etwas, und das ... also, das war das letzte Mal, daß ich Annette gesehen habe.«

19

Wohin geht es, wo sie einem die Jobs geben? Sie hatte Oni Johnson die Frage in einer obskuren Sprache gestellt, weil Oni etwas an sich hatte, woraus sie schloß, daß diese Frau auch aus Nigeria kam.

Sojourner hatte die Anweisung befolgt und war südlich in Richtung High Street weitergegangen, voller Angst vor einem Verfolger, dann aber unversehrt am Arbeitsamt angekommen. Anstatt hineinzugehen, hatte sie auf der anderen Straßenseite gewartet und herübergeschaut. Warum hatte sie nicht, wie Rossy vorgeschlagen hatte, die Straße überquert und war hineingegangen?

»Männer«, sagte Wexford. »Sie hatte Angst vor Männern. Okay, ich weiß, auf uns wirkten Rossy, Danny und Konsorten nicht sehr furchterregend, aber von uns ist auch keiner ein siebzehnjähriges, und wie ich mal annehme, außerordentlich naives, schwarzes Mädchen. Sie verspürte Weißen gegenüber sowieso instinktiv Angst und Mißtrauen. Sie war von einem Mann geschlagen worden und wollte es Oni gerade erzählen, als ausgerechnet die Kinder aus der Schule kommen mußten.

Vor Männern haben Frauen mehr Angst als vor anderen Frauen. Jawohl, das ist so, Mike, ob es Ihnen paßt oder nicht. Da sitzen nun also diese Kerls, der eine bis auf die Jeans ausgezogen, mehr oder weniger direkt vor der Tür. Und zu allem Überfluß schreit der eine auch noch eine vorübergehende Frau an, die etwas zu ihm sagt, gibt ihr eine obszöne Instruktion und nennt sie eine blöde, alte Schnalle – oder noch

Schlimmeres. Zu *Ihnen* hat er gesagt, daß er sie so tituliert hat.«

Die systematische Befragung sämtlicher Haushalte hatte begonnen. Einen Straßenplan des nördlichen Teils von Kingsmarkham vor sich ausgebreitet, sah Wexford auf einmal, wie gewaltig sich die Stadt vergrößert hatte, seit er hierhergezogen war. Privatgrundstücke so groß wie ganze Dörfer waren an den nördlichen Ausläufern des Ortes bebaut worden. Manche alten Häuser in den innerstädtischen Bezirken, wie beispielsweise in Ladyhall Avenue, waren abgerissen und jeweils durch ein Dutzend kleinere Häuser und einen weiteren Häuserblock ersetzt worden. Früher hatte sein Wahlkreis für die Stadtratswahl die ganze Stadt umfaßt; heute war er nur noch ein kleiner Teil davon. Er sah von der Karte hoch, als Burden etwas sagte.

»Sojourner steht also auf der gegenüberliegenden Seite herum und wartet – worauf? Weil sie hofft, daß die sich verziehen?«

»Oder daß jemand herauskommt. Sie hat bestimmt die Klienten ein- und ausgehen sehen, aber nur bis etwa halb vier. Montags meldet sich niemand zurück, und die Berater haben um Viertel nach drei den letzten Termin. Wer also um halb fünf herauskommt, muß zur Belegschaft gehören.«

»Wollen Sie damit sagen, sie ist Annette nach Hause gefolgt?«

»Warum nicht?«

»Sie meinen, sie hat sich Annette zufällig ausgesucht?«

»Nicht ganz«, sagte Wexford. »Fast alle anderen Mitarbeiter stellen ihre Autos hinten auf den Parkplatz. Die kommen also nicht vorne heraus.«

»Stanton fährt nicht mit dem Auto zur Arbeit«, wandte Burden ein. »Und Messaoud auch nicht. Tagsüber hat es seine Frau.«

»Das sind aber Männer! Einem Mann wäre Sojourner nicht gefolgt.«

»Na gut, sie folgt Annette also über die High Street, dann hier die Queen Street entlang...« – als hätte Wexford keinen Straßenplan vor sich – »die Manor Road entlang bis Ladyhall Gardens. Und dort sieht Diana Graddon sie. Oder besser gesagt, Diana sieht Annette, und als sie wieder herauskommt, sieht sie Sojourner an der Haustür von Ladyhall Court stehen.«

»Um es ganz genau zu sagen, sie sieht, daß Annette sich aus dem Fenster lehnt und mit Sojourner spricht. Hat Annette sie ins Haus gelassen? Wollte sie überhaupt hinein?«

»Bestimmt hat Annette ihr gesagt, wenn sie Arbeit suche oder Stütze beantragen wolle, könne sie nur eins tun, nämlich sich am nächsten Tag, also Dienstag, auf dem Arbeitsamt zu melden. Vielleicht hat sie noch gesagt, sie solle nach ihr fragen, und ihren Namen genannt, sie aber nicht hereingebeten. Sie war ja nicht besonders erpicht darauf, Leute in ihrer Wohnung zu empfangen.«

»Was kann Sojourner gesagt haben, daß Annette überlegte, es vielleicht der Polizei zu melden?«

»Glauben Sie, so war es? Daß Sojourner ihr etwas gesagt hat? Aber das war doch vierundzwanzig Stunden, mehr als vierundzwanzig Stunden, *bevor* sie Cousine Jane Dienstag abend angerufen hat.«

»Ich weiß, Mike. Ich überlege ja nur. Passen Sie auf: Sojourner sagte etwas zu Annette, das der nicht recht gefiel oder sie mißtrauisch machte. Was genau, wissen wir nicht, wahrscheinlich das gleiche, was sie Oni hatte sagen wollen, aber nie dazu kam, etwas über den Mann, der sie geschlagen hat, und vielleicht seine Adresse. Jedenfalls wissen wir, daß Sojourner den Rat, den Annette ihr vermutlich gegeben hat, nie befolgt hat, nämlich sich am nächsten Tag auf dem Arbeitsamt zu melden. Als sie dann nicht kam, wurde Annette wahrscheinlich unruhig, glauben Sie nicht? Vielleicht wollte sie die Sache noch einmal mit Sojourner besprechen, bevor sie etwas unternahm. Aber inzwischen fühlte sich Annette schon nicht mehr so gut. Sie ging nach Hause und legte sich ins Bett. Sie fühlte sich so elend, daß sie sogar Snow für den nächsten Tag absagte. Sie war aber doch so besorgt, daß sie es ihrer Cousine gegenüber erwähnte. Wie ich darauf komme, daß diese Sache, die die Polizei erfahren sollte, von Sojourner kam? Nun, sie *starb* noch in der gleichen Nacht, sie wurde in *der* Nacht ermordet. Sie konnte nicht mehr aufs Arbeitsamt, weil sie tot war. Und daß sie dort nicht aufgetaucht ist, muß Annettes Befürchtungen noch vergrößert haben – bloß denkt man, wenn man diesen Virus erwischt hat, erst einmal nur an sich selber, glauben sie mir.«

»Also hat sie Sojourner an dem Montag abend einfach wieder nach Hause geschickt?«

»Sie tat zweifellos das, was jeder andere in ihrer Lage auch getan hätte. Wahrscheinlich hat sie ihr nur geraten, aufs Arbeitsamt zu kommen. Leider, tragischerweise blieb Sojourner nichts anderes übrig, als wieder nach Hause zu gehen. Was dann passiert ist, wissen wir nicht, wir können aber mit ziemlicher Sicherheit annehmen, daß sie zu Hause von einem Vater, Bruder, oder sogar Ehemann, jedenfalls von einem männlichen Verwandten, für ihr Davonlaufen bestraft wurde!«

»Von dem Verfolger, vor dem sie sich fürchtete?«

»Ja.«

»Woher wußte er von Oni Johnson? Woher wußte er von Annette?«

»Sie hat es ihm erzählt, meinen Sie nicht?«

Burden sah aus, als wollte er fragen, wieso, unterließ es

aber. »Sie sagten, Sojourner hat es ihm erzählt. Wem? Ihrem Vater? Ihrem Bruder? Ihrem Mann? Ihrem Freund?«

»Wahrscheinlich ihrem Mann oder Freund. Wir kennen doch alle Schwarzen hier, Mike, wir haben alle ausfindig gemacht und mit ihnen gesprochen. Aber vielleicht hatte sie einen weißen Freund.«

Während dieses Gesprächs hatte Wexford die ganze Zeit an Dr. Akande gedacht. Manchmal kam es ihm so vor, als führten sämtliche Spuren zu den Akandes zurück und als stoße er umgekehrt bei jeder Spur, die er aufnahm, wieder auf einen der Akandes. Er griff nach dem Hörer und bestellte Pemberton zu sich.

»Bill, ich möchte, daß Sie sich Kimberley Pearsons Familie mal vornehmen und alles über sie herausfinden.«

Pemberton versuchte, seine Verständnislosigkeit zu kaschieren, was ihm aber nicht gelang. »Zack Nelsons Freundin«, sagte Burden.

»Ach ja, klar. Was meinen Sie damit, die Eltern? Wo sind die?«

»Das weiß ich auch nicht. Keine Ahnung, irgendwo im Umkreis von zwanzig Meilen, sagen wir mal. Es gibt, beziehungsweise es gab, da eine Großmutter. Ich will wissen, wo sie gewohnt hat und wann sie gestorben ist. Und Kimberley darf nichts davon erfahren. Ich will auf keinen Fall, daß sie davon Wind bekommt.«

Mit plötzlichem Scharfblick, den Wexford überrascht und erfreut zur Kenntnis nahm, sagte Pemberton: »Glauben Sie, Kimberley ist in Lebensgefahr, Sir? Ist sie vielleicht das nächste Mädchen auf der Liste?«

Wexford sagte bedächtig: »Nicht, wenn wir die Finger von ihr lassen und er – oder sie – meint, wir wären fertig mit ihr. Ich fahre jetzt wieder ins Krankenhaus. Ich möchte noch einmal mit Oni sprechen.« In Erinnerung an Freeborns Vorwürfe fügte er hinzu: »Ich werde aber nicht über die High Street in Stowerton fahren, sondern den längeren Weg nehmen.«

Mhonum Ling war auf Besuch. Wenn man einen Wettbewerb für die aufgetakeltste Frau von Kingsmarkham ausschreiben würde, dann gäbe es zwischen Onis Schwester und Anouk Khoori ein Kopf-an-Kopf-Rennen. Unter Mhonums knöchellangem, pinkfarbenem Rock waren ihre Glitzersandalen gerade noch zu sehen. Ihr T-Shirt war dem von Danny um Lichtjahre voraus – es war mit Straßsteinchen besetzt. Wexford drückte Oni freundlich die Hand, und sie warf ihm das für sie charakteristische strahlende Lächeln zu.

»Ich muß mit Ihnen noch einmal alles durchsprechen«, sagte er. Sie mimte Entsetzen, doch er hatte den Eindruck, daß sie die Sache genoß. Raffy kam mit einem überdimensionalen Kassettenrecorder herein, der aber glücklicherweise nicht eingeschaltet war. An Wexford hatte er sich mittlerweile gewöhnt, doch seine Tante bedachte er mit einem Blick, den man eher bei jemandem erwartet hätte, der einer entsprungenen Löwin ansichtig geworden war. Als Oni wiederholt hatte, was Sojourner auf Yoruba zu ihr gesagt hatte, zuckte Mhonum die Schultern, wandte den Kopf und musterte Raffy von oben bis unten.

»Als sie verschwunden war«, sagte Wexford, »kamen da gleich die Kinder heraus? Oder waren viele Eltern schon vorher da?«

»Die Mütter und Väter, meistens sind es Mütter, die kommen fünf, zehn Minuten, bevor die Kinder rauskommen. Die eine, die gleich neben mir parken wollte, die ich weggeschickt habe, das war die erste. Dann kamen alle anderen.«

»Bitte überlegen Sie noch einmal sehr genau, Mrs. Johnson. Hatten Sie den Eindruck, daß sie weglief, weil sie befürchtete, *jemand von den Eltern könnte sie sehen?*«

Oni versuchte sich zu entsinnen. Sie kniff die Augen fest zusammen und überlegte angestrengt. Mhonum Ling fragte: »Wissen Sie schon, wie sie heißt?«

»Noch nicht, Mrs. Ling.«

»Was willst du hier eigentlich mit dem Radio, Raffy?« Ohne die Antwort ihres Neffen abzuwarten, sagte sie: »Geh mal zum Getränkeautomat und hol deiner Tante eine Diät-Fanta und für deine Mummy auch eine.« Sie kramte eine Handvoll Kleingeld aus ihrem pinkfarbenen Lackledertäschchen. »Und dir kannst du eine Cola ziehen, na los, sei so lieb.«

Oni öffnete die Augen und sagte: »Hat keinen Sinn, ich weiß nicht mehr. Sie hatte Angst, sie hatte es furchtbar eilig, aber ich weiß nicht, vor was sie Angst hatte.«

Wexford ging die Treppe hinunter, der schweigsame Junge trabte vor ihm her. Vor dem Getränkeautomat blieb Raffy stehen und starrte hoffnungslos auf die Tasten und die Abbildungen darüber. Cola konnte er sich noch irgendwie zusammenreimen. Diät-Fanta stellte schon ein größeres Problem dar. Wexford deutete im Vorbeigehen mit dem Finger darauf, tippte auf die entsprechende Taste und trat auf den Parkplatz hinaus. Seit er sein Auto dort abgestellt hatte, waren mindestens hundert weitere dazugekommen. Ihm fiel wieder ein, daß er dem Chief Constable und einer Reihe anderer Leute gesagt hatte, daß er den Fall bis Ende der Woche gelöst hätte. Immer mit der Ruhe, es war ja erst Dienstag.

Nachdem er durch das Krankenhaustor gefahren und sich in den Kreisverkehr eingefädelt hatte, hätte er um ein Haar die erste Ausfahrt genommen. Dann fiel ihm ein, daß er die High Street umgehen wollte, und er fuhr weiter bis zur dritten Ausfahrt. Vielleicht war seine Vorsicht übertrieben. Es verfolgte ihn niemand, die Vorstellung war lächerlich, er beabsichtigte ja gar nicht, vor Clifton Court zu parken, geschweige denn

Kimberley Pearson einen Besuch abzustatten. Trotzdem nahm er die dritte Ausfahrt. Zwar hatte er Oni das Leben gerettet, es zuvor jedoch auf furchtbare Weise in Gefahr gebracht.

Sein Umweg führte ihn über die Charteris Road zum Sparta Grove. Das letzte Mal war er hier gewesen, als das Jugendamt die kleinen Epsons abgeholt hatte, und auch nur deswegen, um vor den Fernsehkameras ein paar passende Worte über Eltern zu sagen, die in Urlaub fuhren und ihre Kinder unbeaufsichtigt zu Hause ließen. Nun versuchte er sich zu erinnern, welches aus der Reihe der dreistöckigen viktorianischen Häuser ihnen gehörte. Kein heruntergekommenes Haus, die Epsons waren keine armen Leute und konnten sich durchaus einen Babysitter leisten, wenn sie ihre Kinder nicht mitnehmen wollten.

Er fuhr ganz langsam. Vor ihm trat ein Mann aus einem der Häuser, machte die Tür hinter sich zu und stieg in ein pinkfarbenes Auto, das am Straßenrand geparkt war. Wexford fuhr links heran und stellte den Motor ab. Der Mann war groß und kräftig gebaut, hellhaarig, jung; da er ihm den Rücken zugewandt hatte, konnte Wexford sein Gesicht nicht sehen. Es war aber nicht Epson. Dazu war er zu jung, außerdem war Epson schwarz, ein Jamaikaner.

Das Auto fuhr davon, beschleunigte ziemlich rasch und bog rasant um die Ecke in die Charteris Road. Wexford hatte diesen Mann kürzlich schon einmal in diesem Wagen gesehen, er glaubte sich zu entsinnen, daß die Umstände nicht sehr angenehm waren oder daß er darüber nicht weiter nachdenken wollte. Das war bestimmt auch der Grund, weshalb er sich nicht daran erinnern konnte.

Er blieb eine Weile sinnierend sitzen, doch sein Gedächtnis hatte ihn im Stich gelassen. Auf dem Nachhauseweg kam er durch das Industriegebiet, eine öde, verlassene Gegend, in der viele Fabriken verbarrikadiert oder zu verpachten waren. Ein schmales Landsträßchen führte wieder auf die Straße nach Kingsmarkham, und zehn Minuten später war er zu Hause.

In der Vergangenheit war so manche Antwort auf seine Fragen direkt oder indirekt von Sheila gekommen, von einer Bemerkung, die sie hatte fallenlassen, ihrem neuesten Hobby oder Interesse oder von etwas, das sie ihm zur Lektüre empfohlen hatte. Was immer es war, es hatte ihn auf den richtigen Weg gebracht. Jetzt brauchte er sie, ein paar Worte von ihr, einen Hinweis.

Doch es war seine andere Tochter, die ihn abends mit ihren Söhnen Ben und Robin besuchte, nachdem sie mit Neil vereinbart hatte, daß er sie nach seiner Selbsthilfegruppe bei ihren Eltern treffen sollte. Und ihre gutmütige Mutter hatte alle zum Abendessen eingeladen. Während er diese Tatsache noch verdaute, überlegte Wexford, wie sehr Sylvia es übelnehmen würde, wenn er sie auch nur in seinen geheimsten Gedanken als »die andere Tochter« bezeichnete. Kein Vater hatte sich je eine derartige Mühe gegeben zu verbergen, daß er ein Kind dem anderen vorzog, und kein Vater, so glaubte er, scheiterte dabei in solchem Maße wie er. Schon als er eintrat, war ihm klar, daß er der Versuchung widerstehen mußte, Sheila anzurufen, solange Sylvia anwesend oder zumindest in Hörweite war.

Es war ein warmer Abend. Sie saßen im Freien rund um den Tisch mit dem Sonnenschirm, und Sylvias Vorschlag, dort auch zu essen, wurde prompt mit einer Variante des Lieblingsausdrucks ihres Ältesten kommentiert.

»*Mushk eler.*«

»Doch, für mich ist es ein Problem«, sagte Wexford. »Ihr wißt genau, daß ich es unerträglich finde, im Freien zu essen, wegen der Mücken. Das gilt auch für Picknicks.«

Sofort brachen die Kinder und ihre Großmutter eine Diskussion über die Vor- und Nachteile von Picknicks vom Zaun.

Sylvia ignorierte sie, lehnte sich mit halbgeschlossenen Augen in ihrem Stuhl zurück und fing an, von ihrem Beraterkurs zu erzählen, wie grundlegend er sich von ihrem früheren Sozialwissenschaftsstudium unterscheide, hier liege der Schwerpunkt auf dem Individuum, auf der zwischenmenschlichen Kommunikation, auf der Förderung von Fähigkeiten und persönlicher Unabhängigkeit ... Lächerlich, dachte Wexford, daß er sich nicht traute, Sheila heimlich anzurufen, weil sie womöglich ihren Anrufbeantworter eingeschaltet hatte und sich ein paar Stunden später melden würde. Wann Sylvia und ihre Famlie wohl gehen würden? Erst nach Stunden. Neil wurde erst in einer Stunde erwartet.

Dora ging mit den Kindern ins Haus. Robin solle den Tisch decken, sagte sie. Die erwartete Antwort kam nicht, vermutlich weil es *doch* ein Problem war.

»Möchtest du einen Drink?« fragte er Sylvia, einerseits, um ihren Redefluß zu dämmen, andererseits, weil er selbst einen wollte.

»Nur Mineralwasser. Wir werden uns hauptsächlich mit Depressionen und Angstzuständen beschäftigen. Die Gewalt in den eigenen vier Wänden ist ein großes Problem, und man muß daran denken, daß Verschwiegenheit beim Aufbau eines Vertrauensverhältnisses zum Klienten unerläßlich ist. Am Anfang probieren wir die Beratung natürlich an den anderen Teilnehmern aus...«

Als Wexford mit ihrem Wasser und seinem Bier zurückkehrte, redete sie immer noch. Offensichtlich war sie inzwischen beim Thema körperliche Gewalt angelangt, warum überlegene Personen Schwächere mißhandeln. Sie hatte die Augen zu und blickte durch die geschlossenen Lider starr in den blauen Sommerhimmel.

»Warum tun sie es?« sagte Wexford. Er hatte sie mitten im

Satz unterbrochen. Sie öffnete die Augen und sah ihn an. »Was?«

»Warum schlagen Männer ihre Frauen? Warum mißhandeln manche Leute ihre Kinder?«

»Fragst du mich das im Ernst? Willst du es wirklich wissen?« Gewissensbisse, ein schuldbewußtes Zusammenzukken waren die Reaktionen, die diese Fragen in ihm hervorriefen. Es war, als ob sie sich wunderte, daß er von *ihr* etwas wissen wollte. Normalerweise redete sie, behauptete sich, ununterbrochen, unermüdlich, doch nicht zur Unterhaltung oder um zu informieren, sondern um ihm eins auszuwischen, es ihm zu zeigen. Diesmal aber schien es ihn tatsächlich zu interessieren. In ihrem Ton schwang Fassungslosigkeit mit – du fragst mich?

Im Grunde suchte er eigentlich nur nach einer Möglichkeit, zu entkommen und Sheila anzurufen. Statt dessen sagte er: »Ich möchte es gerne wissen.«

Sie gab ihm keine direkte Antwort. »Hast du schon einmal von Benjamin Rush gehört?«

»Ich glaube nicht.«

»Das war der Dekan der medizinischen Fakultät an der Universität von Pennsylvania. Na ja, vor fast zweihundert Jahren. Er gilt als der Vater der amerikanischen Psychiatrie. Natürlich gab es damals in den Vereinigten Staaten noch Sklaverei. Rush vertrat unter anderem die These, alle Verbrechen seien Krankheiten, und er war der Ansicht, nicht an Gott zu glauben, sei eine Geisteskrankheit.«

»Was hat *er* denn mit körperlicher Mißhandlung zu tun?«

»Ha, wetten, das hast du noch nie gehört, Dad. Rush entwickelte die sogenannte Theorie der Negritüde. Er glaubte, schwarz zu sein sei eine Krankheit, für ihn litten Schwarze an einer angeborenen Form von Aussatz, allerdings in einer so milden Form, daß die Pigmentierung das einzige Symptom war. Begreifst du, was es bedeutet, wenn jemand so eine Theorie vertritt? Es rechtfertigt sexuelle Segregation und soziale Unterdrückung. Es legitimiert die Mißhandlung anderer Menschen.«

»Moment mal«, sagte Wexford. »Willst du damit sagen, wenn jemand zum Objekt von Mitleid wird, will man gegen ihn körperliche Gewalt ausüben? Das ist doch verrückt. Das ist das glatte Gegenteil von dem, was die Sozialethik lehrt.«

»Nein, hör doch zu. Man *macht* jemanden zum Objekt – nicht direkt von Mitleid, eher von Schwäche, Krankheit, Dummheit, Ungeschicklichkeit, verstehst du? Man schlägt ihn wegen seiner Dummheit und seiner Unfähigkeit, sich zu wehren, und wenn man ihm weh getan hat, ihn verletzt hat, ist er ja noch kränker und häßlicher! Und verängstigt und kriecherisch. Ich weiß, es ist kein angenehmes Thema, aber du wolltest es ja wissen.«

»Weiter«, sagte er.

»Nun hat man also ein verängstigtes, dummes, untüchtiges Geschöpf, hat es zum Schweigen gebracht, häßlich gemacht, und was fängt man mit so jemandem an, mit jemandem, der es nicht wert ist, gut behandelt zu werden? Man behandelt ihn schlecht, weil er es nicht anders verdient. Arme, kleine Kinder, die keiner liebt, weil sie dreckig sind, vor Rotz und Scheiße starren und ständig schreien. Also schlägt man sie, weil sie hassenswert, minderwertig, weil sie *Untermenschen* sind. Nur dazu taugen sie, geschlagen und immer noch mehr erniedrigt zu werden.«

Er schwieg. Sie hielt sein Schweigen irrtümlicherweise für Betroffenheit, nicht über den Inhalt dessen, was sie gesagt hatte, sondern weil sie es ausgesprochen hatte. Um es rasch wiedergutzumachen, sagte sie: »Dad, ich weiß, es ist furchtbar, aber ich muß über diese Dinge Bescheid wissen, ich muß versuchen, den Täter ebenso zu begreifen wie das Opfer.«

»Nein«, sagte er, »das ist es nicht. Das weiß ich ja alles. Vergiß nicht, ich bin Polizeibeamter. Du hast noch etwas anderes gesagt, das mich aufhorchen ließ. Ein Wort. Ich kann mich nicht erinnern ...

»›Untermensch‹? ›Ungeschicklichkeit‹?« »Nein. Es wird mir schon noch einfallen.« Er erhob sich. »Danke, Sylvia. Du weißt gar nicht, wie sehr du mir geholfen hast.« Ihr Blick schnitt ihm ins Herz. Für einen kurzen Augenblick sah sie aus wie ihr Sohn Ben. Er beugte sich zu ihr hinunter und küßte sie auf die Stirn. »Ich weiß, was es war«, sagte er, halb zu sich selbst. »Es ist mir wieder eingefallen.«

Oben neben seinem Bett lagen – immer noch ungelesen – die Faltblätter und Broschüren, die Sheila ihm geschickt hatte, Lektüre über ihre neueste Passion. Sobald Sylvia gegangen war, würde er sie lesen. Doch ihm war auch wieder eingefallen, was es mit dem Mann auf sich hatte, der bei den Epsons aus dem Haus gekommen und mit ihrem Auto davongefahren war. Wexford hatte sein Gesicht nicht gesehen. Er hatte auch nicht das Gesicht der Person gesehen, die damals am Steuer gesessen hatte, als ein kleiner Junge aus dem Schultor gekommen und eingestiegen war.

Wexford sah den kleinen Kerl ziemlich deutlich vor sich, einen braunen Jungen mit braunem Kraushaar, der der Sohn dieses Mannes gewesen sein konnte, aber nur, wenn die Mutter schwarz war und er ihn gezeugt hatte, als er selbst noch ein Kind war.

War das der Mann, vor dem Sojourner vor zwei Wochen geflüchtet war?

Nein, dachte Wexford, so war es nicht, so war es ganz und gar nicht ...

20

Der Besuch bei den Akandes mußte verschoben werden. Falls Wexfords Vermutung zutraf, und der Gedanke ließ ihn nicht los, wäre er nicht in der Verfassung, ihnen gegenüberzutreten. Worüber konnte man denn schon reden? Selbst die simpelsten Allgemeinplätze, Kommentare über das Wetter, Fragen nach ihrem Befinden, würden gezwungen klingen. Ihm fiel wieder ein, wie er versucht hatte, sie auf das Schlimmste vorzubereiten, ihnen geraten hatte, alle Hoffnung fahrenzulassen, und er erinnerte sich an Akandes Optimismus, der einmal aufflammte und dann wieder erstarb.

Auf der Fahrt ins Büro kam er am Haus der Akandes vorbei, hielt den Blick aber auf die vor ihm liegende Straße geheftet. Die Berichte über den Stand der systematischen Befragung der Haushalte erwarteten ihn bereits, waren jedoch unergiebig; bis auf gewisse rassistische Tendenzen bei Leuten, von denen man das nicht erwartet hätte, und eine unvermutet liberale Einstellung, wo man auf Vorurteile getippt hätte, hatten sie nichts erbracht. Das menschliche Gemüt war doch unberechenbar. Malahyde, Pemberton, Archbold und Donaldson würden den ganzen Tag weitermachen, an Haustüren klingeln, das Foto herumzeigen, fragen. Wenn in Kingsmarkham nichts dabei herauskam, würden sie sich die Dörfer vornehmen: Mynford, Myfleet, Cheriton.

Wexford nahm Barry Vine mit nach Stowerton. Sie mieden die High Street und fuhren statt dessen über die Waterford Avenue, wo der Chief Constable residierte. Die Wohngegenden wechselten in Stowerton rasch, und bis zum Sparta Grove war es doch ein größerer Katzensprung. Als sie an dem Haus vorbeifuhren, schmunzelte Wexford und dachte bei sich, wie hautnah am Geschehen Freeborn eigentlich gewesen war: die – nun ja, Verschwörung, konnte man es wohl nennen? – hatte sich direkt vor seiner Nase abgespielt.

Das pinkfarbene Auto war an der Straße geparkt, an derselben Stelle wie am Abend vorher. Im sonnigen Morgenlicht sah es sehr schmutzig aus. Jemand hatte mit dem Finger »Putz mich – Jetzt!« in die Staubschicht auf dem Kofferraumdeckel geschrieben. Im Haus war kein einziges Fenster offen. Es schien leer – aber der Wagen stand davor.

Die Klingel funktionierte nicht. Vine betätigte beherzt den Klopfer und bemerkte mit einem Blick zu den geschlossenen Fenstern hinauf, daß neun Uhr morgens für manche Leute eben früh sei. Er klopfte noch einmal und wollte gerade etwas durch den Briefschlitz rufen, als ein Schiebefenster im oberen Stock hochgeschoben wurde und der Mann, den Wexford am Vorabend von hinten gesehen, aber nicht erkannt hatte, den Kopf herausstreckte. Es war Christopher Riding.

»Polizei«, sagte Wexford. »Kennen Sie mich noch?«
»Wieso?«

»Chief Inspector Wexford, Kriminalpolizei Kingsmarkham. Kommen Sie bitte herunter und lassen Sie uns herein.«

Sie warteten ziemlich lange. Von innen hörte man schlurfende Geräusche, dann schien ein gläserner Gegenstand herunterzufallen und zu zerbrechen. Einer gedämpften Tirade von Flüchen folgte ein dumpfer Schlag. Vine machte sehnsüchtig den Vorschlag, doch die Tür einzutreten.

»Nein, da kommt er schon.« Die Tür wurde verstohlen geöffnet. Ein etwa vierjähriges Kind streckte kichernd den Kopf hervor und wurde gleich darauf heftig zurückgezerrt. Der

Mann, dessen Gesicht vorhin am Fenster aufgetaucht war, stand vor ihnen. Er trug Shorts und einen dicken, sehr schmutzigen irischen Wollpullover. Beine und Füße waren nackt.

»Was wollen Sie?«

»Ins Haus.«

»Dazu brauchen Sie einen Durchsuchungsbefehl«, sagte Christopher Riding. »Ohne den kommen Sie hier nicht rein. Das Haus gehört nicht mir.«

»Nein, sondern Mr. und Mrs. Epson. Wo sind sie denn diesmal? Auf Lanzarote?«

Er war verwirrt genug, um unwillkürlich einen Schritt zurückzutreten. Wexford, der ihm größenmäßig, wenn auch nicht an Jugend, überlegen war, stieß ihn mit dem Ellbogen zur Seite und schob sich an ihm vorbei ins Haus. Vine folgte, nachdem er Ridings abwehrende Hand abgeschüttelt hatte. Das Kind fing an zu heulen.

Das Haus bestand aus lauter kleinen Zimmern; in der Mitte führte eine Treppe steil nach oben. Auf halber Höhe stand ein etwas älteres Kind, in der einen Hand ein schmuddeliges Kuscheltier hinter sich herziehend. Es war der braungelockte, braune Junge, den Wexford aus der Grundschule hatte kommen sehen. Beim Anblick des Chief Inspectors machte er kehrt und floh nach oben. Hinter einer geschlossenen Tür war Radiomusik zu hören. Lautlos öffnete Wexford die Tür. Ein Mädchen kroch auf allen vieren auf dem Boden herum und sammelte Glasscherben auf – wahrscheinlich die Überreste jenes Gegenstandes, den sie hatten herunterfallen hören –, die sie auf eine zusammengefaltete Zeitung legte. Beim Geräusch seines verhaltenen Hüstelns wandte sie den Kopf, sprang auf und stieß einen Schrei aus. »Guten Morgen«, sagte Wexford. »Melanie Akande, nehme ich an?«

Seine Gelassenheit täuschte über seine wahren Gefühle hinweg. In ihm kämpfte die Erleichterung, sie gesund und munter hier in Stowerton anzutreffen, mit der Wut, dem Schreck und einer gewissen entsetzten Angst um ihre Eltern. Angenommen, Sheila hätte sich so etwas geleistet? Wie wäre ihm zumute, wenn seine Tochter so etwas getan hätte?

Christopher'Riding lehnte am Kamin, einen zynischen, leicht amüsierten Zug um die Lippen. Erst hatte es so ausgesehen, als würde sie gleich in Tränen ausbrechen, inzwischen hatte Melanie sich jedoch wieder gefaßt und saß wie ein Häufchen Elend da. Vor lauter Schreck hatte sie sich mit einer Glasscherbe in den Finger geschnitten, der nun ungehemmt blutete. Blut tropfte auf ihre nackten Füße. Von oben war das Geheul eines der Epson-Kinder zu hören.

»Siehst du mal nach, was er hat?« Melanie redete mit Riding in einem Ton, als wären sie seit Jahren verheiratet, aber nicht besonders glücklich.

»Verdammt noch mal!« Riding zuckte mit einer übertriebenen Geste die Schultern. Der Jüngere hielt sich an seinen Jeans fest und vergrub das Gesicht in den Kniekehlen des Mannes. Das Kind hinter sich herziehend, ging Christopher aus dem Zimmer und knallte die Tür zu.

»Wo sind Mr. und Mrs. Epson?« fragte Wexford.

»In Sizilien. Sie kommen heute abend zurück.«

»Und was hatten Sie vor?« Sie seufzte. »Ich weiß nicht.« Beim Anblick ihres Fingers kamen ihr erneut Tränen. Sie wickelte ein Papiertaschentuch herum. »Abwarten, ob sie mich vielleicht behalten. Was weiß ich, keine Ahnung, auf der Straße schlafen.«

Sie trug noch dieselben Sachen wie – laut Vermißtenliste – am Tag ihres Verschwindens: Jeans, eine weiße Bluse und eine lange, bestickte Weste. An ihrem Gesichtsausdruck war abzulesen, daß sie sich über ihre Lage keine Illusionen machte.

»Erzählen Sie es mir hier, oder sollen wir aufs Polizeirevier gehen?«

»Ich kann doch die Kinder nicht allein lassen, oder?«

Wexford dachte darüber nach. Die Sache hatte durchaus eine komische Seite, die er vielleicht später würdigen konnte. Selbstverständlich konnte sie die Kinder nicht allein lassen. Die kleinen Epsons waren beim Jugendamt registriert, seit ihre Eltern zu einer Gefängnisstrafe auf Bewährung verurteilt worden waren, weil sie sie eine Woche lang allein zu Hause gelassen hatten. Doch er hatte keine Lust, jemanden von der Fürsorge herzubestellen und eine Sorgerechtsverfügung ausstellen zu lassen, den ganzen Apparat in Bewegung zu setzen, nur um Melanie Akande einen Tag mitnehmen zu können. Bestimmt hatten die Epsons sie, nach dem Schreck vom letzten Mal, mehr oder weniger offiziell als Kindermädchen für ihre beiden Söhne engagiert.

»Was haben Sie gemacht? Sich auf eine Anzeige im Jobcenter gemeldet?«

Melanie nickte. »Mrs. Epson – sie sagte, ich solle sie Fiona nennen – war auch dort. Ich hatte gerade mit der Beraterin gesprochen, und als ich zu den Jobangeboten hinüberging, stand diese Frau da neben der Tafel mit den Stellenanzeigen für Kindermädchen und Babysitter und so. Ich wäre nie auf die Idee gekommen, so einen Job zu suchen, aber als ich davorstand, fragte sie, ob ich vielleicht drei Wochen für sie arbeiten könnte.

Na ja, ich weiß, daß man nicht mit Leuten mitgehen soll, die einem einen Job anbieten, wegen sexueller Belästigung oder so, aber bei einer Frau ist es doch was anderes, oder? Sie meinte, sieh es dir mal an, und das habe ich dann getan. Sie hatte ihr Auto auf dem Parkplatz stehen, und wir sind an der Seitentür raus – das Auto, das Sie draußen gesehen haben.«

»Deshalb haben die Jungs Sie auch nicht herauskommen sehen«, sagte Vine.

»Kann sein.« Da kam ihr etwas in den Sinn. »Haben meine Eltern mich etwa gesucht?«

»Ganz England hat Sie gesucht«, erwiderte Vine. »Lesen Sie keine Zeitung? Haben Sie es nicht im Fernsehen gesehen?«

»Der Fernseher ist kaputtgegangen, und wir wußten nicht, wo wir ihn reparieren lassen sollten. Und eine Zeitung ist mir nicht untergekommen.«

»Ihre Mutter dachte erst, Sie wären bei Euan Sinclair«, sagte Wexford. »Das hat sie *befürchtet*. Dann dachte sie, Sie wären tot. Mrs. Epson hat Sie also gleich mitgenommen? Einfach so? Sie hat nicht gefragt, ob Sie vielleicht erst noch nach Hause wollen, um Ihre Sachen zu holen?«

»Sie hatten vor, am nächsten Tag zu verreisen, und hatten sich schon mehr oder weniger damit abgefunden, die Kinder mitzunehmen. Kann ich gut verstehen, daß sie dazu keine Lust hatten. Es sind *furchtbare* Gören.«

»Ist doch kein Wunder, oder?« sagte Vine, der verantwortungsbewußte Vater.

Melanie zog die Schultern hoch. »Ich sagte zu Fiona, wenn es ihr recht wäre, könnte ich bleiben. Ich hatte meine Sachen schon dabei, ... na ja, einiges jedenfalls, ich hatte ja ursprünglich bei Laurel übernachten wollen. Dort bin ich aber gar nicht hingegangen. Ich war vorher zwar noch mit Euan verabredet, aber den wollte ich auch nicht sehen, ich hatte genug von seinen Lügen. Das Haus und das alles hier kam mir gerade recht. Dachte ich jedenfalls. Ich dachte, ich könnte mir ein bißchen Geld verdienen, ausnahmsweise mal kein Darlehen oder *Taschengeld* von Dad. Ich dachte, ich könnte allein sein, und das wollte ich ja, ein bißchen allein sein. Aber mit Kindern ist man ja nicht allein.«

»War Christopher Riding nicht die ganze Zeit bei Ihnen?«
»Keine Ahnung, wo der war. Ich kannte ihn nicht besonders gut – jedenfalls damals noch nicht. Er kam – er kam, als ich ungefähr eine Woche hier war. Ich hatte es schon fast aufgegeben, die Kinder sind wirklich entsetzlich. Ich mußte den Großen zur Schule fahren, deswegen haben sie mir ja den Wagen dagelassen, und dabei hat Chris mich gesehen und mich wiedererkannt, und dann – ist er mir hierher gefolgt.«

Nachdem sie etwa eine Woche hiergewesen war, dachte Wexford. Also an dem Tag, als er mit Christopher Riding gesprochen und ihn nach Melanie gefragt hatte – oder am Tag darauf. Wenigstens hatte der Junge damals die Wahrheit gesagt.

»Er fand es witzig«, sagte Melanie. »Das ganze Arrangement, meine ich. Es hat ihn irgendwie fasziniert, und da ist er ein Weilchen geblieben.« Sie wandte den Blick ab. »Das heißt, er kam ab und zu her und hat mir auch mit den Kindern geholfen. Die sind *wirklich* schlimm.«

»Und Sie, Melanie, waren Sie ein schlimmes Kind?« fragte Vine. »Ist es nicht ziemlich schlimm von einer Tochter, einfach abzuhauen, einfach zu verschwinden, ohne den Eltern Bescheid zu sagen? So daß sie denken müssen, sie sei tot? Sie sei ermordet worden?«

»Das haben sie bestimmt nicht gedacht!«

»Aber natürlich haben sie das gedacht. Was hat Sie denn daran gehindert, kurz anzurufen?«

Schweigend betrachtete sie das blutgetränkte Taschentuch an ihrem Finger. Wexford dachte an all die Leute, die sie gesehen haben mußten und nichts unternommen hatten; die deswegen nichts unternahmen, weil sie immer mit zwei schwarzen Kindern zusammen war, die sie für ihre Kinder hielten.

Oder mit Riding, den sie für den Vater der Kinder hielten. Wexford hatte gedacht, ein vermißtes schwarzes Mädchen wäre leicht zu finden, weil es hier nur wenige Schwarze gab, doch das Gegenteil war der Fall. Aus genau diesem Grund war sie nicht erkannt worden.

»Sie hätten mir nicht erlaubt hierherzukommen«, sagte Melanie beinahe flüsternd. Christopher, der inzwischen wieder ins Zimmer gekommen war, erntete einen bekümmerten Seitenblick. »Meine Mutter hätte gesagt, das ist doch Dienstbotenarbeit. Und mein Vater wäre gekommen und hätte mich abgeholt.« Ihre Stimme wurde lauter und bekam einen hysterischen Unterton. »Sie haben keine Ahnung, wie das zu Hause ist. Das weiß niemand.« Sie warf Christopher einen verbitterten Blick zu. »Und ich kann ja nicht weg ohne Job und ohne ein – ein Dach überm Kopf.« Ausschließlich an Wexford gewandt, sagte sie: »Kann ich Sie mal allein sprechen? Nur ganz kurz?«

Ein gellender Schrei durchschnitt die Luft. Er kam von oben, hörte sich aber an wie im gleichen Zimmer. Dem Schrei folgte ein lautes Krachen. Melanie kreischte: »Oh Gott! Geh rauf und schau mal, was er macht, Chris, *bitte*.«

»Geh doch selber«, sagte Christopher und lachte spöttisch.

»Ich *kann* nicht. Die wollen hier mit mir reden.«

»Verdammt, jetzt habe ich aber die Schnauze voll. Ich weiß gar nicht, was mich hierhergezogen hat.«

»Aber ich!«

»Jedenfalls ist nicht mehr viel davon übrig.«

»Ich sehe mal nach«, sagte Barry Vine in ernsthaft tadelndem Ton.

Wexford wandte sich an Melanie: »Gehen wir in ein anderes Zimmer.«

In dem ungemütlichen Raum, der anscheinend nie benutzt

wurde, standen ein Eßtisch und Stühle und in einer Ecke ein Fahrrad. Das grüne Fensterrollo war vollständig heruntergezogen. Wexford führte das Mädchen zu einem Stuhl und setzte sich ihr gegenüber.

»Was wollten Sie mir sagen?«

»Ich hatte überlegt, mir ein Baby anzuschaffen«, sagte sie, »dann gibt mir die Gemeinde nämlich eine Wohnung.«

»Sagen wir lieber, einen Platz in einer ihrer berühmten Frühstückspensionen.«

»Immer noch besser als die Ollerton Avenue.«

»Wirklich? Was ist denn dort so schlimm?«

Plötzlich wich ihre Anspannung. Sie stützte die Ellbogen auf den Tisch und warf ihm einen verschwörerischen Blick zu, als teilten sie ein Geheimnis. Ihr sprödes Lächeln machte sie außerordentlich attraktiv. Sie wirkte auf einmal hübsch und charmant. »Sie haben keine Ahnung«, sagte sie. »Sie wissen nicht, wie die wirklich sind. Sie sehen bloß den fleißigen, netten Arzt und seine schöne, tüchtige Frau. Das sind aber Fanatiker, alle beide, total besessen sind sie.«

»Inwiefern?«

»Zunächst mal sind sie wahrscheinlich viel besser ausgebildet als die meisten Leute hier. Meine Mutter hatte bereits ein Physikstudium hinter sich, bevor sie Krankenschwester wurde, und auf dem Gebiet Krankenpflege hat sie so ziemlich *alle* Qualifikationen, die man bloß kriegen kann. In Medizin, Psychiatrie, was Sie sich denken können, sie hat es. Als wir klein waren, Patrick und ich, haben wir sie nie gesehen, dauernd war sie weg, um noch mehr Zeugnisse zu kriegen. Unsere Granny und unsere Tanten haben sich um uns gekümmert. Mein Vater praktiziert zwar bloß als Allgemeinarzt, er ist aber auch Chirurg, Mitglied des Royal College of Surgeons, und kann alle möglichen Operationen durchführen, nicht bloß

Blinddärme rausmachen. Er könnte genauso gut sein wie der Vater von Chris.«

»Sie hatten also ehrgeizige Pläne mit Ihnen?«

»Soll das ein Witz sein?« sagte Melanie. »Wissen Sie, wie man solche Leute nennt? Die Ebenholz-Elite. Die schwarze *crème de la crème*. Wir waren noch nicht mal zehn, da war unsere Zukunft schon genau vorprogrammiert. Aus Patrick sollte der große Facharzt für Chirurgie werden, Gehirnchirurg wahrscheinlich – doch, doch, das meinen die ganz ernst. Und für ihn ist das auch in Ordnung, das will er ja, er arbeitet darauf hin. Aber ich? Ich bin nicht so besonders schlau, ich bin nur Durchschnitt. Mir machen Singen und Tanzen Spaß, und das habe ich studiert und auch meinen Abschluß gemacht, aber meine Eltern waren *total* dagegen. Weil es nämlich genau das ist, was schwarze Frauen machen, verstehen Sie? Sie waren richtig froh, als ich keinen Job gefunden habe. Sie wollten, daß ich wieder aufs College gehe, vorausgesetzt, ich kann zu Hause wohnen. Sie hätten mir auch erlaubt, im Büro zu arbeiten und abends *zu Hause* per Fernkurs Betriebswirtschaft zu studieren. *Ständig* reden sie über Karriere und Ausbildung und Abschlüsse und Beförderung. Sie sagen es zwar nicht laut, dazu sind sie zu höflich, aber sie wären vor Stolz beinahe geplatzt, als sie erfuhren, daß die Leute, die nicht neben uns wohnen wollten, beide mit sechzehn von der Schule gegangen sind.

Wenn ich abgehauen wäre, hätten sie gedacht, ich wäre wieder zu Euan oder so einem Typ.« Sie verzog verbittert den Mund. »Mache ich vielleicht auch. Ohne Mann kann ich ja schließlich kein Baby kriegen, stimmt's? Chris habe ich nicht so weit gehen lassen, obwohl er nur deswegen hergekommen ist, wenn er es auch nicht zugibt. Der findet mich bloß toll, weil ich schwarz bin. Reizend, was? Ich mußte mich ganz schön gegen ihn wehren.«

»Wir sollten Ihre Eltern nicht länger im ungewissen lassen, keine Stunde. Sie haben viel durchgemacht. Das haben sie nicht verdient, egal, was sie getan haben. Sie haben schrecklich gelitten, Ihr Vater ist abgemagert, er sieht aus wie ein alter Mann, aber sie sind ihrer Arbeit nachgegangen wie immer ...«

»Kann ich mir denken.«

»Ich werde ihnen sagen, daß Sie in Sicherheit sind, aber dann müssen Sie gleich zu ihnen. Die Kinder nehmen Sie mit, anders geht es ja nicht.« Er dachte an die Verschwendung polizeilicher Mittel, den Zeitaufwand und die Kosten, an den Kummer, den Schmerz, die Beleidigungen, die Unterbrechung der Asienreise ihres Bruders, sein eigenes beschämendes Erlebnis, die Selbstrechtfertigung. Und doch hatte er Nachsicht mit ihr. Vielleicht war es rührselig und sentimental, doch sie tat ihm leid. »Wann kommen die Epsons zurück?«

»Sie sagte, zwischen neun und zehn.«

»Wir schicken Ihnen um sechs einen Wagen.« Er stand auf und wandte sich zum Gehen, doch dann fiel ihm noch etwas ein.

»Eine Hand wäscht die andere. Ich will dann noch einmal mit Ihnen reden. Einverstanden?«

»Ja.«

»Wahrscheinlich waren Sie diejenige, mit der mein Mitarbeiter gesprochen hat, als wir hier anriefen, um nach dem toten Mädchen zu fragen?«

Sie nickte. »Ich habe einen ganz schönen Schreck bekommen. Ich dachte, *jetzt* ist es aus.«

»Kümmern Sie sich um den Finger. Haben Sie Pflaster im Haus?«

»Jede Menge. Das ist die Hauptsache. Diese Gören haben doch dauernd was oder tun sich gegenseitig weh.«

Auf seinem Schreibtisch erwarteten ihn zwei Berichte von Pemberton. Im ersten stand, daß das einzige Schuhgeschäft in Kingsmarkham, das schwarze Leinenhalbstiefel mit Gummisohlen im Sortiment hatte, präzise Verkaufsbilanzen führte. Danach waren im letzten halben Jahr vier Paar verkauft worden. Eine Verkäuferin erinnerte sich, daß sie ein Paar an John Ling verkauft hatte. Sie kannte ihn, weil es in der ganzen Stadt nur zwei Chinesen gab, und er war einer von ihnen. Ein weiteres Paar hatte eine Frau erstanden, die sie als »Pennerin« bezeichnete; sie war mit zwei prall gefüllten Einkaufstüten in den Laden gekommen und hatte ausgesehen, als ob sie im Freien übernachtete. An die Käufer der beiden anderen Paare konnte sie sich nicht mehr erinnern. Wexford warf einen flüchtigen Blick auf den zweiten Bericht und sagte: »Pemberton soll heraufkommen.«

Den Hörer in der Hand, sagte Burden: »Sie sind ja auf einmal ganz rot im Gesicht.«

»Ich weiß. Das ist die Aufregung. Hören Sie sich das mal an. Kimberley Pearsons Großmutter ist Anfang Juni gestorben, hat aber kein Geld hinterlassen, geschweige denn Wohnungseigentum. Sie hat in einem der Häuschen in der Fountain Road in Stowerton gewohnt, die die Gemeinde finanziert. Mrs. Pearson, ihre Schwiegertochter, weiß nichts von einer Erbschaft für Kimberley, jedenfalls nicht von seiten der Familie, in der gibt es nämlich gar kein Geld, die sind alle arm wie die Kirchenmäuse.

Clifton Court, wo Kimberley hingezogen ist, nachdem Zack in Untersuchungshaft kam, ist ein Häuserblock mit Mietwohnungen – oder Appartements, wie Pemberton sich mysteriöserweise ausdrückt. Und raten Sie mal, welche Gesellschaft Eigentümer ist?«

»Spannen Sie mich nicht auf die Folter.«

»Keine andere als Crescent Comestibles, anders ausgedrückt Wael Khoori, sein Bruder und Khooris Frau, unsere Kandidatin für den Stadtrat.«

Pemberton kam herein. »Die Mieter dort haben die Möglichkeit, die Wohnung zu kaufen«, sagte er. »Vierzig Pfund pro Woche, und angeblich sind die Tilgungsraten nach der Überschreibung genauso hoch. Ich habe natürlich nicht mit Kimberley selbst gesprochen und ihre Mutter auch gebeten, ihr nichts von unserem Gespräch zu sagen. Ihre Mutter sagt, gleich nachdem Zack eingelocht wurde, sei Kimberley hingegangen, habe die Kaution hinterlegt und den Einzug für den nächsten Tag vereinbart. Und außerdem hat sie seitdem ziemlich viele Möbel angeschafft.«

»Will sie die Wohnung kaufen?«

»Ihre Mutter sagt, sie hätte bereits einen Rechtsanwalt mit der Übertragung beauftragt. In dem Cottage in Glebe End wohnten sie übrigens illegal, aber darum hat sich keiner geschert. Der Eigentümer kann ja nichts damit anfangen. Der müßte erst mal fünfzigtausend reinstecken, bevor es jemand kauft.«

»Der Wohnblock gehört also Crescent Comestibles?«

»Sagte mir jedenfalls die Hausverwaltung. Das ist kein Geheimnis. Die bauen doch in ganz Stowerton, wo gerade ein Grundstück verkauft oder ein altes Haus abgerissen wird. Es ist überall das gleiche Strickmuster. Nach heutigen Maßstäben sind die Wohnungen dort billig. Man bezahlt Miete, während man darauf wartet, daß das Darlehen bewilligt wird. Eigenkapital ist vorab nicht nötig, da der Betrag zu hundert Prozent von der Bank finanziert wird. Die Tilgungsraten sind genauso hoch wie die Miete.«

»Das paßt zu Mrs. Khooris politischem Standpunkt«, sagte Wexford nachdenklich. »Helft den Benachteiligten, sich selbst zu helfen. Schenkt ihnen nichts, sondern gebt ihnen die Chance zur Unabhängigkeit. Eigentlich gar keine schlechte Philosophie. Ich frage mich, ob es nicht eines Tages so weit kommt, daß jemand die Partei der Konservativen Sozialisten gründet.«

Dem Arzt hatte man es zwischen zwei Patienten im Gesundheitszentrum mitgeteilt, seine Frau war auf der Intensivstation ans Telefon gerufen worden. Wexford traf ein, als Dr. Akande gerade nach Hause kam, und der Gesichtsausdruck des Arztes war genauso kummervoll wie damals, als er gedacht hatte, seine Tochter sei tot. Zwar wäre es schlimmer, unendlich viel schlimmer, wenn sie tatsächlich tot wäre, doch auch so war es schlimm genug. Zu erfahren, daß einem das eigene Kind so etwas antun kann, daß es ihm gleichgültig ist, ob man so etwas durchmachen muß oder nicht, läßt sich nur durch den Filter der Wut ertragen, und wütend war Raymond Akande nicht. Er war gedemütigt.

»Ich habe geglaubt, daß sie uns liebt.«
»Sie hat spontan gehandelt, Dr. Akande.« Er hatte Christopher Riding nicht erwähnt. Das überließ er Melanie.
»Sie war also die ganze Zeit über in Stowerton?«
»Sieht so aus.«
»Ihre Mutter arbeitet dort ganz in der Nähe. Und ich habe in der Gegend Hausbesuche gemacht.«
»Die Epsons haben ihr den Wagen dagelassen, damit sie einkaufen und das Kind in die Schule fahren kann. Ich glaube nicht, daß sie viel zu Fuß unterwegs war.«
»Ich sollte Gott auf den Knien für seine Gnade danken, ich sollte im siebten Himmel sein – denken Sie das gerade?«
»Nein«, sagte Wexford und fügte kühn hinzu: »Ich weiß, wie Ihnen zumute ist!«
»Was haben wir bloß falsch gemacht?« Bevor er antworten

konnte – vorausgesetzt, er hätte sich dazu in der Lage oder bemüßigt gefühlt –, kam Laurette Akande herein. Wexfords erster Gedanke war, daß sie zehn Jahre jünger aussah, sein zweiter, daß sie vor Glück überschäumte, und sein dritter, daß er seit Jahren keine dermaßen wütende Frau mehr gesehen hatte.

»Wo ist sie?«

»Um sechs kommt ein Wagen und bringt sie. Sie hat die Kinder dabei. Das ging leider nicht anders, sonst hätten wir eine Sorgerechtsverfügung gebraucht, und da die Epsons heute abend zurückkommen ...

»Was haben wir nur falsch gemacht, Laurette?«

»Rede doch keinen Unsinn. Nichts haben wir falsch gemacht. Wer ist eigentlich diese Frau, diese Mrs. Epson, die ihre Kinder einer völlig unqualifizierten Person überläßt? Ich hoffe, jemand zeigt sie an, man sollte sie wirklich anzeigen. Ich könnte sie vor Wut umbringen. Nicht Mrs. Epson, sondern Melanie. Ich könnte sie umbringen.«

»Ich bitte dich, Letty«, beschwichtigte sie der Arzt. »Wir dachten doch, jemand *hätte* sie umgebracht.«

Ein paar Minuten nach sechs kam der Wagen mit Melanie und den ausgelassenen kleinen Epsons. Sie marschierte trotzig und mit hocherhobenem Kopf ins Zimmer. Ihre Eltern blieben zuerst sitzen, doch dann stand ihr Vater auf und ging auf sie zu. Er ergriff ihre Hand, zog sie sanft an sich und küßte sie zögernd auf die Wange. Melanie ließ es teilnahmslos geschehen.

»Ich lasse Sie jetzt allein«, sagte Wexford. »Wir sehen uns dann hier morgen früh um neun, Melanie.«

Keiner beachtete ihn. Er erhob sich und ging zur Tür. Laurette schlug einen kraftvollen, entschlossenen Ton an. Sie schien nicht mehr wütend, nur noch energisch.

»Also, Melanie, wir hören uns jetzt deine Erklärung an, und

dann sprechen wir nicht mehr darüber. Ich finde, am besten bewirbst du dich gleich um einen Platz für Betriebswirtschaft. Wenn du dich beeilst, kommst du vielleicht im Oktober noch unter. Das Institut an der University of the South hat einen guten Ruf, das heißt, du könntest zu Hause wohnen. Ich beantrage gleich morgen die Bewerbungsunterlagen, und in der Zwischenzeit läßt dich Dad vielleicht aushilfsweise in der Praxis..."

Der jüngere Epson fing an zu schreien. Wexford ging lautlos hinaus.

21

In der Abgeschiedenheit der Wahlkabine machte Wexford sein Kreuzchen auf den Zettel. Drei Namen standen darauf: Burton, K. J./ British Nationalist Party; Khoori, A. D./ Independent Conservative und Sugden, M./ Liberal Democrat. Sheila war der Meinung, der Liberal Democrat hätte keine Chance, und die einzige Möglichkeit, die BNP herauszuhalten, bestehe darin, Anouk Khoori mit vereinten Kräften zu unterstützen.

Doch inzwischen hatte Wexford gewichtige Gründe, nicht für Mrs. Khoori zu stimmen, und setzte sein Kreuzchen neben Malcolm Sugdens Namen. Möglicherweise war es eine vergeudete Stimme, aber da war nichts zu machen. Er faltete den Zettel in der Mitte zusammen und schob ihn durch den Schlitz der Wahlurne.

Seit er vor etwa fünf Minuten die Thomas-Proctor-Grundschule betreten hatte, war Anouk Khoori in einem von ihrem Mann chauffierten Wagen vorgefahren, einem goldenen Rolls Royce. Burton von der BNP stand bereits auf dem asphaltierten Schulhof, umringt von Damen in Seidenkleidern und Strohhüten, die früher die Phalanx der Konservativen waren, sich jetzt aber von der extremen Rechten hatten verführen lassen. Er paffte eine Zigarre, deren Rauchschwaden an diesem warmen, windstillen Morgen weithin bemerkbar schwer in der Luft hingen. Mrs. Khoori entstieg dem Wagen wie eine königliche Hoheit. Wie ein jüngeres Mitglied dieser Spezies war sie auch gekleidet – sehr kurzer, weißer Rock, smaragdgrüne Seidenbluse und weißes Jackett. Ihr Haar hing wie ein gelber Schleier unter der Krempe ihres weißen Hutes hervor. Als sie Wexford erblickte, streckte sie ihm beide Hände entgegen.

»Ich wußte, ich würde Sie hier treffen!« Er staunte über die Selbstsicherheit, die es dieser fast fremden Person erlaubte, im Tonfall einer Geliebten zu sprechen.

»Ich wußte, *Sie* würden als einer der ersten wählen gehen.« Ihr Mann tauchte hinter ihr auf, setzte ein breites Lächeln auf und schob Wexford seine Hand hin. Eine kraftvolle Bewegung, wie man sie vielleicht von einem Boxer erwartet hätte, doch der Händedruck war schlaff, und Wexford hatte das Gefühl, eine verwelkte Lilie in der Hand zu halten. Er zog sie zurück und bemerkte, sie hätten ja heute einen schönen Wahltag.

»So englisch«, sagte Mrs. Khoori, »doch das liebe ich. Nun müssen Sie mir aber etwas versprechen, Reg.«

»Was denn?« fragte er und fand selbst, daß sich seine Stimme abweisend und ernst anhörte.

Sie ließ sich nicht abschrecken. »Jetzt, wo sie die Grafschaftsräte abschaffen, wird unsere Behörde sich erweitern und wichtige Aufgaben übernehmen. Da brauche ich unbedingt einen Berater für Verbrechensbekämpfung, Öffentlichkeitsarbeit, Kontaktaufnahme zu den *Menschen* in diesem verschlafenen Städtchen – meinen Sie nicht? Und *Sie* werden dieser Berater sein, Reg, ja? Sie helfen mir doch, nicht wahr? Sie geben mir die Unterstützung, die ich brauche, die ich jetzt mehr als je zuvor in meinem Leben brauche. Was sagen Sie dazu?«

Wael Khoori grinste über das ganze Gesicht, doch es war ein unverbindliches, leeres Lächeln, das er an jeden richtete, der gerade zufällig vorüberging. Wexford sagte: »Erst einmal müssen Sie gewählt werden, Mrs. Khoori.«

»Anouk, *bitte*. Aber ich werde bestimmt gewählt, das weiß ich, und wenn ich es geschafft habe, helfen Sie mir dann?«

Es war absurd. Er lächelte, erwiderte aber nichts, um den direkten Affront zu vermeiden. Es war fünf vor neun, um halb neun hatte Raymond Akandes morgendliche Sprechstunde angefangen. Laurette war bestimmt schon aus dem Haus gegangen, um pünktlich um acht mit der Tagesschicht beginnen zu können. In den fünf Minuten, die er für die Fahrt in die Ollerton Avenue brauchte, dachte Wexford an alle die Besuche, die er diesem Haus abgestattet hatte, an den Kummer des Arztes, die Tränen des jungen Mannes. Er erinnerte sich, wie er die Eltern zum Leichenschauhaus bestellt hatte, erinnerte sich an Laurettes hysterischen Wutanfall. Daran konnte man jetzt nichts mehr ändern. Er konnte schwerlich noch mehr Leute belangen, weil sie die Zeit der Polizei verschwendeten, da dies eine weitere Zeitverschwendung wäre.

Wahrscheinlich würde er nie wieder hierherkommen. Dies war sein letzter Besuch. Trotz der gestrigen Ereignisse, trotz der Identifizierung und Aufklärung der Situation erschrak er, als er das Gesicht von dem Foto, das tote Gesicht lebend vor sich sah. Als sie ihm aufmachte, verschlug ihm die schiere Tatsache ihrer Existenz einen Augenblick lang die Sprache.

»Außer mir ist niemand da«, sagte sie.

»Christopher wäre ja wohl kaum erwünscht, nehme ich an?«

»Er ist wieder zu Hause. Ich will ihn auch nie wieder sehen. Ich war eigentlich mit seiner Schwester befreundet, mit Sophie, nicht mit ihm.«

Wexford folgte dem Mädchen ins Wohnzimmer, dessen Wände die bange Frage ihrer Eltern vernommen hatten, ob Hoffnung bestehe, daß sie noch am Leben sei. Sie lächelte ihn an, erst zögernd, dann heiter.

»Ich weiß auch nicht, warum, aber ich fühle mich richtig glücklich. Wahrscheinlich, weil ich die Epson-Gören vom Hals habe.«

»Wieviel haben sie Ihnen bezahlt?«
»Hundert. Die Hälfte vor ihrer Abreise, die andere gestern abend.«
Wexford zeigte ihr das Foto der toten Sojourner.
»Haben Sie sie schon einmal gesehen?«
»Glaube ich nicht.«
Dieser Ausdruck bedeutet natürlich Nein, doch kein völliges, absolutes Nein.
»Sicher?«
»Ich habe sie noch nie gesehen. Darf man von Toten eigentlich Fotos machen und sie herumzeigen?«
»Was schlagen Sie statt dessen vor?«
»Na ja, eine offizielle Registrierung mit Fotos und Fingerabdrücken und DNS und so weiter, einen Zentralcomputer, in dem die Daten aller Einwohner gespeichert sind.«
»Es würde uns die Arbeit beträchtlich erleichtern, wenn wir solche Aufzeichnungen hätten, aber das ist nicht der Fall. Erzählen Sie mir, was Sie an dem Tag gemacht haben, bevor Sie aufs Arbeitsamt gingen und Mrs. Epson trafen.«
»Wie meinen Sie das, was ich gemacht habe?«
»Wie Sie den Tag verbracht haben. Ihre Mutter sagte, Sie waren beim Joggen.«
»Ich gehe jeden Tag laufen. Na ja, als ich mich um die Kinder kümmern mußte, konnte ich nicht.«
»Gut. Sie machten also einen Dauerlauf – wo?«
»Meine Mutter weiß auch nicht alles. Ich nehme nämlich nicht jeden Tag die gleiche Strecke. Manchmal die Harrow Avenue hoch und am Winchester Drive entlang, und manchmal die Marlborough Road.«
»Christopher und Sophie Riding wohnen im Winchester Drive.«
»Tatsächlich? Ich war noch nie bei ihnen zu Hause. Wie

gesagt, bevor er mir bis zu den Epsons folgte, bin ich Chris erst ein paar Mal begegnet. Sophie kannte ich vom College.«

War sie vor fünf Minuten noch fröhlich gewesen, so sah sie jetzt unverhältnismäßig bekümmert aus. Wexford fragte sich, was wohl aus ihr werden würde, falls die Einschüchterungstaktik ihrer Mutter sie wieder in die Arme von Euan Sinclair trieb. Behutsam brachte er die Sprache wieder auf ihre Dauerlaufroute.

»Welche Strecke sind Sie an dem Tag gelaufen?«

Melanie machte es offensichtlich Spaß, ihn zu ärgern. »An dem Tag war ich überhaupt nicht dort. Ich bin über die Feldwege nach Mynford gelaufen.«

Er war enttäuscht, wußte aber nicht recht, warum. Er hatte sich durch diese Fragen, deren Bedeutung er eher erahnte als kannte, irgendeine zündende Idee erhofft.

Sie fixierte ihn mit dem gleichen Blick wie ihr Vater. »Ich bin fast bis zu Mynford New Hall gelaufen. Ich bin ganz schön erschrocken, als plötzlich das Haus vor mir stand. Ich hatte keine Ahnung, daß ich so nah dran war.« Ihr Blick bohrte sich wie hypnotisierend in ihn. »Das war der Tag, an dem ich auf dem Arbeitsamt war. Den meinen Sie doch, oder?«

»Mich interessiert der Tag *vor* Ihrem Besuch im Arbeitsamt.« Er bemühte sich, die Geduld zu bewahren. »Der Montag.«

»Ach so, der Montag. Da muß ich überlegen. Am Samstag lief ich die Pomfret Road entlang, und am Sonntag – Sonntag und Montag die gleiche Strecke, erst den Ashley Grove entlang, dann die Harrow Avenue hoch, Winchester Drive und dann in die Marlborough Road. Es ist schön da oben, die Luft ist gut, und wenn man hinunterschaut, sieht man den Fluß.«

»Und Sie sind diesem Mädchen unterwegs nie begegnet?«

Er holte wieder das Foto hervor, sie sah es sich noch einmal an, diesmal allerdings recht gleichgültig.

»Meine Mutter sagte, sie sollten eine Leiche identifizieren, aber ich war es nicht. Ist sie das?«

»Ja.«

»Wow. Na, jedenfalls habe ich sie noch nie gesehen. Ich bin fast nie Fußgängern begegnet. Es geht ja niemand zu Fuß, die Leute fahren alle mit dem Auto. Ihnen käme es doch sicher verdächtig vor, wenn da oben jemand zu Fuß herumlaufen würde, oder? Sie würden ihn anhalten und fragen, was er da tut.«

»So weit sind wir noch nicht«, sagte Wexford. »Sie haben das Gesicht also nie an irgendeinem Fenster gesehen? Oder sie in einem Garten bemerkt?«

»Ich sage doch, ich habe sie noch nie gesehen.«

Man vergaß leicht, daß Melanie Akande schon zweiundzwanzig war. Sojourner mit ihren siebzehn Jahren hätte sicher älter gewirkt. Allerdings hatte Sojourner gelitten, hatte schon einiges durchgemacht. Die Akandes hatten ihre Tochter wie ein Kind behandelt, wie einen verantwortungslosen Menschen, der nur von anderen kontrolliert und geführt werden konnte. Ihn schauderte bei dem Gedanken, daß sie sich ein Baby zulegen wolle, um dieser Situation zu entkommen.

Die systematische Befragung von Haus zu Haus war vorbei. Es war nichts dabei herausgekommen, und als Wexford sagte, sie würden zum Ashley Grove fahren, fragte Burden nach dem Grund.

»Um einem Architekten einen Besuch abzustatten«, sagte er zu Burden, nachdem er ihm von dem Gespräch mit Melanie berichtet hatte. »Und womöglich der Frau eines Architekten, bevor sie aus dem Haus geht, um in der Gemeinde gute Taten zu vollbringen.«

Doch es war nicht der Tag, an dem Cookie Dix den Kranken

Lesestoff brachte. Sie war mit ihrem Mann zu Hause, wenngleich weder sie noch er es waren, die Wexford und Burden ins Haus baten.

Und was für ein Haus! Die kreisrunde Eingangshalle, von der eine weiße Treppe bogenförmig nach oben ging, sich vorwölbte wie der Bug eines Segelschiffs, hatte einen Marmorfußboden, auf dem Zitronenbäumchen in Tontöpfen blühten und gleichzeitig Früchte trugen. In eigens dafür angelegten Beeten wuchsen Bäume empor: Zierfeigen mit raschelnden Blättern und federblättrige Erlen, bleistiftdünne Zypressen und Silberweiden mit verwachsenen Stämmen reckten sich dem Licht entgegen, das durch die hohe Glaskuppel über ihnen hereinströmte.

Das Dienstmädchen, schwarzhaarig, schwarzäugig und bläßlich, ließ sie unter den Bäumen warten, während sie sich entfernte, um sie anzumelden. Nach einer halben Minute war sie wieder da und führte sie durch eine Flügeltür – Wexford mußte sich unter einem Zweig bücken – in eine Art Vorzimmer, ganz in Schwarz und Weiß gehalten, und durch eine weitere Flügeltür in ein gelb-weißes, sonnendurchflutetes Eßzimmer, in dem Cookie und Alexander Dix gerade beim Frühstück saßen.

In Umkehrung der üblichen Ordnung erhob sich Cookie, während ihr Gatte, in der einen Hand die *Times*, in der anderen ein Croissant, sitzenblieb. Anstatt den Morgengruß der beiden zu erwidern, rief er dem davoneilenden Dienstmädchen nach: »Margarita, bringen Sie doch für unsere Gäste noch etwas Kaffee, ja?«

»Wir sind heute morgen ein bißchen spät dran«, sagte Cookie. Falls sie am Vortag von Pemberton oder Archbold befragt worden war, erwähnte sie es zumindest nicht. Sie trug ein Gewand aus dunkelgrünem Satin, das am ehesten noch einem

Morgenmantel ähnelte, aber extrem kurz war und in der Taille von einer straßbesetzten Schärpe zusammengehalten wurde. Ihr langes, schwarzes Haar war oben auf dem Kopf abgebunden und sprießte in Wedeln, die wie das frostgeschwärzte Grünzeug einer Karotte aussahen. »Setzen Sie sich doch.« Sie deutete mit einer lässigen Bewegung auf die restlichen acht Stühle, die um den Glastisch mit den grünspanüberzogenen Beinen angeordnet waren. »Wir waren gestern abend einen heben ... besser gesagt, auf einer Party, und sind erst heute morgen nach Hause gekommen – es war wirklich in *aller* Herrgottsfrühe, nicht wahr, mein Schatz?«

Dix blätterte um und begann die Kolumne von Bernard Levin zu lesen. Irgend etwas brachte ihn zum Lachen. Sein Gelächter hörte sich an wie harziges Holz, wenn es brennt, knackend und spuckend. Er hob den Blick und lächelte immer noch, während er zusah, wie Wexford und Burden sich hinsetzten. Nachdem sie einander gegenüber Platz genommen hatten, fragte er: »Was können wir für Sie tun, meine Herren?«

»Mr. und Mrs. Khoori sind Freunde von Ihnen, nicht wahr?« sagte Wexford.

Cookie warf ihrem Mann einen Blick zu. »Wir kennen sie.«

»Sie waren doch auf ihrer Gartenparty.«

»Sie auch«, sagte Cookie. »Was soll mit ihnen sein?«

»Auf der Party sagten Sie, Mrs. Khoori habe ein Dienstmädchen gehabt, das kürzlich von dort weggegangen sei und die Schwester Ihres Dienstmädchens sei.«

»Die Schwester von Margarita, stimmt.«

Wexford spürte die Enttäuschung wie einen Stich. Bevor er etwas erwidern konnte, kehrte Margarita mit Kaffee und zwei Tassen auf einem Tablett zurück. Die Vorstellung, sie und

Sojourner könnten verwandt oder gar Schwestern sein, war völlig abwegig. Cookie, die ziemlich schnell schaltete, sagte etwas in fließendem Spanisch, und die Antwort kam in der gleichen Sprache zurück.

»Margaritas Schwester ist im Mai wieder auf die Philippinen zurückgekehrt«, sagte Cookie. »Sie war hier nicht glücklich. Sie hat sich mit den beiden anderen Dienstmädchen nicht vertragen.«

Nachdem sie Kaffee eingeschenkt und ihnen nacheinander das Milchkännchen und die Zuckerdose hingehalten hatte, blieb Margarita untätig stehen, die Augen auf den Boden geheftet.

»Sind sie zusammen hierhergekommen?« fragte Wexford und fuhr auf Cookies Nicken hin fort: »Mit der sechsmonatigen Aufenthaltserlaubnis oder für zwölf Monate, weil ihre Arbeitgeber hier ansässig waren?«

»Zwölf Monate. Das kann man verlängern lassen – das Innenministerium –, so ist es doch, Liebling? Die – was machen die noch gleich, Alexander?«

»Alle zwölf Monate stellt sie einen Antrag auf Verlängerung der Aufenthaltsgenehmigung, und wenn sie länger bleiben will, kann sie nach vier Jahren eine unbegrenzte Aufenthaltsgenehmigung beantragen.«

»Wie kommt es eigentlich, daß Sie und die Khooris Schwestern als Hausangestellte haben?«

»Anouk war bei einer Vermittlungsagentur und hat mir davon erzählt. Es gibt da so eine Stelle, die auf den Philippinen Frauen anwirbt.« Sie sagte etwas auf Spanisch, worauf Margarita nickte. »Sie spricht ganz gut Englisch, falls Sie sich mit ihr unterhalten wollen. Lesen kann sie es auch. Als sie mit ihrer Schwester nach England kam, wurden sie bei der Einreise von einem Beamten befragt und bekamen eine Informationsbroschüre mit, in der sie über ihre Rechte als – wie heißt das gleich wieder, Liebling?«

»Unter dem Home Immigration Act von 1971 ins Vereinigte Königreich einreisendes Hauspersonal«, erwiderte Dix, ohne von seiner Levin-Kolumne aufzublicken.

Am Vorabend hatte sich Wexford anhand von Sheilas Broschüren erschöpfend darüber informiert. Zu der wartend dastehenden Frau sagte er: »Hat sonst noch jemand mit Ihrer Schwester zusammengearbeitet außer ...?«

»Juana und Rosenda«, sagte Margarita. »Die zwei nicht waren nett zu Corazon. Sie weint für ihre Kinder in Manila, und die lachen.«

»Und sonst niemand?«

»Niemand. Ich gehe jetzt?«

»Ja, danke, Margarita. Sie können gehen.«

Cookie nahm wieder Platz und schenkte sich frischen Kaffee ein. »Meinem armen Kopf geht es heute früh nicht so gut.« Darauf wäre Wexford nie gekommen. »Corazon hat zu Hause vier Kinder und einen arbeitslosen Mann. Sie kam hierher, um zu arbeiten und das Geld nach Hause zu schicken. Margarita hat keine Kinder und ist auch nicht verheiratet. Ich glaube, sie kam hierher ... na ja, um etwas von der Welt zu sehen, meinst du nicht, Liebling?«

Dix' Gelächter war entweder eine Reaktion auf ihre ziemlich alberne Frage oder auf den Artikel, den er gerade las. Er griff nach ihrer Hand und tätschelte sie mit einer schuppigen Klaue von der Art, wie man sie im Naturkundemuseum zu sehen bekommt. Cookie zuckte die grünen Satinschultern.

»Sie geht oft aus, amüsiert sich ein bißchen. Ich glaube, einen Freund hat sie auch gefunden, nicht wahr, Liebling? Schließlich sperren wir sie ja nicht ein wie gewisse andere Leute.«

Es entstand eine Pause. »Wie die Khooris«, sagte Alexander Dix mit vernichtender Präzision.

Burden stellte seine Kaffeetasse wieder auf den Unterteller. »Mr. und Mrs. Khoori sperren ihre Hausangestellten ein?«

»Mein geliebter Alexander übertreibt wieder mal, aber doch, man könnte sagen, sie sind ziemlich streng. Ich meine, wenn man in diesem Mynford Old Dingsda wohnt, nicht Auto fahren kann und einen *nie* jemand wohinfährt und wenn man dieses ganze riesige Haus picobello in Schuß halten muß – was heißt das eigentlich überhaupt, ›picobello‹? – ach, egal, wir wissen ja, was gemeint ist. Bei so einem Leben bleibt einem, wenn man *doch* einmal rauskommt, nichts anderes übrig, als über die Felder bis zum Stadtrand von Kingsmarkham zu laufen.«

Unwillkürlich trafen sich Burdens und Wexfords Blicke für einen kurzen Moment. »Andere Dienstboten hatten sie nicht?«

»Soviel ich weiß, nein«, sagte Cookie unsicher.

»Das wüßte Margarita«, meinte Dix, »und die sagt, nein.«

»Margarita ist aber nie dort gewesen, Liebling.« Cookie spitzte die Lippen und stieß einen lautlosen Pfiff aus. »Suchen Sie vielleicht eine, die dort eingesperrt ist? Eine Art Irre auf dem Dachboden?«

»Nicht direkt«, sagte Wexford, und es hörte sich traurig an.

Dix mußte seinen Tonfall bemerkt haben, denn er sagte gastfreundlich: »Können wir Ihnen noch etwas anbieten?« Er sah auf den Tisch und fand, daß etwas fehlte. »Ein paar Kekse? Obst?«

»Nein, danke.«

»Dann bitte ich Sie, mich jetzt zu entschuldigen. Ich muß arbeiten.« Dix erhob sich, ein winziger Saurier richtete sich auf Hinterbeinen auf. Er machte einen kleinen Diener, erst vor den beiden, dann vor seiner Frau, und wenn er keine Sandalen getragen hätte, so hätte er höchstwahrscheinlich die Hacken zusammengeschlagen. »Meine Herren«, sagte er, dann: »Cornelia«, womit er eine von Wexfords unausgesprochenen Fragen beantwortete.

Kaum war er außer Hörweite, da sagte Cookie vertraulich: »Mein lieber Alexander ist ganz aufgeregt, er fängt nämlich ein neues Geschäft an. Er behauptet, wir werden bald eine Renaissance des Bauwesens in diesem Lande erleben. Er hat da einen fabelhaften jungen Mann entdeckt, der sein Geschäftspartner werden soll. Er hat eine Anzeige aufgegeben, und wie aus heiterem Himmel hat sich dieser brillante Mensch darauf gemeldet.« Sie lächelte zufrieden. »Na ja, hoffentlich habe ich Ihnen helfen können.« Staunend und etwas besorgt konstatierte Wexford ihre Gabe, seine Gedanken lesen zu können. »Anouk werden Sie heute aber nicht zu Hause antreffen. Sie paradiert bestimmt im offenen Wagen herum und *drängt* die Leute, ihr ihre Stimme zu geben.«

An der Auffahrt draußen warfen sie noch einmal einen Blick auf das Haus, ein kompliziertes Gebilde aus Glasflächen, schwarzen Marmorelementen und Scheiben, die aussahen wie aus oblatendünnem Alabaster.

»Hineinsehen kann man nicht«, sagte Burden, »nur hinaus. Finden Sie das nicht etwas klaustrophobisch?«

»Wenn es umgekehrt wäre, dann ja.«

Burden setzte sich auf den Fahrersitz. »Diese Frau, diese Margarita meine ich, die schien sich in ihrer Stellung ganz wohl zu fühlen.«

»Sicher. Es ist ja auch nichts dagegen einzuwenden, daß sich manche Leute Dienstboten halten, vorausgesetzt, sie behandeln sie gut und bezahlen ihre Arbeit angemessen, denn der Arbeiter ist seines Lohnes wert. Und das Einwanderungsgesetz ist an sich schon in Ordnung, Mike. Im großen und ganzen sieht es sogar sehr gut aus, es scheint alle Eventualitäten abzudecken. Es läßt sich aber auch schrecklich mißbrauchen. Wenn Hausangestellte ins Land kommen, erhalten sie unabhängig von dem Haushalt, für den sie arbeiten, keinen Einwandererstatus. *Sie dürfen ihre Stelle nicht verlassen und keine andere Beschäftigung annehmen.* Das ist es, wonach wir Ausschau halten, so etwas in der Art suchen wir.«

Doch nicht Anouk Khoori begegnete ihnen, als sie wieder auf der High Street waren, sondern der offene Wagen der British Nationalists. Der Kandidat Ken Burton stand in schwarzen Jeans und schwarzem Hemd – ob deren Bedeutung den meisten Beobachtern wohl entging? – lässig und aufrecht an der Stelle des Beifahrersitzes im Wagen und plärrte seine Wahlslogans durch ein Megaphon. Zwar gehörte er zu den *British* Nationalists, doch war es unterschwellig eher die Idee *England den Engländern*, für die er in diesem lieblichen, warmen Eckchen von Sussex warb.

Auf Plakaten, die hinten auf den Wagen geklebt worden waren, wurden die Wahlberechtigten nicht nur dazu aufgefordert, für Burton zu stimmen, sondern sich auch am Marsch der Arbeitslosen zu beteiligen, der für den folgenden Tag angesetzt war und von Stowerton nach Kingsmarkham führen sollte.

»Wußten Sie davon etwas?« fragte Burden.

»Ich habe irgend etwas läuten hören. Das haben die Kollegen von der uniformierten Abteilung aber im Griff.«

»Soll das heißen, man rechnet mit Problemen? Hier? *Hier*?«

»In diesem grünen, freundlichen Ländchen? Mike, *viele* Leute sind arbeitslos. In Stowerton liegt der Anteil mit etwa zwölf Prozent sogar über dem Landesdurchschnitt. Die Stimmung ist ziemlich angeheizt. Ich glaube, es wird Zeit, daß wir Mynford New Hall einen Besuch abstatten.«

»Sie wird nicht dasein, Sir. Sie ist bestimmt unterwegs, um unentschlossene Wähler zusammenzutrommeln.«

»Um so besser«, sagte Wexford.

»Dann unterhalten wir uns mit den Dienstmädchen?«

»Was wir suchen, ist kein Dienstmädchen, Mike«, erwiderte Wexford. »Wir suchen eine Sklavin.«

22

Über die Landstraße, die Pomfret mit Cheriton verband, war es weiter. Von Kingsmarkham aus schaffte man es über die Felder zu Fuß bequem in vierzig Minuten; wenn man schnell lief, in fünfundzwanzig; es waren eigentlich nur etwa zwei Meilen, über diese Strecke jedoch sieben. Burden, der am Steuer saß, hatte Mynford New Hall noch nie gesehen. Er erkundigte sich, ob das Haus so alt war, wie es aussah, verlor jedoch das Interesse, als er erfuhr, daß die Bauarbeiten erst kurz vor der Gartenparty abgeschlossen worden waren.

Wexford hatte eigentlich damit gerechnet, Wahlplakate zu sehen, wenngleich Mynford außerhalb des Wahlkreises lag, für den Mrs. Khoori kandidierte. Doch weder an den Torpfosten noch in den Fenstern des Hauses im pseudogeorgianischen Stil hingen welche. Jemand hatte die Beete, die vor zwei Wochen noch brachgelegen hatten, mit voll ausgewachsenen, üppig blühenden Geranien bepflanzt. Seit Wexfords erstem Besuch hatte man einen Klingelzug und sehr extravagant aussehende Kutschlampen angebracht.

Allerdings bezweifelte er, daß der Klingelzug angeschlossen war und funktionierte; oder aber es war tatsächlich niemand zu Hause. Als Burden nach oben sah, bemerkte er das Gesicht, das zu ihnen herunterblickte, ein bleiches, ovales Gesicht, ein Kopf, dessen schwarzes Haar von der dahinterliegenden Dunkelheit kaum zu unterscheiden war.

Nachdem Wexford viermal geklingelt hatte, rief er: »Kommen Sie bitte herunter und lassen Sie uns herein.«

Der Bitte wurde nicht sofort entsprochen. Juana beziehungsweise Rosenda blickte noch ein Weilchen ausdruckslos nach unten, nickte dann leicht, warf den Kopf zurück und verschwand. Die Tür wurde schließlich nicht von ihr geöffnet, sondern von einer Frau mit brauner Hautfarbe und mongolischen Gesichtszügen. Obwohl Wexford keine Dienstbotentracht erwartet hatte, war er doch einigermaßen überrascht über den pinkfarbenen Trainingsanzug aus Nickistoff.

Im Haus herrschte eisige Kälte, es fühlte sich an, als betrete man die Kühlwarenabteilung eines Supermarktes. Vielleicht hatten sie hier die gleiche Klimaanlage wie die Crescent Stores in der Abteilung für verderbliche Lebensmittel. Wexford und Burden zeigten ihre Dienstausweise, die die Frau interessiert begutachtete; offensichtlich amüsierte sie der Vergleich zwischen den Fotos und den lebenden Männern.

»Seit dem da sind Sie aber älter«, sagte sie mit einem lauten Lachen zu Wexford.

»Ihr Name, bitte?«

Das Gelächter wurde abgeschaltet, und sie sah ihn an, als hätte er eine unverschämte Bemerkung gemacht.

»Warum wollen Sie wissen?«

»Sagen Sie uns doch bitte einfach Ihren Namen. Sind Sie Juana oder Rosenda?«

Die Verstimmung schlug schnell in Verdrossenheit um. »Rosenda Lopez. Das da ist Juana.« Die Frau, deren Gesicht vorhin heruntergestarrt hatte, war lautlos in die Eingangshalle gekommen. Wie Rosenda trug auch sie weiße Turnschuhe, aber ihr Trainingsanzug war blau. Sie hatte den gleichen Akzent wie Rosenda, allerdings war ihr Englisch besser. Sie war jünger und hätte fast Dix' *Mikado*-Parodie entsprochen, derzufolge die Dienstmädchen der Khooris kaum aus dem Teenageralter heraus waren.

»Mr. und Mrs. Khoori sind nicht zu Hause.« Die folgenden Worte klangen wie von einem Anrufbeantworter. »Sie können eine Nachricht hinterlassen, wenn Sie möchten.«
»Juana – und wie weiter?« fragte Burden.
»Gonzalez. Und jetzt gehen Sie. Danke.«
»Ms. Lopez«, sagte Wexford, »Ms. Gonzalez, Sie können es sich aussuchen. Entweder wir reden hier und jetzt miteinander, oder Sie kommen mit aufs Polizeirevier nach Kingsmarkham. Haben Sie mich verstanden?«
Er mußte es ein paarmal wiederholen, und Burden mußte es in leicht abgewandelter Form noch einmal sagen, bevor sie eine Reaktion zeigten. Beide Frauen waren wahre Meisterinnen in der Kunst der stummen Impertinenz. Und als Juana plötzlich etwas sagte, wahrscheinlich auf Tagalog, und die beiden anfingen zu kichern, konnte Wexford den Kummer von Margaritas Schwester Corazon nachempfinden, die ausgelacht worden war, weil sie Heimweh nach ihren Kindern gehabt hatte.
Juana wiederholte die unverständlichen Worte und lieferte dann offensichtlich die Übersetzung. »Kein Problem.«
»Okay. Also«, sagte Rosenda. »Jetzt Sie sich setzen.«
Es schien nicht nötig, weiter ins Innere des Hauses vorzudringen. Die Eingangshalle war ein gewaltiger Raum mit Pfeilern, Bögen, Nischen und holzgetäfelten Wänden mit zurückgesetzten Säulen und besaß starke Ähnlichkeit mit der Empfangshalle der Abtei von Northanger oder Pemberley – mit dem Unterschied, daß hier alles neu war, nagelneu, gerade erst fertiggestellt. Und nicht einmal im frühen neunzehnten Jahrhundert, nicht einmal im Winter hätte in einem Herrenhaus eine derartige Kälte geherrscht. Wexford setzte sich auf einen blaßblauen Stuhl mit zierlichen, goldenen Beinen; Burden blieb stehen, ebenso die beiden Frauen, die sich anscheinend köstlich amüsierten.

»Haben Sie für Mr. und Mrs. Khoori auch schon gearbeitet, als sie noch drüben im Witwensitz wohnten?«

Burden mußte mit ihnen ans Fenster treten und auf das Wäldchen im Tal und die unsichtbaren Dächer deuten. Sie nickten bestätigend.

»Und natürlich auch, als sie im Juni dann hierherzogen?« Erneutes Kopfnicken. Er erinnerte sich an Cookies Bemerkung über das Einsperren. »Gehen Sie oft aus?«

»Aus?«

»In die Stadt. Freunde besuchen. Leute treffen. Ins Kino. Gehen Sie manchmal aus?«

Anstatt auf und ab bewegten sich ihre Köpfe nun hin und her. Juana sagte: »Wir fahren nicht Auto. Mrs. Khoori geht einkaufen, und wir wollen nicht Kino, wir haben Fernseher.«

»Hat Corazon auch im Witwensitz gearbeitet?«

Seine sehr englisch klingende Betonung dieses Namens brachte sie erneut zum Kichern, und jede wiederholte, wie er ihn ausgesprochen hatte. Dann sagte Juana: »Sie war Köchin.«

Wexford erinnerte sich wieder. An das Gesundheitszentrum und an eine Frau, die sich nicht ans Rauchverbot gehalten hatte. »Mußte sie zum Arzt? War sie krank?«

»War immer krank. Heimweh. Ist wieder nach Hause.«

»Und jetzt sind nur noch Sie beide übrig«, sagte Wexford. »Gab es vielleicht noch eine andere Haushaltshilfe zur gleichen Zeit wie Corazon oder vielleicht später?«

Es war schwer zu sagen, ob sie es einfach nicht kapierten oder mißtrauisch waren. Um *political correctness* bemüht, sagte er vorsichtig: »Ein junges Mädchen, siebzehn oder achtzehn, aus Afrika.«

Vor Kälte beinahe zitternd, hielt Burden ihnen das Foto hin. Der Anblick rief erneutes Gelächter hervor. Doch während Wexford noch überlegte, ob sie nun aufgrund rassistischer

Vorurteile lachten oder aus schlichter Verwunderung darüber, daß jemand von ihnen verlangte, dieses Mädchen zu identifizieren, oder aber aus einem gewissen wohligen Grausen heraus – jedesmal, wenn er das Foto vorzeigte, wirkte Sojourners Gesicht noch toter –, ging plötzlich die Haustür auf, und Anouk Khoori trat ein, unmittelbar gefolgt von ihrem Gatten, Jeremy Lang und Ingrid Pamber.

»Reg«, sagte sie ohne jede Spur von Verwirrung, »das ist aber nett! Ich wußte, ich würde Sie hier treffen.« Sie streckte ihm beide Hände entgegen, in der einen eine Zigarette haltend. »Aber warum haben Sie mir denn nicht gesagt, daß Sie kommen?«

Wael Khoori sagte gar nichts. Er legte die unerschütterliche Miene des erfolgreichen Geschäftsmannes und Millionärs an den Tag, der nach außen eine freundlich lächelnde, schweigende Fassade zeigt, während er in Gedanken ganz woanders weilt und mit ganz anderen Dingen beschäftigt ist, mit Hochfinanz oder vielleicht dem Hong-Seng-Index. Er lächelte stoisch und stand abwartend da.

»Wir machen eine Lunchpause«, sagte Mrs. Khoori. »Ich kann Ihnen sagen, so ein Wahlkampf ist wirklich Schwerstarbeit. Ich bin wahnsinnig hungrig. Ist es hier drin nicht herrlich kühl? Sie müssen natürlich zum Lunch dableiben, Reg, und Sie auch, Mr. äh...?« In demselben freundlichen, ziemlich atemlosen Ton an Rosenda gewandt: »Ich hoffe, Sie können uns *schnell* was Leckeres machen, ich muß mich dann nämlich gleich wieder ins *Getümmel* stürzen.«

Plötzlich sprach Khoori. Er ignorierte alles, was seine Frau gesagt hatte. Es war, als hätte sie den Mund gar nicht aufgemacht. »Ich weiß genau, weshalb Sie hier sind.«

»Wirklich, Sir?« sagte Wexford. »Dann unterhalten wir uns doch gleich darüber, ja?«

»Ja, natürlich, aber erst nach dem Lunch«, erwiderte Anouk. »Kommt, wir gehen ins Eßzimmer, aber ganz schnell, Ingrid muß nämlich gleich wieder ins Büro.«
Sie wurde abermals ignoriert. Khoori blieb unerschütterlich stehen, während sie Jeremy und Ingrid mitzog, den Arm um sie legte und mit ihnen quer durch die Eingangshalle wirbelte. Ingrid, die in ihrem ärmellosen Kleid verkniffen und etwas blaß wirkte, drehte sich noch einmal um und warf Wexford einen ihrer koketten, schelmisch aufreizenden Blicke zu. Doch sie war ganz verändert, der blaue Blick hatte seine strahlende Kraft verloren. Ihre Augen wirkten farblos, und ihn durchfuhr blitzschnell der Gedanke, er habe sich das leuchtende Azurblau nur eingebildet, allerdings nur für einen kurzen Augenblick, denn schon sagte Khoori: »Kommen Sie. Hier herein.«
Es war die Bibliothek, doch nach einem raschen, prüfenden Rundblick wußte er, daß es nicht die Art von Bibliothek war, die man für Forschungsarbeit nutzen würde oder in der man viel Zeit verbringen wollte. Wahrscheinlich hatten die Khooris einen Innenarchitekten damit beauftragt, überall an den Wänden Regale anzubringen und diese mit den passenden Büchern zu bestücken, alten, schön gebundenen Büchern. Und so hatte man die *Naturgeschichte der Pyrenäen* in sieben Bänden, Hakluyts *Entdeckungsreisen* und Mommsens Werk über Rom und Motleys über die Holländische Republik angeschafft. Khoori nahm hinter einem Stilmöbel-Schreibtisch Platz. Dessen grünlederner Einsatz war so bearbeitet worden, daß der Eindruck erweckt wurde, jahrhundertelang hätten dort Gänsekiele auf Pergament gekratzt.

»Sie scheinen über unseren Besuch gar nicht überrascht zu sein, Mr. Khoori«, sagte Wexford.
»Nein, Mr. Reg. Verärgert ja, aber nicht überrascht.«

Wexford sah ihn an. Hier lag der Fall anders als bei Bruce Snow, der sie für Verkehrspolizisten gehalten hatte. »Worum, denken Sie, geht es hier?«

»Ich nehme an, besser gesagt, ich *weiß*, daß diese Frauen, oder vielmehr eine von ihnen, es versäumt haben, beim Innenministerium ihre Aufenthaltserlaubnis verlängern zu lassen. Und zwar trotz ihres erklärten Interesses hierzubleiben, trotz der Tatsache, daß ich die Anträge für sie habe tippen lassen. Und obwohl sie wissen, daß sie nur unter den Bestimmungen des Einwanderungsgesetzes von 1971 bleiben können. Sie müßten bloß den Brief unterzeichnen und abschicken. Ich weiß, letztes Mal ist genau das gleiche passiert, als sie noch ganz neu bei uns waren und eine ursprüngliche Aufenthaltserlaubnis für sechs Monate hatten. Ständig muß man diese Leute im Auge behalten, und ich habe nicht die Zeit, so wachsam zu sein, wie ich sollte. Nun gut, so ist es nun mal. Wie bringen wir die Sache in Ordnung?«

Eine kleine List könnte nichts schaden, dachte Wexford. »Stellen Sie den Antrag doch einfach noch einmal, Mr. Khoori. Es wurde ein Fehler gemacht, doch offensichtlich nicht in böser Absicht.«

»Ich stelle also den Antrag noch einmal und sorge diesmal dafür, daß er sein Ziel erreicht?«

»Genau«, sagte Burden und verwandelte sich in einen Beamten von der Einwanderungsbehörde. Er erfand derartig geschickt irgendwelche Dinge, daß Wexford nur staunen konnte. »Und nun zu dieser Corazon. Wir haben erfahren, daß sie den Arbeitgeber wechseln wollte, was natürlich illegal ist. Gemäß den Bestimmungen des Gesetzes ist sie nur befugt, für diejenigen Personen zu arbeiten, deren Name in ihrem Paß vermerkt ist.«

»Da war so eine Geschichte, daß die anderen Mädchen sie

schlecht behandelt haben... na, sagen wir, sie waren nicht besonders nett zu ihr. Sie war ständig in Tränen aufgelöst.« Khoori zuckte die Achseln. »Nicht sehr angenehm für meine Frau und mich.«

»Und nachdem sie begriffen hatte, daß sie nirgendwo anders arbeiten konnte, kehrte sie nach Hause zurück? Wann war das ungefähr?«

Khoori hob eine Hand und strich sich den Helm weißen Haares glatt, der ihm wie eine Perücke auf dem Kopf saß. Es war jedoch deutlich zu erkennen, daß es sich nicht um eine Perücke handelte. Die Hand war lang, braun und tadellos gepflegt. Er runzelte leicht die Stirn, während er nachdachte. »Vor etwa einem Monat, vielleicht auch weniger.«

Und es war auf den Tag genau vier Wochen her, daß Wexford Anouk Khoori zum ersten Mal im Gesundheitszentrum begegnet war. Damals hatte sie noch eine Köchin, eine Bedienstete, die wohl vor Heimweh und wegen der Grausamkeit der anderen krank geworden war.

»Würden Sie mir bitte sagen, Sir«, meinte Wexford, »woher das Geld für ihren Rückflug stammte?«

»Von mir, Mr. Reg, von mir.«

»Sehr großzügig von Ihnen. Nur eines noch, bitte klären Sie mich über diesen Sachverhalt auf. Trifft es Ihres Wissens zu, daß im Arbeitsrecht der Golfstaaten Hausangestellte nicht als Arbeitnehmer, sondern als Familienangehörige gelten?«

Der Verdacht, es könnte sich um eine Falle handeln, flakkerte in Khooris Augen auf. »Ich bin kein Anwalt.«

»Aber Sie sind doch kuweitischer Staatsbürger, oder nicht? Sie müssen doch wissen, ob es so ist oder nicht, ob es tatsächlich so gehandhabt wird.«

»Im großen und ganzen, denke ich trifft das zu, ja.«

»Familien aus den Golfstaaten bringen also ihre Dienstboten als *Familienangehörige oder Freunde* hierher, ohne den Status eines Hausangestellten und folglich ohne Schutz vor Mißbrauch? Und obwohl klar ist, daß sie hier nicht auf Urlaub sind, sondern um zu arbeiten, dürfen sie als Besucher bleiben.«

»Schon möglich. Ich kenne mich da nicht so gut aus.«

»Aber Sie wissen, daß es manchmal vorkommt? Und zwar aus folgendem Grund: Wenn man Hausangestellten, die als Arbeitskräfte entweder an einen Arbeitgeber gebunden sind und höchstens zwölf Monate bleiben dürfen, oder als Familienmitglieder, Freunde oder angebliche Besucher hierherkommen, die Einreise verweigert, könnte das reiche Investoren wie Sie selbst davon abhalten, sich hier niederzulassen.«

Khoori lachte schallend. »Es würde mir doch nicht im Traum einfallen hierherzukommen, wenn ich meine Teller selbst abspülen müßte.«

»Sie haben aber nie jemanden unter diesen besonderen Umständen ins Land gebracht?«

»Nein, Mr. Reg, das habe ich nicht. Fragen Sie meine Frau. Oder noch besser, fragen Sie Juana und Rosenda.«

Er führte die beiden in einen weitläufigen, eiskalten Speisesaal mit zehn Fenstern an einer Seite und einer bemalten Decke. Etwa drei Meter unter den dort abgebildeten Putten, Füllhörnern und Liebesschnörkeln saßen Anouk, Jeremy und Ingrid an einem Mahagonitisch, an dem Platz für vierundzwanzig Personen war, aßen Räucherlachs und tranken Champagner.

»Wir feiern meinen Sieg schon im voraus, Reg«, sagte Anouk. »Finden Sie das sehr verwegen?«

Ihr Mann flüsterte ihr etwas ins Ohr. Es rief ein kicherndes Gelächter hervor, das sich allerdings nicht besonders fröhlich anhörte. Wexford verspürte wieder diese Abneigung gegen sie, und er wandte sich instinktiv ab und blickte zu Ingrid hinüber, der schönen frischen Ingrid, deren Haar immer noch straff und glatt war und deren Haut gesund schimmerte, deren Augen jedoch stumpf wie Steine geworden waren. Während er sie ansah, holte sie eine Brille aus ihrer Handtasche und setzte sie sich auf die Nase.

Ihre Veränderung war jedoch gar nichts gegen die Veränderung, die mit Anouk Khoori vor sich gegangen war. Unter ihrem Make-up war sie knallrot angelaufen, und ihre Züge schienen sich vor Anspannung zu verzerren.

»Es geht um das ermordete Mädchen, richtig? Die kleine Schwarze? Die haben wir noch nie gesehen.« Ihre sorgfältig modulierte Stimme wurde schrill. »Wir wissen rein gar nichts über sie. Für uns hat hier nie jemand anderes gearbeitet als Juana und Rosenda und diese Corazon, aber die ist wieder zu Hause. Daß mir das ausgerechnet heute passieren muß, entsetzlich. Ich werde mir meine Chancen durch so etwas nicht zerstören lassen!«

Während sich ihre Stimme zu einem panischen Ton steigerte, betraten Juana und Rosenda gleichzeitig den Raum, die eine mit einer Karaffe Wasser auf einem Tablett, die andere mit einem frisch gerichteten Teller mit Schwarzbrot und Butter. Die Verärgerung ihrer Dienstherrin, der plötzliche zornige Verdruß, den zumindest Wexford zum ersten Mal miterlebte, bereitete ihnen sichtliches Vergnügen. Juana mußte sich mit der Hand den Mund zuhalten, Rosendas Lippen zuckten, während sie dastand und sie anstarrte.

Wexford hatte eigentlich nicht damit gerechnet, daß Anouk auf Anhieb erriet, worum es sich handelte. Oder hatte sie etwa Schuldgefühle?

»Sagt es ihnen doch«, schrie sie, »sagt es ihnen, ihr zwei. So jemanden hatten wir hier nie, stimmt's? Es gefällt euch doch hier, oder? Euch hat doch noch nie jemand etwas getan, sagt ihnen das.«

Juana konnte sich nicht mehr beherrschen und prustete los. »Der ist verrückt«, sagte sie japsend. »Wir haben nie so jemand gesehen, äh, Rosa?«

»Nein, nie gesehen, nein, nein.«

»Nein, haben wir nicht. Hier Ihr Brot und Butter. Wollen Sie noch Zitrone?«

»Na gut«, sagte Wexford. »Danke, das ist alles.«

Weil ihr offenbar eben einfiel, daß er bereits gewählt hatte, schrie Anouk ihn an: »Sie verlassen jetzt sofort mein Haus! Auf der Stelle! Raus hier, alle beide!«

Mit einem leichten Aufschrei war Ingrid aufgestanden, die Serviette hielt sie fest umklammert. »Ich muß jetzt gehen, ich muß wieder ins Büro.«

Rosenda hielt ihnen die Eßzimmertür auf und murmelte: »Kommen Sie, kommen Sie, hinaus.«

»Sie nehmen mich doch mit, oder?« wandte sich Ingrid an Wexford.

Burden antwortete für ihn. »Ich fürchte, das geht nicht.«

»Ach, aber ich dachte...«

»Wir sind kein Taxiunternehmen.«

Im Eßzimmer hinter ihnen erlitt Anouk gerade einen kleineren Nervenzusammenbruch und stieß lauter spitze, abgehackte Schreie aus. An niemanden direkt gewandt, sagte Khoori, es sei wohl besser, den Brandy zu holen. Wexford und Burden durchquerten die weitläufige Eingangshalle zur Haustür, begleitet von den beiden kichernden Frauen. Draußen schlug ihnen die Hitze entgegen, ein angenehm sinnliches Gefühl. Sie saßen kaum im Wagen, als Ingrid herauskam, gefolgt von Khoori, der ihr in das Auto half, mit dem sie hergekommen waren.

»Wetten, es ist das erste Mal, daß jemand mit einem Rolls Royce zum Arbeitsamt chauffiert wird«, sagte Burden und ließ den Motor an. »Ohne die Kontaktlinsen sieht sie etwas anders aus, was?«

»Sie meinen, das Blau kam von *Kontaktlinsen*?«

»Woher denn sonst? Sie hat wahrscheinlich eine Allergie bekommen und kann sie nicht mehr tragen.«

Vielleicht lag es am Duft seines Rasierwassers, jedenfalls wußte Gladys Prior, noch bevor Burden den Mund aufmachte, wer er war. Sie buchstabierte sogar gleich seinen Namen, wieder dieser Witz, der ihr solches Vergnügen bereitete. Wexfords Frage rief einen neuerlichen Sturm von Gelächter hervor.

»Ob er zu Hause ist? Du liebe Güte, seit vier Jahren hat er keinen Fuß vor die Tür gesetzt.«

Percy Hammond saß in seinem Mizpa und blickte über die Hochebene von Syrien. Ohne sich umzudrehen, erkannte er sie an ihren Stimmen und Schritten und fragte: »Wann schnappen Sie ihn denn nun?«

Wexford antwortete, wofür er von Burden einen überraschten, sanft mahnenden Blick erntete: »Morgen, glaube ich, Mr. Hammond. Ja, wir werden... äh, morgen werden wir sie schnappen.«

»Wer bekommt dann die Wohnung da drüben?« sagte Mrs. Prior unvermittelt.

»Was, Annette Bystocks Wohnung?«

»Genau die. Wer bekommt die?«

»Keine Ahnung«, sagte Burden. »Die geht wahrscheinlich an die nächsten Angehörigen. Also, Mr. Hammond, wir möchten Sie noch einmal um Ihre Hilfe bitten ...«

»Damit Sie ihn morgen schnappen können, was?«

Burdens Miene verriet allzu deutlich, was er von Wexfords

tollkühner Behauptung hielt. »Wir möchten Sie bitten, Sir, uns noch einmal genau zu sagen, was Sie am achten Juli von diesem Fenster aus gesehen haben.«

»Und noch wichtiger«, ergänzte Wexford, »was Sie am siebten Juli gesehen haben.«

Es wäre etwas noch nie Dagewesenes, und er hätte es niemals gewagt, nicht wirklich, doch *um ein Haar* hätte Burden Wexford korrigiert. Es lag ihm bereits auf der Zunge zu murmeln, das meinen Sie gar nicht, nicht am Siebten, am Siebten hat er nur das Mädchen mit den blauen Kontaktlinsen gesehen und Edwina Harris und den Mann mit dem Spaniel. Es stand alles in dem Bericht. Doch statt es zu sagen, hüstelte er nur, räusperte sich nur wenig. Wexford nahm keine Notiz davon.

»Am Donnerstag morgen, in aller Frühe, haben Sie doch den jungen Burschen, der ein bißchen aussah wie unser Mr. Burden hier, mit einer großen Kiste unterm Arm aus dem Haus kommen sehen.«

Percy Hammond nickte nachdrücklich. »So ungefähr um halb fünf Uhr morgens war das.«

»Richtig. Und in der Nacht davor, also der Nacht von Mittwoch auf Donnerstag, legten Sie sich schlafen, wachten aber nach einer Weile wieder auf und standen auf ...«

»Um aufs Örtchen zu gehen«, sagte Gladys Prior.

»Und dabei schauten Sie natürlich aus dem Fenster – und sahen jemanden aus Ladyhall Court herauskommen? Einen jungen Mann?«

Das alte, faltige Gesicht verzerrte sich im Bemühen um eine Erinnerung noch mehr. Der alte Mann krampfte die Hände ineinander.

»Habe ich das gesagt?«

»Das haben Sie gesagt, Mr. Hammond, und dann dachten Sie, Sie hätten sich geirrt, weil Sie ihn ja ganz sicher am

Morgen gesehen haben, und zweimal hätten Sie ihn ja nicht sehen können.«

»Ich habe ihn aber zweimal gesehen ...« sagte Percy Hammond, und seine Stimme senkte sich zu einem Flüstern. »*Zweimal.*« Wexford tastete sich behutsam vor. »Sie haben ihn zweimal gesehen? Morgens – und in der Nacht davor?«

»Richtig. Das wußte ich doch, egal, was die anderen gesagt haben. Ich habe ihn zweimal gesehen. Und beim ersten Mal hat er *mich* auch gesehen.«

»Woher wissen Sie das?«

»Beim ersten Mal hatte er keine Kiste dabei, da trug er gar nichts. Als er am Gartentor war, schaute er herauf und sah mir direkt in die Augen.«

Es war Wexfords letzter Besuch bei Oni Johnson. Sie konnte ihm weiter nichts sagen. Ihre Offenheit hatte sie gerettet, und am nächsten Tag sollte sie von der Intensivstation auf den Ruford Ward in ein Zimmer mit drei anderen Frauen verlegt werden.

Laurette Akande kam ihm zur Begrüßung entgegen. Sie sah Wexford freundlich an und redete so, als hätte es die Ereignisse des vergangenen Monats nie gegeben. Als hätte sie ihre Tochter nie verloren und er diese Tochter nie gefunden, als ob es keine Sorge, keinen Kummer und kein frohes Wiedersehen gegeben hätte. Als sei er ein liebenswerter Fremder. Ihr Auftreten war unbeschwert, ihre Stimme munter.

»Wenn bloß jemand diesen Jungen mal dazu bringen würde, sich gründlich zu waschen. Seine Kleider und seine Haar stinken, ganz zu schweigen vom Rest.«

»Na, wenn seine Mutter weg ist, sind Sie ihn ja los«, sagte Wexford.

»Ich kann es kaum erwarten.«

Oni sah hübsch aus, wie sie da im Bett saß, in einem Bettjäckchen aus pinkfarbenem Satin, das bei diesem Wetter viel zu warm war, offensichtlich ein Geschenk von Mhonum Ling. Auf einer Bettseite saß Mhonum, auf der anderen Raffy. Er roch tatsächlich unangenehm; sein seltsames Hamburger- und Tabakaroma kämpfte gegen den Duft des Giorgio-Eau-de-Toilette seiner Tante an – und gewann die Schlacht.

»Wann fangen Sie ihn denn nun?« fragte Oni.

Anscheinend war Wexford an diesem Nachmittag zur Zielscheibe des allgemeinen Gespötts auserkoren. Oni lachte, dann lachte Mhonum, und schließlich stimmte auch Raffy mit albernem Kichern ein.

»Morgen.«

»Soll das ein Witz sein?« sagte Mhonum.

»Hoffentlich nicht.«

Allmählich war es schon fast Routine. Sylvia fuhr die Kinder und Neil nach Kingsmarkham, Neil ging in seine Selbsthilfegruppe und versprach, sich später wieder zu ihnen zu gesellen, und Sylvia fiel bei ihren Eltern ein. Meistens eher bei ihrer Mutter. Wexford fragte nie, wie lange sie schon da war, wenn er nach Hause kam, er wollte es auch gar nicht wissen, obwohl es ihm Dora nachher manchmal sagte, wobei sie ihren grollenden Bemerkungen immer ein abmilderndes »So sollte ich aber nicht über mein eigenes Kind sprechen!« vorausschickte.

»Du hast wohl nichts dagegen«, sagte Sylvia, als er ins Haus kam, »wenn ich morgen am Marsch der Arbeitslosen teilnehme?«

Er wunderte sich – und war gleichzeitig ein bißchen gerührt –, daß er überhaupt gefragt wurde. »Es ist doch keine von den Veranstaltungen, bei denen Leute festgenommen oder Häuser angezündet oder Autos umgekippt werden.«

»Ich dachte nur, ich frage dich«, sagte sie in einem Ton, aus dem leidgeprüfter Gehorsam herauszuhören war.

»Du kannst machen, was du willst, solange du die Pferde nicht scheu machst.«

»Sind da *Pferde* dabei, Grandad?«

Wexford mußte lachen. Er fand, ihm stand ein bißchen Gelächter zu, dessen Bedeutung den anderen entging. Plötzlich klingelte es an der Haustür. In so zackiger Colonel-Bogey-Manier klingelte sonst niemand: da-da-di-di-di-pom-POM. Diese Unbeschwertheit überraschte alle. Wexford ging, um aufzumachen. Sein Schwiegersohn stand breit grinsend vor der Haustür und bestand darauf, ihm die Hand zu schütteln.

»Kann ich einen Drink haben? Ich brauche einen.«

»Natürlich.«

»Bitte einen Whisky. Ich hatte einen sagenhaften Nachmittag.«

»Das sehe ich.«

Neil nahm einen kräftigen Schluck. »Ich habe einen Job. Noch dazu in meinem Fachgebiet. Ich tue mich mit diesem alten Architekten zusammen, einem schrecklich erfolgreichen Burschen. Er finanziert die Sache, und ich bin...«

»Also«, sagte Sylvia, »ich finde es unmöglich, daß du vor allen damit herausplatzt, statt es erst mal mir zu sagen.«

Ihr Vater stimmte ihr eigentlich zu, sagte jedoch nichts. Er schenkte sich ebenfalls einen Drink ein. »Alexander Dix«, sagte er, als ihm der Whisky die Kehle hinuntergelaufen war.

Neil hatte sich seinen jüngeren Sohn aufs Knie gesetzt. »Genau. Das einzige Angebot von all denen, auf die ich mich gemeldet hatte, bei dem etwas herauskam. Woher weißt du das?«

»Ich glaube nicht, daß es in Kingsmarkham mehr als einen reichen, alten, erfolgreichen Architekten gibt.«

»Als erstes haben wir ziemlich ehrgeizige Pläne für das Castlegate-Grundstück. Ein Einkaufszentrum, obwohl das vielleicht zu banal klingt für das, was es einmal werden soll. Ein Objekt der Schönheit, eine Bereicherung für die Innenstadt, ganz in Kristall und Gold, und in der Mitte ein Crescent-Supermarkt.« Er sah das Aufblitzen im Auge seines Schwiegervaters und deutete es falsch. »Ja, aber keine Angst, ohne Mond und Minarette. Es gehört zu diesem neuen Vorstoß der Regierung, den Handel wieder in die Innenstädte zu verlagern.« An Sylvia gewandt, sagte er beiläufig: »Ab Dienstag brauchst du dich dann nicht mehr auf dem Arbeitsamt zu melden.«

»Vielen Dank. Aber das entscheide immer noch ich.«

»Du könntest ja wenigstens sagen, daß du dich freust.«

»Ich bin nicht unbedingt scharf darauf, einer Gesellschaftsschicht anzugehören, in der die Frau am Herd steht und sagt, wenn der Mann nach Hause kommt und erzählt, er hätte einen lukrativen neuen Job: Au fein, kriege ich jetzt eine Perlenkette und einen neuen Pelzmantel?«

»Man soll keine Pelze tragen«, sagte Ben.

»Tu ich auch nicht, kann ich mir nicht leisten, und werde es auch nie können.«

»*Walang problema*«, sagte Wexford auf Tagalog. Robin, der seinen Kopfhörer aufhatte, sah von seinem Videospiel hoch und bedachte ihn mit einem mitleidigen Blick. »Das mache ich doch gar nicht mehr, Grandad«, sagte er. »Jetzt interessiere ich mich für Ersttagsstempel mit Autogrammen von berühmten Leuten. Meinst du, du könntest mir eins von Anouk Khoori beschaffen?«

23

Der Marsch der Arbeitslosen sollte um elf Uhr morgens beginnen. Die Teilnehmer waren aufgefordert, sich mit ihren Transparenten auf dem Marktplatz in Stowerton zu versammeln, und vor den Stufen der alten Getreidebörse würde sich der Zug dann formieren. Es sollte sogar ein noch heißerer Tag werden, später aber regnen und voraussichtlich ein Gewitter geben. Das kam zwar alles in den Lokalnachrichten, und Wexford warf auch gelegentlich einen Blick auf den Bildschirm, während er sich fertigmachte, doch erfuhr er von Dora, die es von Sylvia hatte, den genauen Verlauf der Strecke. Der Marsch sollte quer durch Stowerton bis zum Kreisverkehr gehen, dann weiter auf den trostlosen Straßen des Industriegebiets, später wieder auf die Straße nach Kingsmarkham stoßen und über die Kingsbrook Bridge zurück in die Stadt führen. Zielpunkt war das Rathaus von Kingsmarkham.

Er mußte noch einmal zu den Nachrichten zurückschalten, um die Ergebnisse der Stadtratswahlen zu erfahren. Zwischen dem Liberal Democrat und der Independent Conservative war es so knapp ausgegangen, daß die Stimmen noch einmal ausgezählt werden mußten. Ken Burton hatte es, mit nur achtundfünfzig Stimmen, nicht geschafft. Wexford überlegte, ob er Sheila anrufen sollte, um ihr die gute Nachricht zu übermitteln, sah aber davon ab. Sie hatte sicher ihre eigenen Informationsquellen.

»Stell dir vor«, sagte Dora. »Am Sonntag sind *wir* bei Sylvia zum Mittagessen eingeladen.«

Doch Wexford meinte nur skeptisch: »Hoffentlich geht das gut«, und fügte hinzu: »Mit Neils Job, meine ich.«

Es war ein windstiller, schwüler Tag. Die Hitze hing unter einem blau verschleierten Himmel. Es war ein Wetter wie Anfang des Monats, als er vor der offenen Terrassentür gesessen und gelesen hatte und der Anruf von Dr. Akande gekommen war, bei dem dieser zum ersten Mal Melanie erwähnt hatte. An diesem Morgen fühlte sich die Luft fast sengend heiß an, und Burden bemerkte, er habe schon kühleren Dampf aus einem Teekessel kommen sehen. Die Klimaanlage im Wagen arbeitete ebenso effizient wie die in Mynford New Hall, und Wexford bat Donaldson, sie auszuschalten und ein Fenster zu öffnen.

»Wir sind so schnell bei der Hand, wenn es darum geht, die Aussagen alter Leute abzutun, nicht wahr?« sagte Wexford. »Sobald der geringste Zweifel aufkommt, denken wir sofort, sie sind senil oder ihr Gedächtnis taugt nichts mehr, ja sogar, sie sind nicht mehr ganz bei Trost. Wogegen wir einem jüngeren Menschen zumindest zuhören und ihn ermuntern, während er sich über die Dinge Klarheit verschafft.

Percy Hammond sagte, er sei Mittwoch abend ins Bett gegangen, eingeschlafen und wieder aufgewacht; dann war er aufgestanden und ›machte kurz Licht‹. Er schaltete es aber wieder aus, ›weil es so grell war‹. Das Gefühl kennen wir wohl alle. Er schaute aus dem Fenster und sah ›den jungen Kerl mit einer Kiste unterm Arm herauskommen‹. ›Oder war das später?‹ hatte er gefragt.

Wir baten ihn nicht, noch einmal darüber nachzudenken, wir sagten nicht, ›denken Sie genau nach, versuchen Sie sich zu erinnern, wie spät es war‹. Karen hat nur bestätigt, daß es später gewesen sein mußte, nämlich morgens, daß er ›den jungen Kerl‹ morgens gesehen hat. Mich trifft genausoviel

Schuld, ich habe auch nicht nachgehakt. Tatsache ist, Mike, daß der alte Mann Zack Nelson *zweimal gesehen* hat.«

Burden sah ihn erstaunt an. »Was soll das heißen?«

»Er sah ihn am Mittwoch ungefähr um halb zwölf und am nächsten Morgen um halb fünf dann *noch einmal*. Für ihn bestand daran eigentlich gar kein Zweifel. Das einzige, was er nicht mehr so genau wußte, war, ob Zack die ›Kiste‹ in der Nacht oder aber am Morgen herausgetragen hatte. Und beim ersten Mal, also Mittwoch abend, hat Zack *ihn* gesehen. Er sah ein Gesicht, das ihn aus dem Fenster anstarrte. Wissen Sie, was das heißt?«

»Ich glaube, ja«, sagte Burden langsam. »Annette starb nach zehn Uhr abends und vor ein Uhr morgens. Wenn Percy Hammond ihn zum ersten Mal gesehen hat, als ... Aber das bedeutet, daß Zack Annette umgebracht hat.«

»Ja, natürlich. Die Türen waren offen. Zack ging, sagen wir, um halb zwölf hinein und fand Annette schlafend im Bett. Sie war krank und schwach, wahrscheinlich hatte sie auch Fieber. Er sah sich nach einem Gegenstand um, mit der er die Tat begehen konnte. Vielleicht hatte er auch etwas dabei, einen Schal, einen Strick. Aber das Lampenkabel eignete sich besser. Er riß es heraus, erdrosselte Annette – die zu schwach war, um sich richtig wehren zu können – nahm nichts mit und verschwand. Außer der Straßenlaterne scheint dort kein Licht, niemand hat ihn gesehen, er ist aus dem Schneider – bis er auf der anderen Straßenseite das an die Scheibe gedrückte Gesicht des alten Percy Hammond sieht, das ihn anstarrt.«

»Aber dann wäre es doch höchst unwahrscheinlich, daß er fünf Stunden später noch einmal hingeht!«

»Sind Sie sich da so sicher?«

»Das letzte, was er wollte, wäre doch, die Aufmerksamkeit auf sich zu lenken.«

»Doch, genau das wollte er. Er wollte die Aufmerksamkeit auf sich lenken, oder jemand anders wollte es. Ich glaube, so war es. Es ist nur eine Vermutung, aber es ist die einzige mögliche Antwort. Zack bekam Muffensausen. Der Besitzer dieses, sagen wir es mal ganz brutal, ziemlich furchterregenden Gesichts hatte ihn gesehen, hatte ihn lange und sehr scharf gemustert. Er gerät in Panik, braucht einen, der ihm sagt, was er jetzt tun soll. Er erkennt plötzlich die Tragweite dessen, was geschehen ist.

Wer kann ihm sagen, was er tun soll? Natürlich nur die Person, Mann oder Frau, die ihn zu der Sache angestiftet hat, deren bezahlter Killer er ist. Es ist zwar mitten in der Nacht, aber das ist ihm egal. Er ist zweifellos angewiesen worden, nie Kontakt zu dieser Person aufzunehmen, aber das ist ihm jetzt auch egal. Er fährt los bis zum Laden an der Ecke, vor dem sich eine Telefonzelle befindet. Er tätigt seinen Anruf und bekommt von einem viel gewiefteren Täter, als er selbst je einer sein könnte, den Rat: Fahr noch mal hin, stiehl etwas und sorge dafür, daß du gesehen wirst. Sorge dafür, daß du ein zweites Mal gesehen wirst.«

»Aber wieso? Das verstehe ich nicht.«

»Er, wer immer dieser Er ist, muß gesagt haben: Sie werden herauskriegen, wann sie gestorben ist. Wenn du um vier oder später noch einmal hinfährst, *werden sie wissen, daß sie schon vor deiner Ankunft tot gewesen sein muß*. Dann bist du, was den Mord betrifft, aus dem Schneider. Wegen des Diebstahls kommst du natürlich in den Knast, aber nicht lange, und das ist es schließlich wert, oder? Es war ein älterer Mensch, der dich da gesehen hat, sagst du? Bei einem älteren Menschen nehmen sie sowieso einfach an, daß er sich in der Uhrzeit geirrt hat.«

»Stimmt«, sagte Burden. »Wir haben es einfach angenommen.«

»Das tun wir doch alle. Wir alle bevormunden die Alten, schlimmer noch: Wir behandeln sie wie kleine Kinder. Und eines Tages wird es uns genauso ergehen, Mike. Wenn sich die Welt nicht ändert.«

Innen hatte die Wohnung merkwürdige Ähnlichkeit mit dem Cottage in Glebe End. Kimberley hatte all ihre Habseligkeiten in Pappkartons und Plastiktüten hierhertransportiert, und in diesen Behältnissen blieben sie auch. Sie waren für sie immer noch das, was für andere Leute Schränke und Schubladen sind. Allerdings hatte sie sich ein paar neue Möbelstücke angeschafft: eine voluminöse dreiteilige Sitzgruppe mit violettgrau gemustertem Bezug und goldenen Borten und Kordeln, einen leuchtendroten Tisch mit vergoldeten Intarsien und einen Fernseher in einem weißgoldenen Schränkchen. Einen Teppich gab es nicht, auch keine Gardinen. Clint hatte, seit Burden ihn das letzte Mal gesehen hatte, laufen gelernt und tapste unsicher im Zimmer umher, wobei er mit dem Schokoladenplätzchen, an dem er herumgelutscht hatte, alle erreichbaren Polster beschmierte. Kimberley trug schwarze Leggings, weiße Schuhe mit Pfennigabsätzen und ein trägerloses, rotes Bustier. Sie bedachte Burden mit einem aggressiven Blick und sagte, sie wisse überhaupt nicht, wovon er rede.

»Woher kommt das ganze Zeug, Kimberley? All die Sachen hier? Vor drei Wochen wußten Sie ja noch nicht einmal, was aus Ihnen werden soll, wenn Sie aus dem Cottage rausmüssen.«

Immer noch mißmutig wandte sie die Augen von seinem Gesicht ab und starrte auf ihre Schuhe, deren Spitzen nach innen gekehrt waren.

»Von Zack sind sie, stimmt's? Nicht von Ihrer Großmutter.«

Zu ihren Füßen sagte sie: »Meine Grandma ist aber gestorben.«

»Klar, aber vererbt hat sie Ihnen nichts, sie hatte ja nichts zu vererben. Hat Zack es in bar gekriegt? Oder hat er für Sie beide ein Konto eröffnet und es dort einzahlen lassen?«

»Ich weiß da nichts drüber. Ich hab keine Ahnung.«

»Kimberley«, sagte Wexford. »Er hat Annette Bystock ermordet. Er hat nicht bloß ihren Fernseher und ihr Video geklaut. Er hat sie ermordet.«

»Hat er nicht! Nie!« Sie sah hoch und dann zur Seite, die Schultern gekrümmt, wie um ihr Gesicht vor einer herannahenden Attacke zu schützen. »Ihr Zeug hat er geklaut, mehr nicht.«

Der Kleine war mittlerweile wieder bei seiner Lieblingsbeschäftigung, nämlich Gegenstände aus einem Karton in einen anderen umzuräumen, und fischte gerade eine ungeöffnete Packung Teebeutel heraus und tappte mit dem Fund in der Hand zu seiner Mutter hinüber. Sie hob ihn hoch und setzte ihn sich auf den Schoß. Es sah aus, als hielte sie ihn wie einen Schutzschild vor sich. »Mir hat er gesagt, er hätte bloß ihre Glotze und so geklaut. Und wenn er Geld auf der Bank hat, na und? Okay, es ist von seinen Leuten, nicht von meinen. Er meinte, ich soll sagen, es ist von meiner Grandma, weil sie gestorben ist. Aber es war von seinen Leuten. Sein Dad hat Geld. Nicht aufreißen, Clint, sonst kommt der ganze Tee raus.«

Der Kleine scherte sich nicht um sie. Er hatte die Schachtel aufgerissen und zu seiner höchsten Zufriedenheit die Teebeutel entdeckt. Kimberley hielt ihn fest, umklammerte ihn mit einem Arm. Ihre Stimme klang scharf: »Er hat niemand umgebracht. Zack doch nicht. Das würde der nie tun.«

Sie sagte die Wahrheit, dachte Wexford, soweit sie sie eben kannte. Er war sich fast sicher, daß sie nichts wußte. »Bevor er wegging, hat Zack Ihnen aber gesagt, daß Geld auf der Bank ist, stimmt's?«

Sie nickte heftig. »Auf *meinem* Konto. Er hat es für mich draufgetan.«

Clint hielt einen Teebeutel mit beiden Händchen fest und lief rot an vor Anstrengung, ihn auseinanderzureißen.

»Und wieso ausgerechnet diese Wohnung, Kimberley?« fragte Burden.

»Nett, was? Die hat mir gefallen, die wollte ich, reicht Ihnen das nicht?«

»War es nicht eher so, daß Sie sich nicht darum bemühen mußten? Sie gehört Crescent Comestibles, das heißt Mr. Khoori, nicht wahr? Sie brauchten gar nichts zu tun. Mr. Khoori hat Sie hier reingesetzt und Ihnen das Geld dafür gegeben.«

Wexford war klar, daß sie keinen blassen Schimmer hatte, was Burden meinte. Eine Schauspielerin war sie nicht. Sie hatte schlicht keine Ahnung, und diese Namen sagten ihr überhaupt nichts. Das Kind auf ihrem Schoß hatte es mittlerweile geschafft, den Teebeutel aufzureißen, und streute nun den Inhalt über ihre Leggings und auf den Fußboden. Sie achtete gar nicht darauf. Sie schaute fassungslos drein und sagte schließlich: »Was?«

Wexford fand, daß es keinen Sinn hatte, es ihr zu erklären. »Was war los, Kimberley?«

Sie wischte sich die schwärzlichen Teeblätter von den Beinen und schüttelte Clint ein bißchen durch. »Ich war auf der High Street, ihn hatte ich im Buggy dabei, und da stand was über Wohnungen und Hypotheken und so Zeug, und da dachte ich, warum eigentlich nicht, ich hab ja das Geld, Zack hat gesagt, es ist meins, und ich bin rein zu dem Typ und sagte, ich habe Geld, und ich könnte ihm Bargeld oder einen Scheck geben, und habe gefragt, wann ich einziehen kann. Und das hab ich gemacht, ich bin eingezogen. Keine Ahnung, wer dieser Mr. Coo-Dings sein soll, von dem Sie reden, nie gehört.«

Ihr mußte natürlich klar sein, daß diese unerwartete finanzielle Zuwendung verdächtig war. Ehrlich erworbenes Geld, und zweifellos handelte es sich um mehrere tausend Pfund, findet seinen Weg nicht wundersamerweise auf das Bankkonto einer Person vom Schlage Zack Nelsons. Leute wie die Nelsons haben kein Privatvermögen und richten keine treuhänderischen Konten ein, um ihren weniger vermögenden Sprößlingen unter die Arme zu greifen. Das wußte sie genausogut wie die beiden Polizisten. Doch Wexford war klar, daß sie nie damit herausrücken würde, sie würde nie zugeben, daß sie wußte, daß dieser reiche Segen aus einer dunklen Quelle stammte, denn ihr Wunschtraum von einer besseren Unterkunft war so groß, daß sie diese Tatsache geflissentlich übersah. Sie würde bloß mit noch verwegeneren Erklärungen und Ausreden aufwarten.

»Vor allem wissen wir jetzt«, sagte er zu Burden, als sie wieder auf der High Street von Stowerton waren, »daß sie nicht weiß, wo das Geld herkommt. Das hat ihr Zack Nelson wohlweislich nie verraten. Ober besser gesagt, er hat ihr eine Lüge aufgetischt, die sie zwar als Lüge erkennen, aber akzeptieren würde. Ihm war wichtig, daß sie in Sicherheit war, und das ist sie. Wir hätten uns nicht die Mühe zu machen brauchen, die High Street zu umgehen.«

»Aber *er* weiß Bescheid.«

Wexford zuckte die Achseln. »Und glauben Sie, er rückt damit heraus? Zum gegenwärtigen Zeitpunkt? Okay, wir können ja mal im Untersuchungsgefängnis vorbeischauen und ihn fragen, dann erzählt er uns todsicher irgendwelchen Mist, von wegen Percy Hammond sei senil und Annette schon längst tot gewesen, als er Ladyhall Court betreten hatte. Genau das können wir nämlich nicht beweisen, Mike. Wir sind nicht in der Lage zu beweisen, daß Percy Hammond Zack zweimal gesehen hat. Wenn Zack jetzt den Mund hält, und das wird er, kriegt er schlimmstenfalls ein halbes Jahr wegen Einbruch.«

Sie schlenderten gemächlich und ziemlich ziellos die Straße entlang, machten in der Hitze nur kleine, langsame Schritte, und waren trotzdem kurz darauf am Marktplatz angelangt. Banken nisten sich in den meisten Städten dicht nebeneinander ein, und nachdem sie erst die Midland und dann die Natwest passiert hatten, fühlte sich Burden zu einer Bemerkung bemüßigt.

»Noch mal zu diesem Konto, das Zack eröffnet hat. Das muß er gemacht haben, bevor er Annette umbrachte. Gleich nachdem er sich bereit erklärt hat, die Tat zu begehen, also am Dienstag oder spätestens am Mittwoch. Wir könnten uns doch erkundigen, wer dort ein paar Tage später einen Scheck oder eine Zahlungsanweisung oder ähnliches eingereicht hat.«

»Können wir das wirklich, Mike?« fragte Wexford fast sehnsüchtig. »Mit welchem Recht sollten wir uns Einsicht in ein Bankkonto verschaffen können, das auf Kimberley Pearsons Namen läuft? Sie hat sich nichts zuschulden kommen lassen. Ihr wird überhaupt nichts zur Last gelegt. Sie weiß nicht, wo das Geld herkommt, und hat sich inzwischen wahrscheinlich tatsächlich eingeredet, es sei von Zacks reichem, altem Grandad. Vor dem Auge des Gesetzes ist sie unschuldig, und keine Bank wird uns gestatten, ihr Recht auf Privatsphäre zu verletzen.«

»Was ich nicht kapiere: Wieso hat Zack Nelson die Aufmerksamkeit auf sich gelenkt, indem er Bob Mole das Radio in aller Öffentlichkeit verkaufen ließ, und zwar auf dem Markt, auf den wir sowieso immer ein Auge haben.«

Wexford lachte. »Genau deswegen, Mike. Aus dem gleichen Grund ist er auch in Annettes Wohnung gegangen – um die Aufmerksamkeit auf sich zu lenken. Das wollte er ja, er wollte wegen des Diebstahls angeklagt und eingelocht werden, um anderweitig keine Schwierigkeiten zu kriegen. Er hat ja sogar den Gegenstand ausgesucht, der unter dem Diebesgut am leichtesten zu erkennen war, nämlich das Radio mit dem roten Farbfleck.«

Sie blieben mitten auf dem Platz stehen und wollten gerade umkehren und den gleichen Weg zurückgehen, wie es Leute, die ziellos umherschlendern, zu tun pflegen, als Wexfords Blick plötzlich auf die Menge fiel, die sich vor der alten Getreidebörse versammelt hatte. Es war ein Gebäude im viktorianischen Stil, dessen säulenflankierter Eingang über eine Treppenflucht zu erreichen war. Diese Stufen wurden von einigen der Wartenden wie Sitzplätze in einem Amphitheater genutzt, auf denen sie hockten oder lässig herumlümmelten. Oben an der Eingangstür war etwa ein halbes Dutzend Leute mit einem Transparent beschäftigt, das plötzlich auf seine ganze Länge entrollt wurde und auf dem zu lesen stand: »Gebt uns das Recht auf Arbeit.«

»Hier fängt der Marsch der Arbeitslosen an«, sagte Burden. »Wer hätte gedacht, daß es *hier* so etwas gibt? Ich meine, in Liverpool kann man es sich schon vorstellen, oder in Glasgow. Aber hier?«

»Wer hätte gedacht, daß es hier Sklaverei gibt? Und doch war Sojourner eine Sklavin.«

»Aber doch nicht in dem Sinn.«

»Wenn jemand ohne Lohn arbeitet, das heißt, ohne verfügbaren Lohn, ihren Arbeitsplatz nicht verlassen darf, keinen Ausgang hat, geschlagen und mißhandelt wird, was ist sie dann anderes als eine Sklavin? ›Es können keine Sklaven hier in England atmen, wenn ihre Lungen Unsere Luft empfangen, so sind sie frei; sie setzen ihren Fuß in Unser Land, und ihre Fesseln fallen.‹ Das habe ich aus einem Buch, ich werde es mir wahrscheinlich nicht sehr lange merken können. Was ich damit sagen will: Früher hat das vielleicht einmal gegolten, heute nicht mehr.« Wexford zog seinen Zettel aus der Tasche. »Ich habe mir da etwas aufgeschrieben. Eine Fallgeschichte, die sich aber nicht etwa im achtzehnten oder neunzehnten Jahrhundert zugetragen hat, sondern vor sechs Jahren.

›Roseline‹«, las er vor, »›stammt aus dem Süden Nigerias. Im Alter von etwa fünfzehn Jahren wurde sie ihrem mittellosen Vater für zwei Pfund ‚abgekauft‘. Man versicherte ihm, daß er diese Summe regelmäßig jeden Monat erhalten würde, um damit seine fünf anderen Kinder ernähren zu können. Roseline, erfuhr er von dem Ehepaar, sollte als Gast bei ihnen wohnen und in Hauswirtschaft unterwiesen werden. Sie nahmen sie mit nach Sheffield, wo der Mann als Arzt tätig war. Sie wurde als Dienstmagd gehalten, durfte nicht ausgehen, mußte auf dem Fußboden schlafen, und wenn sie zwischendurch einnickte, mußte sie zur Strafe stundenlang auf dem Fußboden knien. Um halb sechs begann ihr Arbeitstag und dauerte achtzehn Stunden. Sie putzte und wusch für ihre Arbeitgeber und deren fünf Kinder. Sie bekam Schläge mit dem Stock und wurde mangelhaft ernährt. Dem Nachbarn von nebenan schrieb sie einmal voller Verzweiflung einen Zettel, auf dem sie ihm für ein Sandwich Sex anbot. Der Zettel wurde entdeckt, und sie wurde noch härter bestraft. Im September 1988, als ihre Peiniger eine Woche verreist waren, faßte sie sich ein Herz und sprach eine Passantin an, die das Mädchen schon oft aus dem Fenster hatte starren sehen, und bat sie um Hilfe. Diese Nachbarin half ihr zu fliehen, und sie brachte ihre ehemaligen Arbeitgeber vor Gericht. Sie bekam zwanzigtausend

Pfund Schmerzensgeld zuerkannt. Allerdings war ihre Aufenthaltserlaubnis auf drei Monate begrenzt gewesen, und ihre Arbeitgeber hatten sie drei Jahre lang behalten. Da sie die Zeit also illegal überschritten hatte, wurde sie mit sofortiger Wirkung abgeschoben.‹«

Burden blieb eine Weile still. Dann sagte er: »Sojourner versuchte zu fliehen und wurde noch härter bestraft – wollen Sie das damit andeuten?«

»Sie sind mit ihrer Bestrafung zu weit gegangen. Zweifellos befürchteten sie öffentliches Aufsehen und etwaige Schmerzensgeldforderungen, und das wußten sie zu verhindern. Sie wußten es so sorgfältig zu verhindern, daß sie Annette umbrachten, die vielleicht ihre Identität und ihren Aufenthaltsort preisgegeben hätte, und sie versuchten – zweimal – Oni umzubringen, der das Mädchen vielleicht verraten hatte, wo sie wohnten.«

»Glauben Sie, daß sie wie diese Roseline als Besucherin ins Land gelassen wurde? Daß sie drei oder sechs Monate bleiben durfte, die Zeit aber überschritten hat?«

»Wer sollte das erfahren, wenn sie nie aus dem Haus durfte und niemand sie gesehen hat? Wenn Gäste des Hauses sie nie zu Gesicht bekamen? Ihr Arbeitgeber brauchte ihr doch nur mit Abschiebung weiß Gott wohin zu drohen, falls sie entdeckt wurde, und schon spielte sie bei diesem Gesetzesbruch mit.«

»Wenn ihre Lage so schlimm war, wieso wollte sie dann nicht abgeschoben werden?«

»Kommt darauf an, was sie dort erwartete. In vielen Teilen der Welt bleibt einer heimatlosen Frau ohne Geld nichts anderes übrig als die Prostitution. Jedenfalls hat Sojourner nicht *ganz* mitgespielt. Sie hätte eigentlich *vor* ihrer Reise hierher über ihre Rechte informiert werden müssen, hätte die Broschüre erhalten sollen, in der die Einwanderungsbestimmungen erläutert werden und an wen sie sich wenden kann, wenn sie schlecht behandelt wird. Aber das reicht ja auch nicht. Falls Sojourner, wie ich glaube, als Besucherin ins Land kam, sozusagen als *Gast* der Familie, hätte sie überhaupt keine Rechte, und lesen konnte sie auch nicht, soviel wir wissen. Jedenfalls bestimmt kein Englisch.

Es ist anzunehmen, daß sie sehr wenig über die Welt um sie herum wußte, über England, über Kingsmarkham. Sie war schwarz, hat aber nie andere Schwarze gesehen. Und eines Tages schaute sie aus dem Fenster und sah Melanie Akande beim Jogging ...«

»Reg, das ist pure Spekulation.«

»Es ist eine durchaus schlüssige Vermutung«, gab Wexford zurück. »Sie sah Melanie. Nicht einmal, sondern oft. Seit Mitte Juni fast täglich. Sie sah draußen ein schwarzes Mädchen wie sie, Nigerianerin wie sie; vielleicht spürte sie Melanies afrikanische Herkunft.«

»Mal angenommen, das stimmt, was ich allerdings nicht glaube, was dann?«

»Es gab ihr Zuversicht, Mike. Es zeigte ihr, daß Flucht möglich war und daß ihr die Welt nicht völlig fremd sein würde. Also lief sie weg, in der Dunkelheit, weil sie keinen anderen Ausweg sah...«

»Nein, das reicht mir nicht«, sagte Burden. »So kann es nicht gewesen sein. Sie *wußte doch über das Arbeitsamt Bescheid*. Sie wußte, dort geht man hin, um Arbeit zu suchen, oder, wenn es keine Arbeit gibt, um Geld zu bekommen... Sehen Sie... jetzt beginnt der Marsch.«

Ob es vielleicht hundert waren? Wie die meisten Menschen verstand Wexford sich nicht besonders gut darauf, auf einen flüchtigen Blick hin Zahlen zu schätzen. Um es präziser sagen zu können, müßte er sie in Vierer- oder Achtergruppen sehen. Jetzt formierten sie sich, jeweils vier in einer Reihe, zwei in der ersten Reihe hielten das Transparent hoch, beides Männer mittleren Alters. Burden glaubte, den einen bei seinen häufigen Besuchen auf dem Arbeitsamt gesehen zu haben. Und dann bemerkte er zum ersten Mal die beiden Beamten von der uniformierten Abteilung, die plötzlich auf den Stufen vor der Getreidebörse aufgetaucht waren.

Inzwischen hatte sich ein Zug gebildet, der allmäglich in Gang kam. Schwer zu sagen, auf welches Zeichen hin er sich in Bewegung setzte. Ein geflüstertes Wort vielleicht, das von einer Reihe zur anderen getragen wurde, oder ein plötzliches Anheben des Transparents. Die beiden Polizeibeamten auf der Treppe kehrten zu ihrem Wagen zurück, der auf dem gepflasterten Marktplatz geparkt war, einem Ford mit dem leuchtendroten Seitenstreifen und dem Adlerwappen des Polizeidistrikts Mid-Sussex.

»Wir fahren auch hinterher«, sagte Wexford.

Sie traten zurück, um den Zug vorbeizulassen. Das Marschtempo war ziemlich langsam, wie immer am Anfang. Es würde sich schon noch beschleunigen, wenn sie erst auf die Hauptstraße nach Kingsmarkham kamen. Fast alle Teilnehmer trugen Jeans, Hemd oder T-Shirt, die übliche Einheitskluft. Der älteste Teilnehmer war ein Mann weit über sechzig, der sich bestimmt keine Hoffnungen auf Arbeit mehr machte und wohl eher aus Gemeinschaftssinn, Altruismus oder einfach zum Vergnügen mitlief. Der jüngste war ein Baby im Sportwägelchen, dessen Mutter wie die Zwillingsschwester von Kimberley aussah, bevor die zu Geld gekommen war.

Ein zweites Transparent bildete das Schlußlicht: »Jobs für alle. Ist das zuviel verlangt?« Es wurde von zwei Frauen getragen, die einander so ähnlich sahen, daß es bestimmt Mutter und Tochter waren. Der Demonstrationszug marschierte die High Street entlang, dicht gefolgt von dem langsam dahinschleichenden Streifenwagen. Wexford und Burden setzten sich wieder in ihren Wagen, und Donaldson folgte dem weißen Ford.

»Jemand muß ihr davon erzählt haben«, sagte Wexford hartnäckig und beantwortete damit Burdens Einwand, als hätten sie ihre Unterhaltung überhaupt nicht unterbrochen. »Jemand muß mal dort gewesen sein, oder vielleicht hat sie jemanden getroffen, der ihr sagte, auf dem Arbeitsamt sei sie richtig.«

»Wer denn?« Burden fühlte sich seiner Sache sehr sicher. »Und wenn schon, warum hat diese Person ihr dann nicht gesagt, wo es ist? Noch besser – ihr geholfen zu fliehen? Oder ihr gesagt, wie sie sich an die Polizei wenden kann?«

»Ich weiß nicht.«

»Wenn ihr diese Person etwas über Jobs, Arbeitslosengeld und Fluchtmöglichkeiten erzählt hat, warum hat sie – oder er – sich dann nicht bei uns gemeldet?«

»Das sind doch Kleinigkeiten, Mike. Diese Fragen werden sich schon noch klären. Momentan wissen wir weder wo sie geschlagen wurde, noch wie sie zu Tode gekommen ist. Aber wir wissen, warum. Weil von Annette keine Hilfe kam, blieb ihr nichts anderes übrig, als wieder nach Hause zu gehen. Wo hätte sie denn sonst hingehen sollen?«

Die Marschkolonne schwenkte nach links in die Angel Street ein und wurde, als sie sich dem Kreisverkehr näherte, allmählich schneller. Die erste Ausfahrt führte nach Sewingbury, die zweite nach Kingsmarkham, die dritte ins Industriegebiet, wo Wexford vor zwei Tagen gewesen war. Nach dem Marsch durch die Fabrikgelände würde man am Halfway-House-Pub wieder auf die Straße nach Kingsmarkham stoßen.

»Das hat nicht viel Sinn«, sagte Burden. »Die Hälfte der Betriebe ist sowieso stillgelegt.«

»Ich nehme an, das *ist* der Sinn«, sagte Wexford.

Die Sonne, die auf dem Marktplatz in Stowerton noch recht kräftig geschienen hatte, hatte sich nun hinter einen dünnen Wolkenschleier zurückgezogen. Weiß und weit entfernt, war sie nur noch eine helle Pfütze. Die Wolke riß auf, und die kleinen Wölkchen bekamen dunkle Ränder. Doch die Hitze blieb, steigerte sich gar noch, und zwei junge Männer unter den Marschierenden zogen ihre Hemden aus und banden sie sich um die Hüfte.

An der Ecke des Southern Drive wartete bereits Verstärkung, ein halbes Dutzend Männer und eine junge Frau, die ein eigenes Transparent mit dem etwas rätselhaften Slogan »Ja zur Euro-Arbeit« bei sich hatte. In sozialer Hinsicht gibt es vielleicht keinen erbärmlicheren Anblick als eine Reihe leerstehender Fabrikgebäude. Halb so schlimm sind mit Brettern vernagelte Läden. Die Fabriken, zwei davon waren nagelneu, hatten in der Hitze alle Fenster geschlossen, an den Eingangstüren waren Vorhängeschlösser, und in den gepflegten Rasenflächen staken Schilder, auf denen die Gebäude zur Miete oder zum Verkauf angeboten wurden. Auf ein erneutes Signal hin wandten die Marschierenden beim Vorübergehen gleich einem Regiment vor einem Kriegerdenkmal gleichzeitig die Köpfe, um auf diese Symbole der Arbeitslosigkeit hinzuweisen.

Nicht alle Fabriken waren geschlossen. Eine Fabrik, in der Maschinenteile hergestellt wurden, hatte noch Betrieb, eine andere, die Naturkosmetik produzierte, schien zu florieren, und Burden stellte fest, daß die Druckerei an der Ecke Southern Drive und Sussex Mile wieder geöffnet war und die Druckerpressen erneut liefen. Ein gutes Zeichen, ein Zeichen, daß die Rezession zu Ende ging und sich der Wohlstand wieder einstellte, fügte er hinzu. Wexford sagte nichts. Er dachte nach, und zwar nicht nur über wirtschaftliche Probleme. Analog zu ihrem vorherigen Verhalten hätte die Kolonne jetzt eigentlich in Jubel ausbrechen müssen, doch sie blieb still. Offensichtlich teilten die Marschierenden Burdens Optimismus nicht. Der Zug ging langsam den sanft ansteigenden Hügel hoch. Von dort war es noch etwa eine Meile, mindestens eine Meile, und Wexford hätte Donaldson gern gebeten, zu überholen und vorauszufahren, doch ein Überholmanöver war nicht möglich. Die Straße verengte sich zu einem Feldweg, einem weißen Pfad zwischen hohen Hecken und riesigen Bäumen.

Vor der Abzweigung in die Straße nach Kingsmarkham kam ihnen nur ein einziger Wagen entgegen. Als er stehenblieb, blieb der weiße Ford ebenfalls stehen. Doch bevor der Polizeibeamte seine Tür öffnen konnte, hatten sich die Marschierenden bereits hintereinander aufgestellt und hielten ihre Transparente flach an die Hecke. Langsam fuhr der Wagen heran, und als die Insassen ins Blickfeld kamen, erkannte Wexford Dr. Akande und neben ihm auf dem Beifahrersitz seinen Sohn. Akande nickte und hob seine Hand zur klassischen Geste des Dankes. Die Hand senkte sich, bevor er Wexford erkannte; vielleicht hatte er ihn aber auch gar nicht gesehen. Der Junge neben ihm hatte ein verdrossenes, verletzt wirkendes Gesicht. Hier war eine Familie, die ihm nie verzeihen würde, daß er ihr den Rat gegeben hatte, sich auf den Tod der Tochter, der Schwester gefaßt zu machen.

Der Verkehr auf der Straße nach Kingsmarkham war an diesem Freitag mittag zwar nicht gerade stark, aber auch nicht ruhig. Der weiße Ford fuhr an den Demonstranten vorbei und nahm seine neue Position an der Spitze des Zuges ein. An der Einmündung der Forby Road gesellten sich wiederum Leute dazu, und alle blieben stehen, um ein paar aus Kingsmarkham kommende Autos vorbeizulassen. Inzwischen waren es schätzungsweise hundertfünfzig Leute, dachte Wexford. Viele schienen sich diesen Abschnitt der Marschroute ausgesucht zu haben, um sich der Demonstration anzuschließen: ganze Familien, die ihre Autos an den begrünten Seitenstreifen stehenließen, Frauen mit drei oder vier Kindern, die das Ganze als netten Ausflug betrachteten, Jugendliche, die laut Burden sicher nur dort waren, um Unruhe zu stiften.

»Nicht unbedingt. Wir werden sehen.«

»Da fällt mir noch etwas ein. Über der Geschichte mit der Sklaverei habe ich es ganz vergessen. Annette hat ein Testament aufgesetzt, und raten Sie mal, wem sie die Wohnung hinterlassen hat?«

»Bruce Snow«, sagte Wexford.

»Woher wußten *Sie* das? Schade, ich wollte Sie überraschen.«

»Ich wußte es gar nicht. Ich habe es mir gedacht. Sie hätten nicht so dramatisch geklungen, wenn es der Exmann oder Jane Winster gewesen wäre. Na, hoffentlich weiß er es zu schätzen. Dann hat er ja eine Unterkunft, nachdem seine Frau ihn gerupft hat. Nicht sehr angenehm, wo doch Diana Graddon gegenüber wohnt.«

Die Kolonne erreichte allmählich die Außenbezirke von Kingsmarkham. Die Straßen dort waren, wie in den meisten englischen Städten auf dem Lande, von großen Häusern aus der zweiten Hälfte des neunzehnten Jahrhunderts gesäumt, »Villen« mit hohen Hecken und altmodischen Gärten – eine etwas andere Atmosphäre als in der Winchester Avenue oder Ashley Grove. Hinter diesen Häusermauern versteckte sich der Reichtum, anstatt sich offen zu zeigen, verbarg sich unter einer Unscheinbarkeit, die fast an Schäbigkeit grenzte.

Aus einem der Häuser kam eine Frau gerannt, lief den langen Plattenweg entlang und reihte sich in den Marschzug ein. Ob sie Arbeitgeberin oder Arbeitnehmerin war oder überhaupt Arbeit hatte, war an ihren Jeans und der ärmellosen Bluse nicht zu erkennen. Würde Sylvia zu Hause bleiben, jetzt, wo sie es nicht mehr nötig hatte, oder würde sie ebenfalls mitmarschieren und großmütig für andere demonstrieren? Burden, der die ganze Zeit gedankenverloren geschwiegen hatte, sagte plötzlich etwas.

»Wird in Ihrer Fallbeschreibung auch die Nationalität des Arbeitgebers genannt?«

»Nein. Die Familie war aber wahrscheinlich britisch.«

»Vielleicht – oder aus Nigeria.« Burden mühte sich ab, aber Wexford kam ihm nicht zu Hilfe. »Ich meine, *bevor* sie Briten wurden, hätten sie ja Nigerianer sein können.« Er gab auf. »Waren es Schwarze?«

»Der Bericht war *politically correct*, es stand nicht drin.«

Vor ihnen war die Brücke über den Kingsbrook in Sicht gekommen. Wegen des massiven Widerstandes gegen den Kreisverkehr war das Stadtzentrum von Kingsmarkham, zumindest oberflächlich betrachtet, relativ unverändert geblieben. Doch der Engpaß an der schmalen Brücke hatte so oft zu Staus geführt, daß man die Brücke vor zwei Jahren doch verbreitert hatte. Es war nun nicht mehr der auf vielen Postkarten abgebildete flache Steinbogen, sondern ein kompromißloses, graugestrichenes Stahlgebilde, über dem der Motelanbau des Olive and Dove thronte. Die meisten Bäume hatte man stehenlassen – Erlen, Weiden und riesige Roßkastanien.

Hier befand sich das bevorzugte Revier der Halbwüchsigen, die an der roten Ampel zwischen den wartenden Autos herumliefen, um die Windschutzscheiben zu putzen. Die Jungen waren auch heute dort, gaben ihre undankbare und oft unerwünschte Tätigkeit aber auf, um sich in die Demonstration einzureihen. Auf dieser Seite der Brücke schloß sich ein Grüppchen Leute, vielleicht ein Dutzend, dem Schlußlicht des Zuges an. Unter ihnen war auch Sophie Riding, deren Namen er von Melanie Akande erfahren hatte, das Mädchen mit dem langen, strohblonden Haar, das Wexford zum ersten Mal auf dem Arbeitsamt gesehen hatte, als sie darauf wartete, an die Reihe zu kommen. Zusammen mit einer anderen Frau trug sie ein kunstvoll gefertigtes Transparent aus roter Seide, auf das die aus weißem Stoff ausgeschnittenen Worte »Gebt Hochschulabgängern eine Chance« genäht waren.

Die Kolonne wartete. Der diensthabende Polizist machte den drei Autos an der Ampel ein Zeichen, und als sie vorbeigefahren waren, winkte er die Marschierenden über die Brücke. Wexford sah die Gäste an den Tischen vor dem Olive aufstehen und die Hälse recken, um den zunehmend länger werdenden Zug vorbeigehen zu sehen. Burden sagte: »Ich habe übrigens noch etwas vergessen zu sagen: Mrs. Khoori hat es geschafft.«

»Mir erzählt ja keiner etwas«, sagte Wexford.

»Mit sieben Stimmen Mehrheit. Ziemlich knapp, könnte man sagen.«

»Soll ich hinterherfahren, Sir?« fragte Donaldson.

Die Marschierenden hatten vor, in die Brook Road einzubiegen. Die Transparentträger an der Spitze des Zuges blieben am anderen Ende der Brücke stehen, und einer hob die Hand und deutete nach links. Daraufhin schien eine einstimmige Meinung, eine unsichtbare Welle der Zustimmung durch die Viererreihen zu gehen, denn die Botschaft erreichte ihn, und die Kolonne schwenkte links ein, wand sich hinüber wie ein Eisenbahnzug, der auf den Bahngleisen scharf in die Kurve geht.

»Parken Sie gegenüber vom Arbeitsamt«, sagte Wexford.

Der Streifenwagen vor ihnen machte es ebenso. Auf dem

Mäuerchen auf beiden Seiten der Treppe saßen Rossy, Danny und Nige. Raffy war auch dabei. Raffy, zur Abwechslung einmal ohne Mütze, zeigte seinen riesigen Helm Dreadlocks, die seinen Kopf krönten und ihm in einer Kaskade über den Rükken fielen. Als der Zug sich näherte und allmählich zum Stehen kam, rutschte Danny von der Mauer herunter und drückte seine Zigarette aus.

»Und was jetzt?« fragte Burden.

»Jetzt kommt eine offizielle Geste.«

Gerade als Wexford das sagte, übergab Sophie Riding ihre Seite des Transparents mit »Gebt Hochschulabgängern eine Chance« an ihren Nachbarn. Sie trat aus der Kolonne und ging die Treppe hinauf. In der Hand hielt sie ein Blatt Papier, vielleicht eine Petition oder eine Erklärung. Rossy, Danny, Raffy und Nige starrten ihr hinterher, als sie im Arbeitsamt verschwand.

Sie blieb nur etwa fünfzehn Sekunden dort. Das Schriftstück war überreicht, der Standpunkt dargelegt worden. Innerhalb weniger Minuten, während sie bereits wieder von der Kolonne aufgenommen worden war, schwang die Flügeltür des Arbeitsamtes auf, und Cyril Leyton erschien. Er sah nach links und nach rechts, fixierte die Kolonne dann direkt, die mittlerweile ihre Form verloren hatte und sich zu einer amorphen Menge zerstreut hatte. Leyton machte ein finsteres Gesicht und setzte gerade dazu an, etwas zu sagen, hätte es vielleicht auch getan, wenn er nicht plötzlich auf der anderen Straßenseite den Streifenwagen bemerkt hätte.

Die Tür schwang hinter ihm noch ein paarmal auf und zu, nachdem er wieder hineingegangen war. Es war die Art von Tür, die – in weiser Voraussicht – nicht zugeknallt werden konnte. Scheinbar ohne Befehl oder Aufforderung, wie ein Schwarm Vögel, der auf stillschweigende, unbekannte Art geleitet wird, formierte sich die Menge wieder in Viererreihen, machte kehrt – die Vordersten wollten sich ihren stolzen Platz nicht streitig machen lassen – und ging den gleichen Weg zurück, den sie gekommen war.

Die Burschen auf dem Mäuerchen schlossen sich hinten an. Sophie Riding nahm das Transparent an ihrer Seite wieder auf, die andere Frau an ihrer. Als die Kolonne in die High Street einbog, schlug die Turmuhr von St. Peter gerade Mittag.

24

Mittlerweile herrschte eine Hitze wie im Regenwald oder wie in einer Sauna. Kein Lüftchen regte sich. Die Sonne verschwand hinter einer weißen, schaumigen Wand, die einen Himmel voller grauer Wolken überlagerte. In der Ferne hatte es angefangen zu donnern, doch das Grollen ging im pulsierenden, dröhnenden Verkehrslärm unter.

Der Demonstrationszug nahm die ganze linke Fahrspur der Kingsmarkhamer High Street ein. An dieser Stelle war die High Street ziemlich breit, so daß die Autos, die ins Zentrum von Stowerton unterwegs waren, gerade noch vorbeikamen; der allgemeine Verkehr in Richtung Stowerton wurde jedoch über die Queen Street und die lange Serpentinenstraße im Süden umgeleitet. Die Kolonne marschierte an St. Peter vorbei, während der letzte Glockenton des Mittagsläutens verhallte, und bewegte sich an der Friedhofsmauer entlang nach Norden. An der Stelle, wo der Verkehr umgeleitet wurde, schafften ein Polizist und eine Polizistin dem Demonstrationszug Platz. Er war am Friedhofstor und vor dem größten Supermarkt auf der High Street noch einmal angewachsen; ein Mann und ein Mädchen, die sich auf dem Vorplatz schon einen Einkaufswagen geholt hatten, ließen ihn stehen und schlossen sich statt dessen dem Marsch an.

Das Polizeiauto mit dem Seitenstreifen und dem Wappen auf der Tür hatte kehrtgemacht und war durch einen neutralen Vauxhall ersetzt worden; am Steuer saß Police Constable Stafford von der uniformierten Abteilung, neben ihm PC Rowlands. Wexford und Burden hatten ihren Wagen an einer freien Parkuhr vor dem Bürogebäude von Hawkins & Steele – Bruce Snows Arbeitsstelle – geparkt, doch als Stafford den Kopf aus dem Wagenfenster streckte und anbot, sie mitzunehmen, lehnte Wexford mit einem Kopfschütteln ab und sagte, sie wollten dem Zug zu Fuß folgen. Sophie Riding, die die Petition auf dem Arbeitsamt übergeben hatte, war zwei Reihen vor ihnen. Sie gingen genau zwischen ihr und ihrem Transparent und dem unmarkierten Polizeiauto. Und so konnten sie aus nächster Nähe beobachten, was sich gleich zutragen sollte.

Der Range Rover stand an dem unterbrochenen gelben Parkstreifen knapp fünfzig Meter vor ihnen auf der rechten Straßenseite vor Woolworths. Ausgerechnet an diesem Morgen dort zu parken war zwar rücksichtslos, verstieß aber nicht gegen die Verkehrsregeln. Wexford erkannte den Range Rover nicht, ebensowenig den weißen Kombi dahinter und das Auto, das davor stand, aber er erkannte, daß das Verhalten der drei Fahrer, die ihre Fahrzeuge hier abgestellt hatten, unsozial war. Die olivgrüne Farbe des Wagens fiel ihm auf, und er erinnerte sich wieder an das *Women, Aware!*-Treffen und den Zettel, der ihm damals gereicht worden war. Interessanter war in diesem Moment allerdings der Anblick von Anouk Khoori, die weiter vorn – sichtbar nur für Leute, die so groß waren wie er – mit ausgebreiteten Armen den Rasen vor der Stadtverwaltung überquerte. Sie trug ein weites, fließendes Gewand und streckte die Arme aus wie eine Monarchin, die gerade von einer Wohltätigkeitsveranstaltung zurückgekehrt ist und ihre Kinder begrüßt, von denen sie einen Monat getrennt gewesen war.

An Burden gewandt, meinte Wexford, bestimmt würde sie nun gleich zu den Demonstranten sagen, sie habe ja gewußt, daß sie kommen würden, sie habe so ein Gefühl gehabt, als plötzlich die Tür auf der Beifahrerseite des Range Rover aufging und Christopher Riding auf den Bürgersteig trat. Der Range Rover war nun kaum mehr als eine Autolänge vor Wexford und Burden. Die Tür auf der Fahrerseite wurde geöffnet, und Christophers Vater stieg aus. Dann ging alles sehr schnell.

Christopher zwängte sich vor dem Range Rover zur Straße durch, während seine Schwester Sophie herankam. Er und Swithun Riding packten sie mit vereinten Kräften blitzschnell an den Armen, so daß sie das Transparent mit einem Schrei fallen ließ. Sie hoben sie hoch, rissen die Seitentür auf und schleuderten sie hinein. Beide waren groß und kräftig, hatten große Hände und muskulöse Arme und schwangen sie in die Luft, daß ihre helle goldene Haarmähne flog, bevor sie sie auf den Rücksitz warfen.

Die in unmittelbarer Nähe Marschierenden wichen zurück und stoben auseinander. Eine Frau kreischte. Jemand hob das Transparent auf. Die Demonstranten vor dem Mädchen marschierten weiter, da sie den Vorfall nicht bemerkt hatten, doch die Leute am hinteren Ende blieben stehen und gafften. Swithun Riding setzte sich wieder auf den Fahrersitz, sein Sohn schob sich zwischen der Motorhaube des Range Rover und dem davorstehenden Wagen hindurch. Anscheinend hatte der Range Rover eine Zentralverriegelung, denn es gelang Sophie nicht, die Tür zu öffnen und zu fliehen. Sie trommelte mit den Fäusten gegen die Scheibe und begann zu schreien.

Wexford dreht sich zu dem Vauxhall um und nickte Stafford zu. Dann sprang er vorwärts, packte den Griff an der rückwärtigen Wagentür, und als er diese wie erwartet verriegelt vorfand, hämmerte er an die Scheibe. Stafford und Rowlands waren inzwischen aus dem Vauxhall ausgestiegen. Mit so etwas hatten sie nicht gerechnet, das war noch nie dagewesen, so etwas passierte in *Kingsmarkham* doch nicht!

Inzwischen war der Fahrer des Wagens vor dem Range Rover bewußt oder unabsichtlich ein Stück rückwärts gefahren. Das war ein gefährliches Unterfangen, und Christopher stieß einen erschrockenen Wutschrei aus. Das zurückstoßende Auto hatte ihn fast eingequetscht, doch der Fahrer hatte gerade noch rechtzeitig gebremst. Christopher fand sich zwischen dessen hinterer Stoßstange und dem vorderen Kotflügel des Range Rover eingeklemmt. Die beiden Fahrzeuge bildeten eine Falle, in der seine Beine feststeckten. Er versuchte sich freizukämpfen, schwenkte dabei die Arme und schrie: »Vorwärts, du Idiot, fahr doch vorwärts!«

Die vordere Abteilung des Zuges, die das Getümmel am hinteren Ende noch nicht bemerkt hatte, marschierte unverdrossen weiter. Wie ein Marionettenpferdchen, dessen Hinterbeine nicht mehr mitmachen, verfiel sie auf den letzten hundert Metern in einen linkischen Trott. Die Nachhut hatte sich in eine Menge faszinierter Zuschauer aufgelöst. Burden schlüpfte, nachdem er Wexford kurz zugenickt hatte, zwischen dem Range Rover und dem weißen Kombi durch, ging an dem eingesperrten, schreienden Mädchen vorbei und riß die Beifahrertür auf, die Riding für seinen Sohn entriegelt hatte.

»Fahr rückwärts, rückwärts!« rief der Junge nun.

Riding ließ den Motor an und wollte gerade den Rückwärtsgang einlegen, als Burden seinen Fuß auf das Trittbrett stellte und auf den Beifahrersitz kletterte. Riding hatte ihn noch nie gesehen und schien ihn für einen Passanten zu halten, der sich einmischen wollte. Ohne zu zögern, tat er etwas völlig Unerwartetes: Wie ein Diskuswerfer holte er mit dem rechten Arm aus und versetzte Burdens Kinnlade einen brutalen Schwinger.

Die Beifahrertür flog auf. Burden taumelte rückwärts ins Leere. Er konnte seinen Fall zwar abmildern, indem er sich am Türrahmen festhielt, stolperte aber dennoch halb auf den Bürgersteig. Das Mädchen schrie noch lauter. Mit offener Beifahrertür fuhr Riding rückwärts in den weißen Kombi und stieß laut krachend mit ihm zusammen. Dann bemerkte er die uniformierten Polizisten. Und sah Wexford.

Wexford sagte:»Machen Sie die Tür auf.«

Riding starrte ihn bloß an. Die Hälfte der Zuschauer hatte sich auf der Woolworth-Seite hinter dem Kombi versammelt. Jemand hob Burden auf. Er taumelte benommen, hielt sich mit einer Hand den Kopf und ließ sich schwerfällig auf dem Mauervorsprung vor dem Geschäft nieder. Wexford schob den jungen Mann aus dem Weg und trat zwischen dem Range Rover und dem davorstehenden Wagen hervor an die offene Autotür.

»Mit mir versuchen Sie das besser nicht, okay?« sagte er.

Er entriegelte die hintere Tür und half dem Mädchen beim Aussteigen. Ihr Gesicht war tränenüberströmt. Sie hielt sich krampfhaft an ihm fest, klammerte sich mit beiden Händen an seine Ärmel. Ein Schwall wüster Beschimpfungen von Riding ließ sie erzittern. Er streckte den Kopf aus der offenstehenden Tür und rief zu Burden hinüber: »Was geht Sie das eigentlich an, wenn ich meine eigene Tochter daran hindern will, sich unanständig aufzuführen? Das geht Sie einen verdammten Dreck an!«

Das Mädchen zitterte. Ihre Zähne schlugen klappernd aufeinander. Christopher, mittlerweile wieder befreit, rieb sich die gequetschten Beine, stand auf und streckte ihr besänftigend die Hand entgegen. Sie schrie ihn an: »Laß mich in Frieden!«

Wexford sagte: »Sie kommen jetzt alle mit aufs Polizeirevier, und zwar *sofort*.«

Blut lief über Burdens Gesicht. Er hielt sich den Kopf und murmelte etwas Unverständliches. Als die heulende Sirene des Krankenwagens ertönte, den Stafford gerufen hatte, wich die Menge zurück und teilte sich in zwei Gruppen auf; die eine Hälfte stand tapfer hinter Burden, die übrigen Zuschauer drängten sich an der Friedhofsmauer. Der Krankenwagen kam aus der York Street, blockierte die Straße und blieb da stehen, wo der Zug marschiert war. Die vorderen Reihen waren mittlerweile schon nicht mehr zu sehen. Als die Sanitäter erschienen, von denen zwei eine Bahre trugen, die Burden mit einem abfälligen Blick bedachte, begannen die ersten Regentropfen zu fallen.

Riding hatte die Fahrertür entriegelt. Mit hochrotem Gesicht stieg er aus und sagte zu Wexford: »Hören Sie, mein Verhalten war durchaus berechtigt. Ich habe zu meiner Tochter gesagt, wenn sie mitmarschiert, werde ich sie daran hindern. Sie wußte, was ihr blüht. Der Bursche da meinte anscheinend, er könnte als Bürgerwehr eine Festnahme veranstalten...«

»Der Bursche da ist Polizeibeamter«, erwiderte Wexford.

»O Gott, ich wußte ja nicht...«

»Jetzt steigen Sie erst mal ein, und wir fahren aufs Revier. Dort können Sie alles erklären.«

Das Mädchen war groß und kräftig und aufrecht. Sie sah aus wie das, was sie eben war: das zwei- oder dreiundzwanzigjährige Ergebnis vorzüglicher Ernährung, frischer Luft, bester Fürsorge und Zuwendung und hervorragender Schulen. Wexford konnte sich nicht erinnern, je ein so verletzliches Gesicht gesehen zu haben. Es hatte keine Prellungen und Wunden, und doch wirkte es verwundet. Die Haut war unglaublich zart, beinahe durchscheinend, die Augen geschwollen, die Lippen aufgesprungen – und das im Hochsommer. Ihr Haar, das die Farbe reifer, auf den Feldern von Mynfield frisch geschnittener Gerste hatte, wirkte als Umrahmung dieses kummervollen

Gesichts unnatürlich, fast wie die Perücke einer Schauspielerin, der man die falsche Rolle gegeben hatte.

Sie wandte sich an Karen Malahyde: »Ich kann doch nach Hause gehen, wenn sie nicht da sind.«

»Nein«, sagte Karen, doch sie sagte es sehr sanft. »Sie gehen jetzt erst einmal nirgendwohin. Möchten Sie eine Tasse Tee?«

Sophie Riding bejahte. Behutsam meinte Wexford: »Wir gehen nicht in den Vernehmungsraum. Dort ist es nämlich nicht besonders gemütlich. Wir gehen lieber nach oben in mein Büro.« Plötzlich mußte er an Joel Snow denken und wußte, daß Karen auch an ihn dachte. Dies hier war natürlich etwas anderes – oder nicht? Auch Joel war unwillig gewesen, doch dieses Mädchen wußte, daß es nicht anders ging. Im Aufzug sagte er: »Es wird nicht lange dauern.«

»Was soll ich denn tun?«

»Etwas, um das ich Sie schon vor zwei Wochen gerne gebeten hätte.«

Sie betraten sein Büro. Es regnete so heftig, daß die Fenster beschlugen und es im Raum dunkel wurde. Als Karen Licht machte, verwandelte sich der Himmel vor dem Fenster in strömendes Zwielicht. Sie holte Sophie einen Stuhl.

Wexford nahm hinter seinem Schreibtisch Platz. »Sie waren es, die mir bei dem *Women, Aware!*-Treffen die Frage mit dem Vergewaltiger gestellt hat, nicht wahr?«

Sie wollte reden, hatte aber gleichzeitig Angst. »O ja! Ich wollte danach noch zu Ihnen kommen, das hatten Sie ja angeboten. Das hätte ich auch getan, wenn ich gekonnt hätte; hoffentlich glauben Sie mir.«

Plötzlich, dem Donner um Sekunden voraus, ließ ein gleißender Blitzstrahl alles erstarren, er schien das herunterströmende Wasser aufzuhalten und den dunklen Himmel aufzulösen, bis gleich darauf der Donner krachte und die Welt sich weiterdrehte. Sophie fuhr zusammen und stieß einen leisen, abwehrenden Schrei aus. Es klopfte, und Pemberton brachte den Tee herein. Sie vergrub das Gesicht in den Händen, und als sie sie wieder sinken ließ, sah man Tränen über ihre Wangen laufen. Karen schob ihr die Schachtel mit den Papiertaschentüchern hin.

»Ich glaube Ihnen«, sagte Wexford. »Ich weiß, was Sie daran gehindert hat, zu mir zu kommen.«

Sophie nahm sich ein Taschentuch. »Danke.« Zu Wexford sagte sie: »Und was soll ich jetzt tun?«

»Eine Aussage machen. Erzählen Sie es uns. Praktisch gesehen, wird es bestimmt nicht schwer. Emotional vielleicht schon.«

»Also«, sagte sie, »so kann es sowieso nicht weitergehen. Es muß aufhören. Ich halte es keinen Tag mehr aus, keine Minute.«

Er beschwichtigte sie: »Es gibt noch andere Möglichkeiten. Wir können auf Ihre Aussage auch verzichten. Es muß nicht unbedingt sein. Allerdings befürchte ich, ... daß es dann noch mehr...«

Karen sprach in das Aufnahmegerät: »Sophie Riding auf dem Polizeirevier Kingsmarkham, Freitag, neunundzwanzigster Juli. Es ist zwölf Uhr dreiundvierzig. Ebenfalls anwesend: DCI Wexford und DS Malahyde...«

Als es vorbei war und er alles gehört hatte, ging Wexford nach unten in den Vernehmungsraum Eins, wo Sophies Vater und PC Pemberton saßen. Riding wirkte völlig ernüchtert. Sein Gesicht hatte wieder die normale Farbe angenommen. Die zwanzig Minuten, die er wartend hier zugebracht hatte, hatten zweifellos dazu geführt, daß er sein vorschnelles Handeln bereute. Ein Mann, der einen anderen geschlagen hat, reagiert immer mit Bestürzung, wenn sich herausstellt, daß dieser andere von der Polizei ist.

Bei Wexfords Eintreten erhob er sich und begann sich zu entschuldigen. Die Gründe, mit denen er sein Verhalten rechtfertigte, kamen ihm leicht über die Lippen, es waren die Erklärungen eines Mannes, der es gewohnt ist, sich aus schwierigen Lagen immer herausreden oder freikaufen zu können.

»Mr. Wexford, ich kann Ihnen gar nicht sagen, wie sehr ich das alles bedauere. Bitte, glauben Sie mir, ich hätte Ihren Mitarbeiter natürlich nie geschlagen, wenn ich eine Ahnung gehabt hätte. Ich hielt ihn für einen Passanten.«

»Ja, das kann ich mir denken.«

»Aber damit ist die Sache doch erledigt, nicht wahr? Wenn meine Tochter vernünftig gewesen und gleich eingestiegen wäre – den größten Teil dieses blödsinnigen Umzugs hatte sie ja schließlich mitgemacht –, dann wäre doch überhaupt nichts passiert. Ich bin kein hartherziger Vater, ich liebe meine Kinder abgöttisch...«

»Wie Sie Ihre Kinder behandeln, steht hier nicht zur Debatte«, sagte Wexford. »Bevor Sie weitersprechen, weise ich Sie darauf hin, daß alles, was Sie sagen, zu Protokoll genommen und zur Beweisführung...«

Riding fiel ihm ins Wort und schrie: »Sie werden mich doch nicht anklagen, weil ich den Burschen geschlagen habe!«

»Nein!« gab Wexford zurück. »Ich klage Sie an wegen Mordes, Anstiftung zum Mord und versuchten Mordes. Und wenn ich damit fertig bin, gehe ich nach nebenan und klage Ihren Sohn wegen Vergewaltigung und versuchten Mordes an.«

»Ich bezweifle«, sagte Wexford, »daß wir ohne Sophie Ridings Aussage damit durchgekommen wären. Wir hatten keinerlei Beweise, nur lauter Mutmaßungen.«

Burdens geschwollenes Gesicht sah aus wie eine viktorianische Karikatur eines Mannes mit Zahnschmerzen. »Der tätliche Angriff auf einen Polizeibeamten ist wahrscheinlich seine geringste Sorge. Komisch, ich war derjenige, der am meisten beeindruckt war, als Mawrikiew erzählt hat, daß man einen Menschen mit den bloßen Fäusten umbringen kann. Und jetzt habe ich am eigenen Leib erfahren, wie es sich anfühlt.
Es ist wirklich eigenartig – in Western und ähnlichen Filmen sieht man diese Typen, wie sie aufeinander einprügeln, und es macht anscheinend keinem etwas aus. Erst kriegen sie einen wahnsinnigen Kinnhaken verpaßt, und im nächsten Moment sind sie schon wieder auf den Beinen und dreschen auf den anderen ein. Und dann sieht man sie in der nächsten Szene ohne einen Kratzer, sie haben sich in Schale geworfen und führen ein Mädchen am Arm und machen sich einen netten Abend.«
»Tut ganz schön weh, was?«
»Daß es weh tut, ist nicht so schlimm. Es fühlt sich riesig an. Und man denkt gar nicht, daß es *je* wieder funktionieren könnte. Na, die Zähne hat er mir jedenfalls alle dringelassen. Also, erzählen Sie es mir jetzt?«
»In einer halben Stunde kommt Freeborn, und *dem* muß ich auch alles erzählen.«
»Na, mir könnten Sie es doch zuerst sagen«, meinte Burden.
Wexford seufzte. »Ich spiele Ihnen das Band mit Sophie Ridings Aussage vor. Sie haben sich sicher schon gedacht, daß Sojourner durch Sophie von der Existenz des Arbeitsamtes erfahren hat. Sie hat Sophie sagen hören, daß man dort Stütze beantragen könne und so weiter, wußte aber nicht, wo es war.«
»Was, Sophie hat mit ihren Eltern darüber gesprochen?«
»Und mit ihren Brüdern und ihrer kleinen Schwester bestimmt auch. Sojourner hat sie ja alle bedient, sie war ständig um sie herum, durfte allerdings nie aus dem Haus.«

»Wie haben sie sie überhaupt ins Land geschleust?«
»Das weiß Sophie nicht. Sie war nicht da, sie war ja damals schon auf dem Myringham Polytechnikum, der heutigen Universität, und davor war sie hier im Internat. Sie hat Sojourner aber in ihrem Haus in Kuweit gesehen, wenn sie dort die Ferien verbrachte, und sie weiß auch noch, wann Sojourner zu ihnen kam. Sie glaubt, Sojourner wurde als Freundin ihres Bruders hierhergebracht. In einem gewissen widerwärtigen Sinn *war* sie das auch, wenn man mit dem Begriff ›Freundin‹ die Frau bezeichnet, die man mit Gewalt zum Geschlechtsverkehr zwingt.«
»Das war es also?«
»O ja. Der Vater vermutlich auch, obwohl ich das – noch – nicht weiß. Aber hören Sie Sophie.«
Wexford spulte das Band vorwärts, drückte die »Play«-Taste und spulte zurück bis zu der Stelle, die er haben wollte. Die Stimme des Mädchens klang leise und klagend, aber auch empört. Es wirkte wie ein Hilfeschrei, doch es lag kein flehender Ton darin.

»Meine Mutter erzählte mir, ein Mann aus Kuweit hatte sie ihrem Vater in Calabar, Nigeria, für fünf Pfund abgekauft. Er wollte ihr eine Ausbildung verschaffen und sie wie seine eigene Tochter aufnehmen, ist dann aber gestorben, und sie mußte als Dienstmädchen arbeiten gehen. Meine Mutter tat so, als hätten wir ihr damit einen großen Gefallen getan, als hätte ihr gar nichts Besseres passieren können, als bei uns ein ›gutes Heim‹ zu finden. ›Ein gutes Heim‹ – den Ausdruck verwendet man doch für herrenlose Hunde, oder? Ich glaube, sie war damals ungefähr fünfzehn.

Ich habe mir nie darüber Gedanken gemacht. Ich weiß, das war falsch, aber ich war ja nicht oft bei ihnen zu Hause. Es gefiel mir hier in England, ich hatte immer Heimweh nach England, wenn ich weg war. Als der Golfkrieg anfing, zogen sie wieder hierher. Für meinen Vater war es kein Problem, er konnte überall arbeiten, er ist ein hervorragender Kinderarzt. Ich sage es ungern, ich würde es lieber nicht sagen, aber es stimmt. Er liebt Babys, Sie sollten mal sehen, wie er mit einem Baby umgeht, und er liebt uns alle, seine Familie, seine Kinder. Aber das ist seiner Meinung nach etwas anderes, wir gehören, sagt er, zu den Spitzen der Gesellschaft. Er sagt, manche Leute sind nun mal dazu bestimmt, Holzhauer und Wasserschöpfer zu werden. Ich glaube, das ist aus der Bibel. Für ihn sind manche Leute zum Sklaven geboren, um andere zu bedienen.

Ich war sicher sehr naiv. Ich hatte keine Ahnung, was ihre Verletzungen bedeuteten... die Prellungen und Schnittwunden und die anderen Wunden. In Kuweit fand ich sie eigentlich sehr hübsch, aber in England war sie überhaupt nicht mehr hübsch. Ich hatte die Abschlußprüfung gerade hinter mir und war die ganze Zeit zu Hause. Es war mir alles ein Rätsel, denn ich habe nie gesehen, daß jemand sie geschlagen hätte, aber ich merkte, daß sie vor meinem Vater und meinem Bruder Angst hatte. Und vor meinem anderen Bruder David, wenn der mal zu Hause war, allerdings war er meistens in Amerika auf dem College. Der Fehler – also, mein Fehler war, daß ich sie eben für dumm und linkisch hielt. Ich verstand sogar, warum meine Mutter meinte, sie könnte nicht mal in einem richtigen Schlafzimmer schlafen.«

Wexford stoppte das Band und fügte hinzu: »Psychologen behaupten, jemand, der häßlich und schmutzig ist, bietet sich zur Mißhandlung geradezu an. Dabei ist es nebensächlich, daß diese Häßlichkeit erst das Resultat eben jener Mißhandlungen ist. Das wird so erklärt: Häßlichkeit verdient Strafe, und

Schmutz und Nachlässigkeit bei der Körperhygiene sogar noch mehr. Es ging so weit, daß Sojourner schon beim geringsten Fehler geprügelt und geohrfeigt wurde. Sie arbeitete zwölf bis vierzehn Stunden am Tag, doch damit nicht genug. Susan Riding erzählte mir einmal, sie hätten sechs Schlafzimmer im Haus. Das heißt aber noch lange nicht, daß sie für Sojourner eins hatten. Sie schlief in einer Kammer neben der Küche. Alle Zimmer im Erdgeschoß, die nach hinten hinaus liegen, haben Gitter an den Fenstern, offensichtlich zum Schutz vor Einbrechern, aber auch sehr praktisch, wenn man jemanden am Fliehen hindern will.

Ich war kürzlich dort, ich habe es gesehen. Früher war es ein Hundeverschlag, und jetzt halten sie dort auch wieder einen Hund. Susan Riding sagt, es sei für Sojourner ›angebrachter‹ – ihr Ausdruck –, dort zu schlafen, ›falls sie sie nachts noch einmal brauchten‹. Die Matratze auf dem Fußboden war sie angeblich ›von früher her gewohnt‹, sie ›hätte mit einem Bett gar nichts anfangen können‹. Hier ist noch einmal Sophie.«

Diesmal klang die Stimme des Mädchens klarer und selbstsicherer.

»Ich brauchte einen Job und tat deshalb das Nächstliegende, ich ging nämlich zur Stellenvermittlung auf dem Arbeitsamt, bloß daß das für meine Eltern überhaupt nicht naheliegend war. Mein Vater sagte, es ist eine Schande, so etwas ist doch für die Arbeiterklasse. Er war durchaus bereit, für mich aufzukommen. Eine Schulbildung diene nicht irgendeinem praktischen Zweck, meinte er, sondern sei dazu da, einen gebildeten, besseren Menschen aus einem zu machen. Er würde mir eine bestimmte Summe zur Verfügung stellen. Sei er denn nicht immer für mich aufgekommen? Meine Mutter sagte sogar, sie würden für mich aufkommen, *bis ich heiratete*. Wir haben uns deswegen ziemlich gestritten, und das arme Mädchen hat alles mitgehört. Ihr Englisch war nicht so besonders, aber soviel verstand sie bestimmt. Sie verstand, daß es ein Amt gab, wo man hingehen und nach Arbeit fragen konnte, und wo man, wenn es keine Arbeit gab, Geld bekam.

Anfang Juli, am ersten oder zweiten, bat mein Bruder Christopher sie, seine Turnschuhe zu waschen ... na ja, er befahl es ihr. Es waren weiße Turnschuhe. Sie hat sie total versaut, wie, weiß ich auch nicht, jedenfalls bekam sie schreckliche Angst, und er hat sie dafür verprügelt. Damals begriff ich zum ersten Mal, was los war. Ich weiß, es klingt absurd, daß ich nicht früher drauf gekommen bin, aber ich wollte wohl einfach nicht wahrhaben, daß mein eigener Bruder so etwas tut. Ich habe meinen Bruder lieb, ich hatte ihn lieb. Er ist mein Zwillingsbruder, müssen Sie wissen.

Ich sah Christopher in ihre Kammer gehen und nach ungefähr zwanzig Minuten wieder herauskommen. Ich wäre ja hineingegangen, aber sie hat sich nicht gerührt, während er sie geschlagen hat, sie hat die ganze Zeit keinen Ton von sich gegeben.

Aber als ich sie am nächsten Tag sah, wußte ich Bescheid. Ich stellte meinen Bruder zur Rede, und er stritt es ab. Sie ist ungeschickt, sagte er, das weißt du doch, das war sie doch schon immer, sie kann in einem zivilisierten Haus eben nicht leben. Dann ließ er sich über Lehmhütten aus und daß sie mit Möbeln nichts anfangen könnte, weil sie überall anrempelt. Das reichte mir aber nicht. Ich erzählte es meinem Vater, aber der bekam bloß einen Wutanfall. Sie wissen ja nicht, wie das ist, wenn er in Wut gerät. Man kriegt richtig Angst. Er nannte mich eine Nestbeschmutzerin und wollte wissen, wo ich eigentlich ›solche Ideen aufgeschnappt‹ hätte, vielleicht von meinen ›marxistischen‹ Freunden im Jobcenter.

Ich weiß, ich hätte mehr tun sollen. Ich mache mir deswegen auch große Vorwürfe. Danach wußte ich, was ich mir die ganze Zeit nicht hatte eingestehen wollen, nämlich daß Christopher sie auch vergewaltigt hatte, immer wieder, alle Anzeichen waren dagewesen, ich hatte sie nur nicht sehen wollen. Das einzige, was ich getan habe, war, Ihnen bei der Versammlung die Frage zu stellen, aber das hat ja überhaupt nichts genützt.

Am Montag, nachdem er sie so geprügelt hatte, verschwand sie. Mein Vater war in der Klinik, und Christopher hatte in London ein Vorstellungsgespräch. Ich dachte, sie sei weggelaufen, und meine Mutter dachte das auch, aber wir wußten nicht, was wir tun sollten. Abends mußte meine Mutter auf eine Versammlung, um das *Women, Aware!*-Treffen vorzubereiten, und hinterließ meinem Vater eine Nachricht. Als ich vorschlug, es der Polizei zu melden, geriet meine Mutter in Panik. Jetzt verstehe ich natürlich, wieso. Ich hatte eine Verabredung, und als ich um halb zwölf nach Hause kam, lag meine Mutter schon im Bett. Christopher war noch aus, aber mein Vater war da. Er sagte, er verstehe gar nicht, warum wir uns so aufregen. Er hätte das Mädchen weggeschickt, sie taugt ja zu nichts, er sagte, es macht ihn ganz krank, wenn er sie bloß sieht. Er behauptete, er hätte sie mit British Airways wieder zurück nach Banjul geschickt, aber die fliegen montags gar nicht nach Banjul, ich habe nachgeschaut, sie fliegen nur sonntags und freitags. Mein Bruder war den ganzen Abend weg, und mein Vater sagte uns, er hätte sie nach Heathrow gefahren, aber das konnte nicht sein, weil es gar keinen Flug gab.

Ich glaubte ihm kein Wort. Ich dachte, sie sei vielleicht in ihrer Kammer. Sie haben sie verprügelt, nachdem sie zurückgekommen ist, und jetzt liegt sie dort drin auf ihrer Matratze. Ich probiere an der Tür, aber die war abgeschlossen. In unserem Haus – also, in *ihrem* – gibt es diese Einheitsschlüssel, die überall passen. Ich holte mir einen und schloß auf; ihre Sachen waren weg. Sie hatte ja nicht viel, bloß zwei uralte, abgelegte Kleider von meiner Mutter und diese scheußlichen, schwarzen Leinenschnürstiefel, die meine Mutter für sie gekauft hat, die billigsten, die es gibt. Aber es war alles weg, alles bis auf die Matratze und ihr Kopftuch. Keine Ahnung, warum sie das nicht gefunden haben, als sie das Blut aufwischten, jedenfalls haben sie es übersehen. Es lag auf der Matratze, und die Matratze war rot und blau. Also, der Stoff war blau, und rot – rot vor Blut.

Ich habe das Tuch aufbewahrt. Das war total verrückt, und ich wollte es ja auch gleich wegwerfen, aber ich konnte nicht. Nicht einmal da kam ich auf die Idee, sie könnte vielleicht tot sein. In der Nacht blieb mein Bruder ziemlich lang weg. Als ich ihn nach Hause kommen hörte, war es bestimmt schon halb drei oder drei, und am nächsten Morgen fuhr er in Urlaub nach Spanien, also hatte ich keine Gelegenheit, noch einmal mit ihm zu sprechen. Ich hatte auch Angst davor, ihn zur Rede zu stellen, das war doch nicht mein Bruder, das war doch nicht Chris, der mir vertrauter war als irgendein anderer Mensch. Dann entdeckte ich seinen Pulli in der Wäsche, er war voller Blut.

Ich dachte, vielleicht hatte mein Vater sie ins Krankenhaus bringen lassen, weil mein Bruder zu weit gegangen war. Mein Vater hat ziemlich viel Einfluß, ich weiß nicht, ob er das hingekriegt hätte, wahrscheinlich schon. Alles, was ich denken konnte, war, daß mein Bruder sie vergewaltigt hatte, daß mein Bruder *überhaupt* jemanden vergewaltigen konnte. Ich machte meinem Vater damals keine Vorwürfe, ich dachte mir, er will eben seinen eigenen Sohn schützen. Und dann ging ich mit ihm zu dem *Women, Aware!*-Treffen und schrieb Ihnen kurzentschlossen diese Frage. Mein Vater konnte nicht sehen, was ich geschrieben hatte. Ich sagte ihm, ich hätte gefragt, ob es legal sei, ein Tränengasspray bei sich zu tragen. Aber danach konnte ich nicht zu Ihnen kommen und es erklären, ich konnte nicht von ihm weg.«

Chief Constable Freeborn hatte die Sache mit Wexfords »feuchtfröhlichem« Zeitungsfoto anscheinend schon vergessen. Falls er wegen der drei Wochen, die die Suche nach dem Mörder der beiden Frauen gedauert hatte, noch grollte, ließ er sich jedenfalls nichts davon anmerken, sondern gab sich äußerst jovial. Eine Kellnerin brachte die drei bestellten Biere in das winzige, gemütliche Nebenzimmer ganz hinten im Olive and Dove, in dem ein Tisch und drei Sessel standen. Wexford ließ sich in dem Sessel mit den Armlehnen nieder. Er fand, das hätte er sich verdient.

»Sie dürfen nicht vergessen«, begann er, »daß sie gar nicht wußte, welche Rechte ihr per Einwanderungsgesetz zustanden, sie wußte nicht einmal, daß es so ein Gesetz überhaupt *gab*. Sie wußte, daß sie nicht arbeiten durfte, aber ›Arbeit‹ – das hatte man ihr ganz am Anfang erklärt – war etwas, wofür man bezahlt wurde, und sie wurde ja nie bezahlt, sie bekam nur ›ein gutes Heim‹. Susan Riding nannte sie ihr ›au pair‹-Mädchen – jedenfalls mir gegenüber, nachdem Sojourner bereits tot war. Um Mrs. Riding Gerechtigkeit widerfahren zu lassen, was, wie ich meine, recht und billig ist – ich glaube nicht, daß sie von Sojourners schlimmem Schicksal wußte. Sie ließ sie auf einer Matratze auf dem Boden im ›Hundeverschlag‹ schlafen, weil sie eben zu der Sorte von Frauen gehört, die früher behauptet haben, wenn man armen Leuten Badezimmer gibt, stapeln sie in der Wanne ihre Kohlen auf. Für Sojourner kaufte sie das billigste Schuhwerk, das zu haben war, und fand das wahrscheinlich noch großzügig. Was sie wohl sagen würde, wenn sie wüßte, daß die Verkäuferin sie als Pennerin beschrieben hat, die auf der Straße übernachtet?

Aber von den Vergewaltigungen und brutalen Mißhandlungen wußte sie nichts, und falls sie einen Verdacht hatte, verschloß sie die Augen davor und redete sich ein, ihre Phantasie gehe wohl mit ihr durch. Als sie an jenem Abend von ihrer Versammlung zurückkam, behauptete ihr Mann, er hätte das Mädchen wieder heimgeschickt und Christopher würde sie gerade zum Flughafen fahren. Mrs. Riding sagt, Sojourner sei ›schmutzig und faul‹ geworden, ein Klotz am Bein. Abgesehen davon, daß sie eine Haushaltshilfe brauchte, war sie froh, sie los zu sein.

Tatsächlich ist Sojourner am Montag nachmittag weggelaufen. Riding war außer Haus, Sohn Christopher war in London, und die jüngere Schwester in der Schule. Sie wußte nicht, wohin, sie war ja noch nie draußen gewesen, hatte das Grundstück noch nie verlassen, doch sie wußte, es gab da eine Stelle, da ging man hin, um einen Job zu bekommen. Sie hatte sich wahrscheinlich gedacht, jede andere Arbeit wäre besser als das, was sie hinter sich ließ.«

Freeborn unterbrach ihn. »Sie sagten, sie hätte nicht gewußt, wohin. Winchester Avenue ist aber doch ziemlich weit entfernt vom – wie heißt das – ESJ, vom Arbeitsamt. Woher wußte sie den Weg?«

»Sie wußte ihn gar nicht, Sir. Vielleicht ist sie dem Fluß gefolgt. Wenn man von dort oben über die Gärten schaut, sieht man den Kingsbrook. Melanie Akande gefiel der Ausblick, wenn sie dort beim Joggen war. Vielleicht führte irgendein Instinkt Sojourner zum Fluß hinunter, vielleicht wußte sie, daß Städte oft an Flüssen liegen. Ihr Instinkt führte sie in die Glebe Road, wo sie Oni Johnson begegnete, die ihr den Weg zum Arbeitsamt beschrieb. Den Rest kennen Sie ja: Sie folgte

Annette nach Hause, aber nachdem sie von ihr nicht die erwartete Hilfe bekam, blieb ihr gar nichts anderes übrig, als dahin zurückzukehren, woher sie gekommen war.«

»Schade, daß diese Annette sie nicht zu uns geschickt hat«, sagte Freeborn.

Das Understatement des Jahrhunderts, dachte Wexford, behielt es aber natürlich für sich. »Sie ging anscheinend nicht gleich nach Hause, vielleicht dauerte es auch einige Zeit, bis sie zurückfand. Jedenfalls kam sie dort erst an, als Susan Riding und Sophie schon weg waren. Nehmen wir einmal an, sie ging durch den hinteren Eingang in ihre Kammer, wo Swithun Riding sie dann fand.

Ich will nicht behaupten, daß er vorhatte, sie zu töten. Dafür gab es wohl keinen Grund. Er fragte sie, wo sie war, und als sie es ihm sagte, wollte er wissen, ob sie mit jemandem gesprochen hat. Ja, mit der Frau, die die Kinder über die Straße begleitet, und mit der Frau auf dem Amt, wo sie einem Arbeit geben oder auch Geld. Wie heißt sie und wo wohnt sie? Sie sagt es ihm, und alles kommt heraus. Ridings Tochter hat uns seine Wutanfälle beschrieben. Er geriet in Rage und prügelte mit den Fäusten auf sie ein. Mike weiß, wie seine Fäuste sich anfühlen, und sie war ein junges Mädchen, dünn und schwächlich. Noch dazu ziemlich schlecht ernährt. Trotzdem starb sie nicht an den Schlägen, sondern weil sie mit dem Kopf gegen den Stahlrahmen am Fenstergitter schlug. Wenn man in der Kammer steht, kann man sich vorstellen, wie es passiert ist.«

»Dann hat ihm also sein Sohn dabei geholfen, sie zu beseitigen«, sagte Burden. »Christopher hat die Leiche in die Framhurst Woods gefahren und dort vergraben?«

»Als er seine Exsklavin angeblich nach Heathrow brachte. Ich bezweifle, daß er sich vorher überlegt hat, wo er es tun sollte, er fuhr eben so lange über Land, bis er eine geeignete Stelle fand. Die Straße war nicht mehr belebt, und er wird gewartet haben, bis es dunkel war.«

»Und danach mußte sich Riding überlegen, was er mit Annette und Oni anstellen sollte.«

»Ich glaube nicht, daß er mit Oni irgend etwas vorhatte. Die Verbindung zu Oni war ja relativ nebensächlich. Oni würde nicht zur Polizei gehen, sie hatte ja nichts in der *Hand*, aber bei Annette war das etwas anderes. Er muß fast wahnsinnig geworden sein bei seinen Überlegungen, was Sojourner ihr wohl erzählt hatte. Gut geschlafen hat er in der Nacht bestimmt nicht. Gleich nachdem Annette am nächsten Tag auf dem Arbeitsamt angerufen hatte, rief ein Mann an und wollte sie sprechen. Ingrid Pamber dachte, es sei Snow, aber es war Riding. Ihre Auskunft verschaffte ihm eine kleine Atempause. Annette lag zu Hause krank im Bett.«

»Woher wußte er ihren Namen?« wollte Freeborn wissen.

»Sojourner fand ihn auf dem Klingelschild in Ladyhall Court. Als nächstes mußte er Zack Nelson zu fassen kriegen. Nelson schuldete ihm nämlich noch einen Gefallen. Riding ist der Arzt, der damals Zacks kleinen Sohn operiert hat, als sich herausstellte, daß der Kleine, der erst ein paar Wochen alt war, einen Herzfehler hatte. Sicher hatte Nelson ihm damals im Überschwang alles mögliche versprochen – ›Für Sie würde ich alles auf der Welt tun, Doktor! Jederzeit! Sie brauchen es nur zu sagen!‹ – etwas in der Richtung, Sie verstehen.

Außerdem brauchte Zack Geld. Und ein Dach über dem Kopf für sein Mädchen und das Kind. Aber dann hat der Kerl alles verpfuscht, hat Percy Hammond sein Gesicht sehen lassen und mußte auf Anweisung von Riding noch einmal hin, um eine weniger schwerwiegende Tat zu begehen – den Einbruch. Er wußte, daß er dafür eingelocht wird, er *wollte* dafür eingelocht werden, also ließ er Riding das Blutgeld in Kimberley Pearsons Namen auf ein Konto einzahlen.

Es sah also aus, als wären Riding und sein Sohn noch mal davongekommen, bis dann natürlich unser schatzsuchender Klempner die Leiche ausgrub. Selbst da muß Riding noch klar gewesen sein, daß niemand einen Schimmer hatte, wer Sojourner war. Er bekam es erst mit der Angst zu tun, als er seine jüngere Tochter von der Thomas-Proctor-Schule abholte und mich auf Oni Johnson zugehen sah.

Ich sah den Range Rover vor der Schule wegfahren, und zwar an dem Tag, als Oni überfallen wurde, erkannte aber keinen Zusammenhang. Wir wollten damals mit ihrem Sohn Raffy sprechen, nicht mit Oni. Riding schaffte es leicht bis zum Castlegate-Hochhaus, bevor sie dort ankam – oder vielleicht war auch sein Sohn dort; Christopher hatte mich ebenfalls gesehen, er saß ja in dem pinkfarbenen Escort der Epsons, um deren älteres Kind abzuholen. Übrigens ein etwas unschöner Nebengedanke: Ich glaube, daß Christopher Melanie damals nach Stowerton nachfuhr, weil er eine Schwäche für schwarze Mädchen entwickelt hatte, er stand auf schwarze Mädchen. Zu ihrem Glück stand Melanie aber nicht auf *ihn*, und er schreckte zweifellos vor dem Versuch zurück, eine freie und unabhängige junge Frau zu vergewaltigen.

Wer den Überfall auf Oni verübt hat, weiß ich noch nicht. Das kriegen wir noch heraus. Sicher ist, daß Riding am darauffolgenden Tag auf der Intensivstation war und – unter Zeitdruck und auf die Gefahr hin, dabei gestört zu werden – den Infusionsschlauch aus Onis Arm entfernte. Es hat zwar nicht geklappt, war aber einen Versuch wert.«

»Wer holte die kleine Riding an dem Tag von der Schule ab, als Sojourner weglief?« spekulierte Burden. »Jedenfalls weder Riding noch seine Frau. Wahrscheinlich eine Freundin, sie haben sich sicher untereinander abgewechselt. Denn wenn er oder seine Frau dagewesen wären, hätten sie sich Sojourner geschnappt, bevor sie zu Annette und Oni gelangt wäre, und das alles wäre nicht passiert. Ich frage mich, ob er das auch gerade denkt?«

Freeborn, der sein Glas mit einem großen Schluck ausgetrunken hatte, sagte irritiert: »Warum nennen Sie sie eigentlich so? Was bedeutet das?«

»Miss X gefiel mir nicht so recht. Und ihren Namen wußten wir ja nicht.«

»Aber jetzt wissen Sie ihn, nehme ich an?«

»O ja«, sagte Wexford. »Jetzt weiß ich ihn. Falls sie überhaupt einen Nachnamen hatte, hat ihn sich keiner gemerkt. Aber Sophie hat den Vornamen nie vergessen, den sie ihnen nannte, als man sie von dem Mann wegholte, der gestorben war. Die anderen haben ihn vergessen. Sie hieß Simisola.« Er stand auf. »Gehen wir?«

Danksagung

Die Autorin dankt Bridget Anderson für die freundliche Genehmigung, Auszüge aus ihrem Buch *Britain's Secret Slaves* (erschienen bei Anti-Slavery International/Kalayaan) zitieren zu dürfen.

TERRY PRATCHETT

»Schlicht und einfach der beste komische Schriftsteller unserer Zeit!«
Oxford Times

»Ein Ende der Erfolgsstory Scheibenwelt ist nicht in Sicht.«
Der Spiegel

42129

BILL BRYSON

»Bill Bryson ist der witzigste
Reiseschriftsteller auf Erden!«
The Times

Bill Bryson
Picknick
mit Bären

GOLDMANN

44395

GOLDMANN

MARTIN CRUZ SMITH

Arkadi Renko reist nach Havanna: Sein alter Freund Pribluda, ein KGB-Bürokrat, wurde offensichtlich tot im Hafen der Stadt gefunden. Aber ist es überhaupt Pribluda? Gemeinsam mit einer intelligenten, alleingängerischen Polizistin beginnt Arkadi, die Fäden des Falls zu entwirren...

»Arkadi Renko: Ein liebenswerter Einzelgänger... unbeirrbar, verbissen, eben ein Held.«
Die Welt

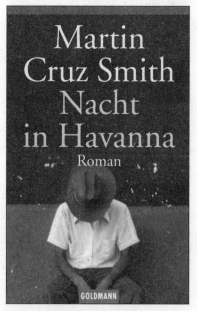

NICCI FRENCH

»Dieser Albtraum einer obsessiven Liebe ist beängstigend glaubwürdig, ein brillanter Psychothriller, so packend, dass er kurze Nächte garantiert.«
Brigitte

MARGERY ALLINGHAM

George Abbershaw lässt sich überreden, am Wochenende das geheimnisumwobene Haus Black Dudley an der Küste vor Suffolk zu besuchen. Hätte er gewusst, dass er dort unter Einsatz seines Lebens einen Mord aufzuklären hat, wäre er bestimmt nicht gekommen. Zum Glück unterstützt ihn Albert Campion, der sich als scheinbar harmloser Gast unter die Gesellschaft gemischt hat ...

»Margery Allingham sticht ins Auge wie strahlend helles Licht. Alles, was sie schreibt, ist von vollendeter Form.«
Agatha Christie

ELLIS PETERS

»Pures Lesevergnügen! Ellis Peters'
Romane haben einfach alles.«
The Armchair Detective

MASTERS OF CRIME

Packende Action und messerscharfe Spannung sind bei diesen Autoren garantiert.

42608

45122

43715

45121

GOLDMANN

NOBLE LADIES OF CRIME

Sie wissen alles über die dunklen Labyrinthe der menschlichen Seele...

43761

42960

44566

41649

NOBLE LADIES OF CRIME

Sie wissen alles über die dunklen Labyrinthe der menschlichen Seele...

44425

43552

42597

44091

GOLDMANN

*Das Gesamtverzeichnis aller lieferbaren Titel erhalten Sie
im Buchhandel oder direkt beim Verlag.
Nähere Informationen über unser Programm erhalten Sie auch im Internet unter:*
www.goldmann-verlag.de

★

Taschenbuch-Bestseller zu Taschenbuchpreisen
– Monat für Monat interessante und fesselnde Titel –

★

Literatur deutschsprachiger und internationaler Autoren

★

Unterhaltung, Kriminalromane, Thriller
und Historische Romane

★

Aktuelle Sachbücher, Ratgeber, Handbücher und
Nachschlagewerke

★

Bücher zu Politik, Gesellschaft, Naturwissenschaft und Umwelt

★

Das Neueste aus den Bereichen
Esoterik, Persönliches Wachstum und Ganzheitliches Heilen

★

Klassiker mit Anmerkungen, Anthologien und Lesebücher

★

Kalender und Popbiographien

★

Die ganze Welt des Taschenbuchs

★

Goldmann Verlag • Neumarkter Str. 18 • 81673 München

Bitte senden Sie mir das neue kostenlose Gesamtverzeichnis

Name: _____

Straße: _____

PLZ / Ort: _____